LES CHRONIQUES DE BLACKSTONE

J'AI LU

JOHN SAUL

Corps étranger	*J'ai lu* 2308/**I**
La présence	*À paraître*
Les Chroniques de Blackstone :	
1 - La poupée	*J'ai lu* 4704/**E**
2 - Le médaillon	*J'ai lu* 4705/**E**
3 - Le briquet	*J'ai lu* 4706/**E**
4 - Le mouchoir	*J'ai lu* 4707/**E**
5 - Le stéréoscope	*J'ai lu* 4708/**E**
6 - L'asile	*J'ai lu* 4709/**E**
La noirceur	*J'ai lu* 3457/**K**
Le châtiment des pécheurs	*J'ai lu* 3951/**K**

John Saul

LES CHRONIQUES DE BLACKSTONE

TRADUIT DE L'AMÉRICAIN
PAR PHILIPPE LAPORTE

ÉDITIONS J'AI LU

Titre original :

THE BLACKSTONE CHRONICLES
All rights reserved. A Fawcett Crest Book.
Published by Ballantine Books, N.Y.

1er épisode

La poupée

Pour Linda Grey,
avec toute ma reconnaissance et mon affection.

Titre original :

THE BLACKSTONE CHRONICLES
PART 1-AN EYE FOR AN EYE : THE DOLL
 A Fawcett Crest Book.
Published by Ballantine Books, N.Y.

Cher lecteur,

Depuis vingt ans, j'ai pris beaucoup de plaisir à vous raconter des histoires sanglantes et terrifiantes. Mais, vous vous en doutez, je n'ai pas pu mettre en forme toutes les idées qui me venaient à l'esprit — loin de là. Tout simplement parce qu'il ne m'a pas toujours été possible de faire entrer les intrigues que j'imaginais dans le cadre d'un roman.

Aujourd'hui, grâce à Stephen King et au succès de son formidable roman-feuilleton, *La Ligne verte*, de nouvelles possibilités apparaissent, de nouvelles perspectives désormais s'ouvrent à tous les écrivains. Le principe du feuilleton ne date pas d'hier : des romans de Dickens publiés par épisodes dans *Blackwood's Magazine*, entre 1850 et 1860, aux feuilletons télévisés du samedi après-midi, qui ont tant marqué les gens de ma génération, tous les genres ont utilisé cette forme si particulière à un moment ou à un autre.

Je n'oublierai jamais avec quelle excitation, dans ma jeunesse, j'attendais chaque nouvel épisode de Buck Rogers, qu'on projetait tous les mois dans les salles de cinéma. Mais le roman-feuilleton, lui, avait totalement disparu depuis les jeunes années de mon grand-père — jusqu'à la publication de *La Ligne verte*.

Aussi, c'est avec un plaisir et une curiosité grandissants que j'ai dévoré un à un les épisodes du feuilleton littéraire de Stephen King : ils prouvent indiscutablement que cette forme de récit est toujours aussi efficace et passionnante qu'à l'époque de Dickens. L'idée de m'en servir à mon tour m'est venue très vite. Depuis mon premier roman, *Que souffrent les enfants*, j'ai créé une ville imaginaire, Blackstone, qui m'est devenue aussi familière que si j'y avais vécu vingt ans. Je me représente très précisément cette petite ville située dans le nord-est du Massachusetts, au bord de la route qui mène à Port Arbello, ses rues ombragées, bordées de grands arbres, et son passé sur lequel planent plus d'ombres encore. Ses habitants me semblent tout aussi réels que les personnes que je croise chaque jour dans la rue. Leurs secrets, leurs péchés et les péchés de leurs parents sont aujourd'hui si présents dans mon esprit qu'ils me semblent être des souvenirs plutôt que le fruit de mon imagination.

Plusieurs familles se détachent nettement de la population de mon Blackstone imaginaire — les Connally, les Becker, les McGuire et les Hartwick. Au fur et à mesure que l'histoire se déroule, chacune doit jouer un rôle précis à un moment précis. Au fil des générations, leurs existences se sont souvent croisées, entrelacées : naissances, mariages, morts, affaires, rivalités, rudes épreuves et succès éphémères (c'est-à-dire tout ce qui fait notre vie) ont tissé des liens entre les principaux habitants de la petite ville, renforcé des amitiés ou suscité des ruptures. Mais par-dessus tout, leurs histoires sont reliées les unes aux autres par une personne, et une série d'événements scandaleux et secrets. Mon problème principal était de trouver un moyen de mettre ces événements en parallèle, de montrer toutes ces connections entre les personnages, tout en faisant peu à peu apparaître le catalyseur de ces drames, la cause première de l'ombre terrible qui plane aujourd'hui sur leurs vies. Quelle était la meilleure manière de raconter ces histoires distinctes, toutes étant liées à de sombres drames cachés depuis longtemps, et chacune étant indissociable des autres et de cette puissance sournoise qui va révéler peu à peu sa présence ?

Il m'a semblé que cette « nouvelle » forme, le roman-feuilleton, publié en épisodes, me fournissait la solution idéale. *Les Chroniques de Blackstone* ont enfin commencé à prendre forme sur le papier, séparées mais voisines, comme les objets — les instruments du mal, pourrait-on dire — entreposés dans le vieil asile de Blackstone, qui symbolisent chacune des histoires que je veux raconter. *La Poupée* est le premier de ces objets et apparaît sur le pas de la porte des McGuire dans ce premier épisode. Qui a envoyé ce cadeau à Elizabeth et à Bill McGuire ? Et pourquoi ? Je vous laisse le découvrir. Mais je dois vous prévenir que vous ne connaîtrez pas toute la vérité avant le dernier épisode, c'est-à-dire dans plusieurs mois ! D'ici là, d'autres objets auront surgi du passé, d'autres cadeaux seront mystérieusement offerts à certains habitants de Blackstone, choisis avec soin par l'expéditeur tapi dans l'ombre. Chaque fois que vous terminerez un épisode, une nouvelle pièce du puzzle se mettra en place — et j'espère que vous ressentirez ce frisson délicieux que procure le suspense, l'attente de la suite... A la fin de chaque épisode des *Chroniques de Blackstone*, peut-être laisserez-vous vagabonder votre imagination et essaierez-vous d'anticiper les frayeurs qui vous attendent.

Sans plus tarder, je vous offre donc *La Poupée*, le premier des six cadeaux que j'ai préparés pour vous cette année.

J'espère que vous prendrez autant de plaisir à les découvrir que j'en ai pris à ficeler les paquets.

John SAUL
10 octobre 1996

Le Commencement

Le vieux carillon du bureau se mit à sonner. Oliver Metcalf termina la phrase qu'il était en train de taper sur son ordinateur, puis abandonna l'éditorial qu'il rédigeait pour se plonger dans la contemplation de la vieille pendule de bois qui ornait depuis si longtemps l'unique bureau des *Chroniques de Blackstone*. Il l'avait toujours vue là. C'était d'ailleurs la première chose qui l'avait fasciné quand son oncle l'avait amené dans cette pièce pour la première fois, quarante ans plus tôt, et lui avait appris à lire l'heure. Aujourd'hui, cette pendule l'émerveillait toujours autant. Elle était de si bonne qualité, si précise et si solide, qu'elle se déréglait à peine d'une minute par an.

A présent, après avoir sonné tant d'heures de sa vie, le carillon léger rappelait à Oliver que le moment était venu pour lui de jouer un rôle important dans un événement dont toute la ville parlait depuis des mois.

C'est en effet ce jour-là que la petite ville de Blackstone allait entamer la destruction d'une partie importante de son passé.

A cette occasion, Oliver Metcalf, rédacteur en chef et unique journaliste de l'hebdomadaire de la ville, devait prononcer un discours. Il prenait de nombreuses notes depuis plusieurs jours, cherchait des idées, des lignes directrices, mais ne savait toujours pas exactement ce qu'il allait dire quand le moment viendrait pour lui de monter sur l'estrade, devant l'imposant bâtiment de pierre, et de faire face à ses concitoyens. En fourrant dans la poche intérieure de sa veste de tweed toutes les notes qu'il avait griffonnées ces derniers temps, il se demanda avec inquiétude si l'inspiration allait enfin venir à son secours au moment de parler, ou s'il resterait sans voix devant la foule rassemblée là, suspendue à ses lèvres, les yeux braqués sur lui.

A cet instant, chacun des spectateurs se poserait des questions.

Des questions que personne n'avait osé formuler à haute voix depuis des années.

Des questions auxquelles il ne pouvait apporter aucune réponse.

Il ferma la porte de son bureau derrière lui et traversa la rue pour couper par le square. Il se sentait si mal à l'aise qu'il envisagea même de faire demi-tour et d'aller terminer l'édito sur lequel il avait travaillé toute la matinée, au lieu de participer à la cérémonie. Après tout, même le temps semblait l'inciter à rester à l'intérieur. Le ciel était très bas, couleur d'ardoise, et la nuit précédente, le vent avait arraché les dernières feuilles des grands arbres qui avaient étendu un baldaquin protecteur sur la ville d'avril à octobre. Au début du printemps, quand les chênes et les érables avaient commencé à bourgeonner, cette couverture naturelle était d'un vert très pâle. Mais au cours de l'été, le feuillage s'était épaissi, s'assombrissant jusqu'à un vert intense et opaque qui protégeait Blackstone de l'écrasante chaleur du mois d'août, et l'abritait des pluies que déversaient les gros nuages qui se dirigeaient vers la côte atlantique, à quelques kilomètres à l'est. Ces dernières semaines, le vert avait progressivement cédé la place aux couleurs flamboyantes de l'automne et la ville avait pu s'enorgueillir pendant un temps du manteau lumineux dont elle s'était parée, aux teintes dorées, rouges et rousses. Désormais, le sol était jonché de feuilles mortes dont le brun sombre et lugubre avait pris possession des rues, entamant ainsi le lent processus de décomposition qui rendrait à la terre ce qui venait de la terre.

Oliver Metcalf se dirigea vers le sommet de la colline, où la plupart des habitants de Blackstone seraient bientôt rassemblés. Les premiers flocons de neige n'étaient pas encore tombés, mais une pluie glaciale accompagnait le vent qui avait balayé la ville la nuit précédente. Oliver pressentait un hiver rude et humide. La lumière grise de cette journée reflétait parfaitement son humeur maussade. Les arbres tendaient leurs grandes branches nues vers le ciel, comme des squelettes dont les doigts longs et tordus chercheraient à crever les nuages noirs qui rasaient les toits des maisons. Oliver baissa la tête, comme pour mieux affronter cette matinée lugubre, et accéléra le pas. Il saluait les personnes qu'il croisait d'un signe distrait, concentré sur ce qu'il allait devoir déclarer à la foule réunie autour du bâtiment le plus connu de la ville.

L'asile de Blackstone.

Tout au long de la vie d'Oliver — et de celle de tous les gens de Blackstone —, l'imposant édifice, bâti en pierres extraites des champs environnants, s'était dressé au sommet de la colline la plus élevée de la ville. Ses hautes fenêtres aux volets fermés étaient orientées vers Blackstone ; même ainsi, l'asile ne paraissait pas abandonné, mais plutôt endormi.

Endormi. Comme s'il allait se réveiller un jour.

Oliver fut parcouru d'un long frisson en évoquant cette idée, mais il se raisonna rapidement. Non, ça n'arriverait jamais.

La destruction de l'asile de Blackstone allait commencer aujourd'hui.

Un boulet de démolition se balancerait au bout d'une grue et frapperait de tout son poids les grosses pierres grises. Après avoir dominé la ville pendant un siècle entier, le bâtiment allait être détruit, anéanti, ses murs épais démolis, ses tourelles abattues et son toit de cuivre vert-de-grisé vendu à des ferrailleurs.

Au moment où Oliver franchissait le portail en fer forgé qui perçait la grille entourant les cinq hectares du parc de l'asile, et s'engageait sur la large allée qui menait à l'entrée principale de l'édifice, une main se posa sur son épaule et il reconnut la voix familière de son oncle.

— Un jour pas comme les autres, n'est-ce pas, Oliver ? s'exclama Harvey Connally.

Sa voix puissante et chaleureuse semblait démentir son âge — quatre-vingt-trois ans. Oliver se retourna et suivit le regard de son oncle, qui fixait le grand bâtiment sinistre. Il se demanda ce que le vieil homme pouvait bien avoir en tête — et dans le cœur — à cet instant précis. Malgré les liens très forts qui les unissaient, il savait qu'il aurait été inutile de lui poser la question. Son oncle avait toujours été beaucoup plus à l'aise pour exprimer ses idées que ses émotions.

— Lorsqu'on parle d'émotion, on parle des gens, lui avait-il expliqué alors qu'il n'avait que dix ou onze ans et qu'il était venu passer Noël chez lui. Et quand on parle des gens, ça devient vite du commérage. J'essaie d'éviter les commérages, et tu devrais en faire autant.

Pour Oliver, le message était clair : il y avait beaucoup de choses dont son oncle n'avait pas envie de parler.

Toutefois, tandis que Harvey Connally levait les yeux vers le bâtiment qui avait été construit sur North Hill quelques années seulement avant sa naissance, son neveu ne put s'empêcher de tenter une dernière fois sa chance.

— Ton père a bâti cet asile, oncle Harvey. Tu n'éprouves pas un peu de tristesse, tout de même, d'assister à sa destruction ?

La main de son oncle se resserra sur son épaule.

— Non, répliqua-t-il d'une voix ferme. Et tu ne devrais pas être triste non plus. Bon débarras, si tu veux mon avis. Nous devrions tous oublier au plus vite ce qui s'est passé ici.

Il ôta sa main de l'épaule de son neveu, puis répéta après quelques secondes de silence :

— Oui, tout ce qui s'est passé ici.

Une demi-heure plus tard, Oliver prenait place sur l'estrade qu'on avait installée devant l'impressionnant portique de l'asile. Il balayait du regard la foule rassemblée devant lui. Tout le monde était venu, ou presque. Le directeur de la banque était présent, ainsi que l'entrepreneur dont la société avait été chargée de détruire la quasi-totalité du bâtiment — on n'en conserverait que la façade. Le projet choisi consistait à remplacer l'intérieur par un complexe de magasins et de restaurants, le Blackstone Center, qui promettait de redonner à la ville la prospérité économique dont elle bénéficiait à l'époque où l'asile fournissait des emplois à bon nombre de ses habitants. Tous ceux que ce projet concernait avaient fait le déplacement, ainsi que de nombreux autres, dont les parents et les grands-parents, voire les arrière-grands-parents, avaient un jour travaillé entre les murs de pierre qui se dressaient derrière Oliver. A présent, ils espéraient que le nouveau complexe permettrait à leurs enfants et petits-enfants de trouver des emplois décents.

Derrière la foule, près du portail, Oliver apercevait la petite maison de pierre qui avait été cédée au dernier directeur de l'établissement, à l'occasion de son mariage avec la fille du président du conseil d'administration de l'asile.

Après sa mort, lorsqu'on avait décidé de fermer l'asile, cette maison était restée vide jusqu'à ce que le jeune homme qui en avait logiquement hérité — il y était né — revienne à Blackstone après avoir obtenu son diplôme universitaire et y emménage.

Oliver Metcalf était rentré à la maison.

Il ne pensait pas pouvoir fermer l'œil la première nuit, mais il avait été surpris de constater que la petite maison de pierre semblait lui souhaiter la bienvenue : il s'était immédiatement senti chez lui. Les fantômes qu'il craignait de trouver là ne s'étaient pas manifestés et, après quelques années, il avait presque oublié qu'il avait vécu ailleurs. Mais depuis qu'il était revenu vivre près de l'asile qu'avait autrefois dirigé son père, Oliver n'avait jamais mis un pied à l'intérieur du bâtiment.

Il pensait que ce n'était pas nécessaire.

Au fond de lui, de toute façon, il savait qu'il serait incapable d'en franchir la porte.

Quelque chose, entre ces murs — quelque chose d'étrange, qu'il ne pouvait pas identifier —, le terrifiait.

A présent, il fallait parler. Tandis que les nombreux spectateurs faisaient le silence, impatients de l'entendre, Oliver ajusta le micro à la bonne hauteur et commença son discours.

— Aujourd'hui, Blackstone aborde un virage important de son histoire. Un nouveau départ, pourrait-on dire. Depuis près d'un siècle, un seul édifice a influencé l'existence de tous les habitants de notre ville. C'est cet édifice que nous nous apprêtons à détruire. Il ne s'agit pas seulement de la fin d'une époque, mais surtout du commencement d'une autre. Remplacer notre vieil asile par le Blackstone Center ne sera pas une chose facile, vous le savez tous. Quand la construction du nouveau centre commercial sera achevée, sa façade sera identique à celle de l'asile, celle que vous voyez derrière moi. Elle sera faite des mêmes pierres qui se dressent sur cette colline depuis près de cent ans, mais même si elle semblera familière à chacun d'entre nous, il faudra toutefois nous habituer au fait que, derrière cette façade, tout sera désormais différent...

Oliver parla ainsi pendant une demi-heure. Les idées lui venaient et s'organisaient dans son esprit au fil de son discours, aussi claires et ordonnées que lorsqu'il s'installait devant son ordinateur pour rédiger un article ou un éditorial pour le journal. Au moment où la cloche de l'église congrégationaliste de Blackstone commença à sonner midi, il se tourna vers Bill McGuire, l'entrepreneur qui superviserait la destruction de l'ancien bâtiment et la construction du nouveau complexe de restaurants et de magasins.

Oliver lui adressa un petit signe de tête et descendit de l'estrade pour rejoindre l'assemblée des spectateurs. Il se retourna pour faire face au vieux bâtiment à l'instant où le gros boulet de démolition entamait son balancement vers les murs centenaires.

Alors que la cloche de l'église sonnait le dernier coup de midi, le boulet heurta violemment le mur ouest de l'asile. Un long murmure qui ressemblait à un gémissement du vent parcourut la foule au moment où une cinquantaine de grosses pierres s'effondrèrent à l'intérieur du bâtiment, laissant un trou béant dans un mur qui avait résisté à tout durant un siècle.

Mais Oliver n'entendit pas ce soupir de soulagement ou de tristesse. Lorsque le boulet percuta le mur de l'asile, un coup de tonnerre déchira ses tympans. Une explosion de douleur.

Et dans cette douleur aveuglante, une vision trouble apparut.

Un homme monte les marches qui mènent à la grande porte de l'asile. Il tient un enfant par la main.

L'enfant pleure.

L'homme ne prête pas attention aux larmes de l'enfant.

Au moment où l'homme et l'enfant approchent de l'imposante porte de chêne, elle s'ouvre.

L'homme et l'enfant pénètrent à l'intérieur de l'asile.

La lourde porte se referme derrière eux.

Prologue

Les nuages de la journée avaient mis longtemps à disparaître en direction de la mer, mais une lune pleine et lumineuse s'élevait à présent dans le ciel dégagé. Au sommet de North Hill, l'asile se découpait sur un fond bleu sombre clairsemé de milliers d'étoiles. La nuit semblait s'éclairer elle-même d'une lueur argentée provenant du cœur des ténèbres.

Mais personne en ville n'était éveillé pour admirer la voûte céleste, à l'exception d'une silhouette sombre qui franchissait le mur démoli de l'asile plongé dans le plus profond silence, abandonné depuis près de quarante ans maintenant. Sans prêter nulle attention à la beauté de la nuit, la silhouette solitaire pénétra dans le bâtiment sans un bruit et s'engagea dans le labyrinthe des couloirs et des pièces obscures, entre les pierres glacées, vers la seule salle qui l'intéressait ici.

La silhouette progressait résolument dans la pénombre, parvenant à trouver son chemin aussi sûrement qu'en pleine lumière. Dans certaines pièces, une fenêtre recouverte de poussière laissait filtrer suffisamment de clarté pour qu'on puisse en distinguer les murs et le sol, mais, dans d'autres, on n'y voyait pas à deux mètres.

La silhouette empruntait un parcours sinueux dans les salles du bâtiment, comme si elle se faufilait entre des meubles, des chaises et des tables, mais toutes les pièces qu'elle traversait étaient vides depuis longtemps. L'étrange personnage finit par atteindre la chambre qu'il cherchait. N'importe qui d'autre serait passé devant sans la voir, car un panneau de bois en cachait l'entrée. A l'intérieur, la seule source de lumière provenait d'une fenêtre minuscule et sale, quasiment invisible de dehors, par laquelle passaient quelques rayons de lune.

L'obscurité qui régnait dans cette chambre ne semblait

pas plus gêner la silhouette que celle qu'elle avait dû traverser pour arriver jusqu'ici. De toute évidence, ce visiteur nocturne connaissait aussi bien cet endroit que tout le reste du bâtiment.

Contre les murs de la petite pièce carrée, s'élevaient des étagères sur lesquelles étaient entreposés de nombreux objets. Il s'agissait en quelque sorte d'un musée propre à l'asile, témoin de son passé, où l'on pouvait découvrir une collection pour le moins hétéroclite de souvenirs : tout ce qui se trouvait là, tout ce qu'on avait oublié là depuis si longtemps, avait un jour appartenu à ceux qui avaient occupé les chambres de ce bâtiment qu'on s'apprêtait aujourd'hui à démolir.

La silhouette marchait lentement le long des étagères, effleurant du bout des doigts un objet ou un autre, essayant de se rappeler leur histoire et surtout les personnes pour lesquelles ils avaient autrefois été si précieux.

Deux yeux qui brillaient dans l'ombre attirèrent son attention. Le souvenir lié à ces yeux étincelants lui revint aussitôt en mémoire, clair et précis.

Aussi clair et précis que si c'était arrivé la veille...

La petite fille était assise sur les genoux de sa mère et se regardait dans le miroir de la coiffeuse. Elle voyait sa mère lui brosser les cheveux. Elle écoutait sa mère chanter pour elle.

Elle voyait également un troisième visage dans le miroir rond : celui de la poupée qu'elle tenait dans ses bras. Entrant dans la chambre à ce moment-là, n'importe qui aurait immédiatement été frappé par la ressemblance entre ces trois personnages.

Elles avaient toutes les trois — la poupée, la petite fille et la mère — de longs cheveux blonds qui encadraient un visage ovale et doux, aux traits fins.

Elles avaient toutes les trois de magnifiques yeux bleus.

Elles avaient toutes les trois les joues roses et les lèvres écarlates.

La petite fille coiffait sa poupée au même rythme lent et régulier que sa mère, qui passait la brosse dans ses cheveux d'une main à la fois tendre et appliquée. Sérieuse, la petite fille calquait exactement ses gestes sur ceux de sa mère.

La petite fille fredonnait comme sa mère, chantait doucement pour sa poupée avec autant d'amour que sa mère chantait pour elle.

Par la fenêtre ouverte, les sons paisibles de cet après-midi d'été parvenaient jusqu'à elles, comme portés par la brise chaude. Dans la rue, quelques gamins du quartier avaient improvisé une partie de base-ball. Plus loin, on entendait le carillon joyeux de la camionnette qui vendait des glaces.

Mais la mère et la fille n'en avaient que très vaguement conscience, isolées dans leur petit univers, dans leur bulle de douceur, heureuses.

Soudain, au rez-de-chaussée, la porte d'entrée claqua bruyamment, interrompant aussitôt le rêve dans lequel elles s'étaient laissées glisser. Des pas lourds retentirent dans l'escalier et la mère s'empressa d'effacer d'une main tremblante le rouge à lèvres de sa fille.

L'enfant se tortilla pour essayer de lui échapper, laissant tomber sa petite brosse mais serrant de toutes ses forces sa poupée contre sa poitrine.

— Non ! Je veux rester comme ça ! s'écria la petite fille.

Malgré ses protestations, la mère continua fébrilement à ôter le maquillage qu'elle lui avait mis une heure plus tôt.

A ce moment, le père de l'enfant apparut dans l'embrasure de la porte, le visage rouge de colère. Il parla d'une voix si puissante, si menaçante, que la mère et la fille se penchèrent instinctivement en arrière :

— Ça ne va pas recommencer !

La mère se mit à regarder partout autour d'elle dans la chambre, comme si elle cherchait une issue de secours. N'en trouvant pas, elle finit par articuler d'une voix apeurée :

— Je suis désolée. Je n'ai pas pu m'en empêcher. Je...

— Je ne veux plus de ça !

Les yeux terrorisés de la mère parcoururent une nouvelle fois la chambre. Elle se sentait prise au piège.

— D'accord, murmura-t-elle. Je te le promets. C'était la dernière fois.

— Tu ne crois pas si bien dire.

Il pénétra dans la chambre d'un pas rageur, s'empara de l'enfant qui se recroquevillait sur les genoux de sa mère et plaqua fermement ses grosses mains sur ses épaules fragiles. Sa femme tendit aussitôt les bras pour essayer de récupérer la petite mais il recula d'un pas afin de la mettre hors de sa portée.

— C'est terminé, fit-il. Il me semble t'avoir dit ce qui se passerait si tu continuais, non ?

Les yeux emplis de panique, la bouche entrouverte, la femme bondit sur ses pieds.

— Non ! supplia-t-elle. Ô mon Dieu, non ! S'il te plaît, ne fais pas ça !

— C'est trop tard. Tu ne me laisses pas le choix.

Il arracha la poupée des bras de la petite et la jeta sur le lit. Puis, sans prendre garde aux cris désespérés de son enfant, il quitta la chambre sans un regard pour sa femme et s'engagea dans l'escalier. Il traversa le long couloir du rez-de-chaussée, passa dans l'office, puis dans la cuisine où la bonne, muette et pétrifiée, le regarda se diriger à grands pas vers la porte de derrière. Avant qu'il ne l'ait ouverte, sa femme affolée le rejoignit, tenant la poupée à la main.

— Je t'en prie, articula-t-elle. Laisse-la prendre sa poupée. Elle l'aime tellement. Elle l'aime autant que je l'aime, elle.

L'homme parut hésiter. Durant quelques instants, sa femme crut qu'il allait refuser. Mais finalement, comme la petite fille poussait des cris déchirants en tendant les mains vers sa poupée, il accepta qu'elle l'emporte.

La femme, effondrée et impuissante, suivit des yeux son mari qui emmenait la petite loin de la maison. Au fond d'elle-même, elle savait qu'elle ne reverrait plus jamais sa fille. Et qu'elle n'aurait jamais d'autre enfant.

Après avoir franchi la grande porte de chêne de l'asile, l'homme poussa la petite silhouette tremblante devant lui. L'infirmière qui était venue les accueillir s'accroupit face à la fillette.

— Comme elle est mignonne ! dit-elle.

La petite sanglotait, serrant sa poupée contre son cœur. L'infirmière l'observa un moment, puis leva les yeux vers l'homme.

— C'est tout ce qu'elle apporte avec elle ?

— Ça lui suffira, répliqua l'homme. De toute façon, si elle a besoin de quoi que ce soit d'autre, faites-le savoir à mon bureau.

Il baissa les yeux vers son enfant et la dévisagea fixement pendant quelques secondes, qui semblèrent durer si long-

temps qu'une lueur d'espoir apparut fugitivement dans le regard triste de la petite fille. Mais il finit par secouer lentement la tête.

— Je suis désolé, murmura-t-il. Désolé de ce qu'elle a fait, et désolé que tu l'aies laissée faire. Mais maintenant, il n'y a plus d'autre solution.

Sans embrasser la petite, ni même la toucher une dernière fois, l'homme tourna les talons et disparut par l'immense porte de l'asile.

Bien que personne ne lui ait rien dit, la petite fille comprit qu'elle ne reverrait plus jamais son père.

Dès qu'elles furent seules, l'infirmière la prit par la main et la guida dans un long corridor. Elles montèrent un escalier de bois et s'engagèrent dans un autre couloir au bout duquel elles pénétrèrent dans une chambre.

Une chambre bien moins jolie que celle de la petite fille, à la maison.

Une chambre qui lui parut minuscule, et dont la seule fenêtre était recouverte d'un grillage métallique.

Il y avait un lit. Bien moins beau que le lit à baldaquin dans lequel elle dormait à la maison.

Il y avait une chaise. Bien moins belle que le rocking-chair que sa mère avait peint en bleu, sa couleur préférée.

Il y avait une commode. D'un marron hideux, que sa mère aurait détesté.

— Voilà ta chambre.

La petite fille ne dit rien.

L'infirmière se dirigea vers la commode et sortit d'un tiroir une robe de coton rêche qui ne ressemblait en rien aux jolis vêtements que lui achetait sa mère.

Elle lui tendit également des chaussettes et une culotte grisâtres, affreuses.

— Et voilà tes vêtements. Mets-les, s'il te plaît.

La petite fille hésita un instant, puis fit ce que lui demandait l'infirmière.

Elle ôta la robe à fleurs que sa mère lui avait mise le matin et la posa soigneusement sur le lit, comme pour éviter de la froisser. Elle enleva sa culotte, et s'apprêtait à enfiler celle que lui avait donnée l'infirmière lorsque celle-ci poussa un petit cri. La fillette releva la tête et vit la femme qui observait son corps nu, les yeux écarquillés.

— J'ai fait quelque chose de mal ? demanda l'enfant, qui

ouvrait la bouche pour la première fois depuis son arrivée ici.

Au bout de quelques instants, l'infirmière secoua doucement la tête.

— Non, mon enfant, bien sûr que non. Mais je crois que je ne t'ai pas donné les bons vêtements, n'est-ce pas ? Les petits garçons ne portent pas de robes, il me semble.

Elle avança de quelques pas et prit la poupée posée sur le lit.

— Et ils ne jouent pas avec des poupées, tu sais. Nous allons nous débarrasser de ça tout de suite.

L'enfant se mit à crier, à trépigner, puis s'effondra en larmes sur le lit, mais rien n'y fit. L'infirmière sortit de la chambre en emportant la poupée, que l'enfant ne reverrait plus jamais.

Et à l'extérieur de l'asile, de l'autre côté de ses murs épais, personne ne reverrait plus jamais l'enfant.

La silhouette sombre prit la poupée dans ses bras et observa longuement sa figure de porcelaine à la faible lueur de la lune. Elle caressa ses longs cheveux blonds en repensant au jour où cette poupée était arrivée ici. Elle était venue la chercher, et savait à qui elle allait maintenant l'offrir...

1

Elizabeth McGuire était inquiète. Son mari avait reçu le coup de téléphone de Jules Hartwick depuis bientôt vingt-quatre heures. Et, bien que le banquier eût déclaré à Bill que le « petit problème » dont il devait lui faire part au sujet du Blackstone Center n'avait rien de très grave, celui-ci semblait particulièrement contrarié depuis cet appel. La veille, durant tout l'après-midi, l'anxiété de son mari n'avait cessé de s'accroître. Au dîner, Megan elle-même, qui durant les six courtes années de sa vie avait toujours réussi à amuser son père quand elle faisait le clown, n'avait rien pu lui soutirer d'autre que quelques grognements distraits.

Bill était resté debout très tard et n'avait consenti à aller se coucher que lorsque Elizabeth, les deux mains posées sur son gros ventre, était descendue le chercher dans la bibliothèque pour lui dire qu'elle se sentait seule, et leur futur bébé sans doute aussi. Elle avait réussi à faire monter Bill dans leur chambre, mais elle le soupçonnait de ne pas avoir dormi de la nuit. A l'aube, il était déjà en bas, habillé, à traîner son angoisse dans les pattes de Mrs. Goodrich.

Et quand Megan était descendue à son tour, elle avait tout de suite demandé à sa mère si son papa était malade. Elizabeth lui avait affirmé que son père allait très bien, mais la petite n'avait pas semblé convaincue et s'était gentiment proposée pour prendre soin de lui s'il était malade. Il avait fallu que Bill la serre dans ses bras et lui jure qu'il n'avait rien, pour qu'elle accepte enfin d'aller à la cuisine pour aider Mrs. Goodrich à mettre la table pour le petit déjeuner.

A présent, tout en versant une deuxième tasse de café à son mari, Elizabeth essaya une nouvelle fois de le rassurer.

— Si Jules Hartwick t'a dit que ce n'était pas très grave, il n'y a aucune raison de t'inquiéter. Pourquoi ne le crois-tu pas ?

— Si les choses pouvaient être aussi simples ! soupira Bill. Tout était prêt pour les travaux, Elizabeth. Absolument tout, jusqu'au boulet de démolition, avant-hier...

— Ça, c'était surtout pour marquer l'esprit des gens, ce n'est pas comme si vous aviez réellement détruit tout le bâtiment. Tu m'as dit toi-même qu'il était plutôt là pour le spectacle, ce boulet.

— Peut-être, mais il symbolisait tout de même le début des travaux. Je t'assure que j'ai un mauvais pressentiment.

— Ecoute, encore vingt minutes de patience et tu sauras exactement ce qui se passe, dit-elle en jetant un coup d'œil vers la pendule. Tout va bien se passer, j'en suis persuadée.

Sur ces mots, elle se leva péniblement de table et ne put retenir un petit gémissement.

— Je crois que j'ai dans le ventre le bébé le plus lourd de l'histoire, fit-elle en souriant. J'ai l'impression qu'il pèse au moins vingt kilos.

Bill passa un bras autour de ses épaules et ils se dirigèrent ensemble vers la porte d'entrée.

— Je reviens dans une petite heure, dit-il en l'embrassant.

Il venait de poser la main sur la poignée de la porte d'entrée lorsque la sonnette retentit. En ouvrant, il trouva le facteur sous le porche, un grand paquet en main.

— Encore un cadeau, Charlie ? demanda-t-il. C'est pour Noël ou pour le futur bébé ?

— Ça, je n'en sais rien, répondit le facteur en souriant. Noël n'est que dans deux semaines, et le paquet est adressé à « McGuire », sans plus de précisions. Les paris sont ouverts. En tout cas, je ne sais pas ce que ça vaut, mais ça ne pèse pas bien lourd.

— Je peux le prendre, alors, dit Elizabeth en tendant les bras tandis que Bill commençait déjà à descendre les marches. Merci, Charlie.

— A votre service.

Le facteur toucha sa casquette de l'index, comme un cow-boy ou un soldat, et Elizabeth dut résister à l'envie de lui rendre son salut de la même manière. Elle se contenta d'un petit geste de la main, dit au revoir à son mari qui s'éloignait dans l'allée, puis rentra dans la maison et referma vite la porte pour se mettre à l'abri du froid.

Elle apporta le paquet dans la salle à manger et l'examina un long moment avant de se décider à l'ouvrir, intriguée. Sous le nom « McGuire », leur adresse était inscrite en majuscules soigneusement tracées.

Aucune adresse d'expéditeur ne figurait sur le paquet.

— De plus en plus bizarre, murmura-t-elle en déchirant le papier kraft.

Elle était en train d'ouvrir la boîte de carton lorsque Megan entra et vint voir ce qu'elle faisait.

— C'est quoi, maman ? C'est pour moi ?

Elizabeth jeta un coup d'œil à l'intérieur du paquet et en sortit une poupée.

Une magnifique poupée ancienne, avec des yeux de verre bleu et de longs cheveux blonds.

Il n'y avait rien d'autre dans le carton.

Elle fixa de nouveau sur le papier kraft l'endroit où aurait dû se trouver le nom de l'expéditeur.

— C'est vraiment étrange, remarqua-t-elle, songeuse.

2

Bill McGuire descendait Amherst Street vers le centre de Blackstone. *Elizabeth a raison*, se dit-il. *Quel que soit le motif de l'appel de Jules Hartwick, je ne vois pas pourquoi ce serait plus grave qu'il ne le dit.*

« Il faut qu'on se voie, Bill, lui avait déclaré Hartwick. Et en attendant, je crois qu'il serait préférable que tu retardes un peu le début des travaux. Tu peux venir demain ? »

Malgré les nombreuses questions qu'avait posées Bill pour essayer d'en savoir plus, le banquier n'avait rien voulu lui dire. Il lui avait expliqué qu'il ne disposait pas encore de tous les éléments pour lui parler de ce petit problème, mais qu'il ne devait surtout pas s'inquiéter.

Ce prétexte un peu léger et ces phrases passe-partout n'avaient fait que susciter davantage de confusion dans l'esprit de Bill. Comment Hartwick voulait-il qu'il ne s'inquiète pas ? Le Blackstone Center était le projet le plus important dont il ait jamais eu à s'occuper. Pour pouvoir se consacrer plus efficacement à la transformation du vieil asile en un centre commercial qui pourrait redonner un peu de vie à cette ville agonisante, il avait refusé deux autres contrats — l'un à Port Arbello, l'autre à Eastbury. C'était même lui qui, le premier, avait eu l'idée de cette reconversion. Il y avait mûrement réfléchi pendant plus d'un an avant de soumettre son projet aux autorités de la ville. L'un de ses tout premiers interlocuteurs avait été Oliver Metcalf, car il savait pertinemment que, sans son soutien, rien ne serait possible. Quelques articles critiques ou même seulement tièdes dans *Les Chroniques de Blackstone*, et tout serait tombé à l'eau. Heureusement, l'idée du Blackstone Center avait aussitôt enthousiasmé Oliver, qui n'avait émis qu'une seule réserve :

— Et moi ? Je vais me retrouver du jour au lendemain

dans la rue la plus bruyante et la plus encombrée de la ville ?

Mais Bill avait déjà prévu ce problème. Sans hésiter une seconde, s'emparant d'un stylo sur le bureau surchargé de Metcalf, il avait rapidement tracé un plan sommaire pour lui montrer qu'il serait beaucoup plus logique d'accéder au centre par ce qui était autrefois l'entrée de service de l'asile, derrière le bâtiment, et non par les portes principales près desquelles se trouvait la maison du journaliste. Dès que cette question avait été résolue, Oliver avait activement soutenu le projet, non seulement dans les colonnes de son journal, mais également auprès de son oncle, Harvey Connally. Dès que celui-ci eut donné son accord — sans enthousiasme débordant —, le reste alla tout seul. Lorsque le boulet de démolition avait symboliquement détruit une partie du mur ouest de l'asile, deux jours plus tôt, la plupart des oppositions au projet avaient été balayées.

Bill McGuire et son équipe étaient prêts à entamer pour de bon les travaux dès le lendemain. C'est-à-dire le jour où Jules Hartwick lui avait donné ce coup de téléphone pour le moins alarmant :

« Sérieusement, Bill, attends un jour ou deux. »

Ne pas s'inquiéter — et puis quoi, encore ? Si, Bill McGuire s'inquiétait. Bill McGuire se rongeait les sangs.

En descendant Amherst Street vers le coin de Main Street, où se trouvait l'immeuble de brique rouge qui abritait la First National Bank de Blackstone, il sentit son angoisse monter d'un cran. Et son cœur se mit à battre de plus belle lorsqu'il aperçut Oliver Metcalf devant la porte de la banque.

— Tu sais ce qui se passe, toi ? lui demanda celui-ci.

— Il t'a appelé aussi ? fit Bill en s'efforçant de ne rien laisser paraître de ses mauvais pressentiments.

— Oui, hier. Mais il n'a pas voulu me dire de quoi il s'agissait. Ce qui signifie assez clairement, selon moi, que c'est loin d'être une bonne nouvelle.

— Il t'a dit de ne pas t'inquiéter ?

Le journaliste hocha lentement la tête. Il chercha à croiser le regard fuyant de McGuire.

— Tu n'as aucune idée de ce que ça peut être ? demanda-t-il.

McGuire tourna rapidement les yeux à droite et à gauche, mais ils semblaient seuls sur le trottoir.

— Il m'a simplement demandé d'attendre un peu avant de commencer les travaux. Tu imagines l'effet que ça m'a fait.

— Oui, fit Oliver avec un sourire compatissant. J'imagine tout à fait.

Les deux hommes pénétrèrent dans la banque, saluèrent les guichetiers d'un signe de tête et se dirigèrent vers le bureau de Jules Hartwick, au fond de la grande salle.

— Mr. Hartwick et Mr. Becker vous attendent, les informa Ellen Golding. Vous pouvez entrer.

Bill et Oliver échangèrent des regards inquiets. Si la présence de son avocat était nécessaire, c'est certainement que Hartwick avait à leur annoncer quelque chose de bien plus grave qu'il ne l'avait prétendu au téléphone.

A leur arrivée, Jules Hartwick se leva et fit le tour de son bureau pour venir les accueillir, tout aussi chaleureusement que d'habitude. Mais ce comportement ne réconforta nullement Bill McGuire. Il savait depuis longtemps qu'un sourire accueillant et une poignée de main amicale n'avaient aucune signification dans l'univers de la finance. D'ailleurs, lorsque Hartwick retourna s'asseoir derrière son bureau, sur l'épais cuir rouge de son fauteuil à roulettes, son sourire s'estompa.

— Ce que j'ai à vous dire n'est pas une nouvelle facile à annoncer, dit-il en posant successivement les yeux sur Bill McGuire et Oliver Metcalf.

— Je suppose que c'est en rapport avec le financement du Blackstone Center ? demanda l'entrepreneur, l'estomac noué par l'appréhension.

Le banquier prit une profonde inspiration avant de se décider à leur exposer le problème.

— Plus ou moins. Mais si ce n'était que ça, je pourrais me débrouiller pour vous décrocher un prêt qui...

— Un prêt ? s'exclama McGuire. Pour l'amour du ciel, Jules, pourquoi aurais-je besoin d'un prêt ?

Presque malgré lui, il se leva de son fauteuil et serra les poings sans même s'en rendre compte.

— Le financement du projet est bouclé depuis longtemps, enfin ! s'exclama-t-il d'une voix tendue, manifestement prêt à exploser.

En prononçant ces mots, McGuire se rendit compte qu'il ne croyait plus lui-même à ce qu'il disait : c'était vrai encore quelques jours plus tôt, bien sûr, mais de toute évidence, ça ne l'était plus. Et se mettre en colère n'arrangerait rien.

— Désolé, s'excusa-t-il en se rasseyant. Bon, qu'est-ce qui se passe ?

— Nous pensons qu'il n'y a pas réellement matière à s'inquiéter, dit Ed Becker, dont le ton sinistre laissait pourtant présager le pire à Metcalf et à McGuire.

— La direction nationale de la banque ne nous autorise plus à accorder de prêts. C'est provisoire mais...

— Pardon ? interrogea Oliver Metcalf. La direction nationale ? Jules, qu'est-ce que c'est que cette histoire ?

Visiblement mal à l'aise, le banquier changea de position sur son fauteuil. Depuis vingt ans, depuis qu'il avait pris la direction de la banque à la mort de son père, la partie la plus pénible de son travail avait toujours été d'affronter les clients auxquels il devait refuser un prêt — d'autant qu'il connaissait la plupart de ses clients depuis toujours, pour ainsi dire. Mais cette fois, c'était encore pire.

Bien pire.

Les premiers fonds avaient déjà été versés sur le compte qui devait servir à financer la construction du Blackstone Center. Bill McGuire avait déjà engagé son équipe. La veille, deux des hommes qui devaient travailler sur le chantier, Tom Cleary et Jim Nicholson, assurés de toucher bientôt un salaire correct, s'étaient présentés à la banque pour commencer à rembourser une petite partie des découverts que la banque leur accordait depuis des mois. Comme il l'avait toujours fait — et son père avant lui —, Jules avait expliqué aux deux hommes que rien ne pressait, qu'ils pourraient commencer à rembourser leurs dettes après les fêtes. Après tout, Tom était débiteur depuis un an et demi, et Jim depuis neuf mois. Un mois de plus, qu'est-ce que ça changerait ?

Mieux valait que ces hommes et leurs familles passent un bon Noël, la banque pouvait attendre un peu.

Mais à présent, Jules Hartwick savait que Jim, Tom, et bien d'autres, ne toucheraient pas les chèques sur lesquels ils comptaient. L'étude de routine qu'avait effectuée la direction nationale avait abouti à la conclusion suivante : la First National Bank de Blackstone avait beaucoup trop d'argent « dehors » et devait cesser momentanément d'accorder prêts et découverts. C'était une décision incontournable.

Mais pour Jules Hartwick, il ne s'agissait pas seulement de chiffres. Ces prêts qu'on lui reprochait concernaient des gens qu'il connaissait pour la plupart depuis son enfance, des gens qui avaient travaillé dur et avaient toujours assumé leurs responsabilités de leur mieux. Aucun d'entre eux n'avait jamais quitté volontairement un emploi, ni montré de mauvaise volonté pour en chercher un autre. Ils étaient simplement les victimes d'une situation économique qui se « dégradait » — un mot que Jules Hartwick avait fini par haïr — et, cela ne faisait aucun doute, ils rembourseraient leurs dettes dès que les choses iraient mieux pour eux.

A présent, à cause des décisions qu'il avait prises, en personne, de leur accorder des découverts ou des prêts pour les aider, la banque ne pouvait plus financer la construction du centre commercial. Avec un cynisme épouvantable, la direction avait fait remarquer qu'on pourrait faire d'une pierre deux coups : si l'on supprimait les prêts destinés au projet, les clients endettés n'auraient plus d'emploi, plus de salaire, et il deviendrait donc logique de leur refuser tout découvert supplémentaire.

— Apparemment, la direction n'est pas satisfaite de la manière dont nous gérons nos affaires, expliqua Hartwick. Pour l'instant, nous ne pouvons plus financer le Blackstone Center.

Il se força à regarder Bill McGuire dans les yeux en prononçant ces mots, puis se tourna vers Oliver Metcalf et reprit :

— Si j'ai voulu que tu sois présent, c'est pour qu'Ed puisse t'expliquer clairement la situation. Je suis persuadé que nous pourrons régler ce problème en quelques semaines. Mais si les gens apprennent que la direction nous met des bâtons dans les roues, la rumeur enflera vite... Bref, tu imagines ce qui se passera.

— Ce sera la panique, ils se précipiteront pour venir chercher leur argent. L'agence pourrait tenir le choc ?

— Probablement, répondit Hartwick en haussant les

épaules. Mais si ça tourne mal, nous pourrions tout à fait perdre notre indépendance. Au bout du compte, nos clients ne perdraient pas un sou, mais nous serions mis sous la coupe de l'une des grandes succursales régionales, sans plus la moindre liberté pour diriger l'agence selon nos idées.

— Tes idées, comme tu dis, nous ont mis dans un drôle de pétrin, remarqua Bill McGuire. Et moi, qu'est-ce que je vais dire à mes gars, Jules ? Que les emplois sur lesquels ils comptaient se sont évaporés ? Et moi ? Est-ce que tu as la moindre idée des contrats que j'ai refusés pour celui-ci ? Non ? J'arrive déjà tout juste à m'en sortir, Jules. Le bébé sera là dans un mois et je...

Il interrompit brusquement la tirade qu'il avait préparée à l'intention du banquier, constatant que celui-ci semblait sincèrement bouleversé par cette situation pénible. Que gagnerait-il, après tout, à s'emporter contre Jules ? Il n'y était pour rien. Une nouvelle fois, il fit un effort pour reprendre son calme.

— Bon, tu sais à peu près le temps que ça va prendre ? demanda-t-il d'une voix plus posée. Les fonds sont gelés momentanément, ou le projet tombe carrément à l'eau ?

Hartwick garda le silence pendant de longues secondes, et finit par écarter les mains en signe d'impuissance.

— Je n'en sais rien. J'espère que ça ne va pas durer plus d'une ou deux semaines, mais je ne peux rien te promettre. Il est possible que... que les travaux ne puissent pas commencer avant plusieurs mois.

Le banquier continua à lui expliquer le problème auquel il devait faire face, mais McGuire ne l'écoutait plus. Il était déjà en train de réfléchir à ce qu'il allait bien pouvoir faire pour s'en sortir.

Dans l'après-midi, il irait à Port Arbello pour essayer d'obtenir le contrat qu'il avait refusé trois semaines auparavant — la construction d'un immeuble, qui ne devait débuter qu'au printemps, mais dont les fonds de départ lui permettraient de tenir quelque temps. Il profiterait de sa présence là-bas pour évoquer, avec les promoteurs de ce projet, la possibilité d'un autre financement pour le Blackstone Center.

— Qu'est-ce que tu penses de tout ça ? demanda-t-il à

Oliver Metcalf lorsqu'ils eurent quitté la banque. C'est fichu avant même que ça n'ait commencé ?

— Il ne faut pas s'affoler, Bill. Dans un premier temps, je vais passer un petit article dans le journal pour expliquer que les travaux sont interrompus, en sous-entendant que tous les permis n'ont pas encore été obtenus, par exemple. Ensuite, on verra ce qui va se passer.

McGuire hocha pensivement la tête, puis salua Metcalf et commença à remonter Amherst Street. Après quelques pas seulement, le journaliste le rappela.

— Bill ? Embrasse Elizabeth et Megan de ma part. Et ne t'inquiète pas trop. Tout va s'arranger.

McGuire se força à sourire. Il aurait aimé pouvoir partager l'optimisme de Metcalf.

3

A peine sorti de la banque, Oliver Metcalf commençait déjà à composer mentalement son article. Mais au lieu de rentrer directement à son bureau, il partit dans la direction opposée, vers Princeton Street, où se trouvait la vieille bibliothèque de Blackstone, construite sur le terrain dont le père de Harvey Connally avait fait don à la ville près d'un siècle plus tôt. Un peu partout ailleurs, la plupart des bibliothèques de ce type avaient été remplacées depuis des années par des « médiathèques » plus modernes, mais celle de Blackstone n'avait pas changé, comme d'ailleurs tout le reste de la ville. D'une part à cause de la fierté des habitants de Blackstone pour leur histoire, mais surtout parce qu'on ne disposait pas de l'argent nécessaire à sa rénovation. On trouvait en ville quelques bâtiments « récents » — c'est-à-dire datant de moins de cinquante ans — mais Blackstone ressemblait en grande partie à ce qu'elle était cent ans plus tôt, hormis la peinture écaillée, les murs fissurés et d'autres signes de vétusté. Certains immeubles dataient même de deux siècles.

D'après le souvenir qu'en avait Oliver Metcalf, la bibliothèque n'avait absolument pas changé depuis son enfance. Les arbres s'élevaient peut-être un peu plus haut aujourd'hui, mais, à l'époque, les érables plantés sur la pelouse, devant le bâtiment, lui semblaient déjà immenses : ils étendaient largement leurs branches, fournissant toute l'ombre nécessaire à la Dame aux Histoires, qui lisait des contes aux enfants tous les jeudis après-midi, à la belle saison. A présent, quarante ans plus tard, une autre Dame aux Histoires continuait à faire le bonheur des enfants de Blackstone, les jeudis d'été. Oliver se disait qu'il trouverait toujours une Dame aux Histoires sur cette pelouse. Il l'espérait, du moins.

Ce jour-là, en s'avançant dans l'allée qui menait à la bibliothèque, il ne vit ni la Dame aux Histoires ni les nombreux enfants qui l'entouraient toujours. Il monta lentement les marches de pierre, creusées par les générations de pieds qui les avaient empruntées depuis tant d'années, et poussa les grandes portes extérieures, qui permettaient de créer une zone tiède entre le froid du dehors et la chaleur de l'intérieur. Les vieux radiateurs de la bibliothèque étaient réglés au maximum et rendaient l'atmosphère presque irrespirable, mais personne n'osait s'en plaindre, car Germaine Wagner, la maîtresse des lieux depuis près de vingt ans, répétait toujours : « Une salle bien chaude permet de mieux apprécier les bons livres. » Oliver n'avait jamais saisi le rapport qui pouvait exister entre température et littérature, mais Germaine acceptait de travailler pour un salaire aussi archaïque que la bibliothèque : si elle voulait qu'il fasse chaud, il devait faire chaud.

Lorsqu'il poussa les portes intérieures et sortit du sas, Germaine leva les yeux de la pile de livres qu'elle était en train de trier — des livres qui contenaient encore ces vieilles cartes sur lesquelles figurent la date de l'emprunt et la signature de l'emprunteur, glissées dans des pochettes de plastique. Elle fixa Oliver par-dessus ses lunettes en demi-lune, planta son stylo dans son épais chignon et lui fit signe de s'approcher.

— Des rumeurs circulent, dit-elle dans ce murmure professionnel qui, à vingt mètres, pouvait réduire au silence des lycéens trop bruyants. Il paraît qu'il y a des problèmes avec le Blackstone Center.

Oliver passa rapidement en revue les différentes possibilités. Germaine avait pu le voir entrer dans la banque avec Bill McGuire, et avait aussitôt envisagé le pire. Ce serait tout à fait son genre. Ou bien quelqu'un d'autre les avait vus et s'était empressé de venir la prévenir.

Ce qui était certain, c'est qu'elle cherchait un ragot bien juteux à ramener à la maison pour sa mère. La vieille Clara Wagner, clouée sur un fauteuil roulant, n'était pas sortie de chez elle depuis près de dix ans mais se délectait des potins de toutes sortes, plus encore que sa fille.

S'il ne disait rien à Germaine, il pouvait être sûr que, partout où la rumeur se répandrait, elle serait désormais associée à son nom (« J'ai posé directement la question à

Oliver Metcalf : il n'a pas démenti ! ») Il décida donc que la meilleure chose à faire était de l'orienter sur une fausse piste.

— Je crois que Bill est assez occupé par d'autres projets, en ce moment, dit-il. Mais dès qu'il pourra y voir plus clair, il s'attaquera sérieusement aux travaux se rapportant à l'asile.

Germaine lui répondit par une moue peu convaincue.

— Laisser tout son matériel là-haut sans qu'il serve, fit-elle en le fixant de ses yeux perçants, je ne pense pas que c'est le genre de chose que ferait Bill McGuire. Non. Ce n'est pas le genre de gars à perdre le moindre sou, Oliver.

— Il doit savoir ce qu'il fait, j'imagine. Bon, justement, ce projet du Blackstone Center est un peu la raison de ma venue ici. J'ai envie de publier une sorte de feuilleton sur l'histoire de l'asile.

— Tiens... Quand on sait qui était votre père, on pourrait penser que vous avez toute la documentation nécessaire chez vous, non ?

Oliver se sentit soudain comme un petit garçon qui arrive à l'école sans avoir fait ses devoirs.

— J'ai bien peur que mon père n'ait pas gardé trop de souvenirs de l'époque.

La bibliothécaire plissa sournoisement les yeux. Ses narines semblaient encore plus pincées que d'habitude.

— J'aurais tendance à penser la même chose, effectivement.

Le ton soudain glacial de Germaine fit frémir Oliver, mais il feignit de n'avoir rien remarqué, comme si cette observation perfide ne le touchait pas.

C'est exactement ce qu'il avait fait durant toute sa vie : prétendre que les réflexions de ce genre et les regards insidieux semblables à celui de Germaine ne le blessaient pas.

— Ce ne sont que des ragots, Oliver, lui avait cent fois répété son oncle. Personne ne sait ce qui s'est réellement passé, ni eux, ni toi, ni moi. La meilleure chose à faire est de les ignorer, crois-moi. Un jour ou l'autre, ils trouveront d'autres sujets de discussion.

Son oncle avait raison. Au fil des années, les gens s'étaient lassés de le dévisager comme une bête curieuse, de lui poser des questions à peine dissimulées pour essayer de savoir ce qui était *réellement* arrivé à sa sœur, tant d'années auparavant. Bien entendu, Oliver n'en savait pas plus qu'eux. Lorsqu'il avait emménagé dans la petite maison, après l'université, et qu'il avait commencé à se consacrer au journal, toute cette sombre affaire était presque entièrement oubliée.

Mais de temps en temps, en présence de personnes comme Germaine Wagner, il se rendait compte qu'un simple regard pouvait rouvrir de vieilles blessures, que le ton d'une voix pouvait encore le glacer. Ce serait sans doute toujours ainsi. Mais, comme lui-même, toutes les Germaine de la région seraient mises en terre sans avoir réussi à connaître la vérité.

— Je n'ai que très peu de souvenirs de mon père, dit-il calmement. Je suppose que c'est un peu pour cela que je suis là aujourd'hui. Maintenant que le vieux bâtiment va enfin trouver une bonne raison d'être, je me suis dit qu'il serait peut-être temps d'écrire l'histoire de l'asile.

— S'occuper de la santé mentale des gens était une excellente raison d'être, répliqua Germaine. Ma mère était très fière de son emploi là-bas.

— Elle avait raison, bien sûr. Ce que je voulais dire, c'est que l'asile est fermé depuis longtemps. Il devient difficile de trouver des informations. Je pensais que la plupart des archives devaient se trouver ici, peut-être dans le grenier. Ça ne me coûtait rien d'essayer, en tout cas.

Germaine Wagner semblait réfléchir à sa requête. Depuis le temps qu'elle travaillait ici, elle en était venue à considérer les possessions de la bibliothèque comme sa propriété : si on lui rendait un livre avec un ou deux jours de retard, elle le prenait comme un affront personnel. Alors si on se mettait à fouiller dans les innombrables cartons de vieux livres, de journaux et d'albums de photos qui avaient été entreposés dans le grenier depuis bientôt cent ans, elle verrait probablement cela d'un œil révolté, comme si l'on envahissait son domaine privé.

— Bon, concéda-t-elle d'une voix presque triste, semblant regretter d'être obligée d'accepter. Il n'y a aucune raison pour que vous ne puissiez pas consulter nos archives. Je pourrais demander à Rebecca de vous descendre ce que nous avons là-haut.

Comme si le seul fait de prononcer son nom suffisait à

la faire apparaître, une jeune fille sortit de la pièce du fond et s'approcha d'eux.

Pour être exact, ce n'était plus une jeune fille. Rebecca Morrison approchait de la trentaine, mais son visage enfantin et ses cheveux châtains et soyeux, coiffés avec une raie au milieu, lui donnaient un air d'innocence et de pureté qui la faisait paraître bien plus jeune que son âge. Ses grands yeux d'un brun sombre reflétaient la plus parfaite candeur.

Oliver la connaissait depuis qu'elle était toute petite, et lorsqu'il lui avait fallu rédiger la notice nécrologique de ses parents, après l'accident qui avait laissé orpheline cette petite fille de huit ans, il n'avait pu retenir ses larmes. Pendant des semaines, Rebecca était restée entre la vie et la mort. Depuis, beaucoup de gens à Blackstone avaient pris l'habitude de l'appeler « la pauvre Rebecca », mais pas Oliver. Lorsqu'elle était enfin sortie de l'hôpital, elle ne souriait plus que tristement, et son esprit fonctionnait certes un peu moins rapidement qu'avant, mais, pour Oliver, sa douceur et sa gentillesse faisaient plus que compenser les légères déficiences intellectuelles dont elle souffrait depuis l'accident.

Quand elle vint vers lui en souriant, il éprouva de nouveau cette sensation de bien-être que lui procurait toujours sa présence.

— Oliver voudrait savoir si nous possédons quelques informations sur l'asile, dans le grenier, dit Germaine Wagner. Je l'ai prévenu que ce n'était pas certain, mais tu pourrais tout de même aller y jeter un coup d'œil.

— Il y en a un carton plein ! s'exclama Rebecca. (Oliver crut apercevoir une lueur de désapprobation dans le regard de la bibliothécaire.) Je vais le descendre tout de suite.

— Je vais t'aider, proposa aussitôt Oliver.

— C'est pas la peine, protesta Rebecca. Je peux le faire.

— J'insiste, Rebecca. Ça me ferait plaisir.

En suivant Rebecca vers l'escalier qui menait à la mezzanine puis au grenier, Oliver sentit les yeux de la bibliothécaire dans son dos et dut se contenir pour ne pas se retourner et lui lancer un regard noir. *En fait,* se dit-il, *son problème, c'est sans doute qu'aucun homme ne l'a jamais suivie dans un escalier.*

Cinq minutes plus tard, aidé par Rebecca, Oliver déposa un gros carton poussiéreux, bourré de classeurs, d'albums de photos, de lettres et de carnets, sur l'une des immenses tables de chêne qui étaient alignées en deux rangées impeccables dans la grande salle de la bibliothèque, près des fenêtres. Il plongea une main dedans et en sortit un gros album de photos. Puis il s'installa sur une chaise de chêne, trop dure, et l'ouvrit au hasard.

Il tomba sur une photo de son père.

Elle datait de longtemps avant la naissance d'Oliver. On y voyait Malcolm Metcalf devant les grandes portes de l'asile, les bras croisés sur la poitrine. Il fixait l'objectif d'un regard mauvais, comme s'il le défiait.

Même maintenant, tant d'années plus tard, Oliver fut parcouru d'un frisson en regardant la vieille photo en noir et blanc. Comme s'il était lui-même la cause de ce regard sévère qui assombrissait le visage de son père. Mais c'était bien entendu le photographe invisible, que son père semblait ainsi menacer. Manifestement, il ne voulait pas qu'il fasse un pas de plus vers l'asile. Sur ce cliché, c'était flagrant, Malcolm Metcalf protégeait son institution de l'œil inquisiteur de l'appareil.

Oliver se mit à feuilleter rapidement l'album, comme pour échapper au regard terrible de son père. Soudain, une image sembla lui sauter aux yeux.

Un petit garçon est attaché sur un lit.
Ses mains sont ligotées, ainsi que ses chevilles.
Sur son torse, une grande ombre apparaît.
Le petit garçon hurle...

Oliver cligna des yeux, secoua la tête, et feuilleta les pages en arrière à la recherche de cette photo.

Mais l'image qui lui était apparue ne se trouvait nulle part dans l'album.

4

Comme il le faisait souvent, Bill McGuire s'arrêta sur le trottoir devant chez lui et contempla la maison dans laquelle il avait passé la majeure partie de sa vie. C'était une vieille demeure de style victorien — la seule du pâté de maisons —, et même si la mode consistait à repeindre les habitations de ce genre en rose, pourpre ou lavande, Bill avait toujours refusé, en parfait accord avec Elizabeth, de la maquiller ainsi. Ils préféraient tous les deux qu'elle conserve ses couleurs d'origine, ses couleurs de terre — moutarde, ocre, vert sombre, bordeaux —, ses moulures blanches finement travaillées, qui ressemblaient à de la dentelle et la rendaient presque légère, malgré sa masse imposante.

Les six grandes propriétés du pâté de maisons étaient toutes aussi bien entretenues que celle des McGuire. Amherst Street, qui gravissait la colline en courbes douces jusqu'aux portes du vieil asile, pouvait presque être considérée comme une sorte de musée en plein air de l'architecture. La maison des McGuire se trouvait entre une grande demeure de style Tudor, construite pour moitié en bois, et un parfait exemple de ce qu'avait produit le style fédéral. De l'autre côté de la rue, s'élevaient deux grandes bâtisses datant de l'époque Craftsman, séparées par une habitation à deux étages qui, du moins selon Bill, souffrait un peu de la comparaison avec la profusion victorienne de la sienne, en face. Chaque demeure se dressait au cœur d'un vaste espace vert, comme nichée dans un écrin d'arbres et d'arbustes, ce qui donnait au quartier une unité végétale, sinon architecturale. En marchant dans Amherst Street, on avait l'impression de se promener dans un grand parc.

Ce jour-là, en levant les yeux vers sa maison aux nombreuses fenêtres et lucarnes et aux petits toits pointus, Bill eut le sentiment étrange que quelque chose n'allait pas. Il chercha attentivement sur la façade la raison de son malaise, mais ne découvrit rien d'anormal. La peinture ne s'écaillait nulle part, il ne manquait aucun bardeau sur le toit. Supposant que cette sensation désagréable n'était que la conséquence de sa mauvaise humeur après son entrevue avec le banquier, il s'engagea dans l'allée, monta les quelques marches qui menaient au porche et pénétra chez lui.

Le sentiment que quelque chose allait de travers s'accrut encore quand il eut refermé la porte derrière lui.

— Elizabeth ? Megan ? Il y a quelqu'un ?

Aucun son ne lui parvint en retour pendant quelques secondes, puis la porte qui donnait sur l'office s'ouvrit et la silhouette voûtée de Mrs. Goodrich se dirigea vers lui en traînant les pieds.

— Elles sont toutes les deux en haut, dit la vieille femme. Vous devriez aller voir Madame, peut-être. Je l'ai trouvée un peu bizarre. Il faut que je prépare le déjeuner, moi.

Mrs. Goodrich, qui veillait affectueusement sur Elizabeth depuis sa plus tendre enfance à Port Arbello, leva vers Bill un regard inquiet :

— Vous mangez ici, n'est-ce pas ?

— Oui, Mrs. Goodrich.

Tandis que la gouvernante s'éloignait lentement vers la cuisine, Bill s'engagea dans l'escalier. Il n'était pas encore arrivé à l'étage lorsque Megan apparut et baissa vers lui un regard sombre et troublé.

— Pourquoi je peux pas avoir ma poupée ? demanda-t-elle. Pourquoi maman veut pas me la donner ?

— Ta poupée ? répéta Bill. Quelle poupée ?

— Celle qu'on m'a envoyée. Maman veut pas me la donner.

A cet instant, Elizabeth, toujours vêtue de la chemise de nuit et du peignoir qu'elle portait quand Bill était parti, trois heures plus tôt, arriva derrière sa fille.

— Ce n'est pas que je ne veuille pas te la donner, ma chérie, fit-elle. Mais on ne sait pas pour qui elle est.

— Est-ce que l'une de vous deux pourrait m'expliquer ce qui se passe ? demanda Bill en montant les dernières marches.

Il s'accroupit pour embrasser Megan, puis se redressa et passa un bras autour des épaules de sa femme. Le sourire que son baiser avait laissé sur le visage de Megan s'estompa aussitôt.

— C'est pour moi, cette poupée ! s'écria-t-elle. Quand on la voit, on sait que c'est pour moi.

— Viens, dit Elizabeth à son mari. Elle est dans notre chambre, je vais te la montrer.

Bill prit la main de sa fille et suivit sa femme dans leur grande chambre. Sur la vieille chaise longue où la mère de Bill, autrefois, aimait tant s'installer pour lire, se trouvait le paquet apporté le matin par le facteur. Elizabeth en sortit la poupée et la prit dans ses bras comme s'il s'agissait d'un bébé.

— Elle est belle, non ? fit-elle. Tu as vu ? Je suis presque sûre que son visage a été peint à la main. Et regarde ses vêtements. Ils ont certainement été faits artisanalement, eux aussi.

Bill s'approcha de sa femme et baissa les yeux vers la poupée. Son visage était peint de manière si remarquable que, pendant une fraction de seconde, il eut l'impression qu'elle lui rendait son regard.

— Qui nous a envoyé ça ? demanda-t-il.

— Bonne question. Non seulement il n'y avait pas l'adresse de l'expéditeur, mais il n'y avait pas non plus la moindre carte dans le paquet.

— C'est à moi ! cria Megan en tendant les bras vers la poupée. On n'envoie pas des poupées aux grandes personnes !

Elizabeth, qui sembla serrer un peu plus fort la poupée contre sa poitrine, tourna la tête vers la petite fille.

— On ne peut pas vraiment savoir si elle est pour toi, ma chérie. C'est peut-être un cadeau pour le futur bébé.

Megan lui lança un regard noir et son menton se mit à trembler.

— Le bébé sera un garçon, grogna-t-elle. C'est toi qui l'as dit. Et les garçons jouent pas à la poupée !

— Nous *espérons* que le bébé sera un garçon, expliqua Elizabeth. Mais on ne sait pas encore. Si jamais tu as une petite sœur, tu ne crois pas qu'elle aimera cette poupée autant que toi ?

— Non, répondit Megan d'une voix boudeuse. Les

bébés jouent pas avec des poupées. Ils font rien d'autre que manger, pleurer et salir leurs couches. Papa, s'il te plaît, je peux l'avoir ?

— Je vais te dire ce qu'on va faire, proposa Bill. On va mettre cette poupée de côté pendant un petit moment, et on va essayer de savoir qui nous l'a envoyée. Si on s'aperçoit qu'elle était pour toi, tu pourras la prendre. Et si elle est pour le bébé, on attendra que le bébé soit né : si c'est un petit garçon, eh bien, cette poupée sera le premier cadeau que te fera ton petit frère. Qu'est-ce que tu en penses ?

— On va la mettre où ? demanda Megan, l'air perplexe.

— Voyons... Qu'est-ce que tu dirais du placard de l'entrée ?

— D'accord, acquiesça Megan, soudain radieuse. Mais c'est moi qui l'emmène en bas.

— Ça me semble correct, fit Bill en adressant un clin d'œil à sa femme. Après tout, chérie, tu l'as eue toute la matinée. Il me paraît normal que ce soit Megan qui la descende, non ?

Durant une seconde, il crut percevoir une sorte d'hésitation dans le regard de sa femme, comme si elle n'était pas vraiment prête à lâcher la poupée. Mais elle finit par sourire et s'accroupit devant sa fille.

— Bien sûr, bien sûr. Tiens. Mais il faut que tu la prennes dans tes bras, comme moi. Ce n'est pas un vrai bébé, mais tu pourrais lui faire mal si tu la laissais tomber, tu pourrais la casser. Cette poupée a beaucoup de valeur, tu sais.

— Je la laisserai pas tomber, déclara Megan en serrant la poupée contre sa poitrine, comme sa mère l'avait fait plus tôt. Je l'aime, ma poupée.

Ils descendirent tous les trois ensemble et Bill ouvrit le placard de l'entrée.

— Elle va avoir froid, ici, dit Megan. Il faut la mettre dans une couverture.

Elle remonta à l'étage à toute vitesse et revint quelques instants plus tard avec la petite couverture rose qui se trouvait autrefois dans son berceau. Elle enveloppa soigneusement la poupée dedans.

— Elle sera mieux comme ça, affirma-t-elle.

Bill prit la poupée emmaillotée des mains de sa fille et

la posa sur une étagère, sur un lit confortable de casquettes de ski, de gants et d'écharpes.

— Voilà, fit-il. Maintenant, elle va pouvoir dormir jusqu'à ce qu'on trouve à qui elle appartient.

Tandis qu'ils se dirigeaient tous les trois vers la salle à manger, où Mrs. Goodrich venait de mettre la table pour le déjeuner, il vit Megan se retourner et jeter un regard plein d'envie vers le placard.

Il pressentit que, avant la fin de l'après-midi, la poupée aurait miraculeusement quitté son lit dans le placard et trouvé le chemin de la chambre de sa fille. Mais ce serait à Elizabeth de régler ce problème, puisqu'il serait à Port Arbello, lui.

— Tu es obligé d'y aller ? lui demanda Elizabeth quand il lui eut raconté son rendez-vous avec le banquier et expliqué ce qu'il comptait faire à présent.

— Si tu veux que nous ayons de quoi manger dans les mois à venir, oui. Je suis presque sûr que je peux encore décrocher ce contrat. Mais il va probablement falloir que je passe la nuit là-bas, dans un motel, pour travailler à fond sur le dossier et revenir à l'attaque dès demain matin, chiffres en main.

Il jeta un coup d'œil au ventre gonflé de sa femme — c'était impossible, mais il lui sembla qu'il avait encore grossi depuis le matin.

— Ça va aller, toi ?

— J'ai encore un bon mois devant moi, répondit-elle comme si elle avait lu dans ses pensées. Ne t'en fais pas, ce n'est pas parce que tu t'absentes une nuit que je vais accoucher en avance. Vas-y, ne t'inquiète pas pour Megan et moi. Mrs. Goodrich s'occupe de moi depuis que je suis toute petite. Pour une nuit de plus, tu peux bien lui faire confiance.

— Mrs. Goodrich a presque quatre-vingt-dix ans. Elle ne devrait même plus travailler.

— Amuse-toi à lui dire ça, répliqua Elizabeth en riant. Elle te mangerait tout cru.

Une heure plus tard, alors qu'il s'apprêtait à charger son sac et son ordinateur portable dans sa voiture, Bill ressentit de nouveau cette impression de malaise qu'il avait eue en entrant.

— Je ferais peut-être mieux de ne pas y aller, dit-il. Je dois pouvoir discuter ce contrat par téléphone.

— Tu sais bien que non, répliqua Elizabeth. Vas-y, je te dis. Il ne peut rien nous arriver.

Mais en s'éloignant de la maison en voiture, Bill se surprit à regarder dans son rétroviseur. D'un œil inquiet.

Toujours avec le même sentiment que quelque chose allait de travers.

5

Elizabeth tenait son bébé dans ses bras — un adorable petit garçon — et le berçait doucement contre sa poitrine. Elle était assise sous le porche, dans un rocking-chair. Mais ce n'était pas le porche de la maison de Blackstone. Et, curieusement, trois semaines après Noël, il faisait chaud.

C'était l'été ? Oui, elle réalisa soudain qu'elle se trouvait devant la maison de son enfance, à Port Arbello. Une belle journée de juillet. Une brise tiède venait de l'océan. Au loin, elle entendait le bruit des vagues qui se fracassaient sur les rochers. Elle se mit à fredonner doucement, juste assez fort pour que son bébé puisse l'entendre sans que son demi-sommeil en soit troublé.

« Dodo,

L'enfant do,

L'enfant dormira bien vite... »

Sa voix devenait de plus en plus faible. Elizabeth commençait à s'endormir elle aussi. Ses paupières étaient lourdes. Mais, juste à l'instant où elle se laissait aller au sommeil, quelque chose attira son attention.

De l'autre côté du champ qui bordait la maison, un enfant sortit des bois.

Megan.

Elizabeth s'apprêtait à appeler sa fille lorsqu'elle se rendit soudain compte que la petite fille qui venait vers elle n'était pas Megan. Elle n'avait ni ses beaux cheveux blonds ni son visage lumineux.

C'était sa sœur.

C'était Sarah !

Cela paraissait pourtant impossible : Sarah n'avait pas l'air plus âgée que le jour où elle avait été emmenée à l'hôpital, tant d'années auparavant.

En regardant la petite fille qui venait droit vers elle à

travers le champ, Elizabeth sentit son cœur se mettre à battre plus vite.

Car Sarah tenait quelque chose dans ses mains. Quelque chose qu'elle tendait à présent vers elle, qu'elle semblait vouloir lui offrir. Quelque chose qu'Elizabeth reconnut sans peine.

Un bras.

Le bras de Jimmy Tyler.

Instinctivement, Elizabeth baissa les yeux sur son bébé.

Son fils ne dormait plus. Il écarquillait des yeux affolés, il criait, il criait, mais aucun son ne sortait de sa bouche. Il y avait encore pire que ce hurlement silencieux, bien pire que la terreur qu'elle lisait dans ses yeux : du sang coulait à flots de l'épaule gauche du bébé. On lui avait arraché le bras.

Elizabeth sentit un cri monter de ses poumons, mais sa gorge se serra aussi fort que si des mains puissantes l'étranglaient. Le hurlement d'épouvante resta prisonnier en elle et se diffusa dans tout son corps. Elle crut qu'elle allait se désintégrer sur place, exploser en mille morceaux. Elle était à présent recouverte du sang de son fils. Elle en avait partout, sur les mains, sur la poitrine, sur les jambes. Sarah, qui tenait toujours le bras ensanglanté qu'on avait arraché au bébé, continuait à s'approcher d'elle.

Elizabeth essaya de fuir cette vision atroce, mais elle se sentait paralysée. Finalement, au prix d'un effort terrible qui épuisa ses dernières forces, elle parvint à se lever du rocking-chair et...

Elle se réveilla en sursaut. L'affreuse image de son bébé mutilé flottait encore devant ses yeux. Sa petite sœur qui apportait le bras. Le cœur d'Elizabeth battait à tout rompre, elle pouvait à peine respirer. Mais le cauchemar finit par s'effacer peu à peu, son rythme cardiaque redevint presque normal et elle réussit lentement à reprendre son souffle. C'est alors qu'elle réalisa qu'elle n'était pas revenue à Port Arbello.

Elle se trouvait dans sa chambre, à Blackstone, un après-midi de décembre. Son bébé était toujours à l'abri dans son ventre. Cependant, elle entendait encore, comme dans le lointain, la berceuse qu'elle chantait dans le rêve.

« Dodo,
L'enfant do,

L'enfant dormira bientôt. »

Elizabeth se releva de la chaise longue dans laquelle elle s'était endormie et sortit dans le couloir. A présent, elle entendait mieux la berceuse, qui venait de la chambre de Megan. Elle traversa silencieusement le long couloir de l'étage, se posta devant la porte de sa fille et tendit l'oreille.

Megan fredonnait doucement.

Comme elle fredonnait elle-même, dans son rêve.

Elle entrouvrit la porte et glissa un regard à l'intérieur.

Megan était assise sur son lit.

Elle berçait la poupée contre sa poitrine.

Elizabeth ouvrit la porte en grand. La chanson s'éteignit aussitôt sur les lèvres de Megan, qui ouvrit de grands yeux surpris. Par réflexe, elle serra plus fort la poupée entre ses bras.

Elizabeth traversa la chambre et s'arrêta juste devant sa fille, l'air sévère.

— Nous avions décidé que la poupée resterait dans le placard, non ?

— Vous avez décidé, fit Megan en secouant la tête. Pas moi.

— Nous avons *tous* décidé. Papa, maman et toi. Par conséquent, je vais tout de suite la ramener en bas, à sa place. Tu comprends ?

— Mais je la veux, protesta Megan. Je l'aime.

— Elle n'est pas à toi, Megan, dit Elizabeth en prenant la poupée des bras de sa fille. Pas encore, en tout cas. Peut-être un jour, peut-être même bientôt. Mais pas pour l'instant. Je vais la remettre dans le placard. Et tu n'y toucheras plus. Tu comprends ce que je te dis ?

Megan ne répondit pas. Elle leva un regard noir vers sa mère et, sans un mot, attendit qu'elle eut quitté la chambre et refermé la porte derrière elle. Dès qu'elle fut seule, elle sentit de grosses larmes lui monter aux yeux. Mais brusquement, elle comprit que ça n'avait aucune importance, qu'elle pourrait toujours retrouver sa poupée, quel que soit l'endroit que sa mère choisirait pour la cacher. Oui, elle la retrouverait. Et la poupée serait à elle.

Elizabeth descendit dans l'entrée et s'apprêtait à ranger la poupée dans le placard, mais elle se ravisa au dernier moment. Megan viendrait la reprendre, c'était certain.

Elle traversa la salle à manger et entra dans la bibliothèque à la recherche d'une bonne cachette. Elle ne mit pas longtemps à trouver l'endroit idéal : l'étagère supérieure de l'un des deux meubles d'acajou que Bill avait construits pour ranger des bibelots et des photos encadrées, disposés de part et d'autre de la cheminée.

L'étagère du haut — qu'elle pouvait tout juste atteindre elle-même — était vide. Même si Megan repérait la poupée, il lui serait impossible de la toucher sans une échelle. Elizabeth y installa la poupée, la poussa le plus loin possible, et allait quitter la bibliothèque lorsque son regard s'arrêta sur un portrait exposé sur l'une des étagères, entre les livres anciens qu'elle avait ramenés de Port Arbello, les photos de sa famille et de celle de Bill, et même un vieux jeu de l'oie auquel Sarah et elle jouaient quand elles étaient petites.

Le portrait sur lequel venaient de se poser ses yeux était celui de l'une des tantes de Bill — Laurette, si sa mémoire était bonne, qui s'était tuée longtemps avant la naissance de Bill. Elizabeth avait déjà vu ce portrait des dizaines de fois, mais quelque chose venait soudain d'attirer son attention. Elle l'observa un moment en essayant de comprendre ce qui l'intriguait. Elle finit par relever les yeux vers la poupée, sur la dernière étagère du meuble d'acajou.

Elle se rendit compte que la poupée et la femme du portrait se ressemblaient étrangement.

Les mêmes yeux bleus.

Les mêmes longs cheveux blonds.

Les mêmes joues roses, les mêmes lèvres rouges.

On aurait dit que la poupée était une reproduction en miniature de la tante de Bill.

Une pensée traversa fugitivement l'esprit d'Elizabeth. La poupée pouvait-elle avoir été fabriquée d'après cette femme ? Lui avait-elle appartenu ? Elizabeth chassa aussitôt cette idée farfelue.

Elle remonta à l'étage, s'allongea sur la chaise longue de sa chambre et s'endormit de nouveau. Mais cette fois, elle ne fit pas de cauchemar.

Megan McGuire ouvrit les yeux dans l'obscurité. Elle resta interdite durant quelques secondes, se demandant ce qui avait pu la réveiller. Mais très vite, sur le mur de sa chambre, en face d'elle, elle aperçut une forme sombre.

La silhouette d'une sorcière, noire comme de l'encre, avec un chapeau pointu et une longue robe informe. Elle était à califourchon sur un balai. Dans sa main, elle brandissait une grande épée.

La sorcière se mit rapidement en mouvement, s'envola vers le plafond à toute vitesse puis fonça droit sur Megan.

La petite fille se recroquevilla contre son gros oreiller et remonta les couvertures jusqu'à son menton, tremblante de peur.

La sorcière approchait de plus en plus, levant haut son épée. Megan enfonça encore plus profondément la tête dans son oreiller.

Alors qu'elle sentait déjà l'ignoble sorcière qui l'effleurait, la silhouette disparut aussi soudainement qu'elle était apparue. Elle se volatilisa dans un grand flash de lumière blanche.

Comme elle le faisait à chaque fois, Megan resta un moment immobile, savourant jusqu'au bout le délicieux frisson que lui procurait toujours cette vision effrayante, même si elle savait pertinemment que cette sorcière ne devait sa brève existence qu'au passage d'une voiture dans Amherst Street, et disparaissait dans la lumière des phares.

La chambre reprit son allure habituelle tandis que le bruit du moteur s'éloignait, mais au moment où Megan décrispait ses doigts sur la couverture, elle entendit autre chose.

Un son si faible qu'elle le percevait à peine.

Mais en écoutant plus attentivement, elle comprit vite de quoi il s'agissait.

Quelqu'un pleurait.

Une petite fille avec de longs cheveux blonds, des joues roses et des yeux bleus.

Une petite fille qui portait une robe blanche un peu froissée et une couronne de fleurs dans les cheveux.

Une petite fille qui voulait être son amie, mais que sa mère avait emmenée loin d'elle.

Megan se faufila hors de son lit, enfila son peignoir sur sa chemise de nuit et glissa les pieds dans les chaudes pantoufles que Mrs. Goodrich lui avait offertes pour Noël, l'année précédente. Elle entrouvrit la porte de sa chambre et jeta un coup d'œil dans le couloir. Elle aperçut la porte de la chambre de ses parents, près de l'escalier.

Elle était fermée. Aucune lumière ne filtrait en dessous.

Silencieusement, Megan passa dans le couloir et descendit l'escalier.

Elle entendait plus distinctement les pleurs de la petite fille. Au bas des marches, elle tourna la tête vers la salle à manger et l'office, puis vers la cuisine.

Tout était éteint. Aucun bruit de télévision ne lui parvenait de la chambre de Mrs. Goodrich. Hormis les sanglots de la petite fille, la maison était aussi silencieuse qu'obscure.

Les pleurs s'interrompirent soudain et Megan entendit autre chose.

Une voix qui l'appelait.

— *Megan... Megan... Megan...*

Manifestement, comme une sorte de phare sonore, cette voix devait servir à guider Megan, qui s'éloigna de la cuisine et de la chambre de la gouvernante pour se diriger vers la salle à manger, qu'elle traversa dans la pénombre avec autant d'aisance que s'il faisait grand jour. Elle s'arrêta à la porte de la bibliothèque. La voix était à présent beaucoup plus proche.

— *Megan... Megan...*

La bibliothèque était plongée dans l'obscurité la plus profonde. Megan ne bougeait pas. Au bout de quelques instants, les premiers rayons de la lune qui se levait commencèrent à éclairer faiblement la pièce par les portes-fenêtres qui menaient au patio. C'est à cet instant que Megan les vit.

Les yeux de la poupée, qui scintillaient dans le clair de lune et semblaient braqués sur elle, du haut de la dernière étagère du grand meuble qui se trouvait à droite de la cheminée.

Sa mère pensait sans doute qu'elle ne pourrait jamais atteindre la petite fille.

Mais Megan ne comptait pas se laisser décourager si facilement. A pas toujours aussi silencieux et assurés, elle traversa la bibliothèque et se mit à escalader les étagères du meuble d'acajou aussi facilement que si elle grimpait sur une échelle.

Elizabeth se réveilla en sursaut. Cette fois, ce n'était pas à cause d'un cauchemar mais d'un bruit assourdissant, immédiatement suivi par un hurlement de terreur. Puis une longue plainte.

Megan !

Descendant de son lit aussi rapidement qu'elle le put, et sans prendre la peine d'enfiler son peignoir, elle traversa sa chambre en trébuchant dans la pénombre et se précipita dans le couloir. Elle appuya fébrilement sur l'interrupteur et les trois lustres s'allumèrent, inondant Elizabeth d'une lumière crue.

Elle cligna des yeux. Au moment où elle s'aperçut que la porte de la chambre de Megan était fermée, un autre cri retentit dans la nuit.

En bas !

Megan était descendue et...

La poupée ! Elle avait trouvé la poupée, elle avait essayé de l'attraper et...

Le cœur battant, Elizabeth s'engagea dans l'escalier aussi vite que le lui permettait son gros ventre. Elle était encore à trois marches du bas lorsque la lumière de l'entrée s'alluma. Enveloppée dans un vieux peignoir miteux, l'air affolé, Mrs. Goodrich traînait les pieds vers la salle à manger.

A l'instant où un nouveau hurlement résonnait dans la maison, Elizabeth arriva au bas de l'escalier et se précipita dans la pièce. Parvenue à la porte de la bibliothèque, elle tâtonna vers les interrupteurs et appuya sur tout ce que touchaient ses doigts. Une puissante lumière éclaira la pièce et l'image insupportable qu'Elizabeth avait à l'esprit depuis qu'elle était sortie de sa chambre lui apparut soudain dans toute son horreur, toute son effroyable réalité.

Le meuble d'acajou était tombé en avant. Elizabeth aperçut Megan en dessous, qui se débattait faiblement pour essayer de se libérer du poids terrible qui l'écrasait. Les photos et les bibelots qui garnissaient les étagères étaient éparpillés partout autour d'elle, des cadres brisés et de gros éclats de verre jonchaient le tapis, ainsi que d'innombrables morceaux de porcelaine et de plâtre provenant des statuettes ou des figurines cassées.

Les hurlements de Megan s'étaient transformés en sanglots de douleur.

Epouvantée, Elizabeth traversa la pièce à toute vitesse, se pencha vers sa fille et empoigna le bord supérieur du meuble à deux mains.

Comprenant ce qu'Elizabeth s'apprêtait à faire, Mrs. Goodrich, qui venait de franchir la porte, poussa un cri :

— Non ! Ne faites pas ça !

Sans prêter attention à la vieille gouvernante, Elizabeth réunit toutes ses forces et souleva le meuble de quelques centimètres, juste assez pour dégager sa fille.

— Vite, Megan ! cria-t-elle. Sors de...

Elle eut soudain la voix coupée par une pointe de douleur atroce, comme si on venait de lui planter un couteau dans le ventre. Elle dut faire appel à ses dernières réserves de courage et d'énergie pour retenir le meuble quelques secondes encore, le temps que Megan, réagissant enfin à la voix de sa mère, parvienne à se libérer en se tortillant. Aussitôt après, le meuble devenu trop lourd pour Elizabeth s'écrasa de nouveau sur le tapis. Elle s'effondra comme une marionnette dont on vient de couper les fils, tandis qu'une nouvelle douleur abominable lui transperçait le ventre. Affalée sur le sol, elle sentit quelque chose céder en elle.

— Appelle... ambulance, haleta-t-elle, les mains crispées sur son ventre comme pour retenir ce qui partait. Ô mon Dieu, Mrs. Goodrich. Vite !

La douleur déferlait maintenant en elle par vagues successives. Elle se sentit envahie d'une faiblesse extrême. Autour d'elle, la lumière commençait à baisser.

Juste avant de se laisser emporter dans les ténèbres, elle parvint à distinguer Megan, debout, les yeux baissés vers elle.

Et dans ses bras, absolument intacte après le choc qui avait détruit tout ce que contenait le meuble, Elizabeth aperçut la poupée.

6

Bill McGuire entra dans le parking presque désert du Memorial Hospital de Blackstone et gara sa voiture près de l'entrée des urgences. Il conduisait depuis presque trois heures. Il avait quitté le motel de Port Arbello quelques minutes après avoir reçu l'appel de Mrs. Goodrich, prenant tout juste le temps de s'arrêter devant la réception fermée pour glisser la clé de sa chambre dans la boîte aux lettres avant de partir. Sur la route, il avait dû plusieurs fois se forcer à ralentir, en se répétant que le but était certes d'arriver à Blackstone le plus rapidement possible, mais entier. Le chemin ne lui avait jamais paru aussi long. Il avait réussi à joindre l'hôpital sur son portable à trois reprises, mais à chaque fois, la communication avait été interrompue par une trop mauvaise liaison.

Tout ce qu'il avait réussi à savoir, c'est qu'Elizabeth était en train d'accoucher et que les choses allaient « aussi bien qu'on pouvait l'espérer dans de telles circonstances ».

Mon Dieu, faites qu'elle vive, priait-il. *Je vous en supplie, Seigneur, faites qu'elle vive, ainsi que le bébé.*

Mon Dieu, pourquoi, pourquoi les ai-je laissées seules cette nuit, pourquoi justement cette nuit ?

Les mains crispées sur son volant, torturé par le remords et la culpabilité, il fonçait dans la nuit. Mais qu'était-il allé faire à Port Arbello ? Il avait réussi à décrocher le contrat pour l'immeuble, mais dans la chambre du motel, il s'était vite rendu compte qu'il aurait très bien pu régler cette affaire par téléphone depuis son bureau, dans la bibliothèque.

Bill claqua la portière de la voiture derrière lui, trépigna en attendant que les portes automatiques du service des urgences veuillent bien s'ouvrir, et se précipita dans la salle d'attente. Il repéra immédiatement Mrs. Goodrich, toujours vêtue de son vieux peignoir, assise sur une banquette de moleskine verte, un bras protecteur passé autour des épaules de Megan, qui portait un léger bandage à la tête. Mrs. Goodrich, terrorisée par ce qui pouvait arriver à la personne qu'elle aimait le plus au monde, semblait presque aussi petite que Megan. Mais lorsque Bill s'approcha, il aperçut une lueur de courage et de détermination au fond des yeux de la vieille femme.

— Nous allons bien, lui dit-elle. Juste une petite coupure sur le front de Megan. Mais ça ne fait même plus mal, n'est-ce pas, chérie ?

Megan fit un petit signe de tête.

— Je suis tombée du meuble, c'est tout, articula-t-elle d'une petite voix.

— Allez plutôt voir Elizabeth, proposa Mrs. Goodrich. On reste là, nous. Dites à mon Elizabeth qu'on prie pour elle.

Quelques secondes plus tard, dans le couloir des urgences, Bill suivait un médecin qui lui expliquait brièvement ce qui s'était passé. Ils pénétrèrent bientôt dans la chambre où Elizabeth était allongée, le visage blafard. Ses cheveux blonds, que les années avaient à peine assombris, s'étalaient sur l'oreiller comme un halo de douceur et d'innocence.

Comme si elle avait senti sa présence, Elizabeth remua faiblement dans son lit. Et lorsque Bill lui prit la main, elle répondit à ce contact par une légère pression des doigts. Presque un réflexe nerveux. Mais pour lui, c'était suffisant.

Elle allait s'en sortir.

En se réveillant, Elizabeth eut l'impression de devoir s'extraire d'une baignoire pleine de caramel fondu. Toutes ses forces semblaient l'avoir abandonnée, ses muscles ne répondaient plus, et même pour parvenir à respirer, elle devait faire des efforts surhumains. Elle commença cependant à revenir lentement à elle et, sentant la main de Bill dans la sienne, elle se força à ouvrir les yeux.

Elle n'était pas dans son lit.

Elle n'était pas chez elle.

Ce n'est qu'au bout de quelques secondes que le cauchemar lui revint à l'esprit.

— Megan ? murmura-t-elle en essayant de s'asseoir mais en ne réussissant qu'à soulever un peu la tête.

— Megan va bien, lui dit Bill. Elle est dans la salle d'attente avec Mrs. Goodrich. Elle n'a qu'une petite coupure au front.

— Merci, mon Dieu, soupira Elizabeth.

Elle laissa retomber sa tête sur l'oreiller et porta distraitement sa main gauche à son ventre, comme elle l'avait souvent fait pendant ses deux grossesses.

Mais ce geste machinal réveilla l'angoisse au fond de son cœur, qui bondit dans sa poitrine.

En un éclair, elle revécut toute la scène : la douleur la transperce, elle perd les eaux, les contractions commencent — si violentes et douloureuses qu'elle en perd connaissance.

— Le bébé, murmura-t-elle.

Elle tourna la tête vers son mari et plongea son regard dans le sien. Bill resta muet pendant une ou deux secondes, mais elle put lire la vérité dans ses yeux.

— Non... gémit-elle. Non, mon Dieu, non. Ne me dis pas que le bébé est...

La fin de sa phrase resta coincée dans sa gorge, comme si elle ne pouvait pas se résoudre à prononcer le dernier mot, le mot monstrueux.

— Chut, murmura Bill en lui posant un doigt sur les lèvres, puis en écartant une mèche de cheveux de son front devenu moite et froid. Le plus important, c'est que tu ailles bien.

Le plus important. Le plus important...

Les mots résonnaient, ricochaient comme des pierres dans l'esprit d'Elizabeth en blessant douloureusement tout ce qu'ils touchaient à l'intérieur.

... Que tu ailles bien...

Non, elle n'allait pas bien. Comment pourrait-elle aller bien si leur bébé, leur fils, était... était...

— Je veux le voir, dit-elle en pressant la main de Bill. Je t'en prie, laisse-moi le voir. Je vous en supplie, mon Dieu. Si je peux le voir, il ira bien. J'en suis sûre.

Elle s'était mise à sangloter, et Bill se leva de sa chaise pour s'installer sur le lit. Il la prit dans ses bras et la serra contre lui dans l'espoir de la réconforter un peu.

— Ça va aller, chérie, chuchota-t-il. Ce n'est pas ta faute. C'est arrivé, c'est comme ça, on n'y peut rien. On savait qu'il y avait un risque, de toute façon. C'était déjà très dur, quand tu as accouché de Megan, on n'aurait peut-être pas dû essayer de nouveau. Mais ce n'est pas ta faute. Ne pense jamais une chose pareille.

Elizabeth entendait à peine ce qu'il disait.

— Le meuble, articula-t-elle. J'avais mis la poupée sur le meuble, et il lui est tombé dessus. C'est ma faute. C'est ma faute.

— C'est un accident. Ce n'est la faute de personne.

— J'ai soulevé le meuble. Je l'ai soulevé pour qu'elle puisse sortir. Et ça a tué notre fils. Ça a tué notre fils...

Ses paroles furent étouffées par de nouveaux sanglots. Bill la serrait contre sa poitrine, lui caressait les cheveux, la berçait doucement pour la calmer. Au bout d'une demi-heure, elle sembla enfin s'apaiser un peu. Ses larmes de détresse et les tremblements convulsifs qui l'agitaient cessèrent progressivement. Un instant plus tard, Bill entendit sa respiration devenir plus régulière et sentit son corps se relâcher enfin entre ses bras. Elle dormait. Il l'embrassa tendrement et remonta le drap et la couverture sur elle. Puis il se leva doucement, lui donna un dernier baiser sur le front et sortit sans bruit de la chambre.

Tandis qu'il reprenait le couloir vers la salle d'attente, une terrible torpeur s'empara de tout son être.

Son fils — si du moins c'était un garçon, comme ils l'avaient espéré — était mort.

Mort, sans même avoir respiré une fois.

Devait-il demander à le voir ?

Cette seule pensée lui glaça le sang. Non. Mieux valait garder de lui l'image de ce qu'il aurait pu être : un garçon joyeux, plein de vie, plein d'avenir, pour qui rien n'aurait été trop beau.

Il ne se sentait pas capable d'affronter la réalité en face, d'affronter le drame, l'ignoble réalité.

Voir maintenant cet enfant auquel il avait tant pensé, sur lequel il avait fondé tant d'espoirs, le voir mort anéantirait Bill McGuire. Or, dans les jours à venir, Elizabeth aurait besoin de lui, besoin de toute sa force et de tout son calme. Megan aussi.

Lorsqu'il pénétra de nouveau dans la salle d'attente, il eut le sentiment que Megan et Mrs. Goodrich n'avaient pas bougé d'un centimètre. La vieille gouvernante tenait toujours la petite fille contre elle. La tête de Megan reposait sur la poitrine opulente de Mrs. Goodrich, mais elle avait les yeux grands ouverts et attentifs.

Elle serrait la poupée dans ses bras.

Pendant une fraction de seconde, Bill eut envie d'arracher la poupée des bras de sa fille, de la déchiqueter et de la jeter dehors, le plus loin possible dans la nuit — de détruire cette chose maudite qui était apparue chez eux depuis moins de vingt-quatre heures et avait déjà fait tant de dégâts dans leur vie. Mais il écarta très vite cette pensée de son esprit. Après tout, la poupée n'était pas en cause dans ce drame, et Megan semblait trouver en elle un certain réconfort. C'était toujours ça.

Il s'assit sur une chaise près de la banquette et prit les mains de sa fille dans les siennes.

— Il est arrivé ? demanda la petite fille. Mon petit frère est né ?

Bill sentit des sanglots monter dans sa poitrine, mais parvint à les ravaler *in extremis*.

— Il est né, dit-il calmement. Mais il a dû partir.

— Partir ? interrogea Megan, interloquée. Où ?

— Au paradis.

Mrs. Goodrich laissa échapper un gémissement de tristesse. Elle serra un peu plus son bras autour des épaules de Megan, mais ne dit rien.

— Tu vois, Megan, continua Bill, Dieu aime beaucoup les enfants. Parfois, Il appelle l'un d'entre eux, pour qu'il vienne près de Lui et y reste pour toujours. Tu te rappelles ce qu'Il a dit ? « Laissez les enfants venir à moi. » Voilà où ton frère est parti. Au côté de Dieu.

— Et mon Elizabeth ? murmura Mrs. Goodrich, les yeux écarquillés par la peur.

— Ça va aller. Elle dort, pour l'instant, mais elle va bien. Bon, si je vous ramenais toutes les deux à la maison ? Ensuite, je reviendrai voir Elizabeth.

Mrs. Goodrich approuva de la tête et se leva péniblement. Elle prit le bras de Bill pour assurer son équilibre et se laissa guider ainsi jusqu'à la voiture. Megan les suivait en serrant la poupée sur son cœur.

— Tout va bien, murmura Megan à l'oreille de la poupée tandis qu'elles franchissaient les portes vitrées vers la nuit. Je te préfère à n'importe quel frère.

7

Elizabeth McGuire resta trois jours à l'hôpital. L'après-midi où Bill la ramena à la maison, le temps était aussi lugubre et triste que son âme. Un ciel de plomb pesait sur la ville, figée par le premier grand froid de l'hiver. Mais en sortant du garage pour se diriger vers la porte de derrière, Elizabeth n'avait quasiment pas conscience de la température : son corps était presque aussi lourd et engourdi que son cœur.

Dès qu'elle pénétra dans la maison, elle sentit que quelque chose avait changé. Bill lui proposa de monter tout de suite dans leur chambre pour se reposer un peu, mais elle refusa et commença à errer d'une pièce à l'autre sans vraiment savoir ce qu'elle cherchait — mais persuadée qu'elle allait trouver. Les meubles, les tableaux, tout semblait absolument à sa place dans la grande demeure. Bill avait même remis en place le meuble d'acajou de la bibliothèque — en le vissant au mur, cette fois, pour qu'un accident ne puisse plus jamais arriver. La plupart des objets qu'il contenait avaient été soigneusement réparés et rangés à l'endroit exact où ils se trouvaient avant le drame. Il ne manquait que la poupée. En levant les yeux vers l'étagère du haut, vide, Elizabeth frissonna. A part la poupée, tout était en place.

Elizabeth se demanda fugitivement si son cœur et son âme pourraient être remis en état aussi simplement que les cadres et les bibelots du meuble d'acajou. La réponse lui vint à l'esprit presque en même temps que la question.

On pouvait réparer les objets. Elle, non. Jamais.

Elle finit par se décider à monter et s'enferma dans sa chambre sans avoir prononcé un mot depuis son arrivée.

Plus tard dans la soirée, quand Bill vint se coucher, elle demeura silencieuse. Malgré la chaleur de son corps allongé près d'elle, malgré le bras fort et rassurant qui enveloppait tendrement sa taille, elle ne s'était jamais sentie aussi seule. Lorsqu'il finit par sombrer dans le sommeil, elle resta longtemps éveillée, les yeux rivés sur les ombres étranges qui s'étiraient au plafond, en s'imaginant que c'étaient de longs doigts noirs qui se tendaient sournoisement vers elle, vers sa tête, pour la presser comme un citron et expulser sa raison et sa lucidité de son esprit, comme son corps avait expulsé son fils de son ventre. Elizabeth comprit alors que ce n'était pas la maison qui avait changé. C'était elle. Et tandis que la nuit s'écoulait lentement, elle se demandait si elle pourrait un jour redevenir normale.

Elle finit par sortir du lit, se glissant hors de la couette avec tant de précautions que Bill ne bougea pas d'un pouce. Pieds nus et seulement vêtue de sa chemise de nuit en soie, mais insensible au froid, elle entra dans la salle de bains qui donnait directement sur la chambre, et la traversa pour pénétrer dans la pièce du bébé, de l'autre côté. A la lueur des réverbères de la rue, le papier peint avait perdu toutes ses couleurs et les animaux qui semblaient gambader joyeusement sur les murs à l'époque où elle l'avait collé, quelques mois plus tôt, paraissaient à présent presque menaçants, comme s'ils la traquaient dans la nuit. Dans le berceau, sur un petit édredon de satin, un ours en peluche attendait, terriblement seul, abandonné.

Dans la pénombre, Elizabeth se mit à sangloter en silence.

— Je devrais peut-être rester à la maison aujourd'hui, proposa Bill le lendemain matin au petit déjeuner.

Elizabeth, assise en face de lui à l'une des extrémités de la grande table — autour de laquelle vingt personnes auraient pu s'installer —, secoua lentement la tête.

— Non, ça va aller, dit-elle, mais son visage livide et ses mains tremblantes laissaient plutôt penser le contraire. Tu as beaucoup de choses à faire. Si j'ai besoin de quoi que ce soit, Mrs. Goodrich et Megan seront là. N'est-ce pas, ma chérie ?

Elle posa une main sur l'avant-bras de Megan, qui était assise juste à côté d'elle. La petite fille hocha la tête.

— Je peux m'occuper de maman. Comme je m'occupe de Sam.

— Sam ? interrogea Bill.

— C'est le nom que j'ai donné à ma poupée.

— Mais Sam est un nom de garçon, chérie, remarqua Bill en fronçant les sourcils.

— C'est le diminutif de Samantha, expliqua-t-elle en lui lançant un regard presque méprisant. Tout le monde sait ça.

— Sauf moi, dit Bill.

— C'est parce que tu es un garçon, papa. Les garçons ne savent rien du tout !

— Les garçons sont moins bêtes que tu ne crois, répliqua Bill en jetant un rapide coup d'œil vers Elizabeth.

— Je déteste les garçons, déclara Megan. Je voudrais qu'ils soient tous mo...

— Tu aimerais qu'ils soient tous des filles, comme toi ? l'interrompit Bill avant qu'elle n'ait pu prononcer le dernier mot.

— C'est pas ce que j'allais dire, protesta Megan.

Mais Bill s'empressa de se lever, fit le tour de la table et attrapa sa fille par la taille pour la soulever de sa chaise et la faire monter le plus haut possible au-dessus de lui.

— Je me moque bien de ce que tu allais dire, dit-il en la balançant de haut en bas comme s'il allait la laisser tomber. Tout ce qui m'intéresse, c'est que tu prennes soin de ta maman aussi bien que de ta poupée. D'accord ?

Se laissant ballotter comme une poupée de chiffon, Megan hocha la tête entre deux éclats de rire, et Bill la reposa par terre.

— Très bien. Maintenant, sauve-toi. Je voudrais parler une minute à ta mère.

Dès qu'elle eut quitté la salle à manger, Bill s'installa sur sa chaise à côté d'Elizabeth.

— Tu es sûre que ça va aller ?

— Oui, ne t'inquiète pas pour moi. Fais ce que tu as à faire. Megan et Mrs. Goodrich s'occuperont de moi.

Elle se leva péniblement, l'accompagna jusqu'à la porte d'entrée et l'embrassa distraitement. Debout sous le porche, aussi droite que possible, elle regarda la voiture s'éloigner puis disparaître au coin de la rue. Mais dès qu'elle eut refermé la porte, elle s'y adossa lourdement et resta prostrée là un long moment, craignant de s'effondrer si elle essayait de faire un pas. Un instant plus tard, elle vit apparaître Mrs. Goodrich, l'air inquiet.

— Maintenant, jeune fille, vous allez remonter là-haut et vous mettre au lit, dit la gouvernante sur le ton qu'elle utilisait des années plus tôt quand Elizabeth avait fait une bêtise. Rien ne peut vous faire plus de bien qu'un bon repos. Je peux m'occuper de tout dans cette maison.

Trop fatiguée pour résister, Elizabeth monta à l'étage. Mais lorsqu'elle atteignit la porte de sa chambre, au lieu d'entrer, elle s'arrêta et tourna la tête vers la chambre de Megan, dont la porte était entrouverte. Aucun son n'en sortait, mais quelque chose l'attirait vers ce lieu. Quelques secondes plus tard, elle se tenait dans l'embrasure de la porte et fixait la poupée, installée sur le lit de Megan, adossée à l'oreiller.

La poupée semblait la regarder aussi. Une sorte de lueur étrange brillait au fond de ses yeux — des yeux qui paraissaient si vivants qu'Elizabeth n'arrivait pas à croire qu'il ne s'agissait que de deux billes de verre dans un visage de porcelaine. Ce regard troublant toucha une corde sensible au plus profond d'elle-même. Comme envoûtée, Elizabeth alla prendre la poupée dans ses bras, puis retourna d'un pas lent vers sa chambre. Elle ferma la porte à clé derrière elle.

Assise en face du miroir de sa coiffeuse, elle posa la poupée sur ses genoux et se mit à lui brosser doucement les cheveux, en chantonnant à voix basse. Peu à peu, bercée par le rythme lent et régulier de la brosse, Elizabeth commença à se sentir plus légère. La souffrance et la torpeur qui l'engourdissaient depuis sa sortie de l'hôpital semblaient enfin disparaître. Quand elle eut fini de la coiffer, elle alla s'étendre sur la chaise longue et coucha la poupée sur sa poitrine, comme si elle s'apprêtait à lui donner le sein. Réchauffée par le soleil matinal qui entrait par la fenêtre et réconfortée par la poupée qui reposait contre elle, Elizabeth se laissa glisser vers son premier sommeil paisible depuis qu'elle avait perdu le bébé.

Bill McGuire commençait à se demander si leur existence allait pouvoir redevenir normale un jour. Depuis que Jules Hartwick lui avait annoncé que le prêt pour le

Blackstone Center était suspendu, tout se détraquait autour d'eux. Le pire, bien entendu, c'était la fausse couche d'Elizabeth. Après la naissance de Megan, les médecins leur avaient dit qu'Elizabeth ne pourrait probablement plus avoir d'enfant. Ils avaient presque abandonné tout espoir lorsqu'elle avait découvert, en avril, qu'elle était de nouveau enceinte.

— C'est presque un miracle, leur avait dit le Dr Margolis. Mais ce ne sera sans doute pas facile. Et en tout cas, je dois vous prévenir, ce sera le dernier.

Et maintenant, c'était fini. Bill se sentait toujours envahi par un douloureux sentiment de vide et de perte, mais la souffrance atroce de la première nuit, quand il avait foncé jusqu'à Blackstone pour découvrir que son fils n'avait pas survécu, commençait toutefois à s'émousser un peu.

Il savait qu'il réussirait à surmonter cette épreuve. Il savait également que, d'une manière ou d'une autre, il parviendrait à aider Elizabeth à la traverser avec lui.

Comme si la mort de son enfant ne suffisait pas, il avait l'impression que tous les dieux conspiraient contre lui. Il venait de recevoir un coup de téléphone du promoteur de Port Arbello : le contrat sur lequel il comptait pour tenir le coup jusqu'à la reprise des travaux du Blackstone Center venait d'être accordé à une entreprise de Boston, qui avait proposé un devis ridiculement bas, en dessous duquel Bill ne pouvait absolument pas descendre. Il savait que cette entreprise ne pourrait pas tenir ses engagements et se débrouillerait plus tard pour trouver de bons prétextes pour justifier une augmentation du coût des travaux. Il en avait longuement discuté avec le promoteur, mais celui-ci n'avait rien voulu savoir. Il ne restait plus à Bill qu'à espérer, sans trop y croire, que Jules Hartwick aurait bientôt de bonnes nouvelles pour lui. Mais en garant sa voiture dans le parking, il vit Ed Becker pénétrer dans la banque. Son expression sombre et soucieuse laissait présager que, quelle que soit la nouvelle qui attendait Bill dans le bureau de Jules Hartwick, elle ne serait pas bonne.

Au lieu d'entrer dans l'agence, Bill partit dans la direction opposée, vers les locaux des *Chroniques de Blackstone*. Une vieille clochette tinta au moment où il poussa la porte, et les trois personnes présentes dans le bureau levèrent la tête vers lui.

Angela Corelli, la jeune femme qui occupait à la fois les postes de réceptionniste et de secrétaire, et Lois Martin, rédactrice en chef adjointe et maquettiste depuis quinze ans, l'accueillirent avec un sourire embarrassé et baissèrent rapidement les yeux. Oliver Metcalf se leva aussitôt, contourna son bureau et vint lui serrer la main.

— Je suis désolé pour ce qui est arrivé, dit-il. Je sais à quel point vous désiriez ce bébé, Elizabeth et toi.

— Merci, Oliver, répondit Bill. Je commence à peine à émerger, mais Elizabeth est encore très mal.

— Je m'étais dit que je pourrais peut-être l'appeler, dit Lois Martin, sortant de son mutisme gêné. Mais je ne sais pas si je saurai trouver les mots justes.

— Je suis sûr que ça lui ferait plaisir, la rassura Bill. Mais vous devriez peut-être attendre encore quelques jours.

— Si l'un d'entre nous peut faire quoi que ce soit, n'hésite surtout pas, lui proposa Oliver, avant de lui désigner une chaise en face de son bureau. Tu as le temps de discuter deux minutes ?

— Je venais surtout voir si tu avais du nouveau. A propos de la banque.

— Je crois que je n'en sais pas plus que toi, regretta Oliver en haussant les épaules. Je n'arrête pas d'appeler Jules Hartwick : impossible de franchir la barrière de Melissa Holloway.

— Au moins, fit Bill en soupirant, je ne suis pas le seul. Comment une jeune femme d'apparence si douce peut-elle être aussi efficace ?

— Tu as connu son père ? demanda Oliver. L'un des hommes les plus intelligents que j'aie jamais rencontrés — sauf quand il a choisi sa femme ! Melissa doit tenir de lui.

Mais Bill McGuire n'écoutait plus. Il réfléchissait, il calculait approximativement l'argent qui restait sur son compte — en supposant que l'agence survive à cette crise — et le temps qu'il pourrait tenir avec. Les chiffres auxquels il aboutit ne le rassurèrent pas du tout. Le principal problème était qu'il n'avait quasiment aucune chance de trouver un autre contrat pour vivre à peu près correctement jusqu'au printemps. S'il voulait éviter de se retrouver sur la paille, il devrait sans doute emprunter. Mais à qui ? Il se leva.

— Si tu apprends quelque chose, tu me tiens au courant, hein ? demanda-t-il. Quoi que ce soit.

— Tu le sauras avant même que j'aie commencé à l'écrire, promit Oliver.

Ils se dirigeaient tous les deux vers la porte lorsque Rebecca Morrison entra. En s'apercevant que quatre personnes se trouvaient déjà dans le bureau, elle devint toute rouge et fit demi-tour.

— Rebecca ? appela Oliver. Qu'est-ce qu'il y a ? Tu as besoin de quelque chose ?

Elle hésita un moment, puis se retourna de nouveau, les joues écarlates. Ses yeux passèrent nerveusement sur chacune des personnes présentes, mais finirent par se fixer sur Oliver. Elle fit un pas hésitant vers lui et lui tendit timidement un petit sac.

— C'est... C'est pour vous, dit-elle. Parce que vous êtes toujours gentil avec moi.

Elle devint carrément cramoisie, pivota sur elle-même et sortit de la pièce à toute vitesse.

Oliver jeta un coup d'œil à l'intérieur du sachet qu'elle lui avait offert. Il y trouva une douzaine de bonbons au chocolat, enveloppés dans du papier argenté.

Quand il releva les yeux, Lois, Angela et Bill le regardaient.

Et souriaient.

Oliver sourit à son tour. Il regrettait que Rebecca se soit sauvée si vite.

— Bon, au moins, tout ne va pas mal pour tout le monde, remarqua Bill McGuire en donnant une tape dans le dos d'Oliver, avant de quitter le bureau.

Une fois dehors, conscient du plaisir que ces simples bonbons avaient procuré à Oliver, Bill eut l'idée de passer chez le confiseur avant de rentrer à la maison et d'en prendre un sachet pour Elizabeth. Ou plutôt, trois sachets : il ne fallait pas oublier Megan et Mrs. Goodrich.

A la seule pensée de ces trois sachets de bonbons qu'il allait leur offrir, Bill McGuire eut l'impression d'aller un peu mieux.

Elizabeth se réveilla sur la chaise longue et s'étira longuement, savourant le sentiment de bien-être qui avait remplacé, sans raison apparente, l'affreux malaise de la matinée. Comme les dernières brumes du sommeil s'évaporaient et qu'elle reprenait peu à peu ses esprits, elle réalisa que quelqu'un faisait du bruit dans la chambre voisine.

La chambre du bébé.

Megan ?

Mais que ferait Megan dans cette chambre ?

Elle se leva aussitôt et, emportant la poupée avec elle, traversa la salle de bains et entra dans la chambre du bébé.

Mrs. Goodrich lui tournait le dos. Elle était en train de vider les tiroirs de la petite commode, et de tout ranger dans un carton.

— Qui t'a demandé de faire ça ? lui demanda Elizabeth.

Surprise, Mrs. Goodrich se retourna brusquement.

— Oh, vous m'avez fait peur ! Retournez au lit, ne vous tracassez pas. Je me charge de tout ça.

— De tout quoi ? demanda Elizabeth en s'approchant d'elle. Qu'est-ce que tu fais ?

Mrs. Goodrich déposa dans le carton l'une des brassières qu'elle tenait à la main.

— Je veux juste ranger toutes ces affaires pour les mettre dans le grenier.

— Non.

— Pardon ? fit Mrs. Goodrich en clignant des yeux.

— J'ai dit non, Mrs. Goodrich, répéta Elizabeth d'une voix plus dure. Comment oses-tu venir ici et emporter tous les vêtements de mon bébé ?

— Mais je pensais que vous voudriez...

— Je me fiche de ce que tu pensais. Sors d'ici et laisse-moi seule. Et à partir de maintenant, ne mets plus un pied dans cette pièce !

Mrs. Goodrich sembla hésiter un instant, mais avant qu'elle ait pu répondre quoi que ce soit, Elizabeth reprit :

— Va-t'en ! Je vais m'occuper de ça.

Mrs. Goodrich fixa Elizabeth d'un air stupéfait, comme

si elle ne pouvait pas croire ce qu'elle venait d'entendre. Mais pouvait-elle vraiment essayer de discuter ?

Non, décida-t-elle. Mieux valait ne rien dire pour l'instant. Après tout, étant donné ce qu'elle venait de subir, Elizabeth avait bien le droit d'être sur les nerfs. Mrs. Goodrich s'en voulut même un peu. Elle aurait dû laisser passer quelques jours avant de commencer à ranger les vêtements du bébé, pour laisser à Elizabeth le temps de se remettre. Elle posa un autre petit pull sur le dessus de la commode et quitta la chambre.

Dès qu'elle fut seule, Elizabeth ressortit tous les vêtements du carton — les barboteuses, les pyjamas, les salopettes minuscules, les sweat-shirts et les bavoirs — et les replia soigneusement pour les ranger à leur place, dans les tiroirs.

— Comment a-t-elle pu faire ça ? demanda-t-elle à la poupée, qu'elle avait posée face à elle sur la commode, appuyée contre le mur, comme pour lui permettre de voir ce qu'elle faisait. Elle ne comprend pas que tu vas avoir besoin de toutes ces affaires ?

Elle sortit un petit pull du carton et le tint par les épaules sous la tête de la poupée.

— C'est encore un peu grand, mais dans quelques mois, ça t'ira parfaitement. Où a-t-elle la tête, cette Goodrich ?

Sans cesser de parler à la poupée, Elizabeth plia le vêtement et le rangea dans le tiroir du bas, avec les autres pulls. Quand le carton fut vide et toutes les affaires du bébé à leur place dans la commode, elle prit la poupée et l'amena vers le berceau. Elle l'y déposa doucement, rabattit le petit édredon sur elle et l'embrassa tendrement sur la joue.

— Il est l'heure de faire dodo, murmura-t-elle. Mais ne t'inquiète pas. Maman reste là.

Elizabeth s'installa dans le rocking-chair bleu, à côté du berceau, et se mit à fredonner une berceuse.

Dans le couloir, cachée derrière la porte entrouverte, Megan observait tout ce qui se passait dans la chambre du bébé.

8

— Maman va pas bien, déclara Megan, assise en bas de l'escalier, le visage sombre, dès que son père eut refermé la porte d'entrée. Elle a pris Sam.

— Ta poupée ? demanda Bill. Pourquoi aurait-elle fait ça ?

— Je sais pas. Et elle s'est mise en colère contre Mrs. Goodrich, aussi. Très en colère.

Soudain, elle aperçut les trois sachets fermés par un ruban rouge qu'il tenait à la main, et se leva aussitôt.

— C'est pour moi ?

— Il y en a un pour toi, oui, un pour ta mère, et un pour Mrs. Goodrich, dit-il en lui tendant un sac de bonbons au chocolat. Tu peux en prendre un maintenant. Et on mettra le reste de côté pour plus tard.

— Maman devrait pas en avoir, dit Megan. Si je me conduisais mal, tu m'en donnerais pas.

Bill s'accroupit devant sa fille afin que ses yeux soient à la hauteur des siens.

— Chérie, maman ne se conduit pas mal. Mais en ce moment, elle est très, très triste. Si elle t'a pris ta poupée, je suis sûr qu'il y a une bonne raison.

— Non, rétorqua Megan en secouant la tête. Elle voulait l'avoir, c'est tout. Mais Sam veut rester avec moi.

— Tu sais ce qu'on va faire ? Je vais monter parler à maman pour savoir pourquoi elle t'a pris Sam. D'accord ?

Megan approuva lentement de la tête, avant d'enfouir une main dans le sachet et d'en ressortir une pleine poignée de bonbons.

— Un seul, dit Bill. Tu pourras en prendre un autre après le déjeuner. Et on gardera le reste pour plus tard.

Megan hésita un instant, semblant se demander si elle avait des chances d'en obtenir plus tout de suite, en insistant. A contrecœur, elle laissa retomber tous les bonbons dans le sac, sauf un. Mais dès que son père se fut engagé dans l'escalier, elle en prit rapidement un autre. Puis un troisième.

Bill entra dans leur chambre, pensant trouver sa femme au lit ou installée sur la chaise longue. Mais la chambre était vide. Par la porte de la salle de bains, qui était restée ouverte, il entendit les grincements du vieux rocking-chair qui se balançait dans la chambre du bébé. Que faisait-elle là-bas ? Depuis le drame, lui-même n'avait pas encore été capable de mettre un pied dans la chambre qu'ils avaient aménagée pour leur futur bébé. Il savait que, pour Elizabeth, y entrer devait être un véritable supplice. Et pourtant quelque chose l'avait poussée à le faire.

Il entra dans la salle de bains. La porte de la petite chambre était à peine entrebâillée et il ne pouvait pas voir grand-chose mais, en plus des grincements du rocking-chair, il entendait à présent sa femme qui fredonnait une berceuse.

Il poussa la porte de la chambre du bébé.

Elizabeth était assise sur le rocking-chair. Elle lui tournait le dos, mais il devina qu'elle tenait quelque chose dans les bras. Et c'est à ce quelque chose que semblait destinée la berceuse.

— Elizabeth, murmura-t-il en s'approchant d'elle.

Elle s'immobilisa brusquement sur le rocking-chair et cessa de chanter.

— Bill ?

Il se pencha pour l'embrasser, mais s'arrêta avant que ses lèvres n'aient touché sa joue.

Elle serrait la poupée contre elle, enveloppée dans la petite couverture rose et bleu qu'ils avaient achetée une semaine plus tôt. Ses yeux bleus semblaient se lever vers Bill : pendant un très court instant, il eut l'impression qu'elle le regardait vraiment. Mais cette sensation disparut presque aussitôt, et il acheva de se baisser pour embrasser sa femme.

Sa peau semblait étrangement froide.

— Chérie ? Ça va ?

Elizabeth hocha la tête mais ne répondit pas.

— Je t'ai apporté quelque chose, dit-il.

Une lueur d'intérêt passa dans ses yeux.

— Attends, dit-elle en se levant, je vais remettre le bébé dans son berceau.

Le bébé... Ces mots résonnaient dans l'esprit de Bill, tandis qu'Elizabeth posait délicatement la poupée dans le berceau et rabattait la petite couverture sur elle. Lorsqu'elle se retourna vers lui, il lui demanda :

— Pourquoi as-tu apporté la poupée de Megan ici ?

Elizabeth parut confuse pendant quelques secondes, puis se ressaisit :

— Parce que... Bon, on ne sait pas vraiment si la poupée était pour elle. C'était peut-être un cadeau pour le bébé.

— Peut-être, oui, concéda Bill. Mais tu ne crois pas que...

— On ne peut pas la laisser un petit moment ici ? S'il te plaît. Ce matin, cette chambre semblait si vide... Comme si on l'avait abandonnée. Mais dès que j'y ai installé Sam, ça a tout changé. Sam. C'est un joli nom, tu ne trouves pas ? Je me suis toujours dit que, si on avait un garçon, on l'appellerait Sam.

Bill se sentait de plus en plus mal à l'aise. Ils avaient souvent discuté du prénom du futur bébé, mais, dans son souvenir, sa femme n'avait jamais évoqué ce prénom-là.

— Tu sais, chérie, je crois que Megan est vraiment...

— Megan peut se passer de la poupée, non ? Juste un jour ou deux.

Elle lui sourit, s'approcha de lui et le prit tendrement dans ses bras.

— Je ne sais pas comment t'expliquer ça, murmura-t-elle à son oreille. Ça me facilite un peu les choses. Tu comprends ?

Bill la serra contre lui. Il aurait aimé pouvoir faire quelque chose — n'importe quoi — pour alléger un peu la souffrance de sa femme.

— Oui, bien sûr, répondit-il. Si ça te fait du bien, je ne vois pas pourquoi tu ne garderais pas cette poupée pendant quelque temps. Je suis sûr que Megan comprendra.

Dans le couloir, derrière la porte de la chambre du bébé, Megan fronçait les sourcils. Elle sentait la colère monter en elle. Son père n'avait rien fait pour enlever la poupée à sa mère.

Au contraire, même.

Megan ne comprenait pas.

Non, elle ne comprenait absolument pas.

9

Dès que Bill ouvrit les yeux, il sut qu'Elizabeth n'était plus à côté de lui. Au moment où la pendule, en bas, sonnait minuit, il tendit tout de même la main vers l'autre moitié du lit, espérant que son instinct l'avait trompé.

Non. Personne. Les draps étaient froids.

Il resta allongé un instant sans bouger, pour réfléchir calmement à ce qu'il fallait faire. La soirée ne s'était pas très bien passée. Dans un premier temps, il avait dû essayer de faire comprendre à Megan que sa mère avait plus besoin de la poupée qu'elle, du moins pour le moment.

— Maman est malade. Il faut que la poupée s'occupe un peu d'elle.

— Elle est toujours malade ! Moi aussi, j'ai besoin que Sam s'occupe de moi !

— Bientôt, Megan, bientôt. Dans quelques jours.

Mais au regard que lui avait lancé sa fille, il avait vite compris qu'elle ne lui faisait pas confiance. Quand Elizabeth était enfin descendue pour le dîner, ils s'étaient assis tous les trois en silence. Megan, qui adorait raconter pendant le repas tout ce qu'elle avait fait pendant la journée, n'avait pas desserré les dents ce soir-là. Elizabeth, de son côté, était restée complètement muette.

Après dîner, il avait proposé à sa femme et à sa fille de regarder une cassette vidéo, mais Megan avait préféré monter tout de suite dans sa chambre. Elizabeth avait accepté de s'asseoir près de lui devant la télé, dans la bibliothèque, mais il se rendait bien compte qu'elle n'accordait pas la moindre attention au film. Neuf heures venaient à peine de sonner lorsqu'ils étaient montés se coucher tous les deux.

Tandis qu'il faisait un détour par la chambre de Megan pour lui souhaiter bonne nuit, sa femme était entrée directement dans leur chambre. Elle avait dû s'apercevoir que sa fille lui en voulait, selon lui ; Elizabeth désirait lui laisser le temps de digérer sa colère. Mais au fond de lui, il soupçonnait sa femme de ne pas encore être capable de s'intéresser aux sentiments de sa fille, pas plus qu'au film.

— Maman ne m'aime plus, hein ? avait demandé Megan quand il était entré dans sa chambre.

Sa voix tremblait. Il ne pouvait pas distinguer son visage dans l'obscurité, mais en l'embrassant, il avait senti le goût salé de ses larmes sur sa joue.

— Mais si, elle t'aime. Elle ne se sent pas très bien en ce moment, c'est tout.

— Non, elle ne m'aime pas, j'en suis sûre. Elle aime Sam.

Il avait essayé de lui expliquer que les choses s'arrangeraient, lui avait promis de l'emmener acheter un sapin de Noël le lendemain, mais rien n'avait pu consoler Megan. Quand il avait quitté sa chambre, elle s'était déjà mise en position pour dormir. Elle lui tournait le dos.

Les choses ne s'étaient pas mieux passées avec Elizabeth. Elle était déjà couchée. Il savait qu'elle ne dormait pas encore, mais elle n'avait pas bougé lorsqu'il était venu se blottir contre elle. Au bout de quelques minutes, il avait fini par abandonner et s'était contenté de rester allongé près d'elle en lui tenant la main. Il s'était promis de ne pas s'endormir avant elle, avant que sa respiration ne soit devenue lente et régulière.

Mais il n'avait pas pu résister au sommeil. Et à présent, il se réveillait seul dans le lit.

Le dernier coup de minuit retentit, laissant la maison plongée dans le silence. Ce n'est qu'à cet instant qu'il perçut les grincements du rocking-chair. Il se glissa hors du lit, enfila le peignoir qu'Elizabeth lui avait offert deux ans plus tôt, pour Noël, traversa la salle de bains et fit un pas dans la chambre du bébé.

Elizabeth était installée dans le rocking-chair qu'elle avait récupéré au grenier et peint en bleu clair.

Comme dans l'après-midi, elle chantait une berceuse à la poupée, à voix basse.

Mais cette nuit, elle allait encore plus loin.

La lune éclairait la peau pâle de sa poitrine nue. En s'approchant derrière elle, Bill vit la tête de la poupée posée contre son sein. Il vint près d'elle et s'accroupit à côté du rocking-chair.

— Viens te coucher, chérie, murmura-t-il. Il est tard, et tu dois être très fatiguée.

Pendant quelques secondes, il se demanda si elle l'avait entendu. Mais elle finit par tourner lentement la tête vers lui et lui sourit d'un air innocent.

— Attends une minute, dit-elle. Il faut que je termine de donner le sein au bébé et que je le couche pour la nuit.

Bien qu'elle les eût prononcés d'une voix douce et faible, qui avait brisé le cœur de Bill, ces mots l'avaient transpercé comme des aiguilles.

— Non, chérie. Ce n'est pas un bébé. Ce n'est qu'une poupée. (Il se releva et fit mine de lui prendre Sam des mains, mais elle eut un brusque mouvement de recul sur le rocking-chair et resserra son étreinte sur la poupée.) Elizabeth, voyons. Tu sais bien que ce n'est pas un...

— Ne dis pas ça ! s'écria-t-elle d'une voix sévère. Retourne te coucher !

— Je t'en prie, Elizabeth...

— Laisse-moi tranquille ! Je ne t'ai pas demandé d'entrer ici ! Et je sais très bien ce que je fais ! Je peux m'occuper de mon bébé toute seule !

Elle s'était levée en parlant, et Bill vit briller dans ses yeux une lueur qui lui glaça le sang.

— D'accord, répondit-il en s'efforçant de garder un ton calme. Evidemment, tu sais ce que tu fais. Et tu peux t'occuper toute seule de ton bébé. Mais il est tard, c'est tout. J'ai pensé que je pourrais peut-être t'aider.

— Je peux le faire toute seule, dit-elle, visiblement sur le point de fondre en larmes. Je peux prendre soin de mon bébé. Je le sais. Laisse-nous tranquilles, et tout ira très bien. S'il te plaît, Bill. Tu peux nous laisser seuls, juste un moment ?

Bill ne savait plus que penser. Sa femme était-elle en train de perdre la tête ? Que pouvait-il faire ?

Lui reprendre la poupée ? Non. Ça ne ferait qu'aggraver les choses.

Le médecin. Oui, il fallait appeler le Dr Margolis. Le Dr Margolis saurait quoi faire, lui.

— Entendu, dit-il de la voix la plus neutre possible. Je retourne me coucher et tu t'occupes de... bon, du bébé.

Mais dès qu'il s'est endormi, tu reviens dans la chambre, d'accord ?

Elizabeth acquiesça et s'installa de nouveau dans le rocking-chair. Bill sentit un sanglot monter dans sa gorge, et il s'empressa de repartir vers la salle de bains, dont il referma la porte. Mais au lieu d'aller se recoucher, il descendit dans la bibliothèque et décrocha le téléphone.

Après la douzième sonnerie, il entendit enfin la voix endormie et un peu agacée du Dr Margolis.

Une heure plus tard, Elizabeth était revenue dans son lit. Les cachets que lui avait donnés le médecin commençaient déjà à faire effet.

— Je vais bien, murmura-t-elle avant de se laisser emporter par le sommeil. Je vais très bien. Tout ce qu'il faut, c'est que je puisse m'occuper de mon bébé. Et tout ira bien.

Au moment où ses paupières se fermaient, Bill l'embrassa tendrement. Il laissa Mrs. Goodrich veiller sur elle et guida le médecin jusqu'à la bibliothèque, où il remplit deux verres de son meilleur whisky.

— Je ne sais pas pour vous, mais moi j'en ai vraiment besoin, avoua-t-il en tendant un verre à Margolis, avant de vider d'un trait la moitié du sien.

— Je ne pense pas que ce soit aussi grave que vous le craignez, déclara le médecin en buvant à son tour une gorgée de whisky, lentement, avec un plaisir de connaisseur.

— Mais enfin, docteur, elle croyait que la poupée était un bébé. *Notre* bébé !

— Elle a subi un choc terrible, Bill, répondit le médecin en haussant légèrement les sourcils. Je ne crois pas qu'un homme puisse réellement comprendre ce que la perte d'un enfant représente pour une femme. Surtout lorsqu'elle sait qu'elle ne pourra pas en avoir d'autre.

— Mais de là à s'imaginer qu'une poupée est...

— N'est-ce pas ce que font toujours les petites filles ? Ne considèrent-elles pas leurs poupées comme de vrais enfants ?

— Ce n'est pas tout à fait la même chose.

— Ah non ? interrogea Margolis. Et pourquoi ? Selon

moi, la souffrance d'Elizabeth est si grande qu'elle ne peut plus la supporter. Et c'est pour cela que, cette nuit, elle a projeté tout son amour maternel — cet amour qu'elle avait emmagasiné, pour ainsi dire, depuis des mois, cet amour qu'elle réservait à son fils — sur cette poupée. Je crois qu'il faut y voir une sorte de soupape émotionnelle, plutôt qu'une crise psychotique réellement significative.

— Je ne devrais donc pas m'inquiéter, selon vous ? demanda Bill d'une voix où l'espoir se mêlait à l'angoisse.

— Bien sûr, que vous devez vous inquiéter. Si vous n'étiez pas inquiet, je vous assure que votre attitude me préoccuperait plus que celle d'Elizabeth. Ce que je dis, c'est simplement que vous allez devoir vous montrer très indulgent avec elle pendant quelque temps. A mon avis, demain matin, elle se sentira déjà bien mieux. Mais même si elle continuait pendant un jour ou deux à faire comme si la poupée était son bébé, où serait le mal ? En ce moment, votre femme doit faire face à un véritable raz de marée hormonal, si j'ose dire. Vous comprenez ? Un trop-plein qui cause toutes sortes de troubles en elle, aussi bien d'un point de vue émotionnel, disons psychique, que physiologique. Accordez-lui quelques jours pour retrouver à peu près son équilibre. Entendu ?

Bill sembla hésiter un moment à se laisser convaincre par les paroles rassurantes de Margolis, mais finit par en reconnaître la sagesse. Il serra la main que le médecin lui tendait.

— Entendu.

Megan était couchée dans son lit et regardait fixement les ombres qui zébraient le plafond de sa chambre. Elle était réveillée depuis un long moment. Dans la maison silencieuse, elle avait pu entendre tout ce que disaient son père et sa mère dans la chambre du bébé.

A présent, les yeux rivés sur les ombres étranges, elle percevait une autre voix.

Celle de la poupée.

Mais cette fois, elle ne l'appelait pas.

Elle murmurait.

Et peu à peu, en l'écoutant, Megan commença à comprendre ce qu'elle allait devoir faire.

10

Le lendemain, l'aube se leva, fraîche mais claire, sans plus la moindre trace des nuages lourds et bas, couleur d'ardoise, qui recouvraient Blackstone comme un linceul depuis près d'une semaine. Dès six heures, Bill s'habilla et descendit dans la bibliothèque, laissant Elizabeth dormir le plus longtemps possible. A huit heures, quand Megan vint le voir pour le prévenir que Mrs. Goodrich allait jeter son petit déjeuner s'il ne venait pas le prendre *tout de suite*, il en était arrivé à la conclusion que, si Elizabeth et lui serraient suffisamment leur budget, ils pourraient peut-être tenir le coup jusqu'à ce que le problème de Jules Hartwick à la banque soit résolu. Au pire, ils s'en sortiraient avec un petit emprunt — que la valeur de la maison garantirait sans problème. Mais une demi-heure plus tard, tandis que Megan et lui finissaient leur petit déjeuner, le téléphone sonna et, d'une minute à l'autre, il n'eut plus besoin d'envisager le moindre emprunt.

— Je me demandais si vous auriez un peu de temps à me consacrer, demanda Harvey Connally à l'autre bout du fil.

D'après le ton du vieil homme, il semblait évident qu'il était au courant des problèmes qui retardaient les travaux du Blackstone Center.

— Etant donné les circonstances, je devrais pouvoir trouver une minute ou deux, oui.

— C'est bien ce que je pensais, dit Connally. Voilà ce que je vous propose : depuis un certain temps, mon neveu Oliver parle de rénover un peu les locaux des *Chroniques de Blackstone*. D'après ce que j'ai compris, il aimerait notamment pouvoir disposer d'un bureau privé. Alors voilà, je me suis dit que ce serait peut-être un beau cadeau de Noël pour lui.

— Ce serait un beau cadeau de Noël pour moi aussi, avoua Bill.

— J'ai toujours aimé faire le bien autour de moi, dit Connally en riant. Voir des gens passer de mauvaises fêtes, je n'y peux rien, ça m'a toujours donné le cafard. Bien, je vous attends dans une heure au journal d'Oliver. Ça vous va ?

En revenant vers la salle à manger, Bill se sentait un peu moins écrasé par le poids des soucis qui l'accablaient depuis quelques jours.

Dans la véranda, Megan attendit que son père ait disparu en bas d'Amherst Street, puis rentra dans la maison et referma silencieusement la porte derrière elle. La poupée continuait à murmurer en elle, comme pendant la nuit.

— *Va dans la cuisine*, ordonna la voix de Sam. *Va voir ce que fait Mrs. Goodrich.*

Obéissant sans hésiter, Megan traversa la salle à manger, l'office, et ouvrit la porte de la cuisine. Mrs. Goodrich était en train de préparer un plein saladier de pâte à cookies.

— On ne goûte pas, prévint la vieille femme au moment où Megan glissait un doigt dans la pâte brune truffée de pépites de chocolat. Bon, juste une fois, alors.

Megan suça son doigt d'un air gourmand et tendit aussitôt la main vers le saladier pour en reprendre un peu. Mais la gouvernante lui donna un petit coup de cuillère en bois sur le bout des doigts.

— Ça suffit comme ça, mademoiselle ! Maintenant, tu me laisses travailler tranquille pendant une demi-heure, et ensuite on ira chercher les décorations de Noël dans le grenier. Et cette année, tu pourras installer toi-même la crèche, si tu veux.

Megan ne put résister à l'envie de tremper une dernière fois son doigt dans la pâte chocolatée, puis quitta la cuisine en vitesse.

— *Une demi-heure*, murmura la poupée. *Ça te laisse tout le temps.*

Suivant les indications de la voix qu'elle entendait, Megan monta à l'étage et s'arrêta devant la chambre de ses parents. La porte était fermée. Mais en regardant par le trou de la serrure, elle vit que sa mère était encore au lit.

Elle l'observa pendant un long moment, pour s'assurer qu'elle était bien endormie. Quand elle en fut certaine, elle continua son chemin dans le couloir, passa la porte du grand placard à linge et ouvrit la suivante.

Les rayons du soleil matinal emplissaient la chambre du bébé. En jetant un coup d'œil circulaire autour d'elle, sur le nouveau papier peint et les jolis petits meubles que ses parents avaient achetés, elle se demanda si elle devait vraiment écouter la voix de la poupée, en fin de compte. Peut-être valait-il mieux l'ignorer... Mais dès que cette pensée lui vint à l'esprit, le murmure reprit :

— *Cette chambre est beaucoup plus jolie que la tienne. Ils ne t'ont pas acheté de nouveaux meubles, à toi.*

Renonçant à réfléchir davantage, Megan referma la porte sans bruit et se dirigea vers le berceau.

La poupée était allongée sous la petite couverture bleu et rose. Sa tête était tournée vers Megan, comme si elle la regardait, comme si elle l'attendait.

— *Prends-moi dans tes bras*, ordonna la voix.

Megan obéit sans hésiter.

— *Amène-moi à la fenêtre.*

Tenant la poupée comme un bébé, Megan s'approcha lentement de la fenêtre.

— *Ouvre la fenêtre.*

La petite fille posa la poupée sur la commode et souleva le panneau coulissant aussi haut qu'elle put, en se hissant sur la pointe des pieds. Ensuite, continuant à suivre à la lettre les instructions de la poupée, elle la reprit dans ses bras et grimpa sur le rebord de la fenêtre. En équilibre, s'accrochant d'une main au montant de bois, elle la déposa le plus loin possible sur le toit qui descendait en pente raide devant elle.

Dès qu'elle la lâcha, la poupée se mit à glisser sur les bardeaux humides. En la voyant dégringoler vers le bord du toit, Megan sentit son cœur bondir dans sa poitrine. Mais la petite robe de la poupée s'accrocha sur l'arête rugueuse de l'un des bardeaux, et Sam s'arrêta à quinze centimètres à peine de la gouttière, à quinze centimètres du vide, de la chute vers les dalles du patio, un étage plus bas.

Megan sauta dans la chambre puis, laissant la fenêtre ouverte, traversa la salle de bains en courant et entra dans la chambre de ses parents.

— Maman ! cria-t-elle. Maman, réveille-toi !

Elle continua à courir jusqu'au lit et se mit à secouer énergiquement le bras de sa mère.

— Maman ! Maman !

Elizabeth sursauta. La voix de son bébé résonnait encore dans ses oreilles. Même après qu'elle eut ouvert les yeux, elle l'entendait toujours. Enfin, émergeant difficilement du brouillard des sédatifs, elle parvint à l'identifier.

Megan.

— Ma chérie ? fit-elle en essayant de s'asseoir pendant que sa fille continuait à la secouer. Qu'est-ce qu'il y a ? Qu'est-ce qui ne va pas ?

— Le bébé ! s'écria Megan. Maman, il y a un problème avec le bébé. Viens vite !

Le bébé ! Ce n'était donc pas un rêve — son fils l'avait réellement appelée. Elle repoussa vivement la couverture, bondit hors du lit et se précipita en titubant vers la salle de bains, puis dans la chambre du bébé.

Le berceau était vide !

— Où est-il ? cria Elizabeth, saisie de panique. Que lui est-il arrivé ?

— Il est dehors, maman ! fit Megan en désignant la fenêtre ouverte. J'ai essayé de le retenir, mais...

Elizabeth ne l'écoutait plus. Elle se rua vers la fenêtre et cligna un moment des yeux face au soleil matinal.

Enfin, elle put distinguer son pauvre bébé, allongé sur les bardeaux du toit à quelques centimètres du bord. Comment était-ce arrivé ? Comment avait-il pu sortir ?

C'était sa faute.

Tout était sa faute ! Elle n'aurait jamais dû le laisser tout seul. Jamais !

S'il essayait de se retourner vers elle — s'il essayait seulement de bouger —, il allait tomber.

Elizabeth se pencha à la fenêtre et tendit la main aussi loin qu'elle put, mais son enfant restait hors d'atteinte. Remontant sa chemise de nuit sur ses hanches, elle grimpa alors sur l'appui de la fenêtre et s'agrippa au montant, comme sa fille un peu plus tôt. Elle mit un pied sur le toit, puis l'autre.

— Aide-moi, dit-elle à Megan. Tiens-moi la main.

Megan s'approcha aussitôt et, dès qu'elle eut saisi le poignet d'Elizabeth à deux mains, celle-ci lâcha le montant de la fenêtre.

— *Maintenant*, murmura la voix.

S'exécutant sans se poser de questions, Megan desserra les doigts. Elizabeth glissa aussitôt sur le toit, ses pieds nus dérapant sur les bardeaux mouillés. Une fraction de seconde plus tard, son pied droit se coinça dans la gouttière. Le temps d'un éclair, elle crut qu'elle allait pouvoir retrouver son équilibre et sauver son bébé. Les yeux fous, elle tendit rapidement la main et réussit à attraper la poupée, mais il était déjà trop tard. Elle bascula dans le vide en battant des bras. Ne pouvant se raccrocher à rien, elle plongea en avant et tomba la tête la première vers les grandes dalles du patio, en protégeant la poupée entre ses bras, serrée contre sa poitrine.

Megan laissa la fenêtre ouverte et sortit de la chambre. Elle descendit l'escalier à toute vitesse, traversa la salle à manger en courant, puis la bibliothèque. Là, elle sortit sur le patio par l'une des grandes portes-fenêtres.

Sa mère était étendue sur le dos, la tête tordue dans une drôle de position. Du sang ruisselait de ses cheveux blonds.

Elle tenait toujours la poupée dans ses mains, contre son cœur. Megan s'accroupit près d'elle et lui ouvrit la main pour qu'Elizabeth lâche la poupée, qu'elle s'empressa de serrer contre sa poitrine dès qu'elle l'eut libérée.

— Tout va bien, Sam, murmura-t-elle en revenant à l'intérieur, sans oublier de fermer à clé la porte-fenêtre derrière elle. Ça va aller, maintenant.

Sans jeter le moindre regard à travers la vitre, vers le corps de sa mère, elle sortit de la bibliothèque et ramena la poupée dans sa chambre.

— Voilà, tu es à moi, continua-t-elle. Plus personne va essayer de nous séparer.

Quand il revint, une heure plus tard, Bill McGuire n'eut pas l'impression que quelque chose allait de travers, cette fois. La bonne odeur des cookies emplissait toute la maison. Lorsqu'il entra dans la cuisine, Mrs. Goodrich sortait la dernière plaque du four.

— C'est ce qu'on appelle la synchronisation, je crois bien, déclara la vieille gouvernante tandis que Bill s'emparait déjà d'un cookie brûlant. J'allais en monter quelques-uns à Madame Elizabeth, mais je ne suis pas sûre que mes vieux os puissent me porter jusque là-haut.

— Vous devenez raisonnable, Mrs. Goodrich.

Bill posa une demi-douzaine de cookies sur une petite assiette, sortit de la cuisine et monta à l'étage pour les apporter à sa femme. Il s'apprêtait à entrer dans leur chambre lorsqu'il entendit Megan qui fredonnait doucement.

Une berceuse.

Continuant son chemin dans le couloir, il alla jusqu'à la chambre de sa fille, dont la porte était grande ouverte. Megan était allongée sur son lit, la tête appuyée sur plusieurs oreillers entassés.

Elle tenait la poupée dans ses bras.

Lorsqu'elle aperçut son père dans l'embrasure de la porte, elle cessa immédiatement de chanter.

— Dis donc, Megan... On avait décidé que la poupée resterait quelque temps dans la chambre du bébé, non ?

— Maman a changé d'avis, répondit Megan en souriant. Elle m'a rendu Sam.

— Tu ne serais pas plutôt allée la chercher toi-même dans le berceau ?

— Non, répondit Megan en secouant la tête. Maman m'a dit que Sam n'était pas un vrai bébé, et qu'elle n'en voulait plus. Elle m'a dit de prendre bien soin d'elle et de l'aimer très fort, toujours.

En écoutant les paroles de sa fille, Bill fut saisi d'un profond sentiment de malaise.

— Où est ta mère ?

— Je sais pas, dit Megan en haussant les épaules. Elle m'a donné Sam, elle est retournée dans la chambre du bébé, et elle a fermé la porte.

Le malaise que ressentait Bill depuis quelques secondes se mua vite en angoisse. Il demanda à Megan de rester dans sa chambre puis se dirigea vers celle du bébé.

Lorsqu'il ouvrit la porte, il fut accueilli par une bouffée d'air froid. La fenêtre était ouverte.

La porte de la salle de bains et, plus loin, celle de la chambre étaient ouvertes également.

— Elizabeth ? Elizabeth ?

Interloqué, il s'approcha de la fenêtre. Il était sur le point de la refermer lorsque son regard se fixa sur le toit.

Certains des bardeaux semblaient décrochés.

Comme si quelque chose les avait déplacés avant de...

— Elizabeth ! cria-t-il en se ruant hors de la chambre.

Dès qu'il fut dans la bibliothèque, il courut vers la porte-fenêtre. Il vit sa femme à travers la vitre. Un instant plus tard, à genoux sur les dalles, il serrait contre lui son corps sans vie. Un long hurlement de douleur lui déchira la gorge.

Dans sa chambre, Megan sourit à sa poupée. Et celle-ci, la petite fille en fut presque certaine, lui rendit son sourire.

11

Le jour de l'enterrement de sa femme, Bill McGuire ne sentait pas le froid glacial qui paralysait la ville. Il était dans un tel état d'abattement et de torpeur qu'une chose aussi insignifiante que la température ne pouvait avoir aucun effet sur lui. Debout devant la tombe encore vide d'Elizabeth, il semblait absent. Megan lui tenait la main — et de l'autre main, elle pressait la poupée contre sa poitrine, comme pour l'empêcher de voir le cercueil, posé à quelques pas d'eux. De l'autre côté, Mrs. Goodrich s'accrochait au bras de Bill, le visage couvert d'un voile noir. Depuis la mort d'Elizabeth, trois jours plus tôt, la vieille femme avait encore rapetissé ; et bien qu'elle eût continué à s'occuper de son mieux de Bill et de Megan, comme si son corps répondait à de simples automatismes, son esprit semblait déjà s'éteindre. Bill ne pouvait s'empêcher de penser que le Noël qui approchait serait son dernier.

La maison, elle aussi, paraissait en deuil ; elle restait plongée en permanence dans un profond silence, seulement troublé de temps en temps par Megan qui, selon Bill, n'avait pas encore vraiment réalisé ce qui s'était passé. Chaque soir, lorsqu'il venait la border, elle levait les yeux vers lui et répétait les mêmes mots :

— Maman va bien, hein ?

— Bien sûr, ma chérie. Elle est auprès de Dieu, et Dieu prend soin d'elle.

La veille au soir, cependant, Megan avait ajouté quelque chose :

— Sam est désolée, papa.

— Désolée ? De quoi ?

— Que maman ait dû partir.

Bill avait pensé que, comme tant d'enfants très jeunes qui perdent l'un de leurs parents, Megan craignait peut-être d'être responsable, d'une manière ou d'une autre, de la mort de sa mère. Mais cette idée était probablement beaucoup trop douloureuse pour qu'elle l'affrontât seule, et c'est pourquoi elle rejetait plus ou moins la faute sur sa poupée.

— Dis à Sam de ne pas s'inquiéter, lui avait-il confié. Ce qui est arrivé à maman n'est pas la faute de Sam, ni la tienne, ni celle de personne. C'est arrivé tout seul. Et tout ce que nous pouvons faire, maintenant, c'est nous aider les uns les autres à traverser cette épreuve.

Mais comment la pauvre Megan pourrait-elle l'aider, lui ? Comment pourrait-il un jour se pardonner d'avoir laissé Elizabeth seule ce matin-là ? Dans quel état d'esprit avait-elle dû se réveiller ?

Seule.

Malheureuse.

Abandonnée.

Elle devait avoir le sentiment qu'il ne lui restait plus rien. Elle devait se souvenir de ce qui s'était passé la nuit précédente, quand elle avait pris la poupée pour son bébé. Qu'avait-elle pensé ? Avait-elle cru qu'elle devenait folle ? Avait-elle eu peur de finir comme sa sœur, enfermée dans un hôpital pour le restant de ses jours ? Et lui, il n'était même pas là pour la réconforter.

Pourtant, il aurait très bien pu retarder son rendez-vous avec Harvey Connally de quelques heures.

Mais il ne l'avait pas fait. Il ne se le pardonnerait jamais.

Bill entendit Lucas Iverson entamer la dernière prière et, tandis que le cercueil d'Elizabeth commençait à descendre lentement dans la tombe, il ferma les yeux, incapable d'assister à cette scène terrible. Quand le révérend Iverson eut terminé, Bill se baissa et ramassa un morceau de terre froide. Il tendit la main au-dessus de la fosse béante, serra le poing, et regarda la terre s'effriter et tomber sur le cercueil.

Comme sa vie, qui s'effritait, qui s'enfonçait dans le malheur.

Les yeux emplis de larmes, il recula d'un pas et resta silencieux et immobile pendant que ses amis et voisins passaient un à un devant la tombe pour rendre un dernier hommage à Elizabeth, puis lui présentaient leurs condoléances.

Jules et Madeline Hartwick étaient là, avec leur fille et

son fiancé. Le banquier s'arrêta devant Bill et posa une main amicale sur son épaule.

— C'est affreux, Bill. Je sais ce que tu ressens.

Comment Jules pouvait-il savoir ce qu'il ressentait ? songea Bill. *Sa femme n'était pas morte.*

Ed Becker était venu aussi, avec Bonnie et leur fille Amy, qui avait un an de moins que Megan. Pendant que Bonnie Becker lui adressait quelques paroles compatissantes, il entendit Amy qui parlait à Megan.

— C'est quoi, le nom de ta poupée ?

— Sam, répondit Megan. Mais c'est pas un garçon, hein. C'est une petite fille, comme moi.

— Je peux la prendre un peu ?

— Non, répondit Megan en secouant énergiquement la tête. Elle est à moi.

— Voyons, chérie, fit Bill en s'accroupissant près de sa fille. Tu peux la prêter deux secondes à Amy.

Megan secoua de nouveau la tête d'un air buté et serra la poupée plus fort entre ses bras. Embarrassé, Bill jeta un regard impuissant vers Bonnie Becker.

— Elle te la prêtera une autre fois, dit la femme de l'avocat en prenant sa fille par la main. Dis à Megan que tu es triste pour sa maman, et on rentre à la maison. D'accord ?

Amy plongea ses grands yeux sombres dans ceux de Megan.

— Je suis triste pour ta maman, déclara-t-elle.

Megan ne répondit pas un mot.

Rebecca Morrison, accompagnée de sa tante Martha Ward, fit de gros efforts pour essayer d'articuler quelques mots, en vain. Comme Martha la foudroyait du regard pour la pousser à s'exprimer correctement, elle finit par baisser timidement les yeux, rouge de confusion.

— Merci d'être venue, Rebecca, dit Bill en prenant ses deux mains dans les siennes.

— Dis-lui ce que tu avais préparé, Rebecca, insista Martha.

— Je... Je suis désolée pour...

Mais elle fut incapable de continuer. Les phrases simples qu'elle avait répétées avec sa tante s'effaçaient à présent de sa mémoire.

— Nous sommes terriblement désolées pour cette pauvre Elizabeth, déclara Martha en lançant un coup d'œil réprobateur vers sa nièce. C'est un tel drame. Mais Elizabeth n'a jamais été très solide, n'est-ce pas ? J'ai toujours pensé qu'elle...

— Au cours de son existence, Elizabeth en a supporté bien plus que la plupart d'entre nous, rétorqua Bill en regardant Martha Ward dans les yeux. Elle nous manquera beaucoup, à tous.

Il avait suffisamment accentué le mot « tous » pour que Martha restât muette et déconcertée. Voyant l'embarras dans lequel les paroles stupides de sa tante avaient plongé Rebecca, il serra amicalement la jeune femme dans ses bras avant de se tourner vers les personnes suivantes.

Les visages défilaient devant lui, se fondant les uns avec les autres. Lorsque Germaine Wagner s'avança, poussant sa mère dans un fauteuil roulant, il reconnut à peine les deux femmes. Depuis un moment déjà, il n'écoutait quasiment plus ce qu'on lui disait. Et quand Clara Wagner déclara d'une voix presque autoritaire qu'il « devait venir dîner un soir », il ne sut pas quoi répondre. Il connaissait Germaine de par son travail à la bibliothèque, bien sûr, mais n'avait jamais mis les pieds chez les Wagner — et n'avait pas la moindre envie de s'y rendre en ce moment.

— Merci, parvint-il à articuler, avant de se tourner rapidement vers Oliver Metcalf et Harvey Connally.

— Faites attention à celle-là, l'avertit Connally. Pour elle, vous êtes devenu une proie rêvée.

— Allons, oncle Harvey ! protesta Oliver Metcalf. Je suis certain que Mrs. Wagner n'avait aucune arrière-pens...

— Bien sûr que si, interrompit le vieil homme. Et ce n'est pas toi qui vas m'apprendre ce qu'il faut dire ou ne pas dire, Oliver. J'ai quatre-vingt-trois ans, je dis ce que je veux.

Lorsqu'il se tourna de nouveau vers Bill McGuire, le ton de sa voix s'adoucit :

— Je suis conscient que vous traversez une épreuve terrible, Bill. Et rien de ce que nous pourrons dire n'allégera votre peine. Mais si je peux faire quoi que ce soit, n'hésitez pas. D'accord ?

— Merci, Mr. Connally. Je ne peux pas m'empêcher de penser que si j'avais...

Bill sentit la main de Megan bouger dans la sienne et ne parvint pas à terminer sa phrase.

— Il ne faut rien penser de ce genre, lui conseilla Harvey Connally. On ne peut pas expliquer ces choses-là. Elles arrivent, c'est tout. Et surtout, on ne peut rien y changer. Tout ce qu'on peut faire, c'est jouer les cartes qu'on a en main, de la meilleure façon possible.

Dix minutes plus tard, lorsque Bill se retrouva seul dans le petit cimetière avec Megan et Mrs. Goodrich, les mots de Harvey Connally continuaient à résonner dans son esprit.

Jouer les cartes qu'on a en main, de la meilleure façon possible.

Après avoir posé un dernier regard sur le cercueil de sa femme, Bill McGuire réussit à se détourner de la tombe et se dirigea vers la sortie du cimetière.

Mrs. Goodrich, en se penchant légèrement en avant, laissa tristement tomber une rose sur le cercueil, puis tendit la main pour prendre celle de Megan.

Mais la petite fille ne s'en aperçut pas. Elle semblait ailleurs. Elle se tenait toujours face à la tombe, mais ne détachait pas les yeux de sa poupée.

La poupée lui rendait son regard.

A partir de maintenant, elles pourraient rester toujours ensemble. Plus personne ne lui reprendrait jamais sa poupée.

Cette nuit-là, tandis que tout Blackstone dormait profondément, la silhouette sombre se glissa une nouvelle fois dans les couloirs obscurs de l'asile abandonné, jusqu'à la petite pièce où étaient entreposés les trésors.

Ses yeux brillants, qui passaient d'une étagère à l'autre, d'un souvenir à l'autre, finirent par se fixer sur un objet qui semblait plus lumineux que les autres.

Sa main gantée s'empara d'un médaillon, auquel les rayons de lune qui filtraient par la fenêtre poussiéreuse donnèrent alors un éclat argenté.

Cela ferait un cadeau parfait. Et la silhouette sombre savait à qui l'envoyer.

2e épisode

Le médaillon

Pour Linda, avec tout plein de bises.

Titre original :

THE BLACKSTONE CHRONICLES
PART 2-TWIST OF FATE : THE LOCKET
 A Fawcett Crest Book.
Published by Ballantine Books, N.Y.

Mourir pour un médaillon

Lorsque nous avons quitté la petite ville de Blackstone, elle était plongée dans la pénombre. Sur la colline qui surplombe la ville se découpait la silhouette lugubre du vieil asile... dont la destruction était programmée depuis longtemps, mais qui semblait résister comme un géant aux assauts des bulldozers. La famille McGuire avait été la première à subir la vengeance de la présence maléfique qui le hantait. Le plus « innocent » des cadeaux, une poupée de porcelaine, était arrivé sur le pas de leur porte, envoyé par un expéditeur anonyme. La petite Megan avait aussitôt serré contre son cœur la poupée — sans savoir qu'elle faisait ainsi pénétrer le Mal dans sa maison.

A présent, au cœur de la nuit, un autre paquet mystérieux vient d'arriver chez la prochaine victime, qui ne se doute encore de rien. C'est un petit médaillon d'argent en forme de cœur, qui brille sous la lune. A le voir, comment imaginer que ce ravissant bijou va répandre la haine et la mort autour de lui, va plonger toute une famille dans un véritable enfer ?

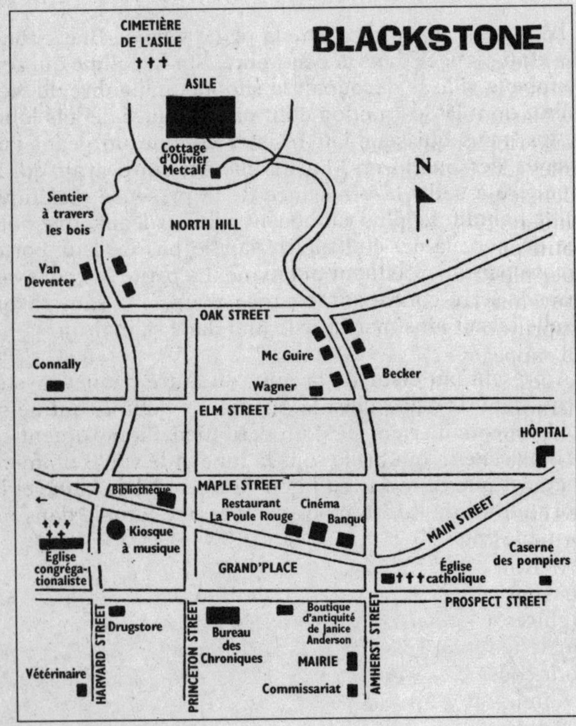
BLACKSTONE
CIMETIÈRE
DE L'ASILE
ASILE
Cottage
d'Olivier
Metcalf
N
Sentier
à travers
les bois
NORTH HILL
Van
Deventer
OAK STREET
Mc Guire
Becker
Connally
Wagner
ELM STREET
HÔPITAL
MAPLE STREET
Bibliothèque
Restaurant
La Poule Rouge
Cinéma
Banque
MAIN STREET
Kiosque
à musique
Église
congréga-
tionaliste
GRAND'PLACE
Église
catholique
Caserne
des pompiers
PROSPECT STREET
Drugstore
Bureau
des
Chroniques
Boutique
d'antiquité
de Janice
Anderson
MAIRIE
Commissariat
Vétérinaire
HARVARD STREET
PRINCETON STREET
AMHERST STREET

Prélude

Au-dessus de Blackstone, la pleine lune s'élevait haut dans le ciel bleu nuit, et baignait d'une lueur argentée les grosses pierres du vieil asile perché sur North Hill. Un peu de clarté parvenait même à filtrer à travers les fenêtres couvertes de poussière, éclairant faiblement les grandes salles désertes. La silhouette sombre qui se déplaçait silencieusement dans le bâtiment n'avait pas besoin de lumière pour s'orienter, mais lorsqu'elle arriva dans la petite pièce qui recelait ses trésors, elle put ainsi les distinguer plus facilement et replonger dans ses souvenirs. Des souvenirs encore vivaces. Des images qui lui revenaient à l'esprit aussi précisément que si les événements qu'elles lui rappelaient avaient eu lieu la veille. Il était le gardien de ces souvenirs, qui s'étaient effacés peu à peu de la mémoire des habitants de Blackstone — du moins de ceux, rares, qui avaient assisté de près ou de loin à ces tragédies dont témoignaient les objets.

Cette petite salle aux étagères chargées d'étranges vestiges était son sanctuaire, un musée auquel il venait d'ajouter une pièce.

Il avait en effet découvert par hasard un vieux registre, au sous-sol de l'asile, où l'on entreposait autrefois les archives. C'était un grand livre relié de cuir rouge décoloré par le temps, semblable à ceux qu'on utilisait à l'époque pour consigner soigneusement tout ce qui se passait entre ces murs. Il avait apporté le registre dans la petite pièce aux étagères et en avait caressé longuement la couverture de cuir, avec autant de douceur et de sensualité que s'il touchait la peau d'une jolie femme. Dans l'espoir que ces pages lui rappelleraient des événements qu'il aurait pu oublier malgré le travail de mémoire qu'il effectuait en permanence, il avait fini par l'ouvrir. La déception avait été grande : les pages jaunies du vieux livre étaient toutes vierges. Mais l'amertume et la frustration avaient vite laissé la place à la plus vive excitation. Il venait de trouver un nouvel usage à ce registre. Un usage de toute première importance.

Il allait en faire un album !

Un album qui garderait méticuleusement des traces de toute la haine meurtrière qu'il allait déverser sur cette ville qui l'avait rejeté.

Dans la faible clarté de la lune, il se pencha de nouveau sur son album, l'ouvrit et relut pour la dixième fois les deux articles qu'il avait découpés avec soin et collés sur les deux premières pages jaunies et fragiles.

Le premier racontait le suicide d'Elizabeth McGuire, déprimée par la mort de son fils, né prématurément.

Le journal ne mentionnait nulle part la poupée magnifique qu'avaient reçue les McGuire quelques jours à peine avant la mort d'Elizabeth, cette poupée qui avait enfin retrouvé la maison qu'elle avait quittée tant d'années plus tôt, dans les bras d'un enfant qu'on avait emmené de force dans cet asile et qui ne l'avait plus jamais quitté.

Le deuxième article, soigneusement collé dans l'album, avait été publié trois jours plus tard et relatait l'enterrement d'Elizabeth McGuire, en donnant la liste de tous les gens qui l'avaient accompagnée à sa dernière demeure.

Des gens qui ne le savaient pas mais qui, très bientôt, seraient à leur tour accompagnés par d'autres à leur dernière demeure.

La silhouette sombre referma l'album et en caressa de nouveau la couverture, frissonnant par avance en imaginant avec délices toutes les histoires qu'il contiendrait bientôt.

Puis, tandis que la lune commençait à descendre dans le ciel et que les ombres lugubres s'allongeaient sur les murs de la pièce, il prit dans sa main le prochain objet qu'il avait décidé d'envoyer.

Un superbe médaillon en forme de cœur, à l'intérieur duquel se trouvait une petite mèche de cheveux.

Prologue

« Lorena. »

Ce n'était pas son vrai prénom, mais c'était un prénom qui lui plaisait. Alors pour aujourd'hui du moins, ce serait le sien.

Peut-être l'utiliserait-elle encore demain. Mais peut-être pas.

Et surtout, pas de nom de famille. Jamais de nom de famille.

Même pas un faux.

Il serait trop risqué de choisir un nom de famille. Une erreur est vite arrivée : si elle utilisait, sans le faire exprès, ses véritables initiales, elle se trahirait et serait aussitôt découverte. Lorena n'était pas du genre à faire des erreurs aussi grossières — depuis qu'elle était arrivée ici, elle n'avait jamais choisi un prénom commençant par la même lettre que le sien — mais on ne sait jamais.

Ils lui avaient fait croire que c'était un hôpital, mais dès qu'elle avait aperçu les grands murs de pierre, elle avait deviné qu'ils mentaient. C'était une prison — et ce n'est pas en déguisant les gardiens en médecins et en infirmières qu'ils avaient réussi à la tromper. Elle n'y avait pas cru une seconde. Bien entendu, ce stratagème n'avait pas trompé non plus les êtres qui l'observaient. Ils étaient déjà là à son arrivée, ils l'attendaient. Elle avait senti leurs yeux posés sur elle dès qu'elle avait franchi l'immense porte de chêne et l'avait entendue claquer derrière elle — dès qu'elle s'était retrouvée emprisonnée ici.

Puis, au fil des mois, Lorena avait réussi à mettre quelques astuces au point pour ne pas se faire repérer. Elle n'avait jamais prononcé son vrai nom à voix haute ; elle s'était même entraînée à ne pas y penser, car certains de ses ennemis savaient lire dans son esprit. Elle avait appris à passer inaperçue, à devenir presque invisible, en ne faisant rien qui puisse attirer l'attention sur elle, en bougeant à peine, en ne parlant jamais.

Elle passait la plupart de son temps assise sur sa chaise à ne rien faire. C'était une chaise hideuse, horrible, recouverte d'une moleskine verte immonde, qui collait à ses doigts lorsqu'elle la touchait — ce qu'elle essayait de faire le moins possible, d'ailleurs : ce truc poisseux contenait peut-être une sorte de poison avec lequel ses ennemis espéraient la tuer. Elle avait songé à demander une autre chaise, mais s'était finalement ravisée. Ils comprendraient alors qu'elle avait deviné ce qu'ils essayaient de faire, et chercheraient immédiatement autre chose de plus sournois encore.

Lorena restait assise, parfaitement immobile. Le moindre mouvement, même un clignement de paupière, pourrait la trahir presque aussi sûrement que si elle donnait son vrai nom. Certains d'entre eux l'observaient depuis si longtemps qu'ils pourraient la reconnaître à un simple geste, elle le savait.

Sa manière de repousser une mèche de cheveux de son front.

Même sa manière d'incliner la tête.

Ses ennemis étaient partout. Et il en venait toujours davantage.

De plus en plus attentive, sur le qui-vive en permanence, elle venait encore d'en repérer un nouveau aujourd'hui.

Cette fois, c'était une femme, vêtue avec élégance — exactement le genre de femme qui se faisait passer pour l'une de ses amies, à l'époque où elle n'avait pas encore découvert le complot. Cette femme était plus jeune qu'elle. Elle avait une quarantaine d'années, de longs cheveux sombres attachés en un chignon soigné, et portait une magnifique robe de soie bleu nuit — à sa coupe particulière, à son style, Lorena l'identifia immédiatement : cette robe ne pouvait venir que de la boutique parisienne de « Monsieur Worth ». Lorena elle-même s'était autorisé une petite folie chez lui lorsqu'elle s'était rendue en Europe sur le Lusitania, *un an avant que le gigantesque navire ne soit torpillé.*

La femme parlait au directeur de la prison, qui continuait à essayer de faire croire à Lorena qu'il était médecin, alors qu'elle connaissait déjà tout de sa véritable identité et le lui avait habilement laissé entendre. La femme jetait de fréquents coups d'œil vers elle. Lorena se demandait si cette visiteuse était réellement assez stupide pour croire qu'elle ne s'en apercevait pas.

Encore un regard furtif.

Lorena sentit monter en elle cette peur qui lui était devenue si familière. Ils la regardaient, ils parlaient d'elle. Malgré le petit jeu auquel ils se livraient — chacun faisait semblant de n'être intéressé que par l'autre —, elle n'était pas dupe.

Ils ne se contentaient pas de la regarder.

Ils complotaient contre elle.

Mais Lorena déjouerait ce complot. Elle n'avait pas d'autre solution pour s'en sortir.

Les yeux de la femme ne cessaient de glisser nerveusement vers la patiente qui était assise près de la fenêtre et n'avait pas bougé d'un millimètre depuis que la visiteuse était entrée là avec le médecin, espérant y trouver quelques minutes d'intimité. Quand le médecin avait proposé à la femme de s'engager comme bénévole à l'asile, pour y passer quelques heures par semaine, l'idée ne lui avait pas plu. En fait, bien qu'elle n'en eût jamais parlé à quiconque, le grand bâtiment menaçant qui se dressait sur North Hill lui avait toujours donné des frissons dans le dos. Mais, en y réfléchissant, elle avait fini par se convaincre que son amant avait raison : en tant que bénévole, elle pourrait venir aussi souvent qu'elle le voudrait sans que personne ne se doute de rien. Son mari n'y verrait que du feu, et ses amis aussi.

Ce jour-là, comme presque chaque jour depuis un mois, elle avait gravi la colline en voiture pour venir offrir ses services. Elle avait discuté avec quelques patients, lu une histoire à un petit garçon étrange, joué aux cartes avec un vieil homme au regard triste. Tout cela en attendant que son amant puisse venir la rejoindre. Enfin, il était apparu, l'avait prise gentiment par le bras et l'avait guidée dans les couloirs jusqu'à cette pièce déserte — ou presque, occupée seulement par une femme assise.

— Elle ne sait même pas qu'on est là, je t'assure.

Il posa les mains sur ses hanches, l'attira vers lui et posa ses lèvres sur son cou parfumé. Mais malgré le frisson de plaisir qui la parcourut à cet instant, elle s'écarta de lui et jeta un coup d'œil vers la malade.

— Qu'est-ce qu'elle a ? demanda-t-elle. Pourquoi ne bouge-t-elle pas ?

— Psychose paranoïaque, répondit-il d'un ton professionnel, en se tournant à son tour vers la femme. Elle pense que si elle reste parfaitement immobile, ses « ennemis » ne pourront pas la voir.

Délaissant aussitôt sa patiente pétrifiée, il plongea une main dans la poche de sa blouse blanche et en sortit une petite boîte.

— J'ai quelque chose pour toi, dit-il en déposant l'écrin dans sa paume. En hommage à notre amour, disons.

La femme observa la boîte bleu clair et sut immédiatement de quoi il s'agissait. Son cœur se mit à battre plus vite. Elle défit le ruban de soie blanche et souleva lentement le couvercle. A l'intérieur, elle trouva une petite bourse de velours. Et dedans, un médaillon d'argent, en forme de cœur.

En l'ouvrant délicatement avec l'ongle de son pouce, elle vit qu'il contenait une mèche de cheveux sous une fine plaque de verre, là où se trouve souvent une photo.

Le médecin lui prit le médaillon des mains, ouvrit le fermoir de la chaînette, passa derrière elle et le lui attacha autour du cou. Lorsqu'elle se tourna pour lui faire face, il se pencha vers elle et l'embrassa tendrement.

Instantanément, une vague de chaleur submergea le corps de la femme ; elle ferma les yeux.

Lorena observait toute la scène. Elle les voyait murmurer entre eux, lui lancer des regards en coin, puis se remettre à murmurer. Elle vit la femme sortir le médaillon de l'écrin ; elle vit la femme ouvrir le médaillon. Et tandis que le « médecin » le fixait autour du cou de sa complice, Lorena comprit soudain ce que contenait le petit cœur d'argent.

Des mensonges.

Le médaillon était rempli de mensonges sur son compte, des mensonges que la femme emporterait dehors avec elle et diffuserait partout. Des mensonges dont les ennemis de Lorena s'empareraient aussitôt.

Au moment où le « médecin » se penchait une nouvelle fois pour chuchoter quelque chose à l'oreille de la femme, Lorena bondit de la chaise et traversa la pièce en courant, les mains déjà tendues vers l'avant. Avant que la femme n'ait eu le temps d'esquisser le moindre geste de recul, elle attrapa le médaillon et arracha la chaînette d'argent.

Elle repartit à reculons, le médaillon serré au creux de la main, les yeux rivés sur ses gardiens pour être prête à parer toute contre-attaque.

Le « médecin » avança vers elle.

— Donne-moi ça, dit-il calmement en tendant la main.

Lorena recula encore de quelques pas, les doigts crispés sur le petit médaillon.

— Qu'est-ce qu'elle va faire avec ? demanda la femme.

Le « médecin » s'approchait toujours, et le dos de Lorena finit par buter contre le mur. Elle se mit alors à marcher sur le côté en longeant le mur, comme un animal traqué, jusqu'à ce qu'elle soit bloquée dans le coin. Prise au piège, elle voyait le « médecin » avancer vers elle. Elle balaya rapidement la pièce du regard, à la recherche d'une issue de secours, mais n'en trouva aucune. Le « médecin » tendit une nouvelle fois la main vers elle — mais Lorena, bien plus intelligente que lui, venait de trouver ce qu'elle allait faire.

Avant que l'homme ne puisse lui attraper le poignet pour lui reprendre le médaillon, elle porta rapidement sa main à sa bouche.

Une fraction de seconde plus tard, elle avait avalé le bijou.

— Tu n'aurais pas dû faire ça... dit le « médecin ».

Mais les menaces ne l'effrayaient plus à présent. Il ne pouvait plus rien faire pour récupérer le médaillon. Elle l'avait mis à l'abri, hors de portée de ses ennemis.

Sachant qu'elle avait gagné la partie, Lorena se mit à rire — un grand éclat de rire, interminable, qui résonnait jusque dans le couloir et ne s'éteignit que lorsque trois « infirmiers » firent irruption dans la pièce et vinrent l'encercler. Le rire de Lorena se mua alors en hurlement de terreur.

Ils étaient entrés dans une salle du sous-sol de l'asile. Au centre, se trouvait une grande table métallique, vivement éclairée par une grosse lampe fixée juste au-dessus.

Les infirmiers avaient disparu après avoir ligoté la patiente sur la table. La femme ne parvenait pas à détacher son regard de ses yeux exorbités, terrifiés. Elle aurait donné n'importe quoi pour ne pas être venue à l'asile ce jour-là.

En cet instant, elle aurait même donné n'importe quoi pour ne jamais avoir rencontré le médecin.

— Tu devrais peut-être attendre dehors, lui confia-t-il.

Sans répondre, elle se dirigea vers la porte. Mais avant de quitter la salle, elle se retourna pour jeter un dernier regard en arrière.

Sous la lumière vive, un scalpel étincelait dans la main de son amant.

Elle sortit rapidement et referma soigneusement la porte derrière elle, comme si ce geste symbolique pouvait chasser de sa mémoire ce qu'elle venait de voir. Mais le hurlement déchirant qu'elle entendit un moment plus tard marqua sa conscience au fer rouge, pour toujours.

Le premier cri fut suivi d'un autre, puis d'un autre encore. Pendant quelques secondes, la femme pensa que quelqu'un allait venir, que quelqu'un allait se précipiter dans l'escalier qui menait au sous-sol et apparaître au bout du couloir pour arrêter ce qui se passait derrière cette porte fermée.

Mais personne ne vint. Au bout d'un moment, les hurlements cessèrent, laissant d'abord la place à de longs râles, puis à un silence de mort.

Après des secondes interminables, alors que la femme se sentait sur le point de défaillir, la porte s'ouvrit enfin et le médecin sortit. Avant qu'il n'ait refermé la porte derrière lui, elle eut le temps de regarder furtivement dans la salle.

La patiente, le visage couleur de cendre, était toujours attachée sur la table d'opération.

Ses yeux, grands ouverts et sans vie, semblaient fixer la femme.

Du sang coulait abondamment de son corps éventré et dégoulinait du bord de la table dans une mare écarlate sur le sol.

Le médecin referma la porte.

Il glissa le médaillon dans la main de la femme. Le petit cœur argenté était encore chaud : la chaleur du corps de la patiente.

La femme le fixa pendant une seconde, effarée, puis le laissa tomber sur le sol. Elle tourna les talons et se dirigea vers l'escalier, chancelante, sans regarder derrière elle.

Quand elle fut partie, le médecin ramassa le médaillon ensanglanté, l'essuya sur sa blouse et le fourra dans sa poche.

1

Jules Hartwick aimait tout de la First National Bank de Blackstone. Cette passion pour son établissement avait commencé bien des années plus tôt, quand il était encore un petit garçon et que son père l'avait emmené à la Banque pour la première fois. Un demi-siècle était passé depuis, mais le souvenir de cette première visite restait gravé dans sa mémoire. Il se rappelait encore parfaitement le sentiment de crainte mêlée de respect qu'il avait éprouvé lorsque, seulement âgé de trois ans, il avait découvert les imposants bureaux de noyer, cirés et brillants, et les grandes plaques de marbre veiné de vert qui recouvraient les guichets.

Mais ce qui l'avait le plus frappé lors de cette première journée à la Banque, c'était sans conteste la porte de la salle des coffres, épaisse et lourde. Le mécanisme complexe qui permettait de l'ouvrir et de la fermer, encastré mais parfaitement visible à travers une plaque de verre, l'avait littéralement fasciné. Chaque pièce de cuivre l'émerveillait, et il n'avait cessé de demander à Miss Schmidt — qui, jusqu'à sa mort, était restée la secrétaire de son père — de composer la combinaison, « une dernière fois », pour qu'il puisse encore voir fonctionner les leviers et les roues dentées, les gorges de serrures et les pênes immenses qui s'enfonçaient dans le chambranle d'acier pour maintenir la porte solidement fermée.

Un demi-siècle plus tard, rien n'avait changé. La Banque (lorsqu'il y pensait, Jules mettait toujours une majuscule à ce mot) n'avait quasiment pas été modifiée depuis sa première visite. Le marbre des guichets et le noyer des bureaux n'étaient plus aussi flambants, cependant, les guichetiers étaient toujours abrités derrière de fins grillages de cuivre, certainement pas très efficaces du point de vue de la sécurité, mais qui conféraient à la Banque son atmosphère surannée. Comme Jules, tant d'années plus tôt, les clients pouvaient toujours admirer le mécanisme de verrouillage de la porte, qui restait constamment ouverte. S'il avait dû choisir, Jules aurait eu bien du mal à déterminer ce qui était le plus important pour lui dans la vie : sa femme ou la Banque. A vrai dire, cette question ne lui était jamais venue à l'esprit. Sauf depuis quelques semaines, quand la direction nationale avait commencé à remettre en question la politique de l'agence en matière de prêts.

Assis dans son bureau en face d'Ed Becker, essayant de se concentrer sur ce que disait son avocat, Jules posa les yeux sur son calendrier. A la date du jour, il avait écrit : « Soirée Celeste et Andrew. »

Il attendait cette petite fête depuis près d'un mois, depuis qu'Andrew Sterling était venu, de manière très officielle, lui demander la main de sa fille. C'était exactement le genre de geste anachronique — et si sympathique — auquel Jules s'était attendu de la part d'Andrew, qui travaillait à la Banque depuis près de cinq ans. Il avait commencé comme guichetier et s'était élevé peu à peu jusqu'au poste de responsable du crédit, non seulement parce qu'il le méritait, professionnellement parlant, mais aussi parce qu'il partageait les vues de Jules sur la manière de gérer une banque : il était partisan de la « vieille école ».

— Je sais que ce n'est pas ce qu'on apprend dans les écoles de commerce, avait-il confié à Jules à l'époque où ils discutaient de son éventuelle promotion, mais je crois qu'on ne juge pas un homme uniquement sur l'état de son compte en banque. Les chiffres ne disent pas tout.

C'était exactement la philosophie sur laquelle s'étaient toujours appuyés les Hartwick pour diriger la First National Bank de Blackstone, et cela n'avait fait que conforter l'opinion de Jules à propos d'Andrew : même s'il n'était sorti de l'école que depuis cinq ans, il avait toutes les qualités requises pour occuper le poste de responsable du crédit.

Les fiançailles de Celeste et d'Andrew devaient être officiellement annoncées ce soir-là, mais Jules savait bien qu'à Blackstone tout le monde ou presque était déjà au courant. Pour lui, ce mariage qui se préparait serait la cerise sur le gâteau : dans quelques années, il allait pouvoir prendre sa retraite en toute tranquillité, sachant qu'il laisserait la Banque en de bonnes mains. Son successeur serait compétent et ferait partie de la famille ; il ne pouvait pas rêver mieux.

La continuité de la First National Bank de Blackstone était assurée.

— Jules ?

La voix d'Ed Becker tira le banquier de sa rêverie. Quand il leva les yeux de son calendrier, il vit son avocat qui le regardait en fronçant les sourcils, l'air un peu inquiet.

— Ça va, Jules ?

— Ça ira beaucoup mieux quand ils en auront fini avec cet audit, répondit Hartwick en s'accoudant sur son bureau. C'est la fête, ce soir, non ? Ça devrait être l'un des plus beaux jours de ma vie, et cette saleté vient me gâcher tout mon plaisir.

Il fit un geste de la main vers les dossiers qui s'entassaient sur le bureau. Les inspecteurs de la direction nationale avaient déjà remis plus de cent prêts en question, et continuaient à éplucher les comptes — Jules n'en voyait pas la fin.

— Tu sais, déclara Ed Becker, si on réfléchit un peu, ce n'est vraiment pas bien grave. J'ai étudié tous ces prêts un à un, et je n'ai absolument rien trouvé d'illégal.

— Et tu ne trouveras rien, tu peux en être sûr. Tout le monde n'est pas malhonnête, tu sais. Je crois que tu es resté un peu trop longtemps à Boston, remarqua Jules en souriant.

— Très juste, dit Becker avec une petite grimace. Au moins cinq ans de trop. Mais je ne pouvais pas deviner que j'allais être écœuré à ce point par les... Comment tu les appelais, au fait ? Les boules puantes ?

— Les boules gluantes. Et c'était vraiment ça, Ed. Des violeurs, des assassins et des gangsters. Je ne comprendrai jamais comment...

Ed Becker leva une main pour interrompre le banquier.

— Je sais, je sais. Mais tout le monde a le droit à un avocat, quelle que soit sa faute. Cependant, c'est vrai que j'ai fini par en être dégoûté. J'ai tout laissé tomber et je suis revenu ici, chez moi, pour ouvrir un petit cabinet bien tranquille, avec tout juste un divorce à régler de temps en temps. Mais revenons à nos moutons, Jules : tu connais les lois presque aussi bien que moi. Pourquoi te fais-tu tant de souci pour cet audit ? Si ces prêts sont parfaitement légaux, je ne vois vraiment pas ce qui t'inquiète.

— Si notre agence n'était pas indépendante, ça ne poserait aucun problème. D'ailleurs, je me suis peut-être trompé, pendant toutes ces années. J'aurais sans doute dû accepter de me mettre sous la tutelle d'une de ces grandes banques nationales. Après tout, si j'avais vendu, on serait peut-être beaucoup plus riches aujourd'hui, Madeline et moi. Dieu seul le sait.

— Je connais l'état de tes comptes, Jules, au cas où tu aurais oublié, remarqua l'avocat avec un sourire malicieux. On ne peut pas vraiment dire que tu es dans la misère.

— Parce que je suis resté prudent, Ed. Je n'ai pas laissé des millions et des millions dehors, comme certains banquiers que je ne nommerai pas. Tu sais, pour moi, ça a toujours été plus qu'une simple banque. Comme pour mon père et mon grand-père, d'ailleurs. Nous n'avons jamais considéré la Banque comme une entreprise ordinaire. Cette agence a toujours fait partie de la vie de Blackstone. Elle a même plus ou moins engendré de la vie dans la région. Pour que notre ville puisse continuer à vivre, j'ai accordé beaucoup de prêts que bien d'autres banques auraient refusés. Mais je connais les gens auxquels j'ai prêté de l'argent, Ed.

Il s'interrompit quelques secondes, le regard dans le vide, puis s'empara d'une pile de papiers entassés sur son bureau.

— Ce ne sont pas de mauvais prêts, dit-il.

— Il n'y a donc aucune raison d'être inquiet, Jules. Si tu veux mon avis, tu devrais plutôt faciliter la tâche des inspecteurs, avant qu'ils n'emploient les grands moyens pour fourrer leur nez dans tes affaires. Même si elles sont saines, ils se débrouilleront pour trouver ce qui les arrangent.

— Tu crois qu'ils iraient jusque-là ? demanda Hartwick, dont le visage avait pâli.

— Bien sûr.

— Bon, j'y réfléchirai, conclut le banquier en se levant.

Il n'avait rien à cacher, mais son avocat avait raison : les inspecteurs n'auraient aucun mal à démontrer que ses méthodes de gestion n'avaient pas grand-chose à voir avec celles que l'on considère en général comme « prudentes » dans ce milieu. Et il était tout à fait conscient que ça pourrait lui nuire auprès des actionnaires et du conseil d'administration, qui finiraient par se convaincre que la First National Bank de Blackstone — comme presque toutes les autres petites agences du pays — devait être reprise par une grosse compagnie nationale.

Si une chose pareille arrivait, qu'il devienne riche ou non, il ne s'en remettrait pas : il aurait perdu ce qui lui tenait le plus à cœur sur cette terre.

Jules ne les laisserait pas faire. Pour rien au monde.

Il trouverait un moyen de protéger sa banque — et sa vie. Coûte que coûte.

Oliver Metcalf jeta un dernier coup d'œil dans le miroir. Cela faisait des années qu'il n'avait pas mis une cravate pour dîner — hormis dans les quelques restaurants chics de Boston ou de New York qui exigeaient encore cet accessoire — mais Madeline Hartwick avait été bien claire. Ce dîner serait un hommage au temps passé : les femmes devaient porter leur plus belle robe, et les hommes étaient attendus en veste et cravate. Il savait, comme tout le monde, que cette soirée était organisée pour annoncer les fiançailles de Celeste Hartwick et d'Andrew Sterling, et c'est avec grand plaisir qu'il avait accepté de jouer le jeu. Sa cravate — la seule qu'il possédait — était démodée depuis longtemps déjà, et sa veste de tweed — qui faisait très « journaliste », c'est du moins ce qu'il s'était dit à l'époque lointaine où il l'avait achetée — n'était plus vraiment de la toute première fraîcheur. Elle entrait dans sa vingtième année. Mais cette tenue ferait l'affaire, et si Madeline le taquinait en lui disant qu'une femme lui serait bien utile pour renouveler sa garde-robe avec goût, il se contenterait de sourire et menacerait de séduire Celeste et de la ravir à Andrew.

En sortant de chez lui, il se demanda si, malgré le froid, il allait traverser le parc de l'asile à pied et passer à travers bois pour rejoindre le haut de Harvard Street, où se trouvait la maison des Hartwick. Mais il se souvint alors que le cadeau qu'il avait trouvé pour Celeste et Andrew était resté à son bureau, et dut se résoudre à prendre sa voiture — une Volvo presque aussi archaïque que sa veste de tweed.

Cinq minutes plus tard, il se gara devant *Les Chroniques de Blackstone* et laissa tourner le moteur pendant qu'il allait chercher le plateau d'argent qu'il avait déniché le week-end précédent. Dans l'après-midi, Lois Martin avait insisté pour refaire le paquet, et lorsqu'il jeta un coup d'œil dans le grand sac où elle l'avait rangé, Oliver dut admettre qu'elle avait été bien plus efficace et mieux inspirée que lui : le reste de papier de Noël vert et rouge qu'il avait utilisé avait été remplacé par un beau papier bleu et argenté, sur lequel dansaient les cloches qui symbolisent le mariage. Et surtout, le paquet était remarquablement fait, malgré la forme ovale du plateau, contre laquelle il s'était battu pendant une demi-heure. Il griffonna un mot de remerciement qu'il posa sur le bureau de Lois, puis referma la porte à clé derrière lui, remonta dans sa voiture et prit la direction de Harvard Street. En ralentissant au coin de la rue pour faire au moins semblant de respecter le stop, il aperçut Rebecca Morrison qui sortait de la bibliothèque. Il se gara le long du trottoir.

— Je te dépose quelque part ? demanda-t-il.

Rebecca parut déconcertée par sa proposition mais s'approcha tout de même de la voiture.

— Ça va vous faire un grand détour, Oliver. Je peux marcher.

— Ça ne me fera pas faire de détour, dit-il en se penchant pour ouvrir la portière du côté passager. Je vais chez les Hartwick.

— Vous allez au dîner ? interrogea Rebecca en s'asseyant près de lui.

— Oui. Toi aussi ?

— Oh non, s'empressa de répondre Rebecca. Tante Martha dit que ce n'est pas pour moi, ces choses-là. Que je risquerais de dire des bêtises.

Oliver tourna les yeux vers Rebecca, dont le visage, faiblement éclairé par les lumières de la rue, paraissait tout à fait serein malgré les mots peu aimables de sa tante, qu'elle répétait avec le plus grand naturel.

— Qu'est-ce qu'elle veut que tu fasses, Martha ? Que tu passes le restant de tes jours à la maison avec elle ?

— Tante Martha a été très gentille avec moi, depuis que papa et maman sont morts, répondit Rebecca.

Bien qu'elle eût clairement esquivé sa question, Oliver ne percevait toujours pas la moindre trace de rancœur dans sa voix.

— Il faut tout de même que tu vives ta vie...

— Ma vie me va très bien, Oliver. J'aime mon travail à la bibliothèque, et tante Martha s'occupe bien de moi à la maison. Je remercie Dieu tous les jours.

— C'est ce que tante Martha te demande de faire, n'est-ce pas ?

Martha Ward, la sœur aînée de la mère de Rebecca, s'était réfugiée dans la religion le jour où son mari l'avait quittée, vingt-cinq ans plus tôt. Sa seule fille, Andrea, était partie de la maison le jour de ses dix-huit ans. Et quelques mois après son départ, les parents de Rebecca étaient morts dans un accident de voiture qui avait failli également coûter la vie à leur petite fille. Tante Martha n'avait pas tardé à récupérer sa nièce. Et vingt ans plus tard, Rebecca était toujours sous sa coupe.

A Blackstone, certaines mauvaises langues prétendaient même que l'accident était arrivé en réponse aux prières de Martha Ward.

« Après tout, avait-on dit un jour à Oliver, ça s'explique. Fred Ward est parti, Andrea s'est sauvée dès qu'elle a pu... Et depuis l'accident, Rebecca n'est pas tout à fait normale de la tête. Alors voilà, Martha a trouvé quelqu'un pour qui prier, et Rebecca peut dormir sous un toit. »

Ce n'était peut-être pas faux, excepté le fait que Rebecca était parfaitement « normale de la tête », à ce qu'en savait Oliver. Elle était très calme et complètement dénuée de perfidie, c'était tout. Elle n'était pas calculatrice et disait tout ce qui lui venait à l'esprit, ce qui pouvait parfois s'avérer un peu déconcertant — du moins pour certaines personnes. Edna Burnham, par exemple, ne s'était toujours pas remise du jour où Rebecca lui avait annoncé, devant plusieurs personnes, qu'elle adorait sa nouvelle perruque.

— Elle est vraiment mieux que celle que tu portais avant, avait dit Rebecca. On voyait bien que c'était une perruque. Tandis que celle-là, on dirait que c'est des vrais cheveux !

Edna Burnham n'avait plus jamais adressé la parole à Rebecca.

Oliver, qui avait assisté à l'incident, en riait encore aujourd'hui.

Et Rebecca, toujours aussi parfaitement innocente que la petite fille de huit ans qu'elle était à l'époque de l'accident qui avait tué ses parents, n'avait jamais compris ce qui avait mis Edna Burnham dans une telle colère, ni ce qui amusait tant Oliver.

— Mais *c'est* une perruque, avait-elle insisté. Et je la trouve vraiment bien.

Comme toujours, en réponse à la question qu'Oliver venait de lui poser à propos de sa tante, Rebecca dit exactement ce qu'elle pensait :

— Tante Martha veut bien faire. Ça part d'un bon sentiment. Ce n'est pas sa faute si elle est un petit peu bizarre.

— Un petit peu ?

Rebecca rougit légèrement.

— D'après les gens, c'est plutôt moi qui serais bizarre, Oliver.

— Non, tu n'es pas bizarre. Tu es honnête, c'est tout.

Il gara la Volvo le long du trottoir, devant chez Martha Ward, qui occupait la maison voisine de celle des Hartwick.

— Et si tu venais à cette soirée avec moi ? suggéra-t-il. Ça te dit ? Madeline m'a dit que je pouvais amener une amie.

Rebecca se remit à rougir aussitôt et secoua la tête.

— Je suis sûre qu'elle ne parlait pas de moi, Oliver.

— Elle ne parlait pas *spécialement* de toi, peut-être, mais ça ne signifie pas que tu ne peux pas venir.

Il la fixa un instant en attendant sa réponse, puis sortit, fit le tour de la voiture pour aller ouvrir sa portière, et insista :

— Je ne lui ai pas dit que je venais seul. Allez, va mettre ta plus jolie robe et viens avec moi.

— Non, Oliver, fit Rebecca en secouant énergiquement la tête. Je ne pourrais pas. Même dans mille ans, je n'oserais toujours pas. De toute façon, tante Martha dit toujours que je mets les gens mal à l'aise. Et je crois qu'elle a raison.

— Tu ne me mets pas mal à l'aise, moi.

— Vous êtes gentil, Oliver.

Avant de se sauver, elle lui donna un baiser rapide sur la joue et ajouta :

— Passez une bonne soirée. Et dites à Celeste et à Andrew que je suis très heureuse pour eux.

Juste à ce moment-là, Martha Ward ouvrit la porte de sa maison, sortit sur le perron et appela sa nièce :

— Il est l'heure de rentrer, Rebecca. Je vais bientôt commencer les prières du soir.

— Oui, tante Martha.

Après un dernier regard pour Oliver, Rebecca tourna les talons et s'engagea dans l'allée.

Oliver prit son cadeau sur le siège arrière de la Volvo puis se dirigea vers la demeure des Hartwick. En approchant de la porte, il eut soudain l'impression d'être observé. Il tourna la tête vers la maison de Martha Ward et vit que Rebecca était toujours sur le perron.

Elle le regardait. Même à cette distance, il put distinguer un peu de tristesse sur son visage. Il entendit alors la voix de Martha Ward l'appeler de nouveau. Un instant plus tard, Rebecca disparut à l'intérieur de la maison.

Il n'avait plus du tout envie de se rendre seul à cette soirée. Mais puisqu'il était là, il monta les trois marches qui menaient à la véranda et appuya sur la sonnette. Madeline Hartwick ouvrit la porte et le serra chaleureusement dans ses bras.

— Oliver... Ça me fait plaisir de te voir.

Au moment où elle s'écartait pour le laisser entrer, elle jeta un coup d'œil vers la maison voisine.

— Pendant un moment, dit-elle, j'ai cru que tu allais amener cette pauvre Rebecca avec toi.

Oliver hésita une seconde, puis décida d'être aussi sincère que Rebecca l'aurait été à sa place.

— Je le lui ai demandé, dit-il. J'ai essuyé une veste, si on peut dire.

Oliver aurait aimé se tromper, mais il crut bien voir une expression de soulagement passer sur le visage parfaitement maquillé de Madeline Hartwick.

2

Jules Hartwick s'installa sur sa chaise et fit un signe de tête presque imperceptible à Madeline : il était temps pour elle d'appuyer du bout du pied sur la sonnette dissimulée sous son côté de la table. Ainsi prévenue, la cuisinière qu'ils avaient engagée pour l'occasion viendrait débarrasser les assiettes à dessert, tandis que le maître d'hôtel — qui n'était là, lui aussi, que pour la soirée — servirait le porto. La salle à manger avait toujours été l'une des pièces préférées de Jules dans cette maison qui l'avait vu grandir, et dans laquelle Madeline et lui avaient emménagé dix ans plus tôt, après que son père, veuf depuis quinze ans, se fut retiré dans une petite résidence bourgeoise de Scottsdale.

— C'est parfait pour moi, avait déclaré le vieux Hartwick. C'est plein de républicains et de divorcées qui ont suffisamment d'argent pour ne pas avoir besoin du mien.

Comme toutes les pièces de la maison, la salle à manger était immense, mais si bien proportionnée qu'elle ne paraissait pas exagérément grande, même lors d'une petite fête entre intimes, comme ce soir-là. Deux lustres magnifiques éclairaient la pièce. Au-dessus des lambris d'acajou qui couvraient les murs jusqu'à mi-hauteur, les tapisseries étaient si luxueuses, si épaisses qu'elles absorbaient tous les sons ; ainsi les soirées les plus animées ne semblaient jamais bruyantes. Sur l'un des côtés trônait une immense cheminée dans laquelle trois grosses bûches flambaient joyeusement.

Madeline aimait que ses dîners soient simples, mais lorsqu'une occasion importante se présentait — et les fiançailles de leur fille en étaient une ! —, Jules tenait à embaucher des domestiques pour retrouver durant quelques heures le faste des temps passés, à l'époque où la famille ne calculait jamais. Et ce soir-là, selon lui, c'était parfaitement réussi.

A part Oliver Metcalf, tous les hommes étaient en smoking — mais comme tout le monde s'était attendu à le voir arriver avec sa vieille veste de tweed, il ne détonnait pas du tout. Les femmes étaient splendides en robe du soir, et même si Madeline était encore plus élégante que d'habitude dans son fourreau noir, c'était Celeste qui semblait attirer toute la lumière, parée d'un flot de velours vert émeraude qui se mariait merveilleusement avec ses cheveux auburn. Elle ne portait qu'un seul bijou : une broche en or sertie d'émeraudes, qui avait appartenu à la mère de Jules et étincelait près du profond décolleté de sa robe. Assis en face d'elle, au centre de la longue table, Andrew Sterling, qui n'avait pas réussi à détacher les yeux de sa fiancée pendant plus de cinq secondes, avait remarqué Jules — constatation qui ravissait le banquier.

Tous les autres convives — sauf un — étaient presque aussi heureux que Celeste et Andrew. En plus d'Oliver, Madeline avait invité Ed et Bonnie Becker, ainsi que Harvey Connally — « pour représenter la génération la plus ancienne, ce qui donnera une sorte d'esprit de continuité tout à fait opportun » — et Edna Burnham pour l'accompagner. Elle avait également réussi à convaincre Bill McGuire de sortir pour la première fois depuis la mort d'Elizabeth, et avait malicieusement convié Lois Martin dans l'espoir qu'Oliver et son assistante fassent aussi équipe en dehors du bureau. Quand Jules lui avait fait remarquer que Lois et Oliver passaient peut-être suffisamment de temps ensemble au journal, Madeline lui avait adressé un de ces regards d'épouse gentiment réprobateurs, qui signifiait clairement qu'il savait sans doute à peu près tout du monde de la banque, mais qu'il n'y connaissait pas grand-chose dans celui de l'amour.

— Lois et Oliver sont faits l'un pour l'autre, avait-elle dit. Ils ne le savent pas encore, c'est tout.

Jules continuait à penser que l'intérêt qu'Oliver portait à Lois s'arrêtait à la porte de leur bureau, mais il avait gardé son opinion pour lui, comme lorsque sa femme avait décidé d'inviter Janice Anderson pour occuper la place vide en face de Bill McGuire. Jules appréciait Janice, ce n'était pas la question. Elle avait un remarquable sens des affaires, et un caractère de battante qui la rendait immédiatement sympathique à tout le monde. La petite boutique d'antiquités qu'elle avait ouverte à Blackstone attirait les chalands — certains n'hésitaient pas à parcourir cent kilomètres pour venir y fouiner et chiner. Bill McGuire avait d'ailleurs réussi à la convaincre de s'installer dans le Blackstone Center dès que le nouveau complexe serait bâti.

Mais ce soir-là, tout l'enthousiasme de Janice n'avait quasiment aucun effet sur Bill. Le pauvre homme avait très mauvaise mine et semblait avoir perdu plus de dix kilos depuis la mort d'Elizabeth, survenue à peine un mois plus tôt. Cependant, il paraissait plutôt content d'être venu, et Jules Hartwick finit par se convaincre que Madeline avait eu raison : si quelqu'un était capable de distraire un peu Bill pendant quelques heures, c'était Janice.

— Si nous allions dans la bibliothèque ? proposa Madeline tandis que le maître d'hôtel achevait de remplir les verres de porto. Nous avons trouvé quelque chose d'incroyable dans le grenier, la semaine dernière. Il faut absolument que vous voyiez cela.

— Ah, voilà pourquoi la porte de la bibliothèque était fermée quand nous sommes arrivés, remarqua Oliver Metcalf.

Il se leva et aida galamment Lois Martin à faire de même en reculant sa chaise. Tous les invités suivirent la maîtresse de maison hors de la salle à manger, traversèrent le salon et passèrent dans l'entrée, où un grand escalier menait au premier étage de la maison.

Si la salle à manger était la pièce préférée de Jules, la bibliothèque était celle de Madeline. Les murs, sur lesquels étaient accrochés çà et là quelques portraits de famille, étaient presque entièrement recouverts d'étagères remplies de livres anciens. Pour atteindre les ouvrages rangés en hauteur, il fallait utiliser une échelle à roulettes qui coulissait sur un rail de cuivre fixé au plafond. Mais aux yeux de Madeline, ces magnifiques étagères n'étaient pas la chose la plus importante de la pièce.

Au-dessus de la double porte par laquelle elle venait de faire entrer ses invités, se trouvait une sorte de petit balcon d'acajou qui servait autrefois à accueillir des musiciens. Ce soir-là, en l'honneur des fiançailles de sa fille, elle avait engagé un quatuor à cordes, qui se mit à jouer lorsque les invités pénétrèrent dans la bibliothèque.

— Extraordinaire ! dit Janice Anderson à Madeline. C'est comme si on remontait le temps. J'ai vraiment l'impression que je viens d'entrer dans un autre siècle.

— Attends de voir ce que nous avons trouvé dans le grenier. Quand le Centre sera construit, nous en ferons don, bien sûr. Mais pour l'instant, nous n'avons pas pu résister à l'envie de le mettre ici.

Elle les guida vers le fond de la pièce, où un tableau fixé au mur était recouvert d'une étoffe noire. Quand tout le monde se fut rassemblé autour, elle fit signe à Jules de baisser toutes les lumières de la bibliothèque, à l'exception de la lampe qui éclairait ce mystérieux tableau. Tous les invités s'étaient tus, impatients, et après avoir ménagé le suspense encore quelques secondes, Madeline tira sur une cordelette qui fit tomber le voile noir.

Au milieu d'un cadre aux moulures dorées et rococo, une femme à l'allure aristocratique, d'une quarantaine d'années, semblait baisser les yeux sur la pièce. Elle portait une robe de soie chatoyante, bleu sombre. Malgré sa prestance et la grande distinction de sa tenue, ses yeux paraissaient emplis de colère et de réprobation, comme si elle était furieuse de servir de modèle. Ses cheveux étaient tirés en arrière, apparemment attachés en chignon, ce qui donnait à son front haut un air encore plus sévère. Elle se tenait debout près d'une chaise. Sa main droite était crispée sur le dossier, et son bras gauche pendait le long de son corps — elle serrait le poing.

— C'est ta mère, n'est-ce pas, Jules ? demanda Janice Anderson. Quel drôle de costume pour poser. Qu'est-ce que c'est que ce truc gris ?

Par-dessus son élégante robe bleue, la femme portait une sorte de tablier gris pâle, vraisemblablement en coton grossier.

— C'est sans doute son uniforme de l'asile, répondit Jules.

Il contemplait le portrait en fronçant les sourcils, comme s'il essayait de deviner ce qui avait pu mettre sa mère dans une telle colère.

— Apparemment, continua-t-il, elle a dû faire du bénévolat là-bas pendant quelque temps. Mais c'est bizarre, je ne me rappelle pas l'avoir jamais vue porter cet uniforme. Jusqu'à la semaine dernière, je ne savais même pas que ce portrait d'elle existait. Et toi, Oliver, tu as déjà vu ma mère dans cette tenue ?

Mais Oliver Metcalf ne l'écoutait pas. A la seconde même où il avait aperçu le tableau, il avait été saisi d'une très violente migraine et une vision lui était apparue.

Le garçon, nu et terrifié, tremble dans la pièce immense. Il se recroqueville et serre les bras autour de son torse pour essayer de se réchauffer. En vain.

Soudain, l'homme apparaît. Le garçon recule, mais il ne peut plus lui échapper. L'homme apporte un drap — un drap humide. Le garçon court vers la porte pour se sauver, mais, au moment où il passe près de l'homme, celui-ci l'attrape dans le drap aussi facilement qu'on prend un papillon dans un filet. En une fraction de seconde, le drap glacial enveloppe le garçon, qui ouvre grande la bouche pour hurler...

— Oliver ? fit Jules Hartwick. Oliver, quelque chose ne va pas ?

Brusquement, l'étrange vision disparut. La douleur qui lui avait transpercé les tempes s'estompa, et Oliver parvint à sourire faiblement.

— Non, tout va bien.

Il leva une nouvelle fois les yeux vers le tableau, craignant que sa migraine ne revienne aussitôt. Mais cette fois, il ne se passa rien. Il voyait simplement le portrait de la mère de Jules, vêtue de l'uniforme qu'avaient porté pendant des années tous ceux qui acceptaient de travailler à l'asile comme bénévoles. Il se souvint confusément d'avoir lu quelque part que les gens fortunés, autrefois, aimaient se faire peindre dans des tenues ou des situations qui évoquaient leur profession ou leur passe-temps favori. Il expliqua à Jules que, selon lui, ce tablier gris était le moyen qu'avait trouvé Mrs. Hartwick pour montrer à ses concitoyens et à leurs descendants qu'elle participait activement, elle aussi, à la vie de Blackstone.

— Sûrement, acquiesça Jules. Ce qui est étrange, c'est

que je ne me souviens même pas que ma mère a été bénévole. Enfin, la mémoire peut jouer des tours...

Il leva une nouvelle fois les yeux vers le portrait, l'examina encore un moment, puis secoua lentement la tête et dit :

— En tout cas, je comprends pourquoi elle l'avait caché dans le grenier. Avant même qu'il soit sec, sans doute. Mais vous ne trouvez pas que ça pourrait être amusant de l'exposer dans le Centre ? On pourrait essayer de trouver d'autres portraits de bénévoles de l'époque et organiser une sorte de petite exposition, non ? Je vois ça d'ici : « Les bienfaitrices de Blackstone » ou quelque chose dans ce goût-là.

— Jules ! s'exclama Madeline. Ces femmes prenaient leur travail très au sérieux, et elles ont rendu bien des services aux patients.

— Je n'en doute pas, dit Jules. Mais reconnais que ma mère n'a pas l'air folle de joie de répandre le bien autour d'elle.

— Je suis sûre que l'expression qu'elle a sur ce tableau n'a rien à voir avec son travail à l'asile, insista Madeline avant qu'un sourire plein de tendresse n'éclaire de nouveau son visage. En fait, elle a l'air d'aussi mauvaise humeur que le jour où tu m'as épousée.

— Elle a fini par s'y faire, tu sais, remarqua Jules en passant un bras autour des épaules de sa femme. T'épouser est la meilleure chose que j'aie jamais faite.

Sur le petit balcon, le quatuor entama une valse. Il attira Madeline contre lui et, en quelques pas gracieux, l'emmena danser au centre de la vaste bibliothèque. Ils furent bientôt imités par tous les autres invités.

Le tableau accroché au mur fut vite oublié par les danseurs, ainsi que la mère de Jules.

Rebecca avait l'impression d'étouffer.

Dans la petite chambre, l'atmosphère était dense et lourde, saturée par la fumée des cierges alignés sur l'autel et par le parfum entêtant de l'encens.

La litanie monotone des chants grégoriens ne couvrait pas tout à fait la voix de sa tante, à genoux près d'elle, qui marmonnait fébrilement ses prières et faisait défiler son rosaire entre ses mains tremblantes.

Un Christ agonisant semblait les surveiller depuis sa croix, fixée au mur au-dessus de l'autel. Rebecca ne put réprimer un léger mouvement de recul, comme toujours, en posant les yeux sur le filet de sang peint qui ruisselait de la plaie béante qu'il avait au flanc. Ressentant la douleur aussi intensément qu'il avait dû la ressentir lui-même, elle s'empressa de détourner le regard de cette figure de souffrance.

Elles avaient fini de dîner depuis bientôt deux heures, et sa tante l'avait amenée ici pour qu'elle essaie de se faire pardonner les pensées qu'elle avait eues pendant le repas. Mais comment tante Martha pouvait-elle savoir ce qui avait traversé son esprit quand elle avait entraperçu ce qui se passait dans la maison voisine ? Elle avait à peine eu le temps d'y songer : la surprenant dans la cuisine à regarder vers les fenêtres illuminées des Hartwick, tante Martha avait aussitôt baissé les stores, l'avait prise par le bras et l'avait guidée jusqu'à cette pièce qui servait de chapelle.

Autrefois, c'était le bureau de l'oncle de Rebecca qui se trouvait là. Mais peu de temps après le départ de Fred Ward, Martha l'avait transformé en lieu de culte, masquant les fenêtres — qui donnaient sur un ravissant petit jardin — avec des rideaux si épais que plus un rayon de lumière ne pénétrait dans la pièce. A la place de la cheminée qui aurait pourtant été si utile et agréable par les soirs d'hiver, elle avait installé un autel du XVe siècle, surchargé de moulures et d'ornements, que Janice Anderson avait trouvé quelque part en Italie. A Venise, peut-être ? Probablement. A la bibliothèque, Rebecca avait découvert un livre dans lequel on voyait un autel qui ressemblait beaucoup à celui de tante Martha. Selon elle, d'ailleurs, c'était bien celui-là.

L'odeur âcre de l'encens et des cierges faisait tourner la tête de Rebecca et lui piquait les yeux. Lorsqu'elle fut certaine que sa tante était si absorbée dans ses prières qu'elle ne remarquerait même pas son absence, elle se releva lentement du prie-Dieu qui lui meurtrissait les genoux — l'un des seuls meubles de la pièce, avec l'autel et l'autre prie-Dieu, sur lequel sa tante restait souvent agenouillée pendant plusieurs heures. Dès que ses genoux lui firent un peu moins mal, elle se glissa hors de la chapelle et se dirigea vers sa chambre.

Après avoir enfilé sa chemise de nuit, Rebecca s'apprêtait à baisser son couvre-lit lorsqu'elle entendit le bruit d'un moteur de voiture qui démarrait. Elle s'approcha de la fenêtre. Il neigeait, à présent, et la lueur des réverbères faisait étinceler la nuit. Dans la maison voisine, la soirée se terminait, et Rebecca put facilement reconnaître tous les invités qui prenaient congé des Hartwick sur le pas de leur porte. Après tout, se dit-elle, peut-être aurait-elle dû accepter l'invitation d'Oliver. Mais ça n'aurait pas été gentil de sa part, vis-à-vis de Madeline — celle-ci préparait toujours méticuleusement ses dîners, et n'aurait sans doute pas été très heureuse de voir apparaître une convive de dernière minute.

Pourtant, elle aurait beaucoup aimé y aller, passer une soirée avec des gens détendus et souriants, et faire comme s'ils étaient ses amis.

Non, se dit Rebecca, je suis méchante. Oliver *est* mon ami !

Comme s'il l'avait entendue par télépathie, Oliver, qui souhaitait bonne nuit à Lois Martin, leva soudain les yeux. En souriant, il fit un petit signe de la main à Rebecca, qui le lui rendit. Mais au moment où Janice Anderson, puis Bill McGuire tournaient la tête pour voir à qui s'adressait le geste d'Oliver, elle se sentit terriblement gênée et s'éloigna de la fenêtre. Si tante Martha la surprenait, elle passerait toute la semaine suivante à demander pardon dans la chapelle !

Rebecca alla se coucher et éteignit la lumière. Elle observa un moment la lumière qui venait de sa fenêtre, et les ombres qui dansaient sur les murs et le plafond, puis se laissa glisser dans un sommeil si léger que lorsqu'elle se réveilla, une heure plus tard, elle n'était même pas certaine d'avoir dormi. Un profond silence régnait dans toute la maison. N'entendant plus les chants grégoriens au rez-de-chaussée, elle comprit que sa tante était également montée se coucher. Elle se dit qu'il devait être très tard.

Par quoi avait-elle été réveillée ?

Elle tendit l'oreille : si c'était un bruit, en tout cas, il ne se répétait pas.

Aucune ombre étrange n'était apparue sur le plafond.

Et pourtant, quelque chose avait dérangé son sommeil. Au bout de quelques minutes, Rebecca se glissa hors de son lit et alla à la fenêtre, laissant cette fois la lumière éteinte.

La neige avait envahi la nuit. De gros flocons tourbillonnaient autour des réverbères. Les trottoirs, les voitures et les branches des arbres avaient disparu sous un épais manteau blanc et brillant. De la maison des Hartwick, on ne distinguait plus que deux ou trois fenêtres encore allumées. Cette lumière chaude et dorée rappelait à Rebecca ces hivers lointains où ses parents étaient encore en vie, lorsque toute la famille se réunissait devant le feu de cheminée et...

Quelque chose la tira brusquement de sa rêverie. Elle venait d'apercevoir une silhouette sombre dans l'allée des Hartwick. Elle la vit se diriger d'un pas pressé vers le trottoir, puis disparaître dans la tempête de neige.

Si cette ombre n'avait pas laissé des empreintes de pas dans la neige, Rebecca se serait demandé si elle n'avait pas rêvé. D'ailleurs, quand la jeune femme retourna se coucher quelques instants plus tard, les traces avaient déjà presque disparu.

Lorsque le vieux carillon de l'entrée sonna le premier coup de minuit, les quatre personnes qui restaient dans le salon des Hartwick se turent. Cette horloge imposante était la première d'une bonne douzaine d'autres qui allaient se mettre à tinter toutes ensemble quelques secondes plus tard, emplissant la maison de gongs et de carillons de toutes les tonalités imaginables. A l'instant où toutes ces pendules que Jules avait dénichées aux quatre coins du monde commençaient à sonner, Madeline glissa une main dans celle de son mari et Celeste, installée sur le divan en face de ses parents, se serra un peu plus contre Andrew. Personne n'ouvrit la bouche avant que le dernier coup de carillon ne se soit tu.

— J'ai toujours pensé que ces horloges me rendraient folle, murmura Madeline. Mais aujourd'hui, je me demande ce que je ferais sans elles.

— Ne t'inquiète pas, elles seront toujours là, dit Jules.

Tiens, d'ailleurs, je vais bientôt mettre la main sur un vieux coucou allemand qui sera parfait en haut de l'escalier.

— Un *coucou* ? s'exclama Celeste. Oh non, papa, c'est trop ringard !

— Eh bien, moi je ne trouve pas ça ringard du tout, figure-toi, rétorqua son père. Mais comme je sens que tout le monde est contre moi, d'accord : je le mettrai dans mon bureau. Je ne vois vraiment pas ce que vous avez contre mes horloges...

— Ce qu'on peut surtout leur reprocher, remarqua Madeline en souriant, c'est qu'elles sont trop nombreuses. Et tu le sais bien.

Elle se leva d'une manière suffisamment énergique pour faire comprendre à Andrew que la soirée était terminée, et ramassa le verre de Jules, dans lequel il restait pourtant un bon centimètre de porto.

— Bon, déclara Jules, je suppose que j'ai terminé mon verre.

— Tu supposes bien, confirma sa femme en se penchant pour déposer un baiser sur son front.

— J'espère que Celeste sera une aussi bonne épouse que Mrs. Hartwick, dit Andrew Sterling quelques minutes plus tard, tandis que Jules le raccompagnait jusqu'à sa voiture, sous la neige.

— J'en suis persuadé, acquiesça Jules en posant un bras sur les épaules de son futur gendre. En tout cas, elle n'en sera pas loin. Je crois que personne ne peut être une aussi bonne épouse que Madeline. J'ai eu une vie très heureuse, vous savez, Andrew. Je suppose que je dois en rendre grâce à Dieu.

En prononçant ces dernières phrases, Jules semblait presque mélancolique. Ils étaient arrivés près de la voiture d'Andrew et, pendant que celui-ci nettoyait la neige de son pare-brise, il posa un regard interloqué sur le banquier.

— Quelque chose ne va pas, monsieur ?

Jules fut tenté de lui parler de l'audit, mais il se ravisa. Il avait réussi à tenir toute la soirée sans mentionner une seule fois ses soucis à la Banque ; ce n'était pas le moment de craquer et de tourmenter Andrew avec ça en un jour pareil. Après tout, le jeune homme n'y était pour rien. Si quelqu'un devait être tenu pour responsable, se dit Jules, c'était probablement lui-même.

— Non, ça va très bien, finit-il par répondre à Andrew. J'ai passé une merveilleuse soirée, et je suis l'homme le plus heureux du monde : j'ai Madeline et Celeste près de moi, et je ne pouvais pas rêver d'un meilleur gendre. Allez, passez une bonne nuit, Andrew. A demain.

Tandis que la voiture d'Andrew s'éloignait sous la neige, Jules referma le grand portail de fer forgé et retourna vers la maison. Mais en passant près de la voiture de Madeline, il remarqua que la portière, du côté conducteur, n'était pas tout à fait fermée. Lorsqu'il l'ouvrit pour la claquer, la lumière intérieure s'alluma et il remarqua un petit paquet posé sur le siège avant. Il le prit en fronçant les sourcils, claqua la portière et repartit vers la maison. Dans le vestibule, il l'examina plus attentivement, intrigué.

Une petite boîte, apparemment, enveloppée dans du papier rose, avec un ruban argenté.

Etait-ce un cadeau que Madeline avait apporté pour lui ?

Non, le papier rose suffisait à écarter cette hypothèse. Et de toute façon, sa femme n'était pas du genre à oublier quoi que ce soit dans sa voiture.

En arrivant au pied de l'escalier, Jules comprit que ce n'était pas Madeline qui avait acheté ce cadeau.

Au contraire, il lui était destiné.

Mais de qui venait-il ? Et pourquoi l'avait-on déposé dans la voiture de Madeline ?

Sans réfléchir plus longtemps, Jules dénoua le petit ruban, puis déchira le papier rose. Un instant plus tard, il ouvrait l'écrin et découvrait un petit médaillon d'argent.

Un médaillon en forme de cœur.

Les doigts tremblants, il ouvrit le médaillon.

Il n'y avait pas de photo à l'intérieur. Juste une mèche de cheveux.

Après avoir refermé le médaillon, il le serra au creux de sa main et leva les yeux vers le premier étage. Soudain, une image lui vint à l'esprit.

Une image de Madeline.

Madeline, qu'il avait aimée pendant plus d'un quart de siècle.

Madeline qui, croyait-il, l'aimait aussi.

Mais à présent, il la voyait clairement. Dans les bras d'un autre homme.

En glissant le médaillon dans la poche de son manteau, Jules Hartwick sentit son univers s'écrouler.

3

— Maman, regarde dehors ! s'écria Celeste Hartwick le lendemain matin, en entrant dans la pièce où la famille prenait chaquc jour le petit déjeuner. C'est fabuleux !

Malgré l'enthousiasme de sa fille, Madeline ne jeta qu'un coup d'œil distrait vers le paysage enneigé qui s'étendait derrière les portes-fenêtres. Les arbres et les buissons croulaient sous une épaisse couche de neige aveuglante, et le manteau blanc qui recouvrait les pelouses et les allées du jardin n'était marqué que par les pattes d'un oiseau — sans doute le cardinal qui était à présent perché sur une branche du grand marronnier et donnait une seule touche de couleur à ce décor monochrome.

— D'accord, d'accord, fit Celeste en s'asseyant en face de sa mère. Apparemment, quelque chose ne va pas. Qu'est-ce qui se passe ?

Pour toute réponse, Madeline se contenta d'une petite moue. Elle ne savait pas quoi dire à sa fille : quelque chose n'allait pas, en effet, mais elle n'avait aucune idée de quoi il s'agissait. Les choses avaient commencé à mal tourner la veille au soir, quand Jules était monté après avoir raccompagné Andrew jusqu'à sa voiture. Lorsqu'il était entré dans leur chambre, il l'avait à peine regardée ; et quand elle lui avait demandé si quelque chose n'allait pas, il l'avait foudroyée du regard et lui avait déclaré qu'elle était sans doute mieux placée que lui pour le savoir. Et avant qu'elle n'ait pu répondre quoi que ce soit, il s'était enfermé dans la salle de bains et n'en était ressorti qu'une demi-heure plus tard. Il était revenu en pyjama et s'était glissé dans le lit à côté d'elle, avant d'éteindre la lumière sans l'embrasser comme tous les soirs — ni même lui souhaiter bonne nuit. Comprenant qu'il n'était vraiment pas d'humeur à discuter, elle s'était dit qu'il valait mieux ne pas risquer d'envenimer cette situation étrange en essayant de régler le problème au beau milieu de la nuit — cela pouvait sans doute attendre jusqu'au lendemain matin. Elle avait réussi à dormir un peu — du moins par à-coups. Chaque fois qu'elle se réveillait, elle le sentait allongé près d'elle, nerveux et contracté. En écoutant le rythme de sa respiration, elle savait parfaitement qu'il ne dormait pas. Mais quand elle avait essayé de lui parler, à deux ou trois reprises, il n'avait pas répondu.

— Tu étais encore debout quand ton père est revenu, cette nuit ? demanda-t-elle à sa fille.

— Oui, mais je ne l'ai pas vu. J'étais dans ma chambre, je l'ai juste entendu monter. Il s'est passé quelque chose ?

— Je ne sais pas. Enfin, j'imagine qu'il a dû se passer quelque chose, oui, mais je serais incapable de te dire quoi. C'était vraiment très bizarre, Celeste. Quand ton père est venu se coucher, il m'a à peine adressé la parole. Il...

— C'est une habitude, de raconter à tout le monde ce qui se passe dans ton lit, Madeline ?

Celle-ci ne put réprimer un brusque mouvement de recul en entendant les paroles de son mari, comme s'il venait de la gifler. Elle renversa même du café sur la table. Tandis que Celeste épongeait rapidement la tache avec une serviette en papier, Madeline reposa sa tasse sur la soucoupe en tremblant.

— Pour l'amour du ciel, Jules, tu vas m'expliquer ce qui t'arrive, oui ou non ? Andrew a dit quelque chose qui t'a mis en colère, quand tu l'as raccompagné ?

Andrew, se dit Jules. Au fond de sa poche, sa main se crispa sur le médaillon, si chaud qu'il eut l'impression qu'il lui brûlait la paume. Etait-il possible que ce soit Andrew ? Andrew était amoureux de Celeste, pas de Madeline. Peut-être que si, après tout. Ce ne serait pas la première fois qu'un jeune homme tomberait amoureux d'une femme qui pourrait être sa mère.

— Pourquoi me demandes-tu ça ?

La surprise et la confusion cédant peu à peu la place à l'agacement, Madeline prit la serviette posée sur ses genoux et se mit à la plier lentement, soigneusement, en appuyant bien sur chaque pli avec la paume de sa main droite. C'était une sorte de geste inconscient que Celeste et Jules connaissaient bien : Madeline faisait toujours cela lorsqu'elle était contrariée ou énervée. Les yeux de Celeste lancèrent un avertissement à son père, mais celui-ci ne sembla même pas le remarquer.

— Je demande ça, dit Madeline d'une voix parfaitement maîtrisée qui fit craindre le pire à Celeste, parce que je ne comprends rien. Cette nuit, quand je t'ai demandé si quelque chose n'allait pas, tu m'as dit que j'étais mieux placée que toi pour le savoir. Maintenant, tu sous-entends que je raconte à la terre entière ce que nous faisons dans notre chambre — tu sais très bien que je ne ferais jamais une chose pareille. S'il y a un problème, Jules, il faut que tu m'en parles.

Les yeux de Jules, emplis de méfiance et de soupçons, allèrent plusieurs fois de sa femme à sa fille. Que savait Celeste ? Tout, sans doute. Les mères se confient toujours à leur fille.

— Comment s'appelle-t-il, Madeline ? finit-il par demander. Ou peut-être vaut-il mieux que je m'adresse à Celeste, non ? Qui est-ce, Celeste ? C'est quelqu'un que je connais ?

Celeste tourna un regard interloqué vers sa mère, puis fixa de nouveau son père. Qu'est-ce qu'il racontait ? La nuit dernière, quand elle était montée se coucher, tout semblait parfaitement normal. Tout le monde était heureux, même. Alors qu'était-il arrivé entre-temps ?

— Je suis désolée, papa, je ne...

— Oh, je t'en prie, Celeste, l'interrompit Jules d'une voix sèche et menaçante qu'elle entendait pour la première fois de sa vie. Je ne suis pas un imbécile, tu sais. Je suis au courant de tout, pour l'amant de ta mère.

Ce fut au tour de Celeste de renverser du café sur la table. Elle laissa même carrément tomber sa tasse.

— Son *quoi* ?

Mais avant que Jules ait pu dire quoi que ce soit, elle pivota comme un automate vers sa mère.

— Il croit que tu as un amant ?

Madeline venait de se lever. Ses yeux étincelaient de colère.

— Tu vas m'expliquer ça, Jules ! Où es-tu allé chercher ça ? C'est quelque chose que t'a dit Andrew, qui t'a mis en tête une idée si ridicule ?

— Ne sois pas stupide, Madeline. Andrew n'a rien dit.

Sa main, toujours dans sa poche, serra si fort le médaillon qu'il le sentit s'incruster dans sa chair.

— Il serait bien le dernier à me dire quoi que ce soit, n'est-ce pas ?

— Arrête, papa, rétorqua froidement Celeste en se levant comme sa mère. Comment peux-tu imaginer une telle horreur ? Andrew et maman ? C'est la chose la plus dégoûtante que j'aie jamais entendue !

Les yeux de Jules lançaient des éclairs vers sa femme et sa fille, à tour de rôle.

— Vous ne pensiez pas que je découvrirais le pot aux roses, hein ? Eh bien, si. Et je jure sur mon honneur que je ne vais pas en rester là. Je vais faire la lumière sur tout le reste aussi !

Laissant Madeline et Celeste bouche bée, Jules Hartwick tourna les talons et quitta la pièce à grands pas.

— C'est l'œuvre du Diable !

Martha Ward prononça ces mots avec tant de véhémence que Rebecca tressaillit et se demanda quel péché elle avait bien pu commettre cette fois. Mais ce sentiment de culpabilité disparut aussitôt, lorsqu'elle réalisa que ces paroles n'étaient pas dirigées contre elle. Martha était au téléphone. Pour une fois, c'était sa cousine Andrea qui recevait le sermon.

— Je t'avais prévenue, poursuivit Martha en faisant signe à Rebecca de lui servir une autre tasse de café. La première fois que j'ai vu cet homme, j'ai compris qui il était. Je l'ai reconnu. Je t'ai dit : « Andrea, cet homme a le visage de Satan. » Mais si, je te l'ai dit, que tu t'en souviennes ou non. Ecoute-moi, Andrea. Il faut absolument que tu ailles à l'église. Et que tu pries pour le salut de ton âme, que tu demandes pardon. Fais ce que je te dis. Et la prochaine fois, quand tu verras le Diable, peut-être le reconnaîtras-tu !

Après avoir raccroché, Martha Ward versa trois pleines cuillerées de sucre dans son café, ajouta un peu de crème, puis poussa un long soupir.

— Je pense que j'ai enfin réussi à inculquer la peur du Diable à cette enfant. Mais tu sais, Rebecca, c'est vrai : dès que j'ai vu Gary Fletcher, j'ai mis Andrea en garde contre lui. Je lui ai demandé de ne plus jamais le faire entrer chez moi. Je suis une femme de foi, je ne tolérerai jamais la présence du Malin près de moi.

— Mais comment peux-tu reconnaître Satan, tante Martha ? demanda Rebecca, qui avait toujours en tête la silhouette sombre qu'elle avait aperçue la nuit précédente, dans la tempête de neige.

— Lorsqu'on le voit, on le sait, déclara Martha. C'est tout. Quel que soit le déguisement qu'il utilise, une personne vertueuse parviendra toujours à reconnaître le Diable.

— Mais à quoi ressemble-t-il ? insista Rebecca. Comment pourrais-je être *sûre* de l'avoir vu ?

Martha Ward reposa sa tasse de café et regarda sa nièce d'un air soupçonneux. Rebecca tenait beaucoup de son père, et Martha n'avait jamais approuvé le mariage de sa sœur Margaret avec cet homme — elle n'aimait pas davantage l'homme avec lequel vivait sa fille Andrea. A ses yeux, Mick Morrison, le père de Rebecca, était l'incarnation du Mal. Elle avait toujours été persuadée que l'accident qui avait tué le couple n'avait été causé que par la colère de Dieu, en punition des innombrables péchés de Mick Morrison et de la complaisance de Margaret. Selon Martha Ward, Rebecca n'avait été épargnée que parce qu'elle était encore très jeune, mais le sang de son père coulait tout de même dans les veines de cette petite. La vigilance de chaque instant dont Martha devait faire preuve pour que sa nièce ne sombre pas dans le vice, comme son maudit père, était la lourde croix qu'elle devait porter sur cette terre. Elle soupira profondément.

— Où veux-tu en venir, Rebecca ?

— J'ai vu quelque chose la nuit dernière. C'était après la soirée chez les Hartwick.

Elle décrivit la silhouette qu'elle avait vue rôder dans l'allée des voisins.

— Ensuite, il a disparu dans la nuit, conclut-elle. C'était presque comme s'il n'avait jamais existé.

Le visage de Martha Ward se durcit. Elle posa un regard sévère sur sa nièce et déclara :

— Peut-être qu'il n'a jamais existé, Rebecca. Tu as peut-être tout simplement inventé ce rôdeur mystérieux pour te donner une bonne raison d'espionner nos voisins. Les

Hartwick sont de braves gens, honnêtes et droits, tu n'as pas à te mêler de leurs affaires. Je pense que tu devrais aller dire trois Je vous salue Marie à la chapelle pour demander pardon. Et en ce qui concerne le Diable, je vais te donner un conseil : observe très attentivement Oliver Metcalf.

« Voilà, se dit-elle dès que Rebecca eut quitté la pièce. J'ai fait mon devoir. Maintenant, s'il lui arrive quelque chose, ce sera uniquement sa faute. »

Jules Hartwick savait qu'on le surveillait.

Il sentait leurs regards depuis qu'il était sorti de chez lui. Déjà, dans l'allée qui menait au trottoir, il avait deviné que Martha Ward et Rebecca Morrison le suivaient des yeux. Il s'était retourné deux fois pour les surprendre, mais elles avaient été trop rapides pour lui : elles s'étaient écartées de la fenêtre avant qu'il ne puisse les voir.

Mais il n'était pas dupe. Il savait qu'elles étaient là !

De la même manière, il savait que tous ses voisins de Harvard Street l'observaient pendant qu'il descendait à pied vers Main Street. Depuis combien de temps l'épiaient-ils ? Des années, probablement. Et il savait pourquoi.

Tous ces gens étaient ses ennemis.

Enfin lucide, il venait de tout comprendre.

Ils étaient au courant de ses problèmes à la Banque.

Ils étaient au courant de la liaison de Madeline.

Et ils se moquaient de lui. Ils s'amusaient de le voir ainsi offensé, humilié, et bientôt déshonoré. Mais il ne se laisserait pas faire, il ne leur donnerait pas le plaisir de le voir souffrir. Il n'essaierait même pas de leur faire comprendre qu'il avait tout découvert. En s'engageant dans Main Street, il marchait la tête haute. Il passa devant le restaurant de la Poule rouge, où se rassemblaient chaque matin tous les hommes d'affaires les plus importants de Blackstone, pour prendre le petit déjeuner.

La véritable raison de leur présence, bien entendu, c'était le complot qu'ils montaient contre lui. Ils préparaient le naufrage de la Banque, mais aussi le sien en tant qu'homme. Ils s'étaient montrés très malins, allant jusqu'à lui proposer de faire partie de leur groupe pour qu'il ne se doute pas de ce qu'ils mijotaient. Mais ce matin, enfin, il venait de comprendre pourquoi certains d'entre eux étaient déjà là lorsqu'il arrivait, et pourquoi d'autres restaient toujours un peu après son départ. Ils parlaient de lui, murmuraient derrière son dos, préparaient chaque détail de sa ruine.

Mais il ne les laisserait pas faire.

Maintenant qu'il avait vu clair dans leur jeu, il allait pouvoir contre-attaquer et déjouer leurs plans. Il était encore plus intelligent qu'eux. C'était aussi pour cela qu'ils le haïssaient.

Ils le haïssaient, d'accord, mais ils ne l'auraient pas !

Lorsqu'il franchit la porte de la Banque, il sentit les regards de toute son équipe se poser sur lui — même s'ils faisaient semblant de se concentrer sur leur travail.

Derrière leur guichet, les employés se donnaient beaucoup de mal pour avoir l'air de s'intéresser à leurs écrans ou à leurs dossiers, mais il savait bien qu'ils l'observaient discrètement, qu'ils suivaient des yeux chacun de ses pas tandis qu'il se dirigeait vers son bureau, au fond de l'agence, près de la salle des coffres.

Mais les guichetiers n'étaient pas les seuls à le regarder. Les gardiens ne le lâchaient pas des yeux. Il sentit tous ses muscles se contracter, un frisson glacé lui traversa le corps, et il ne put respirer de nouveau qu'après avoir refermé la porte de son bureau derrière lui. Il y resta adossé pendant un long moment, attendant que toute la tension qu'il avait accumulée depuis qu'il était sorti de chez lui retombe un peu.

Et, pour la première fois de la matinée, il se rendit compte que son cœur battait plus vite que d'habitude.

Madeline avait-elle mis quelque chose dans son café ?

Non, de toute façon, c'était impossible, il n'avait pas pris de café ce matin-là.

Il finit par s'éloigner de la porte et se laissa tomber dans le fauteuil de cuir qui avait été celui de son père et de son grand-père avant lui. Il s'apprêtait à appuyer sur le bouton de l'interphone pour demander à Ellen Golding de lui apporter une tasse de café, mais il se ravisa au dernier moment. Il ne savait pas exactement ce qui se tramait à la Banque — en tout cas, il était maintenant clair que l'audit n'était qu'une infime partie du complot —, mais il était persuadé qu'ils avaient « acheté » Ellen depuis le début.

Il valait mieux qu'il aille chercher son café lui-même, avant que cette garce n'essaie de l'empoisonner !

Il sortit de son bureau et se dirigea vers le thermos qu'Ellen remplissait chaque matin et posait près de la photocopieuse. Il était en train de se servir lorsqu'elle s'approcha de lui.

— Pourquoi ne m'avez-vous pas appelée, Mr. Hartwick ? demanda-t-elle. J'aurais pu vous en apporter.

Il ne s'était pas trompé ! Elle aurait mis quelque chose dedans. Fallait-il la mettre à la porte tout de suite ? Non, il était préférable de ne pas leur laisser voir qu'il avait compris leur manège.

— Je ne suis pas complètement grabataire, Ellen, je suis encore capable de me servir une tasse de café. Et puis je connais les employés d'aujourd'hui, vous savez. Il suffit de demander à sa secrétaire de vous apporter du café pour qu'elle vous traîne devant un tribunal.

Ellen Golding fixa son patron. De quoi parlait-il ? Elle était sa secrétaire depuis bientôt dix ans, et lui avait servi du café tous les matins depuis le premier jour. Elle considérait même que cela faisait partie de son travail.

— Tout va bien, Mr. Hartwick ?

— Pourquoi ? interrogea Jules. On ne dirait pas ? J'ai l'air d'aller mal ? Eh bien, je peux vous assurer, Miss Golding, que je vais parfaitement bien. Et j'ai l'intention de *continuer* à aller parfaitement bien, si vous voulez savoir. Même si vous vous croyez très intelligente.

Il prit sa tasse et repartit vers son bureau, assez content de son petit effet. Une fois assis, il but une gorgée de café.

Il avait un goût amer qui le mit aussitôt sur ses gardes. Ellen avait-elle mis quelque chose dans le thermos ?

Il décida de ne pas prendre de risque et écarta la tasse.

Soudain, il eut la conviction d'être observé. Mais comment était-ce possible ? Il était seul dans son bureau.

Non ?

Et si quelqu'un se cachait dans la petite salle de bains attenante ? Mais oui, bien sûr ! Il bondit de son siège et alla coller son oreille à la porte de la salle de bains. N'entendant rien, il finit par ouvrir.

Personne.

Vraiment ?

Et dans la douche ?

Le cœur battant, il avança lentement sur le sol carrelé. Le rideau de la douche était tiré, mais il « sentait » la personne qui se cachait derrière comme s'il la voyait.

Qui était-ce ?

D'un geste dont la rapidité le surprit lui-même, il tira sur le rideau plastifié avec une telle force que trois anneaux se décrochèrent.

La cabine de douche était vide. Furieux, il arracha carrément le rideau en faisant sauter les anneaux un à un, et le jeta sur le carrelage. Dès qu'il fut revenu dans son bureau, il comprit où se cachaient les espions.

Comment n'y avait-il pas pensé plus tôt ? Les caméras de surveillance !

Six ans plus tôt, on en avait installé cinq dans l'agence et deux dans son bureau. Cette précaution ne paraissait pas vraiment nécessaire à Jules, mais la compagnie d'assurances avait proposé de baisser ses tarifs annuels si la Banque s'équipait de quelques caméras. A présent, il comprenait mieux pourquoi l'assurance avait tant insisté. Cela n'avait rien à voir avec la sécurité.

C'était pour l'espionner !

Il décrocha le téléphone et composa le numéro du poste de son adjointe.

— Je veux que les caméras de sécurité qui se trouvent dans mon bureau soient éteintes immédiatement, ordonna-t-il sans même dire bonjour.

— Je vous demande pardon ? fit Melissa Holloway.

— Vous m'avez très bien entendu ! Je veux qu'on coupe ces caméras tout de suite. Et qu'on vienne les enlever avant midi !

Il raccrocha brutalement et leva les yeux vers le cyclope électronique qui l'observait, fixé dans un coin du plafond. Un instant plus tard, incapable de supporter cette présence malsaine une seconde de plus, Jules Hartwick quitta son bureau.

Pour la première fois de sa vie, il traversa la Banque sans répondre un mot aux employés qui s'adressaient à lui, poussa violemment la porte vitrée et repartit vers chez lui.

Au fond de la poche de son manteau, sa main droite serrait le médaillon d'argent.

4

Dès qu'il pénétra dans la banque, ce matin-là, Ed Becker pressentit que quelque chose d'anormal s'était passé. Il n'y avait qu'un seul client, mais tous les employés parlaient entre eux comme aux jours de grande affluence. Et dès que l'un d'eux se rendait compte de sa présence, il se taisait aussitôt. Il crut d'abord qu'il y avait eu un problème avec l'audit, mais quand il se tourna vers la grande baie vitrée de la salle de réunion, dans laquelle l'homme et les deux femmes de la direction générale épluchaient les dossiers, il vit qu'ils travaillaient tout à fait normalement, penchés sur des piles de formulaires et d'imprimés, comme chaque jour depuis deux semaines. Il se dirigeait vers le bureau de Jules Hartwick quand Melissa Holloway lui fit signe d'approcher.

— Mr. Hartwick vous a semblé normal, hier soir ? demanda-t-elle. Il allait bien ?

Ed Becker sentit les yeux de tous les employés se tourner vers lui.

— Absolument, dit-il à l'adjointe de Jules. Mais je suppose que si vous me posez la question, c'est que ce n'est plus le cas ce matin. Il est dans son bureau ?

Melissa Holloway secoua la tête.

— Il est parti il y a une dizaine de minutes. A peine arrivé, il s'en est pris à Ellen Golding, sans la moindre raison. Ensuite, il m'a appelée et m'a donné l'ordre de...

— L'ordre ? répéta Ed Becker.

Depuis tant d'années qu'il connaissait Jules, il ne l'avait jamais entendu demander quoi que ce soit à ses employés sous la forme d'un « ordre ». Bien entendu, le banquier donnait souvent des instructions aux personnes qui travaillaient pour lui, mais sans jamais la moindre intonation autoritaire dans la voix. Melissa Holloway haussa les épaules, comme pour dire à Ed Becker qu'elle ne comprenait pas plus que lui.

— Je sais bien... fit-elle. Ça ne lui ressemble pas du tout. Et pourtant, il m'a bien donné l'ordre d'éteindre les caméras de surveillance qui se trouvent dans son bureau — « immédiatement » — et de les faire enlever avant midi.

Si le visage de Melissa n'avait pas été aussi pâle, si elle n'avait pas eu l'air aussi inquiète, Ed Becker se serait dit qu'elle lui faisait une blague. Mais de toute évidence, ce n'était pas le cas.

— Et ensuite, il est parti ?

— Sans adresser la parole à personne. Il n'avait pas ouvert la bouche non plus en entrant. D'habitude, même s'il n'est pas très bavard certains matins, il dit au moins bonjour à tout le monde. Il avait l'air... Je ne sais pas comment vous dire, Ed. Il avait l'air complètement fou !

— C'est à cause de l'audit ? demanda Ed en baissant la voix pour que personne d'autre que Melissa ne puisse entendre. Vous pensez qu'ils auraient trouvé quelque chose qui aurait pu le mettre dans cet état-là ?

— C'est la première chose à laquelle j'ai pensé. Mais il n'est resté que dix minutes dans l'agence et ne leur a même pas parlé. J'espérais que vous pourriez m'expliquer ce qu'il a.

A cet instant, Andrew Sterling s'approcha d'eux, le visage rouge, une grosse veine battant sur sa tempe gauche.

— Est-ce que vous avez la moindre idée de ce qui arrive à Jules ? demanda-t-il d'une voix nerveuse.

— Pourquoi ? fit Ed. Qu'est-ce qu'il vous a dit ?

— Rien. Mais je viens de recevoir un coup de téléphone de Celeste. Pour je ne sais quelle raison, son père a l'air de croire que...

Il s'interrompit et resta un moment silencieux en les regardant, visiblement embarrassé. Ed Becker et Melissa Holloway n'eurent aucune peine à se rendre compte qu'il devait faire un gros effort pour reprendre :

— Il paraît qu'il s'est mis dans la tête que la mère de Celeste a un amant.

— Madeline ? s'exclama Ed Becker. Arrêtez, Andrew. Vous plaisantez ou quoi ?

— J'aimerais bien. Mais il y a pire. Apparemment, il croit que c'est avec moi qu'elle...

De nouveau, il se tut sans terminer sa phrase. Mais cette fois, il semblait clair qu'il ne pourrait pas aller plus loin.

— Jules a réellement *dit* ça ? demanda Ed.

Comme Andrew semblait se refuser à répondre, l'avocat prit une profonde inspiration et déclara le plus calmement possible :

— Je crois que je ferais bien d'aller leur rendre une petite visite, pour voir ce qui se passe.

Le portail des Hartwick était ouvert. Comme la voiture de Madeline n'était pas là, Ed gara sa Buick en haut de l'allée, puis monta les quelques marches du perron. Il appuya sur la sonnette, frissonnant de froid, et attendit que Jules vienne lui ouvrir. Mais au bout d'une minute, comme le banquier ne s'était toujours pas montré à la porte, il sonna de nouveau. N'obtenant pas de réponse, il retourna chercher le manteau qu'il avait laissé sur la banquette arrière de la Buick, puis fit le tour de la maison.

En jetant un coup d'œil par les petites fenêtres du garage, il s'aperçut que la Lincoln noire de Jules était garée à l'intérieur. Mais cela ne signifiait pas nécessairement qu'il était chez lui : comme la plupart des habitants de Blackstone, Jules se rendait souvent au travail à pied, sauf en cas de véritable tempête. Ed monta les marches de la grande véranda du jardin, puis essaya d'ouvrir la porte de derrière.

Fermée.

Ne trouvant pas de sonnette, il frappa plusieurs fois. Mais il n'obtint pas plus de réponse qu'à la porte de devant.

Il longea la maison jusqu'à la grande terrasse sur laquelle donnait la pièce dans laquelle les Hartwick prenaient leur petit déjeuner. De part et d'autre, des portes-fenêtres permettaient d'accéder à la bibliothèque et au salon. Il colla le nez aux vitres en mettant ses mains de chaque côté de ses yeux pour essayer de distinguer quelque chose dans les pièces sombres, mais sans grand succès.

Il continua le tour de la maison par l'autre côté. Ses

chaussures grinçaient sur la neige et le bas de son pantalon, trempé, s'alourdissait. Au coin, il passa devant le bureau de Jules.

D'épais rideaux étaient tirés sur les fenêtres qui flanquaient la cheminée, et qui étaient de toute façon trop élevées pour qu'Ed puisse espérer voir quoi que ce soit. Il finit donc par revenir à la porte de devant et sonna trois fois encore, à tout hasard. N'obtenant toujours aucune réponse, il abandonna et retourna vers sa voiture. Il démarra, fit marche arrière, et ce n'est qu'en atteignant la rue qu'il aperçut la fumée qui sortait de la cheminée. La petite cheminée du bureau de Jules.

Il engagea de nouveau sa voiture dans l'allée et resta assis un moment à fixer les volutes de fumée grise. Il savait que le bureau était une pièce dans laquelle ni Madeline ni Celeste ne mettaient jamais les pieds.

« Je n'ai pas la moindre envie d'entrer là-dedans, lui avait confié Madeline quelques mois plus tôt. C'est sa pièce, il en fait ce qu'il veut — si la puanteur de ces affreux cigares qu'il croit fumer en cachette ne le dérange pas, très bien. Tant que la porte est fermée et que je suis de l'autre côté, ce n'est pas mon problème. Je crois qu'on a tous besoin d'une pièce où se retirer quand on a envie d'être seul. J'ai mon dressing, Jules a son bureau, et nous partageons le reste de la maison. Ça fonctionne parfaitement comme ça. »

Ce qui signifiait que si quelqu'un avait allumé un feu dans la cheminée du bureau, c'était forcément Jules.

Ed prit son téléphone portable et composa le numéro personnel de Jules. A la quatrième sonnerie, le répondeur se déclencha. Il écouta l'annonce et attendit patiemment le bip pour parler :

— Tu peux décrocher, Jules, s'il te plaît ? Je suis dehors, dans ma voiture, et je vois la fumée qui sort de ta cheminée. Je ne sais pas ce qui te tracasse en ce moment, mais tout peut toujours s'arranger. En tout cas, je ne peux rien faire pour toi si tu ne veux pas me parler.

Il marqua une longue pause pour laisser au banquier le temps de réfléchir et de décrocher, mais comme celui-ci ne se manifestait toujours pas, il poursuivit :

— Je suis ton avocat, Jules. Ce qui veut dire que quoi qu'il arrive, je peux...

— Tu es viré, Becker. Fous le camp de chez moi.

Ces paroles sèches et acerbes firent sursauter Ed Becker et le laissèrent pantois pendant quelques secondes. Mais il reprit rapidement ses esprits :

— Que se passe-t-il, Jules ? Il est arrivé quelque chose ?

— Beaucoup de choses sont arrivées, oui. Tu es au courant de tout ça, n'est-ce pas, Ed ? Mais ne te fais pas d'illusions : je sais tout, moi aussi, maintenant. Je sais ce qui est en train de se passer à la Banque, et je sais ce qu'a fait Madeline. Et je sais tout à ton sujet également. Alors fous le camp de chez moi avant que j'appellc la police.

Jules raccrocha sur ces mots, laissant Ed Becker hébété, les yeux fixés sur la grande maison des Hartwick. Il ne comprenait rien.

Un quart d'heure plus tard, comme Jules Hartwick refusait toujours de répondre au téléphone ou d'ouvrir la porte, il finit par se décourager et redescendit vers la ville. Il devait bien y avoir quelqu'un qui savait ce qui avait mis Jules dans un état pareil...

A moins que, comme l'avait sous-entendu Melissa Holloway, il n'ait tout simplement perdu la tête.

— Oliver ? demanda Lois Martin.

Ed Becker venait de quitter le bureau des *Chroniques de Blackstone*, n'en sachant pas plus sur ce qui avait pu bouleverser à ce point Jules Hartwick que lorsqu'il était entré, une demi-heure plus tôt. Depuis son départ, Oliver restait assis en silence, la tête dans les mains.

— Oliver ? répéta Lois. Ça va ?

Le rédacteur en chef des *Chroniques* se massa longuement les tempes du bout des doigts pour essayer d'apaiser la douleur qui montait. Cette migraine s'était déclarée dix minutes plus tôt. A présent, non seulement il avait l'impression d'avoir le crâne pris dans un étau, mais il commençait également à avoir la nausée. Il se rejeta en arrière sur sa chaise et ferma les yeux. Les néons du bureau, dont il avait pourtant l'habitude, l'aveuglaient.

— Tu as déjà eu une *vraie* migraine ? demanda-t-il à Lois.

— Il y a longtemps, dit-elle. J'en ai eu quelques-unes à

l'époque où j'étais à l'université. Je crois que je n'ai jamais rien connu de pire.

Elle s'assit sur la chaise qu'Ed Becker avait laissée vide quelques minutes plus tôt, et posa un regard inquiet sur Oliver.

— Tu es sûr que c'est une migraine ?

— J'ai mal à la tête, mal aux yeux quand je regarde la lumière, et je commence à avoir mal au cœur. C'est comme si on m'enfonçait des clous dans les tempes.

— On dirait une migraine, en effet, confirma Lois. Ça a commencé quand ?

— Celle-là ? Il y a une dizaine de minutes. Mais c'est la troisième ou la quatrième en un mois.

— Tu devrais peut-être aller voir le Dr Margolis.

— C'est plutôt Jules Hartwick, qui devrait faire appel à lui. Tu as entendu ce qu'a dit Ed ?

— J'ai entendu, mais je n'arrive pas à y croire. Ça ne ressemble pas du tout à Jules. Cette histoire de Madeline qui aurait un amant, c'est ridicule. Et même s'il a des problèmes à la banque, Jules n'est pas le genre d'homme à se laisser abattre comme ça.

— Jules n'est pas non plus le genre d'homme à virer son avocat par téléphone, soupira Oliver. C'est pourtant ce qu'il a fait. Bon sang, Lois, que se passe-t-il ? Le mois dernier, Elizabeth McGuire s'est suicidée ; et maintenant, on dirait que Jules Hartwick devient paranoïaque.

— Tu n'es pas en train de dire qu'il y aurait un rapport entre les deux ? interrogea Lois Martin en fronçant les sourcils.

Oliver n'eut pas le temps de répondre : une lame d'acier brûlant lui traversa le crâne. Il sentit tout son corps devenir froid et moite, et son estomac se retourner.

— Il t'arrive d'avoir l'impression que tu ne peux plus contrôler ce qui t'arrive ? demanda-t-il d'une voix faible, quand la douleur se fut suffisamment calmée pour qu'il puisse parler.

— Ça ne m'est pas arrivé depuis au moins cinq ans, répondit-elle. Va voir le médecin, Oliver. Ou bien rentre chez toi, au moins. Ferme les rideaux et allonge-toi un moment.

Oliver réussit à hocher la tête et se leva en tremblant.

— Tu vas pouvoir conduire ? demanda Lois d'un air

anxieux en voyant qu'Oliver, pris de vertiges, était obligé de s'appuyer contre le bureau pour tenir debout. Il vaudrait peut-être mieux que je ferme le bureau et que je...

— Ça va aller, ne t'inquiète pas.

Il fit quelques pas mal assurés vers la porte et réussit à sourire faiblement.

— Tu vois ? fit-il. Solide comme un roc.

— Fais attention quand même, dit-elle en l'aidant à enfiler son manteau. Et appelle-moi dès tu arrives chez toi. Sinon, je débarque et je m'occupe de toi comme une vraie mère poule. Je te connais, tu vas détester ça.

— Je t'appelle, promit Oliver.

Il monta dans sa Volvo, et ne put réprimer une grimace de douleur quand le moteur se mit à vrombir. Il s'engagea dans Prospect Street, puis commença à gravir North Hill, ralentissant prudemment aux nombreux virages de Amherst Street. Une fine couche de neige verglacée recouvrait la route, mais la Volvo ne faillit déraper qu'une seule fois et, moins de cinq minutes plus tard, Oliver franchit l'immense portail de l'asile et tourna à gauche, dans l'allée qui menait à sa petite maison.

Lorsqu'il fut à quelques mètres de son garage, il appuya sur la télécommande et la porte métallique se leva devant lui. Il referma doucement sa portière pour ne pas se martyriser les tympans et sortit du garage. Au moment où il appuyait sur le bouton qui permettait de refermer la porte, il tourna distraitement les yeux vers le vieil asile, dont la silhouette imposante se découpait au sommet de la colline, à une cinquantaine de mètres de lui, au bout de la grande allée.

Il eut l'impression étrange que quelque chose avait changé.

Son toit de cuivre, très abrupt, était couvert d'une épaisse couche de neige étincelante. Pendant un instant, il imagina ce qu'était le bâtiment un siècle plus tôt, à l'époque où il s'agissait encore d'une demeure privée. Il essaya de se le représenter à Noël, quand des traîneaux luxueux tirés par des chevaux parés de clochettes d'argent grimpaient la colline, transportant des femmes en robes somptueuses et en manteaux de fourrure, et des hommes en jaquettes et hauts-de-forme, qui venaient rendre visite à Jonas Connally, premier propriétaire du lieu.

Ça n'avait pas duré longtemps. Le patriarche du clan Connally était mort à peine une dizaine d'années après que la demeure de ses rêves eut été achevée. Cinq ans plus tard, le bâtiment était devenu ce qu'il allait rester jusqu'à sa destruction.

Un refuge pour aliénés.

Peut-être même une prison. Ou pire encore ?

Oliver n'avait jamais pu avoir de certitude à ce sujet, malgré tous les ragots qu'il avait entendus au fil des années, colportés par des gens qui ne savaient pas toujours de quoi ils parlaient.

Mais bien qu'il n'eût jamais découvert la vérité, ce grand bâtiment de pierre le terrifiait depuis son plus jeune âge. Au point qu'il n'avait jamais pu se résoudre à mettre un pied à l'intérieur. Pourtant, ce matin-là, les tempes douloureuses et l'estomac à l'envers, il se sentit étrangement attiré par le vieil asile abandonné.

Sans plus se soucier du froid, Oliver se fraya un chemin dans la neige et s'engagea dans l'allée qui menait aux grandes portes de chêne. Toute la colline semblait soudain plongée dans un profond silence, que seul troublait le crissement de ses pas sur la neige fraîche.

Après avoir hésité un instant au pied du perron, il finit par se décider à gravir les marches. Il fixa longtemps la porte de bois, qui lui paraissait toujours aussi haute et impressionnante que lorsqu'il était enfant, puis il tendit la main vers le vieux levier de bronze qui permettait d'actionner le loquet.

Au moment où ses doigts touchaient le métal glacé, il fut pris d'une violente nausée et retira brusquement sa main comme si le bronze avait été brûlant. Plaquant une main sur sa bouche, il pivota sur lui-même et redescendit les marches en chancelant.

Après avoir vomi à genoux dans la neige, il se remit sur pied en haletant et repartit vers chez lui, incapable de marcher droit, livide. Ne voulant pas rester une seconde de plus dehors, il passa par le garage au lieu de perdre du temps à ouvrir la porte de la maison, et se réfugia dans la buanderie.

Le cœur battant, Oliver s'appuya contre la machine à laver et tenta de reprendre son souffle. La sensation de nausée disparut progressivement, sa respiration redevint régulière, et même son mal de tête sembla s'estomper un peu. Quand le téléphone sonna, il réussit à tituber jusqu'à la cuisine et décrocha d'une main tremblante.

— Oliver ? dit Lois Martin. C'est toi ?

— Oui... C'est moi, oui, bredouilla-t-il.

— Ouf, soupira Lois. C'est la troisième fois que j'appelle. Si tu n'avais pas répondu, je sautais dans ma voiture. Tu vas bien ?

— Ça va, oui, dit Oliver, parfaitement conscient qu'il mentait.

5

La Cadillac de Madeline Hartwick quitta l'autoroute et ralentit avant de s'engager sur la nationale qui menait à Blackstone. Encore vingt minutes de trajet et elles seraient de retour saines et sauves, malgré les craintes de Celeste, qui pensait qu'aller jusqu'à Boston par un temps pareil était une pure folie. Mais Madeline avait préféré affronter les routes verglacées plutôt que de rester à la maison : elles étaient toutes les deux si déboussolées par la conduite inexplicable de Jules que l'attendre sans rien faire, à se ronger les sangs jusqu'à son retour de la banque, aurait été un véritable cauchemar.

— On va aller faire un tour à Boston, avait-elle déclaré à Celeste dix minutes après le départ de Jules. D'accord ? On fera un peu de shopping et on déjeunera tranquillement toutes les deux.

Celeste n'était pas très enthousiaste, mais elle avait fini par se laisser convaincre par sa mère. Et dès qu'elles avaient commencé à faire les boutiques de Newbury Street, Madeline s'était sentie mieux : l'accusation insensée de Jules n'était certainement due qu'à la pression qu'il subissait à la banque à cause de l'audit. Lorsqu'il rentrerait à la maison, tout serait oublié. Les choses allaient vite s'arranger. Elle avait même réussi à n'écraser personne sur le trajet, malgré les routes enneigées et les sinistres prédictions de Celeste.

Madeline se décontracta sur son siège, libérée de la tension qui la gagnait toujours lorsqu'elle conduisait sur une autoroute, et laissa échapper un soupir de satisfaction.

— Je ne sais pas ce que tu en penses, dit-elle en jetant un regard de côté à sa fille, mais moi, je me sens beaucoup mieux.

Celeste — loin d'être aussi optimiste que sa mère au

sujet de son père — leva les yeux et secoua lentement la tête.

— Je t'avouerai que je ne comprends pas trop comment le fait de te servir de la carte bleue de papa comme si nous étions millionnaires peut te redonner le moral. Et en tout cas, je ne vois pas en quoi ça pourrait rattraper toutes ces horreurs qu'il a dites.

— C'est très simple, ma chérie. J'ai passé mes nerfs sur la carte de crédit. Et ton père s'est fait pardonner en m'offrant ce superbe manteau Valentino.

— Mais il ne sait même pas qu'il l'a payé ! protesta Celeste.

— Il le saura quand il jettera un coup d'œil à son relevé de compte. Et d'ici là, il aura tellement culpabilisé pour ce qu'il m'a dit qu'il n'osera pas faire la moindre remarque sur le prix.

— Tu parles de tout ça comme si c'était une broutille, maman. Il a quand même prétendu que tu avais un amant...

— Bah... fit Madeline en lâchant le volant pour balayer les paroles de sa fille d'un geste de la main. En y réfléchissant un peu, c'est presque un compliment : il me trouve encore assez bien conservée pour penser que quelqu'un pourrait s'intéresser à moi. Surtout quelqu'un d'aussi jeune et séduisant qu'Andrew !

— Maman !

— Oh, je t'en prie, Celeste... Je plaisante. Tu ne vas pas me donner des leçons de morale, non ? Quand Andrew et toi serez mariés depuis aussi longtemps que ton père et moi, tu comprendras que la vie à deux n'est pas toujours facile. Et si tu ne le comprends pas, tu auras déjà divorcé plusieurs fois quand tu auras mon âge. Tu sais, ma chérie, tous les couples doivent traverser des moments difficiles. Il faut apprendre à les surmonter, c'est tout.

— Mais ce qu'a dit papa est impardonnable...

Madeline, qui avait déjà entendu trois ou quatre fois ce refrain depuis leur départ de Blackstone, ne la laissa pas continuer.

— On peut tout pardonner, Celeste. Allez, je ne veux plus discuter de ça. On verra bien dans quel état d'esprit sera ton père quand il rentrera de la banque. D'accord ?

Celeste poussa un soupir qui en disait long sur ce qu'elle

pensait, mais elle décida de ne pas ennuyer sa mère et de laisser ce sujet de côté, du moins pour l'instant. Si Madeline avait décidé que le comportement de son mari n'était pas plus alarmant que ça, rien ne pourrait l'en faire démordre. Du moins pour l'instant. Celeste se réfugia dans le silence et tourna la tête vers le paysage hivernal qui défilait derrière la vitre. Elle demanderait peut-être à Andrew de l'emmener skier à Stowe le week-end suivant. A condition, bien sûr, qu'ils soient toujours ensemble à la fin de la semaine. Car si son père commençait à répandre son affreuse histoire à la banque, rien ne permettait de prévoir la réaction d'Andrew. Mais après tout, sa mère avait peut-être raison. Tout serait peut-être très vite oublié.

Quelques minutes plus tard, alors que Madeline garait la Cadillac dans l'allée, Celeste aperçut la fumée qui s'élevait de la cheminée du bureau et jeta un coup d'œil à la montre du tableau de bord. Il était à peine seize heures. Que faisait son père à la maison ? Normalement, il ne rentrait jamais avant dix-huit heures.

En sortant de la voiture, elle vit les traces de pas qu'avait laissées Ed Becker dans la neige, quelques heures plus tôt, lorsqu'il avait fait le tour de la maison.

— Il se passe quelque chose d'anormal, maman...

Au lieu d'aider sa mère à sortir les paquets du coffre, elle remonta l'allée pour voir le chemin qu'avait emprunté le « visiteur ».

— Maman, on dirait que quelqu'un a essayé d'entrer chez nous...

— Tu es bien nerveuse en ce moment, dit Madeline en arrivant près d'elle, les bras chargés de sacs et de paquets. Il doit y avoir une explication, ne t'inquiète pas. Peut-être que ton père...

— Pourquoi papa essaierait-il de pénétrer dans sa propre maison comme un voleur ? On devrait faire attention, maman, c'est peut-être risqué d'entrer. Il faudrait appeler la police, non ?

— Celeste, voyons ! Tu t'imagines de quoi on aurait l'air ? De deux vraies folles. Et puis tu m'as fait remarquer toi-même que la fumée venait du bureau de ton père. A moins que le monde n'ait vraiment changé plus que je ne croyais, les voleurs n'allument pas de feu pour se réchauffer pendant un cambriolage ! Va chercher les paquets qui restent dans le coffre, je vais voir ce qui se passe dans cette maison.

Sans tenir compte des protestations de Celeste, Madeline franchit les trois marches du perron et parvint à glisser sa clé dans la serrure sans faire tomber un seul paquet.

— Jules ? appela-t-elle en posant ses achats sur la console de l'entrée. Jules, tu es là ?

N'obtenant pas de réponse, elle traversa la bibliothèque et alla frapper à la porte du bureau de son mari.

— Jules ? Je peux entrer ?

Toujours pas de réponse.

— Jules !

Cette fois, en tendant l'oreille, elle entendit un grognement sourd :

— Va-t'en.

Elle essaya d'ouvrir, mais la porte était fermée à clé.

— Jules, je veux te parler !

Elle attendit encore quelques instants, puis monta à l'étage et se dirigea vers son dressing. Elle gardait des doubles de toutes les clés de la maison dans l'un des tiroirs de sa commode. Mais en approchant de « sa » pièce, elle s'aperçut que la porte était ouverte. Elle avança de quelques pas, intriguée, et découvrit avec stupeur que les placards et les tiroirs étaient ouverts et que toutes ses affaires étaient éparpillées par terre. La colère qu'elle avait mis tant de soin à dissiper dans les boutiques de Newbury Street remonta brusquement en elle. Elle n'entrait jamais dans le bureau de Jules, et lui n'entrait jamais dans son dressing, c'était un accord tacite entre eux. Mais aujourd'hui, non seulement il avait pénétré dans son « sanctuaire », mais il avait fouillé partout ! Il n'était tout de même pas venu chercher des preuves de la liaison qu'il lui attribuait ? C'était ridicule ! Intolérable !

Sans plus prêter attention à ses vêtements répandus sur le sol, Madeline s'approcha de sa commode. Même s'il était évident qu'il avait fouillé dans tous les tiroirs, il ne manquait apparemment rien. Elle trouva vite l'anneau de clés qu'elle cherchait.

Celeste venait d'entrer dans le vestibule quand sa mère parvint au bas de l'escalier. Elles se dirigèrent ensemble vers le bureau. Madeline frappa de nouveau à la porte d'acajou et, face au mutisme persistant de son mari, essaya plusieurs clés jusqu'à ce qu'elle trouve la bonne. Elle entendit le cliquetis du loquet et ouvrit la porte.

Assis à son bureau, Jules la foudroya du regard. Une bouteille de whisky presque vide était posée à côté de lui. Madeline s'approcha d'un pas décidé.

— Je ne sais pas ce qui cloche, Jules, dit-elle le plus calmement possible. Ce que je sais, c'est que finir cette bouteille n'arrangera rien du tout.

— Tu sais très bien ce qui ne va pas, espèce de traînée !

La main de Madeline partit toute seule, et Jules la reçut en plein visage. Mais avant même que la sensation de brûlure n'ait disparu de sa paume droite, elle regretta son geste.

— Ô mon Dieu, Jules, je suis désolée. Je ne voulais pas...

— Tu parles ! grogna Jules. Je suis sûr que tu as envie de faire ça depuis des années. Tu croyais que je ne savais pas ? Eh bien, je sais, Madeline. Je sais tout.

Madeline se mordit la lèvre pour essayer de garder son calme, puis inspira profondément.

— D'accord, dit-elle. Je vois qu'il n'y a aucun moyen d'avoir une discussion avec toi pour l'instant. Le dîner sera prêt à sept heures. Viens manger ou non, comme tu voudras.

Madeline s'empara de la bouteille de whisky, sortit du bureau sans un mot de plus et referma la porte derrière elle.

— Qu'est-ce qui se passe ? demanda Celeste. Maman, qu'est-ce qu'il a ?

— Je n'en sais toujours rien. Mais je crois qu'il est temps d'appeler le Dr Margolis.

Les deux femmes traversèrent de nouveau la bibliothèque et s'arrêtèrent près du téléphone qui se trouvait dans le vestibule, au pied du grand escalier. Madeline composa le numéro du cabinet de Philip Margolis. L'assistante répondit à la deuxième sonnerie.

— Nancy ? C'est Madeline Hartwick. J'aimerais parler à Philip, s'il vous plaît.

— Malheureusement, Mrs. Hartwick, il est à Concord, lui dit Nancy Conway. Je peux faire quelque chose pour vous ?

Madeline hésita. Elle connaissait Nancy Conway depuis vingt ans, elle l'appréciait, mais elle savait bien qu'elle n'avait jamais réussi à garder un secret de sa vie, et qu'elle ne répétait jamais les rumeurs ou les potins sans les romancer un peu. Si elle apprenait seulement le quart de ce que faisait et disait Jules, toute la ville raconterait dès le lendemain matin qu'il avait complètement perdu l'esprit. Il était plus prudent d'essayer de se débrouiller toute seule ce soir avec Jules, se dit-elle, et de s'adresser directement à Philip Margolis le lendemain.

— Merci, Nancy, ça va aller. Il n'y a rien d'urgent.

6

Toute la symphonie des carillons sonnant l'heure du dîner résonnait dans la grande demeure des Hartwick lorsque Madeline acheva de dresser la table dans la salle à manger. Ce soir-là, pour faire plaisir à son mari visiblement désorienté, elle avait sorti l'une de ses plus belles nappes de dentelle, le chandelier d'argent de la mère de Jules — celui que l'on pouvait voir sur le portrait qu'ils avaient retrouvé dans le grenier — et les grandes assiettes en porcelaine de Limoges, ses préférées, sur lesquelles étaient peintes des scènes de chasse. Celeste était même allée acheter une douzaine de roses, dont le rouge sombre s'accordait parfaitement avec la robe du bordeaux que Madeline avait débouché une demi-heure plus tôt.

Madeline alluma les lampes extérieures, transformant le paysage sombre et inquiétant qui s'étendait derrière les fenêtres en un somptueux décor d'hiver, scintillant et féerique. En attendant que son mari et sa fille viennent la rejoindre, elle réussit à se convaincre que, même si Jules s'était montré revêche et parfois odieux depuis le matin, le dîner qu'elle avait préparé et la table qu'elle avait dressée avec tant de soin ne pouvaient que lui rendre sa bonne humeur. Mais lorsque Celeste entra dans la salle à manger, au moment où s'éteignaient les derniers carillons, son père n'était pas avec elle.

— Tu crois qu'il va venir ? demanda Celeste en s'asseyant, tandis que sa mère servait le vin.

— Je ne sais pas, répondit Madeline d'une voix calme qui cachait mal sa nervosité.

— Mais...

— Mais rien. S'il ne nous dit pas ce qu'il a...

Elle n'acheva pas sa phrase car elle venait d'entendre les pas de Jules dans le couloir.

Quand il apparut dans l'embrasure de la porte, elle se

força à sourire pour dissimuler toute l'inquiétude et la colère qu'elle avait accumulées pendant cette journée.

— J'ai préparé tous tes plats favoris, dit-elle en allant à la rencontre de Jules et en le prenant par le bras.

Il fit un écart pour se dégager d'elle, mais elle feignit de ne pas y attacher d'importance et tira une chaise pour qu'il s'installe à table.

— Il y a des filets mignons, juste à point, des pommes de terre en robe des champs, et toutes les choses qui sont mauvaises pour toi : des croûtons, des flageolets, des amandes, et toutes les sauces que tu aimes. Et j'ai ouvert un pauillac 1985.

Jules examina attentivement la table, comme s'il craignait qu'un couteau ou un verre ne lui saute au visage. Pendant un instant, Madeline crut qu'il allait se retourner et se précipiter hors de la pièce. Finalement, il s'écarta de la chaise que sa femme avait reculée pour lui et fit le tour de la table pour aller s'asseoir sur celle de sa femme. Il leva les yeux vers elle — des yeux que la lueur des chandelles faisait étinceler. Lorsqu'il s'adressa à elle, un sourire étrange déforma ses lèvres, comme s'il venait de remporter une grande victoire sur elle :

— Et si je m'asseyais à ta place, ce soir ? Tu serais d'accord ?

— Bien sûr, répliqua-t-elle.

Sans poser de questions, elle alla aussitôt s'installer à la place habituelle de son mari. Elle trouvait cela pour le moins bizarre, mais si c'était nécessaire pour le calmer, pourquoi pas ? Elle prit son couteau et sa fourchette, coupa un petit morceau de viande et le porta à sa bouche. Jules se leva brusquement.

— J'ai changé d'avis, déclara-t-il. Je vais m'asseoir à ma place, après tout.

Elle serra les dents, mais ne dit rien. Docilement, elle se leva à son tour et prit l'assiette qui se trouvait devant elle.

— Laisse cette assiette où elle est, ordonna Jules.

Celeste, qui n'avait pas encore prononcé un mot, finit par sortir de son mutisme :

— Je t'en prie, papa, qu'est-ce que tu fais ? Tu crois que maman a empoisonné ta nourriture ou quoi ? C'est comme si...

Mais en voyant le regard que lui lançait son père, elle

se tut. Ses yeux brillaient d'une lueur fiévreuse, comme si un démon avait pris possession de lui. Elle ne l'avait jamais vu comme ça. Elle se tourna rapidement vers sa mère, qui lui adressa un signe de tête presque imperceptible pour lui faire comprendre qu'elle ferait mieux de changer de sujet.

— Il faudrait peut-être qu'on parle du mariage... commença Celeste avant de se rendre compte, mais trop tard, qu'elle commettait une erreur.

— Et de quel mariage, s'il te plaît ? demanda son père d'un ton glacial.

— Le... le mien, avec Andrew, bafouilla-t-elle d'une voix à peine audible.

— Honnêtement, Celeste, tu me crois stupide à ce point ? fit-il en braquant sur elle un regard sévère.

De nouveau, Celeste tourna la tête vers sa mère. Mais cette fois, Jules le remarqua.

— Ce n'est pas la peine de la regarder, Celeste. Elle ne pourra rien pour toi. Je sais tout, pour elle et pour Andrew. Et je sais même que tu n'es pas étrangère à cette histoire, toi non plus.

Celeste reposa lentement sa fourchette. Elle commençait à trembler des pieds à la tête.

— A quoi tu joues, papa ? On dirait que tu crois que la terre entière te veut du mal. Pourquoi tu...

— Ils ne me veulent pas de mal, peut-être ? vociféra Jules en abattant si fort son poing sur la table qu'il renversa son verre de vin, répandant une flaque rouge comme du sang coulant d'une blessure. Le mariage n'aura pas lieu, Celeste ! Pas avec ce salaud d'Andrew Sterling, en tout cas. D'ailleurs, dès demain matin, je le mets à la porte de la Banque. Tu as compris ? Comment ose-t-il espérer me prendre ma Banque ! Et toi, comment oses-tu penser à l'épouser ! Tu es aveugle ? Il veut tout ce que j'ai. Ma Banque, ma femme, ma fille... tout ! Eh bien, il n'aura rien ! Rien ! Rien du tout, nom de Dieu !

Celeste fondit en larmes, se leva brusquement et quitta la pièce. Madeline s'apprêtait à suivre sa fille mais, entendant ses pas dans l'escalier, elle se retourna vers son mari. Elle avait maintenant presque autant de fureur que lui au fond des yeux.

— Tu as perdu l'esprit, Jules ? J'ai appelé le Dr Margolis

tout à l'heure. Inutile de te dire que je vais le rappeler dès demain matin. En attendant, je te suggère de...

— Tu ne me suggères rien du tout ! s'écria-t-il en se levant et en plongeant la main droite dans la poche de son pantalon. Qu'est-ce que tu manigances ? Tu veux me faire enfermer à l'asile, c'est ça ? Eh bien, tu ne t'en sortiras pas comme ça, Madeline ! Quand je raconterai aux gens ce que tu as fait — et ce qu'a fait Andrew, et même Celeste ! —, tu iras en prison ! A moins que tu n'aies mis tout le monde dans le complot ? Ah, tu as voulu m'avoir... Tu ferais mieux de me dire ce que tu as en tête, Madeline. Tôt ou tard, je découvrirai ton plan, tu sais. D'une manière ou d'une autre, je découvrirai tout.

Quand il se mit à avancer lentement vers elle, Madeline se précipita hors de la pièce. Il traversa la salle à manger et le salon derrière elle, mais elle était déjà au pied de l'escalier.

— Je monte, Jules, lui dit-elle en le regardant droit dans les yeux. Je ne complote avec personne, et je n'ai pas l'intention de détruire ta vie. Celeste et Andrew non plus, d'ailleurs. Nous t'aimons tous, et nous voulons t'aider.

Elle fit une courte pause, puis reprit de son ton maternel et rassurant qui calmait toujours Celeste quand elle était petite :

— Tout va s'arranger, Jules. Je ne comprends pas ce que tu as, mais quoi qu'il arrive, je serai à tes côtés. Pour l'instant, je vais monter voir notre fille et essayer de la réconforter. Je redescends dans quelques minutes, et nous pourrons parler calmement de tout ça, toi et moi. D'accord ?

Constatant qu'il ne semblait pas décidé à lui répondre, elle lui tourna le dos et monta rapidement rejoindre Celeste.

En serrant de toutes ses forces le médaillon dans sa main droite, Jules la regarda disparaître à l'étage. Réconforter Celeste, tu parles ! Il les imaginait très bien dans la chambre de sa fille, parlant toutes les deux à voix basse, complotant contre lui.

Mais que mijotaient-elles ?

Madeline allait-elle vraiment appeler Margolis pour qu'on le fasse interner à l'asile ?

Bien sûr que oui ! Elle ferait n'importe quoi pour se

débarrasser de lui, c'était évident. Pour s'emparer de la Banque avec Andrew, elle était prête à tout.

Et Celeste était aussi dans le coup , bien sûr !

Comme avait-il été assez bête pour ne s'apercevoir de rien, depuis le temps ? Evidemment, c'était le coup de génie de leur projet : depuis des mois, Celeste lui faisait croire qu'elle était amoureuse d'Andrew pour qu'il ne soupçonne pas la liaison entre Madeline et lui ! Heureusement, il les avait percés à jour à temps.

Il avait réussi à déjouer leurs plans.

Soudain, il vit s'allumer l'une des petites lumières rouges du poste téléphonique de l'entrée. Elles utilisaient une ligne. Elles essayaient d'appeler quelqu'un ! L'un de leurs complices, sans doute !

Il s'engagea dans l'escalier avec l'intention de les forcer à raccrocher, mais il se dit aussitôt qu'elles avaient dû fermer la porte de Celeste à clé.

Les prises ! Bien sûr, il pouvait débrancher les prises !

Il redescendit aussitôt et traversa de nouveau la salle à manger, puis la cuisine, avant de se précipiter dans l'escalier qui menait au sous-sol. Tâtonnant nerveusement dans l'obscurité, il finit par trouver l'interrupteur. La lumière crue d'une ampoule nue l'aveugla un instant.

La buanderie.

C'était là que se trouvait le compteur d'électricité, et Jules était presque sûr que c'était également là que la Compagnie du Téléphone avait installé les branchements des nouvelles lignes dont les Hartwick avaient décidé de s'équiper l'année précédente.

Il courut dans la buanderie et trouva sans problème ce qu'il cherchait. Dans une boîte métallique fixée au mur, non loin du compteur électrique, des dizaines de fils de toutes les couleurs étaient connectés entre eux. Sans réfléchir, Jules se mit à tirer dessus au hasard pour les arracher.

Quelques secondes plus tard, toutes les lignes de la maison étaient coupées.

7

Quand il eut arraché tous les fils pour être sûr que sa femme et sa fille ne pourraient plus communiquer avec leurs complices, Jules Hartwick recula d'un pas, le souffle court, et contempla son œuvre en écoutant le silence qui s'était abattu sur la maison.

Qu'avaient-elles espéré ? Pour quel idiot l'avaient-elles pris ? Il était resté assis toute la journée dans son bureau, mais il avait tout de même pu les entendre mentalement, presque aussi clairement que si elles s'étaient trouvées dans la même pièce que lui.

Elles parlaient de lui.

Elles se moquaient de lui. Complotaient contre lui.

Mais il avait su se montrer plus malin qu'elles. A présent, il contrôlait la situation. Elles ne pouvaient plus parler à personne.

Qui avaient-elles appelé ?

Le traître, Andrew Sterling ?

Le médecin véreux, Philip Margolis ?

Quelqu'un d'autre ?

Ils étaient si nombreux, dehors.

Ses ennemis.

Il n'y en avait pas que chez lui et à la Banque.

Ils étaient partout en ville. Ils l'observaient. Ils parlaient dans son dos.

Ils complotaient contre lui. Ils complotaient sans cesse.

Depuis combien de temps cela durait-il ? Pendant combien de temps avaient-ils réussi à le berner, à lui faire croire qu'ils étaient ses amis ? Enfin, c'était terminé, maintenant. Tout était devenu très clair pour lui, il allait enfin pouvoir reprendre sa vie en main. Et plus personne ne se mettrait en travers de sa route.

Jules quitta la buanderie en prenant soin de ne pas éteindre derrière lui, afin de ne pas laisser à ses ennemis l'occasion de se dissimuler dans l'obscurité. Il fit même le tour du sous-sol pour allumer toutes les autres lumières, jusqu'à ce qu'il ne reste plus un seul coin d'ombre. Lorsqu'il fut certain que même un rat ne pourrait se cacher nulle part, il remonta enfin à la cuisine. Là aussi, il appuya sur tous les interrupteurs.

Dans l'un des tiroirs qui se trouvaient près de l'évier, il choisit un couteau dont la lame, aiguisée comme un rasoir par des années de soins méticuleux, mesurait près de vingt-cinq centimètres. Son manche lisse, taillé dans l'ébène près d'un siècle plus tôt, convenait parfaitement à sa main. Il sentit la force du bois se diffuser dans tout son corps. Palpant instinctivement ce manche comme il avait palpé le médaillon quelques minutes plus tôt, il sortit de la cuisine et alla allumer les lampes de toutes les pièces du rez-de-chaussée pour « nettoyer » la maison de tous les recoins obscurs où pourraient se tapir ses ennemis.

Jules Hartwick se déplaçait aussi silencieusement qu'un fantôme et rôdait de pièce en pièce pour chasser les ombres de chez lui, tout comme le médaillon avait définitivement chassé la raison de son esprit.

Madeline et Celeste tendaient l'oreille. La maison était plongée dans le plus profond silence.

Quand la communication avec le répondeur de Philip Margolis avait été brusquement interrompue, Madeline avait d'abord cru à un simple problème de liaison téléphonique. Mais lorsqu'elle avait essayé de recomposer le numéro, il n'y avait plus de tonalité. Aussitôt, elle avait senti la peur monter en elle. Non, ce n'était pas possible...

Jules n'allait certainement pas très bien, mais il n'aurait tout de même pas coupé les lignes téléphoniques...

Sur son poste, elle appuya sur les touches qui donnaient accès aux autres lignes de la maison. Les petites lumières rouges restaient éteintes. Elle n'entendait pas même un souffle dans le récepteur. Elle raccrocha violemment le combiné. Ses pensées fusaient en tous sens dans son esprit, comme des souris dans un labyrinthe.

Ouvrir la fenêtre et appeler au secours ?

Non, cela risquerait de faire beaucoup trop de remous en ville. Il y avait déjà suffisamment de problèmes avec la banque en ce moment. Ce serait dix fois pire si les gens apprenaient que Jules était devenu...

Même en pensée, elle ne pouvait se résoudre à traiter son mari de fou. Jules avait des soucis, il était stressé — très stressé — mais pas *fou* ! Par conséquent, quelles que soient les difficultés qu'il éprouvait en ce moment, on pouvait les surmonter. Elle inspira profondément pour se calmer et se tourna vers Celeste :

— Reste là. Je descends parler à ton père.

— Maman ! s'écria Celeste. Il a coupé le téléphone ! On ne sait pas ce qu'il va faire maintenant.

Madeline essaya de lutter contre la peur qui s'emparait d'elle, sachant que si elle s'y abandonnait un seul instant, elle n'aurait plus le courage d'agir.

— Ton père ne me fera pas de mal, dit-elle. Nous sommes mariés depuis vingt-cinq ans, et je ne l'ai jamais vu faire preuve d'une once de violence. A mon avis, ce n'est pas maintenant qu'il va commencer.

Elle se dirigea vers la porte.

— Je viens avec toi, annonça Celeste.

Madeline voulut d'abord l'en dissuader, mais en se souvenant du regard presque féroce que Jules avait posé sur elle au bas de l'escalier, elle se ravisa. Elle ouvrit la porte de la chambre et sortit dans le couloir.

La maison était silencieuse comme une tombe.

Prenant presque inconsciemment la main de sa fille dans la sienne, elle s'approcha du haut de l'escalier. Elle s'apprêtait à jeter un coup d'œil par-dessus la rambarde, vers l'entrée, lorsque le silence fut déchiré par le coup de carillon de la vieille horloge qui sonnait la demi-heure. Madeline et Celeste sursautèrent ensemble, et toutes les autres pendules se mirent à tinter à leur tour, faisant résonner partout leur cacophonie de clochettes. Mais très vite, une chape de silence retomba sur la maison.

— Où est-il ? murmura Celeste. Qu'est-ce qu'il fait ?

Avant que Madeline n'ait pu répondre, Jules apparut au pied de l'escalier. Les mains derrière le dos, il leva vers elles des yeux de dément.

— Reste là, ordonna fermement Madeline à Celeste. Je vais essayer de lui parler. S'il arrive quoi que ce soit, enferme-toi dans ta chambre. Tu seras à l'abri.

— Maman, ne fais pas ça, supplia Celeste.

Mais Madeline commençait déjà à descendre lentement les marches, les yeux rivés sur son mari.

« N'aie pas peur de lui, se dit-elle. Il ne te fera pas de mal. »

Par la fenêtre de sa chambre, Rebecca Morrison observait avec curiosité la maison des Hartwick, dont toutes les lampes du rez-de-chaussée étaient allumées.

Préparaient-ils une autre soirée ?

Probablement pas — elle n'avait pas vu arriver la camionnette du traiteur, ni le personnel que Madeline engageait toujours quand elle organisait un grand dîner. De plus, il était déjà dix-neuf heures trente, et les invités arrivaient en général bien plus tôt chez les Hartwick.

Pourtant, Rebecca en était certaine, il se passait quelque chose de particulier chez eux : ils n'avaient pas l'habitude de laisser tout allumé sans raison. Comme le disait tante Martha : même les plus petites économies sont utiles.

— Rebecca ? Que fais-tu, mon enfant ?

Rebecca bondit en entendant la voix de sa tante et laissa immédiatement retomber le rideau de sa fenêtre. Lorsqu'elle se retourna vers Martha Ward, celle-ci plissa les yeux d'un air sévère.

— Tu es encore en train d'espionner les voisins, Rebecca ?

— Non, je regardais, c'est tout. Il se passe une chose très bizarre, tante Martha. Toutes les...

— Je n'ai pas besoin de savoir, coupa sèchement sa tante. Et toi, tu n'as pas besoin de regarder. Nous devrions descendre à la chapelle et prier pour que le Seigneur te pardonne.

— Mais tante Martha, je me demande s'il n'y a pas...

— Silence ! ordonna Martha Ward. Je ne veux pas être souillée par tes péchés, Rebecca. Viens avec moi.

Après un dernier regard vers le rideau qui obstruait à présent sa fenêtre, Rebecca suivit docilement sa tante jusqu'à la chapelle. Tandis que les chants grégoriens commençaient à emplir l'atmosphère confinée de la petite pièce, elle s'agenouilla devant l'autel sur lequel brûlait toute une rangée de cierges blancs. Martha Ward se mit aussitôt à marmonner ses prières, et Rebecca essaya de se concentrer sur les siennes et d'oublier ce qui pouvait se passer chez les voisins.

Madeline Hartwick atteignit la dernière marche de l'escalier. Depuis qu'il l'avait vue, son mari n'avait pas un instant détaché son regard d'elle et, à la lumière du grand lustre suspendu au plafond du vestibule, elle s'aperçut qu'ils étaient emplis de haine.

— Retourne dans ta chambre, Celeste, dit-elle.

Elle tenta une nouvelle fois de refouler la peur qui la submergeait, qui se muait à présent en panique. Quel que soit le « problème » de Jules, il s'était sérieusement aggravé pendant les quelques minutes qu'elle avait passées dans la chambre de sa fille. Cette fois, cela ne faisait plus de doute : une sorte de démence s'était emparée de lui. Même si elle ne voulait toujours pas se résoudre à montrer son inquiétude à son mari et à sa fille, il fallait pourtant qu'elle protège Celeste :

— Va dans ta chambre et ferme la porte à clé. Tu seras à l'abri.

Pendant un court instant, elle eut peur que Celeste ne veuille pas l'écouter et refuse de battre en retraite. Lorsqu'elle vit Jules lever les yeux vers le haut de l'escalier, elle serra les dents et pria en silence :

Laisse-la tranquille ! Si ta folie réclame une victime, que ce soit moi !

Comme s'il avait pu entendre ses pensées, Jules baissa de nouveau le regard vers elle. Dans les secondes de silence qui suivirent, elle entendit la porte de Celeste se fermer, et aussitôt après, le bruit métallique du verrou.

— Pourquoi me regardes-tu comme ça, Jules ? demanda-t-elle de sa voix la plus douce. Qu'est-ce que tu attends de moi ?

Avant qu'elle n'ait eu le temps de comprendre ce qui se passait, Jules l'attrapa de la main gauche par l'épaule, la fit brutalement tourner sur elle-même et la plaqua contre lui. Une fraction de seconde plus tard, elle vit la lame du couteau étinceler sous la lumière du lustre et sentit le métal froid se poser sur son cou, ou plutôt l'effleurer, léger comme une plume.

Une plume mortelle.

A ce contact, elle se pétrifia instantanément, la bouche entrouverte et les yeux écarquillés, tous les muscles tendus. Puis elle sentit sur sa nuque le souffle brûlant de Jules, lourd de tout le whisky qu'il avait ingurgité pendant la journée.

— Je pourrais te tuer, murmura-t-il. Il suffirait que j'enfonce ce couteau dans ta gorge. Ce serait très simple, Madeline. Et tu le mérites, n'est-ce pas ?

Comme elle ne répondait pas, incapable d'articuler un son, il se contracta et la serra encore plus fort contre lui.

Elle sentit la lame du couteau appuyer davantage sur sa gorge et commencer même à lui inciser la peau. Elle réfléchit à toute vitesse et s'entendit prononcer des paroles qui semblaient sortir toutes seules du plus profond d'elle-même, dictées par son instinct de survie.

— Oui, Jules, c'est vrai. Je pensais que tu ne t'apercevrais de rien. Je pensais que tu n'étais pas assez malin pour tout découvrir. Mais je me suis trompée, Jules. J'aurais dû deviner que je ne pourrais pas t'abuser aussi facilement. J'aurais dû deviner que tu finirais par comprendre. Mais je t'assure que je regrette ce que j'ai fait. Je regrette de tout mon cœur, sincèrement.

Elle fondit en larmes, à bout de nerfs, et devint toute molle entre ses bras puissants. Une fois de plus, l'étreinte de Jules se resserra sur elle. En la poussant sans ménagement, il lui fit traverser l'entrée, puis le salon, la salle à manger et la cuisine. Ils se retrouvèrent tous les deux en haut du petit escalier qui descendait au sous-sol. Madeline baissa les yeux vers les marches et, trois ou quatre mètres plus bas, le sol de béton.

— Mensonges ! chuchota Jules à son oreille. Depuis le début, ce ne sont que des mensonges. Tu n'as jamais été sincère avec moi !

Soudain, il la relâcha et, au moment où le couteau s'éloignait de sa gorge, Madeline se sentit brutalement poussée dans le dos. Elle tendit les bras pour essayer de se rattraper à quelque chose, de s'agripper à la rampe ou de se retenir au mur pour éviter la chute.

Mais ses mains s'agitaient dans le vide.

Tandis qu'elle plongeait la tête la première dans l'escalier, un hurlement de terreur jaillit de sa gorge, déchirant le silence de la maison pendant un court instant — car il fut interrompu, moins d'une seconde plus tard, lorsque sa tête heurta le béton du sol.

Voyant le corps de Madeline étendu en bas, tel un pantin désarticulé, Jules descendit lentement les marches, en serrant toujours le couteau dans sa main droite.

Dans la belle demeure des Hartwick, tout en haut de Harvard Street, il régnait à présent un calme sinistre.

Un silence de tombe.

8

Les nerfs à vif, Andrew Sterling composa pour la troisième fois sur son portable le numéro de Celeste Hartwick. Inquiet, il écouta les sonneries retentir. Lors de son premier appel, un quart d'heure plus tôt, la ligne de Celeste était occupée. Et quand il avait rappelé, personne n'avait répondu. C'était pour le moins curieux : il savait que Celeste devait dîner avec ses parents ce soir-là. S'ils étaient chez eux, pourquoi ne répondaient-ils pas au téléphone ? Le souvenir de l'étrange comportement de Jules à la banque ne faisait qu'accroître le sentiment de malaise du jeune homme. Après la dixième sonnerie sur le poste de Celeste, il raccrocha et appela les réclamations. Après quelques instants de recherche, l'opératrice l'informa que la ligne de son correspondant était hors service.

Il enfila un parka sur la chemise de flanelle qu'il avait mise en rentrant de la banque, une heure plus tôt, avala en vitesse la dernière part de la pizza surgelée qui constituait son dîner ce soir-là, sortit de chez lui avant même d'avoir terminé et monta dans sa vieille Ford Escort — avec son salaire à la banque, il ne pouvait pas s'offrir de véhicule plus luxueux. En claquant la portière, il pria pour que ses pneus un peu trop lisses lui permettent tout de même de gravir Harvard Street jusqu'à la maison des Hartwick.

Quelques flocons de neige se mirent à tomber au moment où le moteur de l'Escort se mettait péniblement à tourner. Et le temps qu'Andrew passe la première, un vent violent s'était levé, amenant presque aussitôt sur Blackstone une véritable tempête de neige. En moins d'une minute, il ne voyait déjà plus qu'à quelques mètres devant lui. Tandis que les essuie-glaces faisaient de leur mieux pour débarrasser le pare-brise des gros flocons qui tombaient, Andrew s'engagea sur North Hill en priant une nouvelle fois pour que son Escort puisse l'emmener jusqu'en haut malgré la couche de neige qui recouvrait Harvard Street.

Celeste avait l'impression que des heures s'étaient écoulées depuis qu'elle avait entendu crier sa mère — un hurlement de terreur très vite interrompu.

Mon Dieu, se disait-elle, est-ce qu'il serait allé jusqu'à lui faire du mal ?

Il l'avait peut-être même tuée.

Non, ce n'était pas possible. Ses parents s'adoraient ! Et pourtant, tandis qu'elle attendait, pétrifiée, près de la porte de sa chambre, des images de son père lui vinrent à l'esprit.

Ce matin-là, au petit déjeuner, cette lueur de jalousie folle au fond de ses yeux, tandis qu'il proférait des accusations insensées...

L'après-midi, lorsqu'elles étaient revenues de Boston et l'avaient trouvé dans son bureau avec une bouteille de whisky...

Et quelques minutes plus tôt, à table, quand il ne s'en était plus seulement pris à sa mère, mais à elle aussi...

Tout ça était complètement fou !

Il était fou !

Elle appuya sur la poignée de sa porte pour s'assurer qu'elle était bien fermée à clé, puis se dirigea vers la fenêtre. Il neigeait beaucoup, à présent, mais elle pouvait tout de même distinguer la maison de Martha Ward et même celle des VanDeventer, de l'autre côté de la rue. Toutes les lumières semblaient éteintes. Elle ouvrit sa fenêtre et dut faire face à une forte rafale de vent. Mais après tout, qu'espérait-elle ? Avec une tempête pareille, elle pouvait hurler à pleins poumons, personne ne l'entendrait. Sa voix serait absorbée par la neige.

Sortir !

Il fallait qu'elle sorte ! Il suffisait qu'elle atteigne le garage, où se trouvait sa voiture...

Elle sentit le découragement la gagner pour de bon lorsqu'elle se rappela que la voiture de sa mère était toujours garée dans l'allée : elle l'empêcherait de passer avec la sienne. Mais elle pouvait toujours essayer d'aller à pied chez un voisin — elle trouverait forcément quelqu'un à cette heure-là. Même si les VanDeventer étaient absents, elle pourrait toujours aller sonner chez Martha Ward. Elle ne quittait sa maison que pour se rendre à l'église, et Rebecca à la bibliothèque.

Elle revint vers la porte de sa chambre et colla son oreille contre le bois.

Silence.

Les doigts tremblants, elle fit tourner la clé dans la serrure. Elle eut l'impression que le bruit du verrou résonnait dans toute la maison.

Elle tendit de nouveau l'oreille, mais le même profond silence semblait régner partout.

Finalement, elle se risqua à entrouvrir un peu la porte et jeta un coup d'œil dans le grand couloir.

Personne.

Elle sortit de sa chambre et se dirigea vers le haut de l'escalier. Lorsqu'elle entendit une porte se refermer en bas, elle se pétrifia. Elle était suffisamment proche de la cage d'escalier pour voir ce qui se passait dans l'entrée.

Son père sortit de la salle à manger. Même un étage plus haut, Celeste put l'entendre grommeler tout seul. Ses vêtements étaient pleins de sang. Quand il s'arrêta soudain et leva la tête vers elle comme s'il avait senti sa présence, il avait les yeux vitreux.

— Garce ! rugit-il. Tu croyais que je ne comprendrais jamais ?

Celeste ne put retenir un cri quand elle le vit bondir dans l'escalier, grimpant les marches deux à deux. Prise de panique, elle se rua vers sa chambre sans réfléchir une seconde, claqua la porte derrière elle et tourna vite la clé dans la serrure. Elle put alors reprendre son souffle en s'adossant à la lourde porte d'acajou, le cœur battant.

Mais, lorsqu'elle entendit son père s'acharner sur la poignée, elle comprit son erreur. Au lieu de battre en retraite dans sa chambre, elle aurait dû se sauver vers l'escalier de derrière. A présent, elle serait déjà sortie de la maison, elle courrait déjà dans la rue.

Elle serait en sécurité.

Maintenant, elle était prise au piège dans sa chambre comme un rat dans une cage.

Comment avait-elle pu se montrer aussi stupide ?

Son père cessa de secouer la porte et le silence retomba sur la maison. Celeste ne bougeait pas d'un centimètre, tous les sens en alerte. Etait-il toujours derrière la porte ? Elle n'avait aucun moyen de le savoir. Les secondes s'écoulèrent, puis les minutes. Devait-elle prendre le risque d'ouvrir la porte et de regarder dans le couloir ? Mais dès qu'elle posa la main sur la poignée, elle sentit son cœur se mettre à battre encore plus vite. Elle *savait* qu'il était là, de l'autre côté de la porte, elle pouvait presque sentir sa fureur démente filtrer à travers le bois pour l'atteindre.

— Papa ? murmura-t-elle. Papa, s'il te plaît. Dis-moi ce qui ne va pas. Dis-moi ce qui t'est arrivé. Je t'aime, papa. Je t'aime...

Elle fut interrompue par quelque chose — quelque chose de dur, de lourd — qui frappait contre la porte. La force du coup, transmise directement par le bois, était telle que Celeste bondit en arrière. Alors qu'elle fixait la porte pour essayer de deviner ce qui se passait de l'autre côté, elle entendit de nouveau ce bruit étrange.

Son père frappait. Avec quoi ?

Avec un marteau !

Essayait-il de casser la porte ?

Les coups cessèrent un moment, puis reprirent. C'est alors que Celeste comprit que son père n'était pas du tout en train d'essayer de briser la porte.

Il la clouait, au contraire.

Elle se sentit sur le point de fondre en larmes. Toutes les lignes téléphoniques étaient coupées. Il neigeait trop pour que les voisins puissent entendre ses appels au secours.

Stupide ! Comment pouvait-on être aussi stupide ?

Andrew Sterling contre-braqua rapidement au moment où il sentit la voiture chasser de l'arrière vers la gauche, et parvint à éviter de justesse une camionnette garée le long du trottoir. Ne cherchant même plus à rouler sur le côté droit de la rue, il continua à remonter lentement Harvard Street. La neige qu'écrasaient ses pneus constituait un danger permanent pour la tenue de route de sa voiture. Lorsqu'il arriva enfin en vue de la maison des Hartwick, tous les muscles de son corps étaient tendus et il avait tellement serré le volant pendant le trajet que ses mains lui faisaient mal. Il parvint tout de même à engager sa voiture dans l'allée. Il la gara dès qu'il eut franchi le portail et se dirigea vers la maison, dont presque toutes les fenêtres étaient éclairées. En approchant, il vit qu'on allumait encore de nouvelles lampes à l'étage. Mais lorsqu'il sonna à la porte, personne ne vint répondre.

Pourtant, cela ne faisait aucun doute, il y avait bien quelqu'un à l'intérieur.

La Cadillac de Madeline était garée dans l'allée, et surtout, on venait d'allumer les lumières du premier étage.

Il sonna de nouveau, attendit quelques secondes, puis essaya de tourner la poignée. La porte était fermée à clé.

Andrew mit la capuche de son parka pour se protéger de la neige et commença à contourner la maison. Il frappa plusieurs fois à la porte de la cuisine, puis cria pour qu'on vienne lui ouvrir — mais dans cette tempête, il avait du mal à reconnaître le son étouffé de sa propre voix et savait bien que personne ne pourrait l'entendre de l'intérieur. Il faillit retourner vers la porte de devant pour essayer de sonner une nouvelle fois mais se ravisa.

Il y avait quelqu'un dans la maison, mais on ne voulait pas lui répondre.

Le téléphone ne fonctionnait plus.

Et le comportement de Jules Hartwick ne semblait vraiment pas normal depuis le matin.

Prenant sa décision en une fraction de seconde, Andrew Sterling recula d'un pas, baissa l'épaule gauche et se précipita contre la porte de la cuisine. Elle résista, mais il entendit distinctement le craquement du bois. A sa deuxième tentative, la porte céda et la gâche de la serrure tomba bruyamment sur le carrelage.

Andrew Sterling pénétra dans la cuisine.

D'abord, tout lui parut normal. Puis il les vit.

Les taches sur le sol.

Des taches rouge vif.

Rouge sang.

D'un pas tremblant, Andrew suivit ces marques à travers l'office, la salle à manger, le petit salon et l'entrée.

La piste s'arrêtait au bas de l'escalier.

Andrew ne bougeait plus. La maison était absolument

silencieuse, mais il sentait le danger présent partout autour de lui.

Le danger, et la peur.

— Celeste ? appela-t-il. Celeste !

— Andrew ?

La voix étouffée de sa fiancée venait de quelque part à l'étage. Andrew grimpa les marches quatre à quatre et l'appela de nouveau quand il fut en haut. Mais ses mots moururent sur ses lèvres lorsqu'il aperçut la porte de sa chambre.

Trois clous avaient été maladroitement plantés dans le bois, de telle manière qu'ils s'enfonçaient également dans le chambranle et empêchaient la porte de s'ouvrir. Andrew secoua énergiquement la poignée.

— Celeste ? Ça va ?

— C'est mon... mon père ! Il est... Andrew, il est devenu fou ! Il a fait quelque chose à ma mère...

— Ouvre le verrou, dit-il.

Dès qu'il entendit le cliquetis de la serrure, il prit deux pas de recul et se précipita contre la porte. Mais elle était plus solide que celle de la cuisine. Quand il réussit enfin à la forcer en faisant sauter les clous, il était hors d'haleine et son épaule le faisait terriblement souffrir.

— Où est ta mère ? interrogea-t-il en serrant Celeste contre lui, sans se soucier de la douleur qui lui brûlait l'épaule.

— Je ne sais pas... répondit-elle en sanglotant. En bas, je suppose. Ils étaient tous les deux au pied de l'escalier et il... il avait un couteau et...

Andrew retint un juron. Il s'était trompé de sens en suivant la piste du sang. En fait, les traces partaient de l'escalier. Jules avait dû emmener Madeline au sous-sol.

— Où est-il, maintenant ? demanda-t-il d'une voix pressante.

— Je... je ne sais pas, bredouilla Celeste. Il a cloué ma porte et il... Ô mon Dieu, Andrew, je ne sais pas !

Soudain, Andrew se souvint de ce qu'il avait vu en arrivant. Les lumières. C'était Jules qui les avait allumées. S'il était toujours là-haut...

Ils s'immobilisèrent tous les deux en entendant un bruit de pas.

Quelqu'un marchait au-dessus.

— Il est au deuxième étage, murmura Celeste. Qu'est-ce qu'on va faire, Andrew ? Tu crois qu'il a emmené ma mère là-haut ?

— Non. Au sous-sol. Viens. Il faut la trouver au plus vite et quitter cette maison !

En soutenant Celeste, il la fit sortir de la chambre et la guida jusqu'au rez-de-chaussée, dans la cuisine. Lorsqu'ils parvinrent à la porte du sous-sol, il la prit par les épaules et la regarda droit dans les yeux.

— Je vais descendre voir si je trouve ta mère. Si tu entends ton père venir par ici, sors immédiatement. Tiens, prends les clés de ma voiture. Elle est garée dans l'allée. Je ferai tout mon possible pour venir te rejoindre avec ta mère, mais si tu ne me vois pas arriver, prends la voiture et sauve-toi.

Celeste le fixa pendant un moment puis secoua la tête.

— Non, Andrew. Je ne vous laisserai pas ici avec lui, maman et toi.

Andrew essaya pendant un moment de lui faire entendre raison, mais finit par renoncer. Il la connaissait, il savait que c'était inutile.

— Je reviendrai dès que possible.

Il la laissa dans la cuisine et descendit au sous-sol sans perdre une seconde.

Il trouva Madeline dans la buanderie. Elle était allongée sur le sol, les chevilles et les poignets liés, bâillonnée par un morceau de chatterton. Sa robe était maculée de sang.

Elle était immobile, les yeux fermés. Pendant un instant, Andrew crut qu'elle était morte. Mais lorsqu'il s'agenouilla près d'elle et posa un doigt sur son cou ensanglanté, il sentit son pouls. Il arracha aussitôt le chatterton de sa bouche, la prit dans ses bras et remonta vers la cuisine. Celeste l'attendait là, le visage livide.

— Maman ? fit-elle d'une voix étranglée. Andrew... Est-ce qu'elle est... ?

— Elle est vivante, répondit Andrew. Mais il faut l'emmener à l'hôpital tout de suite.

Portant Madeline dans ses bras, il suivit Celeste à travers la salle à manger et le salon, jusqu'au vestibule. Elle était en train d'ouvrir la porte d'entrée lorsqu'ils entendirent un cri de rage derrière eux, dans l'escalier qui menait à l'étage.

— Fumier ! hurla Jules. Comment oses-tu venir ici ?

Il commença à descendre vers eux, le grand couteau dans une main, et dans l'autre ce qui ressemblait à une sorte de collier. Les traits de son visage étaient déformés par la haine. Ses yeux, étincelants comme des charbons ardents, semblaient profondément enfoncés dans leurs orbites.

Durant quelques secondes, Andrew fut incapable de la moindre réaction, paralysé par cette vision de cauchemar. Mais quand son regard croisa celui de Jules, il reprit brusquement ses esprits.

— Je les emmène hors d'ici, Mr. Hartwick, dit-il d'une voix très calme. N'essayez pas de m'en empêcher.

— Traître, gronda Jules Hartwick. Pervers. Dépravé. D'ailleurs, vous êtes tous les trois à mettre dans le même sac. Je devrais vous tuer tous. Et je pourrais, Andrew. Je pourrais vous tuer aussi facilement que j'ai tranché la gorge de cette putain.

Il approchait lentement du bas de l'escalier, les yeux rivés sur Andrew. Celeste fixait son père, horrifiée. Elle ne trouvait plus la moindre ressemblance avec l'homme qu'elle connaissait si bien, et qu'il était la veille encore. Cette personne qui s'approchait d'elle, les cheveux hirsutes et les yeux injectés de sang, le regard plein de démence, n'était pas son père.

— Vite, Andrew, murmura-t-elle. Je t'en supplie.

Elle ouvrit la porte, se précipita dehors et courut jusqu'à la voiture en trébuchant dans la neige. Andrew sortit à son tour, serrant contre lui le corps inerte de Madeline. Avant d'aller rejoindre Celeste, il jeta un coup d'œil vers Jules. Celui-ci était arrivé au pied de l'escalier et se dirigeait à présent vers la porte.

Sans plus attendre, Andrew lui tourna le dos et marcha aussi vite qu'il put jusqu'à sa voiture. Lorsqu'il y parvint, Jules était sur le perron.

— Menteurs ! hurla-t-il. Tricheurs ! Voleurs ! Je vais tous vous tuer ! Je jure que je vais tous vous tuer !

Tandis qu'Andrew installait Madeline sur la banquette arrière, puis s'empressait de monter à l'avant à côté de Celeste, Jules titubait vers eux dans l'allée sans cesser de les injurier, en levant son couteau de boucher au-dessus de sa tête. Celeste démarra et enclencha immédiatement la marche arrière. Jules se mit à courir vers la voiture, mais il était trop tard. Il tomba à plat ventre, la tête dans la neige, puis se mit à genoux en les regardant s'éloigner.

— Celeste, attends, dit Andrew en voyant Jules pris dans les phares de la voiture, l'air hébété. On devrait peut-être l'aider. Peut-être que...

Mais Celeste garda le pied appuyé sur l'accélérateur, fonça en marche arrière jusqu'au bout de l'allée, puis braqua sèchement pour faire un tête-à-queue et mettre la voiture dans le sens de la descente.

— Non, déclara-t-elle en s'engageant dans Harvard Street. Ce n'est pas mon père. Je ne connais pas cet homme.

Lorsqu'il vit la voiture disparaître dans la tempête de neige, Jules Hartwick laissa échapper un nouveau hurlement de rage. Il serra le médaillon de toutes ses forces au creux de sa main et, sans cesser de crier comme un animal blessé, le lança en direction des traîtres qui s'échappaient.

Au moment même où il se sépara ainsi du médaillon, il commença à retrouver ses esprits.

La folie paranoïaque qui s'était emparée de lui depuis vingt-quatre heures disparut aussi soudainement qu'elle s'était manifestée.

Mais les souvenirs de ce qu'il avait fait ne disparurent pas, eux.

Chaque mot qu'il avait prononcé et chaque accusation injuste qu'il avait proférée résonnaient dans son esprit. Mais ce qui l'horrifiait plus que tout, c'était une image.

Une image de Madeline, étendue au bas de l'escalier du sous-sol, le cou en sang, le corps tordu.

Jules Hartwick se releva tant bien que mal, les yeux emplis de larmes. Il se précipita vers le portail. La main qui tenait le médaillon encore quelques secondes plus tôt se tendait à présent vers la voiture qui s'éloignait, emmenant avec elle tout ce qu'il avait de plus précieux au monde. Comme pour la rappeler. Comme pour rappeler sa vie. Il resta un long moment debout au milieu de Harvard Street, jusqu'à ce que les feux arrière aient disparu. Puis il pivota sur lui-même et partit dans l'autre sens, vers le sommet de North Hill.

Un instant plus tard, il disparut lui aussi dans la nuit enneigée.

9

— *Menteurs ! Tricheurs ! Voleurs ! Je vais tous vous tuer ! Je jure que je vais tous vous tuer !*

Même si ces paroles rageuses lui parvenaient à travers les carreaux et les épais rideaux des fenêtres de la chapelle de Martha Ward, Rebecca Morrison les entendit tout de même assez distinctement, malgré les chants grégoriens qui emplissaient la petite pièce. Elle sortit immédiatement de la rêverie dans laquelle l'avait plongée le murmure régulier des prières de sa tante. Elle se leva en grimaçant à cause de ses genoux douloureux et s'approcha de la fenêtre, dont elle écarta le rideau pour jeter un coup d'œil vers la maison voisine.

Toutes les lumières étaient allumées, y compris les petites lucarnes du toit qui semblaient transpercer le voile neigeux. Une voiture — Rebecca était quasiment certaine qu'il s'agissait de celle d'Andrew Sterling — sortait de l'allée en marche arrière. L'espace d'une seconde, la jeune femme se demanda d'où avait pu venir le cri qu'elle avait entendu. Mais très vite, elle vit apparaître la silhouette de Jules Hartwick dans les phares de la voiture.

Il courait dans la neige. A travers les flocons tourbillonnants, Rebecca distinguait ses traits déformés par la colère.

Et le couteau qu'il brandissait au-dessus de sa tête.

Tétanisée de stupeur, elle le vit tituber vers la voiture qui reculait, puis s'effondrer dans la neige.

En le voyant se mettre à genoux, pousser un long cri, puis remonter Harvard Street en chancelant comme un homme ivre, Rebecca sentit un long frisson lui parcourir la colonne vertébrale.

Qu'était-il arrivé chez les voisins ?

Mr. Hartwick avait-il tué quelqu'un ?

Qui était dans la voiture ?

Vite. Appeler quelqu'un.

Il fallait chercher du secours.

Lorsqu'elle relâcha le rideau et s'écarta de la fenêtre, elle se retrouva face à sa tante.

Martha, les yeux encore étincelants de l'extase religieuse dans laquelle elle était plongée, la foudroya du regard.

— Comment oses-tu, Rebecca ! Comment peux-tu commettre une nouvelle fois le péché pour lequel tu essayais de te faire pardonner ! Et dans la chapelle !

— Mais il se passe quelque chose, tante Martha ! Mr. Hartwick a un couteau et...

— Silence ! ordonna Martha en posant brutalement un doigt sur la bouche de sa nièce. Je ne te laisserai pas souiller la chapelle avec tes ragots ! Je ne te laisserai pas...

Mais Rebecca n'en entendit pas plus. Ecartant la main de sa tante, elle se rua hors de la chapelle et courut vers le salon. Elle venait de décrocher le téléphone et s'apprêtait à composer le numéro de la police lorsqu'elle se mit à hésiter.

Et si elle se trompait ? Elle repensa soudain à tout ce qu'elle s'était entendu dire depuis des années, par sa tante, par la bibliothécaire, Germaine Wagner, et par presque tous les gens qu'elle connaissait :

« Tu ne peux pas comprendre, Rebecca. »

« Personne ne te demande plus que ce que tu peux faire, Rebecca. »

« Ne t'en fais pas, Rebecca. Laisse quelqu'un d'autre s'occuper de ça. »

« A présent, Rebecca, tu sais que tu ne comprends pas toujours ce qui se passe autour de toi. »

« Fais simplement ce qu'on te dit de faire, Rebecca. »

« *Tu ne peux pas comprendre, Rebecca !* »

Pourtant, elle n'avait pas rêvé ! Mr. Hartwick brandissait un couteau et...

« *Tu ne peux pas comprendre, Rebecca ! Tu ne peux pas comprendre...* »

Sa main flottait au-dessus du téléphone. Et si elle se trompait ? Ce ne serait plus seulement tante Martha qui serait en colère contre elle. Ce serait toute la ville ! Si elle appelait la police et causait des ennuis à Mr. Hartwick...

Oliver !

Elle pouvait s'en remettre à Oliver ! Lui, au moins, ne

lui avait jamais dit qu'elle ne pouvait pas comprendre, ni qu'il ne fallait pas qu'elle s'occupe de ce qui se passait autour d'elle. Il ne l'avait jamais traitée comme une enfant. Elle décrocha le téléphone et composa son numéro. A la quatrième sonnerie, elle entendit sa voix.

— Oliver ? dit-elle. C'est Rebecca.

Oliver Metcalf écoutait attentivement ce que lui racontait Rebecca. Tandis qu'elle parlait, il se rappela la visite d'Ed Becker à son bureau ce matin-là, quand l'avocat lui avait expliqué que Jules Hartwick se comportait très étrangement. Même si Becker n'avait pas clairement formulé les choses, Oliver s'était dit que les nerfs de Jules étaient certainement en train de lâcher.

— Voilà ce que tu vas faire, dit-il à Rebecca. Je veux que tu appelles Ed Becker. C'est l'avocat de Jules Hartwick. Dis-lui exactement ce que tu m'as dit, et ne te préoccupe pas de ce qu'il va penser. Quel que soit le problème chez les Hartwick, il pourra intervenir. D'accord ?

— Mais si je me suis trompée, Oliver ? demanda nerveusement Rebecca. Tante Martha dit toujours que...

— Oublie ce que dit tante Martha, pour une fois. Si tu t'es trompée, personne d'autre qu'Ed Becker et moi ne le saura. De toute façon, tu essaies simplement d'aider tes voisins. Appelle Ed. J'arrive le plus vite possible.

Il répéta deux fois le numéro de téléphone de l'avocat à Rebecca et était sur le point de raccrocher lorsqu'il entendit quelque chose à l'autre bout du fil.

— Rebecca ? C'est une sirène de police ?

— Oui, je crois qu'une voiture arrive. Attendez une seconde.

Il l'entendit poser le téléphone. Le hurlement de la sirène semblait se rapprocher de plus en plus. Rebecca revint très vite à l'appareil.

— Oui, c'est la police, confirma-t-elle. Une voiture de police vient de se garer devant chez les Hartwick.

— Parfait, déclara Oliver. Appelle Ed Becker. Je viens. A tout de suite.

Oliver raccrocha et prit son imperméable sur le portemanteau. Il s'apprêtait à sortir lorsque le téléphone sonna de nouveau. Cette fois c'était Lois Martin.

— Oliver, dit-elle, Andrew Sterling et Celeste Hartwick

viennent d'amener Madeline à l'hôpital. Apparemment, Jules a essayé de la tuer. Il a essayé de lui trancher la gorge.

— Mon Dieu ! Elle va s'en tirer ?

— J'espère. Elle a perdu beaucoup de sang, ils craignent une hémorragie interne, mais ils pensent qu'elle a une chance de s'en sortir. Une infirmière m'a appelée. Je pars tout de suite pour essayer d'en savoir un peu plus.

— D'accord. La police vient d'arriver chez les Hartwick. J'y vais, là. A plus tard, Lois.

Quelques secondes plus tard, il grimpait dans sa voiture et tournait la clé de contact tout en appuyant de l'autre main sur la télécommande de la porte du garage. Il sortit en marche arrière et fit rapidement demi-tour dans la neige. Mais au moment où les phares de sa voiture balayaient la façade de l'asile, quelque chose accrocha son regard. Il donna un violent coup de frein. Les pneus perdirent aussitôt toute adhérence et la voiture dérapa, replongeant le grand bâtiment dans l'ombre. Oliver laissa échapper un juron et rétablit sa trajectoire pour orienter de nouveau les phares vers le vieil asile dont la masse sombre se découpait au sommet de la colline, à cinquante mètres de lui.

Il y avait quelque chose — *quelqu'un* — devant la porte.

Pendant une fraction de seconde, Oliver ne sut que penser. Mais soudain, à la lueur des phares, il vit briller quelque chose dans la main droite de l'inconnu. Il comprit aussitôt.

Utilisant brusquement le frein à main, mais laissant le moteur tourner, Oliver sortit de sa voiture et se mit à courir vers l'asile. A mi-chemin, il trébucha dans la neige et se retrouva à genoux. Et tandis qu'il se relevait péniblement, il vit la silhouette qui se tenait debout devant la porte lever le couteau qu'elle tenait à la main.

— Non ! cria Oliver. Jules, non !

Mais il était déjà trop tard. Avant même qu'Oliver n'ait réussi à se redresser complètement, Jules Hartwick abaissa le couteau et se le plongea profondément dans le ventre.

Oliver se remit à courir aussi vite qu'il put. Ses pieds s'enfonçaient dans la neige. A chaque pas, il se projetait vers l'avant, se sentant pris au piège d'un terrible cauchemar, englué dans l'horreur. Il arriva enfin jusqu'au perron de l'asile.

Jules Hartwick, dont les vêtements étaient déjà imprégnés de sang, venait de s'effondrer contre la grande porte de chêne. Lorsque Oliver s'approcha de lui, il serra les doigts sur le manche du couteau et parvint à le retirer au prix d'un terrible effort. Du sang coulait abondamment, maculant ses habits. Il leva les yeux vers Oliver, entrouvrit la bouche, et ses lèvres tremblantes purent articuler quelques mots à peine audibles.

— Le Diable... chuchota-t-il. Autour de nous. Partout.

Il poussa un long gémissement et ferma les yeux avec une grimace de douleur. Il ne les rouvrit que pour poser un regard suppliant sur Oliver.

— Arrête-le, Oliver. Tu dois l'arrêter avant qu'il... avant qu'il ne nous tue... tous...

A cet instant, son corps se raidit et ses yeux se révulsèrent.

Quand tous ses muscles se détendirent, emportés par la mort, ses doigts crispés relâchèrent le manche du couteau, qui tomba sur le sol avec un cliquetis sinistre dans la nuit redevenue silencieuse.

Pendant un long moment, Oliver resta accroupi près de son ami. Puis il se leva, anéanti, et repartit lentement vers chez lui. A chaque pas, il entendait résonner en lui les dernières paroles de Jules Hartwick.

« Tu dois l'arrêter... avant qu'il ne nous tue... tous. »

Comment, se demandait-il, allait-il pouvoir accéder à cette dernière requête de Jules, alors qu'il n'avait pas la moindre idée de ce que signifiaient ces mots ?

Minuit. La silhouette sombre avançait dans l'obscurité de l'asile, silencieuse comme un spectre. Elle atteignit la pièce secrète où étaient entassés ses trésors. C'était à nouveau la pleine lune, et la pièce était baignée d'une clarté suffisante pour que la silhouette puisse admirer sa collection.

Ses mains gantées de latex passaient d'un souvenir à l'autre, les touchaient, les caressaient, et finirent par s'arrêter sur un objet doré qui étincelait, même dans une si faible luminosité.

Il s'agissait d'un briquet ancien, qui avait la forme d'une tête de dragon. De chaque côté, deux rubis figuraient les yeux. La gueule était légèrement entrouverte. L'un des doigts de latex appuya sur le cou du dragon et une étincelle illumina le fond de sa gorge. Aussitôt, une langue de feu jaillit entre ses mâchoires ouvertes.

La flamme orange dansait dans la pénombre, tandis que l'homme sans visage réfléchissait.

Il savait d'ores et déjà à qui il allait pouvoir offrir ce cadeau ; le problème, à présent, était de savoir comment le faire parvenir à son destinataire.

Son doigt relâcha sa pression sur la gorge du dragon.

La flamme vacilla, puis s'éteignit.

Bientôt — très bientôt — elle jaillirait de nouveau.

Et à ce moment-là, le dragon tuerait.

3e épisode

Le briquet

Pour Linda, avec des pêches et de la crème.

Titre original :

THE BLACKSTONE CHRONICLES
PART 3-ASHES TO ASHES : THE DRAGON'S FLAME

Published by Ballantine Books, N.Y.

Une silhouette sombre hante les pièces désertes et obscures de l'ancien asile de Blackstone et y prend des objets qui lui servent à répandre la terreur en ville.

Ce fut d'abord une poupée de porcelaine, dont le pouvoir maléfique a brisé pour toujours la famille du jeune entrepreneur local, Bill McGuire.

Puis le directeur de la banque, Jules Hartwick, a trouvé un petit paquet dans la voiture de sa femme. Très vite, le médaillon d'argent qu'il contenait a diffusé la haine et la mort autour de lui.

A présent, tout au fond de l'asile plongé dans l'obscurité, une main gantée se pose sur un briquet en forme de dragon. Il crachera bientôt son feu mortel en plein cœur de la ville...

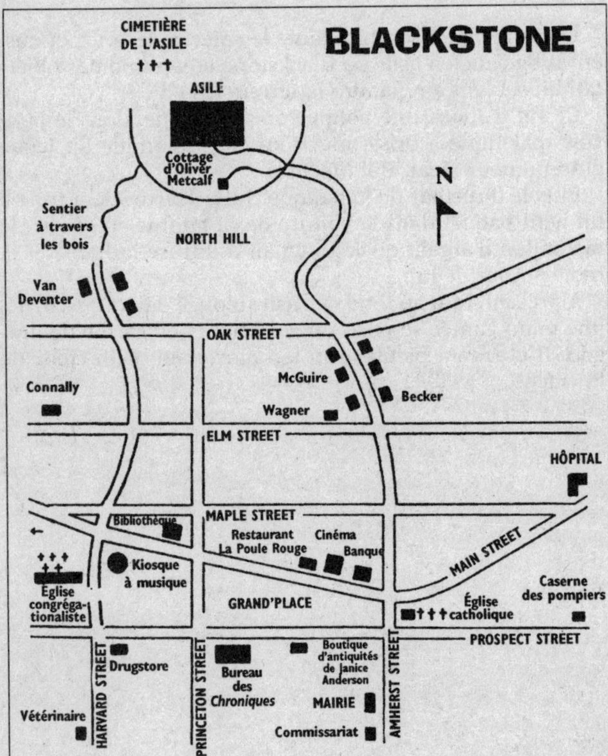
BLACKSTONE
CIMETIÈRE
DE L'ASILE
ASILE
Cottage
d'Oliver
Metcalf
Sentier
à travers
les bois
NORTH HILL
N
Van
Deventer
OAK STREET
McGuire
Becker
Connally
Wagner
ELM STREET
HÔPITAL
MAPLE STREET
Bibliothèque
Restaurant
La Poule Rouge
Cinéma
Banque
MAIN STREET
Kiosque
à musique
Église
congréga-
tionaliste
GRAND'PLACE
Église
catholique
Caserne
des pompiers
PROSPECT STREET
HARVARD STREET
Drugstore
PRINCETON STREET
Bureau
des
Chroniques
Boutique
d'antiquités
de Janice
Anderson
MAIRIE
AMHERST STREET
Vétérinaire
Commissariat

Prélude

C'était l'une de ces soirées de mars, froides et venteuses, qui poussaient presque tous les habitants de Blackstone à rester blottis dans la chaleur douillette de leurs maisons. Le mercure des thermomètres ne descendait pas au-dessous de zéro, mais le vent glacial qui s'était faufilé en ville au crépuscule rappelait les plus rudes nuits de l'hiver. Il semblait transporter avec lui dans la pénombre des rues un monstre hurlant qui cassait les branches nues des arbres, arrachait des tuiles et des bardeaux des toits, et secouait bruyamment les fenêtres des maisons, comme s'il cherchait à déverser sa fureur sur les gens qui s'abritaient derrière. De gros nuages, déchirés en lambeaux noirs par ce vent de fin du monde, traversaient rapidement le ciel, semblant tournoyer autour de la lune et faisant courir dans les rues des ombres inquiétantes, comme des voleurs insaisissables passant de maison en maison.

Dans l'asile perché au sommet de North Hill, la silhouette sombre ne prêtait pas attention à toutes ces menaces nocturnes. Les morsures du froid et les gémissements du vent semblaient la laisser complètement indifférente. Elle s'accroupit dans la petite pièce où étaient rangés ses trésors et caressa presque amoureusement la tête du dragon doré. Ses yeux couleur de rubis semblaient cligner, s'ouvrir et se fermer dès qu'un nuage voilait la lune derrière la lucarne minuscule. Elle prit le dragon dans ses mains gantées et laissa dériver son esprit dans le passé. A l'époque où, pour la première fois, son regard s'était posé sur cet objet...

Prologue

Ce n'était pas juste.

Ça n'aurait pas dû se passer comme ça.

Quand elle avait découvert qu'elle était enceinte, Tommy aurait dû immédiatement lui proposer de l'épouser.

Mais au lieu de la prendre dans ses bras et de lui assurer que tout irait bien, il l'avait regardée avec tant de colère, tant de méchanceté, qu'elle avait cru un instant qu'il allait la frapper, la jeter hors de la voiture sur-le-champ, et qu'elle allait être obligée de faire tout le chemin jusque chez elle à pied.

— Comment peux-tu être aussi stupide ? demanda-t-il.

Ils étaient garés sur le bord d'une petite route de North Hill qu'on appelait « le chemin des amoureux », sur le versant opposé à la ville. Il avait crié si fort que les deux passagers de la seule autre voiture garée là essuyèrent la buée de leur pare-brise pour jeter un œil curieux vers eux.

Elle s'enfonça un peu plus dans son siège, affreusement gênée. Quelques secondes plus tard, Tommy tourna la clé de contact, démarra en faisant crisser les pneus et lança la voiture sur la pente de la colline, à une allure telle qu'elle crut bien qu'ils ne reviendraient jamais vivants à Blackstone.

D'ailleurs, au regard de ce qui arriva par la suite, il aurait peut-être mieux valu qu'ils meurent en route...

Il se gara devant chez elle, se pencha sur elle pour ouvrir brutalement sa portière, et lui jeta un dernier regard plein de haine.

— Ne compte pas sur moi pour t'épouser. Ne compte même pas me revoir un jour !

Elle descendit de la voiture en sanglotant et trébucha sur le trottoir. Il fit rugir son moteur, hurler une nouvelle fois ses pneus, et disparut au coin de la rue. Une semaine plus tard, quand elle apprit que Tommy s'était engagé dans l'ar-

mée et s'apprêtait à partir pour la Corée, elle sût qu'elle n'avait plus le choix. Elle devait tout raconter à ses parents.

Elle s'attendait à ce que son père entre dans une colère noire et menace de tuer le vaurien qui avait fait une chose pareille à sa fille. Lorsqu'elle lui dit que Tommy était à l'armée, il devint fou de rage et jura que, si les Coréens du Nord ne tuaient pas « ce lâche, ce sale fils de pute », il s'en chargerait, quel que soit le temps que ça prendrait. Sa mère ne comprenait pas comment sa fille, sa propre fille, avait pu laisser un homme abuser ainsi d'elle, et déclara en pleurant qu'elle n'oserait plus jamais regarder en face une seule de ses amies.

Elle avait prévu tout cela.

Ce qu'elle n'avait pas imaginé, c'est ce qui se passa le lendemain : ses parents l'emmenèrent au sommet de North Hill et la firent admettre à l'asile.

Elle pleura toutes les larmes de son corps, elle les supplia. Elle s'en prit à son père aussi violemment qu'il s'en était pris à elle la veille.

Mais ses parents se montrèrent intraitables. Elle resterait à l'asile jusqu'à la naissance du bébé.

Alors seulement, ils décideraient de ce qu'elle devrait faire.

Les deux premiers mois, elle vécut dans la terreur, n'osant même pas quitter sa chambre tant elle avait peur de ce qui pourrait lui arriver ailleurs. Depuis sa plus tendre enfance, elle tremblait, comme tous ses amis, à la vue de ce bâtiment lugubre qui dominait la ville. Elle avait entendu des dizaines d'histoires sur les choses terribles qui se passaient « là-haut », et avait passé plus d'une nuit sans fermer l'œil, à trembler sous sa couette en pensant aux rumeurs selon lesquelles l'un des « fous » s'était échappé.

Ses premières nuits furent les pires. Elle ne parvenait pas à trouver le sommeil, à cause du tumulte incessant qui régnait dans le bâtiment : l'obscurité résonnait des gémissements et des hurlements de toutes ces âmes tourmentées prises au piège des épais murs de pierre. Mais peu à peu, elle s'habitua aux cris terrifiants qui déchiraient les nuits de l'asile. Elle finit par oser s'aventurer dans la grande salle commune et y rejoignit les autres patients qui avaient le droit de s'y rendre, ceux qui n'étaient pas considérés comme « dangereux » et passaient leur temps à parler tout seuls, à faire des réussites interminables ou à feuilleter des magazines qu'ils ne lisaient jamais vraiment.

Et à fumer.

Elle fréquentait cette salle commune depuis près de deux mois lorsqu'elle se mit elle aussi à fumer. Ça permettait de passer le temps et d'atténuer un peu les souffrances morales que causaient la solitude et l'absence de tout espoir.

Les semaines se changeant en mois et son ventre grossissant à vue d'œil, elle commença petit à petit, prudemment, à sympathiser avec certains patients. Elle essaya même d'apprivoiser la femme qui restait assise du matin au soir, parfaitement immobile, et dont seuls les yeux toujours en alerte trahissaient une quelconque activité intérieure. Mais la femme ne lui adressa jamais la parole.

Un jour, cette femme éternellement silencieuse disparut, comme si elle s'était volatilisée. On raconta qu'elle était morte au fond de l'une de ces chambres secrètes, dont la rumeur disait qu'elles étaient cachées quelque part dans les sous-sols de l'asile, mais elle n'y crut jamais vraiment.

Elle n'avait pas non plus la certitude que c'était faux.

Sa famille ne vint pas la voir. Elle ne s'en étonna pas : son père était bien trop furieux, et sa mère trop honteuse.

Quant à ses deux petites sœurs, toutes les deux bien plus jeunes qu'elle, elles avaient trop peur de s'aventurer seules dans cet asile que tous les enfants de la ville craignaient tant.

Les mois passèrent.

Un matin de mars, après une nuit durant laquelle le vent avait hurlé assez fort pour étouffer les cris et les pleurs des patients de l'asile, elle sentit la première contraction.

Elle tressaillit au moment où la douleur traversa son corps mais se retint de crier, car depuis les premiers mois de sa grossesse, elle en était venue à se dire que les souffrances de l'accouchement seraient une juste punition pour le péché que Tommy et elle avaient commis.

Une punition qu'elle s'était juré de supporter en silence.

Mais au bout d'une heure, les contractions se succédant de plus en plus rapidement, elle ne parvint plus à supporter la douleur sans laisser échapper quelques cris. La femme qui surveillait la salle commune appela l'un des gardiens, lequel alla chercher une infirmière.

Secouée par un violent spasme toutes les deux minutes,

avec la sensation que son corps pouvait se déchirer à tout instant, elle fut attachée sur une civière et poussée jusqu'à une salle carrelée de blanc. Au plafond, trois grosses lampes projetaient sur elle une lumière aveuglante.

La pièce était froide — presque glaciale. Des infirmiers commencèrent à la déshabiller. Elle les supplia de ne pas le faire.

Ils n'en tinrent pas compte.

Une infirmière entra, puis le médecin.

Lorsqu'une contraction encore plus douloureuse que les autres électrisa tout son corps, elle les supplia de lui donner quelque chose contre la douleur, mais ils continuèrent à s'affairer autour d'elle sans se soucier de ses plaintes.

— C'est un accouchement, ce n'est pas une opération, lui dit sèchement le médecin. Tu n'as besoin de rien.

Elle se mit bientôt à crier et à se débattre, essayant vainement de se dégager des sangles qui la maintenaient sur le lit. Elle avait l'impression que ses souffrances ne cesseraient jamais. Chaque contraction était plus douloureuse que la précédente, elle se sentait à chaque instant sur le point de s'évanouir. Enfin, après un dernier spasme, plus violent que les autres, elle sentit le bébé quitter son corps.

Immobile et haletante, elle essayait de reprendre son souffle. Son corps épuisé pouvait enfin rester immobile. Et soudain, elle l'entendit : un cri faible, un petit cri d'impuissance. Son bébé, le bébé pour lequel elle avait tant souffert, l'appelait en criant.

— Je veux le voir, murmura-t-elle. Je veux prendre mon bébé dans mes bras.

Le médecin, qui lui tournait le dos, donna quelque chose à l'infirmière.

— Il vaut mieux que tu ne le voies pas, dit-il. Il vaut mieux, pour vous deux.

L'infirmière sortit de la salle. Elle entendit les cris de son bébé s'éloigner dans le couloir.

— Non ! cria-t-elle d'une voix qui lui parut désespérément faible. Je veux voir mon bébé ! Je veux le prendre dans mes bras !

Le médecin finit par se tourner vers elle.

— J'ai bien peur que ce ne soit pas possible. Ça ne ferait qu'aggraver la situation.

Elle cligna des yeux. Aggraver la situation ? De quoi parlait-il ?

— Je... Je ne comprends pas.

— Si tu ne le vois pas, il te manquera moins, ce n'est pas plus compliqué que ça.

— Quoi ? De quoi parlez-vous ? S'il vous plaît, docteur ! Mon bébé...

— Mais ce n'est pas ton bébé, dit le médecin comme s'il parlait à une petite fille. Cet enfant sera adopté. Fais-moi confiance, il vaut mieux que tu ne le voies pas.

— Adopté ? Mais je ne veux pas qu'il soit...

— Ce que tu veux ou ce que tu ne veux pas, ça n'a pas d'importance. La décision a déjà été prise.

Elle devait à présent faire face à une nouvelle sorte de douleur — et cela n'avait plus rien à voir avec les déchirures des contractions qui, même si elles l'avaient violemment meurtrie, s'étaient rapidement estompées. C'était une souffrance bien plus sourde, qui prenait profondément racine en elle, et qui ne se dissiperait jamais, elle le savait — une sensation de froid qui s'étendrait en elle, se diffuserait en elle comme un cancer, qui l'emplirait de désespoir, la consumerait lentement, et ne lui laisserait aucune issue de secours. Elle la sentait déjà prendre possession d'elle. Un jour, elle le savait, elle serait dévorée par ce cancer froid. Elle n'existerait plus.

Elle n'éprouverait plus rien, elle n'éprouverait que la douleur de savoir que son enfant vivait quelque part sans elle, un enfant qu'elle ne pourrait jamais embrasser, qu'elle ne pourrait même jamais prendre dans ses bras, un enfant qu'elle ne verrait jamais.

Restée seule dans la salle d'accouchement, sous les trois lumières aveuglantes, dures, impitoyables, elle se mit à pleurer.

Personne ne vint la consoler.

Le lendemain, lorsqu'elle se réveilla, elle était de nouveau dans sa chambre. Elle était enveloppée dans sa couverture et, pourtant, elle grelottait. Le froid s'était emparé d'elle pour toujours.

Bien qu'épuisée, elle parvint à trouver la force de se glisser hors de son lit et se dirigea vers la fenêtre. Au-delà des barreaux, le paysage n'était pas moins sinistre qu'à l'intérieur de l'asile : des branches nues, grises, s'élevaient vers un ciel de plomb. Seule la fumée blanche qui sortait en volutes de la cheminée de l'incinérateur, derrière le bâtiment principal, donnait un peu de vie au matin silencieux et glacial. Elle allait regagner son lit lorsque quelque chose attira son attention — une infirmière et un gardien venaient de sortir de l'asile et se dirigeaient vers l'incinérateur. C'était l'infirmière qu'elle avait vue la veille, dans la salle de travail, et le gardien était l'un de ceux qui l'avaient attachée sur la civière.

L'infirmière tenait quelque chose dans ses bras, enveloppé dans une petite couverture. Elle ne voyait pas bien, mais elle savait ce que c'était.

Son bébé.

Ils ne comptaient pas le faire adopter.

Elle voulut se détourner de la fenêtre, mais quelque chose l'en empêcha, le besoin de savoir exactement ce qui allait se passer, même si elle avait déjà vu la scène en pensée. Debout devant la fenêtre, tremblant de froid, de peur et de désespoir, elle assista impuissante, horrifiée, à cette scène qu'elle venait d'imaginer : le gardien ouvrit le hublot de l'incinérateur et les flammes jaillirent soudain, des langues de feu voraces qui léchaient les lèvres de fer du hublot. Elle vit l'infirmière ouvrir la petite couverture.

Elle reconnut la forme inerte et pâle de l'enfant qu'elle avait mis au monde la veille.

Un hurlement de désespoir monta dans sa gorge et sortit de sa bouche en un pauvre petit cri d'agonie au moment où le gardien refermait la porte de l'incinérateur, l'empêchant heureusement de voir ce qu'il advenait de son bébé. Au moment où ils tournèrent le dos à l'incinérateur, l'infirmière et le gardien levèrent les yeux vers sa fenêtre — mais s'ils la reconnurent, ils n'en laissèrent rien paraître. Un moment plus tard, ils disparurent eux aussi de sa vue.

Elle resta à la fenêtre pendant un long moment, à fixer le paysage morne et désert qui s'étendait devant elle et semblait reproduire parfaitement ce qu'elle avait à présent en elle : un grand vide froid.

C'était sa faute.

Tout était sa faute.

Elle n'aurait jamais dû parler de ce bébé à ses parents, n'aurait jamais dû les laisser l'emmener ici, les laisser prendre des décisions à sa place.

A présent, à cause d'elle, à cause de ce qu'elle avait fait, son bébé était mort.

Elle finit par s'éloigner de la fenêtre. Son corps était maintenant aussi engourdi que son esprit. Comme dans un rêve, elle sortit de sa chambre et se rendit dans la salle commune. Elle s'assit sur l'un des fauteuils trop durs, recouverts de plastique, et se mit à regarder droit devant elle sans voir personne, sans parler à personne. Plusieurs heures s'écoulèrent ainsi. Plus tard dans l'après-midi, une infirmière entra dans la salle commune et posa un petit paquet sur ses genoux.

— Quelqu'un a apporté ça pour toi. Une petite fille.

Ce n'est que longtemps après le départ de l'infirmière qu'elle se décida à ouvrir le paquet. Elle déchira le papier. C'était une petite boîte. Elle l'ouvrit et observa longuement l'objet qui se trouvait à l'intérieur.

Un briquet.

Une tête de dragon en métal doré. Lorsqu'elle appuya sur la petite détente dissimulée dans sa gorge, une langue de feu jaillit de sa gueule.

Clic. Les mêmes flammes que celles qui étaient sorties de la gueule de l'incinérateur, avides. Clic. Le feu avait jailli et dévoré son bébé.

Elle approcha la flamme de son bras. Ses narines se remplirent aussitôt de l'odeur nauséabonde de la chair brûlée, mais elle ne sentit rien.

Pas de chaleur.

Pas de douleur.

Rien du tout.

Lentement, méthodiquement, elle se mit à déplacer la flamme du dragon sur son bras, laissant la langue brûlante lécher chaque centimètre de sa peau, comme si elle avait le pouvoir de consumer cette culpabilité qui la rongeait.

Sous le regard de tous les autres patients de la salle commune, elle continua à se torturer ainsi — à brûler ses bras, ses jambes, son cou, son visage — jusqu'à ce qu'il ne reste plus un centimètre carré de chair à griller.

Lorsque les gardiens arrivèrent pour l'emmener, elle serrait toujours le dragon au creux de sa main. Sa flamme s'était enfin éteinte.

Moins d'une heure plus tard, son corps avait rejoint celui de son bébé.

La silhouette sombre posa sa main gantée sur le dragon, et sourit.

L'heure était venue.

Après quasiment un demi-siècle passé à l'ombre sur cette étagère, l'heure était venue pour le dragon de franchir de nouveau ces murs de pierre froide et de retourner dans le monde, dehors.

1

Oliver Metcalf boutonna son vieux manteau, releva son col et leva les yeux vers le ciel, qui se couvrait de gros nuages noirs. C'était un dimanche, et il avait prévu de passer l'après-midi dans le bureau des *Chroniques*, pour s'occuper de tous ces papiers, notes et factures qui s'entassaient jour après jour dans les locaux et menaçaient de submerger la petite équipe du journal, même si elle travaillait dur. Il pataugeait dans un océan de paperasse lorsque, une heure plus tôt, Rebecca Morrison était apparue avec un sourire timide et lui avait proposé de l'accompagner à la braderie qui s'était installée sur l'emplacement de l'ancien drive-in, à l'ouest de la ville. Face au désir contagieux de la jeune femme, Oliver n'avait pas résisté longtemps. Après tout, ces factures et ces lettres en retard qui encombraient son bureau depuis si longtemps pouvaient bien attendre encore un jour ou deux. Mais à présent, dans le froid de cet après-midi de mars, il se demandait s'il n'avait pas fait une erreur. Ils étaient encore à quelques centaines de mètres du drive-in, et le ciel semblait sur le point d'éclater à tout instant.

— Comment se fait-il qu'ils commencent si tôt dans l'année ? demanda Oliver. Ils n'ont pas peur du déluge ?

— Il ne pleuvra pas, dit Rebecca en souriant sereinement. C'est le premier jour, et il ne pleut jamais le premier jour de la braderie.

— Là, tu confonds, fit Oliver. Il ne pleut jamais pour le premier jour de la Rose Parade. Et la Rose Parade, ça commence au Jour de l'An, en Californie, où il ne pleut jamais. Sauf quand il y a des inondations, bien sûr.

— Bon, peut-être. En tout cas, il ne pleuvra pas aujourd'hui. Et j'adore le premier jour de la braderie. On peut voir tout ce que les gens ont trouvé dans leur grenier ou dans leur cave. On arrive avant tout le monde.

Oliver haussa les épaules. Pour lui, ce dont quelqu'un avait envie de se débarrasser pouvait difficilement constituer un trésor pour quelqu'un d'autre : ça devenait simplement ce dont cette autre personne aurait très bientôt envie de se débarrasser. Depuis des années, il avait repéré un objet parmi tous les autres : une lampe en porcelaine absolument immonde, sur laquelle grimpaient comme des serpents des pieds de vigne grossièrement représentés, qui prenaient racine sur sa base dorée et s'élevaient vers l'abat-jour. Des morceaux de verre coloré, rouge, vert et violet, étaient censés représenter des grappes de raisin. L'abat-jour était encore plus hideux que le pied : c'était une sorte de vitrail — ébréché en trois endroits, la dernière fois qu'il l'avait vu — qui symbolisait les feuilles de vigne. Lorsque l'ampoule était allumée, elle diffusait une lumière verdâtre et lugubre à travers les feuilles de verre. Quiconque s'en approchait paraissait malade, voire mourant. Oliver avait déjà vu cette lampe sur trois tables différentes à la braderie, et quatre fois aux ventes aux enchères qu'organisait la ville tous les ans. Il l'avait même reconnue dans la vitrine d'une boutique d'antiquités — pas celle de Janice Anderson, heureusement.

— Promets-moi simplement une chose, dit-il à Rebecca. Que tu n'achèteras pas la lampe vigne.

— Oh, c'est déjà fait, gloussa la jeune femme. Je l'ai achetée il y a deux ans. Je voulais l'offrir à quelqu'un pour lui faire une blague, mais plus je la regardais, moins je trouvais ça drôle. J'ai fini par la donner à la ville, pour la vente annuelle.

— Et quelqu'un l'a achetée ?

— Et comment ! Madeline Hartwick l'a prise tout de suite. Bon, j'imagine qu'elle l'a achetée parce qu'elle savait que c'était moi qui en avais fait don à la ville, et qu'elle avait peur que je ne sois vexée si personne ne faisait monter les enchères...

Rebecca se tut un instant. Son visage s'était brusquement assombri.

— Vous pensez qu'elle va bientôt aller mieux ? demanda-t-elle d'une voix anxieuse.

— Madeline ? Je crois qu'elle va avoir besoin d'un peu de temps.

Madeline Hartwick était sortie de l'hôpital depuis un

moment, mais ne s'était toujours pas remise de cette nuit épouvantable où son mari, Jules, avait failli la tuer, puis s'était suicidé. Avec sa fille, Celeste, elle habitait à présent chez sa sœur, à Boston. Oliver se demandait si Madeline parviendrait jamais à revenir vivre dans sa grande maison de Harvard Street.

Le plus étrange, c'était que personne n'avait encore réussi à savoir pourquoi Jules Hartwick s'était donné la mort, et Oliver n'avait toujours pas compris ce qu'avait voulu lui dire le banquier lorsque, avant de rendre son dernier soupir, il avait prononcé ces mots : « Tu dois l'arrêter... avant qu'il ne nous tue tous. »

Arrêter qui, arrêter quoi ? Jules n'avait rien dit d'autre avant de s'éteindre sur les marches de l'asile. Oliver en avait parlé à Madeline et à Celeste, mais aucune des deux n'avait la moindre idée de ce que cela pouvait vouloir dire. Il avait posé la question à d'autres personnes — Andrew Sterling, qui était chez eux lors de cette soirée terrible ; Melissa Holloway, à la banque ; l'avocat de Jules, Ed Becker. Mais personne n'avait pu lui fournir la moindre réponse.

Seul l'oncle d'Oliver, Harvey Connally, avait essayé d'éclaircir les choses :

— Tu penses qu'il y aurait un rapport entre ce qui lui est arrivé et le suicide de cette pauvre Elizabeth McGuire ? Ça n'a aucun sens, n'est-ce pas ? Même si Jules et Bill McGuire étaient des cousins éloignés, il n'y avait aucun lien de parenté entre Jules et Elizabeth. Dans la famille d'Elizabeth, à ce que j'en sais, ils étaient tous plus ou moins fous. Mais je ne vois pas comment cela peut avoir un rapport avec Jules... Ses parents étaient parfaitement équilibrés, de vrais rocs, tous les deux. Bon, de toute façon, je suppose que nous n'aurons jamais la solution de ce mystère, tu ne crois pas ?

Jusqu'à présent, les faits avaient donné raison à Harvey Connally ; personne ne pouvait avancer la moindre explication quant au brusque effondrement psychologique et au suicide de Jules Hartwick. A la banque, les problèmes étaient déjà en train de se régler, et même s'il en restait encore quelques-uns, personne ne mettait Jules en cause — il n'avait rien fait d'illégal. Il s'était montré imprudent, peut-être, mais la banque n'était pas réellement menacée et Jules n'avait pas à craindre d'être « puni » par qui que ce soit, ni par le conseil d'administration ni par la direction nationale.

— Je continue à penser que j'aurais pu faire quelque chose, dit Rebecca en glissant distraitement sa main dans celle d'Oliver, tandis qu'ils approchaient des faubourgs de Blackstone et de la vieille palissade qui protégeait autrefois les clients du drive-in des phares des voitures qui passaient dans Main Street. Au lieu de prier avec tante Martha, j'aurais peut-être dû...

Elle s'interrompit, réfléchit un moment, puis tourna un regard désemparé vers Oliver.

— Vous ne pensez pas que j'aurais pu faire *quelque chose* ?

— Je crois que personne n'aurait rien pu faire, lui dit-il en pressant un peu sa main pour la rassurer. Et je crois également que nous ne saurons jamais ce qui s'est passé ce soir-là. Allez, n'y pensons plus. Qu'est-ce qu'on cherche, alors, dans cette braderie ? Tu as une idée précise ou tu as juste envie de jeter un petit coup d'œil aux tables pour voir ce que les gens ont décidé de jeter cette année ?

— Je veux trouver un cadeau pour ma cousine, dit Rebecca.

— Andrea ? Tu sais où elle est, au moins ?

— Elle revient à la maison.

— Pardon ? Chez ta tante, tu veux dire ?

— Oui. Elle a appelé tante Martha avant-hier, pour lui dire qu'elle ne savait plus où aller.

Oliver se souvint de la dernière fois qu'il avait vu Andrea Ward. C'était douze ans plus tôt, la veille de son dix-huitième anniversaire, et Andrea ne parlait que d'une chose : fuir sa mère.

Fuir sa mère, et fuir Blackstone par la même occasion.

Oliver était assis au bar du drugstore, près de la grande fontaine, quand Andrea et deux de ses amies étaient arrivées. Remarquant à peine sa présence, elles s'étaient installées sur des tabourets au coin du comptoir, et il en avait profité pour s'offrir un aperçu de la jeunesse de Blackstone.

— J'arrive pas à croire que j'ai survécu si longtemps ici, avait dit Andrea en écartant nerveusement une mèche de cheveux blonds qui lui tombait sur les yeux, avant de refaire exactement le même geste quelques secondes plus tard, encore plus exaspérée. Déjà, la première chose que je vais faire, c'est couper tout ça. Non mais sérieusement, vous vous rendez compte que ma mère considère que c'est un péché, de se couper les cheveux ?

Elle éclata d'un rire amer et cassant, puis se mit à énumérer tout ce que Martha Ward considérait comme des péchés :

— Danser, boire, et aller au cinéma, pour commencer. Et fumer, bien sûr, ajouta-t-elle en allumant une cigarette avec un air de défi. Et surtout, n'oublions pas : sortir avec des garçons. Ça, c'est hors de question. Mais comment je vais faire pour trouver un mari, moi, si je n'ai pas le droit de fréquenter des mecs ?

— Elle voudrait peut-être que tu entres à l'université, suggéra l'une de ses amies.

— Tu parles ! s'esclaffa Andrea. Tout ce qu'elle veut, c'est que je prie du matin au soir, comme elle.

Lorsqu'elle écarta une nouvelle fois la mèche de cheveux qui lui tombait sur le front, Oliver put constater à quel point elle était jolie, malgré son maquillage outrancier.

Ou plutôt, elle aurait été jolie si elle n'avait pas été si révoltée. Mais Andrea était révoltée depuis longtemps, et au fil des années, elle avait traduit sa colère par des vêtements qui mettaient un peu trop clairement sa silhouette en valeur, et un maquillage qui, au lieu d'accentuer sa beauté, rendait son visage dur et agressif.

Et même si elle n'avait pas le droit de fréquenter des garçons, elle avait toujours eu beaucoup de succès auprès d'eux.

Beaucoup trop de succès, selon Martha Ward.

Après avoir entendu ces paroles, lorsqu'il apprit le lendemain qu'Andrea avait disparu de Blackstone, ne laissant derrière elle que quelques mots pour dire qu'elle partait à Boston et ne reviendrait jamais, Oliver ne fut pas surpris.

Martha Ward, si.

Surprise, et surtout, furieuse. Depuis, Andrea n'était revenue qu'une seule fois, voilà trois ans, pour revoir Blackstone et montrer sa ville natale à son petit ami de l'époque. Mais Martha avait refusé de la recevoir.

— Je ne serai pas complice de tes péchés, avait-elle

déclaré. Ne reviens pas avant de l'avoir épousé ou de l'avoir quitté.

Depuis, Andrea n'avait plus remis les pieds à Blackstone.

— Que s'est-il passé ? demanda Oliver, tandis qu'il pénétrait avec Rebecca sur le terrain de l'ancien drive-in et balayait du regard les deux douzaines de tables qui attendaient déjà les clients — dès le début de l'été, il y en aurait trois fois plus, quand il ferait plus chaud et que les touristes commenceraient à arriver en ville.

— Son petit ami l'a laissée tomber et elle a perdu son travail, expliqua Rebecca. Je crois qu'elle ne sait vraiment plus où aller. Alors je me suis dit que j'allais essayer de lui trouver une bricole ici, pour lui remonter un peu le moral.

Ils commencèrent à se promener entre les tables, s'arrêtant ici ou là pour s'étonner devant des objets dont certaines personnes pensaient qu'ils pourraient en intéresser d'autres. Comment était-ce possible ? L'une des tables était recouverte de petits personnages fabriqués avec des galets collés entre eux et peints pour leur donner un air joyeux. Sur le devant de la table, une petite pancarte mal écrite les présentait : LA FAMILLE CAILLOUX. LES CONNAÎTRE, C'EST LES AIMER. Les connaître, c'est les détester, pensa Oliver. Mais il ne dit rien, supposant que la vieille femme assise derrière la table, pleine d'espoir, avait sans doute fabriqué elle-même ces affreuses petites figurines.

Sur une autre table, ils virent toute une collection d'interrupteurs sur lesquels on avait collé des dizaines de fausses pierres précieuses aux couleurs criardes. Et plus loin, des images religieuses reproduites avec des petits coquillages.

Rien de tout cela ne pouvait convenir à Andrea, décidèrent-ils.

C'est un peu plus loin, sur la table de Janice Anderson, qu'ils trouvèrent ce qu'il leur fallait. Rebecca le repéra la première, à moitié dissimulé par un cadre ancien dont un coin était abîmé, ce qui expliquait que Janice n'avait pas pu le mettre en vente dans sa boutique de Main Street.

— Regardez ! s'écria Rebecca. C'est formidable, non ?

Oliver jeta un regard curieux sur l'objet qu'elle tenait dans la main. Dans un premier temps, il ne parvint pas à deviner ce que c'était. Ça ressemblait à une tête de dragon, que Rebecca tenait par le cou. Deux yeux rouges semblaient briller au fond de leurs profondes orbites. Lorsque Rebecca appuya sur le cou du dragon, Oliver aperçut une étincelle au fond de sa gorge, immédiatement suivie par une flamme qui jaillit de sa gueule.

— C'est un briquet, s'exclama Rebecca. Vous ne le trouvez pas génial ?

— Comment sais-tu qu'Andrea fume toujours ? demanda Oliver.

— J'ai entendu tante Martha lui dire qu'elle n'aurait pas le droit de fumer dans la maison. Et c'est pour ça que je veux lui offrir ce briquet. Je crois qu'elle ne se sent pas bien du tout, en ce moment, alors si en plus tante Martha lui interdit de fumer... Elle va avoir l'impression que tout le monde est contre elle. Je voudrais lui faire comprendre qu'il y a au moins une personne qui ne désapprouve pas tout ce qu'elle fait.

La flamme s'éteignit au moment où Rebecca relâcha la gorge du dragon. Elle tendit le briquet à Oliver, mais dès que celui-ci le toucha, il retira brutalement sa main, comme s'il venait de se brûler.

— Faites attention, dit Rebecca en touchant à son tour la gueule du dragon du bout du doigt — c'était à peine tiède. Il a dû vous mordre, Oliver. Ce n'est pas chaud du tout.

En souriant, elle laissa tomber le briquet dans la main d'Oliver.

Comme elle l'avait dit, le dragon était déjà presque froid. Pourtant, c'était impossible : à peine deux ou trois secondes plus tôt, il était brûlant. En retournant l'étrange briquet dans ses mains pour chercher son prix, il se demanda si cette drôle de sensation de chaleur n'était pas le signe — comme ces migraines dont il souffrait depuis quelque temps — que quelque chose allait de travers chez lui. Quelque chose de grave. Perdu dans ces pensées inquiétantes, il remarqua à peine que Janice Anderson en avait terminé avec le client dont elle s'occupait, et s'était retournée vers eux. Lorsque Rebecca le poussa du coude, il reprit ses esprits et montra le briquet à l'antiquaire.

— Combien tu vends ce dragon ? demanda-t-il.

Janice fixa d'un œil interloqué le briquet qu'Oliver tenait à la main.

— Tu es sûr qu'il était sur ma table ?

— Oui, fit Oliver en hochant la tête, il était là, près du cadre.

Janice prit le briquet qu'il lui tendait et l'examina sous tous les angles en fronçant les sourcils. Une étiquette était collée en dessous, probablement la marque, mais elle était trop usée pour être lisible. Il paraissait en or à première vue, mais elle s'aperçut vite qu'il était seulement recouvert de plaqué bon marché, qui commençait d'ailleurs à s'écailler par endroits ; quant aux « rubis » de ses yeux, ce n'était en réalité que du verre, peut-être même du plastique. Mais d'où cet objet pouvait-il venir ? Elle ne se rappelait pas l'avoir acheté, ni même l'avoir pris dans sa réserve pour l'apporter ici, avec tout le bric-à-brac qu'elle ne pouvait pas vendre en boutique. Mais en balayant du regard tout ce qu'elle avait disposé sur sa table, elle se rendit compte qu'elle ne savait plus d'où venait la plupart de ces vieilleries. Elle en avait acheté beaucoup dans les ventes aux enchères des villes environnantes. Et beaucoup d'autres à tous ces gens qui étaient passés dans sa boutique depuis un an, pour lui vendre les « trésors » qu'ils avaient retrouvés au fond de leur grenier. En temps normal, Janice leur faisait comprendre que ça ne l'intéressait pas, mais parfois, lorsqu'elle sentait que la personne vendait quelque chose parce qu'elle avait désespérément besoin d'argent, elle achetait en toute connaissance de cause un objet qui ne valait rien, simplement pour permettre au vendeur de garder sa dignité et de repartir avec un ou deux dollars en poche.

C'était probablement ainsi qu'elle s'était retrouvée en possession de ce briquet, même si elle n'en gardait aucun souvenir. Mais quelle somme avait-elle payée pour l'avoir ? Cinq dollars ? Dix ?

— Vingt ? proposa-t-elle, sachant pertinemment qu'il n'y avait aucune chance pour qu'Oliver accepte son premier prix.

Mais à son grand désarroi, ce fut Rebecca Morrison qui lui répondit, sans une seconde d'hésitation.

— Je le prends ! C'est exactement le genre de chose qui plaira à Andrea !

— Pour vingt dollars ? s'entendit dire Janice Anderson. Non, Rebecca, tu ne m'achèteras pas ce briquet vingt dollars. Il n'en vaut sûrement pas plus de dix. Et si tu veux mon avis, sept, ce serait encore un peu plus honnête.

— Parfait ! dit Oliver. Et que dirais-tu de cinq ? A moins que tu ne sois vraiment coriace, et que tu ne me contres avec trois ?

Janice voulut le fusiller du regard, mais ne put s'empêcher d'éclater de rire.

— Allez, fit-elle, on conclut le marché à sept. Et c'est mon coté honnête qui parle.

Avant qu'elle ait eu le temps de changer d'avis, Oliver paya le briquet en forme de tête de dragon, et Janice l'enveloppa dans du papier de soie, puis le mit dans un petit sac de papier kraft qu'elle tendit à Rebecca.

— Tu es vraiment sûre que ta cousine va aimer ce truc-là ? demanda Oliver quelques instants plus tard, tandis qu'ils quittaient la braderie.

— Tout à fait sûre, fit Rebecca, dont le visage était à présent éclairé par le plaisir de sa trouvaille. Ce sera parfait pour elle.

Oliver espérait que, si Andrea partageait son avis et celui de Janice sur ce briquet, elle aurait la gentillesse de ne pas en faire part à Rebecca.

2

Andrea Ward parcourait nerveusement les pièces sombres de cette maison dans laquelle elle avait grandi, et se demandait comment les choses avaient pu si peu changer en tant d'années.

Elle retrouvait dans le salon les mêmes meubles et les mêmes fauteuils lugubres, dont le cuir bon marché était recouvert de petits napperons jaunis, sur les accoudoirs et les dossiers, pour éviter que les invités ne les salissent — même si, d'après Andrea, pas un invité n'était entré ici depuis au moins vingt ans.

Les épais rideaux qui cachaient les fenêtres n'avaient pas été changés, ni probablement lavés, depuis qu'elle était petite ; ils ne laissaient pénétrer que quelques rares rayons de lumière, et la pénombre dans laquelle était plongée la pièce empêchait de voir à quel point le papier peint était usé, décoloré, et la peinture du plafond écaillée. Cet endroit était encore plus miteux et sinistre que dans son souvenir, mais tout aussi déprimant — ce qui n'était pas une surprise. Sa mère ne changerait jamais, et rien ne changerait jamais dans la maison de sa mère. Tout était exactement dans le même état que le jour où elle était partie. La chapelle, comme toutes les autres pièces, conservait son atmosphère étouffante, chargée de l'odeur entêtante de l'encens, et ses statuettes aux couleurs criardes. Autrefois, Andrea s'en souvenait, cette pièce servait de bureau à son père : c'était un endroit agréable, au sol couvert d'une épaisse moquette, empli du parfum si particulier du tabac à pipe, qui sentait la cerise.

Maintenant, c'était fini. Elle n'avait que cinq ans à l'époque, mais Andrea se rappelait parfaitement le jour où M. Corelli, le brocanteur de la ville, était arrivé avec son camion. Au début, elle avait pensé qu'il venait chercher sa fille, Angela, qui était alors la meilleure amie d'Andrea.

Elle s'était trompée. M. Corelli avait vidé le bureau de son père de tous ses meubles, et les avait chargés un à un dans son camion. Andrea s'était mise à pleurer, elle avait supplié sa mère de demander à M. Corelli de tout remettre en place : elle disait que son père serait furieux lorsqu'il reviendrait à la maison et trouverait son bureau vide. C'était à ce moment que sa mère lui avait expliqué sèchement que son père ne reviendrait jamais.

— Même s'il essaie, je ne le laisserai pas faire, avait conclu Martha. Ton père est un suppôt de Satan, je ne lui permettrai jamais de remettre un pied dans ma maison !

En une semaine, la petite pièce qui servait d'abri douillet à Fred Ward avait été transformée en un sanctuaire d'un autre genre — la chapelle de sa mère, où la petite fille priait aussi longuement et aussi intensément qu'elle, suppliant Dieu et tous les saints de faire revenir son père à la maison. Pendant des heures, elle rêvait éveillée en faisant semblant d'être absorbée dans ses prières — des rêves de petite fille, aux tons pastel, où elle voyait son père l'emmener loin de la maison de sa mère, loin de ce lieu sombre et froid qui semblait devenir de plus en plus sombre et froid au fil des années. Il l'emmenait vivre avec lui, à Paris, peut-être, dans une orangeraie en Californie, ou sur une plage ensoleillée des Caraïbes.

Mais Fred Ward n'était jamais revenu.

Après qu'Andrea se fut enfuie de Blackstone, elle avait essayé de le retrouver, cherchant dans les annuaires de Boston, de Manchester, et même dans ceux de New York, à tout hasard. Mais elle n'avait pas assez d'argent pour le rechercher sérieusement, et il semblait s'être volatilisé. Le temps passant, elle avait dérivé d'un endroit à un autre, d'un travail frustrant et mal payé à un autre, et d'une histoire d'amour à une autre — toutes s'achevant rapidement, de la même façon, en impasse. Quoi qu'elle fasse, il y avait toujours quelque chose qui allait de travers. Jusqu'à sa rencontre avec Gary Fletcher, trois ans plus tôt. Il lui avait offert un emploi de serveuse dans le restaurant qu'il dirigeait. Il avait dix ans de plus qu'elle. Il était séduisant. Sexy, même. Et amoureux d'elle.

C'était du moins ce qu'il prétendait.

Tout s'était merveilleusement bien passé jusqu'au mois dernier, lorsqu'elle lui avait annoncé qu'elle était enceinte.

Elle était persuadée qu'ils finiraient par se marier un jour ou l'autre, par quitter leur petit appartement pour emménager dans une grande maison. Elle était persuadée que, pour la première fois de sa vie, elle aurait une vraie famille.

C'est alors qu'il lui avait déclaré qu'il ne pouvait pas l'épouser, pour la simple raison que sa femme et lui n'étaient pas encore divorcés.

Andrea ne savait même pas qu'il était marié.

Le lendemain, au lieu de commencer à préparer son divorce, il avait mis Andrea à la porte de leur appartement, comme une domestique que l'on chasse.

Le jour suivant, il l'avait licenciée du seul emploi auquel elle avait réussi à s'accrocher depuis son départ de Blackstone.

Et le troisième jour, il avait retiré toutes les économies de la jeune femme de leur compte commun.

Affolée, perdue, Andrea s'était aussitôt mise à la recherche d'un autre job, mais n'avait jamais réussi à franchir le cap du premier entretien. Elle avait essayé de se trouver un toit, mais elle n'avait pas un sou. Et elle ne pouvait se tourner vers personne, elle n'avait pas d'amis : depuis trois ans, Gary était toute sa vie.

Pour ne pas coucher dehors et mourir de faim, elle avait dû ravaler le peu de fierté qui lui restait et revenir à Blackstone pour essayer de recommencer sa vie de zéro.

Dans un premier temps, elle trouverait un travail — n'importe lequel.

Puis elle reprendrait ses études — et cette fois, elle ne partirait pas avant d'avoir obtenu son diplôme.

Enfin, le prochain homme à qui elle offrirait son cœur devrait être bien plus honnête que Gary Fletcher.

Pas riche.

Ni même beau.

Simplement honnête, sérieux, et capable de devenir un bon père pour leurs enfants. Avec en tête ces premières lueurs d'espoir depuis des semaines, ces projets qui atténuaient un peu sa détresse, Andrea avait garé sa Toyota déglinguée dans l'allée de la maison de Harvard Street, et avait poussé un soupir de soulagement quand elle avait découvert que la maison était déserte. Elle n'aurait pas à affronter sa mère — pas tout de suite.

La vieille clé qu'elle n'avait jamais eu le courage de jeter ouvrait toujours la serrure. A l'intérieur, tout était obscur et oppressant. Errant dans les pièces du rez-de-chaussée, où rien n'avait changé, elle s'accrochait fermement aux résolutions qu'elle venait de prendre : d'une façon ou d'une autre, elle se débrouillerait pour y arriver.

Elle prit l'une des trois valises défoncées qui contenaient tout ce qu'elle possédait et la monta à l'étage. Là, elle s'aperçut que quelque chose avait changé. Sa chambre — le seul endroit où elle avait pu se réfugier après le départ de son père, quand sa mère s'enfonçait de plus en plus profondément dans son étrange vision de la religion ; cette chambre qui l'attendait, pensait-elle, qui serait là pour l'accueillir, au contraire de sa mère —, cette chambre n'était plus la sienne. Sa cousine Rebecca vivait là — les vêtements de Rebecca dans la penderie ; les chaussons de Rebecca au pied du lit ; son ours en peluche en piteux état posé sur l'oreiller. Andrea reçut le coup de plein fouet. Sa mère l'avait définitivement chassée de cette maison, comme elle l'avait fait avec son père vingt ans plus tôt. Elle se sentait presque aussi blessée que lorsque Gary l'avait abandonnée, et fut saisie un instant d'un aveuglant sentiment de jalousie. Mais la raison reprit vite le dessus. Après tout, Rebecca n'avait rien à voir avec ses problèmes. Et elle ne pouvait décemment pas demander à sa cousine de bouleverser sa vie simplement parce qu'elle avait raté la sienne.

Pleine d'une détermination nouvelle, Andrea redescendit au rez-de-chaussée et pénétra dans la petite pièce qui jouxtait la salle à manger. C'était un endroit minuscule, fermé par deux portes qui ressemblaient à celles d'un placard. A l'intérieur se trouvait toujours la banquette dont se servait autrefois sa mère pour dormir un peu lorsqu'elle se sentait trop fatiguée pour gravir l'escalier jusqu'à sa chambre. Au moins, se dit-elle, elle ne gênerait personne ici. Et puis elle n'avait pas besoin de beaucoup de place pour vivre. Elle ouvrit l'une de ses valises et commença à accrocher ses vêtements dans l'unique et minuscule penderie de la pièce.

— Qu'est-ce que tu es en train de faire ?

La voix de sa mère, encore plus sèche et tranchante que dans ses souvenirs, la tira de ses pensées. Andrea se figea, serrant contre sa poitrine le chemisier qu'elle s'apprêtait à ranger.

Elle avait envie de dire : « Tu n'es pas heureuse de me voir ? Tu ne me demandes pas pourquoi je suis revenue à la maison ? Tu n'as pas envie de me prendre dans tes bras et de me demander pourquoi j'ai l'air si triste ? » Mais tout ce qu'elle parvint à articuler fut :

— Je... Je range mes affaires, maman.

— Ici ? demanda Martha, dont le visage se durcit et la bouche se pinça.

Andrea regarda nerveusement autour d'elle, comme si les murs allaient pouvoir lui dire pourquoi sa mère semblait si mécontente qu'elle s'installe dans cette pièce.

— Si tu crois que je vais te laisser coucher ici, dans cet endroit où tu peux aller et venir à n'importe quelle heure du jour ou de la nuit, avec n'importe qui, tu fais une grossière erreur. Tu espères que je vais tolérer tes péchés chez moi ?

— Maman, je n'avais pas l'intention de...

— Tu dormiras dans ta chambre, près de la mienne, décréta Martha en balayant la petite pièce du regard. Je ne vois pas pourquoi Rebecca ne pourrait pas dormir dans celle-ci.

— Mais maman, ce n'est pas juste ! Rebecca se sert de ma chambre depuis des années. Je ne vais pas la faire changer maintenant !

Martha foudroya sa fille du regard.

— Parle-moi sur un autre ton, ma fille. « Ta mère, tu respecteras. » Je sais que la Bible ne signifie rien pour toi, mais tant que tu vivras sous mon toit, tu te plieras à ses commandements. C'est compris ?

Andrea hésita un instant, puis acquiesça de la tête. Mais en commençant à ressortir ses vêtements du placard, elle se demanda comment elle allait réussir à parler de sa grossesse à sa mère. Après tout, rien ne l'obligeait à aborder le sujet tout de suite. Ça ne se voyait pas du tout, pour l'instant. Il suffirait d'attendre un peu et de...

Non !

Elle vivait comme ça depuis trop longtemps, en se laissant dériver et en espérant toujours que les choses allaient s'arranger toutes seules. C'était terminé, maintenant. Il fallait qu'elle affronte la réalité et qu'elle se débrouille pour faire face. Sinon, elle ne parviendrait jamais à remonter la pente.

— Il faut que je te dise quelque chose, maman.

Martha Ward plissa les yeux d'un air soupçonneux. Andrea aurait donné cher pour pouvoir fuir ce regard accusateur, mais elle se força à faire front sans même détourner la tête.

— Gary... l'homme avec lequel je vivais, avec qui je comptais me marier... Il m'a laissée tomber. Et... il m'a renvoyée de mon travail.

Elle s'interrompit un instant, faisant tout ce qu'elle pouvait pour ne pas éclater en sanglots. Elle prit une profonde inspiration et se dit que, si sa mère comptait la mettre à la porte, il valait mieux qu'elle soit fixée tout de suite.

— Je suis enceinte.

Pendant ce qui sembla à Andrea une éternité, Martha Ward resta muette. Les secondes s'écoulaient et la jeune femme se demandait si sa mère allait réellement la chasser de chez elle. Enfin, Martha se décida à parler :

— Tu prieras pour ton salut. Quand l'enfant sera né, nous trouverons une famille qui prendra soin de lui. Ensuite, je déciderai de ce que tu dois faire.

Andrea ferma les yeux et, une nouvelle fois, respira profondément.

— Je sais déjà ce que je vais faire, maman. Je vais trouver un travail, et retourner à l'école.

— Enceinte ? Je ne vois vraiment pas comment tu...

Andrea décida de dire tout ce qu'elle avait prévu avant de perdre son sang-froid.

— Je ne sais pas si je vais rester enceinte très longtemps, maman. En tout cas, quoi que je fasse, c'est moi qui prendrai la décision, pas toi.

Martha Ward parvenait à peine à contenir sa colère. Comment sa fille osait-elle lui parler ainsi ? Comment avait-elle osé vivre dans le péché avec un homme marié à une autre, puis amener le fruit de son péché chez elle ?

Martha savait ce qui lui restait à faire : il fallait chasser Andrea tout de suite, la chasser de sa maison, pour que son âme immortelle ne soit pas mise en péril.

Cependant, elle hésita. Elle se rappelait quelque chose qu'elle avait lu récemment.

C'était le péché qu'on lui ordonnait de haïr, et non le pécheur.

Dans un éclair de lucidité, elle comprit.

Le Seigneur la mettait à l'épreuve !

Il lui avait envoyé Andrea pour mettre sa foi à l'épreuve.

C'était la croix qu'elle devait porter.

Il ne fallait pas qu'elle chasse Andrea. Même si sa fille l'offensait, l'insultait, elle devait tendre l'autre joue et ramener cette pécheresse sur le chemin de la vertu.

Interprétant le silence de sa mère comme un consentement, Andrea Ward ramassa ses valises et monta à l'étage, dans la chambre où elle avait grandi.

Martha Ward entra dans sa chapelle et tomba à genoux. En remuant silencieusement les lèvres, elle pria pour que le Seigneur la guide et l'aide à purifier l'âme souillée de sa fille.

3

Un crachin froid tombait sur la ville quand Oliver et Rebecca arrivèrent au bureau des *Chroniques*. Oliver insista pour ramener la jeune femme chez elle en voiture.

— Non, Oliver, ce n'est pas la peine. Ce n'est pas du tout sur votre chemin. Je peux marcher.

— Je sais que tu *peux*. Mais tu ne marcheras pas. De toute façon, ça ne prendra que quelques minutes. Et ne discute pas avec moi, conclut-il en posant sur elle un regard faussement autoritaire.

— Je suis désolée, répondit-elle si vite qu'Oliver sut immédiatement qu'elle n'avait pas compris qu'il plaisantait. Je ne voulais pas...

— Non, c'est moi qui suis désolé, fit-il en ouvrant pour elle la portière de sa Volvo. Tu peux discuter avec moi autant que tu le veux, Rebecca. De n'importe quoi. Il n'empêche, je vais quand même te ramener chez toi.

Cette fois, il prit soin d'adresser un grand sourire à Rebecca en prononçant ces mots, et se sentit étrangement heureux quand la jeune femme le lui rendit.

— Je ne comprends pas toujours la plaisanterie, hein ? demanda-t-elle tandis qu'il s'installait derrière le volant.

— C'est peut-être moi qui ne plaisante pas assez... clairement.

— Non, dit-elle en secouant la tête. C'est moi. Je sais que tout le monde en ville pense que je suis bizarre. Mais depuis l'accident, j'ai l'impression d'avoir parfois un peu de mal à comprendre les choses, l'impression de ne pas être tout à fait normale.

— Tu n'es ni bizarre ni anormale, Rebecca. Et moi, qu'est-ce que tu crois ? Les gens racontent aussi des choses sur mon compte.

— Non, ce n'est pas vrai.

— Bien sûr que si. Ils ne me le disent pas en face, c'est tout.

Oliver arrêta la Volvo derrière une vieille Toyota garée dans l'allée de Martha Ward.

— Andrea est arrivée, apparemment. Tu penses que je devrais entrer pour dire bonjour ?

Rebecca tourna un regard inquiet vers la maison.

— Tante Martha n'aimerait pas ça. Elle...

Brusquement gênée, Rebecca ne termina pas sa phrase, mais Oliver le fit pour elle.

— C'est moi qu'elle n'aimerait pas voir chez elle, ou n'importe quel homme ?

Rebecca devint écarlate et se mit à fixer ses mains, qui malaxaient nerveusement le sac de papier kraft dans lequel Janice Anderson avait mis le briquet.

— N'importe quel homme, dit-elle. Tante Martha ne fait pas confiance aux hommes.

Oliver prit le menton de Rebecca dans sa main et lui fit doucement tourner la tête vers lui, pour l'obliger à le regarder dans les yeux.

— Ne crois pas tout ce que dit ta tante Martha. Je ne te ferai jamais de mal, Rebecca. J'en serais incapable.

Durant un instant, il crut que la jeune femme allait dire quelque chose, ou peut-être même se mettre à pleurer, mais elle sortit précipitamment de la voiture et se dirigea vers la maison de sa tante en courant presque. Arrivée devant la porte, elle se retourna, sembla hésiter un moment, puis lui adressa un petit signe de la main. Tandis qu'il redémarrait, Oliver se sentit profondément soulagé qu'elle ne soit pas entrée sans se retourner vers lui.

En se rendant compte de cela, il comprit quelque chose.

Il comprit que, malgré ce qu'il croyait, même s'il se disait depuis longtemps que l'affection qu'il lui portait était uniquement amicale, il était en train de tomber amoureux de Rebecca Morrison.

Comment, se demanda-t-il, allait-il pouvoir assumer cela ?

Et surtout, comment allait-*elle* pouvoir l'assumer ?

Rebecca referma la porte d'entrée derrière elle, passant de l'obscurité dc ce début de soirée à celle qui régnait à l'intérieur de la maison. Elle s'apprêtait à appeler sa cousine, mais avant d'en avoir eu le temps, elle entendit le son familier des chants grégoriens qui accompagnaient toujours les séances de prières de sa tante dans sa chapelle. Se déplaçant le plus silencieusement possible pour ne pas attirer l'attention de Martha, elle chercha Andrea au rez-de-chaussée, en vain. Elle comprit alors où devait se trouver sa cousine : dans la chapelle avec sa mère.

Mais un instant plus tard, alors qu'elle allait ouvrir la porte de sa chambre à l'étage, elle entendit des bruits à l'intérieur — des gémissements étouffés, comme quelqu'un qui pleure. Elle réfléchit un moment, se demandant ce qu'elle devait faire.

C'était Andrea, bien sûr. Mais que faisait-elle dans sa chambre ? Et soudain, elle se souvint que cette chambre était autrefois celle de sa cousine. Andrea avait certainement pensé la retrouver à son retour.

Rebecca frappa doucement à la porte, mais n'obtint aucune réponse. Elle frappa une nouvelle fois, un peu plus fort.

— Andrea ? Je peux entrer ?

Cette fois, elle entendit sa cousine renifler un peu plus fort, puis dire d'une voix mal assurée :

— Oui, Rebecca. C'est ouvert.

Rebecca ouvrit lentement la porte. Andrea était assise sur le lit. Trois valises déversaient leur contenu en vrac à ses pieds. Elle avait visiblement beaucoup pleuré, et tenait à la main un mouchoir humide et froissé.

Rebecca trouva Andrea bien plus mince que dans son souvenir. Elle paraissait très fatiguée.

— Andrea ? murmura-t-elle. Tu as une mine...

Effrayante. Elle avait failli lui dire : « Tu as une mine effrayante. » Mais pour une fois, au lieu de laisser échapper tout de suite ce qui lui venait à l'esprit, elle avait réussi à se retenir. Mais Andrea n'eut aucun mal à lire dans ses pensées.

— J'ai une mine affreuse, hein, Rebecca ?

Rebecca approuva de la tête, sans vraiment se rendre compte de ce qu'elle faisait, et un sourire à peine perceptible apparut sur les lèvres de sa cousine.

— J'en étais sûre, dit celle-ci. En tout cas, j'ai une trop sale mine pour que ma mère ait envie de me prendre dans ses bras. A moins qu'elle ne soit tout simplement pas très contente de me voir.

— Oh si ! s'exclama Rebecca.

Elle se précipita vers le lit, posa son sac à main et le sachet de papier kraft qui contenait le briquet, et serra sa cousine dans ses bras. Un instant plus tard, elle se releva et dit :

— Tu as l'air en pleine forme, ne t'inquiète pas. Tante Martha ne prend jamais personne dans ses bras. Et je suis sûre qu'elle est contente de te voir. Elle est juste...

Une nouvelle fois, elle réussit miraculeusement à ne pas en dire trop, mais Andrea put sans peine terminer la phrase à sa place.

— Toujours folle de rage contre moi ? acheva-t-elle tandis que son petit sourire s'estompait rapidement. Toujours folle tout court, d'ailleurs. Je n'aurais pas dû revenir ici, hein ? Maintenant, non seulement je vais continuer à bousiller ma vie, mais la tienne aussi.

Rebecca s'assit de nouveau sur le lit et s'empressa de passer un bras autour des épaules de sa cousine.

— Tu ne vas pas bousiller ma vie. Pourquoi tu dis ça ? Je suis *contente* que tu sois revenue à la maison.

— C'est que tu n'as pas encore parlé à ma mère. Elle dit que si je reste ici, il faut que je m'installe dans cette chambre. Toi, tu devras dormir dans la petite pièce qui donne sur la salle à manger. Tu sais, ça me met vraiment très mal à l'aise. Si tu veux, je chercherai quelque chose ailleurs...

— Non ! s'écria Rebecca en posant un doigt sur les lèvres d'Andrea. Tu es chez toi, ici. Et c'était ta chambre, c'est normal que tu la retrouves.

Elle prit le sac de papier kraft, à présent froissé et trempé par la pluie, et le déposa entre les mains de sa cousine.

— Tiens, regarde... Je t'ai même apporté un cadeau.

Andrea parut hésiter un moment à l'accepter. Curieusement, Rebecca eut le sentiment qu'elle ne se pensait pas digne de recevoir un cadeau.

— S'il te plaît, prends-le, dit-elle d'une voix douce. Ce n'est pas grand-chose, mais j'ai pensé que ça te ferait peut-être plaisir. Sinon, ce n'est pas grave, tu n'es pas obligée de le garder.

— Ce n'est pas ça, Rebecca, murmura Andrea, dont les yeux s'emplissaient de larmes. C'est simplement que... Ça fait si longtemps qu'on ne m'a pas offert de cadeau que j'avais oublié ce que ça faisait. Et moi, je n'ai rien apporté pour toi. Je...

— Ouvre-le, Andrea. S'il te plaît.

Andrea se moucha bruyamment, puis ouvrit le petit sac et en sortit l'objet enveloppé dans du papier de soie. Un instant plus tard, elle observait le dragon doré d'un œil interloqué.

— Je... Je ne comprends pas, bredouilla-t-elle. Qu'est-ce que c'est ?

Au lieu de lui expliquer, Rebecca prit le dragon des mains de sa cousine et appuya sur son cou. *Clic !* Et une langue de feu jaillit de sa gueule. Andrea éclata de rire.

— C'est génial ! dit-elle en reprenant le briquet à Rebecca pour essayer à son tour. Où est-ce que tu as trouvé ça ?

Elle fouilla au fond de son sac à main, y trouva un paquet de cigarettes, en sortit une et l'alluma avec la gueule du dragon.

— Ça te plaît ? demanda Rebecca.

— Il est parfait, dit Andrea, avant de jeter un coup d'œil autour d'elle. Mais maintenant, j'ai encore plus honte de te prendre ta chambre.

— Ce n'est pas ma chambre. C'est la tienne. Et celle d'en bas sera très bien pour moi. Je n'ai pas besoin de beaucoup de place. Je suis sûre que j'ai beaucoup moins de vêtements que toi. Et en plus, je n'entendrai plus les ronflements de tante Martha.

Elle plaqua aussitôt une main sur sa bouche, réalisant qu'elle venait encore une fois de parler sans réfléchir, mais Andrea rit de bon cœur.

— C'est vraiment si terrible ?

— Oui. Il faut parfois que je mette des boules Quies pour pouvoir dormir.

— Mon Dieu, gémit Andrea en se laissant tomber en arrière sur le lit. Alors en fait, si ça se trouve, je te rends service.

Elle s'assit de nouveau, puis tendit le paquet de cigarettes à Rebecca.

— Tu en veux une ?

— Non, merci, fit-elle en secouant la tête. Et fumer n'est pas bon pour toi non plus.

— La vie n'a pas été très sympa avec moi, dit Andrea avec un sourire amer. Je n'ai pas de boulot, pas de mari, pas d'endroit où vivre, et je suis enceinte. Il faut bien que je me trouve des petits plaisirs de temps en temps, non ?

— Tu vas avoir un bébé ? demanda Rebecca. Mais c'est formidable, Andrea ! Pour le coup, il va vraiment falloir arrêter de fumer. Ce n'est pas bon du tout pour lui.

Le visage d'Andrea s'assombrit rapidement. La petite pointe de joie et d'optimisme que lui avait apportée le cadeau de Rebecca disparut aussitôt.

— Qu'est-ce que tu en sais, toi ? demanda-t-elle.

Préférant ne pas être témoin de la peine que ces mots allaient causer à sa cousine, elle se leva, s'éloigna vers la fenêtre et se mit à fixer le triste paysage de ce début de soirée sombre et pluvieux.

Blessée par la remarque d'Andrea, Rebecca se leva à son tour et se dirigea vers la porte de la chambre. La main sur la poignée, elle se retourna, pleine d'espoir, mais Andrea continuait à lui tourner obstinément le dos. Elle secoua tristement la tête.

— Je suis désolée, Andrea. Je ne voulais pas te mettre en colère. C'était juste... Je dis les choses comme je les pense, c'est tout. Je ne fais pas attention. Je suis vraiment désolée.

— Laisse-moi toute seule, Rebecca. Tu veux bien ?

Un instant plus tard, Andrea entendit la porte s'ouvrir et se refermer, et sut qu'elle était de nouveau seule dans la chambre. Elle revint s'allonger sur le lit et s'empara du briquet.

Elle se mit à l'allumer et à l'éteindre sans cesse, contemplant la langue de feu qui entrait et sortait de la gueule du dragon doré. En voyant cette flamme qui jaillissait puis s'éteignait, jaillissait et s'éteignait, elle pensa au bébé qu'elle portait en elle.

En appuyant une dernière fois, sèchement, sur le cou du dragon qui cracha son feu, elle prit sa décision.

4

Le lendemain, Martha Ward sortit de chez elle à l'aube. Elle n'avait pas bien dormi, ce qui signifiait clairement pour elle que son âme n'était pas en paix. Ce matin-là, sa séance de prières dans sa chapelle ne suffirait pas. Vêtue de la robe bleu sombre qu'elle portait toujours pour se rendre à l'église, elle prit son chapeau, sur lequel elle avait soigneusement épinglé sa voilette, et ferma à clé derrière elle. Rebecca et Andrea dormaient encore, et même si elle savait que les deux jeunes femmes étaient déjà toutes deux engagées sur le chemin malsain du péché, elle savait également qu'il y avait des hommes à Blackstone — comme partout — dont le cœur était empli de vice.

S'assurant que la porte était bien fermée, elle boutonna son manteau jusqu'au menton après quelques pas dans le froid mordant du matin, et commença à descendre Harvard Street. Ses pieds, martyrisés par l'arthrite, l'une des croix qu'elle devait porter depuis vingt ans, la faisaient terriblement souffrir après cent mètres à peine, mais elle ne prêtait pas attention à la souffrance, répétant ses prières en faisant défiler son chapelet entre ses doigts. Ce matin-là, elle récitait les prières à sainte Bénédicte — qui figurait parmi ses préférées — et le rythme des mots latins lui faisait oublier la douleur. Si son Sauveur avait été capable de supporter Sa croix dans les rues de Jérusalem avec grâce et dignité, elle pouvait bien supporter son arthrite dans les rues de Blackstone avec dignité et grâce. Quand Charles VanDeventer s'arrêta près d'elle pour lui proposer de l'emmener en voiture, elle lui répondit à peine, avant de détourner rapidement les yeux de la tentation.

Parvenue à l'église catholique située sur la grand-place de la ville, elle remarqua avec satisfaction que la porte était déjà ouverte, malgré l'heure matinale. Depuis que monseigneur Vernon était arrivé à Blackstone, plusieurs années auparavant, la messe de sept heures était célébrée quotidiennement. Elle se rendait compte qu'il ne faisait pas l'unanimité parmi les habitants, mais quant à elle, elle appréciait sa rigueur et son respect des règles. Dès son arrivée — il venait d'une petite ville de l'État de Washington, se souvenait-elle —, Martha avait compris qu'elle avait enfin rencontré une âme digne de la sienne.

— Mon église est toujours ouverte aux fidèles, lui avait-il dit. Je serai toujours là pour entendre vos confessions.

En règle générale, Martha Ward n'avait pas grand-chose à confesser. Elle mettait un point d'honneur à ne jamais s'écarter de la voie de la vertu. Cependant, elle trouvait souvent très réconfortant de se confier à monseigneur Vernon.

A l'intérieur de l'église, Martha trempa le bout de ses doigts dans le bénitier, se signa en faisant une génuflexion, puis s'engagea lentement dans l'allée centrale, les yeux rivés sur le visage du Christ crucifié qui se dressait derrière l'autel. Elle fit une nouvelle génuflexion, puis se glissa dans la première rangée de bancs, s'agenouilla et entama la première de ses prières. Quelques minutes plus tard, remarquant un mouvement du coin de l'œil, elle sut que monseigneur Vernon venait d'entrer dans le confessionnal, et qu'il l'attendait.

— Quelque chose vous tourmente, ce matin, dit le prêtre lorsqu'il eut entendu la confession de Martha, lui eut donné sa pénitence et l'eut absoute. Je sens que votre cœur est lourd.

Martha resta un long moment silencieuse en faisant défiler les perles de son chapelet entre ses doigts. Elle n'osait pas lui faire part de sa honte. Mais avait-elle le choix ?

— C'est à cause de ma fille, murmura-t-elle d'une voix tremblante. Elle est enceinte, mon Père. Mais elle n'est pas mariée.

A travers la grille, elle crut voir l'homme d'Eglise sursauter. Oui, elle en était presque certaine. Elle serra plus fermement son chapelet.

— Vous devez prier, dit le prêtre d'une voix basse mais parfaitement distincte. Votre fille a commis un péché mortel, aussi vous devez prier pour elle. Prier pour qu'elle comprenne qu'elle a pris le mauvais chemin. Prier pour qu'elle tourne le dos au péché et revienne dans les bras du Seigneur, afin que l'âme de son enfant puisse être sauvée.

Martha attendit, mais de l'autre côté de la grille, le prêtre s'était tu. Lorsqu'elle se décida à sortir du confessionnal, l'église était toujours déserte. Elle revint vers son banc et s'agenouilla de nouveau.

Les mots qu'elle avait entendus dans le confessionnal résonnaient à présent dans son esprit.

Prier pour qu'elle revienne dans les bras du Seigneur, afin que l'âme de son enfant puisse être sauvée.

La voix douce et sûre de monseigneur Vernon ne cessait de résonner en elle, jusqu'à ce que les mots se transforment en une litanie, de plus en plus sonore et enivrante, une litanie qui pénétrait au plus profond de son être et emplissait l'église tout entière.

C'était comme si le Seigneur Lui-même s'était adressé à elle.

Le Seigneur lui montrerait la voie.

Andrea serait sauvée.

Dès qu'elle fut suffisamment éveillée pour se souvenir de l'endroit où elle se trouvait et de la raison de sa présence ici, Andrea Ward sentit toutes ses bonnes résolutions de la veille se dissiper une à une. Elle tendit une main vers la table de nuit, tâtonna pour trouver ses cigarettes, et en alluma une avec le briquet que sa cousine lui avait offert. En aspirant profondément la première bouffée, elle faillit s'étrangler et se mit à tousser. Elle se laissa lourdement retomber sur le seul oreiller du lit — sa mère n'avait jamais compris qu'on puisse en avoir besoin de deux, ou d'un plus moelleux — et se demanda pourquoi elle prenait la peine de se réveiller.

Rien n'avait changé durant la nuit. Elle était toujours enceinte, n'avait pas de travail, et Gary l'avait plaquée. Une seule chose avait évolué depuis ces derniers jours : elle était revenue à Blackstone, sa mère lui reprochait ses innombrables péchés, et Rebecca...

Rebecca ! Mon Dieu... Sa cousine avait peut-être essayé de se montrer gentille avec elle, mais qu'est-ce que ça changeait ? Depuis son accident, Rebecca était devenue encore plus inutile qu'avant — si c'était possible. Gentille, mais simplette et inutile. Ce qui signifiait que la présence de Rebecca n'allait lui être d'aucun secours. Au contraire, même.

Arrête ! s'ordonna-t-elle. Ce n'est pas sa faute, la pauvre. Tu t'es mise toute seule dans ce bourbier, comme une grande, et tu devras t'en sortir toute seule !

Elle écrasa sa cigarette dans le porte-savon qu'elle était allée chercher dans la salle de bains avant de se coucher, puis se glissa hors de son lit. En se levant, elle sentit la nausée monter en elle comme un raz de marée. Elle se précipita vers la salle de bains et y arriva juste à temps pour vomir dans les toilettes. A genoux, sans relever la tête, elle tira la chasse d'eau. Dès qu'elle essaya de se remettre sur pied, son estomac se souleva une nouvelle fois, elle sentit un ignoble flot d'acide et de bile monter dans sa gorge, et retomba aussitôt à genoux. Elle resta ainsi sur le carrelage jusqu'à ce que la nausée soit passée, vomit encore deux fois en gémissant de douleur, puis se risqua à se lever. Elle était en train de se rincer la bouche au lavabo lorsqu'elle entendit quelqu'un frapper timidement à la porte.

— Andrea ? C'est Rebecca. Ça va ? Je peux t'aider ?

— Personne ne peut m'aider, grogna Andrea. Fiche-moi la paix, d'accord ?

Après un moment de silence, elle entendit les pas de sa cousine s'éloigner dans le couloir, puis descendre l'escalier. Elle se regarda dans le miroir. Elle avait les yeux injectés de sang, les cheveux sales et ternes, emmêlés, avec les racines déjà noires. Elle trouvait qu'elle faisait au moins dix ans de plus que son âge. Elle était déjà... ravagée. Elle avait l'air de ce qu'elle était : sans espoir.

Comment allait-elle se débrouiller pour tenir toutes ces promesses qu'elle s'était faites la veille ?

Elle retourna dans sa chambre, enfila le même T-shirt et le même jean délavé que la veille, et descendit au rez-de-chaussée. Elle trouva Rebecca dans la cuisine. Elle avait installé deux couverts à table. Dès qu'Andrea se laissa tomber sur une chaise, Rebecca posa devant elle un verre de jus d'orange et une petite assiette dans laquelle elle avait préparé un gros muffin anglais copieusement tartiné de beurre et de marmelade d'oranges.

En voyant cela, Andrea faillit vomir une nouvelle fois.

— Tout ce que je veux, c'est une tasse de café.

Le sourire de bienvenue qu'arborait Rebecca lorsqu'elle

était entrée s'estompa aussitôt, pour laisser la place à une expression perplexe.

— Tu crois que c'est bon pour le bébé ? J'ai lu que...

— Je vais te dire une chose, dit Andrea en lançant un regard mauvais à sa cousine. Je me fous royalement de ce que tu as lu.

Voyant les yeux de Rebecca qui s'emplissaient de larmes, Andrea eut tout de même un petit pincement au cœur.

— Bon, excuse-moi. Mais tu sais, ce n'est pas franchement le plus beau matin de ma vie. Je n'ai pas réussi à dormir plus d'une heure, et je viens de vomir mes tripes. Ce n'est pas le grand bonheur, tu vois ? Mais bon, excuse-moi de t'avoir fait de la peine.

— Non, ça va.

Rebecca reprit l'assiette et le verre de jus d'orange, les posa sur le plan de travail, et servit une tasse de café à sa cousine.

— Où est ma mère ? demanda Andrea. Elle n'est sûrement pas en train de dormir — je suis sûre qu'elle croit que rester au lit après six heures est une sorte de péché.

— Il lui arrive d'aller à l'église le matin, expliqua Rebecca. Surtout quand quelque chose l'inquiète.

Andrea leva les yeux au ciel.

— Bon, on devine toutes les deux pourquoi elle prie ce matin, hein ? Combien tu paries qu'elle va me tomber dessus dès son retour ?

— Tante Martha a toujours été bonne avec moi, dit Rebecca. Et pour toi, c'est pareil : elle veut juste que tu sois heureuse. Elle se fait tout le temps du souci pour toi, tu sais.

— Du souci pour *moi* ? s'écria Andrea d'une voix ironique, avant d'allumer une cigarette en tremblant de colère. Je vais te dire une bonne chose, Rebecca. Ma mère ne s'est jamais fait de souci pour personne. Jamais. La seule chose qui la préoccupe, c'est de savoir qui commet des péchés et qui n'en commet pas, et de s'assurer qu'elle ira bien au Paradis. Mais il y a un truc qu'elle ne sait pas : si le Paradis est l'endroit où vont les gentilles mamans qui aiment leurs enfants, elle peut déjà faire une croix dessus !

— Elle n'est pas si méchante, fit Rebecca en fronçant les sourcils.

— Ah non ? Attends, je vais te montrer quelque chose.

Andrea se leva si brusquement qu'elle faillit renverser

sa chaise, sortit de la cuisine et traversa la maison jusqu'à la porte qui donnait autrefois accès au bureau de son père. Elle l'ouvrit et pénétra à l'intérieur.

— Tu sais que c'est là que j'ai grandi ? demanda-t-elle.

Avec la gueule du dragon, elle alluma un à un tous les cierges alignés sur le petit autel de sa mère, puis ceux qui se trouvaient sous les icônes représentant la Sainte Vierge et une bonne demi-douzaine de saints.

— C'est comme ça depuis que mon père est parti, Rebecca, dit-elle tandis que les flammes vacillantes des cierges commençaient à éclairer faiblement la petite pièce. Depuis que je suis toute petite, c'est comme ça. Elle me forçait à venir ici tous les matins pour prier, et tous les après-midi en rentrant de l'école, et encore tous les soirs avant d'aller me coucher. Tu sais quoi, Rebecca ? Je ne sais même pas à quoi ressemble cet endroit à la lumière du jour. On va voir, d'accord ?

Elle alla ouvrir les épais rideaux de la fenêtre qui se trouvait à droite de l'autel, puis de celle de gauche. Au moment où la lumière vive de l'extérieur inonda la pièce, tout parut se transformer. Les murs — autrefois peints en blanc — étaient noirs de suie, à cause des milliers de cierges qui avaient été brûlés dans cette chapelle, et le velours qui recouvrait le prie-Dieu était crasseux et usé jusqu'à la corde. Les statuettes de saints, dont les couleurs paraissaient encore plus criardes à la lumière du jour, étaient aussi sales que les murs.

— Tu ne comprends pas que je me sois sauvée d'ici dès que j'ai pu ? Quel genre de bonne femme faut-il être, pour élever un enfant dans un endroit pareil ?

— Mais elle t'aime... commença Rebecca.

— C'était pas de l'amour, Rebecca ! C'était de la démence. Tu ne comprends donc pas ? Elle est cinglée. Remarque, elle n'est peut-être plus la seule, maintenant. Elle a réussi à t'avoir ? Ou bien c'est ton accident ? Ça t'a rendue tellement idiote que tu ne vois même plus qu'elle est dingue ? Mais c'est pas vrai... Pourquoi je suis revenue ici, moi ?

Elle jeta sa cigarette sur le tapis, l'écrasa avec son talon, sortit de la chapelle comme une furie et monta à l'étage.

Rebecca ramassa le mégot et fit de son mieux pour effacer la marque de brûlure sur le tapis, puis s'empressa de refermer les rideaux pour plonger de nouveau la pièce dans la pénombre qui masquait ses défauts. Elle souffla sur les cierges et quitta la chapelle au moment où Andrea redescendait l'escalier en enfilant son manteau, les clés de sa voiture à la main.

— Où tu vas ? demanda Rebecca.

Andrea tourna vers elle un regard plein de colère, comme si elle venait d'entendre parler sa mère.

— Qu'est-ce que ça peut te faire ?

Et avant que Rebecca n'ait eu le temps de répondre, elle était dehors.

Une heure plus tard, Rebecca avait nettoyé la cuisine, sa petite chambre près de la salle à manger, et celle d'Andrea. Elle était redescendue pour prendre une dernière tasse de café avant de partir travailler mais, entendant de la musique dans la chapelle, elle avait compris que sa tante était revenue de l'église. Elle avait donc décidé de se passer de café et de partir directement à la bibliothèque. En descendant Harvard Street, elle réalisa qu'elle avait une demi-heure d'avance. Germaine Wagner n'ayant jamais accepté de lui confier une clé de la bibliothèque, elle se dit qu'il était stupide d'attendre devant la porte et préféra s'arrêter à la Poule rouge pour boire son café là-bas. Elle s'apprêtait à ouvrir la porte du restaurant lorsqu'elle entendit un coup de klaxon derrière elle. Elle se retourna et aperçut Oliver Metcalf, qui se garait devant le cinéma, sur le même trottoir.

— Si tu prends ton café avec moi, c'est moi qui paie, dit-il en s'approchant d'elle.

— Ce n'est pas la peine, Oliver. J'ai de l'argent, vous savez.

— Génial, s'exclama-t-il en lui ouvrant la porte. Alors c'est toi qui vas payer. Ça marche ?

— Pas de problème. Ça changerait. Tout le monde veut toujours payer à ma place, comme si j'étais encore une petite fille. Ils ne se rendent pas compte que j'aurai bientôt trente ans.

— Oh, je ne savais pas, dit-il avec un air surpris. Si tu es si vieille, tu peux bien me payer aussi un beignet.

Ils s'assirent sur des tabourets au comptoir, puis Oliver se tourna vers elle et lui adressa un grand sourire.

— Andrea a aimé son cadeau ?

— Je n'en suis pas sûre, répondit Andrea, dont le front se plissa. Hier soir, j'ai cru que ça lui faisait plaisir, mais ce matin, elle avait l'air très en colère, contre moi et contre tout.

Elle raconta à Oliver tout ce qui s'était passé depuis qu'ils s'étaient quittés devant chez elle, la veille au soir.

— Je ne comprends pas, conclut-elle. Si elle déteste tante Martha, si elle croit qu'elle est folle, pourquoi est-elle revenue ?

— Tu sais, je crois tout simplement qu'elle ne savait plus où aller. Si j'étais toi, je ne m'en ferais pas trop pour ce qui s'est passé ce matin. Elle a traversé une période très difficile, elle doit avoir l'impression que sa vie n'est qu'une succession de problèmes. Tu te trouvais là quand elle a eu besoin de passer un peu ses nerfs, c'est tout.

— Pourtant, quand elle disait que j'étais idiote, elle avait l'air de le penser vraiment... C'est vrai, Oliver ? Je suis idiote ?

Comme il l'avait fait la veille dans sa voiture, Oliver tourna le visage de la jeune femme vers lui.

— Bien sûr que non, Rebecca, tu n'es pas idiote, dit-il d'une voix douce. Je suis sûr qu'Andrea ne le pensait pas. Mais elle était hors d'elle. Tu sais, quand ils sont dans ces états-là, les gens disent souvent des choses qu'ils ne pensent pas. Fais-moi confiance, oublie tout ça.

Il se tut un instant puis, répondant à une impulsion et sans se laisser le temps de réfléchir, il se pencha vers elle et l'embrassa tendrement sur la bouche.

— Tu n'es pas idiote, murmura-t-il à son oreille. Tu es une merveilleuse et ravissante jeune femme, et je t'aime beaucoup.

Comme il se sentait rougir à vue d'œil, il se leva aussitôt et consulta sa montre.

— Je suis en retard, dit-il.

Il laissa quelques pièces sur le comptoir et, sentant les yeux de tous les clients tournés vers lui, se dirigea à grands pas vers la porte.

5

Oliver gara sa voiture sur le parking du bâtiment blanc qui abritait le Memorial Hospital de Blackstone depuis vingt ans. L'hôpital ne disposait que de trois lits, qui restaient d'ailleurs souvent vides : ceux qui avaient besoin de traitements sérieux allaient plutôt se faire soigner à Boston. Depuis quelques mois, cependant, l'hôpital travaillait plus que d'habitude ; d'abord, il y avait eu la fausse couche tragique d'Elizabeth McGuire, et peu de temps après, il avait fallu s'occuper de Madeline Hartwick. Le corps de Jules Hartwick avait également été emmené au Memorial Hospital, dans un premier temps, mais tandis que l'ambulance descendait la colline, tout le monde savait qu'il ne passerait là que pour les formalités légales.

Oliver était toujours hanté par cette nuit de cauchemar où il avait trouvé Jules sur les marches de l'asile et l'avait vu se planter un couteau dans le ventre. Depuis quelque temps, il avait l'impression que ses migraines empiraient et, la veille, quand il avait brusquement retiré sa main du briquet pourtant froid que Rebecca lui avait tendu à la braderie, ce réflexe incompréhensible l'avait bien plus inquiété qu'il ne l'avait laissé paraître.

Sans ces migraincs qui le martyrisaient depuis des mois, il ne se serait certainement pas affolé en constatant ce petit « dérapage » de son système nerveux. Mais une idée avait commencé à se former dans son esprit, et même s'il se disait que c'était ridicule, il n'avait pas pu s'empêcher d'y penser toute la nuit.

Une tumeur au cerveau.

Quelle autre cause ces migraines insupportables pouvaient-elles avoir — alors qu'il n'avait presque jamais eu de simples maux de tête auparavant ? Comment expliquer autrement ces étranges visions — ces hallucinations — qui accompagnaient toujours la douleur, et dont il avait du mal à se souvenir une fois que la crise était terminée ? Et la veille... Quand il avait touché le briquet, il n'avait pas la migraine. Pourtant, il se rappelait parfaitement la brûlure qu'il avait sentie lorsque ses doigts avaient touché la gueule du dragon.

Et une seconde plus tard, quand Rebecca lui avait donné le briquet, il était froid. C'était impossible.

Allez, Phil Margolis lui fournirait certainement la solution de cette énigme. Oliver sortit de sa Volvo et pénétra à l'intérieur de l'hôpital.

— Cet appareil va simplement prendre une sorte de photographie de votre cerveau, lui expliqua le Dr Margolis.

Le scanner était installé dans une petite pièce qui avait été spécialement rénovée, après que le médecin eut réussi à réunir les fonds nécessaires à l'acquisition de cet appareil, acheté d'occasion, quatre ans plus tôt. Le scanner ne servait pas uniquement aux habitants de Blackstone, mais aussi à ceux d'une demi-douzaine de bourgades environnantes, et avait permis au Memorial de récolter assez d'argent pour ne plus être déficitaire, pour la première fois de son histoire.

— Allongez-vous là, je vais vous attacher.

— C'est obligatoire ? demanda Oliver.

Lorsqu'il était entré dans la pièce, il avait senti la panique s'emparer de lui. A présent, tandis que ses yeux se fixaient sur les sangles de caoutchouc, ses paumes devinrent moites.

— Il faut que vous soyez parfaitement immobile, expliqua Margolis. Le moindre mouvement de votre tête, et les images ne seront pas utilisables. Il faut que je vous attache.

Oliver ne parvenait pas à savoir d'où lui venait cette sensation de panique. Il n'avait jamais été claustrophobe — du moins le croyait-il —, et pourtant, l'idée d'être attaché sur cette table le terrifiait. Pourquoi ? il n'en savait rien. Ça n'avait certainement rien à voir avec le Dr Margolis — il le connaissait depuis des années.

Avait-il simplement peur de ce que l'examen au scanner pourrait révéler ? Non, c'était ridicule : s'il avait quelque chose de grave, il préférait le savoir !

— D'accord, dit-il en s'allongeant sur la table.

Les poings serrés, il ferma les yeux et se raidit contre l'angoisse qui s'empara de lui lorsque le médecin commença à nouer les liens qui le maintiendraient immobile. Son cœur se mit à battre beaucoup plus vite ; il sentait la sueur dégouliner sur ses paumes.

— Ça va, Oliver ?

— Très bien.

Non, il n'allait pas bien ; pas bien du tout. Une peur panique prenait possession de lui. Il ne pouvait plus rien faire pour se raisonner.

— Voilà, nous sommes prêts, lui dit Philip Margolis.

Il quitta la pièce et, un instant plus tard, l'appareil se mit en marche, le scanner commença à avancer au-dessus de son crâne, prenant des milliers de clichés sous tous les angles possibles, qu'un ordinateur se chargerait ensuite de combiner pour donner une image globale de son cerveau.

Et de ce qui grossissait peut-être à l'intérieur.

Soudain, sans que rien l'ait laissé prévoir, Oliver fut électrisé par une migraine fulgurante. Il eut l'impression que la pièce était brusquement éclairée par une lumière blanche, très vive, et une fraction de seconde plus tard, qu'elle était au contraire plongée dans le noir. C'est alors que, de l'obscurité, surgit une image.

Le garçon se trouve dans une petite pièce, et regarde une table munie d'épais liens de cuir. L'homme se penche vers lui, attendant impatiemment qu'il monte sur la table. L'homme tient quelque chose à la main.

Quelque chose que le garçon a déjà vu.

Quelque chose qui l'épouvante.

Au lieu de grimper sur la table, le garçon se sauve et va se recroqueviller dans un coin de la pièce.

Furieux, l'homme lève l'objet au-dessus de sa tête, une sorte de long tube duquel dépassent deux clous, et le garçon commence à gémir, comme s'il ressentait déjà la douleur.

L'homme avance vers le garçon, qui se met à hurler et à courir. Le bras long et puissant de l'homme lui barre le chemin...

— Voilà, dit Philip Margolis en revenant dans la pièce et en commençant à défaire les liens qui maintenaient Oliver sur la table. Vous voyez, ce n'était pas si terrible.

Oliver ne savait plus trop que penser. Il ne se rappelait rien. Il avait eu un moment d'angoisse et...

Et quoi ?

Une migraine ? Une de ces étranges hallucinations ?

Quelque chose, un vague souvenir, semblait flotter encore aux limites de sa conscience, mais lorsqu'il essaya de savoir ce que c'était, de le rattraper, ce souvenir s'évanouit définitivement.

Une fois qu'il fut libéré, Oliver s'assit et réussit à sourire.

— Pas si terrible, en effet.

6

Andrea conduisait lentement, cherchant l'introuvable : une place de parking libre à Boston. Elle était déjà passée trois fois devant l'immeuble de brique rouge, deux fois dans un sens, une fois dans l'autre. Devait-elle essayer une nouvelle fois de faire demi-tour, ou abandonner l'espoir de trouver une place à quelques pas du bâtiment et essayer les petites rues perpendiculaires ?

N'était-il pas préférable de rentrer tout de suite à Blackstone ?

Elle repoussa très vite cette idée. Elle y avait trop réfléchi pour faire marche arrière maintenant. Si elle ne réglait pas le problème tout de suite, elle ne le ferait jamais. Sa mère serait sur son dos à longueur de journée, et cette fois, il n'y aurait plus d'issue de secours. Tôt ou tard, elle baisserait les bras. Et quoi que déciderait Martha, ce ne serait pas bien pour elle, et ce ne serait pas bien pour le bébé.

Ce ne serait bien que pour Martha Ward, qui passerait le restant de ses jours à réclamer son salaire « pour [l]'avoir tirée de ce mauvais pas, même si [elle] n'y étai[t] absolument pour rien ». Elle ferait d'une pierre trois coups, c'était sa spécialité : sa fille devrait se sentir à la fois coupable, reconnaissante et redevable.

Mais Andrea n'avait pas l'intention de se laisser faire, cette fois. Elle allait se charger elle-même de trouver une solution — elle allait enfin prendre sa vie en main. Sa décision prise, elle tourna dans une rue perpendiculaire, toujours à la recherche d'une place pour se garer. Elle finit par en trouver une à trois pâtés de maisons de l'endroit où elle comptait se rendre, sortit de sa Toyota rongée par la rouille et ferma machinalement la portière à clé, même si elle savait bien que personne n'aurait envie de la lui voler. Voûtée contre le vent et le crachin froid qui tombait depuis une heure, elle se dirigea péniblement vers la clinique, à pas pesants, les yeux sur le trottoir.

Le bureau du médecin se trouvait au troisième étage. Plusieurs femmes étaient déjà assises dans la salle d'attente. Seule une Asiatique très élégante, plus jeune qu'elle de plusieurs années, leva la tête quand elle entra. Elle sourit timidement, puis baissa aussitôt les yeux sur le magazine qu'elle était en train de feuilleter. Derrière la paroi de verre d'un guichet, une infirmière en blouse blanche regarda Andrea s'approcher et lui demanda :

— Je peux vous aider ?

Andrea hésita un instant. Il était encore temps de changer d'avis, encore temps de faire demi-tour, de sortir simplement de cette salle.

Mais ensuite ?

Ensuite, rien.

Pas d'école, pas de travail décent, pas de vie.

Jamais.

— J'aurais voulu savoir si je pouvais prendre rendez-vous avec le Dr Randall aujourd'hui.

L'infirmière consulta le grand agenda ouvert devant elle.

— Vous pouvez revenir à quatorze heures ?

Andrea hocha la tête, donna son nom, remplit un formulaire sur son passé médical, et y inscrivit son numéro de carte de crédit en priant pour que Gary ne l'ait pas annulée, et n'ait pas non plus dépassé de son côté la limite autorisée par la banque. Sa première crainte n'était sans doute pas fondée, la deuxième si. Elle sortit de la salle d'attente, redescendit dans la rue, remarqua un snack sur le trottoir d'en face et alla s'y asseoir, prête pour une longue attente.

Quand elle revint à la clinique, à quatorze heures précises, la salle d'attente était vide.

— Vous êtes ponctuelle, remarqua l'infirmière en souriant.

Elle ouvrit une porte au fond de la salle et conduisit Andrea jusqu'au bureau du médecin. Un homme d'une quarantaine d'années, très séduisant, à la carrure d'athlète, aux cheveux blonds coupés en brosse et aux traits nettement marqués, se leva et lui tendit la main.

— Je suis Bob Randall.

Andrea s'installa dans un fauteuil en face de lui, pendant qu'il prenait connaissance des formulaires qu'elle avait remplis à son arrivée. Elle remarqua qu'il portait une alliance. Dommage.

— Vous voulez qu'on parle un peu ? demanda Randall.

Andrea contracta les mâchoires. Et puis quoi encore ? Il allait aussi falloir qu'elle se justifie devant le médecin, maintenant ? Qu'est-ce que ça pouvait bien lui faire, à lui ? C'était une pratique parfaitement légale — des centaines de femmes y avaient recours chaque jour, et des milliers d'autres, selon elle, auraient dû suivre leur exemple. Le médecin sembla lire dans ses pensées :

— Je ne parle pas du bien-fondé de l'avortement, précisa-t-il. C'est simplement au cas où vous voudriez savoir comment cela va se passer.

— Vous voulez dire que vous n'allez pas me faire le coup de la culpabilité ?

— C'est votre vie, fit Randall en haussant les épaules. C'est votre corps, et personne n'a le droit de vous dire ce que vous devez en faire. Vous êtes assez grande pour prendre une décision toute seule, et si vous êtes en aussi bonne santé que vous le dites, il ne devrait pas y avoir de problème. Vous serez sortie d'ici dans un peu plus d'une heure.

Andrea était un peu surprise. On lui avait assuré que le Dr Randall n'essaierait pas de lui faire un sermon, mais elle n'y avait pas vraiment cru.

Et pourtant...

Pas de questions, pas de discussion obligatoire.

— Allons-y, dit-elle en hochant la tête.

Le médecin l'emmena dans une autre pièce, la laissa seule pendant qu'elle enfilait une blouse d'hôpital, et revint un moment plus tard avec l'infirmière. Il vérifia la tension artérielle et le pouls d'Andrea, sa respiration et ses réflexes. Il écouta son cœur, palpa son ventre, puis lui demanda de s'allonger sur le dos et de mettre ses pieds dans les étriers.

— Si vous voulez changer d'avis, dit-il, c'est maintenant.

— Allez-y, dit Andrea. Ce sera réglé.

Un quart d'heure plus tard, c'était fini. Ça n'avait rien à voir avec la torture à laquelle elle s'attendait. Elle avait ressenti une légère douleur quand il avait dilaté le col de l'utérus, mais rien de bien terrible.

— C'est fait ? demanda-t-elle tandis que l'infirmière commençait déjà à nettoyer la pièce.

— Oui, c'est tout, dit le médecin. Maintenant, il faudrait que vous vous allongiez et que vous vous détendiez pendant une petite demi-heure. Je reviendrai vous voir tout à l'heure pour m'assurer qu'il n'y a pas de problème, mais je ne vois pas pourquoi il y en aurait. C'est une intervention très simple, et je sais ce que je fais.

Quarante minutes plus tard, Andrea était de retour dans la rue. Il ne pleuvait plus. La première chose qu'elle fit en sortant de l'immeuble de brique rouge dans lequel elle venait de résoudre le plus gros de ses problèmes fut de fouiller dans son sac à main et de prendre une cigarette. Ainsi que le briquet que Rebecca lui avait offert la veille.

Elle appuya sur la petite détente dissimulée dans le cou du dragon, alluma sa cigarette, inspira profondément la fumée et sentit toute la tension accumulée depuis le début de la journée se relâcher enfin un peu.

Rebecca.

Elle s'excuserait auprès de Rebecca, pour ce qu'elle lui avait dit le matin.

Par la même occasion, elle la remercierait pour le briquet. Le soleil qui commençait à percer à travers les nuages le faisait briller dans sa main. Elle le porta à hauteur de son visage, fixa ses yeux rouges, et appuya une nouvelle fois sur son cou.

Clic. La langue de feu apparut, déformée par la brise légère.

Andrea fixa le briquet pendant un long moment. Ses yeux rouges étincelaient d'une lueur ardente, qui ne semblait pas provenir des reflets du soleil, mais de l'intérieur même du dragon doré. Des yeux flamboyants, qui l'hypnotisaient. Sans vraiment se rendre compte de ce qu'elle faisait, elle approcha son autre main de la flamme, de la langue brûlante.

Quand le feu toucha sa peau, elle ne ressentit aucune douleur.

Non, pas la moindre douleur.

7

La nuit était tombée lorsque Andrea se gara devant la maison de sa mère. Dans toutes les autres maisons du quartier (hormis celle des Hartwick, voisine de celle de Martha Ward), les fenêtres étaient allumées, et de fins voilages laissaient deviner des intérieurs chauds et douillets. Seule la maison de sa mère était plongée dans la pénombre ; n'était la lumière du porche qui pouvait peut-être rassurer ceux qui auraient envie d'entrer mais n'avait tout de même rien de particulièrement accueillant, la vieille demeure semblait abandonnée. Pourtant, Andrea était persuadée que sa mère était chez elle. Elle sentait la présence impitoyable de Martha, elle l'imaginait à genoux sur son prie-Dieu, faisant défiler entre ses doigts fébriles les perles de son rosaire et formant du bout des lèvres des mots qu'elle ne prononçait pas à haute voix — *Je Vous salue Marie, Mère de Dieu, priez pour nous aujourd'hui et à l'heure de...* Mais sa mère réciterait plutôt l'Ave Maria, répétant cent fois cette prière en latin sans en comprendre les mots, pas plus qu'elle n'avait compris la fille qu'elle avait essayé d'élever.

Andrea coupa le moteur de sa Toyota. Mais avant de sortir de la voiture, elle prit son paquet de cigarettes au fond de son sac à main et en alluma une avec son briquet en forme de dragon. Assise derrière son volant, fumant distraitement, elle ne cessait d'allumer et d'éteindre le briquet, en regardant la langue de feu jaillir de la gueule du dragon, puis disparaître. Au bout d'un moment, elle entendit des petits coups sur la vitre et vit Rebecca qui l'observait d'un œil inquiet.

— Andrea ? Ça va ?

Andrea écrasa sa cigarette dans le cendrier et sortit de sa voiture en grimaçant.

— Disons que ça va, oui.

Elle soupira et se dit que, non, elle n'allait pas bien du tout. Les doutes quant à ce qu'elle avait fait à Boston s'étaient emparés d'elle avant même qu'elle n'ait retrouvé sa voiture garée dans la petite rue perpendiculaire. Pendant tout le trajet jusqu'à Blackstone elle avait essayé de se convaincre qu'elle avait fait ce qu'il fallait faire, mais une pensée l'obsédait. Après tout, elle aurait peut-être pu « faire avec ». Elle aurait sûrement pu se débrouiller. Elle aurait pu trouver un travail : la plupart des femmes enceintes travaillent — souvent jusqu'à une semaine de l'accouchement. Et après la naissance du bébé, elle aurait encore eu le choix. Elle aurait pu le faire adopter, ou peut-être même le garder et...

Arrête, se dit-elle. C'est fait, on n'y pense plus.

Rebecca continuait à la regarder d'un air inquiet. Andrea sortit de sa voiture et se força à sourire.

— T'en fais pas, dit-elle. Tout va bien. Au fait, excuse-moi pour ce matin. Tu sais, j'avais la nausée, je me sentais vraiment pas bien et... Bon, tu étais là, quoi. C'est tombé sur toi, il ne faut pas m'en vouloir. Tu sais, j'adore le briquet que tu m'as offert. Je m'en suis servie toute la journée.

— Mais avec le bébé...

— Arrête un peu de te faire du souci. Je t'ai dit que tout allait bien. D'accord ?

Elles venaient d'arriver sur le porche. Au moment où Rebecca ouvrit la porte, Andrea se sentit prise à la gorge par cette odeur familière d'encens et de fumée de cierges. Elle reconnut le son monotone des chants grégoriens.

— Elle prie, hein ?

— J'étais en train de préparer le dîner, dit Rebecca en confirmant d'un signe de tête.

— Je vais t'aider.

Andrea accrocha son manteau dans le placard de l'entrée puis suivit Rebecca dans la cuisine, où la table était mise pour deux. En voyant Andrea fixer les deux assiettes, Rebecca rougit.

— Je ne savais pas si tu allais rentrer pour le dîner, dit-elle en baissant les yeux. Je vais mettre une autre...

— Je t'en prie, Rebecca, ne prends pas toujours tout au tragique. Cool, d'accord ? Je vais mettre une autre assiette.

Elle observa un moment la petite table à laquelle sa

mère et elle avaient pris tous leurs repas depuis le départ de son père — et à laquelle, certainement, Rebecca et sa mère avaient pris tous leurs repas depuis douze ans.

— J'ai une idée. Et si on mettait la table dans la salle à manger ?

Rebecca écarquilla les yeux.

— Je crois que tante Martha n'aimerait pas ça.

— Qu'est-ce que ça peut nous faire ? Ce qu'on aimerait, toi et moi, ça ne compte pas ? Tu n'as jamais eu envie de dîner dans la salle à manger ?

Sans attendre de réponse, Andrea débarrassa les assiettes et les couverts et les remit dans le placard de la cuisine.

— Si tu veux mon avis, dit-elle, on va même s'offrir le luxe d'utiliser l'argenterie, ce soir.

Une demi-heure plus tard, Rebecca disposa le rôti, réchauffé de la veille, dans un joli plat de porcelaine. Au moment où Andrea et elle apportaient les plats et les sauces dans la salle à manger, les chants grégoriens cessèrent brusquement et Martha Ward apparut dans le couloir un instant plus tard. Avant que sa mère n'ait le temps d'ouvrir la bouche, Andrea prit la parole :

— Ce soir, maman, nous dînons dans la salle à manger.

— Nous ne dînons jamais dans la salle à manger, déclara Martha.

— Eh bien, ce soir, si. La table de la cuisine est trop petite. Et pourquoi avoir une salle à manger si nous ne nous en servons pas ?

— La salle à manger est réservée aux invités, dit froidement sa mère.

— Maman, s'il te plaît. Depuis quand tu n'as pas reçu d'invités ici ?

Martha Ward fit une petite moue de désapprobation mais ne répondit pas. Elle accepta de suivre les filles jusqu'à la salle à manger et jeta un coup d'œil à la table. Andrea avait non seulement sorti l'argenterie, mais aussi la plus belle nappe, et les deux chandeliers qui étaient rangés sur le buffet depuis près d'un quart de siècle. Rebecca attendait près de la porte, persuadée que Martha allait se mettre en colère et demander qu'on débarrasse immédiatement cette table. Mais lorsque sa tante se décida à parler, le ton de sa voix s'était adouci.

— Bon, fit-elle. Disons que nous allons fêter le retour d'Andrea à la maison.

Dans la pièce, la tension se relâcha aussitôt. Rebecca et Andrea s'assirent l'une en face de l'autre, et Martha s'installa sur la chaise « de la maîtresse de maison », à une extrémité de la table.

— C'est seulement pour ce soir, dit-elle. Je suis certaine que nous pouvons manger toutes les trois à la table de la cuisine. Elle est largement assez grande. Bien, nous allons dire le bénédicité.

Martha baissa la tête. Andrea fit un clin d'œil à sa cousine, qui baissa aussitôt la tête à son tour et joignit les mains tandis que Martha commençait à réciter la prière. Quand elle eut fini, elle prit son couteau et sa fourchette, coupa un morceau du rôti, et l'enfourna délicatement dans sa bouche. Elle le mâcha très longuement, finit par se décider à l'avaler, et posa les yeux sur sa fille.

— J'ai parlé à monseigneur Vernon, ce matin.

— Ah oui ? fit Andrea en regardant sa mère d'un air prudent.

— Il a dit que je devais prier pour toi.

Andrea se raidit. Elle savait que l'heure était venue d'affronter le sermon de sa mère.

— J'ai peur qu'il ne soit un peu trop tard, maman. Je ne suis pas allée à l'église, moi.

Martha regarda sa fille tristement, comme si elle se demandait s'il n'était pas effectivement trop tard pour la sauver. Mais elle se dit qu'elle devait suivre les instructions de son confesseur, coûte que coûte.

— Monseigneur Vernon dit que je dois prier pour que tu te détournes de la voie du péché et que tu reviennes dans les bras du Seigneur. Pour le salut de ton enfant.

Andrea, qui s'apprêtait à mordre dans un morceau de rôti, reposa lentement sa fourchette et regarda sa mère droit dans les yeux.

— Si tu comptais prier pour mon bébé, dit-elle, ce n'est plus la peine. Je n'ai plus de bébé. Je suis allée à Boston, aujourd'hui, et le problème est réglé.

Martha devint pâle comme la mort.

— Le problème est réglé ? répéta-t-elle d'une voix à peine audible. Qu'est-ce que tu entends par là, Andrea ?

Andrea observa longuement le visage de sa mère, y

cherchant une trace de compassion, quelque chose qui lui laisse espérer que sa mère pourrait peut-être comprendre son acte. Mais elle ne semblait pas du tout se rendre compte du calvaire qu'avait vécu sa fille. A cet instant, tous les doutes qu'avait Andrea à propos de son avortement se dissipèrent. Elle put imaginer clairement l'avenir qu'aurait eu son enfant : sa mère aurait trouvé un moyen — n'importe lequel — de l'éloigner d'elle. Puis son fils ou sa fille aurait grandi dans cette maison, étouffé par le fanatisme de sa grand-mère, convaincu d'avoir été conçu dans le péché, et donc, d'être damné pour l'éternité.

En voyant l'air arrogant et impitoyable de sa mère, Andrea fut définitivement certaine d'avoir pris la bonne décision.

— J'ai avorté cet après-midi, maman.

Une lourde chape de silence s'abattit sur la salle à manger. Martha et Andrea se regardaient en chiens de faïence. Martha finit par se lever et pointa un index accusateur vers sa fille.

— Criminelle ! s'écria-t-elle. Criminelle ! Tu brûleras en enfer !

Tournant le dos à sa fille, Martha Ward quitta la pièce à grands pas. Quelques secondes plus tard, le son des chants grégoriens emplit la maison.

— Elle prie pour toi, dit Rebecca à voix basse.

— Non. Elle prie pour elle-même. Elle se fout complètement de moi.

— Ne dis pas ça. Elle t'aime.

— Non, Rebecca, fit Andrea en se levant. Elle ne m'aime pas. Elle n'aime personne.

Andrea éclata en sanglots avant de se précipiter hors de la salle à manger. Tandis que la maison résonnait de la plainte monotone des chants grégoriens, Rebecca débarrassa tristement la table, en se demandant si elle serait jamais réutilisée un jour.

Rebecca ne savait pas vraiment ce qui l'avait réveillée. D'ailleurs, elle n'était même pas sûre de s'être endormie. Les portes de sa petite chambre étaient fermées, mais elle entendait encore la musique qui provenait de la chapelle, comme lorsqu'elle s'était couchée. Elle se retourna dans le lit et jeta un coup d'œil au petit réveil de voyage qu'elle avait pris la veille dans la chambre d'Andrea.

Trois heures du matin.

Trois heures du matin ?

Elle s'assit dans son lit, parfaitement réveillée maintenant, et prit conscience d'autre chose.

Une odeur s'était répandue dans la maison. Ce n'était plus l'odeur écœurante qui y régnait d'habitude, celle de l'encens de sa tante, mais une odeur beaucoup plus âcre : la même que celle qui avait envahi le salon lorsqu'elle avait essayé de se servir de la cheminée, avant de se rendre compte que sa tante l'avait fait boucher depuis longtemps pour éviter les pertes de chaleur.

De la fumée ?

Rebecca bondit hors de son lit, enfila son peignoir et ouvrit les petites portes qui séparaient sa chambre de la salle à manger. Aussitôt, l'odeur âcre devint plus forte. Elle se mit à tousser et courut vers l'escalier.

L'atmosphère était encore moins respirable ici. Elle découvrit, horrifiée, que la fumée provenait du premier étage, envahissant la cage d'escalier de grosses volutes noirâtres.

— Au feu ! cria-t-elle. Andrea, descends ! La maison brûle !

N'obtenant pas de réponse, elle s'engagea sur les premières marches, mais la fumée de plus en plus dense la fit battre en retraite en toussant. Asphyxiée, les yeux brûlants, elle ne parvenait plus à réfléchir. Elle essaya d'appeler sa tante, puis courut vers le téléphone de la cuisine. Au bout de trois essais, elle réussit en tremblant à composer le numéro des pompiers. Elle s'allongea sur le carrelage, pour éviter de respirer la fumée qui pénétrait à présent dans la cuisine, et se mit à crier dès qu'elle entendit quelqu'un lui répondre à l'autre bout du fil :

— C'est Rebecca Morrison ! Au secours ! La maison est en feu. J'habite à...

Soudain, elle sentit la panique s'emparer d'elle et son esprit se vider en une fraction de seconde. Elle ne savait plus où elle habitait. Heureusement, elle entendit la voix de son interlocuteur :

— J'ai déjà l'adresse, lui dit-il. Vous êtes au 527 Harvard Street. Nos camions sont en route.

Laissant tomber le téléphone, Rebecca sortit de la cuisine en courant et retourna dans l'entrée. Au pied de l'escalier, elle appela de nouveau sa cousine, puis courut de l'autre côté et ouvrit brutalement la porte de la chapelle de sa tante.

Tous les cierges étaient allumés et Martha Ward était à genoux sur le prie-Dieu, la tête baissée, serrant son chapelet entre ses mains.

— Tante Martha ! cria Rebecca. La maison brûle ! Il faut sortir !

Lentement, comme si elle était en transe, Martha Ward tourna la tête vers Rebecca.

— Tout va bien, mon enfant, dit-elle. Le Seigneur prendra soin de nous.

Sans tenir compte des paroles de sa tante, Rebecca l'empoigna par le bras et tira de toutes ses forces pour la mettre sur pied et la faire sortir de la chapelle. Elle la traîna jusqu'au vestibule, ouvrit la porte d'entrée et la jeta littéralement sous le porche. Il pleuvait fort, mais Rebecca ne s'en rendit même pas compte en poussant sa tante vers le petit jardin de devant, tandis que les sirènes hurlaient déjà dans la nuit. La jeune femme leva les yeux vers le premier étage de la maison et appela une nouvelle fois sa cousine, à pleins poumons. Mais elle savait qu'il était sans doute déjà trop tard : de grandes flammes léchaient la fenêtre de la chambre d'Andrea.

Rebecca se laissa tomber à genoux sur la pelouse. Dans le froid, sous la pluie, les joues inondées de larmes, elle se mit à prier avec sa tante.

8

Rebecca était assise dans la salle d'attente du Memorial Hospital, tremblante. Elle faisait de son mieux pour répondre aux questions qu'on lui posait. Ce qui venait de lui arriver était encore à peu près clair dans son esprit. Elle se rappelait s'être réveillée, avoir senti l'odeur de fumée, puis avoir appelé sa cousine et sa tante pour les prévenir que la maison était en feu. Mais ensuite, quand tout s'était précipité, ses souvenirs devenaient plus confus. Elle se rappelait avoir composé le numéro des pompiers et avoir aidé sa tante à sortir de la maison. Mais ensuite... Les camions des pompiers étaient arrivés, avec une voiture de police, et les voisins étaient sortis de leurs maisons. On avait alors commencé à lui poser des questions, mais il y avait tant de monde autour d'elle, et on lui demandait tant de choses différentes, qu'elle ne savait plus du tout où elle en était. Quand on avait sorti Andrea de la maison pour la mettre dans l'ambulance, Rebecca avait supplié les policiers et les infirmiers de la laisser l'accompagner jusqu'à l'hôpital.

Elle s'était accroupie dans l'ambulance, essayant de ne pas déranger les infirmiers qui donnaient les premiers soins à Andrea. Lorsqu'elle avait réellement pu voir sa cousine, elle avait failli pousser un cri d'horreur. Son visage était entièrement brûlé. Elle n'avait plus de sourcils, et des lambeaux de peau se détachaient de ses joues et de son nez. Ses épaules et ses bras étaient noirs. Elle n'avait plus de cheveux, hormis une petite mèche carbonisée sur le dessus de son crâne couvert de cloques. Rebecca avait immédiatement détourné les yeux, terrifiée, saisie d'un épouvantable sentiment d'impuissance. Elle se demandait même si Andrea allait survivre assez longtemps pour arriver jusqu'à l'hôpital.

Mais lorsque l'ambulance s'était arrêtée devant le bâtiment blanc en faisant crisser ses pneus, sa cousine respirait toujours. Rebecca sortit le plus vite possible de la voiture pour ne pas gêner les infirmiers. Quelques secondes plus tard, ils passèrent devant elle en poussant le brancard roulant sur lequel était couché le corps d'Andrea, et Rebecca crut percevoir un petit gémissement.

Elle se cramponnait encore à ce murmure à peine audible lorsqu'on recommença à lui poser des questions, dans la salle d'attente à présent pleine de monde. Steve Driver, l'adjoint du shérif, posa ses mains sur les épaules de la jeune femme pour qu'elle arrête de trembler, et plongea ses yeux dans les siens.

— Tu te souviens d'autre chose, Rebecca ? Un détail, n'importe quoi.

— Non, fit-elle en secouant la tête. Je vous ai tout dit.

Driver tourna la tête vers Martha Ward, qui était assise près de sa nièce et faisait défiler les perles de son chapelet entre ses doigts en récitant silencieusement ses prières — ses lèvres remuaient, mais aucun son n'en sortait.

— Et vous, Mrs. Ward ? Avez-vous entendu quelque chose ? Si vous étiez éveillée...

— Elle priait, précisa calmement Rebecca. Quand elle prie, elle n'entend jamais rien. Elle ne m'a même pas entendue entrer dans la chapelle pour venir la sauver.

Steve Driver haussa les sourcils, puis s'approcha un peu plus de Martha Ward et lui toucha le bras du bout des doigts.

— Mrs. Ward ? Il faut que je vous parle. C'est très important.

Mais Martha continuait à prier comme s'il n'existait pas. Il serra son bras un peu plus fort et la secoua légèrement.

— Mrs. Ward !

Martha leva soudain les yeux vers lui, comme si on venait de la tirer brutalement d'un profond sommeil. Elle avait un regard étrange, qui semblait vide. Mais elle laissa tomber ses mains sur ses genoux et secoua tristement la tête.

— C'était la volonté de Dieu, déclara-t-elle.

Cette fois, Steve Driver fronça les sourcils et tourna un instant les yeux vers Rebecca, comme pour lui demander une explication, avant de reporter son attention sur Martha. Il se pencha en avant et prit ses mains dans les siennes.

— Mrs. Ward ? Vous m'entendez ?

Martha parut reprendre ses esprits. Elle inspira profondément et se redressa sur sa chaise de plastique.

— Evidemment, je vous entends. Et je vous explique ce qui s'est passé. Dieu a puni Andrea pour son péché.

— Son péché ? fit l'adjoint en inclinant la tête.

— Elle a tué son enfant, dit Martha d'une voix suffisamment forte pour se faire entendre dans toute la salle d'attente. Et Dieu l'a foudroyée.

Déconcerté, l'adjoint du shérif tourna un regard interrogatif vers Rebecca.

— Andrea s'est fait avorter, expliqua-t-elle. Tante Martha n'a pas approuvé ce...

Martha se raidit encore plus sur sa chaise, et lança un regard plein de colère à sa nièce.

— Dieu n'a pas approuvé cet acte, déclara-t-elle. C'est Dieu qui juge, pas moi. Tout ce que je peux faire, c'est prier pour l'enfant qu'elle a assassiné. Nous devons tous prier. Nous devons...

Avant qu'elle ait eu le temps de finir sa phrase, la porte qui séparait la salle d'attente de la salle des urgences s'ouvrit, et une infirmière apparut. Elle repéra Rebecca parmi toutes les personnes présentes, se précipita vers elle et s'accroupit.

— Votre cousine a repris conscience, dit-elle. Elle demande à vous voir.

— Moi ? Ce ne serait pas plutôt tante Martha qui...

— C'est vous qu'elle demande, Rebecca.

— Comment va-t-elle ? demanda Steve Driver en se levant. Vous pensez qu'elle va s'en sortir ?

— Nous n'en savons rien pour l'instant, répondit l'infirmière. Elle est brûlée au troisième degré sur quasiment tout le corps. Elle doit souffrir atrocement. Mais elle est consciente et elle veut vous voir, Rebecca. Ce sera sûrement très pénible pour vous mais...

— Ça ira, murmura la jeune femme. Ça ne sera jamais aussi pénible pour moi que pour elle.

Derrière l'infirmière, elle franchit la double porte qui menait à la salle des urgences. Andrea était allongée sur une table d'examen. Elle avait un goutte-à-goutte en intraveineuse dans le bras et un tuyau dans le nez. Le Dr Margolis et deux infirmiers étaient en train de décoller très doucement de son ventre et de sa poitrine ce qui ressemblait à des lambeaux de peau morte — mais, en s'approchant du lit, Rebecca se rendit compte qu'il s'agissait en réalité de morceaux de la chemise de nuit en nylon que portait Andrea lorsque le feu s'était déclaré. Rebecca ne put s'empêcher de fermer les yeux et de grimacer quand l'un des infirmiers arracha un peu de peau avec le tissu.

— J'ai... j'ai de la chance, chuchota Andrea, d'une voix à peine audible. Je ne sens pas ce qu'ils me font.

Bouleversée, Rebecca fit le geste de prendre la main de sa cousine, mais s'arrêta juste à temps.

— Grâce au ciel, tu es encore vivante, murmura-t-elle. Et tu vas t'en sortir.

Andrea secoua la tête de manière presque imperceptible et articula :

— Je ne crois pas. Je vais...

Elle se tut, éprouvant visiblement beaucoup de peine à respirer. Après un instant, elle parvint à prononcer encore quelques mots :

— C'est ma faute. Je me suis endormie avec... une cigarette. C'est bête, hein ?

— Ne pense pas à ça, lui dit sa cousine. Ce n'est pas ta faute. C'était un accident.

— Pas un accident, non. Ma mère a dit que...

— Ce qu'a dit tante Martha n'a pas d'importance. Tout ce qui compte, c'est que tu sois en vie. Tout va s'arranger, Andrea.

Elle resta ensuite un long moment silencieuse, et Rebecca crut qu'elle s'était endormie. Mais elle parvint à retrouver suffisamment de force pour parler :

— Le dragon... Ne laisse pas...

Rebecca se pencha en avant pour mieux entendre ce qu'elle essayait de lui dire. Andrea semblait faire des efforts considérables pour ne pas perdre connaissance. Elle réussit à remuer de nouveau ses lèvres carbonisées.

— Ma... ma mère... Ne...

Mais avant qu'elle ait le temps de finir sa phrase, les calmants ajoutés à la solution qu'on lui injectait en intraveineuse firent leur effet. Andrea ne put résister plus longtemps. Elle ne bougeait plus du tout. Affolée, Rebecca leva les yeux vers l'infirmière.

— Qu'est-ce qui se passe ? Est-ce qu'elle... ?

— Elle dort, dit l'infirmière. Vous pouvez retourner dans la salle d'attente, si vous voulez.

— Je préfère rester là, fit Rebecca en secouant la tête, les yeux rivés sur le visage d'Andrea. Si elle se réveille, elle aura peut-être moins peur si je suis à côté d'elle.

L'infirmière hésita quelques secondes, puis lui désigna une chaise près de la porte.

— C'est entendu, Rebecca, restez avec elle.

Tandis que la jeune femme s'installait sur la chaise, l'infirmière se remit à travailler, aidant le Dr Margolis et les infirmiers à nettoyer les plus graves blessures d'Andrea, en y appliquant aussitôt de la pommade antiseptique.

Rebecca se sentait terriblement inutile. Elle ne pouvait qu'observer cette horrible scène en silence.

Oliver Metcalf se leva et s'étira, puis sortit faire quelques pas dehors, dans la fraîcheur de l'air matinal, pour s'aérer les poumons. Il tournait en rond dans cette salle d'attente depuis déjà quatre heures. Il était arrivé quelques minutes après qu'on eut emmené Rebecca voir sa cousine.

Il avait essayé de réunir le plus d'informations possible au sujet de l'incendie, en demandant à droite et à gauche. Steve Driver et lui en étaient arrivés à la même conclusion. Ça ne pouvait être qu'un accident, dû à la mauvaise habitude qu'avait Andrea de fumer au lit. Les pompiers avaient retrouvé un cendrier renversé près du lit, autour duquel se trouvait une demi-douzaine de mégots. Martha Ward n'avait été sauvée que parce qu'elle était en train de prier dans sa chapelle, au rez-de-chaussée — et d'ailleurs, elle aurait sans doute péri quand même si Rebecca ne s'était pas réveillée à temps.

— Oui, ça aurait pu être pire, conclut Driver.

Comme il n'avait plus rien à faire à l'hôpital, Driver était rentré chez lui. Plus on avançait dans la nuit, plus la salle d'attente se vidait. A l'aube, il ne restait plus qu'Oliver et Martha Ward. Le journaliste avait essayé plusieurs fois de lui parler, mais elle ne lui avait pas accordé la moindre attention, ne pensant visiblement qu'à répéter sans fin ses prières. Lorsque le soleil se leva, la pluie avait cessé.

Une demi-heure plus tôt, Philip Margolis avait fait une apparition dans la salle d'attente pour demander à Martha Ward si elle voulait voir sa fille. Martha avait secoué la tête.

— Je prie pour elle, avait-elle dit. Pour elle et pour son enfant. Je n'ai pas besoin de la voir.

Le médecin, épuisé après ces longues heures passées à essayer de sauver la vie d'Andrea, la regarda d'un air dégoûté et retourna s'occuper de sa patiente sans un mot de plus. Mais Oliver l'arrêta avant qu'il ne franchisse la double porte de la salle des urgences.

— Comment va-t-elle ? demanda-t-il.

Et avant même d'obtenir la réponse du médecin, il sut ce qu'il voulait savoir, à l'expression de son visage.

— Je ne vois vraiment pas comment elle va pouvoir tenir le coup, dit Margolis. Je crois que c'est sans espoir. Et vous, Oliver ? Comment vous sentez-vous ? Toujours ces migraines ?

Oliver secoua lentement la tête, devinant que le médecin avait quelque chose à lui dire.

— Bon, votre scanner n'a absolument rien montré d'inquiétant. Je comptais vous appeler ce matin. J'ai demandé à un ami de Manchester de jeter un coup d'œil dessus, pour être plus sûr : il n'a rien relevé de suspect, lui non plus. Il dit que vous avez un cerveau tout à fait normal. Mais bien sûr, il ne vous connaît pas aussi bien que moi, conclut Phil Margolis avec un sourire fatigué.

Avant qu'Oliver puisse répondre à cette petite plaisanterie, un signal d'alarme retentit derrière la double porte et Margolis se précipita dans la salle des urgences. Oliver s'assit lourdement sur la vieille banquette de moleskine. Mais, ne tenant pas en place, il se leva de nouveau et sortit. Au moment où il revenait dans la salle d'attente, il aperçut Rebecca qui franchissait la double porte. Elle avait les yeux rouges et les joues baignées de larmes. Il se précipita vers elle, la prit dans ses bras et la serra contre lui.

— C'est fini ? demanda-t-il calmement, comme s'il connaissait déjà la réponse.

Il sentit la jeune femme acquiescer de la tête. Elle continua à pleurer contre ses épaules, puis fit un pas en arrière et le regarda dans les yeux.

— C'était vraiment étrange, dit-elle. Elle respirait presque normalement, j'ai cru qu'elle allait mieux et... elle s'est simplement arrêtée de respirer, Oliver. Comment des choses pareilles peuvent-elles arriver ?

— Je ne sais pas, Rebecca. C'était un accident, un terrible accident.

Il écarta doucement une mèche de cheveux qui tombait sur les yeux de la jeune femme et essuya une grosse larme qui roulait sur sa joue.

— Ces choses-là arrivent parfois... commença-t-il, avant d'être interrompu par la voix sèche de Martha Ward.

— Les choses n'arrivent pas toutes seules, monsieur Metcalf. Le châtiment divin, vous connaissez ? Ce n'est pas tombé sur Andrea par hasard. Il faut que la volonté de Dieu soit faite. C'est ainsi. Bien, Rebecca, il est temps de rentrer à la maison, maintenant.

Oliver sentit Rebecca se figer dans ses bras.

— Oui, tante Martha, répondit-elle docilement, en s'écartant de lui. Je suis sûre qu'Oliver va accepter de nous ramener.

Martha considéra un instant le journaliste d'un œil sévère, puis hocha lentement la tête.

— C'est entendu, vous pouvez nous ramener à la maison.

Sur ces mots, elle pivota sur elle-même et sortit de l'hôpital sans regarder derrière elle. Rebecca s'apprêtait à la suivre mais Oliver la retint.

— Je crois rêver, dit-il. Est-ce qu'elle réalise au moins ce qui s'est passé ?

— Je pense, fit Rebecca. Elle est convaincue qu'Andrea a été punie parce qu'elle s'est fait avorter. Mais moi, je ne crois pas que Dieu pourrait faire une chose aussi affreuse. Et vous ?

— Moi non plus, bien sûr, dit Oliver en secouant la tête. Et je ne crois pas non plus que tu devrais continuer à vivre avec ta tante. Tu n'as pas d'autre endroit où aller ? Tu pourrais venir habiter chez moi, tu sais. Je...

— Ne vous en faites pas, Oliver. Je ne peux pas quitter tante Martha maintenant, de toute façon. Elle n'a plus que moi. Et elle a été si bonne avec moi, depuis l'accident de mes parents...

— Mais...

— S'il vous plaît, Oliver. Ramenez-nous simplement à la maison.

Cinq minutes plus tard, Oliver se gara dans l'allée de Martha Ward. A sa grande surprise, de ce côté de la maison, on ne pouvait deviner qu'il y avait eu un incendie qu'aux dégâts qu'avaient causés les tuyaux des pompiers sur la pelouse et les petits arbustes du jardin de devant.

— Vous êtes sûres que vous voulez dormir là ce soir ? demanda Oliver. Même si la maison est encore habitable, l'odeur risque de...

Mais Martha Ward était déjà sortie de la voiture et marchait à grands pas vers chez elle. Lorsqu'elle atteignit les marches du porche, elle se retourna.

— Viens, Rebecca, ordonna-t-elle.

Comme un chien, se dit Oliver. Elle la traite comme un chien.

Mais avant qu'il ait eu le temps de parler, Rebecca était dehors à son tour et avait refermé la portière. Un moment plus tard, Martha et elle disparurent à l'intérieur de la maison.

Oliver sut qu'il avait fait une erreur dès qu'il ouvrit la porte de la Poule rouge. Mais il avait si faim qu'il avait oublié que tous ceux qui partaient travailler à cette heure matinale avaient faim autant que lui — pas tant de ces beignets qui faisaient la réputation de l'endroit, comme lui, mais surtout d'informations bien fraîches.

Des « informations », c'est le terme qu'employaient tous ces hommes soi-disant sérieux. Leurs femmes auraient plutôt parlé de « commérages » — à juste titre.

Dès qu'Oliver mit un pied à l'intérieur du restaurant, toutes les voix se turent et tous les yeux se tournèrent vers lui, avides. Après avoir rapidement balayé la salle du regard, il se dirigea vers la table où étaient installés Ed Becker et Bill McGuire, qui n'avaient interrompu leur conversation que pour lui faire signe de venir. Tandis qu'il s'asseyait près de l'avocat, Bill McGuire posa sur lui un regard interrogateur.

— Andrea Ward est morte il y a environ une demi-heure, répondit Oliver en réponse à cette question muette.

— Mais qu'est-ce qui se passe dans cette ville ? soupira le jeune entrepreneur.

— Rien du tout, dit Ed Becker en faisant signe à la serveuse d'apporter une troisième tasse de café pour Oliver.

— Comment peux-tu dire ça ? fit McGuire en secouant lentement la tête.

— Je dis ça parce que c'est vrai, répliqua l'avocat, avant de se tourner vers Oliver. Bill commence à croire que Blackstone est victime d'une sorte de malédiction, ou de je ne sais quoi.

— Je n'ai pas dit ça, rectifia McGuire.

— Tu ne l'as peut-être pas dit en ces termes-là, c'est vrai. Mais quand on commence à essayer de relier entre eux des événements qui n'ont aucun rapport les uns avec les autres, est-ce qu'on n'imagine pas un genre de malédiction ?

— Non, fit McGuire en secouant obstinément la tête. Je dis seulement qu'il se passe des choses vraiment étranges, dans le coin. D'abord les problèmes de la banque, Jules qui perd la tête et se suicide, et maintenant Andrea Ward, qui revient chez elle après de longues années d'absence, et meurt dans un incendie le lendemain même de son arrivée...

Personne ne mentionnait ce qui était arrivé à Elizabeth McGuire, mais c'était inutile. Le souvenir de son suicide, qui avait précédé de peu celui de Jules Hartwick, semblait flotter en permanence au-dessus de Bill, comme un spectre. Il était inutile de prononcer son nom pour y penser.

— Cet incendie, c'était un accident pur et simple, dit Oliver.

Mais lorsqu'il leur eut appris toutes les informations qu'il avait réussi à glaner dans la nuit, Bill McGuire continua de secouer lentement la tête d'un air dubitatif.

— Il y a quelques mois, j'aurais dit que c'était effectivement à cause d'Andrea, qui s'est endormie avec une cigarette. Mais aujourd'hui...

Il ne termina pas sa phrase, se contentant de pousser un long soupir.

— Après tout, ce n'était peut-être pas un accident, concéda Ed Becker. C'est peut-être Martha Ward qui a immolé sa fille.

— Qui l'a *immolée* ? répéta Oliver, effaré par ce mot. Ed, je crois que tu as fait du droit criminel pendant trop longtemps... Pourquoi Martha aurait-elle tué sa propre fille ?

— Tu as dit toi-même qu'elle n'avait pas l'air si effondrée que ça. Elle n'a pas parlé de la volonté de Dieu, ou de quelque chose comme ça ?

— Elle a évoqué le « châtiment divin », oui. Martha est une fanatique. Elle voit la main de Dieu partout.

— Il arrive justement que ces gens-là se mettent à croire qu'ils *sont* la main de Dieu.

— Arrête, Ed, dit Oliver en baissant la voix et en jetant un coup d'œil aux autres clients du restaurant. Tu sais à quelle vitesse se propagent les ragots... Si quelqu'un t'entend, toute la ville en parlera dans une heure.

— Et alors ? Personnellement, je n'ai jamais pu supporter Martha Ward. Même quand j'étais petit, je la détestais. Pour moi, cette femme est l'incarnation de l'hypocrisie et de la méchanceté. Je n'arrive pas à comprendre pourquoi Andrea est revenue chez elle.

— Selon Rebecca, elle n'avait nulle part où aller, expliqua Oliver.

Il allait leur parler de l'avortement d'Andrea, mais se ravisa en se rappelant que c'était plus ou moins à cause de sa fausse couche que la femme de Bill, Elizabeth, s'était suicidée.

— Bon, excusez-moi, j'ai des choses à faire, dit-il en se levant. Et Bill aussi, il me semble. A moins qu'il n'espère faire traîner le réaménagement de mes locaux jusqu'à ce que les problèmes de la banque soient résolus, pour éviter de se retrouver au chômage entre-temps...

McGuire sourit pour la première fois de la matinée.

— Tu as fini par comprendre la ruse, hein ? Bon, pas un mot à ton oncle, hein ?

— Tu crois qu'il n'a pas compris, lui aussi ? fit Oliver en riant. D'après toi, pourquoi trouve-t-il une nouvelle idée chaque semaine ? Viens, allons en chercher d'autres, justement, en attendant que Melissa Holloway parvienne à remettre la banque sur les rails, et que tu puisses recommencer à travailler sur le Blackstone Center. Et ne parlons plus de malédictions ou de complots diaboliques, d'accord ? Je suis journaliste, pas romancier.

Dès que les deux hommes eurent quitté la Poule rouge, tout le monde se remit à parler à voix basse, essayant de réunir les bribes de la conversation d'Oliver que chacun avait réussi à surprendre.

Finalement, Leonard Wilkins prit la parole. C'était un septuagénaire bourru, qui avait dirigé le drive-in pendant trente ans, jusqu'à sa fermeture.

— Si vous voulez mon avis, dit-il, je crois que nous devrions garder un œil sur Oliver Metcalf.

— Oliver est solide comme un roc, dit quelqu'un.

— Peut-être, oui. Mais nous ne savons toujours pas ce qui est arrivé à sa sœur, quand ils étaient enfants. Et depuis qu'il se passe ces choses curieuses en ville, je trouve qu'il se comporte assez bizarrement. Ma Trudy a entendu dire qu'il s'était plaint de fortes migraines auprès de Phil Margolis. De très fortes migraines.

Après un court instant de silence, le bourdonnement reprit dans la salle.

Mais à présent, ils ne parlaient plus de l'incendie qui avait causé la mort d'Andrea Ward.

Ils parlaient d'Oliver Metcalf.

9

Il n'y avait pas que l'aspect de la pièce, même si elle était en piteux état. Le lit — celui dans lequel Rebecca avait dormi pendant douze ans — était carbonisé et trempé. De la porte — Rebecca n'avait pas encore trouvé le courage d'entrer dans la chambre —, elle pouvait deviner que le feu avait d'abord pris dans le lit, avant de se propager autour. Elle ne put contenir un frisson en imaginant Andrea se laisser prendre par le sommeil, une cigarette à la main. Cette cigarette avait dû tomber sur le couvre-lit, puis consumer les couvertures, les draps, avant de creuser lentement son trou dans le matelas.

Mais pourquoi Andrea ne s'était-elle pas réveillée ? La fumée qui envahissait la pièce aurait dû la faire suffoquer. A moins qu'elle ne soit passée directement du sommeil à l'évanouissement, sans se rendre compte de ce qui était en train de lui arriver. Certainement, sinon elle se serait réveillée avant que le feu se propage hors du lit, rampe sur le tapis et grimpe le long des rideaux. Le chambranle des fenêtres était brûlé, et le papier peint pendait en lambeaux noirs. Il faudrait tout enlever dans cette chambre, décoller les morceaux de papier peint et poncer les restes de peinture.

Mais le pire, c'était l'odeur. Cette odeur qui n'avait rien à voir avec celle d'un bon feu de cheminée, agréable et rassurante. C'était une odeur qu'elle n'oublierait plus jamais. Dès que sa tante et elle étaient revenues à la maison, elle l'avait prise à la gorge, et chaque inspiration lui rappelait son réveil affolé en pleine nuit, quand elle s'était rendu compte que la maison était en feu.

Malgré les objections de Martha Ward, Rebecca était entrée dans toutes les pièces de la maison — sauf dans la chapelle — pour ouvrir fenêtres et portes et faire ainsi circuler le plus d'air frais possible. Elle avait enlevé les draps et les couvertures de son lit et de celui de sa tante, et tout mis aussitôt dans la grande machine à laver du sous-sol. Elle savait pourtant que ça ne suffirait pas. Il faudrait laver tous les vêtements, nettoyer tous les meubles. Et même, l'odeur persisterait sans doute. A chaque fois qu'elle entrerait dans cette maison, le souvenir de cette nuit de cauchemar lui reviendrait. Un cauchemar dont elle ne pourrait plus jamais sortir.

Elle était toujours à la porte de la chambre d'Andrea, hésitant à entrer, lorsque sa tante l'appela du bas de l'escalier.

— Rebecca ? Rebecca ! Cette maison ne va pas se nettoyer toute seule.

Rebecca allait s'éloigner de la chambre d'Andrea lorsque quelque chose attira son attention.

Quelque chose qui brillait, contrastant étrangement avec le décor carbonisé de la chambre.

Un objet, sous le lit.

En pénétrant dans la chambre pour aller le ramasser, elle savait déjà ce que c'était.

Le briquet qu'elle avait offert à Andrea deux jours plus tôt. Le briquet en forme de tête de dragon.

Elle essuya la suie qui le recouvrait, puis le fit tourner entre ses mains. Les yeux rouges du dragon lui lancèrent des éclairs. Son corps doré ne semblait pas avoir été abîmé par le feu.

Quand elle appuya sur son cou, une langue de feu jaillit.

— Rebecca ? Rebecca ! Je t'attends !

La voix autoritaire de sa tante la fit sursauter. Elle se précipita hors de la chambre et descendit l'escalier. Martha l'attendait dans l'entrée, debout près d'un seau d'eau savonneuse. Elle tendit une serpillière à Rebecca.

— Commence ici. Je m'occupe de la cuisine.

Rebecca jeta un coup d'œil vers les murs, recouverts d'une fine couche de suie.

— Ça va abîmer le papier peint, tante Martha.

— Non, ça n'abîmera pas le papier peint, déclara sa tante. Le Seigneur va nettoyer notre maison aussi efficacement qu'Il a puni Andrea pour ses péchés.

Ses yeux se baissèrent alors sur l'objet que Rebecca tenait à la main.

— Qu'est-ce que c'est ? demanda-t-elle.

Le premier réflexe de Rebecca fut de glisser le briquet dans sa poche, pour que sa tante ne le voie pas, mais il était trop tard. A contrecœur, elle posa le dragon doré dans la main tendue de sa tante.

— Ce n'est qu'un briquet, murmura-t-elle. Je l'ai offert à Andrea dimanche, quand elle est arrivée.

Martha Ward porta le briquet au niveau de son visage et l'examina sous tous les angles.

— D'où cela vient-il ? demanda-t-elle, les yeux fixés sur le dragon.

— De la braderie. Je l'ai trouvé avec Oliver et...

— Oliver ? coupa Martha. Oliver Metcalf ?

Rebecca eut un mouvement de recul, effrayée par la voix haineuse de sa tante.

— Oliver est mon ami, dit-elle d'une voix à peine audible.

— Ça ne m'étonne pas qu'Oliver Metcalf ait trouvé un tel objet, dit Martha en serrant la tête du dragon entre ses doigts crispés, avant de la fourrer dans la poche de son tablier. Je vais m'en charger.

— Mais il n'est pas à toi, tante Martha. Je l'ai offert à Andrea et... je voudrais... Voilà, je voudrais le garder.

Le visage de Martha Ward devint aussi sombre et dur que la veille au soir dans la salle à manger, quand Andrea lui avait avoué ce qu'elle avait fait à Boston.

— C'est un objet satanique, déclara-t-elle. C'est la face du Malin. Je vais m'en charger.

Elle tourna les talons et s'éloigna vers la cuisine.

Rebecca plongea la serpillière dans le seau, l'essora, et entreprit de nettoyer le chambranle de la porte d'entrée. Elle savait pourtant que ça ne servait à rien. Sa tante et elle pourraient frotter tant qu'elles voudraient, elles ne parviendraient jamais à dissiper l'abominable odeur du feu, l'abominable odeur de la mort.

Mais elle savait aussi que sa tante la forcerait à essayer malgré tout.

10

Dans le silence de la nuit, Martha Ward traversait lentement les pièces de sa maison. Elle y avait vécu toute sa vie. Le passé se cachait dans chaque recoin. Pourtant, cela faisait des années qu'elle n'était pas allée à la recherche de ses souvenirs, car depuis longtemps elle se confinait dans les pièces où elle se sentait le plus en sécurité.

Sa chambre. Non pas celle de ses parents, où Fred Ward et elle avaient dormi jusqu'à ce qu'il l'abandonne, mais sa chambre de petite fille, celle où elle avait vécu quand elle était encore pure et innocente, avant d'être confrontée à la tentation, au péché. La chambre où elle était revenue s'installer le jour même du départ de Fred Ward, pour ne plus se laisser tenter.

Elle avait eu de la chance, du moins le pensait-elle. Elle, elle avait épousé Fred Ward *avant* de se laisser entraîner hors du chemin de la vertu.

Au contraire de sa sœur cadette, qui avait donné naissance à Rebecca à peine cinq mois après son mariage avec Mick Morrison.

Et a fortiori au contraire de sa sœur aînée, qui avait laissé Tommy Gardner la pousser sur la voie du mal, et ne l'avait jamais épousée.

En découvrant peu à peu les règles du Seigneur, elle avait appris le salaire du péché, et toutes les formes de châtiment qui pouvaient s'abattre sur les pécheurs.

Cela ne faisait aucun doute : Dieu avait exprimé Sa volonté en bien des occasions dans sa famille, et de bien des manières.

Tout avait commencé avec sa sœur aînée, qui avait été bannie de la maison dès que son péché avait été découvert. Mais Martha n'était qu'une enfant à l'époque, et n'avait pas compris ce qu'on reprochait à Marilyn. Elle avait simplement cru que sa sœur était malade, et que c'était pour cela qu'on l'avait emmenée à l'hôpital, en haut de la colline. Marilyn était partie depuis longtemps déjà quand Martha avait décidé de casser sa tirelire pour lui acheter un cadeau. Un briquet. A ses yeux de petite fille de six ans, c'était le plus bel objet du monde, avec ses écailles dorées et ses yeux rouge rubis. Elle l'avait contemplé longuement avant de l'apporter jusqu'à la grande porte de l'hôpital de pierre, et de le donner à la première personne qu'elle avait vue et qui lui avait promis de le transmettre à sa sœur.

Son père était entré dans une colère noire quand il avait découvert ce qu'elle avait fait. Il l'avait battue et l'avait enfermée dans sa chambre pendant toute une semaine. Lorsqu'il l'avait enfin autorisée à ressortir, il lui avait annoncé qu'elle ne reverrait plus jamais sa sœur.

Ce n'est que plusieurs années plus tard qu'elle avait appris ce qui était arrivé à sa sœur, et lorsqu'elle avait parlé à son confesseur du péché qu'elle avait commis en offrant à Marilyn l'objet dont celle-ci allait se servir pour mettre fin à ses jours, le prêtre l'avait rassurée :

— C'était la volonté de Dieu. Ta sœur a commis un péché mortel, et le cadeau que tu lui as offert n'était que l'instrument de l'intervention divine. Tu es bénie, ma fille, car Dieu a choisi d'agir à travers toi.

Sa sœur aînée avait été rapidement punie pour le péché qu'elle avait commis, mais la main de Dieu avait attendu seize ans pour châtier sa sœur cadette. Pourtant, lorsque « l'accident » avait eu lieu, Martha y avait tout de suite vu l'expression de la volonté divine. A la lumière vacillante des cierges de sa chapelle, l'esprit engourdi par les chants grégoriens qui ne laissaient venir que la voix de Dieu jusqu'à elle, Martha avait rapidement compris que les parents de Rebecca avaient enfin été punis. Elle avait également compris que son devoir était d'héberger Rebecca — le fruit de ce lointain péché — chez elle, et de la tenir à l'écart des tentations sataniques.

Martha avait fait de son mieux pour y parvenir.

Elle avait installé Rebecca dans la chambre de sa fille, et avait essayé de la guider sur le chemin qu'Andrea n'avait pas été capable de suivre.

Désormais, elle refusait de pénétrer dans deux chambres — celle où ses parents, ainsi que Fred Ward et elle-même, avaient commis l'acte de chair, et celle où la mère de Rebecca s'était si souvent offerte à Mick Morrison. Elle se contentait d'éviter si possible les autres pièces, comme la salle à manger ou le salon, dont ses parents s'étaient servis pour distraire leurs amis impies.

Rebecca se chargeait de les entretenir et de les nettoyer, bien sûr, car Martha avait pris soin de l'éduquer : avec la vertu et la chasteté, elle avait tenu à inculquer également à la jeune fille le sens de la propreté.

Martha utilisait principalement deux pièces : sa chambre d'enfant dans laquelle, elle le savait, aucun péché n'avait jamais été commis ; et la chapelle, où elle priait pour le salut de son âme et demandait des conseils au Seigneur pour maintenir Rebecca à l'écart du péché.

Cela s'était avéré efficace. Après des années de dévotion et de prières, Martha avait senti la pureté s'installer peu à peu dans sa maison, cette même pureté dont pouvait s'enorgueillir son âme bénie. Elle avait la certitude qu'elle, au moins, ne serait pas frappée par la damnation qui s'était abattue sur ses deux sœurs.

Deux jours plus tôt, quand Andrea — que sa mère n'avait pas invitée — était revenue à la maison, Martha savait qu'elle aurait dû lui fermer la porte au nez, et même refuser de poser les yeux sur son visage de débauchée. Et pourtant, elle avait autorisé sa fille à pénétrer chez elle — et Satan était entré avec elle.

Elle s'était livrée à un homme sans l'avoir épousé.

Elle avait entraîné cet homme dans l'adultère.

Elle avait conçu un enfant hors du mariage.

Elle s'était fait avorter !

Comment avait-elle pu permettre que cette créature entre chez elle ?

A présent, errant au milieu de la nuit dans sa maison, elle laissait remonter les souvenirs. Dans le salon, elle sentait encore la présence de sa sœur aînée, et même le parfum dont elle s'était servie pour attirer le Diable — sous les traits de Tommy Gardner.

Dans les chambres de l'étage, dont personne ne s'était servi depuis des dizaines d'années, elle entendait encore les gémissements de sa sœur cadette, qui se laissait docilement entraîner vers les faux plaisirs, ceux que lui proposait Mick Morrison.

Martha avait prié pendant des années, mais Satan était toujours là. Même l'odeur de l'incendie dans lequel Andrea avait péri n'avait pas réussi à dissiper la puanteur du péché, qui s'était insinuée partout dans la maison, comme une nappe de brume sulfureuse.

Martha finit par entrer dans sa chapelle. Elle alluma tous les cierges, fit jouer ses chants grégoriens — pas trop fort, pour ne pas réveiller Rebecca — et s'agenouilla sur le prie-Dieu. Elle commença à faire défiler entre ses doigts les perles de son chapelet, et à réciter ses prières. Elle ouvrit son esprit à la voix de Dieu, et posa tendrement les yeux sur le visage de son Sauveur. Mais une prière laissant la place à une autre, et les minutes se changeant en heures, le visage que contemplait Martha commença à se transformer.

Le visage de son Sauveur était transfiguré. Elle regardait droit dans les yeux du dragon.

Hypnotisée par ces yeux rubis, elle entendit une voix lui dire ce qu'elle devait faire.

Martha Ward se leva et sortit de la chapelle.

Rebecca ne prit pas garde à la première goutte d'eau qui tomba sur son visage. C'était un beau jour de printemps, un de ceux qu'elle préférait : un soleil éclatant s'élevait dans le ciel bleu tendre, les premières feuilles éclairaient les arbres d'une teinte vert pâle, les derniers crocus étaient encore en fleur et les premières jonquilles commençaient à montrer un peu de jaune. Les oiseaux chantaient. Par la fenêtre ouverte, une brise légère apportait le parfum enivrant des pins du jardin. Elle inspira profondément, pour s'en imprégner, puis se retourna dans son lit et soupira de contentement en se tortillant sous son édredon léger.

Une deuxième goutte tomba sur son visage, puis une autre.

De la pluie ?

Comment était-ce possible ?

Elle était dans sa chambre, et même si la fenêtre était

ouverte et que la brise pénétrât à l'intérieur, elle voyait le ciel, qui était parfaitement clair.

Une nouvelle goutte tomba sur son visage. Encore une. Elle se retourna une nouvelle fois dans son lit, essayant d'échapper à la pluie qui gâchait cette matinée parfaite.

Le soleil disparaissait peu à peu, et l'obscurité s'étendait autour d'elle. Elle ne sentait plus la brise, ni l'odeur des pins qu'elle portait jusqu'à elle. L'air frais et parfumé, qui l'avait fait se tortiller de plaisir un moment plus tôt, semblait devenir de plus en plus âcre.

Même la pluie avait changé. Ça ne ressemblait plus du tout à de la pluie.

Tout comme le chant joyeux des oiseaux, qui s'était transformé en un murmure qui lui semblait familier, mais qu'elle ne parvenait pas à identifier.

Elle se retourna une troisième fois dans son lit. Et soudain, elle se mit à tousser. Elle n'arrivait plus à respirer. L'odeur âcre emplissait ses narines. Elle se réveilla en sursaut, sortant tout à fait de son rêve.

Ce n'était pas le matin : la seule lumière qui entrait dans sa chambre provenait de la lune, basse dans le ciel.

Elle ne sentait plus la brise, et pour cause : la fenêtre était bien fermée, pour la protéger de la froidure de cette nuit de mars.

Mais la pluie ? Pourquoi avait-elle rêvé de pluie ?

Elle réalisa alors que son lit était glacé et humide, trempé par quelque chose qui avait l'odeur...

... de l'essence de térébenthine ?

Non, ce n'était pas possible. Pourquoi...

C'est à cet instant qu'elle remarqua qu'il y avait du mouvement dans la chambre, et qu'elle entendit le murmure qui avait donné les chants d'oiseaux de son rêve.

Le cœur battant, Rebecca s'assit sur le lit poisseux et alluma la petite lampe de la table de nuit. Dès que ses yeux s'habituèrent à la lumière, elle reconnut sa tante.

Les yeux fixes et grands ouverts, Martha Ward semblait regarder quelque chose dans le lointain, quelque chose que Rebecca ne pouvait pas voir. Elle se déplaçait lentement dans la pièce avec un grand bidon, versant de l'essence de térébenthine partout, sur les rideaux et sur les murs. L'odeur était si forte qu'elle estompait celle de l'incendie, qui emplissait la pièce lorsque Rebecca s'était endormie. Par réflexe, elle porta le drap à son visage, pour essayer de filtrer les émanations nocives, mais elle se remit aussitôt à tousser. Son drap était imprégné d'essence de térébenthine.

— Tante Martha, non ! s'écria-t-elle d'une voix rauque. Qu'est-ce que...

Elle ne termina pas sa question car elle se rendit compte que sa tante ne l'entendait pas, comme elle ne voyait pas la lumière que Rebecca venait d'allumer.

— Il faut laver tout ça, marmonna sa tante. Il faut laver nos péchés, pour que nous puissions vivre en paix auprès de notre Seigneur !

Martha secoua le bidon pour verser les dernières gouttes d'essence de térébenthine et se figea un instant, ne semblant pas comprendre pourquoi il était vide. Soudain, elle pivota brusquement et sortit de la chambre en fermant derrière elle les petites portes qui donnaient sur la salle à manger.

Une seconde plus tard, Rebecca l'entendit tourner la clé dans la serrure.

Elle bondit hors de son lit, courut vers la porte, tira dessus, frappa, la secoua — en vain.

— Tante Martha !

La peur s'empara d'elle quand elle réalisa qu'elle était prise au piège dans la petite chambre.

— Tante Martha ! Laisse-moi sortir !

Pour toute réponse, Rebecca entendit le murmure des prières de sa tante derrière les portes fermées.

Il fallait sortir !

Sortir et aller chercher de l'aide !

Elle prit son peignoir au crochet de l'unique placard de la pièce, l'enfila précipitamment, glissa ses pieds dans une paire de vieilles baskets et courut vers la fenêtre. Elle n'avait pas été utilisée depuis si longtemps que la dernière couche de peinture empêchait de l'ouvrir. Rebecca finit par prendre la lampe de chevet et la jeta sur le carreau. Elle s'en servit ensuite pour enlever les éclats de verre tranchants, jusqu'à ce qu'elle puisse passer sans trop de risques. Elle atterrit dans le jardin, à peine un mètre plus bas.

Où aller, maintenant ?

Des souvenirs se pressaient dans son esprit — des souvenirs de tous les regards qu'avaient posés sur elle les voisins de sa tante, les VanDeventer, depuis tant d'années ; et des remarques qu'ils avaient faites quand ils croyaient qu'elle ne pouvait pas les entendre.

Pauvre Rebecca !

Elle n'est pas très bien, depuis l'accident.

J'ai peur que ça ne lui ait un peu touché la tête.

Que penseraient-ils si elle frappait chez eux au beau milieu de la nuit en disant que sa tante allait mettre le feu à la maison ?

Oliver !

Oliver l'écouterait ! C'était son ami, et il ne la croyait pas folle !

Rebecca traversa le jardin et courut vers les bois, où elle trouva un petit chemin qui longeait la maison des Hartwick, puis rejoignait celui qui menait à l'asile. Quelques nuages s'amassaient encore dans le ciel, mais le clair de lune permettait tout de même à Rebecca de courir, sauf aux endroits où le chemin était vraiment trop boueux. Quand elle arriva à la porte d'Oliver, ses baskets étaient trempées, lourdes, et même ses jambes étaient maculées de boue. L'air glacial avait depuis longtemps transpercé le fin tissu de son peignoir — elle haletait, après avoir couru, mais elle était transie de froid.

Elle frappa à la porte et, n'obtenant pas de réponse, appuya sur la sonnette. Enfin, elle recula de quelques pas et cria en direction du premier étage :

— Oliver ! Oliver, réveillez-vous ! C'est Rebecca !

Après ce qui lui parut une éternité, la lumière du porche s'alluma, la porte s'ouvrit et Oliver apparut sur le seuil.

— Rebecca ? Qu'est-ce qu'il y a ?

Cédant finalement au froid, à l'obscurité et à la terreur qu'elle n'avait réussi à contrôler que pour pouvoir venir jusqu'ici, Rebecca éclata en sanglots.

— Elle m'a enfermée. Elle a essayé de... Elle veut...

Elle s'interrompit, prit une profonde inspiration, mais se mit à pleurer de plus belle. Oliver la fit entrer chez lui.

— Ça va aller, Rebecca. Tu es en sécurité, maintenant. Raconte-moi ce qui s'est passé.

— C'est tante Martha, réussit à articuler la jeune femme. Elle... Oliver, je crois qu'elle est devenue folle !

11

Tout était prêt.

Les chants grégoriens, la seule musique qui ait jamais pu apaiser son âme, résonnaient dans toute la maison.

Elle se souvenait vaguement que Rebecca l'avait appelée quelques instants plus tôt, mais sa voix s'était rapidement tue.

La main de Dieu, Martha Ward le savait, avait fait taire la pécheresse.

Elle se regarda une dernière fois dans le miroir — se reprochant sa vanité, mais sachant bien qu'elle serait pardonnée, comme seraient pardonnés tous ses péchés, dans quelques minutes — et adressa un sourire à son reflet. Elle se trouvait belle.

Le miroir lui renvoyait exactement l'image qu'elle se faisait d'elle-même : elle avait retrouvé sa jeunesse, ses joues roses et ses lèvres pleines, ses grands yeux innocents. Elle avait déjà porté sa robe une fois — le jour où elle avait épousé Fred Ward — mais elle lui paraissait aussi neuve, pure et vierge, que le jour où elle l'avait achetée. En observant les petites perles de son corsage, ces flots de dentelle blanche, ces longues manches et ce col montant, elle avait même l'impression de la voir pour la première fois.

En baissant sur ses yeux le voile de tulle que maintenait un diadème de perles, elle se trouva un air encore plus éthéré — presque un air de sainte. Tout était prêt. Elle se détourna enfin du miroir et de la vanité, sachant qu'elle ne verrait plus jamais son image. Elle prit le seul objet dont elle avait besoin pour la cérémonie, sortit de sa chambre et referma soigneusement la porte derrière elle.

Au rez-de-chaussée, elle fit une pause devant sa chapelle pour se calmer, inspira profondément, puis pénétra à l'intérieur. La pièce était plongée dans l'obscurité, seul un rond de lumière baignait le visage du Christ, qui semblait flotter dans la pénombre au-dessus de l'autel. Martha fit une génuflexion respectueuse, puis se dirigea lentement vers l'autel sans quitter des yeux le visage clair qui s'élevait devant elle. Quand elle fut devant l'autel, ses doigts tremblants serrèrent un peu plus fort l'objet qu'elle tenait à la main.

Une langue de feu jaillit de la gueule du dragon.

Elle alluma les cierges de l'autel avec le monstre doré en récitant une prière pour chacun.

Elle pria pour son père et sa mère.

Elle pria pour sa sœur aînée, Marilyn, que ses péchés avaient conduite à une mort prématurée.

Pour Tommy Gardner, envoyé par Satan pour tenter Marilyn.

Pour Margaret et Mick Morrison, dont Martha avait hébergé le fruit du péché.

La langue du dragon frôlait chaque cierge. Martha Ward savait que Blackstone regorgeait de pécheurs et, cette nuit-là plus que toutes les autres, son rôle était de demander la rédemption de tous leurs péchés.

Quand tous les cierges de l'autel furent allumés, Martha se tourna vers ses saints dans leurs alcôves et alluma un cierge pour chacun d'eux, afin qu'ils soient témoins de cette nuit glorieuse.

Elle alluma trois cierges devant la statuette de la Sainte Vierge et s'agenouilla pour prier, espérant qu'elle serait digne du fils de la sainte.

Quand toutes les prières furent dites, Martha se releva. Elle regarda vers l'autel, sembla hésiter un instant, puis se rappela qu'elle avait autre chose à faire.

Elle se dirigea vers les fenêtres et ouvrit les épais rideaux, avant de les fixer sur le côté avec la cordelette de velours qu'elle n'avait pas utilisée depuis plus de vingt ans. Elle écarta également les voilages, qui partaient en lambeaux entre ses mains — mais elle ne se rendait compte de rien, aveuglée par la beauté de son décor enfin offert au monde extérieur pour que tous puissent assister à sa fin, à son salut. Elle fit face une dernière fois à l'autel et à son Sauveur, sans entendre les sirènes qui commençaient à hurler dans le lointain, tandis que les fenêtres de toutes les maisons voisines s'allumaient. Tout le monde se levait pour savoir quelle nouvelle tragédie venait de frapper la ville.

Martha s'agenouilla et commença à réciter les serments qui la lieraient à son Sauveur pour l'éternité.

La Volvo d'Oliver Metcalf se rangea le long du trottoir, devant chez Martha Ward, quelques secondes seulement après la voiture de police dont la sirène avait réveillé les voisins. Tandis que Rebecca essayait d'expliquer l'étrange comportement de sa tante à Steve Driver, les habitants des maisons voisines apparaissaient un à un — certains encore en peignoir, d'autres en manteau et d'autres entièrement habillés. Ils s'agglutinaient autour de Rebecca en murmurant, chacun tentant de récolter des fragments de l'histoire incroyable qu'elle racontait. Mais avant même qu'elle ait terminé, quelqu'un remarqua les deux seules fenêtres allumées de la maison.

Entraînés par la foule des curieux, Rebecca et Oliver se dirigèrent vers l'allée des Hartwick, regardant dans la même direction que tout le monde. A travers les fenêtres aux rideaux ouverts, ils apercevaient Martha Ward, debout face à l'autel, vêtue de sa robe de mariée. Elle avait relevé son voile. Son visage était éclairé par la lumière dorée et vacillante des cierges.

— Que fait-elle ? demanda quelqu'un.

Personne ne répondit.

Ses serments terminés, Martha Ward s'agenouilla une dernière fois. Les yeux toujours fixés sur le visage du Christ, elle appuya sur le cou du dragon.

Pour la dernière fois, la flamme jaillit.

Martha Ward se baissa et approcha la langue de la bête du tapis imprégné d'essence de térébenthine. Tandis que les flammes s'élevaient autour d'elle, elle laissa tomber le dragon et se mit debout. Elle se laissait gagner par l'extase. Pendant que le feu consumait ses péchés, elle sentait son esprit s'élever, et laissa éclater sa joie en levant les bras au ciel.

Les voix médiévales des chants qu'elle aimait tant laissèrent place au crépitement des flammes, et l'âme de Martha Ward s'éleva vers son destin. Elle avait prié toute sa vie pour cela.

— Ne regarde pas, dit Oliver.

Il attira Rebecca vers lui et pressa son visage contre son épaule pour lui éviter de voir le spectacle effroyable qui se déroulait à quelques pas d'eux.

Une chape de silence s'abattit sur la foule qui assistait aux derniers instants de Martha Ward. Quand le feu commença à s'étendre partout autour d'elle, des femmes éclatèrent en sanglots et des hommes jurèrent à voix basse, mais personne ne fit un geste pour intervenir, pour stopper l'incendie qui se propageait dans toute la maison.

De nouvelles sirènes déchirèrent la nuit, de nouveaux camions rouges arrivèrent, mais même les pompiers n'essayèrent pas d'éteindre les flammes, se contentant de protéger les maisons voisines.

En quelques minutes, toute la maison fut détruite. La chaleur était telle que tout le monde dut se réfugier sur le trottoir d'en face. Finalement, la maison s'effondra sur elle-même et une véritable tour d'étincelles s'éleva dans le ciel nocturne, en un étrange et macabre bouquet final.

Un tas de décombres fumants, c'était tout ce qu'il restait à présent de la maison de Martha Ward.

L'aube se levait. La foule qui s'était rassemblée dans la rue pour assister à l'incendie se dispersait peu à peu, comme si la lumière du matin, révélant leur curiosité morbide au grand jour, les embarrassait.

Les pompiers avançaient dans les décombres avec précaution, comme des chasseurs qui s'approchent d'une proie dangereuse sans être sûrs qu'elle est réellement morte.

— Est-ce que tu sais où aller ? demanda Oliver à Rebecca.

Elle le tenait par le bras, les yeux toujours rivés sur cette ruine carbonisée qui avait été sa maison. Elle resta un long moment silencieuse. Il allait répéter sa question quand il entendit une voix dans son dos :

— Elle viendra vivre avec moi. C'est ce que sa tante aurait voulu.

Oliver se retourna et vit Germaine Wagner, à quelques pas d'eux, enveloppée dans un lourd manteau gris boutonné jusqu'au menton, un foulard d'un gris encore plus sombre sur la tête.

Oliver se tourna de nouveau vers Rebecca. A ses yeux écarquillés et affolés, il comprit immédiatement qu'elle ne savait pas quoi faire.

— Tu peux venir habiter chez moi, si tu veux, dit-il. J'ai une chambre d'ami.

Rebecca tourna un regard plein d'incertitude vers Germaine Wagner, puis de nouveau vers Oliver. Mais avant qu'elle ait eu le temps de répondre quoi que ce soit, la bibliothécaire reprit la parole :

— Ce n'est pas une bonne idée, Oliver. Vous savez aussi bien que moi que cela ferait jaser les gens. Vous et Rebecca ? C'est... Bon, vous voyez ce que je veux dire, j'imagine que je n'ai pas besoin de vous faire un dessin.

Comme à la bibliothèque, ce jour de décembre où il était venu pour chercher de la documentation sur l'histoire de l'asile sous l'œil sévère de Germaine, les vieux souvenirs remontaient en lui. Les souvenirs de ces gens qui le regardaient passer avec curiosité, et murmuraient dans son dos. Si Rebecca venait habiter chez lui, tout cela recommencerait-il ?

Bien sûr.

La différence, c'est que les gens ne feraient plus de messes basses à propos de sa sœur, mais de Rebecca.

Pour lui, ça n'avait pas grande importance. Mais pour elle ?

Il ne pouvait pas lui faire subir ça.

— Non, dit-il enfin, ce n'est pas la peine de me faire un dessin.

En silence, il observa Germaine Wagner et Rebecca s'éloigner vers la voiture de la bibliothécaire, et se demanda si la jeune femme s'éloignait aussi de lui pour toujours. Si Germaine Wagner avait son mot à dire. En tout cas, c'était fort probable.

Quelques minutes plus tard, tandis qu'elles quittaient en voiture les décombres de la maison de Martha Ward, Oliver s'aperçut que sa tête recommençait à le faire souffrir.

Cette fois, il était à peu près sûr de connaître la raison de cette migraine.

Depuis que Martha Ward avait tourné la langue du dragon vers elle, il avait assez plu sur Blackstone pour que l'odeur âcre de l'incendie finisse par se dissiper et soit remplacée par le parfum léger des premières fleurs de l'été. Mais derrière les murs épais de l'asile régnait toujours la même odeur de renfermé et de moisi, incrustée dans chaque recoin du bâtiment depuis des dizaines d'années.

La silhouette sombre qui hantait les pièces obscures se souciait peu de l'humidité et de la moisissure. Elle n'y prêtait pas plus attention, d'ailleurs, qu'aux brises fraîches et vives de l'extérieur.

Elle était de retour dans son musée et découpait soigneusement — presque amoureusement — l'article qu'Oliver Metcalf avait consacré aux derniers instants de Martha Ward, afin de le coller dans le grand registre relié de cuir qu'elle avait trouvé deux mois auparavant. Après avoir aplati un à un les plis du papier, du bout de ses doigts gantés de latex, elle relut l'article une dernière fois, puis mit de côté son cher livre.

Maintenant, avant que la pleine lune ne disparaisse du ciel, il était temps de choisir le prochain trésor qu'elle allait offrir. Elle passa lentement les doigts sur chacun d'eux, sensuellement, sentant les détails que ses yeux ne pouvaient pas discerner dans la pénombre, jusqu'à ce qu'elle trouve enfin celui qu'elle allait envoyer, celui qui allait répandre le mal.

Un beau mouchoir de lin, bordé de dentelle délicate, sur lequel était joliment brodée une initiale unique.

Cette initiale guiderait le précieux cadeau jusqu'à sa cible, aussi sûrement qu'une flèche tirée d'un arc.

4e épisode

Le mouchoir

Pour Linda, avec des cœurs et des fleurs.

Titre original :

THE BLACKSTONE CHRONICLES
PART 4-IN THE SHADOW OF EVIL : THE HANDKERCHIEF
 A Fawcett Crest Book.
Published by Ballantine Books, N.Y.

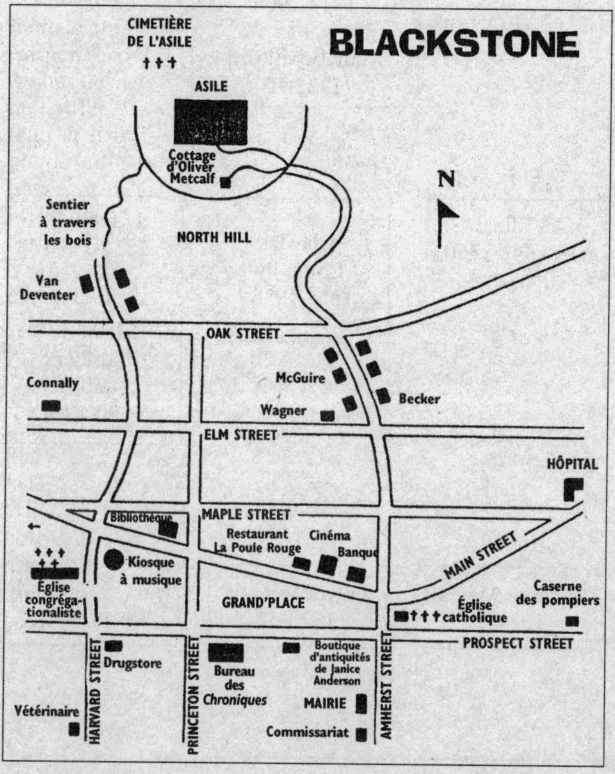
BLACKSTONE
CIMETIÈRE
DE L'ASILE
ASILE
Cottage
d'Oliver
Metcalf
N
Sentier
à travers
les bois
NORTH HILL
Van
Deventer
OAK STREET
Connally
McGuire
Wagner
Becker
ELM STREET
HÔPITAL
MAPLE STREET
Bibliothèque
Restaurant
La Poule Rouge
Cinéma
Banque
MAIN STREET
Kiosque
à musique
Église
congréga-
tionaliste
GRAND'PLACE
Caserne
des pompiers
Église
catholique
PROSPECT STREET
Drugstore
Bureau
des
Chroniques
Boutique
d'antiquités
de Janice
Anderson
MAIRIE
Commissariat
Vétérinaire
HARVARD STREET
PRINCETON STREET
AMHERST STREET

La famille Connally

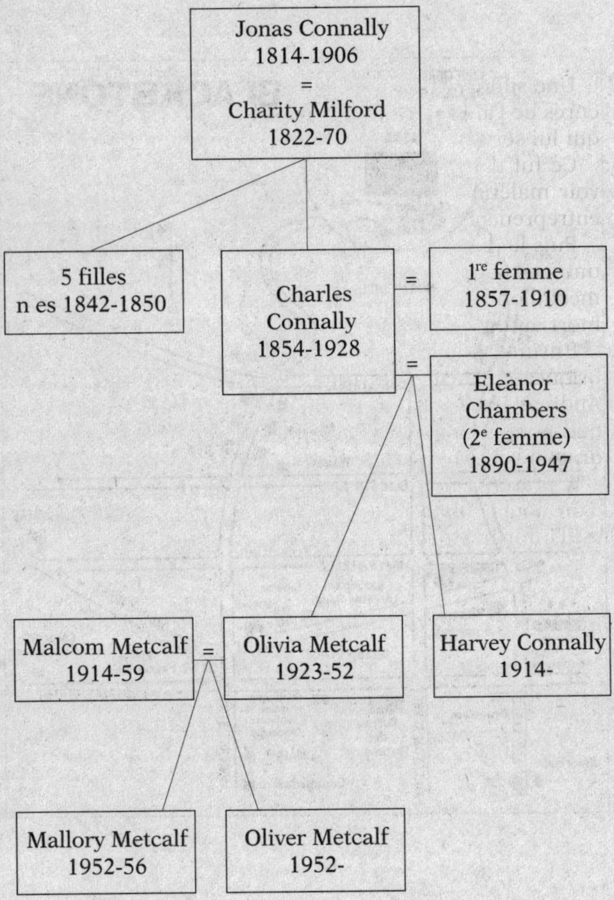

Une silhouette sombre hante les pièces désertes et obscures de l'ancien asile de Blackstone et y prend des objets qui lui servent à répandre la terreur en ville.

Ce fut d'abord une poupée de porcelaine, dont le pouvoir maléfique a brisé pour toujours la famille du jeune entrepreneur local, Bill McGuire.

Puis le directeur de la banque, Jules Hartwick, a trouvé un petit paquet dans la voiture de sa femme. Très vite, le médaillon d'argent qu'il contenait a diffusé la haine et la mort autour de lui.

Ensuite, Rebecca Morrison a déniché à la braderie un briquet en forme de dragon qu'elle offre à sa cousine Andrea. Pauvre Andrea, qui n'est revenue à Blackstone que pour son malheur ! Car les flammes que crache ce dragon sont celles de l'enfer...

A présent, la silhouette qui rôde dans l'asile s'empare d'un nouvel objet : un mouchoir finement brodé. Qui en est l'infortuné destinataire ?

Prélude

Une fois de plus le temps était venu.

La lune, qui s'élevait dans le ciel en cette précoce nuit printanière, jetait dans la pièce une lueur argentée conférant aux objets l'aspect d'un bas-relief. Mais la sombre silhouette, immobile dans la pénombre, n'avait d'yeux que pour le mouchoir, dont les plis retombaient gracieusement sur sa main gantée de latex. L'étoffe, pâle et du lin le plus fin, luisait doucement comme si elle était tissée de fils luminescents. Dehors, les insectes et les crapauds se réveillaient de leur sommeil hivernal et lançaient dans la nuit les premiers appels de la saison des amours. Mais dans les noirs confins de l'immense bâtisse, un silence vieux d'un demi-siècle régnait toujours.

La silhouette froissa doucement le mouchoir dans sa main, tandis que des profondeurs de sa mémoire remontait un souvenir...

Prologue

La femme passa une main langoureuse sur la douceur des draps de soie, avant de se lever pour aller à la fenêtre. Le soleil déclinait à l'horizon. En bas, dans le jardin, deux jardiniers binaient la terre autour des rosiers qu'elle avait fait planter l'an passé, tandis qu'un troisième taillait la haie de buis. Quelques-uns de ses invités jouaient au badminton sur la grande pelouse et, quand l'un d'entre eux leva les yeux dans sa direction, elle lui fit gaiement un signe de la main. Elle songea un instant à les rejoindre mais décida de rester dans son boudoir et de jouir d'un peu d'intimité avant les festivités.

Qu'avait-on prévu, ce soir ?

Un grand dîner, après lequel ils danseraient ?

Ou bien un bal costumé, avec un souper à minuit et un petit déjeuner au champagne servi au point du jour ?

Elle ne s'en souvenait plus, et peu lui importait, l'une de ses femmes de chambre saurait le lui rappeler quand l'heure serait venue de s'habiller.

Elle se détourna de la fenêtre, regagna son lit et tendit la main vers son ouvrage. Cela faisait plusieurs semaines qu'elle travaillait à ce mouchoir.

Il était bordé de dentelle et brodé d'un dessin de fleurs si délicatement exécuté qu'il ne manquait plus qu'une goutte de parfum pour en parfaire l'illusion. Il ne lui restait qu'à terminer l'unique initiale ornant l'un des coins : un R, *qui disait le rang de la personne à laquelle le mouchoir était destiné.* Regina.

Elle songea que ce petit présent comblerait la reine et que, peut-être, celle-ci l'inviterait à la cour, ce qui serait un plaisir d'autant plus appréciable qu'elle n'avait pas quitté ses terres depuis des mois.

Étendant le carré de tissu sur ses genoux, elle reprit sa tâche. Un autre dessin floral entourait l'initiale, et celui-ci était brodé avec un fil de soie si fin qu'il nimbait l'ouvrage d'une pâleur dorée. Le point était tellement délicat qu'il se fondait dans le tissu, si bien que l'envers était aussi parfait que l'endroit. Même le monogramme n'avait pas d'envers.

Une heure plus tard, elle tirait le dernier fil quand un coup frappé à la porte annonça l'arrivée de sa femme de chambre. Posant le mouchoir de côté, elle resserra le col de sa robe sur sa gorge.

— Vous pouvez entrer, dit-elle.

La porte s'ouvrit et la servante apparut, portant un plateau sur lequel une assiette était recouverte d'une cloche en argent richement ciselée.

Un en-cas.

Ce qui voulait dire qu'on donnerait un bal costumé, ce soir. Quel costume choisirait-elle ?

— Que m'apportez-vous là, Marie ? Un pâté, peut-être ? Du caviar ?

Les mains de l'infirmière serrèrent plus fort le plateau d'aluminium.

Du pâté ?

Du caviar ?

Ah, sûrement pas !

Mais quelle différence cela aurait-il fait ? Elle aurait apporté une livre de foie gras ou une boîte entière de bélouga que cela n'aurait rien changé : sa patiente n'avait rien mangé depuis une semaine. Et combien de fois avait-elle répété à cette folle qu'elle s'appelait Clara, et non Marie ?

— Ce sont des spaghettis, dit-elle en se penchant en avant pour déposer le plateau sur les genoux de la femme. Avec une délicieuse salade d'oranges et un petit pain.

— Faites donc attention ! ordonna sèchement la femme. Cette robe a été faite sur mesure pour moi, et si vous la tachez...

— Je sais, dit l'infirmière. Je serai renvoyée.

Elle considéra le grossier peignoir de flanelle que la patiente avait enfilé par-dessus sa chemise de nuit et se demanda ce que, dans son délire, la malheureuse s'imaginait porter : de la soie, de l'hermine ? Qui pouvait le savoir ? Qui s'en souciait ?

— Et si vous renversez votre assiette sur vous, dit-elle, ne vous en prenez pas à moi. Ce sera entièrement votre faute.

La femme se redressa dans son lit et son visage prit une expression courroucée.

— Je vous interdis de me parler sur ce ton...

— Je vous parle comme j'en ai envie, et je vous conseille de manger.

Elle posa enfin le plateau devant la patiente et ôta le couvercle en métal de l'assiette.

La femme ouvrit de grands yeux horrifiés. Une masse de vers grouillait dans une mare de sang, tandis qu'un rat dardait sur elle ses petits yeux rouges. Elle balaya le plateau de la main et le rat s'enfuit dans la chambre tandis que les vers sanguinolents allaient s'écraser sur la blouse blanche de Marie. Furieuse d'être ainsi torturée, la femme tenta de gifler la servante mais celle-ci lui saisit le poignet d'une main de fer.

— Comment osez-vous...

Mais l'infirmière ne la laissa pas finir :

— Taisez-vous ! gronda-t-elle. J'en ai assez de cette comédie. Je ne suis pas votre servante. Regardez ce que vous avez fait à ma blouse ! Vous aimeriez qu'on vous en fasse autant ?

Rendue muette par tant d'impudence, la femme vit la domestique s'emparer du délicat mouchoir achevé quelques minutes plus tôt et s'en servir pour essuyer le sang maculant sa blouse.

— Arrêtez ! cria-t-elle. Arrêtez tout de suite ! Vous allez l'abîmer !

L'infirmière jeta un regard furieux à la patiente tout en continuant de se débarrasser des pâtes et de la sauce tomate collées à sa blouse. Une blouse toute neuve, achetée il y avait une semaine, et qu'elle étrennait aujourd'hui !

— Vous croyez que vous allez vous en tirer comme ça ? dit-elle avec colère. Eh bien, vous allez voir qui commande ici.

Et, plantant là sa patiente soudain apeurée, elle quitta la

chambre, pour revenir quelques minutes plus tard avec un aide-soignant et un médecin. Pendant que le premier nettoyait le parquet, l'infirmière rapporta l'incident au praticien.

— Je n'y peux rien si elle se refuse à prendre toute nourriture, dit-elle, mais je n'accepte pas qu'elle me jette son plateau à la figure.

Le docteur, qui n'avait pas quitté des yeux la patiente pendant le récit de l'infirmière, eut un mince sourire.

— Vous avez raison, dit-il. Et il est temps qu'elle commence à s'alimenter, vous ne pensez pas ?

L'infirmière ne dit rien sur le moment puis, comme elle prenait conscience de ce qu'impliquait la remarque de son supérieur, elle sourit pour la première fois depuis son entrée dans la pièce.

— Oui, certainement, dit-elle.

L'instant d'après, la patiente se retrouva immobilisée sur son lit par d'épaisses sangles de nylon et, tandis que l'aide-soignant lui maintenait de force la bouche ouverte, le médecin entreprit d'introduire une sonde. La femme eut beau se débattre, gémir et suffoquer, la sonde fut poussée jusque dans l'estomac.

— Voilà, dit le docteur en se redressant. Ça devrait aller.

Laissant à l'aide-soignant et à l'infirmière le soin d'alimenter la patiente, il se dirigeait vers la porte quand il aperçut le mouchoir par terre. Il le ramassa et remarqua la finesse et la perfection des broderies.

— Intéressant, dit-il à voix basse. Je me demande à qui elle le destinait.

Froissant en boule le mouchoir, il le fourra dans sa poche et quitta la pièce.

La femme dans le lit tenta de crier, de supplier qu'on ne lui prenne pas ce qui lui avait demandé des semaines de patience et d'adresse, mais le conduit dans sa gorge transforma sa demande en une inintelligible plainte.

Elle ne revit jamais le mouchoir.

Un mois plus tard, quand on la libéra enfin de ses liens, elle attendit d'être seule puis elle se pendit avec la ceinture de son peignoir à la patère, derrière la porte de sa chambre.

Contemplant toujours le mouchoir, la sombre silhouette caressa du bout de son index le *R* brodé qui ornait l'un des coins.

La lettre même lui disait à qui devait être destiné le présent.

Il regretta de ne pouvoir le délivrer lui-même. Mais il savait comment le guider jusqu'à son destinataire...

1

Oliver Metcalf avait la fièvre, et la cause en était le printemps. Les premiers symptômes se manifestèrent dès le lever du jour quand il se mit à traîner plus que de coutume devant une deuxième tasse de café tout en observant la parade nuptiale d'un couple de merles.

C'était le premier matin où il faisait assez doux pour laisser la fenêtre ouverte. L'air était chargé de l'odeur musquée des feuilles qui s'étaient lentement décomposées sous la neige de l'hiver. Et, comme il emplissait ses poumons des premières senteurs printanières, il caressa l'idée de flâner toute la journée. Une idée qu'il s'empressa de chasser : on était mardi, et il devait avoir bouclé d'ici le soir l'édition hebdomadaire des *Chroniques*.

Il n'en éprouva pas moins de nouveau cette suave sensation de lassitude, alors qu'il descendait Harvard Street en direction du centre-ville. Son pas, qu'il avait voulu vif, se ralentit malgré lui pour prendre l'allure distraite du promeneur. Oliver se surprit à s'arrêter pour admirer les crocus et les jonquilles qui semblaient avoir surgi de terre dans la nuit.

Le temps qu'il parvienne dans Main Street, un arrêt à la Poule rouge s'imposa à lui comme la chose la plus naturelle du monde, mais le quart d'heure qu'il comptait y passer sous le prétexte fallacieux d'y récolter des informations se prolongea d'une demi-heure. Quand il quitta les lieux, Bill McGuire et Ed Becker, peu pressés eux-mêmes de s'atteler au travail, restèrent au comptoir à discuter du financement et de la réalisation du futur centre commercial de Blackstone. Melissa Holloway, qui avait été officiellement nommée à la présidence de la banque et les avait prévenus de ne pas attendre une décision quelconque avant juin, semblait avoir l'approbation et le respect des deux hommes.

C'était décidément une matinée où chacun semblait préférer le bavardage au travail et, quand Oliver arriva enfin au siège des *Chroniques*, il en eut la confirmation.

— Tout le monde attend que vous pondiez un article sur ce qui se passe dans notre communauté, lui dit Lois Martin pour tout accueil. Je viens encore de recevoir un coup de fil — d'Edna Burnham, cette fois. Elle dit qu'on jase beaucoup en ville, et qu'il vous incombe de faire taire ces rumeurs.

Un frisson hivernal chassa brutalement l'humeur printanière d'Oliver. Il savait parfaitement ce à quoi Lois faisait allusion ; depuis un mois que Martha Ward avait incendié sa propre maison et péri dans les flammes, il ne s'était pas passé une journée sans que quelqu'un appelle le journal pour demander quel était le lien entre les suicides respectifs d'Elizabeth McGuire, de Jules Hartwick et de Martha Ward. Une question à laquelle Oliver était bien incapable de répondre.

Certes, il y avait d'étranges coïncidences, mais pas l'ombre d'une preuve susceptible d'établir un rapport quelconque entre ces diverses tragédies.

Edna Burnham, elle, était convaincue du contraire et voyait une lugubre et maléfique signification dans le fait que les trois suicides aient eu lieu une nuit de pleine lune. Depuis la nuit des temps, les hommes avaient projeté sur l'astre nocturne tout ce qui échappait à leur compréhension, et Oliver se refusait à voir dans la néfaste influence prêtée à la lunaison la cause première des trois drames survenus dernièrement à Blackstone.

Or, si Edna Burnham exigeait des réponses, cela signifiait que les rumeurs se faisaient plus pressantes et plus graves qu'Oliver ne l'avait soupçonné.

— Est-ce qu'elle a une nouvelle théorie ou bien est-ce son imagination qui la travaille ? demanda-t-il.

Lois Martin hésita longuement avant de répondre et, quand elle le fit, elle préféra éviter le regard d'Oliver.

— Edna se demande si ces histoires ne prendraient pas leur source à l'asile.

— L'asile ? répéta Oliver. Vous a-t-elle dit pourquoi elle pensait cela ?

Lois leva enfin les yeux vers lui.

— Oui, il y a deux ou trois choses, dit-elle en tendant

la main vers un calepin sur lequel elle avait pris quelques notes, quand la vieille Burnham avait appelé. Il y a d'abord ces cadeaux anonymes. Edna prétend avoir entendu dire que d'étranges objets ont atterri chez les McGuire, d'abord, puis dans la maison de Jules et enfin chez Martha. Elle dit que personne ne sait d'où venaient réellement ces présents.

Une expression d'incrédulité anima les traits d'Oliver.

— Allons donc ! De quels cadeaux parle-t-elle ?

— Bill McGuire a fait état d'une poupée, apportée par le facteur, sans qu'on ait jamais su l'identité de l'expéditeur. C'est quelques jours après qu'Elizabeth s'est tuée. Rebecca a aussi mentionné un briquet...

— Le briquet, je sais d'où il vient, l'interrompit Oliver. De la braderie. Rebecca était avec moi quand nous l'avons déniché sur le stand de Janice Anderson.

— Je sais, je sais, dit-elle en levant la main pour contenir les protestations d'Oliver. Edna a mené sa petite enquête, elle est allée bavarder avec Rebecca à la bibliothèque municipale. Et il semblerait que Janice n'ait jamais vu ce briquet avant que Rebecca ne le lui achète ce matin-là.

Oliver grogna.

— Janice serait incapable de dire ce qu'elle a ou n'a pas en magasin. Et elle ne vend que des pacotilles à la braderie. Quant à Jules Hartwick, qu'est-ce qu'il aurait bien pu recevoir, lui ?

— Un médaillon en argent, en forme de cœur. Celeste l'a retrouvé sur la pelouse, après la fonte des neiges.

— Il y a eu de la neige pendant trois mois, ce qui veut dire que quelqu'un a pu laisser tomber ce bijou aussi bien en décembre qu'il y a trois semaines, quand Celeste et Madeline sont revenues de Boston, fit observer Oliver. Vous parlez d'une preuve !

— Hé ! ne vous en prenez pas à moi, protesta Lois. Je vous rapporte seulement ce que m'a dit Edna.

— Et que croit-elle ? Qu'une malédiction pèse sur Blackstone ?

Lois haussa les épaules.

— C'est vous qui avez prononcé le mot, pas moi, dit-elle. Et sachez encore que, toujours selon Edna, Rebecca aurait aperçu une silhouette dans l'allée des Hartwick, le soir où ils ont donné ce grand dîner, et que c'est peut-être cette personne inconnue qui a déposé le médaillon dans la voiture de Madeline. Edna affirme enfin que toutes les familles qui ont reçu ces objets ont entretenu des rapports avec l'asile, du temps où il était en activité.

— Ha ha ! s'exclama Oliver, comme si Lois venait d'apporter la preuve de l'extravagance des spéculations d'Edna Burnham. Trouvez-moi une seule famille dans Blackstone qui n'ait pas fréquenté l'asile d'une façon ou d'une autre. L'asile était le poumon économique de la ville. Tout le monde avait un parent qui y travaillait ou qui... y était interné.

Lois leva les mains en signe de reddition.

— Ce n'est pas à moi qu'il faut dire ça, mais à Edna et à... la centaine de citoyens à qui elle a déjà fait part de ses soupçons.

— Bon Dieu ! gémit Oliver. Et qu'est-ce que je dois faire ? Prendre ma plus belle plume et annoncer en première page qu'un esprit diabolique hante l'asile et qu'il a juré notre perte à tous ?

— Mais c'est une excellente idée ! plaisanta Lois. Je vois d'ici la une : *Méfiez-vous de la malédiction de Blackstone*.

— Et que pensez-vous de celui-ci : *Méfiez-vous des ragots de vieille bonne femme*.

Sur ce, il gagna en souriant l'arrière du bâtiment où se trouvait son bureau, que Bill McGuire avait achevé de rénover une semaine plus tôt. Il s'affaira à terminer la mise en pages pour l'imprimerie mais il avait beau s'efforcer d'être attentif à sa tâche, il se surprenait toutes les cinq minutes à penser aux spéculations d'Edna Burnham. Il finit par se dire qu'il n'était certainement pas le seul à être ainsi parasité par la « théorie » de cette pipelette.

Finalement, peu après midi, le journal fut prêt pour l'impression mais ses pensées toujours agitées l'amenèrent à abandonner.

— Je vais rentrer chez moi et peut-être faire un tour jusqu'à l'asile, annonça-t-il à Lois en grimaçant un sourire. Qui sait ? Il se peut que j'y trouve de quoi donner raison à Edna.

— De quoi lui donner tort serait préférable.

— Si vous voulez mon avis, il n'y a rien à découvrir là-haut.

En quittant le bureau, il pensa à s'arrêter à la bibliothèque pour saluer Rebecca Morrison, mais il gardait en mémoire les regards noirs que lui jetait Germaine Wagner chaque fois qu'il commettait l'imprudence de se présenter pendant les heures de travail. Mieux valait attendre la fermeture, quand Germaine n'aurait rien à redire à ce qu'il raccompagne Rebecca jusque chez elle.

La raccompagner jusque chez elle ? Voilà qu'il avait des pensées de collégien. Manifestement, la fièvre printanière était de retour.

Alors qu'il reprenait la route montant à North Hill, Oliver se dit qu'il cueillerait un bouquet de jonquilles pour Rebecca, quand il redescendrait plus tard dans l'après-midi. Mais, lorsqu'il parvint aux grilles de l'asile, sa bonne humeur disparut.

La seule perspective de pénétrer dans la bâtisse abandonnée suffit à lui nouer le ventre, et ce ne fut qu'après avoir rebroussé chemin et pris la direction de sa maison qu'il put de nouveau respirer normalement. Mais il était troublé. Arrivé chez lui, il se mit à arpenter le salon avec le curieux sentiment qu'il lui manquait quelque chose. Mais quoi ? Il n'en avait pas la moindre idée.

Machinalement, il leva les yeux au plafond.

A l'étage ?

Que pouvait-il y avoir d'intéressant là-haut, qu'il ne connût déjà ? Il y avait trois chambres et la salle de bains.

Il n'en monta pas moins l'escalier, déambula dans les pièces, ouvrit les placards. Que cherchait-il donc ?

Il avait fouillé ces penderies des centaines de fois et en connaissait l'exact contenu : de vieux vêtements à jeter, des cartons de décorations de Noël, ses valises. Mais rien qui vînt de l'asile.

Il regagnait l'escalier, près de redescendre, quand il s'arrêta soudain et leva de nouveau la tête.

Le grenier ?

Cela faisait longtemps qu'il n'était allé là-haut, si longtemps qu'il ne s'en souvenait plus. Mais, comme il considérait la vieille échelle escamotable, il songea qu'il trouverait peut-être de vieux dossiers que son père ou les intendants précédents auraient rangés là-haut.

Il alla chercher l'escabeau dans la cuisine et, saisissant la poignée de l'échelle, tira de tout son poids. Il frissonna au grincement des vieux ressorts rouillés. Une torche électrique à la main, il grimpa les marches et repoussa la trappe qui donnait accès au grenier.

Un interrupteur était monté sur l'une des poutres de soutènement. Il l'actionna et une ampoule nue éclaira les combles d'une lumière jaunâtre.

Il remarqua une armoire de bureau en chêne et deux petites caisses en bois. Dans le premier tiroir de l'armoire, il trouva des registres reliés de cuir, chacun d'eux contenant les comptes annuels de l'asile, inscrits d'une plume appliquée et précise. Les autres tiroirs présentaient le même contenu.

Il porta ensuite son attention sur les caisses dont il put soulever sans mal les couvercles, qui n'étaient pas cloués.

La première contenait deux piles de dossiers.

Et quelque chose d'autre.

Un morceau de tissu nettement plié sur l'une des piles. Oliver le prit, le déplia et le porta sous l'ampoule.

C'était un mouchoir en lin, bordé de dentelle et brodé d'un dessin floral dont l'exécution emplit Oliver d'admiration. Les fleurs se fondaient dans le tissu et luisaient d'une pâle lueur dorée. Dans un coin, un autre dessin floral mettait en valeur une unique initiale, un *R*, brodée de chaque côté, du même point, si bien que le mouchoir ne présentait pas d'envers.

Il le reposa dans la caisse et entreprit de la descendre par l'échelle. Puis il remonta chercher l'autre, transporta le tout dans l'une des chambres inoccupées et, mû par une vive curiosité, déballa la première pile de chemises.

Il ne s'était pas trompé, c'étaient là les dossiers d'anciens patients. Il ouvrit le premier et lut, fasciné et horrifié par ce qu'il découvrait.

Les diagnostics lui paraissaient bien étranges et presque naïfs au regard de la psychiatrie moderne. Quant aux traitements, ils tenaient plus du supplice et de la punition que des soins.

Les ceintures de contention, les camisoles de force, les bains et douches glacés, les lobotomies préfrontales étaient monnaie courante, et les notes manuscrites qui en faisaient état n'exprimaient pas plus d'émotion que les chiffres consignés sur les livres de comptabilité.

Sa répulsion grandissant à chaque page, Oliver commençait à comprendre sa propre horreur de cet asile dont la seule vue avait toujours provoqué en lui un malaise inexplicable.

L'asile n'avait jamais été qu'un lieu de tortures. Un lieu d'indicibles désespoirs et d'atroces souffrances.

Même à présent, il lui semblait entendre les cris d'angoisse qui avaient dû résonner dans les couloirs de l'établissement.

Des cris, pensa-t-il soudain, qu'il avait certainement entendus quand il était petit, car il vivait ici, dans la maison du médecin qui dirigeait l'établissement, dont la façade grise se dressait à moins de cinquante mètres de là. Comment se faisait-il qu'il n'en eût aucun souvenir ?

N'avait-il donc jamais perçu les hurlements s'élevant des fenêtres ouvertes les nuits d'été et venant se mêler à ses rêves, qu'ils transformaient en cauchemars ?

La réponse lui vint aussi vite qu'il se l'était posée : ces dossiers dataient d'un temps où il n'était pas encore né et, quand son père avait pris la direction de l'asile, les pratiques inhumaines avaient certainement cessé pour faire place à des soins moins primitifs.

Toutefois, cette réponse ne lui apporta ni satisfaction ni soulagement. Car si les horreurs qu'il venait de lire avaient disparu avec l'arrivée de son géniteur, pourquoi était-il pris d'angoisse chaque fois qu'il s'approchait des bâtiments ?

Il y avait certainement d'autres souvenirs. Des souvenirs si douloureux qu'ils étaient enfouis au plus profond de lui-même.

Soudain incapable de poursuivre sa lecture, il replaçait les dossiers dans la caisse, quand le mouchoir attira de nouveau son regard. Il le prit dans sa main, s'émerveilla une fois de plus de sa délicate beauté. Ce ne pouvait être l'œuvre d'une patiente, car un tel ouvrage supposait une adresse et une attention que l'on pouvait difficilement attendre d'une malade mentale.

Non, ce devait être l'une des infirmières qui avait ainsi occupé ses longues heures de garde.

Il palpa le tissu de la main et accrocha son regard au monogramme si magistralement exécuté.

R. R comme Rebecca.

Il savait à qui il allait l'offrir.

Il chercha un papier pour envelopper son présent et imagina l'expression ravie de la jeune femme quand elle découvrirait le mouchoir.

Il pensa à Edna Burnham et se dit que si les fameux cadeaux supposés maléfiques venaient apparemment de nulle part, il n'y aurait pas de doute quant à la provenance de celui-ci.

Il l'avait trouvé dans son grenier, où il devait être depuis une éternité.

Oui, Rebecca adorerait ce présent.

2

— Rebecca ? Rebecca ? Montez tout de suite !

Rebecca Morrison tressaillit au son de la voix grincheuse, que suivit le tapement sourd de l'embout caoutchouté d'une canne sur le plancher de bois nu. Elle était rentrée plus tôt de la bibliothèque, aujourd'hui, avec l'ordre exprès de Germaine de nettoyer les étagères sous l'évier, tâche dont elle comprenait mal l'urgence, vu que lesdites étagères ne semblaient pas avoir reçu de coup de chiffon depuis vingt ans. Mais Germaine le voulait ainsi, et Rebecca devait beaucoup à Germaine, comme celle-ci le lui avait expliqué après l'incendie de la maison de feu Martha Ward, la tante de la jeune femme.

« J'espère que vous comprenez quel sacrifice nous faisons, mère et moi », lui avait dit Germaine, assise bien raide au bord de l'unique chaise en bois qui, avec le lit et une petite commode, composait tout le mobilier des « appartements » de Rebecca : une minuscule chambre sous les combles. « En dehors de la femme de ménage, mère n'a pas l'habitude d'avoir quelqu'un à la maison, moi exceptée, bien sûr. Mais si vous ne faites pas de bruit, elle s'habituera à vous. Bien entendu, nous devrons désormais nous passer de l'aide ménagère, mais vous pourrez nous aider à garder la maison propre, n'est-ce pas ? »

Rebecca avait acquiescé et répondu de cette voix basse qu'elle avait acquise à la bibliothèque :

— Je veillerai à ne pas déranger Mrs. Wagner.

— N'appelez pas mère « Mrs. Wagner », lui avait recommandé Germaine. Après tout, vous n'êtes pas une domestique. Ce serait bien que vous lui disiez « Miss Clara ». Oui, ce serait très bien.

Rebecca trouva bizarre de donner du « Miss » à une veuve qui approchait des quatre-vingts ans, mais elle se garda bien d'en faire la remarque.

— Nous formerons une petite famille, prenant soin les unes des autres, avait encore dit Germaine avec un soupir de satisfaction.

Pendant un instant, Rebecca s'était demandé si la femme n'allait pas lui tapoter gentiment le genou. Mais celle-ci n'en fit rien ; elle se leva et, affectant un air de grande dignité, ajouta :

— Tout le monde ne vous aurait pas recueillie de cette façon, Rebecca. Vous devriez nous être très reconnaissante, à mère et à moi, de vous avoir ouvert notre porte.

— Mais je le suis, s'empressa de la rassurer la jeune femme. Et j'aime beaucoup cette petite chambre. J'ai si peu d'affaires personnelles que je n'ai vraiment pas besoin des commodes et des armoires que j'ai vues dans les grandes chambres au premier.

Cette remarque innocente parut contrarier Germaine. Rebecca la vit pincer les lèvres, comme elle le faisait à la bibliothèque pour imposer silence aux collégiens bavards, puis tourner les talons et disparaître dans le couloir.

Enfin seule, Rebecca avait défait sa valise. Elle avait tout perdu dans l'incendie et n'avait acheté que le strict nécessaire. Bonnie Becker, la femme d'Ed, lui avait apporté quelques vêtements, le matin même. (« Et surtout, ne protestez pas, lui avait dit Bonnie. Ces affaires sont presque neuves, mais voilà, j'ai pris du poids et je ne rentre plus dedans, alors qu'elles vous iront très bien. ») Rebecca suspendit les quatre chemisiers, la jupe et les deux paires de jeans à des cintres qu'elle accrocha à la patère derrière la porte et rangea ses quelques sous-vêtements dans le tiroir de l'étroite commode en pin qui flanquait le lit.

Elle redescendait au rez-de-chaussée, quand la voix aiguë de Clara Wagner la stoppa net, au moment où elle passait devant la chambre de la vieille femme.

La porte était ouverte et Rebecca s'avança jusque sur le seuil.

— Vous m'apporterez du café tous les matins, lui avait dit la vieille depuis son fauteuil roulant. Ni trop chaud ni trop froid. Vous comprenez ?

Pendant les deux premières semaines, Rebecca avait fait de son mieux. Mais satisfaire les exigences de Miss Clara l'obligeait chaque matin à monter et à descendre l'escalier au moins trois fois, avant qu'elle et Germaine puissent enfin partir à la bibliothèque. En outre, le soir et les jours où elle ne travaillait pas, elle devait se démener pour tenir propre et ordonnée cette grande maison.

Et voilà qu'à présent l'appel de Clara Wagner l'interrompait dans son nettoyage de ces fichues étagères sous l'évier. Rebecca se redressa, étira son dos douloureux et reposa son chiffon dans la cuvette remplie d'un mélange de détergent et de javel.

Quittant la cuisine, elle traversa la grande salle à manger lambrissée puis l'immense vestibule. C'était la plus belle pièce de la maison que ce hall d'entrée, s'élevant sur deux étages et couronné par un dôme de verre, qui transformait le vestibule en un puits de lumière... Une large mezzanine courait tout autour du premier étage, alors qu'au fond du hall, à l'opposé des doubles portes de l'entrée, montait un escalier qui se divisait à mi-hauteur en deux volées de marches.

Le long du mur de gauche, en entrant, juste en face d'une cheminée de marbre, s'élevait la cage d'un ascenseur, dont l'usage était exclusivement réservé à Clara Wagner, qui prenait parfois son thé dans le petit salon, au rez-de-chaussée. Chaque fois que l'appareil s'ébranlait, Rebecca retenait son souffle, convaincue qu'un jour ou l'autre l'antique machinerie nichée tout là-haut dans le grenier rendrait l'âme.

— Rebecca ! appela une nouvelle fois Clara Wagner, tandis que la jeune fille montait le long escalier.

— J'arrive, Miss Clara. J'arrive tout de suite !

— Vous n'avez pas besoin de hurler, je ne suis pas sourde ! dit la vieille dame à l'entrée de Rebecca.

— Pardonnez-moi, Miss Clara, mais j'étais dans la cuisine en train de...

— Croyez-vous que je m'intéresse à ce que vous faites ?

Clara Wagner avait approché son fauteuil roulant près de la cheminée, où couvaient de belles braises. D'une main décharnée et griffue, elle resserra son châle sur ses épaules osseuses, tandis qu'elle pointait sa canne vers un verre posé sur une table basse à un mètre d'elle.

— Donnez-moi ce verre, dit-elle. Et mettez donc du bois dans le feu. On gèle, ici.

— Voulez-vous que je monte le chauffage ?

Clara jeta à Rebecca un regard noir.

— Avez-vous idée de ce que coûte le mazout, de nos jours ? Non, bien sûr que non. C'était votre tante qui payait les factures, n'est-ce pas ?

— Le mazout coûte un dollar le gallon, dit Rebecca.

— Ne vous moquez pas de moi, Rebecca Morrison ! grinça la vieille femme. Ne vous en privez pas avec mon idiote de fille, mais pas avec moi. Tant que vous vivrez sous mon toit, je vous prierai de garder vos réflexions déplacées pour vous !

— Je suis désolée, Miss Clara, marmonna Rebecca, rouge de honte. Je ne voulais pas...

Clara frappa le sol de sa canne.

— Suffit ! cria-t-elle. Et qu'attendez-vous pour me passer ce verre et faire quelque chose pour ce feu ? Et, quand vous monterez le bois, refermez la porte derrière vous. Je déteste autant les courants d'air que la paresse, ajouta-t-elle en dardant sur la jeune femme un regard réprobateur.

Rebecca lui tendit le verre et redescendit en hâte. La réserve de bois était située derrière le garage, car Germaine avait interdit à Rebecca d'en entreposer près de la porte de la buanderie, ainsi que la jeune femme en avait pris l'initiative pour plus de commodité.

— Le bois a toujours été derrière le garage, et il doit rester là-bas, avait dit Germaine. Mère a toujours veillé à ce que chaque chose reste à sa place — et chaque personne aussi, d'ailleurs, avait-elle ajouté, venimeuse.

Rebecca avait failli répondre que Miss Clara ne s'était certainement pas approchée de la buanderie depuis des années. Hormis sa brève apparition aux obsèques d'Elizabeth McGuire, Rebecca doutait que la vieille femme fût sortie une seule fois de la maison au cours des vingt dernières années. Mais elle n'allait pas discuter avec l'une ou l'autre de ses bienfaitrices. Prenant la courroie de cuir qui lui servait à lier les bûches entre elles, Rebecca alla en chercher cinq et les monta dans la chambre de Clara.

— Ça ne fera jamais la soirée, fit observer la vieille femme, tandis que Rebecca disposait trois des bûches dans l'âtre, puis activait le soufflet pour ranimer le feu.

— J'en apporterai d'autres, promit Rebecca en jetant un coup d'œil à la pendule, qui marquait cinq heures. Pour le moment, je dois finir dans la cuisine. Germaine veut que les étagères sous l'évier soient nettoyées avant qu'elle ne rentre du travail.

— Alors, je vous suggère de ne pas perdre votre temps à bavarder. Et je prendrai le thé tout à l'heure. Dans le petit salon. A six heures. Soyez exacte !

— Oui, Miss Clara.

Comme elle redescendait à la cuisine, Rebecca se demanda si elle n'avait pas commis une erreur en acceptant l'hospitalité des deux femmes. Mais où aurait-elle pu aller ? Oliver lui avait offert de s'installer chez lui, mais Germaine s'était interposée, sous le prétexte que ce serait inconvenant. Elle se rappelait parfaitement les paroles de Germaine Wagner, quand celle-ci l'avait conduite chez elle : « Il n'y a pas beaucoup de gens qui feraient cela pour vous, Rebecca. Aussi, je vous serais reconnaissante de nous rendre les choses faciles, à mère et à moi. »

Depuis lors, Rebecca s'était mise en devoir de ne pas déplaire aux deux femmes, mais elle avait beau faire de son mieux, il semblait que cela ne fût jamais assez.

Et, comme elle se baissait de nouveau pour laver les étagères, elle s'en voulut de cette pensée ingrate. Après tout, elle n'avait qu'à faire plus d'efforts encore pour contenter Miss Clara, et il n'y aurait aucun problème.

Elles formeraient toutes les trois une petite famille, comme l'avait dit Germaine.

Oliver avait parfaitement évalué le temps qu'il lui faudrait pour passer par les ruines de la maison de Martha Ward avant de se rendre à la bibliothèque. Il avait même inclus dans son estimation la fièvre printanière et son invitation à la flânerie.

Ce n'était pas la première fois qu'il faisait un détour par les décombres de la maison, désireux qu'il était de comprendre ce qui avait bien pu pousser Martha à s'immoler par le feu, alors qu'elle priait à la lumière dansante des cierges, entourée de ses chères icônes. Pour le chef des pompiers, l'incendie volontaire ne faisait aucun doute, mais personne n'avait retrouvé le fameux briquet en forme de dragon. Rebecca pensait qu'on le découvrirait tôt ou tard parmi les cendres, mais Oliver avait plutôt tendance à croire que la chose était déjà faite : l'un des pompiers l'avait probablement emporté en souvenir de cette funeste nuit.

Cinq minutes avant la fermeture de la bibliothèque, il grimpa prestement les marches et poussa la double porte. Comme d'habitude, Germaine Wagner lui jeta un regard dépourvu d'aménité. Il semblait même que, depuis qu'elle avait recueilli Rebecca chez elle, son hostilité envers Oliver ne cessât de croître.

Il jeta un bref coup d'œil dans la salle et, constatant l'absence de Rebecca, aborda la bibliothécaire avec un sourire qui se voulait aimable.

— Rebecca n'est pas ici ? demanda-t-il du ton le plus dégagé possible.

— Non.

Ils se toisèrent en silence pendant un moment, l'un et l'autre réticents à s'adresser la parole.

— Elle n'est pas souffrante, j'espère ? s'enquit finalement Oliver.

Germaine Wagner, pour mieux lui signifier l'antipathie qu'il lui inspirait, laissa passer un nouveau silence avant de répondre :

— Rebecca va bien. Elle est partie plus tôt, aujourd'hui. Elle avait quelques tâches domestiques à terminer.

Des « tâches domestiques » ? Rebecca n'était-elle donc qu'une servante pour cette vieille fille acariâtre ? s'interrogea Oliver. Et s'adressait-elle à la jeune femme sur le même ton à la fois autoritaire et condescendant qu'elle employait avec lui-même ? Certainement, pensa-t-il, tout en sachant que Rebecca, ce cœur pur, ne devait même pas s'apercevoir qu'elle était traitée avec mépris et peut-être dureté.

Martha Ward, si confite en dévotion et si prompte à vénérer tous les saints du calendrier, avait-elle remarqué, avant de périr dans les flammes de son propre enfer, qu'une sainte vivait sous son toit sous les traits gracieux de Rebecca ? se demanda une fois de plus Oliver. Il en doutait. Et voilà que cette desséchée du cœur qu'était Germaine Wagner traitait Rebecca avec la même hypocrisie.

— Eh bien, dans ce cas, je ferai un saut jusque chez vous pour lui dire bonjour, dit-il en plantant son regard dans celui de Germaine.

Pour toute réponse, elle serra son crayon dans sa main à s'en blanchir les phalanges et tourna brusquement les talons.

Quel était le problème de Germaine Wagner ? songea Oliver en quittant la bibliothèque. Etait-ce lui ? Rebecca ? Les deux ? Mais, sitôt qu'il eut émergé dans la douceur printanière de cette fin d'après-midi, il chassa ces pensées ; il attendait depuis trop longtemps le beau temps pour le gâcher, quand celui-ci se manifestait enfin, avec des considérations sur la méchanceté humaine.

Il remonta Princeton Street, traversa Maple et tourna dans Elm. Il était 5 h 05 lorsqu'il souleva le marteau à la porte de Clara Wagner. Il frappa deux fois, attendit un peu, puis sonna. Le carillon résonnait encore quand la porte s'ouvrit. L'expression interrogative de Rebecca se mua aussitôt en un sourire chaleureux. Sourire qui disparut tout aussi vite quand la voix aiguë de la vieille Wagner retentit dans le vestibule :

— Qui est-ce, Rebecca ? Qui a sonné ?

Rebecca jeta un regard inquiet par-dessus son épaule. Et, comme Oliver la voyait hésiter, il se demanda si elle n'allait pas lui refermer la porte au nez. Mais ce fut le contraire qui arriva, elle ouvrit en grand, le tira à l'intérieur et repoussa le battant.

— C'est Oliver, Miss Clara, répondit-elle. Oliver Metcalf.

Oliver avança dans le hall et leva la tête vers la mezzanine. Assise dans son fauteuil, frileusement enveloppée dans un châle, la vieille femme les regardait de ses petits yeux durs.

— Que veut-il donc ? Et puis cessez de hurler comme ça ! Je vous ai déjà dit que je n'étais pas sourde !

— Bonsoir, Mrs. Wagner, dit Oliver. Belle journée, n'est-ce pas ?

Mais Clara Wagner ne prit même pas la peine de lui répondre.

— Il me faut encore des bûches, Rebecca. On gèle dans cette chambre !

Puis, écartant son fauteuil de la balustrade, elle reprit la direction de son antre, dont elle referma violemment la porte.

— Elle est toujours aussi charmante ? demanda Oliver.

Le regard de Rebecca se voila légèrement.

— Elle est très âgée, et elle ne sort pas beaucoup, alors...

— Ça ne devrait pas l'empêcher d'être polie, l'interrompit Oliver, qui regretta aussitôt ses paroles en voyant l'expression chagrinée de la jeune femme. Excuse-moi. Tu as raison. Que veux-tu, je ne suis pas aussi gentil que toi, pas vrai ?

— Mais non ! protesta Rebecca. Vous êtes très gentil, Oliver. Mais, voyez-vous, Germaine et Miss Clara ont été si généreuses avec moi, que je ne peux...

Oliver posa un doigt sur les lèvres de la jeune femme.

— Chut ! dit-il avec tendresse. Je reviens de la bibliothèque. Je voulais te raccompagner jusqu'ici et aussi t'inviter à dîner, ce soir. On pourrait aller à la Poule rouge ou prendre la voiture et filer à Manchester ou encore... Mais je ferais mieux de commencer par te demander si ça te tente.

Rebecca jeta malgré elle un regard vers la mezzanine puis en direction de la porte de la cuisine.

— Je ne sais pas, dit-elle, j'ai tellement de choses à faire ici.

— Je peux aller chercher le bois, offrit Oliver. Et tu peux tout de même remettre le ménage à demain.

Rebecca semblait inquiète et troublée.

— J'aimerais beaucoup venir avec vous, Oliver, mais Germaine veut que je nettoie ces étagères sous l'évier et...

Elle se tut brusquement. Une voiture remontait l'allée. Une portière claqua. Oliver prit les mains de Rebecca dans les siennes.

— Rebecca, tu peux venir si tu en as envie. Tu n'es pas la propriété de Germaine ni de Clara. Je sais que tu leur es reconnaissante de t'avoir accueillie sous leur toit, mais ça ne veut pas dire que tu n'as pas le droit d'avoir une vie à toi.

Rebecca n'eut pas le temps de répondre. La porte s'ouvrit et Germaine entra. Oliver crut voir un éclair de colère passer dans les yeux de la fille Wagner. Mais celle-ci se reprit vite et grimaça un sourire beaucoup moins sincère qu'elle n'aurait voulu le faire croire.

— Comme c'est gentil ! dit-elle. Rebecca reçoit un galant !

Oliver regarda Rebecca, qui souhaitait manifestement disparaître dans un trou de souris.

— Je suis venu demander à Rebecca si elle voulait dîner avec moi, dit-il.

Le regard de Germaine alla de la jeune femme au jeune homme.

— Et qu'a-t-elle répondu ?

— Rien encore, dit Oliver.

Puis, sachant que s'il restait une minute de plus, il prononcerait des paroles qu'il regretterait, il gagna la porte.

— Je vais attendre dehors, dit-il à Rebecca. Et si tu décides de ne pas venir dîner, nous pourrons au moins faire quelques pas.

A peine avait-il refermé la porte qu'il entendit Germaine réprimander Rebecca. Et quand la jeune femme sortit un moment plus tard, la tristesse de son expression ne laissait aucun doute sur sa réponse.

— Je ne peux vraiment pas venir, Oliver. Il y a tant à faire dans la maison, et j'ai promis à Miss Clara de lui préparer son thé. Vous me comprenez, n'est-ce pas ? ajouta-t-elle en le regardant d'un air inquiet.

Oliver fut tenté de s'emporter contre une telle injustice, mais il savait que ce qu'il dirait, loin de convaincre Rebecca, ne ferait qu'accroître son malaise.

— Bien sûr, je comprends, dit-il.

Plongeant la main dans sa poche, il en sortit un petit paquet.

— Tiens, dit-il, c'est pour toi. Je l'ai trouvé hier dans mon grenier et... et tu comprendras quand tu l'auras vu.

Son visage s'éclairant soudain, Rebecca ôta le papier d'emballage et ouvrit la petite boîte qu'Oliver avait trouvée pour empaqueter le mouchoir. Et, comme elle soulevait la délicate pièce de linge, ses traits prirent une expression de ravissement.

— Oh, Oliver, que c'est beau ! dit-elle doucement en suivant du bout de son index le monogramme. Et il est à mon initiale ! Je n'ai jamais rien eu qui porte mon initiale.

— Eh bien, dorénavant, il me sera facile de te faire des cadeaux, dit Oliver. Il me suffira de chercher quelque chose portant la lettre *R*.

Il se pencha vers elle, l'embrassa sur la joue et commença à descendre les marches du perron.

— Tu me promets que nous dînerons ensemble, la semaine prochaine ?

Rebecca hésita un instant puis sourit.

— Je vous le promets, Oliver. Et je ne reviendrai pas sur ma promesse.

— Il est parti ? demanda Germaine quand Rebecca retourna dans la maison.

La jeune femme hocha la tête.

— Je lui ai promis de sortir avec lui la semaine prochaine, dit-elle. Et regardez ! Il m'a fait un cadeau !

Germaine prit le mouchoir immaculé et soigneusement repassé que lui montrait Rebecca. Elle vit tout de suite que la petite pièce de linge était ancienne et remarquablement brodée à la main. Elle s'avoua n'avoir jamais rien vu d'aussi délicat et précieux.

— Il est magnifique, dit-elle doucement.

Sa remarque amena un joyeux sourire sur le visage de Rebecca. Puis, souriant elle-même, elle ajouta :

— Mère va l'adorer.

Le plaisir que venait d'éprouver Rebecca en entendant vanter la beauté du présent d'Oliver céda brusquement la place à la stupeur.

— Votre mère ? Mais c'est à moi qu'Oliver l'a offert !

Germaine claqua la langue comme pour sermonner un enfant un peu trop obtus.

— Et qu'en ferez-vous donc ? Vous le perdrez ou l'abîmerez. Un ouvrage d'une telle finesse doit aller à une personne capable de l'apprécier. Et je ne vois personne d'autre que mère pour cela.

Elle marqua une pause puis ajouta :

— Pas vous, Rebecca ?

La jeune femme hésita. Son envie de protester se heurtait au rappel de sa condition : elle était redevable à Germaine et à Clara d'avoir un toit.

— Oui, répondit-elle enfin, je suis sûre que Miss Clara saura l'apprécier autant que moi.

Et, comme Germaine se hâtait de monter l'escalier en serrant le mouchoir dans sa main, Rebecca s'en retourna à la cuisine. Il lui fallait chercher le bois et préparer le thé pour Clara.

Elle se consolerait en repensant à la tendre expression d'Oliver quand il lui avait remis ce présent qu'elle n'avait pas été capable de garder.

Germaine s'arrêta devant la porte de la chambre de sa mère, se préparant une fois de plus à affronter la femme qui semblait n'avoir jamais eu d'autre intention que de rendre la vie impossible à sa fille. Combien d'années étaient passées depuis que sa mère avait annoncé un beau matin qu'elle ne pouvait plus marcher ? Quinze ? Pas loin de vingt, se dit Germaine, qui en avait perdu depuis longtemps le compte. Quelle importance, après tout ? Rien ne changerait tant que sa mère n'aurait pas rejoint sa demeure éternelle, mais Clara Wagner n'était apparemment pas pressée de comparaître devant son Créateur.

Germaine avait toujours soupçonné que sa mère ne souffrait d'aucune incapacité réelle, quand celle-ci s'était soudain déclarée invalide. Et les nombreux spécialistes qui avaient examiné Clara n'avaient pu découvrir la moindre cause physiologique à la paralysie de la vieille femme. Mais cette dernière avait juré qu'elle ne pouvait plus faire un pas devant l'autre et, à présent, c'était devenu indubitablement vrai. Au fil des ans, elle avait rapetissé et racorni comme un vieux cuir, tandis que son corps s'adaptait à l'étroitesse de sa chaise roulante. Ses muscles s'étaient atrophiés par manque d'exercice et ses jambes avaient fini par se décharner et se scléroser. Les yeux s'étaient enfoncés dans les orbites, tandis que la peau tombait en plis sur son cou et ses bras. Seule la puissance de la voix n'avait pas décliné d'une octave, ni sa volonté de dominer toutes choses et tout le monde autour d'elle.

A commencer par sa propre fille.

Les années avaient passé, et Germaine avait dû veiller sur sa mère. Elle préparait les repas, baignait l'invalide. Au début, quand elle espérait que sa mère recouvrerait l'usage de ses membres ou mourrait rapidement, elle avait tout fait pour la distraire de sa douloureuse condition. Elle l'emmenait au cinéma, au concert, en voyage. Mais quoi qu'elle fît, rien ne plaisait jamais à sa mère. Après un temps, il devint évident que non seulement Clara ne se remettrait pas de sa paralysie mais qu'elle n'était pas près de trépasser. Germaine avait alors renoncé. Il était inutile qu'elle se donne la peine de réconforter et d'entraîner sa mère dans des activités que celle-ci n'avait pas même envie d'apprécier. Son père lui avait laissé juste assez d'argent pour entretenir la grande maison, et son salaire, bien que modeste, lui permettait d'employer à temps partiel une femme de ménage.

Chaque jour, à son retour de la bibliothèque, Clara, telle une enfant gâtée, lui demandait ce qu'elle lui avait apporté.

Eh bien, aujourd'hui, elle avait quelque chose à lui offrir, même si ce n'était que ce petit présent qu'Oliver Metcalf avait fait à Rebecca.

Oliver et Rebecca... Elle se dit qu'il était temps d'intervenir. Quand l'idée d'accueillir Rebecca à la maison lui était venue dans un éclair d'inspiration, alors qu'elle regardait, mêlée à la foule des curieux, la maison de Martha Ward disparaître dans les flammes, elle n'avait pas cru qu'Oliver pourrait devenir un problème. En vérité, Rebecca était apparue comme étant la solution idéale. La jeune femme, reconnaissante, se chargerait du ménage — ce qui était une économie non négligeable — et surtout des soins et de l'attention que réclamait Clara.

Elle n'avait pas pensé non plus que Rebecca aurait le don de l'ennuyer, et cela quoi que fît cette gourde pour lui plaire. Car pour Germaine, Rebecca était bien une gourde. Cette pauvre fille ne se plaignait jamais et ne voyait que le bien en toutes choses, un trait qui, assurément, trahissait une évidente pauvreté d'esprit.

A présent, c'était Oliver Metcalf qui l'inquiétait le plus. Il était là, à marauder autour de la chair fraîche et, aux yeux de Germaine, cela ne pouvait rien apporter de bon. Elle interdirait à Rebecca de revoir l'importun, voilà tout. Et elle veillerait à ce que Rebecca obéisse.

— C'est toi, Germaine ?

Elle tressaillit, tandis que la voix de sa mère la tirait de sa songerie avec la violence d'un coup de fouet.

— Oui, maman, dit-elle en franchissant le seuil pour affronter la vieille femme.

Clara fixa sa fille d'un regard dur.

— Que faisais-tu là ? Tu m'espionnais ?

Germaine chercha une explication tout en sachant qu'elle ne pourrait convaincre sa mère.

— Mais jamais de la vie, mère.

— Tu m'espionnes, l'accusa Clara.

— Pour l'amour du Ciel, pourquoi ferais-je une chose pareille ?

Germaine prit conscience trop tard qu'elle se laissait emporter.

— Pas de ce ton avec moi, ma fille, dit Clara. Je suis ta mère, et je te prie d'être respectueuse. Et, évidemment, tu ne m'as encore rien apporté, aujourd'hui !

— Tu te trompes, j'ai même quelque chose de magnifique pour toi. Regarde !

Elle traversa la pièce et, s'agenouillant, déposa le mouchoir dans le giron de la vieille femme.

Clara examina longuement la délicate pièce de tissu puis elle planta ses yeux noirs dans ceux de sa fille.

— Où ? Où as-tu trouvé ça ? demanda-t-elle d'une voix cassante.

Germaine pinça les lèvres de colère. Etait-ce tout ce qui intéressait sa mère ? D'où venait ce mouchoir ? Elle lui demanderait ensuite combien elle l'avait payé. Eh bien, s'il n'y avait que ça pour lui faire plaisir...

— Je l'ai déniché dans la boutique de Janice Anderson.

— Menteuse ! gronda Clara en crachant au visage de sa fille.

Tandis que Germaine se précipitait hors de la chambre, la voix de Clara monta en un sauvage hurlement qui poursuivit Germaine jusque dans le vestibule.

— Menteuse ! Menteuse ! MENTEUSE !

3

Oliver Metcalf n'aurait su dire pourquoi ce dossier-là avait attiré son attention. Il était occupé à remettre dans leur caisse en bois les chemises qu'il avait descendues du grenier et n'avait jusqu'ici guère prêté attention à sa tâche, préoccupé qu'il était par l'influence de Germaine Wagner sur Rebecca Morrison. Toutefois, au moment où il rangeait le dossier, il avait été curieux d'en prendre connaissance.

C'était pourtant la même couverture cartonnée aux coins écornés, verdie par la moisissure, à l'exception du rectangle pâle laissé par une étiquette depuis longtemps décollée.

Il s'assit sur une chaise près de la fenêtre et ouvrit la chemise. Il avait à peine parcouru la première page qu'il ressentit les prémices d'une migraine. Il se massa distraitement les tempes, comme pour chasser la douleur avant qu'elle ne s'enracine, et poursuivit sa lecture.

Cette première page contenait des renseignements d'ordre général (nom, âge, situation de famille, etc.) concernant une certaine Lavinia Willoughby, originaire de Devereaux, une localité de la Caroline du Sud. Le nom de cette personne était inconnu d'Oliver. Elle avait été admise à l'asile en 1948 pour dépression nerveuse, à la demande de son mari.

D'après le dossier, elle était morte à l'asile quatre ans plus tard.

L'année de naissance d'Oliver.

A mesure qu'il prenait connaissance du cas de la patiente, il pressait plus fort ses doigts contre sa tempe droite, pour en contenir les élancements douloureux. Le diagnostic établissait que Mrs. Willoughby souffrait d'une psychose maniaco-dépressive, et le traitement prescrit était celui pratiqué à l'époque. Après une série d'entretiens avec Lavinia, le médecin traitant concluait que la patiente avait eu des relations incestueuses avec son père.

Cependant, Lavinia avait apparemment nié le fait, car il était noté : « Mrs. Willoughby nie et refuse d'examiner cette possibilité. »

Quelques pages plus loin, le médecin envisageait l'éventualité que Lavinia elle-même eût provoqué la relation incestueuse, et il était précisé que la patiente persistait à nier farouchement. Après ce dernier entretien, un traitement hydrothérapique fut ordonné.

La migraine d'Oliver s'amplifia à la lecture des trois séances d'hydrothérapie. La première avait duré une heure, après quoi la patiente avait contracté une « pneumonie sans rapport avec la séance de thérapie ». Quand elle eut recouvré ses forces, le traitement avait repris et, à la troisième séance d'hydrothérapie, au cours de laquelle elle avait été immergée pendant trois heures dans de l'eau froide, Lavinia Willoughby avait avoué à son médecin que son père avait effectivement abusé d'elle quand elle était enfant.

Le soir tombait. Oliver interrompit sa lecture et porta son regard vers la silhouette massive de l'asile sur la colline. Ces murs dans la lumière déclinante prenaient une teinte grisâtre qui évoquait la prison et, bien que la température dans la pièce, après le chaud soleil de la journée, fût des plus clémentes, le jeune homme frissonna à la pensée de ce qu'avait dû souffrir Lavinia. Il scruta la façade en se demandant depuis quelle fenêtre à barreaux la jeune femme, dans la solitude de sa chambre, avait contemplé le monde qu'elle n'avait jamais pu revoir.

Comment avait-elle pu endurer toutes ces souffrances ? C'était l'asile qui faisait les fous, et non le contraire. Qui n'aurait perdu la raison au bout de quelques mois de traitements aussi cruels ?

Oliver alluma la lampe et reprit sa lecture.

Ce fut après que Lavinia eut non seulement avoué qu'elle avait eu des rapports sexuels avec son père mais qu'elle les avait provoqués, que la thérapie par électrochocs lui fut appliquée.

Et, tandis qu'Oliver lisait la description du traitement, une douleur fulgurante comme un éclair lui traversa la tête et un nuage d'encre se referma sur lui.

Le garçon contemple les changements d'ombre et de lumière au plafond. Il sait l'inutilité de forcer sur les épaisses sangles de cuir qui le maintiennent sur le brancard ; et quand bien même il parviendrait à se libérer de ses liens, il ne pourrait échapper aux gens qui l'ont attaché, et encore moins s'évader de ces murs.

Il s'efforce de ne pas penser à la salle où ils l'emmènent, bien que cela n'ait aucune importance. Toutes les salles sont les mêmes, se dit-il. Toutes sont terrifiantes.

Le brancard s'immobilise, et le garçon peut distinguer une porte du coin de l'œil et la plaque en cuivre, où il est écrit :

T. E.-C.

Le garçon ignore la signification de ces lettres, mais il sait en réalité que toutes les salles ne se ressemblent pas, et que celle-ci est la plus terrible.

Il sent un cri monter dans sa gorge et il mobilise toutes ses forces pour l'étouffer, sachant que, s'il montre sa peur, l'épreuve sera encore plus douloureuse. Et puis, nul cri, nul appel à l'aide ne serait entendu.

L'un des infirmiers ouvre la porte et l'autre pousse le brancard à l'intérieur. Le garçon entrevoit la boîte en bois posée sur une table contre l'un des murs, et il sent son ventre se nouer.

Il a soudain envie d'aller aux toilettes.

Il essaie de le dire aux infirmiers, mais il a tellement peur, maintenant, que sa bouche est sèche, et seul le son rauque d'un sanglot s'en échappe.

Il ferme les yeux ; peut-être que s'il ne regarde pas, il ne se passera rien.

Quand il entend la porte s'ouvrir et se refermer, puis la voix familière qui demande si tout est prêt, il ferme encore plus fort les yeux, comme si, en échappant à la lumière, il allait pouvoir fuir cette voix.

Le noir est cependant plus effrayant que ce qu'il a vu et, quand il risque enfin un coup d'œil, il sait qu'il va de nouveau subir le supplice.

Un infirmier ouvre la boîte, et l'homme en sort les plaques de métal brillant.

Le garçon ne veut pas voir mais c'est plus fort que lui, et il observe l'homme qui applique une substance visqueuse sur les plaques et insère celles-ci dans une épaisse bande de caoutchouc.

L'un des infirmiers dispose la bande autour du crâne du garçon.

Et tandis que ce dernier se raidit, les deux hommes pèsent sur lui et le plaquent sur le brancard.

Le premier choc le foudroie, et tous ses muscles se convulsent avec une telle force que, si les courroies n'étaient pas parfaitement serrées, ses os se briseraient.

Mais la pire sensation qu'il éprouve, c'est cette chaleur humide à l'entrejambe, mêlée à une odeur d'excréments.

Pleurant autant de honte que de douleur, le garçon attend le choc suivant.

Et le suivant.

Et le suivant...

Melissa Holloway sortit de la banque juste au moment où Ed Becker, accompagné de Bill McGuire, arrêtait sa Buick le long du trottoir.

— L'exactitude est la politesse des rois, pas vrai ? dit Bill en sortant de la voiture et en tenant la portière ouverte pour Melissa.

Mais le regard inquiet de l'entrepreneur trahissait le ton enjoué de sa voix. Melissa lui fit signe de garder sa place à l'avant et, tandis qu'elle montait à l'arrière de la spacieuse voiture, elle essaya de dissiper les craintes de Bill.

— Ce n'est qu'une formalité, Bill. J'ai seulement pensé que je devrais examiner de près ce projet, puisque ce sera maintenant à moi de signer l'accord du prêt.

— A vous et au conseil d'administration, lui rappela Ed Becker.

— Oui, le conseil et moi, approuva Melissa. Mais ce n'est pas le conseil qui sera viré si jamais ça tourne mal.

— Il n'y a aucune raison que cela tourne mal, lui assura Bill, alors qu'Ed Becker tournait pour remonter Amherst Street. Jules était sur le point de libérer les fonds quand...

— Jules n'est plus là, l'interrompit Melissa, décidant qu'il était temps d'affirmer sa position à la tête de la banque. Et n'oublions pas que nous ne sommes pas sortis de cet audit. Si l'accord du prêt doit dépendre de la dernière recommandation de Jules, j'ai bien peur qu'il ne soit jamais accordé.

Elle vit les deux hommes échanger un regard troublé.

— Et n'oublions pas, ajouta-t-elle, que c'est la gestion de Jules qui nous a mis dans le pétrin.

— Mais ce projet de centre commercial est parfaitement sain... intervint Bill McGuire.

Cette fois, ce fut Ed Becker qui l'interrompit :

— Melissa connaît les chiffres mieux que nous. Elle sait que l'affaire est rentable... sur le papier. Mais une bonne banquière veut savoir si l'entreprise a des chances de succès dans la réalité.

— Je sais bien, dit Bill avec un soupir. Mais depuis qu'il est arrivé toutes ces choses... enfin, vous voyez ce que je veux dire.

Melissa et Ed gardèrent le silence, mais ils voyaient très bien. Pendant ces quatre derniers mois, depuis que l'épouse de Bill avait perdu leur deuxième enfant et s'était suicidée quelques jours plus tard, un sentiment de tristesse s'était répandu dans toute la ville. Peu de temps après, la nouvelle que la banque locale avait des problèmes avait inquiété les esprits. Et puis, Jules Hartwick s'était donné la mort en s'éventrant sur les marches de l'ancien asile, plongeant la communauté dans le désarroi. Personne, cependant, ne s'attendait à une troisième tragédie. Aussi la mort atroce de Martha Ward avait-elle engendré la peur et la méfiance dans tout Blackstone. L'air lui-même semblait s'être alourdi. Des voisins qui, pendant des années, s'étaient amicalement abordés, commençaient à s'épier, se demandant quelle serait la prochaine victime et priant pour que la malédiction qui semblait s'être abattue sur la ville ne frappe personne de leur famille.

Leur arrivée à l'asile ne contribua pas à chasser la sourde inquiétude qui les avait saisis tous les trois. Melissa Holloway descendit de la Buick ; levant les yeux vers la façade de pierre grise, elle se rappela l'hôpital dans lequel elle avait été elle-même enfermée, et se demanda si elle avait vraiment envie de pousser ces lourdes portes de chêne. Mais Bill McGuire tournait déjà la clé dans la serrure, et Melissa chassa ses souvenirs, car ce qui s'était passé à Secret Cove, alors qu'elle n'était qu'une enfant, n'avait rien à voir avec le Blackstone d'aujourd'hui. Respirant un grand coup, elle suivit Ed Becker et Bill McGuire à l'intérieur de l'asile.

Il ne restait pas grand-chose de la splendeur de l'imposante demeure qui avait été transformée en hôpital psychiatrique. Les vastes pièces du rez-de-chaussée avaient été divisées en un dédale de minuscules bureaux. Bill les guidait en leur décrivant la nouvelle configuration que présenteraient les lieux, une fois les travaux de transformation achevés.

— Ceci deviendra un atrium, leur dit-il, alors qu'ils repassaient par le hall pour se diriger vers l'aile ouest de la bâtisse.

Le soleil déclinant qui filtrait à travers les carreaux poussiéreux des fenêtres ne parvenait point à chasser le caractère profondément lugubre de l'asile. Ils arrivèrent bientôt à l'arrière du bâtiment, où se dressait un escalier monumental.

— L'escalier est d'origine, expliqua Bill, mais les rampes et les balustrades d'acajou ont été remplacées par celles en fer que vous voyez, probablement à l'époque où ils ont installé les extincteurs automatiques.

Il leva les yeux vers les conduites et les sprinklers qui sillonnaient le plafond, suspendus par des fixations métalliques.

— Les derniers travaux ont eu lieu deux ans avant la fermeture de l'établissement.

— Sait-on pourquoi ils ont fermé ? demanda Melissa.

Bill McGuire et Ed Becker échangèrent un regard. Dans le silence qui suivit, chacun parut attendre que l'autre prenne la parole. Ce fut Ed qui, finalement, répondit :

— Non, on ne sait pas exactement ce qui s'est passé. C'était le père d'Oliver Metcalf qui en était alors le directeur. La sœur jumelle d'Oliver est morte à l'âge de quatre ans. Toutes sortes de ragots ont circulé. Certains ont parlé d'accident, d'autres ont prétendu que c'était Oliver le coupable. Il y en a même eu pour accuser le Dr Metcalf. J'étais très jeune à l'époque, je ne pourrais vous en dire plus. Mais il semblerait que Metcalf ait été très affecté par la perte de sa fille et que l'asile ait périclité rapidement. Des patients furent transférés ailleurs, et il n'y eut pas de nouveaux placements. A la fin, le conseil d'administration décréta la fermeture plutôt que de chercher un autre directeur.

— La bâtisse est donc déserte depuis près de quarante ans ? demanda Melissa. Quel dommage !

— Oui, mais encore heureux qu'ils ne l'aient pas fait démolir, dit McGuire, qui les entraînait maintenant vers l'escalier.

Il leur expliqua que les galeries marchandes s'étendraient sur deux niveaux — au rez-de-chaussée et au premier étage — et qu'il leur suffirait de redonner aux pièces leurs dimensions d'origine.

— Les chambres à l'étage étaient immenses, et elles feront de superbes boutiques.

Comme la lumière au-dehors déclinait, Bill alluma la torche électrique qu'il avait apportée. Poursuivant leur visite du premier étage, il détailla les plans à Melissa et mentionna divers commerçants qui avaient déjà accepté de louer un espace.

Au second étage, ils découvrirent un peu de mobilier dans les pièces vides, notamment une commode ancienne en chêne. Le bois avait légèrement souffert mais le meuble était encore solide et présentait de belles poignées de bronze, que l'âge avait noircies.

Ed Becker tira l'un des tiroirs incurvés et le porta jusqu'à la fenêtre pour mieux l'examiner. C'était du beau travail d'ébénisterie, tout en chevilles et queues-d'aronde.

— Ce meuble serait-il à vendre ? demanda-t-il.

Bill haussa les épaules.

— Demande ça à Melissa.

— Qu'a-t-on fait du mobilier qui se trouvait ici ? s'enquit Melissa.

— J'ai envoyé les frères Corelli déménager ce qu'il y avait voilà quelques mois, répondit Bill. Tout a été vendu aux enchères, et l'argent placé sur le compte du futur centre. Mais apparemment, ils ont oublié cette commode.

Melissa plissa le front.

— Combien vaut-elle, à votre avis ?

Ed Becker considéra le meuble, se demandant s'il pourrait l'acquérir à un bon prix, mais Melissa parut lire dans ses pensées et le devança :

— Je ne pense pas qu'elle fasse moins de mille dollars dans une vente à l'encan, dit-elle. Pas vous, Bill ?

— Tu as entendu, Ed ? fit Bill en riant. C'est mille dollars, a dit madame. Mais une fois restaurée avec soin, ta commode en vaudra le double.

Ed Becker examina de nouveau le meuble, en admira la facture. C'était un peu cher pour lui, mais il savait aussi que mille dollars, c'était une affaire. Et puis, quelque chose dans cette commode le séduisait, bien qu'il n'eût su dire quoi, si ce n'était qu'il la trouvait belle.

— Affaire conclue ? dit-il à Melissa.

— A la condition que le conseil d'administration du centre soit d'accord sur le prix, répondit Melissa avec un sourire.

— Ils seront bien trop contents d'empocher mes mille dollars pour songer à marchander, dit-il.

Il remit le tiroir en place et suivit Melissa et Bill hors de la chambre mais, arrivé sur le seuil, il se retourna et regarda le meuble une fois de plus.

Même à mille dollars, c'était une bonne affaire. Il sortit son agenda et en extirpa un Post-it, sur lequel il écrivit : PROPRIÉTÉ D'ED BECKER. Et il alla coller le papillon sur la commode.

Mais comme il s'en détournait, il frissonna comme sous l'effet d'un brusque courant d'air froid.

Il jeta un regard dans la pièce : la fenêtre était fermée. Et tandis qu'il se hâtait de rejoindre Bill et Melissa, il oublia l'étrange frisson.

4

Clara Wagner contemplait le mouchoir déplié sur ses genoux, là où Germaine l'avait déposé. Depuis que sa fille avait quitté la chambre une demi-heure plus tôt, Clara n'avait pas bougé. Les bûches se consumaient doucement dans l'âtre, mais elle n'avait ni appelé ni donné de la canne contre le plancher pour que Germaine ou Rebecca vienne attiser le feu et remettre du bois.

Pendant une demi-heure elle n'avait rien fait d'autre que de rester dans son fauteuil à regarder le mouchoir.

Pourquoi lui semblait-il si familier ?

Et pourquoi sa seule vue l'effrayait-elle ?

Ce petit carré de lin brodé de fil de soie avait fait surgir des confins de sa mémoire un souvenir qui, malgré tous ses efforts, demeurait flou, insaisissable.

Un souvenir qui flottait dans l'ombre du passé, et qu'elle enrageait de ne pouvoir porter à la lumière.

Etait-il possible que Germaine n'eût pas menti et qu'elle l'eût déniché dans le magasin d'antiquités de Janice Anderson ?

Elle en doutait. Elle avait en vérité la quasi-certitude d'avoir déjà vu ce mouchoir, et celui-ci ne venait pas d'une boutique.

Il avait réveillé ce souvenir dès l'instant où elle avait posé les yeux sur lui. Et ce n'était pas un souvenir plaisant.

Son estomac, délicat même quand elle se sentait au mieux de sa forme, s'était retourné, et un flot de bile lui était monté dans la bouche, laissant un goût amer. Elle avait même failli vomir. Il n'en avait rien été, bien sûr ; elle était restée immobile et concentrée, soumettant son corps à sa volonté, tout comme elle l'avait fait quand elle avait décidé de ne plus marcher.

Ce souvenir-là la fit sourire. Germaine avait envoyé

chercher le Dr Margolis, mais ce vieux grigou n'avait pu tirer l'ombre d'un réflexe de ses jambes et avait bien été forcé de constater la paralysie. Et toute la bande de neurologistes et d'orthopédistes que Germaine avait fait défiler dans la chambre avaient tous buté sur la même évidence : Clara Wagner avait, pour une raison qui leur échappait, perdu l'usage de ses membres inférieurs. Le fauteuil roulant et Germaine étaient devenus ses jambes.

Et c'était exactement ce qu'elle désirait.

Cela faisait plus de dix-huit ans que Clara menait sa vie comme elle l'entendait : solitaire, libre et débarrassée de toute corvée. Les corvées, Germaine et la femme de ménage étaient là pour s'en charger.

Aujourd'hui, Rebecca avait remplacé leur ancienne domestique, et cela ne changeait rien à la situation.

Elle ne savait pourquoi ce mouchoir la bouleversait. Le prenant du bout des doigts, comme s'il était imprégné de poison, elle le leva à la lumière de la lampe pour l'examiner de près.

Il était en vérité superbement brodé d'un dessin floral en fil de soie qui se fondait dans la toile sans que l'on puisse relever la plus légère imperfection. C'était remarquable.

Soudain il lui revint une image du passé. L'image d'une femme, vêtue d'une grossière chemise de nuit, assise au bord d'un lit d'hôpital, regardant droit devant elle sans rien voir.

Mais, sur ses genoux, ses doigts tissaient d'un fil de soie un carré de lin avec une dextérité et une rapidité stupéfiantes.

La main de Clara se referma sur le mouchoir. Non, l'idée qui venait de se former dans son esprit n'avait pas de sens. Plus d'un demi-siècle s'était écoulé depuis qu'elle avait mis les pieds dans cette lugubre bâtisse ! Et tout ce qu'avait pu faire ou broder cette femme avait certainement disparu aussi sûrement qu'elle.

Mais Clara n'en revint pas moins au mouchoir, incapable d'en détacher ses yeux, fouillant dans sa mémoire... quoi ?

Ah ! Impossible de se rappeler ! Ses souvenirs semblaient lui échapper tels des lutins espiègles, ponctuant leur partie de cache-cache de rires sardoniques. Elle ferait mieux de jeter ce satané mouchoir dans le feu. Elle le froissa et le pressa dans sa main, comme pour en extraire le message dont il était porteur, mais se retint de le lancer dans les flammes.

Elle ne le détruirait pas. Pas encore.

Il fallait d'abord qu'elle se souvienne.

Alors, elle pourrait le brûler.

Et, comme la pendule de la cheminée sonnait six coups, elle fourra le mouchoir dans sa poche puis, posant sa main sur les commandes de son fauteuil électrique, elle actionna la mise en marche. Avec un bourdonnement sourd, la chaise s'ébranla en direction de la mezzanine.

— Pour l'amour du Ciel, Rebecca, vous ne pourriez pas faire un peu plus attention ? Si vous le laissez tomber, mère vous tuera.

Rebecca raffermit sa prise sur le plateau d'argent contenant la théière, trois tasses, un pot de crème, le sucrier, un petit panier de scones et une boîte de chocolats. Germaine ne voulait pas que Rebecca utilise la table roulante de l'office, la jeune femme devait porter elle-même le plateau et il n'était pas question qu'une seule goutte de thé ou de crème déborde. Mais Rebecca se savait la main ferme et ne craignait pas de mener à bien la tâche qui lui était confiée. Elle ne comprenait pas toutefois qu'on l'empêche de se servir de la table roulante et trouvait bien étranges les exigences de Germaine en matière de thé : elle tenait à goûter le breuvage, et Rebecca avait dû le refaire quatre fois avant que Germaine le déclare correctement infusé.

Elle suivit Germaine Wagner à travers la salle à manger et le vestibule en avançant à pas prudents, veillant à ce que la crème ne déborde pas du pot, et s'arrêta à quelque distance de l'ascenseur, ainsi qu'elle en avait reçu l'ordre.

Le bruit de la machinerie annonça la descente de Clara Wagner. Et tandis que Rebecca et Germaine attendaient côte à côte, la cabine s'arrêta avec un grincement. Clara, assise bien droite dans son fauteuil, émergea de la cage métallique, jeta un regard hostile aux deux femmes, fit rouler son fauteuil jusqu'à Rebecca et entreprit d'inspecter le plateau. Rebecca savait qu'elle trouverait quelque chose à redire, et elle attendait, soumise et patiente.

— Le sucrier n'est pas plein, déclara la vieille femme quand elle eut soulevé le couvercle.

— Je suis désolée, Miss Clara, dit Rebecca en pensant que Germaine aurait pu lui rappeler de veiller à ce détail. Je vais le remplir tout de suite.

— Non, Germaine va s'en charger, pendant que vous desservirez le plateau.

Rebecca vit le visage de Germaine se crisper mais se garda de toute remarque tandis que la fille Wagner remportait le sucrier à la cuisine. Elle suivit Clara jusqu'au petit salon où la table était dressée pour trois.

La vieille examina la disposition des couverts, des petites serviettes à dessert, et Rebecca retint son souffle tandis que le regard acéré de l'invalide parcourait les pots de confitures, le beurrier et la rose dans le petit vase.

— Vous pouvez poser le plateau, ordonna-t-elle, apparemment satisfaite.

Elles attendirent en silence le retour de Germaine avec le sucrier. Rebecca nota à quel niveau il fallait remplir ce dernier, afin de ne pas répéter la même erreur.

Germaine versa le thé, servant sa mère la première.

— Pourquoi ne montres-tu pas le mouchoir que je t'ai offert ? dit-elle en coulant un regard de biais vers Rebecca pour voir si la jeune femme la contredirait.

Oliver m'en a fait présent, et Germaine l'a donné à sa mère, pensa Rebecca, en s'efforçant de ne pas porter un jugement sur une pareille conduite.

— Merci, dit-elle à Germaine qui lui passait enfin une tasse de thé.

Elle se tourna vers Clara.

— Oui, j'aimerais bien voir ce mouchoir. Germaine m'a dit qu'il était très beau.

La main de Clara Wagner se porta machinalement à la pochette de son chemisier.

— Je ne l'ai pas apporté avec moi, dit-elle. D'ailleurs, il ne me plaît pas.

Le visage de Germaine se crispa de nouveau en voyant la petite bosse dans la pochette.

— Si tu ne l'aimes pas, pourquoi ne me le rends-tu pas ? dit-elle à sa mère avec irritation.

Clara regarda sa fille.

— Je t'ai dit que je ne l'avais pas.

— Tu l'as.

Et, se penchant par-dessus la table, Germaine tendit la main vers la pochette, mais Clara lui saisit le poignet de sa main griffue. Pendant un long moment, la mère et la fille se défièrent du regard.

— Vas-tu encore me traiter de menteuse, maman ?

Clara relâcha soudain le poignet de Germaine et sortit le mouchoir.

— Fort bien, dit-elle d'une voix grinçante. Si tu le veux, prends-le ! Et avec tous mes vœux !

Et, froissant en boule le mouchoir dans sa main, elle le jeta au visage de sa fille.

Rebecca retint son souffle, redoutant l'éclat, mais à son grand soulagement, Germaine ne répliqua pas au geste rageur de sa mère. Elle se pencha pour ramasser le mouchoir tombé à terre, l'étendit à plat sur la table pour le défroisser du plat de la main et le replia soigneusement, avant de le glisser dans la poche de poitrine de sa robe, en faisant en sorte qu'apparaisse le monogramme.

— Voilà, dit-elle, tournant son regard vers Rebecca. N'est-ce pas joli ?

Sans attendre de réponse, elle souleva le couvercle de la boîte de chocolats. A sa stupeur, ce ne furent point des chocolats qu'elle découvrit, mais une masse grouillante de cafards et de grosses mouches à viande. Les yeux exorbités de frayeur, elle vit l'essaim de mouches s'envoler pour se poser sur son visage. Elle bondit de sa chaise pour échapper au flot bourdonnant qui continuait de surgir de la boîte. Moulinant des bras frénétiquement, elle tenta de chasser la horde d'insectes et ne réussit qu'à renverser la théière sur Clara. Paniquée, Germaine s'éloigna à reculons de la table mais une nouvelle vision d'horreur l'attendait : le sol autour d'elle n'était qu'un tapis de serpents qui ondulaient et sifflaient.

Elle hurla de terreur et s'enfuit du salon en titubant.

Rebecca, stupéfaite par l'inexplicable comportement de Germaine, resta figée sur sa chaise, jusqu'à ce qu'elle prenne conscience que Clara Wagner l'appelait à son secours.

— Aidez-moi ! Aidez-moi !

Rebecca s'empressa d'essuyer à l'aide des serviettes le chemisier et la jupe de Clara. Que s'était-il donc passé ? se demandait la jeune femme. En un éclair, Germaine avait perdu la raison. Comment était-ce possible ?

— Qu'est-il arrivé à Germaine ? demanda-t-elle à la vieille femme.

Clara écarta Rebecca d'un geste agacé.

— Qu'est-ce que j'en sais ? dit-elle, plus grinçante que jamais. Et quelle importance ! Tout ce que je sais, c'est qu'elle a gâché mon thé.

Sur ce, elle recula son fauteuil de la table et reprit la direction de l'ascenseur.

Le bruit du classeur tombant de ses genoux sur le plancher sortit Oliver de son étrange torpeur. La migraine desserrait son étreinte, mais il était aussi courbatu que s'il s'était livré à des exercices physiques effrénés. Il était en sueur et épuisé. Ce ne fut qu'après avoir rassemblé les feuilles éparses du dossier et rangé celui-ci dans la caisse qu'il jeta un regard par la fenêtre.

La nuit était tombée. Blackstone se fondait dans l'ombre et l'asile n'était plus qu'une silhouette noire. Comme il contemplait la bâtisse, il imagina Malcolm Metcalf à l'œuvre, commettant ces atrocités si froidement décrites dans les pages qu'il venait de lire. De véritables supplices dont il aurait pu douter, s'ils n'avaient été retranscrits de la main même de son père, dont il aurait reconnu entre toutes l'écriture sèche et précise.

« Accepte-le, se dit-il, accepte le fait que ces traitements prescrits pour Lavinia Willoughby représentaient une thérapie d'avant-garde à l'époque. » Pourquoi son père ne les aurait-il pas utilisés ?

Ses pensées furent interrompues par un éclair de lumière au sommet de la colline. Oliver se figea. Un autre éclair se produisit, illuminant un bref instant l'une des fenêtres du second étage.

Le phénomène se répéta un peu plus loin dans le bâtiment.

Et, perdant le sens de la réalité pendant une seconde, il eut la certitude que c'était son père qui arpentait l'asile, la nuit venue.

Oui, son père était revenu hanter les sombres corridors de son ancien domaine, pendant que son fils prenait connaissance des traitements sadiques infligés jadis par Malcolm Metcalf à de pauvres hères à la raison ébranlée.

La raison lui revint aussi brusquement qu'elle l'avait quitté, et il comprit que quelqu'un explorait l'asile avec une torche électrique. Il repéra la silhouette d'une voiture garée au bas des marches du perron et se souvint qu'aujourd'hui Bill McGuire et Ed Becker devaient faire visiter la bâtisse à Melissa Holloway.

Oliver descendit, enfila un veston et sortit dans la nuit. Il se savait incapable de pénétrer dans l'asile mais il pouvait au moins attendre ses amis à la sortie. Et, comme il commençait de grimper la pente en direction de la sinistre façade, il éprouva de nouveau un élancement à la tempe droite.

A chaque pas, la douleur empirait, mais il continua de monter, refusant de céder à ces invisibles coups de boutoir dans son crâne. Comme il parvenait au bas du perron et de la volée de marches menant à la porte d'entrée, une violente nausée le plia en deux en même temps que son corps se couvrait de sueur froide.

Il tomba à genoux. Il suffoquait, maintenant. Il se releva en titubant et leva les yeux vers la porte. Celle-ci lui parut soudain grandir, prendre des proportions démesurées. Un cri de terreur monta dans sa gorge, alors qu'il voyait les deux lourds battants de chêne s'incliner dangereusement vers lui. Il allait être écrasé s'il restait. Il recula puis, tournant les talons, s'enfuit dans la nuit.

Melissa Holloway hésita en haut des marches menant au sous-sol. Elle frissonna, en proie au sentiment d'être soudain proche de quelque force maléfique.

— On n'est pas obligés de descendre, dit Bill McGuire, sentant le malaise de Melissa. Si vous préférez...

— Non, ça va bien. Je suis venue visiter le bâtiment, et je veux le voir en entier.

Mais tout en disant cela, il lui suffisait de plonger son regard dans les ténèbres du sous-sol pour douter de sa volonté.

Toutefois, sa peur diminua quelque peu un moment

plus tard, quand les faisceaux conjugués des lampes d'Ed et de Bill chassèrent l'obscurité. Un long couloir s'étirait devant eux. Elle suivit les deux hommes, mais sans pouvoir chasser l'intuition d'une présence maligne.

— Vous êtes sûrs qu'il n'y a personne d'autre, ici ? demanda-t-elle, pour regretter aussitôt cette question que seule une fillette apeurée aurait pu poser.

— Non, on n'est pas sûrs, répondit Ed Becker en gloussant. Qui sait quel démon a jadis hanté ces lieux ?...

Sa voix s'éteignit, tandis que McGuire braquait sa torche dans l'une des pièces donnant sur le couloir. Des chaînes munies de solides courroies de cuir étaient scellées dans le mur du fond.

— Mon Dieu ! murmura l'avocat. Vous croyez qu'ils enchaînaient les malades ?

Melissa Holloway considéra les sangles de contention.

— Voyez-vous un autre usage à cela ? demanda-t-elle.

Aucun des hommes ne répondit, mais Bill s'empressa d'éclairer de nouveau le couloir.

Les portes suivantes étaient percées de judas. Bill ouvrit l'une d'elles et Melissa et Ed regardèrent à l'intérieur de la cellule, aux murs de laquelle adhéraient encore des plaques de tissu matelassé.

Une cellule d'isolement.

Il y en avait deux autres semblables.

La pièce suivante était équipée de trois baignoires circulaires, chacune d'entre elles assez grande pour y recevoir un adulte. Toutes trois étaient équipées d'un couvercle de planches muni d'un loquet et découpé d'un trou en son milieu.

Comme Ed Becker considérait les baignoires d'un air perplexe, ce fut encore Melissa qui l'éclaira.

— Les patients passaient la tête par le trou. Personne n'a envie de rester des heures dans un bain glacé. Alors, ils refermaient les couvercles, pour les empêcher de sortir.

Ed Becker se représenta le supplice que cela supposait, d'être ainsi contraint de baigner dans l'eau froide. Il imagina la détresse que devaient éprouver celles et ceux à qui l'on faisait subir pareils traitements au nom d'un bienfait imaginaire. A la folie des malades répondait l'insanité des soignants.

— Et on appelait ça un hôpital ? grogna-t-il en s'éloignant à la hâte.

— Oh ! il devait y en avoir des centaines du même genre, en ce temps-là, répliqua Melissa.

Les trois achevèrent le tour du sous-sol en silence, comme s'ils se faisaient un devoir de visiter ces cellules humides à l'intérieur desquelles s'était pratiquée une médecine qu'aucun d'eux n'avait envie de commenter.

Quand ils reprirent enfin l'escalier, Melissa secoua tristement la tête.

— Je doute qu'ils aient jamais guéri un seul malade avec des méthodes aussi barbares, dit-elle. Et je me demande si on ne ferait pas mieux de raser cet asile.

Bill McGuire et Ed Becker échangèrent un regard.

— Il est trop tard pour ça, dit l'avocat. Les murs sont sains. Et c'est depuis longtemps qu'on aurait dû le démolir. Oh, je sais bien qu'il donne des frissons, Melissa, je n'en menais pas large moi-même, là en bas, mais tout cela s'est passé il y a plus de cinquante ans, alors les gens ont oublié. De toute façon, l'asile est désormais classé monument historique et même si toute la population de Blackstone votait pour sa démolition, on ne pourrait toucher à une seule pierre.

En arrivant près de la porte d'entrée, Melissa jeta un dernier regard derrière elle. Elle frissonna de nouveau, comme si quelque entité maléfique était tapie dans l'ombre.

— Je ne sais pas, dit-elle. Je ne sais pas si des lieux de ce genre devraient être conservés. Il y a eu tant de malheurs ici, qu'on dirait que les murs eux-mêmes en sont imprégnés. Et je ne suis même pas sûre que notre entreprise puisse y changer quoi que ce soit.

Bill jeta un regard inquiet à Melissa.

— Vous n'allez tout de même pas remettre en question tout le projet ? demanda-t-il.

Melissa se tourna vers lui.

— Non, rassurez-vous, Bill. Je disais seulement ce que m'inspire cet endroit. En tant qu'individu, cet asile me répugne et me fait peur. Mais en tant que banquière, je dois avouer que c'est un excellent investissement.

Un moment plus tard, ils montaient dans la voiture et regagnaient Blackstone, sans savoir qu'Oliver Metcalf était monté les attendre puis avait fui, terrorisé.

La migraine se dissipa lentement, la nausée passa, et le voile de terreur qui s'était abattu sur Oliver se leva.

Il prit soudain conscience qu'il courait dans la nuit noire. Où courait-il ? Et pour fuir quoi ?

Puis il trébucha sur une pierre et s'affala de tout son long. Sa main heurta une surface dure. Il se força à rester allongé afin de retrouver son souffle et de se calmer. Il se souvint d'avoir paniqué en arrivant devant la porte de l'asile. Ensuite, il avait couru droit devant lui, comme un cheval emballé.

Il n'y a rien, se dit-il. Rien à redouter. Personne ne te poursuit. Personne.

Et, comme il reprenait le contrôle de lui-même, il s'assit. Sa vision s'était maintenant adaptée à l'obscurité ; il jeta un regard autour de lui et il comprit où il se trouvait.

Dans le cimetière de l'asile.

Ce petit arpent de terre où, pendant près d'un siècle, les corps des patients abandonnés par leurs familles derrière les murs de l'asile avaient enfin trouvé le repos, après leur voyage en enfer.

Un simple champ, en vérité. Un cimetière de pauvres, sans chapelles ni dalles funéraires. Seulement une croix ou une simple pierre pour marquer leur dernière demeure.

Oliver se releva et déambula dans le cimetière, se dirigeant presque malgré lui vers le coin le plus éloigné où, dans un petit enclos délimité par une grille rouillée, son père reposait. Il contempla la pierre de granit qu'éclairait la lueur de la lune.

Malcolm METCALF
Né le 25 février 1914
Décédé le 19 mars 1959

Pourquoi son père s'était-il donné la mort ?

Et pourquoi avait-il choisi cette date particulière ?

Toujours — depuis l'enfance, en vérité — Oliver avait pensé que son père avait choisi la même date que celle du décès de sa fille bien-aimée.

Mais était-ce la vérité ?

Oliver l'ignorait ; peut-être ne le saurait-il jamais.

Même maintenant, près de quarante ans après, il ne se souvenait de rien.

Ses souvenirs, quels qu'ils fussent, étaient aussi profondément enfouis dans son subconscient que son père l'était dans la terre.

Il resta ainsi un long moment immobile devant la tombe, sentinelle de nuit auprès d'un mort qui lui était presque inconnu.

Soudain, des phrases du dossier médical qu'il avait consulté un peu plus tôt dans la soirée lui revinrent.

Camisoles de force... Bains glacés... Electrochocs...

— Qu'avez-vous fait, père ? murmura-t-il.

Puis, prenant conscience de l'importance de la question, il répéta plus fort :

— Qu'avez-vous fait ?

Ces mots résonnèrent dans le silence. Et une fois de plus, il les prononça. Mais cette fois, l'angoisse donna à sa voix la puissance d'un cri qui déchira la nuit.

« QU'AVEZ-VOUS FAIT ? »

5

Germaine Wagner, enveloppée dans une couverture, gisait recroquevillée sur son lit. Elle n'avait pas allumé en entrant dans sa chambre et ne s'était pas changée non plus, de crainte de ce qu'elle pourrait découvrir à la lumière du lustre ou dans l'ombre de son placard. Pendant longtemps, elle resta assise dans l'obscurité, son cœur battant si fort qu'il couvrait tous les autres bruits, et ses tempes lui élançant avec une telle violence qu'elle redoutait d'avoir une attaque.

Mais, à mesure que passaient les minutes, l'adrénaline reflua dans son sang et son pouls ralentit. Et, tandis qu'elle se relevait de sa terreur, elle s'efforça de se calmer et de soulager la formidable tension qui lui avait fait relever les jambes contre sa poitrine et serrer les genoux entre ses bras, corps ramassé en une boule frémissante d'angoisse.

Ce n'est pas moi, se dit-elle. *Jamais je n'ai réagi de cette façon. Jamais, quelle qu'ait été la situation.*

Mais l'instant d'après, alors qu'elle se souvenait de la masse grouillante des insectes qui avaient tournoyé autour d'elle et des serpents qui se tordaient sur le tapis, une nouvelle vague de panique déferla. Toutefois, elle sut garder son sang-froid.

C'est une hallucination. Rien qu'une hallucination. La fatigue, peut-être.

Germaine Wagner savait qu'elle n'était pas de ces femmes à l'imagination délirante. Elle s'était toujours vantée de sa capacité à ne voir que le réel, et rien que le réel. Même quand elle était petite et qu'elle contemplait le ciel avec ses petites camarades, elle ne voyait que des nuages — des stratus, des cumulus, des cumulo-nimbus — filant avec le vent, alors que ses compagnes apercevaient des éléphants, des tigres et des dragons. L'esprit, s'était-elle toujours dit, n'était qu'un instrument d'analyse, et elle avait toujours veillé à l'entretenir. Elle n'avait jamais bu un verre d'alcool, jamais fumé de cannabis, jamais pris la moindre drogue...

Drogue ?

Etait-il possible que Rebecca Morrison eût mis quelque chose dans son thé ? Mais bien sûr ! Il n'y avait pas d'autre explication !

C'était sa vengeance, à cette ingrate ! De méprisables représailles, pour la punir de lui avoir pris ce mouchoir, avant qu'elle ne le perde ou ne le déchire.

La colère se substituant à sa peur, Germaine porta la main à la pochette de sa robe pour s'assurer que le mouchoir était toujours là. Rebecca avait très bien pu le lui reprendre, profitant de ce qu'elle était sous l'effet de la substance versée dans le thé. Mais non. Le mouchoir était toujours là. Par précaution, Germaine le glissa dans son soutien-gorge.

Elle avait commis une erreur en accueillant Rebecca chez elle. Quelle façon avait eue cette effrontée de la remercier des bienfaits qu'on avait eus pour elle ! Et de quel trait pervers avait-elle fait preuve ! C'était impardonnable. Rebecca devrait se chercher un autre toit.

Cette décision prise — irrévocable, comme toutes ses décisions —, elle ne vit pas de raison de retarder plus longtemps le renvoi de cette fille.

Cette nuit serait la dernière que Rebecca Morrison passerait chez les Wagner. Et elle allait de ce pas le lui annoncer.

Elle rejetait la couverture, quand elle perçut un bruit.

Un grattement, comme si quelque créature grimpait sur les persiennes. Un oiseau ou un lézard, pensa-t-elle. Satisfaite d'avoir identifié la nature du bruit, elle s'assit au bord du lit et s'apprêtait à se lever quand le bruit se fit de nouveau entendre ; mais, cette fois, il ne provenait plus de la fenêtre.

Il était dans la pièce.

Un léger raclement de petites pattes sur le plancher.

Une souris ?

Instinctivement, Germaine leva les pieds, puis les reposa avec détermination par terre, alors qu'elle prenait conscience du ridicule de sa frayeur. Elle se leva, et une fois de plus le bruit reprit. Cette fois, elle l'ignora et tendit la main vers la lampe sur sa table de nuit. Elle actionna l'interrupteur et une chaude lumière chassa les ténèbres.

Germaine commençait à se détendre, quand elle perçut un mouvement du coin de l'œil. Elle tourna si vivement la tête qu'elle se fit mal au cou et porta la main à sa nuque.

Quelque chose gigota sous ses doigts !

Elle tenta de s'en débarrasser et aperçut soudain son visage dans le miroir au-dessus de la commode.

Un grand mille-pattes grimpait sur son cou. Germaine le balaya du revers de la main et essaya de l'écraser sous son pied, mais l'insecte disparut sous le lit.

Se baissant, elle souleva la courtepointe et tendit la main vers sa pantoufle, bien décidée à tuer la bestiole.

Mais à la place de la pantoufle, un gros rat dardait sur elle l'éclat malveillant de ses petits yeux rouges. Le cœur battant, elle ramena sa main avec un cri de terreur. Au même moment, un autre mouvement au-dessus d'elle la fit se jeter à plat ventre, et quelque chose lui frôla les cheveux.

Elle essaya de se relever, en proie à une panique grandissante. La chose revint sur elle — une chauve-souris, probablement — et, comme elle tentait de l'esquiver, son pied se prit dans le tapis. Elle tomba lourdement en avant et se cogna la tête à l'angle de la commode. Le choc lui arracha un cri de douleur et de terreur. Une fois de plus, elle tenta de se remettre debout.

A présent, la chauve-souris tournoyait autour d'elle. Elle essaya bien de la frapper mais la bête l'évita d'un coup d'ailes et disparut dans les plis du rideau de la fenêtre. Cherchant de quoi se défendre, Germaine s'empara d'un lourd poudrier d'albâtre et le lança sur la chauve-souris. L'objet fit voler la vitre en éclats en même temps qu'un nuage de poudre se répandait dans la pièce, nuage qui se transforma en un millier d'insectes bourdonnants, une masse dix fois plus grande que celle qui avait jailli de la boîte de chocolats. Un gémissement de terreur s'échappa des lèvres de Germaine. Elle recula, tenta d'échapper à l'essaim en battant frénétiquement des bras. Les mouches lui rentraient dans la bouche, dans les yeux, l'étouffaient, et elle finit par tomber à genoux, épuisée et haletante.

Alors, ce furent des centaines de souris qui sortirent de

sous le lit. Elle essaya de les chasser mais ne réussit qu'à se cogner les mains contre l'armature métallique du lit. Elle eut bientôt les phalanges en sang et le rat, excité par l'odeur, jaillit à son tour. Se saisissant de la lampe de chevet, elle l'abattit sur le rongeur. Le pied en verre de la lampe éclata en mille échardes qui lui criblèrent le visage.

L'air continuait de bruire du bourdonnement des insectes, du vol des chauves-souris, leurs dents fines comme des aiguilles prêtes à mordre. Germaine parvint à se relever et elle tituba jusqu'à la salle de bains. A tâtons, elle trouva l'interrupteur. La lumière crue envahit la pièce et Germaine se trouva face au miroir au-dessus du lavabo. Ce qu'elle vit ne pouvait être son image. Une face de gargouille la regardait, du sang sourdant de ses yeux, de gros vers blancs rampant sur ses joues. Et, comme l'horrible masque ouvrait la bouche, un serpent en jaillit, ses crochets suintant de venin, tandis que la gargouille tendait ses griffes acérées pour se saisir d'elle.

Germaine cassa le miroir à coups de poing. Un long éclat tranchant comme un rasoir lui entailla profondément la cuisse avant d'aller se briser en menus morceaux sur le carrelage.

Elle s'aperçut alors que chaque goutte de son sang prenait vie, se métamorphosant en une armée de fourmis rouges, qui se précipitaient sur elle pour planter dans sa chair la cuisante douleur de mille pincements.

Rampant sur les mains et les genoux, elle parvint à gagner la porte et, se relevant, tituba jusqu'à la mezzanine. Puis, comme elle plongeait son regard dans le vestibule, elle découvrit que le grand tapis oriental n'était plus qu'une fosse à serpents.

Prise d'une violente nausée, elle vomit et vit le contenu de son estomac se transformer en vers et limaces et ramper vers elle.

Dehors !

Il fallait qu'elle fuie cette maison !

Mais il n'y avait pas d'issue, hormis l'escalier, au bas duquel l'attendaient les vipères et les crotales.

Elle n'avait pas le choix. Où que son regard se portât, elle découvrait une nouvelle menace. Sa salive lui brûlait la bouche comme de l'acide. Elle avança vers l'escalier, mais les marches semblaient descendre vertigineusement et sans fin. Soudain, quelque chose tomba sur elle du plafond.

Elle leva les yeux et les vit.

D'énormes araignées avaient tissé leurs toiles au-dessus d'elle, enveloppant de leurs voiles arachnéens le grand lustre et les moulures. Noires et velues, elles s'apprêtaient à sauter sur elle.

Elle pouvait voir leurs crochets dressés, perlés de gouttes d'un venin qui courrait bientôt dans ses veines.

Gémissant, folle de terreur, Germaine Wagner commença de descendre l'escalier vers la masse grouillante des reptiles qui l'attendaient en bas.

6

Malgré la lueur des antiques réverbères plantés aux quatre coins du périmètre, le centre du cimetière flanquant l'église de Blackstone était plongé dans la pénombre. Oliver s'arrêta un instant devant la clôture de bois et se demanda si la migraine qui l'avait torturé durant toute la soirée allait encore frapper.

Il vit la silhouette sombre d'un passant de l'autre côté de la rue et, se sentant exposé sous le halo jaunâtre du réverbère, il poussa la barrière et pénétra dans le cimetière.

Il s'engagea dans l'allée principale et se dirigea vers le petit mausolée de marbre blanc que Charles Connally avait fait construire en 1927, quand ses cinq sœurs et lui décidèrent qu'ils ne reposeraient jamais dans le tombeau familial que leur père avait élevé pour lui-même, sa femme et leurs six enfants.

Tombeau que le vieux Jonas Connally — grand-père de Harvey Connally et arrière-grand-père d'Oliver — avait expressément interdit aux époux de ses filles et à la femme de son fils Charles, ainsi qu'à leur progéniture.

A ce jour, seuls les corps de Jonas et de Charity Connally reposaient dans la solitude de l'immense chapelle de grès qui se dressait au centre du cimetière.

Leur fils Charles, son épouse Eleanor, ainsi que leurs cinq filles et leurs maris respectifs, plus quelques-uns de leurs descendants, étaient enterrés dans des sépultures différentes, chacune étant disposée le dos au tombeau de Jonas Connally, pour rappeler à ce dernier qu'ils se détournaient de lui dans la mort comme ils l'avaient fait dans la vie.

Oliver avait toujours trouvé pitoyable cette disposition éclatée des tombes d'une même famille, témoignant pour l'éternité de la querelle qui avait opposé le vieux Jonas à son fils Charles et à ses cinq filles. Mais, pour Oliver, le plus triste de ces mausolées était celui de Charles, son propre grand-père, l'homme qui avait construit la grande demeure sur North Hill, devenue l'asile de Blackstone.

Bien que Charles Connally fût décédé bien avant la naissance d'Oliver, Harvey avait souvent parlé à son neveu de l'enthousiasme et de l'optimisme de son propre père. Ainsi ce dernier avait-il voulu que le caveau de famille soit assez vaste pour accueillir non seulement sa dépouille et celle de ses deux épouses et de ses enfants, mais aussi des conjoints de ces derniers ainsi que de la douzaine de petits-enfants qu'il espérait bien avoir un jour. Mais, après toutes ces années, l'édifice n'abritait que quatre tombes et, songea Oliver, il n'y en aurait jamais que deux de plus.

Le marbre blanc luisait doucement dans la pénombre, comme s'il était éclairé de l'intérieur plus que par la lumière lointaine des réverbères. Oliver s'approcha et lut la devise gravée dans la pierre des trois marches menant à l'intérieur du vaste caveau :

TOUS SONT BIENVENUS

Encore une provocation adressée à Jonas. Comme chaque fois qu'il lisait ces mots, Oliver se demanda ce qui avait bien pu opposer le patriarche à ses enfants.

Mais ce n'était pas pour tenter de comprendre cette déchirure familiale qu'il était venu ici ce soir. Il gravit les marches et se pencha au-dessus des deux tombes situées à gauche de celles de ses grands-parents. Chacune d'elles portait une petite plaque :

Olivia Connally Metcalf Née le 19 mars 1923 Décédée le 24 avril 1952	Mallory Connally Metcalf Née le 24 avril 1952 Décédée le 19 mars 1956

Sa mère et sa sœur, gisant côte à côte.

Il savait, bien sûr, comment sa mère était morte. Donner naissance à des jumeaux avait eu raison de ses forces. Elle avait échangé sa vie contre celle de ses enfants.

Une petite fille, prénommée Mallory.

Un petit garçon, prénommé Oliver.

La mort de sa sœur, cependant, était restée pour lui un mystère.

Les portraits des deux défuntes, sous leurs ovales de verre sertis dans la pierre, étaient presque entièrement effacés par le temps. Mais Oliver en connaissait le moindre trait.

Il se baissa pour poser la main sur l'image de sa mère et, comme chaque fois, ses yeux s'embuèrent de larmes.

— Pourquoi ? murmura-t-il. Pourquoi nous as-tu quittés ?

Il se tut, comme s'il attendait une réponse, et le silence du cimetière l'enveloppa d'un drap glacé qui le fit frissonner.

Sa main se déplaça vers le médaillon de sa sœur, morte un 19 mars, qui aurait été le trente-troisième anniversaire de sa mère.

Un souvenir lui revint, aussi vivace que si la chose s'était passée la veille.

Mallory et lui étaient encore tout petits — guère plus de trois ans — et il la tenait par la main, alors qu'ils traversaient la pelouse et pénétraient dans le bois. Il y avait un ruisseau plus loin, au bord duquel les deux jeunes enfants adoraient jouer. Ils se cachaient dans les buissons pour voir les ratons laveurs nettoyer leurs prises dans l'eau vive. Il leur arrivait, les jours de bravoure, d'enlever leurs souliers et de patauger dans l'eau cristalline, bien que leur père les eût mis en garde contre le danger de glisser et d'être emportés par le courant.

Mais ils n'avaient jamais glissé, n'avaient jamais...

La douleur crucifia Oliver avec une telle soudaineté qu'il recula en titubant, tandis que la vision de sa petite sœur se fondait dans la nuit.

Une lumière perce lentement les ténèbres.

Le garçon la contemple. Il la voit grandir.

A présent, c'est comme s'il regardait dans un tunnel.

Et au bout du tunnel, il y a un cercueil.

Le garçon sort du tunnel. Il est dans une église, devant un cercueil.

Une petite boîte.

Si petite qu'il pourrait lui-même s'y coucher.

Des mains le soulèvent, pour qu'il puisse voir à l'intérieur de la boîte.

Il voit un visage.

Le visage de sa sœur.

Et, comme il regarde, les yeux grands ouverts, il voit du sang couler du cou de sa sœur.

La douleur s'apaisa insensiblement, et Oliver pressa sa main contre le verre protégeant la photographie fanée de sa sœur.

— Ô Dieu, pourquoi ne puis-je me rappeler ? Que m'arrive-t-il ? s'écria-t-il d'une voix brisée.

Les yeux emplis de larmes, le souffle court, Oliver se détourna du tombeau et reprit le long chemin de sa maison.

Germaine ne savait pas combien de temps il lui avait fallu pour descendre l'escalier qui lui était apparu sans fin. Pendant qu'elle luttait contre les terreurs qui l'assaillaient de toutes parts, le temps avait perdu son sens. Pelotonnée contre la rampe sur la dernière marche, elle contemplait, fascinée, la masse grouillante et malveillante qu'était devenu le grand et riche tapis d'Orient. Ses dessins de lianes, de fleurs et d'oiseaux s'animaient sous ses yeux. Les lianes, entremêlées de serpents, se tendaient vers elle pour s'enrouler autour de ses chevilles. Un gémissement s'échappa de ses lèvres tremblantes alors qu'elle tentait de fuir l'horrible vision, mais la jungle devant elle la tenait sous son charme maléfique.

Soudain, la végétation ondulante s'enfonça, telle une pieuvre dans les profondeurs de la mer, et un gouffre sans fond s'ouvrit sous les yeux hagards de Germaine. Le vertige la saisit, tandis qu'elle regardait dans l'abîme. Elle tendit brusquement le bras pour s'accrocher à la rampe et sa main heurta violemment le bois. La douleur, fulgurante, lui fit perdre l'équilibre.

Elle bascula en hurlant. Et, dans sa chute, elle pouvait voir les serpents, leurs gueules ouvertes découvrant des crochets luisants de venin, se dresser sur leur queue pour la frapper avant même qu'elle ne touche le sol.

Puis ils furent sur elle, se lovant autour de ses bras et de ses jambes. Elle suffoquait. Elle essaya bien de se débattre, de s'arracher à ces étreintes visqueuses. En vain. Elle ne pouvait plus bouger.

Clara Wagner coupa le son du récepteur à l'aide de sa télécommande, alors que le générique de fin du journal télévisé apparaissait à l'écran. Et, comme le silence revenait dans la chambre, elle plissa le front d'un air contrarié. Qu'étaient-ce donc, ces gémissements qui semblaient provenir du vestibule ? Que se passait-il encore dans la maison ?

Assurément, quelqu'un criait et pleurait.

Ce devait être Germaine et Rebecca.

A quoi diable jouaient-elles ?

Ah ! mais bien sûr ! Rebecca avait dû encore faire une bêtise, et Germaine l'avait grondée. Alors, cette gourde de Rebecca était en pleurs. Eh bien, elle allait arrêter tout de suite.

Elle traversa la pièce, eut quelque mal à ouvrir la porte en chêne massif, mais sitôt qu'elle eut repoussé le battant, les cris lui parvinrent avec force.

— Pour l'amour du Ciel, qu'est-ce donc que ce vacarme ? s'écria Clara en dirigeant sa chaise vers la mezzanine qui entourait le vaste vestibule.

Mais, quand elle parvint à la balustrade et regarda en bas, le spectacle qu'elle découvrit la laissa bouche bée. Germaine se roulait sur le grand tapis. Mais qu'avait-elle ? Etait-elle tombée dans l'escalier ?

— Germaine ! GERMAINE !

Le cri qui s'éleva soudain dans la jungle galvanisa Germaine. Elle bondit sur ses pieds, déterminée à échapper à la bête monstrueuse dont elle venait d'entendre le rugissement tout là-haut. Avec une force décuplée par la terreur, elle se débarrassa des reptiles et des lianes qui l'enserraient dans une mortelle étreinte.

Se cacher. Vite !

Hésitant sur la direction à prendre, elle chercha un

endroit où se mettre à l'abri du monstre qui allait descendre d'un moment à l'autre.

Enfin, elle entrevit une chance de salut.

Tandis que les lianes tentaient encore de la retenir et que les serpents entravaient ses pas, elle concentra ses dernières forces pour gagner l'abri qu'elle venait d'apercevoir.

Elle parcourut quelques mètres, tomba et poursuivit sur les mains et les genoux, tandis que là-haut un nouveau grondement de la bête lui arrachait un cri de terreur.

— Germaine !

Ce que découvrait Clara Wagner la mettait en rage. Que faisait sa fille ? Elle ne semblait pas blessée, car elle s'était relevée, avait fait quelques pas en titubant et s'était de nouveau affalée sur le tapis, comme si elle était incapable de tenir sur ses jambes.

Avait-elle bu ?

Mais bien sûr !

Germaine était soûle. Il ne pouvait en être autrement. Après la scène ridicule dont elle s'était rendue coupable dans le salon, elle était allée boire dans sa chambre.

Cela ne surprenait pas Clara. Elle avait toujours soupçonné Germaine de s'adonner en secret à la boisson. Après tout, la chose n'était pas étonnante, venant d'une personne comme Germaine, et cela en dépit des airs dignes qu'affectait cette hypocrite. Pourtant elle s'était efforcée de bien l'élever et n'avait reculé devant aucun sacrifice pour s'assurer que Germaine ne manquait de rien. Mais sa fille l'avait toujours déçue.

Si encore elle avait été assez jolie pour se trouver un mari...

Il était trop tard, à présent. Germaine ne serait jamais qu'une vieille fille, bibliothécaire de son état.

Mais une ivrognesse, ça, jamais !

— Je descends, Germaine ! cria-t-elle. Je descends, et si je découvre que tu as bu...

Elle dirigea son fauteuil vers l'ascenseur dont elle repoussa avec colère la porte en accordéon. Parvenant non sans mal à entrer dans la cabine, elle enfonça le bouton du rez-de-chaussée.

Eperonnée par les rugissements de la bête, Germaine se libéra une fois de plus des lianes et parvint enfin dans l'arbre creux, à l'intérieur duquel elle se tapit. Ce n'était qu'un gros tronc percé de trous, mais il l'abriterait des dangers qui la menaçaient. Les jambes ramenées contre sa poitrine et les bras enserrant ses genoux, elle se balança en fermant les yeux et pria pour que le monstre ne la trouve pas. Son corps n'était qu'une plaie et elle avait l'impression que des milliers d'insectes aux pattes dures grouillaient sur sa peau enflammée.

Gémissant et pleurant, elle essayait de se faire le plus petite possible et de fermer ses oreilles aux bruits terrifiants qui l'entouraient, quand un grondement au-dessus d'elle perça le brouillard voilant son esprit.

Le monstre ! Le monstre arrivait. Elle rouvrit les yeux malgré elle et leva la tête.

Un énorme rocher — si gros qu'il remplissait toute la largeur du tronc creux — tombait lentement vers elle.

Et Germaine hurla de terreur.

Alors que le cri de sa fille perçait l'armure de colère dont s'était ceinte Clara Wagner, elle comprit avec horreur quel endroit avait choisi Germaine pour échapper au courroux maternel. Elle tendit la main vers les boutons de l'appareil, mais le fauteuil avait une roue coincée entre les barreaux de la cabine, et elle avait beau se pencher et tendre le bras, le bouton d'arrêt restait hors de sa portée. Elle actionna la mise en marche de son fauteuil. Le moteur bourdonna, la chaise vibra mais la roue refusa obstinément de se libérer.

Clara se démena, tenta de dégager le lourd fauteuil à la force de ses bras, mais elle avait depuis longtemps perdu ses muscles, et elle poussa et tira en vain.

Désespérée, elle se pencha en avant une fois de plus, tendit encore la main vers le bouton. Une douleur fulgurante lui traversa le crâne, et son corps se raidit. Puis, comme Germaine hurlait de terreur, Clara s'écroula dans son fauteuil.

Le cri de Germaine fut ponctué du son écœurant des

os et des chairs broyés. L'ascenseur s'immobilisa dans un dernier grincement, et un lourd silence tomba.

La maison semblait retenir son souffle. Puis Clara Wagner revint à elle en gémissant.

Elle essaya d'appeler à l'aide, mais fut incapable d'articuler un mot. Ses cordes vocales n'obéissaient plus à sa volonté.

Elle essaya de bouger, mais son corps était aussi mort que sa voix.

Et ce fut dans la plus cruelle des désespérances que Clara Wagner prit conscience qu'elle n'était plus délibérément invalide.

7

Rebecca courait. Elle ne pouvait voir celui qui la poursuivait, mais elle savait qui c'était.

Oh, elle ne connaissait pas son identité ni son visage, mais c'était bien cette même silhouette qu'elle avait aperçue dans l'allée des Hartwick, la nuit du dîner, et qu'elle avait vue disparaître dans la tempête de neige qui sévissait alors.

Cette nuit, elle était revenue. Et Rebecca savait qu'elle n'avait aucune chance de lui échapper.

Elle était dans la rue, il y avait des maisons de chaque côté, leurs fenêtres allumées. Mais chaque fois qu'elle essayait d'appeler au secours, sa gorge se serrait et aucun son n'en sortait.

Et il semblait qu'elle n'avait pas seulement perdu la voix mais les jambes. Elle avait beau s'efforcer de courir le plus vite possible, elle avait l'impression de patauger dans de la boue, ses muscles tétanisés ne la portaient plus. A chaque seconde, son poursuivant gagnait du terrain.

Soudain, au coin de la rue, il n'y eut plus de maisons et l'obscurité l'enveloppa. Tenaillée par la terreur, elle continua d'avancer aussi vite qu'elle le pouvait.

Elle n'avait pas fait dix mètres qu'elle sentit une main la saisir par l'épaule. Elle tenta de se dégager mais une paire de bras puissants la ceinturèrent. Elle tomba en poussant un faible cri et perdit connaissance.

Rebecca écoutait les battements rapides de son cœur. Un profond silence régnait dans la maison.

Elle n'avait aucune idée de l'heure qu'il pouvait être et ignorait pendant combien de temps elle avait dormi. Après avoir rapporté le plateau du thé à la cuisine, elle s'était réfugiée dans sa chambre et s'était allongée sur son lit dans l'intention de fermer les yeux un petit moment pour essayer de se détendre, mais quand un cauchemar l'avait réveillée en sursaut quelques minutes plus tôt, elle avait l'esprit aussi embrumé que si elle avait dormi des heures. Elle ne savait pas si le cri qui avait mis fin à son sommeil venait du rez-de-chaussée ou bien de ce terrible cauchemar dans lequel...

Mais elle ne s'en souvenait déjà plus. Cet oubli subit l'étonna au point qu'elle douta d'avoir rêvé. Puis, comme elle reprenait lentement ses esprits, il lui sembla entendre un bruit de verre brisé au premier étage, bruit qui semblait provenir de la chambre de Germaine. Elle faillit se lever pour aller voir mais se dit que, de toute façon, on l'appellerait si on avait besoin d'elle. Pour le moment, elle était si lasse qu'elle avait envie de rester couchée encore un moment.

Elle pensa au mouchoir qu'Oliver lui avait offert et que Germaine lui avait pris pour en faire présent à Clara, qui n'en avait pas voulu. Rebecca se demanda pourquoi, dans ce cas, Germaine ne le lui avait pas rendu.

Elle revit la pénible scène qui avait eu lieu dans le salon et se demanda ce qui était arrivé à Germaine. Tout s'était déclenché après que celle-ci eut ouvert la boîte de chocolats. On aurait dit que...

Que Germaine était devenue folle. Rebecca n'aimait pas ce mot, mais elle n'en concevait pas d'autre pour décrire le comportement soudain de Germaine.

Tout s'était passé en moins d'une minute, mais Rebecca en avait été profondément troublée. Quand elle avait rapporté le plateau à la cuisine, ses mains tremblaient tellement qu'elle avait eu peur de tout laisser tomber. Non, elle n'avait aucune idée de ce qui était arrivé à Germaine.

Rebecca entendit soudain la voix de Miss Clara crier quelque chose à sa fille et elle pensa que Germaine n'était plus dans sa chambre et qu'elle se chamaillait une fois de plus avec sa mère. Mieux valait ne pas s'en mêler.

Pour la première fois depuis son réveil, Rebecca sentit qu'elle se détendait enfin. Et, quand elle entendit le grincement de l'ascenseur, elle en conclut que la dispute était terminée.

Soudain, un hurlement — si terrible qu'il lui glaça le

sang — emplit toute la maison. Au même instant, la machinerie de l'ascenseur s'immobilisait.

Et ce fut le silence.

Rebecca était assise sur son lit, immobile, une main sur le montant métallique. Elle tendait l'oreille, guettant le moindre bruit qui pourrait lui révéler ce qui avait pu provoquer semblable cri d'agonie.

Le silence était si pesant que Rebecca commença à suffoquer. Elle finit par se lever, tous ses muscles tendus. Retenant inconsciemment son souffle, elle rassembla son courage et sortit sur le palier.

Le tapement de ses pas dans l'escalier descendant des combles au premier étage semblait faire écho aux battements de son cœur.

Arrivée à la mezzanine, elle se pencha pour regarder dans le vestibule et se figea. De faibles gémissements montaient de la cabine de l'ascenseur. Elle se pencha et vit une mare de sang s'étendre devant la porte de l'appareil.

Choquée, elle se précipita vers l'escalier puis s'arrêta, hésitante. Elle savait que ce qu'elle découvrirait en bas était bien pire que tout ce qu'elle pourrait jamais imaginer et elle n'avait qu'une envie : fuir, remonter dans sa chambre, se cacher et ne plus rien savoir de toute cette horreur.

Mais elle ne pouvait pas se comporter ainsi. Son devoir était de porter secours aux deux femmes. Le cœur battant, elle dévala les marches.

Clara Wagner était effondrée dans son fauteuil. Elle avait les yeux ouverts et regardait Rebecca sans la voir vraiment. Sa mâchoire inférieure pendait et de la salive coulait du coin de sa bouche.

Rebecca pensa qu'elle était morte.

La mare de sang partait de sous l'ascenseur et, pendant une brève seconde, Rebecca ne comprit pas ce qui s'était passé.

Puis elle vit la main qui dépassait de sous le plancher de la cabine.

Et cette main serrait le mouchoir.

Le mouchoir que lui avait offert Oliver.

Rebecca s'approcha et, se baissant, tendit la main vers son bien.

Les doigts de Germaine parurent serrer un instant la petite pièce de tissu puis s'ouvrirent. Rebecca en conçut un étrange sentiment de malaise. Soudain, un horrible gargouillis s'échappa de la bouche de Clara Wagner.

Sursautant comme sous l'effet d'une décharge électrique, Rebecca leva les yeux.

Le regard de la vieille femme avait repris son expression malveillante et les doigts de sa main droite s'agitèrent sur les commandes de sa chaise roulante.

Terrifiée par le spectre de la vieille femme qui semblait être revenue d'entre les morts sous ses yeux, Rebecca recula pas à pas puis s'enfuit de la maison en courant.

Il lui fallait trouver du secours.

Elle dévala l'allée mais, arrivée sur le trottoir, s'arrêta, hésitant sur la direction à prendre.

Oliver !

Oliver lui viendrait en aide !

Elle s'élança en direction de Amherst Street.

Et le souvenir du rêve, ce rêve qu'elle doutait d'avoir fait, lui revint soudain.

Alors elle fut saisie d'une indicible panique, car il lui semblait vivre son cauchemar. L'obscurité l'enveloppait telle une cape noire. Les maisons tout autour rapetissaient, s'éloignant d'elle.

Elle avait l'impression de courir dans un champ de glaise et de ne plus avoir de force dans les jambes.

Et maintenant elle sentait une présence derrière elle, une présence diabolique, maléfique.

Elle ouvrit la bouche pour crier mais, comme dans son rêve, aucun son n'en sortit.

Le cœur battant, les poumons en feu, elle se força à courir en direction de la colline.

Soudain, un bras jaillit de la nuit et, comme elle poussait enfin un cri, une main se plaqua sur sa bouche.

Une main gantée de latex.

8

La silhouette, sombre comme la nuit, arpentait la bâtisse telle une panthère maraudant sur son territoire, tous les sens aiguisés.

Il pouvait les sentir, ceux qui avaient fait intrusion dans son domaine, aussi sûrement que s'ils avaient laissé leur odeur imprégnée dans l'air. Chaque pièce qu'ils avaient visitée semblait avoir été violée, et il avait le sentiment qu'on lui avait dérobé ce qui lui revenait de droit.

Pourtant, ils n'avaient rien emporté.

Tout était à sa place, hormis la poussière soulevée par leurs pas. Par les portes qu'ils avaient ouvertes sans en avoir le droit.

En touchant des choses sur lesquelles leurs doigts n'auraient jamais dû se poser.

Fouinant de-ci de-là pour percer ses secrets.

Comment osaient-ils envahir ainsi son royaume ?

Il remontait leur piste aussi facilement qu'un prédateur traque sa proie, sachant avec certitude où ils étaient passés.

Ils s'étaient peu attardés au deuxième étage, dont ils avaient visité quelques pièces. Mais qu'importait, elles n'avaient jamais rien recelé d'intéressant.

Le peu qu'elles contenaient encore n'avait que peu de valeur et d'intérêt.

C'était surtout le premier étage qui avait retenu leur attention ; ils étaient entrés dans chacune des chambres, avaient passé leurs mains sur les objets — *ses* objets.

Il était facile de deviner leurs intentions : évaluer le prix de ce qui restait.

Mais ce qui restait n'était pas à vendre.

Car tout lui appartenait.

C'était dans le sous-sol qu'il ressentait l'offense de leur passage. Leurs voix semblaient encore résonner sur les murs carrelés des merveilleuses cellules dans lesquelles il avait si longtemps travaillé. Et, comme il allait de pièce en pièce, se souvenant de leur usage spécifique, la rage bouillonnait en lui, car il savait que les regards qu'ils avaient posés sur ses choses étaient dénués de tout respect.

Ils avaient été révulsés par ce qu'ils avaient découvert. Et leur condamnation de pratiques dont ils ignoraient tout flottait dans l'air comme une vapeur toxique. Et, alors qu'il terminait son inspection, profondément indigné, il se dit qu'en dépit de ce qu'ils avaient pu ressentir ces idiots n'avaient pas la moindre idée de ce qui s'était passé dans ces cellules ni à quel usage avaient servi ces espaces sacrés.

Comment réagiraient-ils s'ils savaient ? se demanda-t-il.

Oh, ils le sauraient bientôt, car il allait leur montrer.

Il examina l'entrée secrète de la chambre la plus importante pour lui et fut heureux de constater qu'ils ne s'en étaient pas approchés.

Cette pièce n'était connue que de lui.

C'était la salle de son trésor.

Il prit sur une étagère une belle boîte en acajou et la posa sur la table.

Il souleva le couvercle et en sortit un antique stéréoscope, ainsi qu'une pile d'images jaunies. Les plaçant délicatement dans le râtelier au bout de l'appareil, il porta l'instrument à son visage et regarda par les œilletons.

La lumière qui filtrait par la fenêtre était juste suffisante pour éclairer l'image.

L'image d'une pièce, encombrée de canapés, de fauteuils, de guéridons chargés de bibelots et de lampes anciennes. L'illusion des trois dimensions était parfaite, et il avait l'impression qu'il aurait pu tendre la main et prendre l'un des objets qui décoraient la pièce.

Bien sûr, il savait que c'était impossible.

Le stéréoscope n'était qu'un amusement, et les images qu'il donnait à voir n'étaient que des illusions.

Toutefois, c'était là un jouet qui ferait un cadeau parfait...

5e épisode

Le stéréoscope

Pour Linda,
avec des émeraudes et des diamants.

Titre original :

THE BLACKSTONE CHRONICLES
PART 5-DAY OF RECKONING : THE STEREOSCOPE
 A Fawcett Crest Book.
Published by Ballantine Books, N.Y.

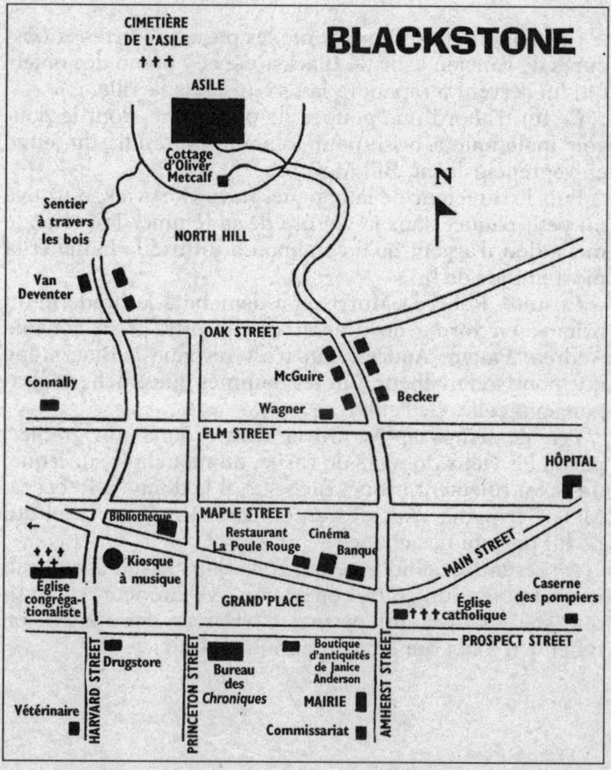
BLACKSTONE
CIMETIÈRE
DE L'ASILE
ASILE
Cottage
d'Oliver
Metcalf
N
Sentier
à travers
les bois
NORTH HILL
Van
Deventer
OAK STREET
Connally
McGuire
Wagner
Becker
ELM STREET
HÔPITAL
Bibliothèque
MAPLE STREET
Restaurant
La Poule Rouge
Cinéma
Banque
MAIN STREET
Kiosque
à musique
Église
congréga-
tionaliste
GRAND'PLACE
Église
catholique
Caserne
des pompiers
PROSPECT STREET
Drugstore
Bureau
des
Chroniques
Boutique
d'antiquités
de Janice
Anderson
MAIRIE
Commissariat
Vétérinaire
HARVARD STREET
PRINCETON STREET
AMHERST STREET

Une silhouette sombre hante les pièces désertes et obscures de l'ancien asile de Blackstone et y prend des objets qui lui servent à répandre la terreur dans la ville.

Ce fut d'abord une poupée de porcelaine, dont le pouvoir maléfique a brisé pour toujours la famille du jeune entrepreneur local, Bill McGuire.

Puis le directeur de la banque, Jules Hartwick, a trouvé un petit paquet dans la voiture de sa femme. Très vite, le médaillon d'argent qu'il contenait a diffusé la haine et la mort autour de lui.

Ensuite, Rebecca Morrison a déniché à la braderie un briquet en forme de dragon qu'elle offre à sa cousine Andrea. Pauvre Andrea, qui n'est revenue à Blackstone que pour son malheur. Car les flammes que crache ce dragon sont celles de l'enfer...

Peu de temps après, Oliver trouve dans son grenier, parmi les vieux dossiers de l'asile, un mouchoir sur lequel un *R* est finement brodé. Bien sûr, il le donne à Rebecca. Mais Germaine Wagner s'en empare. Un geste cruel qui ne lui portera pas chance !

A présent, la silhouette qui rôde dans l'asile choisit un nouvel objet : un coffret en acajou. A l'intérieur, un antique stéréoscope, qui permet d'observer des images en relief. Un jouet qui fera un parfait cadeau...

Prélude

Nulle créature terrestre n'aurait pu distinguer la sombre silhouette qui se déplaçait à travers les couloirs noirs comme de l'encre de l'ancienne bâtisse de pierre. Nulle oreille, si fine fût-elle, n'aurait pu percevoir le bruit de ses pas, car l'ombre se mouvait en évitant la moindre lame de parquet qui, d'un grincement, aurait révélé sa présence.

Mais en dépit de son silence et de son invisibilité, il se dégageait de la forme noire une aura maléfique qui s'étendait devant elle comme un vent glacial et imprégnait toutes choses après son passage.

A la différence de ses précédentes errances nocturnes, la silhouette allait d'un pas moins impatient à travers son domaine. Il semblait qu'elle fût réticente à quitter son repaire et qu'elle n'eût aucun désir d'atteindre sa destination. En vérité, il existait une raison à cela : cette nuit, elle se séparerait d'un de ses trésors les plus précieux et, bien qu'elle fût impatiente de voir le mal que causerait le stéréoscope, il lui en coûtait de perdre les tendres souvenirs qui se rattachaient à l'objet.

Prologue

Le garçon avait à peine dix-huit ans mais il possédait la solide ossature d'un homme mûr et une impressionnante musculature, âprement forgée jour après jour durant ces dernières quatre années. Encore maintenant, malgré les chaînes qui entravaient ses poignets et ses chevilles et qui étaient fixées à d'épais rivets scellés dans la pierre du mur, il continuait d'exercer son corps et d'affiner sa force en vue du jour où il s'échapperait et regagnerait le monde qui s'étendait au-delà des murailles grises de sa prison.

Ce monde où tous ses désirs et ses rêves les plus sombres deviendraient de nouveau réalité.

La pièce dans laquelle il était retenu n'offrait que les commodités les plus élémentaires :

Un sommier métallique couvert d'une paillasse, dont les pieds étaient scellés dans le sol comme les rivets de ses chaînes.

Une chaise et une petite table en métal, elles aussi à jamais fixées dans la pierre, la table étant juste assez large pour le plateau de nourriture qu'on lui apportait deux fois par jour.

Une étroite fenêtre munie de barreaux, par laquelle il pouvait contempler d'un regard luisant de malveillance le village au pied de la colline.

Au plafond, une ampoule protégée par un verre épais et un solide grillage éclairait en permanence la cellule, lui interdisant le havre d'un sommeil sans lumière.

A la porte lourdement ferrée, un œilleton permettait au personnel de le surveiller. Bien qu'il ne pût jamais distinguer les yeux qui l'observaient, il savait toujours quand ils étaient là.

On ne lui avait autorisé qu'un seul objet pour se distraire et échapper un instant au vide de ce temps immobile qu'était devenue sa vie : un stéréoscope que lui avait apporté sa grand-mère.

« C'est un bon garçon, avait affirmé la vieille femme au médecin. Il n'a pas pu commettre toutes ces horreurs qu'on raconte. »

Elle avait longuement plaidé, jusqu'à ce que le docteur, davantage convaincu par le gros chèque que lui avait signé la vieille dame que par ses supplications, consente à remettre à son pensionnaire le stéréoscope ainsi qu'une douzaine de photographies que cet instrument d'optique permettait de voir en trois dimensions.

Depuis, il ne s'était pas passé une journée sans que le garçon colle ses yeux aux lentilles de l'appareil pour se plonger dans la profondeur des images.

Toutes étaient des vues de sa maison. Cette maison qu'il ne reverrait plus jamais, disaient-ils.

Il y avait là le grand salon dans lequel ses parents recevaient leurs amis.

La salle à manger, où deux douzaines de convives avaient souvent pris place les jours de fêtes.

La chambre où il avait passé les deux premières années de sa vie, avant la naissance de son frère.

Il y avait des vues de l'extérieur de la demeure, de son vaste parc et des grands arbres sous lesquels il s'était abandonné à ses premières rêveries.

Mais son image préférée restait celle qu'il contemplait en ce moment même : sa chambre.

C'était là qu'il avait grandi, là qu'il se réfugiait quand ses fantasmes avaient commencé.

Là qu'il avait fait des rêves les plus noirs une horrible réalité.

Cela lui avait été facile, au début. Personne ne remarqua la disparition des écureuils, qui l'avaient toujours agacé, sans qu'il sût pourquoi. Et celle des chats qui maraudaient dans le parc passa, elle aussi, inaperçue.

Puis les voisins les plus proches, suivis de tous les gens du quartier possédant un animal domestique, vinrent se plaindre auprès de ses parents que leurs chiens avaient disparu. Bien sûr, il nia farouchement y être pour quelque chose. Pourquoi leur aurait-il avoué qu'il avait écorché vives leurs chères petites bêtes et caché leurs dépouilles au fond de sa penderie ?

Quand son meilleur camarade de jeux disparut à son tour, il parvint à verser quelques larmes, bien qu'il n'éprouvât pas la moindre émotion, si ce n'est la satisfaction d'avoir bien fait de se débarrasser de ce gêneur. Après cela, il décida de ne plus s'embarrasser d'amis.

Pendant quelque temps tout s'était déroulé convenablement, malgré la pénurie de chats, de chiens et de garçons de son âge. Et puis cette « petite fille » — sa propre sœur — avait commencé à l'ennuyer. Alors, les rêveries revinrent, et sa sœur s'en alla...

Mais cette fois, il ne s'en tira pas avec quelques larmes. Ils vinrent le chercher. Il résista, mais ils étaient trop nombreux. Il eut beau crier et nier, il fut emmené et se retrouva enchaîné dans cette cellule.

Ensuite ils l'observèrent.

Il hurlait chaque fois qu'ils s'approchaient de lui, les menaçant de ce qu'il leur ferait le jour où il serait libre et récupérerait ses couteaux. A la fin, ils se lassèrent et ne vinrent plus le voir. Seul un infirmier lui apportait ses repas, qu'il lui passait par le guichet de la porte.

Cela lui convenait parfaitement.

Tant qu'ils restaient à distance, il n'était pas tenté de les attraper et de les tuer.

Cela ne l'ennuyait pas de tuer ; au contraire, il ne connaissait pas de meilleur moyen d'apaiser sa colère et de réaliser ses rêveries.

Il contemplait l'image de sa chambre, se baignant dans les fantasmes et les souvenirs qu'elle réveillait, quand il entendit un bruit de clé dans la porte. Il se retourna et vit trois hommes entrer dans la pièce. Il laissa tomber le stéréoscope et se redressa. On pouvait lire dans ses yeux toute la fureur que l'invasion de son territoire provoquait en lui.

— Doucement, dit l'un des hommes en jetant un regard aux chaînes, comme s'il redoutait que ce forcené ne les brise d'un coup. Nous venons en amis, pour t'aider.

Le jeune homme plissa les yeux, serra les mâchoires, et se mit en garde, prêt à frapper le premier qui serait à portée de ses poings. Avec un peu de chance, il pourrait lui passer l'une de ses chaînes autour du cou...

Pendant d'interminables secondes, personne ne bougea. Puis, très lentement, les trois hommes se rapprochèrent.

Les traits déformés par la rage, le garçon banda ses muscles.

« Tu ne peux rien contre nous, dit doucement l'un des infirmiers. Tu ferais mieux de ne pas résister. »

Pour toute réponse, le prisonnier laissa échapper un grondement bestial.

Vingt minutes plus tard, quand la lutte prit fin, il gisait sur un brancard, entravé par des sangles de cuir, les yeux étincelants et les muscles tendus contre ses liens. Des trois hommes qui l'avaient maîtrisé, deux avaient le nez cassé et le troisième la main broyée. Le patient était immobilisé mais point soumis.

« Sais-tu ce que nous allons te faire ? » demanda le docteur.

Pour toute réponse, le garçon, allongé sur la table, leva un regard haineux vers le médecin et lui cracha au visage. Impassible, l'homme essuya la salive de son front puis se mit en devoir de lire à haute voix un document rédigé par la Cour de justice, six semaines plus tôt. Quand il eut fini, il tourna la tête vers les deux infirmières et les trois assistants qui se tenaient à côté de lui.

« On y va ? » fit-il.

L'équipe chirurgicale acquiesça à l'unisson. Le brancard fut poussé contre un établi conçu spécialement pour l'opération que le médecin devait entreprendre. L'extrémité du brancard glissa sous la tablette, de façon à présenter le crâne du patient entre les deux mâchoires d'une sorte d'étau qu'un des assistants resserra sur les tempes du garçon jusqu'à l'immobilisation totale de la tête.

A l'aide d'une paire d'électrodes, le chirurgien administra une série d'impulsions sur la calotte crânienne, puis, mettant à profit l'anesthésie temporaire produite par les chocs, se mit au travail.

Tandis qu'une infirmière rabattait en arrière la paupière droite du patient, le médecin introduisit dans le canal lacrymal une longue pointe d'acier fine comme une aiguille qu'il enfonça dans la cavité orbitaire jusqu'à ce qu'il atteigne le tendre tissu cérébral.

Satisfait de la bonne position de l'aiguille, il exerça sur celle-ci une rotation de vingt degrés, de manière à déchirer les nerfs du lobe frontal.

Sur la table d'opération, le corps du garçon se relâcha soudain, et l'expression rageuse de son visage se mua en un doux sourire.

Le praticien retira délicatement l'aiguille du conduit et adressa un hochement de tête à l'une des infirmières.

— Ça ira. Son œil sera douloureux pendant un jour ou deux mais il est possible qu'il ne s'en plaigne même pas.

Son travail accompli, il quitta la salle.

Une infirmière désinfecta l'œil du patient avec de l'alcool, et sa collègue lui fit un pansement.

Et, tandis que les assistants libéraient la tête du patient de son étau d'acier et ôtaient les sangles, le garçon les regardait faire avec toujours le même sourire.

Trois jours plus tard, quand on lui ôta le pansement, le garçon prit son stéréoscope et le porta à ses yeux.

L'image de sa chambre était toujours là, mais il ne la voyait plus de la même façon car le médecin, en lui insérant l'aiguille dans le cerveau, avait endommagé le nerf optique. Désormais incapable de voir en trois dimensions, il ne pouvait plus apprécier l'illusion propre à l'instrument. Il n'en ressentit pas de frustration : son monde intérieur avait tellement changé, il avait oublié ses anciennes rêveries. Il ne se rappelait même pas en avoir eu. La vie pour lui s'était soudain résumée à attendre sans impatience l'heure de manger et l'heure de dormir.

La sombre silhouette se tenait dans la pièce glacée et caressait d'un air absent le coffret renfermant le stéréoscope. Elle savait que le moment était venu. Passant une dernière fois la main sur le bois satiné, elle se pencha pour placer le coffret dans le quatrième tiroir de la commode de chêne.

Bientôt, très bientôt, son présent serait en d'autres mains. Des mains choisies à dessein. Et une fois de plus le passé reviendrait hanter Blackstone.

1

Comme il levait les yeux vers la façade de pierre grise de l'asile, Ed Becker ne put réprimer un frisson.

— Je me demande parfois si ce projet de transformer cette monstruosité en centre commercial n'est pas une pure folie, dit-il.

Aux premières heures de ce vendredi matin, le ciel promettait une belle journée de printemps, mais même le beau soleil ne parvenait pas à chasser la sinistre aura qui semblait envelopper la bâtisse.

— J'ai bien peur que nous ne prenions tous un sacré bouillon dans cette affaire, ajouta Ed.

Bill McGuire descendit de sa camionnette. Il jeta à peine un regard à la silhouette massive du bâtiment et abaissa le hayon pour sortir le diable de la ridelle.

— Tu lis trop de romans, dit-il à son ami. Ce n'est qu'une vieille baraque et, quand j'en aurai fini avec sa restauration, tu ne la reconnaîtras même plus.

— Peut-être, peut-être, répondit Becker avec un soupir, avant de gravir les marches du perron derrière McGuire.

Bill, Ed et bien d'autres étaient venus par deux fois cette semaine — mercredi et la veille — fouiller les pièces sombres et glacées de l'ancien asile, ainsi que les dix hectares de parc qui entouraient les bâtiments, et ce, dans l'espoir de retrouver Rebecca Morrison, qui avait étrangement disparu.

— Je me demande si Edna Burnham n'a pas raison, après tout, et si toutes ces dernières tragédies n'ont pas un lien avec cette saleté de vieille baraque, comme tu dis.

Bill eut une grimace de colère, qui fit regretter à Ed d'avoir parlé inconsidérément. Mais il était trop tard, maintenant.

— Ecoute, Bill, je suis désolé, s'empressa-t-il d'ajouter.

Je ne voulais pas dire par là que ce qui est arrivé à Elizabeth était... enfin...

Il bafouillait, cherchant à se dépêtrer de sa gaffe et ne réussissant qu'à s'enfoncer davantage.

— Je suis désolé, conclut-il enfin. J'aurais dû la boucler.

Pendant une seconde, il se raidit, ne sachant trop si Bill n'allait pas lui balancer son poing sur le nez, mais il vit le visage de l'entrepreneur se radoucir.

— Laisse tomber, Ed, dit Bill. Je ne sais même pas pourquoi ça me fout encore en rogne. Oh, ce ne sont pas ces rumeurs stupides qui circulent, ni même les divagations d'Edna... Non, c'est autre chose, mais je ne saurais l'exprimer.

Depuis la découverte, trois jours plus tôt, du corps de Germaine Wagner, écrasée sous l'ascenseur de sa maison, une folle rumeur s'était répandue comme un virus dans Blackstone, semant la peur et la confusion. Pas plus tard que la veille, Clara Wagner avait été conduite dans un établissement de Manchester. Témoin de la mort atroce de sa fille, elle avait été frappée d'une attaque qui lui avait ôté l'usage de la parole. Ainsi Clara n'avait-elle pu dire un seul mot de ce qui s'était passé lors de cette terrible nuit où sa fille avait trouvé la mort. Germaine avait été enterrée sitôt après l'examen du légiste. Selon la propre volonté de la défunte, il n'y avait pas eu de service religieux.

Steve Driver, le suppléant du shérif, avait fouillé chaque coin de la grande demeure des Wagner avec autant d'énergie qu'en avait déployée le chef des sapeurs-pompiers dans les ruines de la maison de Martha Ward, détruite par une formidable déflagration quelques semaines plus tôt. Mais ses recherches s'étaient avérées également vaines.

Les traces de violence ne manquaient pas : la chambre de Germaine Wagner était sens dessus dessous, le miroir de la salle de bains était brisé et du sang était répandu partout.

Or, l'officier criminologue que Steve avait fait venir de Manchester n'avait pu relever aucun indice révélant une présence étrangère dans la pièce. L'analyse des différents échantillons de sang prélevés à l'étage, dans l'escalier et au rez-de-chaussée était formelle : le sang était celui de Germaine Wagner.

Plus étrange et plus alarmant encore, Rebecca Morrison avait disparu et, avec elle, le seul témoin susceptible d'éclaircir la tragédie qui avait frappé la maison Wagner.

Où était-elle ? Courait-elle un danger, si toutefois elle était encore en vie ? Rebecca avait-elle assisté au terrible accident ou à l'horrible crime ? Etait-ce la panique ou bien la culpabilité qui l'avait poussée à fuir ? Les recherches menées dans le village et ses environs, comme les appels à témoins diffusés à cinquante kilomètres à la ronde, n'avaient rien donné. Même l'ancien asile avait été passé au peigne fin.

Aussi les spéculations allaient-elles bon train. Certains prétendaient que Rebecca, prise d'une crise de folie, s'était retournée contre sa bienfaitrice. D'autres rappelaient que Germaine Wagner ne s'était jamais distinguée par la bienveillance et la générosité et qu'elle n'avait accueilli Rebecca sous son toit que pour mieux exploiter la jeune femme, et que seule une âme simple et innocente comme Rebecca avait pu endurer sans broncher une telle existence.

Germaine Wagner avait-elle trop exigé de celle qu'elle appelait sa protégée, poussant celle-ci à la révolte et devenant sa victime après avoir été son tyran ?

Steve Driver trouvait ces spéculations parfaitement ridicules. Cela faisait plus de vingt ans qu'il connaissait Germaine et Rebecca. Il ne pouvait imaginer une seule seconde la jeune femme dans le rôle d'une meurtrière. Surtout, elle n'aurait pas été capable d'infliger les blessures relevées sur le corps de Germaine Wagner sans se blesser elle-même, ainsi qu'en témoignaient les éclats de verre jonchant le sol de la salle de bains. Par ailleurs, il était également persuadé que les trois femmes étaient seules dans la maison au moment du drame.

Personne dans Blackstone n'exigeait des réponses avec plus de force qu'Oliver Metcalf. Mais Driver n'avait pas la moindre piste. Dans la soirée de jeudi, Oliver était passé le voir et lui avait demandé où en était son enquête. Driver lui avait répondu que ladite enquête n'avait pas bougé d'un pouce et, sardonique, il avait ajouté que Germaine avait peut-être reçu le même genre de présent maléfique qui avait ravagé trois familles de Blackstone en l'espace de quelques mois. Or, la réaction d'Oliver à ce qui n'était qu'une saillie inspirée par l'amertume ne manqua pas de surprendre le policier.

— Mon Dieu, chuchota Oliver. Tout est ma faute. J'ai offert ce mouchoir à Rebecca. Il y avait un *R* brodé dessus et... et j'ai aussitôt pensé à elle et...

— Pour l'amour du Ciel, Oliver ! s'écria Driver. Je plaisantais. Ne me dites pas que vous croyez à ces ragots que propage cette cinglée d'Edna Burnham !

Et, bien qu'Oliver et Steve eussent volontiers juré avoir été seuls dans le bureau lorsqu'ils avaient échangé ces paroles, la rumeur d'un autre « présent » s'était propagée comme la peste.

A présent, Bill McGuire répétait à Ed Becker ce qu'il avait répliqué à Velma mardi après-midi quand il s'était arrêté à La Poule rouge pour un café et une tarte aux noix de pecan, juste après sa visite de l'asile avec Ed et Melissa Holloway.

— Ce qui est arrivé à Elizabeth a été la conséquence malheureuse de sa fausse couche. Ça n'a rien à voir avec cette poupée qui nous a été envoyée par je ne sais qui. Megan a gardé la poupée, et elle se porte très bien.

— Bien sûr, approuva Ed.

Bill déverrouilla la porte d'entrée. Puis, comme il poussait le lourd battant de chêne massif, Ed Becker sentit sur lui un souffle glacé qui fit surgir de sa mémoire ces contes qu'il lisait étant petit, et dans lesquels tout vent froid dans une maison dénonçait toujours la présence d'un fantôme.

Ce n'est que la fraîcheur d'une bâtisse abandonnée depuis longtemps, se dit-il, alors que le froid passait aussi vite qu'il était venu. Il n'en franchit pas moins le seuil en frissonnant et, tandis que Bill refermait la porte derrière eux, il eut la sensation de suffoquer dans l'obscurité soudaine.

Il se demanda s'il désirait vraiment cette commode qu'ils étaient venus chercher.

— Sur les nerfs ? demanda Bill avec un sourire moqueur. Si tu préfères attendre dehors, pendant que je vais te chercher ton antiquité...

— Non, ça va, dit Ed, percevant trop tard la fausseté de

son ton. Bon, d'accord, je plaide coupable : j'avoue que cet endroit me fiche la chair de poule.

— Tu n'es pas au tribunal ! répondit McGuire en riant.

Mais lui aussi frissonna et se surprit à regretter de ne pouvoir allumer une lampe pour chasser l'oppressante obscurité des pièces qu'ils traversaient.

Les deux hommes respirèrent un peu mieux quand ils commencèrent de gravir les marches menant au premier étage, car le soleil filtrait par les fenêtres situées derrière la cage d'escalier. Mais leurs barreaux jetaient des ombres sinistres sur le plancher, leur rappelant, si besoin était, à quoi avait servi le bâtiment.

C'est alors qu'il parvenait sur le palier du premier étage qu'Ed Becker sentit ses cheveux se hérisser sur sa nuque.

Bill et lui n'étaient pas seuls, il en était certain.

L'instant d'après, McGuire se figeait lui aussi.

— Tu as entendu ? chuchota Bill, serrant le bras de son ami.

Le bruit était léger mais parfaitement audible.

— Oui, murmura Ed en s'efforçant de maîtriser le tremblement de sa voix. Mais c'est peut-être...

Les mots moururent sur ses lèvres, car le bruit venait de se répéter, plus distinct cette fois.

Quelque part dans l'une des chambres donnant dans le long couloir, quelqu'un — ou quelque chose — se déplaçait.

Ed Becker déglutit péniblement. L'angoisse lui nouait la gorge.

Le bruit se répéta. Il semblait provenir de la droite et de la pièce même où se trouvait la commode.

Gagnant prudemment le mur à sa gauche, McGuire avança lentement dans le couloir. Ed Becker le suivit à contrecœur, moins par bravoure que par peur de rester seul en arrière.

Comme ils approchaient de la pièce, un grattement à la porte se fit entendre. Les deux hommes s'immobilisèrent et retinrent leur souffle en voyant le battant tourner lentement sur ses gonds.

— Qui est là ? cria McGuire.

Le bruit cessa soudain.

Ed Becker eut l'impression que le temps se figeait. Bill McGuire lui fit signe de ne pas bouger et s'approcha de la porte sans faire le moindre bruit. Il s'arrêta un instant puis, d'un geste vif, poussa si violemment le battant qu'il alla heurter le mur à l'intérieur de la pièce. Soudain un blaireau surgit dans le couloir, passa ventre à terre devant Ed Becker et disparut dans l'escalier.

— Bon Dieu ! jura Becker à voix basse, honteux et furieux à la fois d'avoir cédé à la panique. Emportons cette fichue commode avant d'être terrassés par une crise cardiaque.

Il alla chercher le diable resté sur le palier et rejoignit Bill McGuire.

Cinq minutes plus tard, alors qu'ils ressortaient dans la vive lumière matinale avec la commode solidement arrimée sur le chariot, ils aperçurent Oliver Metcalf qui les attendait près de la camionnette. Ce dernier les aida à charger le meuble à l'arrière du véhicule.

— Vous avez vraiment envie de cette vieillerie ? demanda-t-il à Ed Becker.

— Attendez un peu de la voir quand je l'aurai restaurée, répondit Becker. Vous regretterez de ne pas l'avoir gardée pour vous.

Oliver secoua la tête.

— Oh, non ! dit-il. Et s'il ne tenait qu'à moi, tout ce qui se trouve dans cette maison irait tout droit à la décharge.

Ed Becker le considéra d'un air curieux.

— Allons, Oliver, ce n'est qu'un meuble.

Oliver Metcalf fronça les sourcils d'un air sceptique.

— Peut-être, mais pour rien au monde je ne voudrais de ce machin chez moi. Si on allait prendre un café à La Poule rouge ?

Becker secoua la tête.

— Désolé, mais j'ai promis à Bonnie que je ne m'absenterais pas plus d'une demi-heure. Amy est enrhumée et elle fait tourner sa mère en bourrique. Partie remise ?

— Quand vous voudrez, répondit Oliver.

L'instant d'après, Bill démarra et la camionnette s'ébranla en brinquebalant. Oliver la suivit des yeux et, comme il regardait la commode toujours attachée au diable, il éprouva une fulgurante douleur à la tête.

Le garçon voit l'aiguille hypodermique posée sur la commode. Il ne sait pas ce qui va se passer mais il est terrifié.

L'homme prend l'aiguille et s'approche du garçon.

Celui-ci sait qu'il ne pourra s'échapper et s'efforce de ne pas crier quand le métal s'enfonce dans son bras.

La seconde d'après, l'obscurité se referme autour de lui.

Quand la douleur se dissipa enfin, Oliver dirigea ses pas vers sa maison. Il ne gardait aucun souvenir de sa vision.

2

Rebecca Morrison ne savait ni où elle se trouvait ni depuis combien de temps elle était retenue.

Elle se souvenait seulement d'avoir été réveillée en sursaut par des bruits provenant du rez-de-chaussée. Elle était sortie de sa petite chambre sous les combles mais, après cela, elle ne gardait de ce qui s'était passé qu'une suite d'images horribles.

La chambre à coucher de Germaine. Une lampe brisée sur le sol. Des taches de sang sur le lit et les murs.

Et encore du sang dans l'escalier. Et sur le grand tapis du vestibule.

Et un bras.

Oui, elle gardait un souvenir précis de ce bras qui sortait de sous la cabine de l'ascenseur.

Etait-ce Miss Clara qui était à l'intérieur ?

Elle ne pouvait que le supposer car, à partir de là, sa mémoire se brouillait.

Elle se souvenait seulement d'avoir couru dans la nuit, sans doute pour chercher de l'aide.

Et puis elle s'était réveillée lentement en se demandant si elle ne rêvait pas.

Elle était plongée dans une obscurité si grande qu'elle éprouvait une sensation d'étouffement. Puis sa conscience revenant, elle réalisa que ce n'était point un rêve, qu'elle n'était pas en train de se noyer, mais de reprendre connaissance dans un lieu privé de lumière, ressemblant étrangement à un tombeau, et, pendant un instant, elle pensa avec effroi qu'on l'avait enterrée vivante.

La panique s'empara d'elle. Elle voulut crier mais n'émit qu'un gémissement qui la fit tousser et faillit l'étouffer.

Bâillonnée !

Une large bande adhésive lui scellait les lèvres et, pendant quelques secondes, elle eut l'impression que sa tête allait exploser. Elle parvint avec le plus grand mal à maîtriser sa toux et, lentement, très lentement, réussit à se calmer.

Toutefois, son apaisement fut de courte durée.

Elle n'était pas seulement bâillonnée. Le même adhésif lui liait fermement les poignets et les chevilles.

Elle gisait sur un sol dur, et l'obscurité l'empêchait d'évaluer les dimensions de la pièce.

Un lourd silence régnait et, comme le temps passait avec une lenteur cruelle, cette absence de bruit devenait aussi effrayante que les ténèbres l'environnant.

Puis vint le froid.

Elle ne l'avait pas senti à son réveil. Mais comme les minutes et les heures passaient, le froid l'envahit, jusqu'à la torturer davantage que le silence ou le noir. Il la pénétrait jusqu'aux os et étendait son emprise jusque dans son cerveau.

Bientôt, il la serra dans une étreinte de glace à laquelle elle ne pouvait échapper.

Elle aurait désespérément voulu se réfugier dans le sommeil, mais celui-ci se refusait. Elle finit par trouver un précaire refuge dans une espèce d'inconscience dans laquelle elle sombrait par à-coups, n'en sortant que pour souffrir une nouvelle fois de ces trois éléments qui semblaient s'acharner sur elle : l'obscurité, le silence et le froid.

A la longue, elle perdit toute notion du temps. Le jour et la nuit n'avaient plus aucune signification.

Au début, quand elle avait repris conscience, l'effroi l'avait empêchée de ressentir la faim ou la soif. Ce n'est qu'au bout de longues heures — ou peut-être même de jours — qu'elle commença à se demander si elle n'allait pas mourir de faim. A présent, à l'engourdissement par le froid se mêlaient de terribles crampes d'estomac, en même temps que sa gorge desséchée appelait désespérément un peu d'eau. Le supplice était tel qu'elle avait l'impression de sombrer sans fin dans une mer de douleurs.

Combien de temps mettrait-elle à mourir ?

Combien de temps devrait-elle endurer pareil supplice avant que la faim ou la soif, ou encore quelque monstre sans nom lui apporte la délivrance ?

Elle savait seulement qu'il lui faudrait souffrir longtemps, très longtemps, avant qu'elle tombe enfin dans un néant salvateur.

Jusque-là...

Dans sa gorge monta un sanglot qu'elle s'empressa de réprimer, de crainte d'étouffer de nouveau. Et, quand elle sentit ses yeux s'humecter de larmes, elle les refoula aussitôt, refusant de gaspiller une seule goutte d'eau de son corps.

Ses efforts pour maîtriser ses émotions eurent un effet bénéfique : la peur desserra lentement son étreinte. Au bout d'un temps qu'elle n'aurait su évaluer, elle finit par dominer les démons surgis de l'obscurité.

Elle se dit qu'après tout elle était en vie et que l'espoir reposait sur sa survie. Quelqu'un viendrait la secourir.

Mais quand ?

Comment aurait-elle pu répondre à cette question ?

Une fois de plus, elle chassa une vision de cauchemar née du froid et émergea du sommeil agité dans lequel elle avait glissé.

Et, en même temps qu'elle reprenait pleinement conscience de sa situation, elle nota un changement dans la pièce.

L'obscurité semblait s'être modifiée, et elle sut alors qu'elle n'était plus seule.

Elle ne bougeait pas, retenant son souffle, les sens aux aguets.

Le silence aussi avait changé.

Ce n'était plus ce néant sonore qui l'avait réveillée. Quelque chose — ou quelqu'un — était là, dans le noir.

Ses bras et sa nuque se couvrirent de chair de poule, comme si un sixième sens avait détecté une paire d'yeux qui l'observaient.

Elle sentit son cœur battre plus vite et son pouls s'accélérer.

La chose semblait se rapprocher.

Une sueur froide baigna soudain Rebecca.

Une main douce lui frôla le visage, lui arrachant un cri que le bâillon étouffa.

De nouveau la main la toucha et enfin, le silence se rompit.

— Le début. Ce n'est que le début.

La voix n'était qu'un murmure mais, dans le silence

sépulcral de la pièce, elle parut se répercuter contre d'invisibles parois. Elle emplit Rebecca de terreur.

De nouveau, ce chuchotement qui semblait venir de l'enfer.

— Criez si vous voulez. Personne ne peut vous entendre. Et d'ailleurs, vous entendrait-on, cela ne changerait rien.

De nouveau, la main la toucha.

Cette fois, le contact était plus appuyé, et il raviva chez Rebecca un terrible souvenir.

Elle s'était précipitée hors de la maison des Wagner afin de chercher du secours. Elle remontait Amherst Street avec l'intention d'aller chez Oliver, qui habitait tout en haut de la colline, juste après les grilles de l'ancien asile, quand, soudain, un bras avait jailli de l'ombre pour se nouer autour de son cou, tandis qu'une main étouffait son cri.

Avant que la terreur ne lui fasse perdre connaissance, elle avait remarqué que cette main était gantée de latex.

Le même latex recouvrait les doigts qui lui caressaient à présent la joue.

Soudain, son bâillon fut brutalement arraché.

Il y avait dans le geste de son tortionnaire une violence calculée, destinée à arracher un cri à sa victime.

Rebecca comprit cela et se retint de hurler.

Il désire que tu cries, se dit-elle. Il désire entendre ta peur.

Exerçant la même maîtrise qu'elle avait acquise au fil de longues heures de tourment, elle parvint à rester parfaitement immobile et muette.

Le silence pesait comme une chape de plomb, et Rebecca sentait grandir la colère chez son bourreau. Cela renforça sa volonté : elle ne lui donnerait pas ce qu'il attendait d'elle. Ni maintenant, ni jamais.

— Vous feriez mieux de me tuer, dit-elle en s'efforçant de maîtriser le tremblement de sa voix. Si telle est votre intention, autant le faire maintenant.

De nouveau le silence imprégna l'obscurité. Un silence insupportable. Le bourreau jouait avec les nerfs de sa victime. Puis la voix douce s'éleva de nouveau.

— Non, ce serait trop facile. Je veux que vous regrettiez de ne pas être morte plus tôt.

Elle se raidit malgré elle, ne sachant ce qui allait se produire.

Mais l'autre se contenta de la bâillonner de nouveau, et la nuit et le silence retombèrent.

L'homme revenait de temps à autre.

Il lui apportait de l'eau.

Il lui apportait à manger.

Il ne lui parlait pas.

Elle jouait le jeu, ne lui demandait rien, ne suppliait pas, attendait.

Elle se mit à explorer la pièce, se déplaçant en rampant, humant les coins à la recherche d'une odeur qui pourrait lui donner une idée de l'endroit où elle se trouvait, palpant de ses mains liées dans son dos le sol et les murs faits de pierre dont la froidure semblait aussi ancienne que la nuit des temps.

Elle était éveillée quand, soudain, elle entendit des bruits.

Des pas et des voix étouffées. Pour la première fois depuis qu'elle était détenue, elle tenta de crier.

Le bâillon l'en empêcha.

Ce fut en vain qu'elle essaya encore. Elle frotta son visage contre le sol, mais celui-ci n'offrait aucune aspérité qui lui permît d'arracher l'adhésif de ses joues.

Le cœur serré, elle entendit faiblir le bruit de voix, et bientôt le silence se referma sur elle comme une eau noire.

3

— Roule jusqu'au garage, dit Ed Becker à Bill McGuire. J'ai mal au dos, et plus on sera près de la cave, mieux ça vaudra.

Bill jeta un regard à l'avocat.

— Tu as toujours une réserve à charbon ? On pourrait peut-être y mettre ta commode. Comme ça, elle sera au bon endroit quand tu décideras de la brûler.

— Très drôle, répliqua Ed. Tu verras, tu ne la reconnaîtras pas quand j'en aurai fini avec elle.

— C'est bien ce que je disais, dit l'entrepreneur.

Il arrêta sa camionnette à trois mètres du garage et descendit juste au moment où Amy Becker, âgée de cinq ans, sortait par la porte de derrière, suivie de près par Riley, un labrador de six mois, que la fillette avait réussi à obtenir pour Noël. « Tout ce que je veux, c'est un chien à moi. Et si j'ai un chien, je promets de ne plus rien vous demander d'autre, aussi longtemps que je vivrai. »

C'est ainsi que le chiot avait élu domicile chez les Becker, en dépit de la phobie qu'Ed éprouvait pour la gent canine depuis qu'il avait l'âge d'Amy. Et comme la petite boule de poils inoffensive qu'était Riley quand il n'avait que huit semaines pesait maintenant vingt kilos de muscles et présentait des mâchoires capables de vous broyer un tibia, il commençait à faire l'objet de toutes les craintes de la part du papa de sa petite maîtresse.

Et voilà que Riley s'acharnait maintenant à poser les pattes sur les épaules d'Ed afin de lui administrer de grands coups de langue bien baveuse sur le visage ; et l'avocat, qui n'avait jamais flanché devant aucun bipède, fût-il le juge le plus irascible ou la partie adverse la plus teigneuse, tremblait sous l'assaut enthousiaste du jeune quadrupède.

— Ramène ce chien à la maison ! ordonna-t-il à Amy

d'une voix dont la fermeté s'évanouissait rapidement sous les démonstrations de Riley.

— Il ne te fera pas mal, papa, répondit Amy avec assez de mépris pour faire rougir son père. Il veut juste être ton ami. Il t'aime !

— Eh bien, moi, je ne l'aime pas, marmonna Ed en s'efforçant de repousser le chien.

Riley, jappant joyeusement et totalement insensible à l'émoi dont il était responsable, interpréta les mouvements de bras d'Ed comme une invite à jouer et sauta de plus belle sur le malheureux.

— Suffit, Riley !

C'était la voix de Bonnie Becker, qui venait de rejoindre les deux hommes. Le chien se calma aussitôt et se borna à contempler Ed en agitant la queue et en fixant sur lui des yeux brillants d'adoration.

— Emmène ton chien à la maison, Amy, dit Bonnie à sa fille. Tu ne vois donc pas que ton père est à moitié mort de peur ?

Ed rougit, et sa gêne s'accrut encore quand il vit sa fille empoigner Riley par son collier et l'entraîner avec elle. Le labrador, qui était presque aussi haut que la fillette et pesait le même poids, aurait pu résister et ne pas bouger d'un poil. Au lieu de cela, il se laissait tirer docilement par sa jeune maîtresse.

L'enfant et le chien disparurent à l'intérieur, et Ed, son courage revenu, essaya de recouvrer un peu de sa dignité.

— Je n'ai pas peur de lui, dit-il. Mais il est tellement gros et tellement fort qu'il pourrait blesser quelqu'un sans le vouloir. Il faut qu'il apprenne à ne pas sauter comme ça sur les gens !

Sa femme hocha gravement la tête.

— Tu as raison. Et tu devrais le dresser.

Ed voulut jeter un regard réprobateur à son épouse, mais ne réussit qu'à rougir un peu plus, tandis que Bonnie éclatait de rire.

— Ce n'est pas drôle, répliqua-t-il, tout en s'efforçant de ne pas sourire lui-même. Je le répète, ce chien pourrait blesser quelqu'un !

— Sûr qu'il le pourrait, approuva McGuire, impassible. Personnellement, j'étais mort de trouille, ajouta-t-il avec un clin d'œil à Bonnie. Tu as vu comment il agitait méchamment la queue ?

— Et comment il retroussait les babines en essayant de lécher Ed ? plaisanta Bonnie. Effrayant !

— D'accord, d'accord, grommela Ed, sachant qu'il n'avait pas de sympathie à attendre de ces deux-là. J'avoue avoir peur des chiens, vous êtes contents ?

Il gagna l'arrière de la camionnette pour en abaisser le hayon et entreprit de tirer la lourde commode.

— Vous allez m'aider ou bien vous comptez passer la journée à vous payer ma tête ? lança-t-il par-dessus son épaule.

— Se payer ta tête est sûrement moins fatigant que de se coltiner cette antiquité, proposa Bill. Qu'en penses-tu, Bonnie ?

— Ce n'est pas moi qui dirai le contraire, mais « antiquité » est un bien grand mot pour une pareille vieillerie.

— Une vieillerie ! s'écria Ed, indigné. C'est du chêne massif, et ça a au moins cent ans, alors...

— Si ce n'était pas une vieillerie sans valeur, pourquoi t'en aurait-on fait cadeau ? demanda Bonnie.

— Quoi, il t'a dit qu'on lui en avait fait cadeau ! s'exclama Bill sans réfléchir.

Et, s'apercevant trop tard qu'il venait de gaffer, il détourna les yeux pour ne pas voir le regard meurtrier que lui lançait Ed.

— Combien ? demanda Bonnie, prise d'un intérêt soudain pour la commode.

Elle se rapprocha de la camionnette et examina le meuble, tel un boxeur jaugeant son adversaire.

— Je ne peux croire que quelqu'un ait le cran de demander quoi que ce soit pour ce rebut, dit-elle.

— C'est parce que tu ne connais rien aux antiquités, rétorqua Ed, feignant d'être chagriné par une telle méconnaissance des belles choses.

— Melissa Holloway a osé, elle, remarqua Bill, se demandant si cette information aiderait ou non la cause de son ami.

Bonnie haussa un sourcil.

— Melissa, hein ? Alors, c'est pire que je ne pensais.

— Voilà une remarque parfaitement injuste et sectaire,

et je dirais même sexiste, dit Ed, espérant entraîner sa femme sur un autre terrain.

Bonnie leva les yeux au ciel.

— Je connais Melissa et, franchement, si je devais parier sur vos talents respectifs de négociateurs, c'est sur elle que je miserais. Je t'aime énormément, Ed, mais quelque chose me dit que tu as payé cette commode bien plus qu'elle ne vaut.

Entrevoyant une chance de se tirer de cette escarmouche, Ed s'empressa de foncer dans l'ouverture concédée involontairement par Bonnie.

— A ton avis, combien aurais-je dû débourser ?

Bonnie regarda tour à tour son mari et la commode, comme si elle évaluait leurs qualités respectives. Combien ce naïf avait-il lâché ? Cent ? Deux cents ? Sûrement pas plus. Elle décida de lui faire grâce.

— Quatre cents, hasarda-t-elle, prête à louer le sens des affaires de son mari quand il lui dirait fièrement que la commode lui avait coûté bien moins cher.

Mais quand elle le vit grimacer, elle comprit qu'elle s'était trompée.

— Très bien, la vérité, maintenant, dit-elle.

— Mille, répondit Ed en détournant le regard.

Bonnie accusa le coup et puis elle se souvint du visage inquiet d'Ed, quand ils étaient allés ensemble chercher le chiot qu'Amy désirait tant. Se penchant sur la commode, que Bill et Ed avaient posée à terre, elle ouvrit un tiroir et passa ses doigts sur l'assemblage en queue d'aronde.

— Après tout, tu as peut-être fait une bonne affaire, dit-elle. Une fois restaurée, je te parie qu'elle en vaudra le double.

Pour la première fois depuis qu'il était descendu de la camionnette, Ed Becker se détendit.

— Tu vois ? dit-il à Bill. Même Bonnie reconnaît que c'est une très belle pièce.

Bill aida Ed à descendre la commode dans la cave où Ed avait installé son atelier, puis il prit congé des Becker et regagna son domicile. Ed, impatient de voir de plus près sa nouvelle possession, commença d'examiner les tiroirs et toutes les parties qu'il lui faudrait restaurer s'il voulait redonner au meuble sa beauté d'origine.

Ce fut dans le quatrième tiroir qu'il découvrit le coffret

en acajou. Il le sortit, le posa sur la commode et l'ouvrit au moment même où Bonnie entrait dans l'atelier.

— Un stéréoscope ! s'exclama-t-il. Eh bien, ça fait une éternité que je n'en ai pas vu !

Soulevant l'instrument, il le retourna dans ses mains.

— Et il est dans un parfait état. Regarde, pas une éraflure, rien.

Lui prenant l'appareil des mains, Bonnie le porta à ses yeux pour regarder à travers les lentilles. Elle fit tourner la molette du viseur et coulisser le support dans lequel on glissait les photos. Ed avait raison ; ni les pièces de cuivre, ni le cuir, ni le bois d'acajou dont l'instrument était fait ne présentaient le moindre défaut. Avec un peu de pâte à polir, le cuivre brillerait comme neuf et un coup de cire redonnerait tout leur éclat au cuir et au bois.

— Y a-t-il des images ? demanda-t-elle.

— Une douzaine. Mais prends-le et montre-le à Amy. Je vous rejoindrai dès que j'aurai fini mon expertise, si je puis dire.

— Regarde plutôt s'il n'y a pas quelque trésor caché dans ce monument, lui conseilla Bonnie en rangeant l'instrument dans son coffret. Qui sait ? Peut-être qu'un fou y a dissimulé une fortune !

Ed lui montra le poing en feignant la colère et Bonnie, la boîte en acajou sous le bras, reprit en souriant la direction de l'escalier.

Vingt minutes plus tard, quand Ed trouva Bonnie et Amy dans le salon, sa femme et sa fille étaient occupées à visionner les antiques photographies au stéréoscope. Comme il entrait dans la pièce, Bonnie tendait l'appareil à Amy.

— Et celle-ci ? demanda-t-elle à la fillette.

Amy regarda à travers les lentilles.

— C'est ma chambre, dit-elle.

— Pardon, qu'est-ce qu'elle a dit ? demanda Ed, surpris.

Bonnie lui répondit que l'image représentait la chambre d'Amy.

Ed plissa le front d'un air intrigué.

— Mais comment est-ce possible ?

Bonnie le regarda.

— Oui, c'est bizarre, dit-elle, mais il semble que toutes ces photos aient été prises dans cette maison.

Ed ouvrit de grands yeux.

— Mais ça n'a pas de sens. Comment cela se pourrait-il ?

— Je n'ai pas dit que cela tombait sous le sens, repartit Bonnie. En réalité, c'est...

Elle s'interrompit car elle allait dire que c'était « très, très étrange », et Amy ne perdait jamais rien de ce qu'Ed et elle pouvaient se dire.

— Ce doit être une coïncidence, reprit-elle en jetant ostensiblement un coup d'œil à Amy, qui avait les yeux collés à l'appareil. Montre à papa, ma chérie.

Amy passa à contrecœur l'instrument à son père.

Mais ce que découvrit Ed n'était qu'une grande pièce meublée en style victorien.

— Cela ne ressemble en rien à la chambre d'Amy.

— Oui, pas comme elle est, maintenant, mais regarde donc celle-ci, dit Bonnie en glissant une autre carte dans le support. Regarde bien la cheminée et les étagères, ainsi que les fenêtres et la porte, et ne fais pas attention aux meubles.

Ed examina l'image en trois dimensions d'un salon victorien, encombré de meubles massifs et sombres, de guéridons recouverts de napperons brodés, de lampes aux grands abat-jour ornés de franges. Et bizarrement, la pièce lui parut vaguement familière.

Les murs débarrassés de leur papier à fleurs et les fenêtres de leurs lourdes tentures de velours, les étagères de la bibliothèque et les meubles victoriens remplacés par du mobilier contemporain, la pièce était bien celle où sa petite famille et lui se tenaient en ce moment même.

Bonnie plaça une autre photo, et Ed Becker reconnut la salle à manger.

Bonnie changea encore et, cette fois, ce fut le jardin que visionna Ed : les arbres y étaient moins hauts et les volets avaient une couleur vert sombre à la place du gris pâle actuel.

Finalement, il revint à la première photo qu'Amy examinait quand il était entré. C'était bien la chambre de sa fille. Telle qu'elle avait été... quand ?

Cent ans plus tôt ?

Cinquante ?

Il devait le découvrir. Il le devait absolument.

4

Steve Driver était sérieusement inquiet. Ses soucis s'étaient multipliés depuis ce funeste mercredi matin où Charlie Carruthers, venu déposer le courrier chez les femmes Wagner, avait trouvé la porte d'entrée ouverte et la maison apparemment désertée. Et cela n'avait guère aidé le suppléant du shérif que le vieux Charlie, flairant le drame, soit entré dans la maison et qu'il ait trouvé Clara Wagner pétrifiée dans son fauteuil roulant et Germaine écrasée sous l'ascenseur. En sortant la vieille Clara de la cabine — ce qui était en soi un geste parfaitement compréhensible — il avait peut-être effacé quelque indice laissé par un intrus. Un indice qui aurait fait taire le concert de mauvaises langues qui allait crescendo pour suggérer que Rebecca Morrison n'était pas étrangère à cette nouvelle tragédie.

La jeune femme avait en effet disparu de Blackstone. Et Dieu sait s'ils l'avaient cherchée partout. Oliver, Bill McGuire, Ed Becker et toute une troupe de volontaires avaient battu le village et les environs pendant la nuit de mercredi et toute la journée du lendemain, avant d'abandonner.

Driver était pour sa part convaincu que l'horrible mort de Germaine Wagner n'était qu'un tragique accident, même s'il n'aurait su dire pourquoi la victime se trouvait dans la cage de l'ascenseur. Toutefois il n'avait aucun argument à opposer à ceux qui semblaient mettre en doute l'innocence de Rebecca. Après tout, disaient-ils, pourquoi avait-elle fui si elle n'avait rien à se reprocher ? La chambre de Germaine avait été le théâtre d'une terrible tragédie, mais il semblait que Germaine eût été seule. En tout cas, le médecin légiste du comté — une femme réputée pour son génie à dénicher la plus infime trace de lutte

— était formelle : rien n'impliquait Rebecca Morrison ou quiconque d'autre.

L'examen des ongles de Germaine n'avait rien révélé et nul cheveu ou fibre étrangère n'avait pu être prélevé sur elle ou dans la chambre.

Ainsi la disparition de Rebecca restait-elle inexplicable. Elle s'ajoutait seulement au drame des Wagner et aux inquiétudes de Steve Driver. Si la jeune femme avait été enlevée par l'assassin de Germaine, comment ce dernier avait-il réussi à ne laisser aucune trace de son passage ?

Quant à Rebecca, dans le cas où elle serait coupable, pourquoi n'avait-elle rien emporté avec elle ? Et pourquoi avait-elle laissé la porte grande ouverte derrière elle, détail qui ne manquerait pas d'alarmer le premier passant venu ?

Quoi qu'il en fût, Rebecca avait disparu et la rumeur s'amplifiait d'heure en heure. Alors qu'il quittait son bureau pour se rendre à la banque, Steve réfléchit à la meilleure manière de mener son entretien avec Melissa Holloway. Interrogerait-il celle-ci en présence des clients et des employés, ou bien était-il préférable qu'il ait un entretien en privé, ce qui ne manquerait pas de faire jaser les employés ? Normalement, les questions qu'il avait à poser à la directrice requéraient la discrétion, mais il savait aussi que dans des petites bourgades comme Blackstone, on regardait avec méfiance quiconque exigeait de parler en secret. Si l'on ne parlait pas ouvertement, c'est que l'on avait quelque chose à cacher, se disaient-ils, et les racontars allaient bon train.

Eh bien, il suivrait la règle, même si cela devait donner lieu à de nouvelles rumeurs.

— Je m'attendais à vous voir, commença Melissa Holloway en se levant de sa chaise, tandis qu'Ellen Golding faisait entrer le shérif dans le bureau qui avait été celui de Jules Hartwick. Et je crois savoir ce que vous venez chercher.

— La situation du compte bancaire de Rebecca Morrison, dit Driver en se laissant choir dans l'un des fauteuils qui faisaient face à la table de travail de Melissa.

Il lui tendit un exemplaire du mandat de perquisition délivré le matin même par le juge.

— Rebecca Morrison n'a procédé à aucun retrait d'argent, si c'est ce que vous voulez savoir.

— Vous avez vérifié ? demanda Driver.

Melissa hocha la tête.

— Oui, j'ai pensé que si Melissa avait l'intention de prendre la fuite, il lui fallait de l'argent. Or, elle n'a rien retiré. Rien.

— Rien ? Vous en êtes sûre ?

— Je vais vérifier devant vous.

Melissa se tourna vers son ordinateur, tapota rapidement sur le clavier.

— Voilà, aucun retrait, que ce soit en espèces, chèque ou carte de crédit.

Steve Driver savait que, de toute façon, la pauvre Rebecca ne devait pas avoir grand-chose sur son compte en banque. Elle avait tout perdu dans l'incendie qui avait ravagé la maison de sa tante et ce n'était pas pendant les quelques semaines qu'elle avait passées chez les Wagner qu'elle avait pu mettre de l'argent de côté.

— Pour tout vous dire, Melissa, je vois mal Rebecca fuir quoi que ce soit. Et telle que je la connais, si elle avait une part de responsabilité dans la mort de Germaine, je suis la première personne qu'elle serait venue voir.

— Alors, qu'a-t-il bien pu se passer ?

— Si je le savais, je ne serais pas ici. Toute cette histoire n'a pas de sens. Il n'y a pas la moindre preuve d'effraction. D'ailleurs j'ai du mal à imaginer que quelqu'un puisse s'introduire chez les Wagner, battre à mort Germaine, la pousser sous la cage de l'ascenseur, sortir la vieille Clara de sa chambre, la faire monter dans l'ascenseur et appuyer sur le bouton pour que la cabine écrase Germaine. Et tout ça, alors que Rebecca est là, dans sa chambre ? Elle aurait hurlé, appelé à l'aide !

— Et connaissant son dévouement, je parie qu'elle se serait jetée sur l'assassin, ajouta Melissa, tandis que Steve se levait en secouant la tête avec dépit. Après tout, c'est peut-être cette malédiction dont parle Edna Burnham, poursuivit Melissa.

Mais à la vue de l'expression du shérif, elle s'empressa de s'excuser.

— C'était une plaisanterie, dit-elle. Et pas drôle, je vous l'accorde.

— Ouais, pas drôle du tout, approuva Steve.

La restauration de la commode en chêne se révéla être une entreprise bien plus ardue qu'Ed ne s'y attendait. Il était descendu à la cave juste après dîner, pensant qu'il ne lui faudrait pas plus d'une heure pour démonter entièrement le meuble avant de le poncer et de le vernir pièce par pièce. Mais après deux heures de lutte, il n'avait même pas réussi à enlever le dessus.

Des dix-huit chevilles qui maintenaient l'épais plateau sur le corps de la commode — un chiffre impressionnant qui disait, aux yeux d'Ed, tout le soin qu'apportaient jadis les artisans à leur travail — onze seulement avaient cédé à ses efforts. Aussi l'admiration d'Ed Becker pour la belle ouvrage virait-elle rapidement à la critique. Quel était ce maniaque qui avait conçu dix-huit chevilles, alors que six auraient suffi ! Jusqu'à ce qu'Ed commence à pester contre la commode et à jurer comme un charretier, Amy avait joué les aides-menuisiers auprès de son père. Mais Bonnie, qui avait l'ouïe fine, n'avait pas tardé à apparaître et à ordonner à Amy de remonter, loin des jurons et des imprécations du forcené.

Ed était seul dans son atelier depuis une demi-heure, sans personne pour tempérer sa mauvaise humeur. Tandis qu'il luttait avec la cheville numéro douze — dont la résistance menaçait de le décourager à jamais de poursuivre — et qu'il se concentrait sur sa tâche avec infiniment plus d'attention qu'il n'en avait jamais porté à aucun de ses dossiers pénaux, il n'entendit pas la porte de la cave s'ouvrir de nouveau.

Aussi sa stupeur fut-elle totale quand Riley le plaqua dans le dos du poids de ses vingt kilos de pur enthousiasme canin.

Il se produisit alors et presque simultanément trois choses :

Le choc lui fit lever brusquement la tête, et son crâne donna contre le chêne centenaire du dessus de la commode.

Perdant l'équilibre, il tomba et se cogna durement le genou contre le sol en ciment.

La pointe du ciseau qu'il serrait dans sa main droite s'enfonça dans la paume de sa main gauche.

Chacune de ces mésaventures était suffisante et en tout cas assez douloureuse pour arracher un cri au plus dur des hommes. La combinaison des trois, s'ajoutant à la frustration accumulée par la réticence de la commode à se laisser démonter, fit exploser Ed de fureur.

— AMY ! beugla-t-il. Sors ce sale cabot d'ici ! TOUT DE SUITE !

Une seconde plus tard, Amy dévala l'escalier.

— Ici, Riley ! Ici ! Viens, mon chien !

Entourant de ses petits bras le cou épais du labrador, qui lui léchait copieusement le visage, Amy jeta un regard noir à son père.

— Il voulait pas te faire mal. Il aime les gens, lui.

— Je me fous de ce qu'il voulait ! hurla Ed en se relevant et en serrant sa main gauche pour contenir le sang qui commençait à couler. Fais-le sortir d'ici. Et si tu ne sais pas te faire obéir de lui, tu ne pourras pas le garder !

Le menton tremblant, Amy s'en fut avec Riley en retenant ses sanglots. Ed gagna la partie de la cave qui servait de laverie et se mit en devoir de nettoyer la plaie à l'eau courante et au savon. Il cherchait un linge propre pour se faire un pansement quand il eut la visite de Bonnie.

— Pour l'amour du ciel, que se passe-t-il ? Amy est en larmes. Elle dit que tu l'as menacée de lui enlever Riley !

— C'est ce qui arrivera, si elle ne sait pas le tenir !

— Ed, elle n'a pas encore six ans, et Riley a six mois ! C'est toi qui devrais apprendre à te contrôler !

Ed se retourna.

— Peut-être bien, mais...

Il se tut et oublia sa colère à la vue du regard alarmé de Bonnie qui venait de remarquer le sang.

— Ce n'est rien, dit-il. Un coup de ciseau, mais ce n'est pas trop profond.

Puis, comme Bonnie se chargeait avec empressement et tendresse de lui nouer un mouchoir autour de la main, il ajouta :

— Je suis désolé d'avoir crié comme ça. Tu as raison, Riley ne me voulait pas de mal, et ce n'est certainement pas la faute d'Amy. Je...

— Viens avec moi là-haut, l'interrompit Bonnie. Tu as besoin d'un vrai pansement.

Elle le prit par le bras et l'entraîna avec elle, jetant un

regard réprobateur à la commode qui, à ses yeux, était la seule coupable de l'accident survenu à son mari.

— A propos, remarqua-t-elle, alors qu'ils grimpaient les marches, je crois savoir comment ce stéréoscope a échoué à l'asile.

— Allons, nous venons de le découvrir il y a quelques heures à peine, et tu saurais d'où il vient ?

— Pas moi, mais Edna Burnham, dit Bonnie. Pendant que tu étais dans la cave, à t'amuser avec tes jouets...

— Pas des jouets, des outils.

— D'accord, pendant que tu te plantais un de tes chers outils dans la main, Edna et moi avons eu une petite conversation au téléphone. Et d'après elle, tu aurais eu un grand-oncle plutôt dangereux.

Un lointain souvenir revint à Ed.

— Paul, dit-il tout bas.

— Quoi, Edna n'aurait pas raconté n'importe quoi ? demanda Bonnie, étonnée. Qui était-il ? Et qu'a-t-il fait pour finir à l'asile ?

— C'était le frère de mon grand-père. Et je ne sais pas trop ce qu'il a fait. Je me souviens que maman m'en a parlé une fois. En réalité, elle m'a dit que si quelqu'un à l'école me parlait de Paul, je ne devrais pas le rapporter à grand-père. Mais personne ne m'a jamais rien dit, et j'ai fini par oublier que j'avais un grand-oncle enfermé là-haut.

— Mais pourquoi l'ont-ils placé là-bas ? Qu'avait-il fait ?

Ed haussa les épaules.

— Qui sait ? On enfermait les gens pour trois fois rien dans ce temps-là. Il souffrait peut-être de dépression nerveuse.

— A moins qu'il n'ait été un *serial killer*, suggéra Bonnie en riant. Après tout, il faut bien que ta fascination pour la loi et le crime aient une origine.

Ils étaient dans la salle de bains à présent, et Ed grimaçait de douleur tandis que Bonnie nettoyait la plaie avec un antiseptique.

— Ne crois-tu pas que s'il avait tué quelqu'un, j'en aurais entendu parler ? dit-il soudain.

Puis une image de ses grands-parents lui revint : des gens drapés dans une dignité sévère, des puritains qui ne manifestaient jamais leurs émotions, pas même en privé. S'ils avaient eu un parent coupable d'un crime, ils n'auraient plus jamais prononcé son nom et le mouton noir de la famille aurait cessé d'exister pour eux dès l'instant où les portes de l'asile se seraient refermées sur lui.

L'idée émise sur le ton de la plaisanterie par Bonnie ne quitta pas l'esprit d'Ed de toute la soirée. Et si elle avait raison ? Non pas que l'oncle Paul fût un tueur en série, mais s'il avait vraiment assassiné quelqu'un ? Peut-être en savait-il plus sur ce Paul qu'il n'en avait de souvenir conscient.

Quand il se mit au lit, cette nuit-là, Ed Becker partit en quête du fantôme de ce grand-oncle, mais il fouilla en vain parmi ses souvenirs d'enfance : sa mémoire n'avait pas gardé la moindre trace de Paul Becker.

Tous les regards dans la salle d'audience étaient braqués sur lui, et Ed Becker devait résister au besoin qu'il avait de parader au spectacle de l'inconfort dans lequel il plongeait son témoin.

Un policier était à la barre, le genre de flic qu'Ed détestait par-dessus tout : de ceux qui, partant du principe que tous les suspects qu'ils arrêtaient étaient coupables, s'efforçaient de dénicher la preuve qui viendrait étayer leurs présomptions. Eh bien, ça ne marcherait pas, cette fois.

Ce flic en avait après le grand-oncle d'Ed, et ce dernier était déterminé à ruiner jusqu'à la réputation du policier. Quand Ed en aurait fini avec lui, le sergent se jurerait de ne plus jamais témoigner de sa vie, en tout cas dans aucune juridiction où Ed pratiquait.

Et cette salle d'audience était la préférée de l'avocat. Elle était vaste et par ses quatre grandes fenêtres entrait l'air parfumé d'un printemps radieux qui faisait oublier la tristesse hivernale.

Mais en dépit de l'agréable fraîcheur de la température, le témoin commençait à suer. Tel un prédateur à l'affût, Ed avait capté l'odeur de la peur qu'exhalait sa proie.

Se détournant un instant de son témoin, Ed adressa à son grand-oncle Paul un sourire confiant. Que ce cher Paul se rassure, le non-lieu ne serait qu'une formalité. Quand Ed aurait fini de mettre en pièces les prétendus arguments du policier, le procureur n'aurait plus de dossier et il ne resterait plus au juge qu'à prononcer la relaxe. Et, sur un nouveau sourire à l'accusé et un clin d'œil aux jurés, Ed se retourna vers son témoin.

— Pour autant que je sache, vous n'avez pas la moindre preuve qu'un crime ait été commis ? demanda-t-il.

Le témoin pinça les lèvres d'un air exaspéré avant de répondre :

— Nous avons trouvé du sang, dit-il. Beaucoup de sang.

— Beaucoup ? fit Ed, sarcastique. Que voulez-vous dire par beaucoup ? Quatre litres ? Deux ? Un ? Que diriez-vous d'un demi-litre de sang ?

— Et nous avons relevé des taches de sang sur le couteau de l'accusé, sur son lit et sur le tapis qui est dans sa chambre.

Ed se pencha en avant, de manière telle que son visage ne fut plus qu'à quelques centimètres du témoin.

— Ainsi, vous n'avez pas trouvé beaucoup de sang mais seulement relevé des taches.

Soudain, alors qu'Ed Becker comptait sur une salle silencieuse et attentive, suspendue à la prochaine question qu'il allait poser, telle une banderille sur le taureau, des mouvements se firent et des rires montèrent.

Ed se retourna vivement pour voir quelle était la source de ce désordre.

Il vit le chien de sa petite fille qui descendait l'allée séparant le prétoire en deux. Et le chien portait quelque chose dans sa gueule.

Quelque chose qu'Ed reconnut l'instant d'après : une jambe.

Une petite jambe.

Une jambe d'enfant.

Avec une socquette blanche au pied et une petite sandale en cuir.

L'autre extrémité de la jambe, tranchée à mi-cuisse, dégoulinait encore de sang.

Et comme Ed contemplait la scène avec horreur, Riley poussa du museau le portillon séparant l'audience du prétoire et gagna le banc de la défense. Se dressant sur ses pattes arrière, il déposa son trophée sur la table devant

Paul Becker, remua la queue comme s'il était content de sa performance, et repartit comme il était venu.

Un pesant silence régnait maintenant dans la salle. Tout le monde attendait la réaction de l'avocat de la défense.

— Cela ne veut rien dire, déclara Ed.

Il ne put poursuivre, car de nouveau un brouhaha s'élevait, saluant le retour du chien prodige.

Et cette fois, c'était une tête que Riley tenait dans sa gueule.

La tête d'une petite fille.

La tête de l'enfant que Paul était accusé d'avoir assassinée.

Ed Becker sentit une formidable rage monter en lui, tandis qu'il regardait ce damné cabot se diriger de nouveau vers le banc de la défense où grand-oncle Paul était assis.

Non ! Il ne pouvait laisser faire ça !

Pas maintenant, alors qu'il avait le jury bien en main et qu'il avait démontré l'absence de preuves concrètes !

Sa fureur croissant, l'avocat se précipita sur le chien, le souleva dans ses bras. Et, alors que l'animal serrait toujours la tête dans ses mâchoires, Ed gagna l'une des fenêtres et jeta le chien dans le vide. Il se retournait vers la salle quand un long coup de klaxon retentit dans la rue, suivi d'un hurlement de douleur qui le glaça. Il se pencha à la fenêtre pour regarder en bas.

Riley gisait sur le pavé, l'échine brisée. Du sang coulait de sa gueule.

A un mètre de là, la tête que le chien avait apportée avait le visage levé vers le ciel. Mais ce n'était plus celui de la petite victime présumée de grand-oncle Paul.

C'était celui d'Amy.

Sa propre fille. Et elle dardait sur lui un regard accusateur.

Incapable de soutenir cette vision, Ed recula. Mais comme il se détournait de la fenêtre, il découvrit qu'il n'occupait plus le banc de la défense.

Il était à présent dans le box des témoins et, où qu'il regardât, il voyait Amy.

Amy et son regard qui le condamnait.

Amy à la place de l'avocat de la défense.

Amy au banc de l'accusation.

Dans le fauteuil du juge.

Et partout dans la salle.

Elle l'accusait, le jugeait, le condamnait.

— Non ! cria-t-il en se levant d'un bond. Non !

Et soudain Ed Becker se réveilla. Il se redressa dans son lit. Il était en nage. « Non ! », cria-t-il encore, mais le rêve se dissipait. Epuisé, il se laissa retomber sur son oreiller. Il haletait, et son cœur cognait dans sa poitrine.

— Ed ? appela doucement Bonnie.

Elle se pencha sur le côté pour allumer la lampe sur la table de chevet.

— Ed ? Qu'as-tu ? Que s'est-il passé ?

Il mit quelques secondes avant de répondre.

— J'ai fait un cauchemar.

— Tu veux m'en parler ? demanda Bonnie en se tournant vers lui.

Ed hésitait, mais déjà les détails de son rêve se fondaient dans le néant et il se souvenait uniquement de la dernière séquence : où qu'il portât le regard, il rencontrait celui, accusateur, d'Amy.

— Non, rendors-toi, ma chérie, dit-il en passant un bras autour des épaules de sa femme. Ce n'était qu'un mauvais rêve. Une histoire de procès, quelque chose que j'ai fait à Riley, je n'arrive pas à m'en souvenir.

Bonnie éteignit la lumière, et Ed perçut bientôt le souffle régulier de sa femme qui s'était rendormie.

Mais lui resta longtemps éveillé. Et même dans le noir, il revoyait les yeux d'Amy emplis d'opprobre.

5

Oliver Metcalf dormait d'un sommeil agité. Des images voletaient tout autour de lui comme un essaim de chauves-souris, sans qu'il puisse leur échapper ni les saisir. Elles ne l'en effrayaient pas moins, à marauder ainsi à la périphérie de sa vision, sans jamais apparaître clairement, tout en lui semblant vaguement familières.

Douloureusement familières.

Il gémissait dans son sommeil, acharné qu'il était à capturer l'insaisissable.

Sa frustration était telle que, dans une contraction de tout son corps, il se réveilla brutalement. Mais avant même d'ouvrir les yeux, il sut qu'il lui arrivait quelque chose d'étrange et d'effrayant.

Au lieu des murs de sa chambre et des branches de l'érable qu'il voyait par la fenêtre, ce fut la silhouette de l'asile découpée sur un ciel de plomb qu'il découvrit. Il n'était pas chez lui, dans sa maison, mais dehors.

Secouant la tête pour en chasser les limbes du sommeil, Oliver se redressa lentement et étira ses membres endoloris.

De légers élancements dans le crâne lui firent redouter l'une de ces migraines crucifiantes qu'il avait appris à redouter, mais ses craintes s'avérèrent infondées, et la sourde douleur se dissipa totalement. Il se mit en route vers sa maison mais, avant d'entrer, il éprouva le besoin de se retourner vers l'asile. Et, comme il regardait la bâtisse de pierre grise qui ombrageait son cottage — et sa propre vie —, les étranges images revinrent une fois de plus le hanter.

Mais que signifiaient-elles ? Et, bien qu'elles fissent manifestement partie de sa mémoire, pourquoi ne pouvait-il en puiser que ces fragments fantomatiques d'un passé qui se dérobait sans cesse à lui ? Se détournant de l'asile, il poussa la porte et se dirigea vers la cuisine avec l'intention de se préparer un bon café.

Tandis qu'il faisait bouillir de l'eau, il leva les yeux vers la pendule murale, qui marquait six heures du matin. Il était bien trop tôt pour appeler Phil Margolis. Mais quelle raison aurait-il d'appeler le médecin ? Ses migraines n'avaient pas la moindre cause physique, ainsi que l'avaient démontré les diverses encéphalographies qu'il avait passées.

Non, elles prenaient racine dans ses souvenirs et dans l'asile même. En vérité, c'était son père qui en était la source et l'origine.

Alors qu'il versait l'eau bouillante sur le café moulu dans sa vieille cafetière à filtre, il se souvint des dossiers médicaux qu'il avait découverts dans le grenier et qu'il avait encore relus récemment. Tous les cas de patients présentaient la même histoire tragique : pendant des années, ils avaient été soumis à des traitements dont la cruauté n'avait d'égale que l'inefficacité. Tous ces malades avaient en réalité été lentement suppliciés, conformément aux directives du médecin directeur de l'établissement.

Un monstre qui n'était autre que le père d'Oliver.

Oliver se versa une tasse de café, qu'il se mit à siroter à petites gorgées tout en méditant.

Presque malgré lui, il gagna la fenêtre pour observer une fois de plus l'asile. Que s'était-il passé derrière cette façade grise, pour qu'elle réveillât en lui des souvenirs tellement terrifiants qu'il ne pouvait en franchir le seuil ? Il n'en savait rien, mais il y avait cependant quelqu'un qui connaissait peut-être la réponse.

Oliver termina rapidement son café au risque de se brûler la gorge puis décrocha sa veste à la patère de la porte de la cuisine, gagna le garage et monta dans sa voiture, avant qu'il puisse changer d'avis.

Cinq minutes plus tard, il s'arrêtait dans Elm Street, devant la grande maison où son oncle avait passé toute sa vie.

Harvey Connally était né dans la chambre principale au premier étage de la demeure de style Cape Cod, et il avait toujours déclaré à qui voulait l'entendre qu'il avait bien l'intention d'y mourir.

« Un homme peut faire le tour du monde autant de fois

qu'il le désire, aimait-il à dire, mais quand il est près de disparaître, il ne devrait pas être loin de son lieu de naissance. »

C'était là un sentiment que bien des habitants de Blackstone partageaient, même si certains d'entre eux jugeaient les intentions du vieux Connally un rien présomptueuses.

La maison elle-même était devenue au fil des ans invisible depuis la rue, tant la haie qui l'entourait avait atteint une hauteur qui dépassait de loin le besoin d'intimité. Cependant, chaque fois qu'Oliver suggérait à son oncle de tailler cette muraille de verdure, le vieil homme se contentait de secouer la tête.

— Après ma mort, tu en feras ce qu'il te plaira. Mais pour l'instant, cette haie est très bien comme elle est. Je n'ai aucune raison de voir ce qui se passe au-delà, et les voisins n'ont nul besoin de regarder chez moi !

Oliver poussa la grille et pénétra dans la maison avec la clé que lui avait donnée son oncle.

— C'est moi, cria-t-il depuis le vestibule. Où es-tu ?

— Dans la bibliothèque, répondit son oncle d'une voix dont les ans n'avaient pas entamé la force.

Quand Oliver entra dans la pièce aux murs tapissés de livres pour laquelle il partageait la prédilection du vieil homme, celui-ci leva les yeux d'un air suspicieux.

— Il est un peu tôt pour une visite mondaine, non ? remarqua-t-il. Je ne prépare jamais les martinis avant le coucher du soleil.

— Je n'étais même pas sûr que tu sois déjà levé.

— Tu sais, plus on approche de son dernier sommeil, moins on dort.

Et, comme Oliver ne répondait point, son oncle désigna le plateau sur la table basse devant laquelle il était assis.

— Sers-toi, le café est encore chaud.

Oliver se versa une tasse sous le regard scrutateur de Harvey Connally.

— Tu m'as l'air fatigué, Oliver, dit ce dernier quand son neveu prit place en face de lui sur le canapé. Tu as les traits tirés. Manquerais-tu de sommeil ?

— Je ne dors pas — ou plutôt, très mal, avoua Oliver. Et il y a quelque chose dont je voudrais te parler.

Son oncle ne fit aucun commentaire mais une légère

raideur dans son maintien témoigna d'une tension soudaine.

— C'est au sujet de mon père, dit Oliver. Je voudrais savoir...

— Tu n'as rien à savoir à propos de cet homme, rien, l'interrompit son oncle d'un ton cassant. Après sa mort, je t'ai élevé pour que tu deviennes un Connally, pas un Metcalf ! Tu comprends ce que je veux dire ? Un Connally, comme ta mère ! Comme moi ! Et moins nous parlerons de celui qui fut ton père, mieux ça vaudra.

Harvey Connally fixait son neveu d'un regard intense qui semblait signifier : « Prends garde, ne t'aventure pas sur ce terrain ! » Mais Oliver n'était pas venu jusqu'ici pour repartir sans avoir la réponse qu'il cherchait.

— Il faut que je parle de mon père, articula-t-il avec fermeté.

Choisissant prudemment ses mots, il entreprit de décrire à son oncle les migraines qui le terrassaient et les insaisissables images du passé qui les accompagnaient.

— C'est au Dr Margolis qu'il faut en parler, pas à moi, grogna le vieil homme en s'enfonçant un peu plus dans son fauteuil, comme pour s'y protéger de son neveu.

— C'est ce que j'ai fait, et il n'a rien trouvé d'anormal — sur un plan physiologique, du moins. Or je sais, moi, que quelque chose ne va pas dans ma tête. Des images me hantent, mais elles restent indéchiffrables, et je n'arrive jamais à les relier à un souvenir clair et précis.

Le vieil homme émit un grognement impatient.

— Quand tu auras mon âge, tu sauras qu'il y a des choses qu'il est préférable d'oublier.

Ses yeux restaient fixés sur Oliver, tels ceux d'un vieux loup solitaire face à un louveteau sans expérience. Oliver s'obstina :

— J'ai besoin de savoir ce qui est arrivé à mon père. Et aussi à ma sœur.

Harvey Connally considéra longuement son neveu avant de lui répondre.

— Ton père s'est suicidé, répondit-il enfin d'un ton las.

— Ça, je le sais, mais j'ignore la raison qui l'a poussé à commettre cet acte. Etait-ce parce que ma mère lui manquait tellement ?

— Je n'en ai pas la moindre idée, dit Harvey. Mais c'est

possible, après tout. A moins que ce ne soit la décision du conseil d'administration de fermer l'asile, ajouta-t-il d'une voix durcie.

— Je croyais que l'asile avait été fermé après la mort de mon père, et non pas avant.

— Qu'est-ce que ça change, de toute façon ? fit Harvey, agacé.

— C'est quand ils ont découvert quelles étaient ses pratiques médicales qu'ils l'ont démis de ses fonctions, n'est-ce pas ?

Cette fois, Harvey Connally ne se donna pas la peine de répondre. Il se contenta de pencher la tête de côté tout en regardant Oliver d'un air buté.

— Et ma sœur ? Que lui est-il arrivé ?

Harvey remua légèrement dans son fauteuil. Sa réticence à aborder le sujet était palpable.

— Mon père a-t-il été responsable de la mort de ma petite sœur ? insista Oliver.

— Dans cette affaire, je ne peux que te rapporter ce qu'il m'a dit, répondit abruptement Harvey, comme s'il avait hâte de clore cet interrogatoire.

— Et que t'a-t-il dit ?

Un pesant silence se fit dans la pièce avant que Harvey ne consente à répondre. Quand enfin il s'y résolut, d'une voix douce et chargée de tristesse, ses paroles explosèrent dans la tête d'Oliver comme des bâtons de dynamite.

— Il m'a dit que c'était ta faute. Que ce n'était rien d'autre qu'un accident, mais que tu en étais le seul responsable.

Oliver se renversa contre le dossier du canapé. Il n'avait pas d'autre question à poser à son oncle.

Amy, ses petits poings fermement plantés sur ses hanches, regardait son père d'un air révolté.

— Et pourquoi je ne peux pas venir ? demanda-t-elle.

— Parce que tu n'as rien à faire là-bas et que tu t'y ennuierais, lui répondit Ed. Et puis je n'en aurai pas pour longtemps. A mon retour, si tu veux, nous irons faire une promenade. Dans les bois, tout là-haut, derrière l'asile. Ça te plairait ?

— Je veux aller au bureau avec toi, insista Amy. Je veux que tu m'apprennes à devenir avocat !

Ed se pencha pour prendre sa petite fille par la taille et la souleva de manière à la regarder bien en face.

— Si tu veux devenir « avocat », comme tu dis, tu devras apprendre le droit. Et tu ne pourras pas le faire avant d'avoir terminé tes études secondaires. Et tu ne pourras pas faire cela avant...

— D'avoir fini l'école primaire, ajouta Amy, reprenant un refrain depuis longtemps appris. Je ne serai jamais avocat ! cria-t-elle en feignant de se débattre dans les bras de son père.

— Tu le seras, j'en suis sûr, dit Ed en la reposant à terre. A moins que tu ne décides de faire quelque chose de plus drôle, comme pompier ou astronaute. Mais rassure-toi, je ne serai pas long. Je vais juste consulter quelques papiers, d'accord ?

Amy poussa un soupir résigné, comme si on lui demandait de soutenir un instant le monde sur ses épaules, puis elle haussa les épaules.

— D'accord, je jouerai avec Riley en attendant que tu reviennes. Et ensuite nous irons faire cette promenade. Promis ?

— Promis juré, dit Ed en se penchant pour embrasser sa fille sur le front.

Il se redressa tandis que la fillette sortait par la porte de derrière, et s'approcha de Bonnie qui rinçait les tasses du petit déjeuner dans l'évier.

— Et peut-être que... quand nous serons de retour de cette promenade... murmura-t-il dans le cou de sa femme en la prenant par la taille.

— Oh, des promesses, des promesses, dit-elle en se laissant aller contre lui. Mais ne t'attarde pas trop au bureau, quand même !

— Ça ne risque pas, je vais seulement relire le dossier de financement de notre futur centre commercial avant que Melissa le transmette à l'administration. J'aurais déjà dû le faire hier, ajouta-t-il avec un sourire penaud, avant que Bonnie ne lui rappelle qu'il avait consacré plus de temps à sa chère commode qu'à ces fameux papiers. Encore une semaine, et nous pourrons peut-être tous respirer un peu mieux, ici, ajouta-t-il.

Bonnie approuva d'un soupir.

— Je l'espère, mais je me demande parfois si nous ne ferions pas mieux de raser ces bâtiments et de ne plus jamais en parler.

— Oh, non, toi aussi ! gémit Ed. Je croirais entendre Edna Burnham.

— Je ne suis pas Edna, mais je commence à croire que ce n'est pas une aussi brillante idée que ça de transformer cette saleté d'asile de fous en centre commercial.

— C'était la demeure des Connally avant que cela ne devienne une maison de santé.

— Maison de santé ! Tu as de ces mots, parfois, Ed. Il suffit de regarder cette façade pour perdre la raison. Mais enfin, si ça doit aider les gens du pays à trouver du travail et à vivre un peu mieux, alors vive l'asile et vive le centre ! Mais assez parlé, va donc relire ton dossier et reviens vite !

Ed embrassa sa femme et gagna le garage.

Il monta dans sa Buick et fit ce qu'il faisait chaque fois qu'il partait : il mit le contact, laissa tourner le moteur quelques secondes, jeta un regard dans le rétroviseur tout en passant la marche arrière et recula pour tourner devant la maison et prendre l'allée.

C'est en tournant en marche arrière qu'il ressentit un choc, suivi aussitôt d'un cri de douleur et d'un hurlement d'angoisse. Ecrasant instinctivement le frein, il mit au point mort et bondit hors de la voiture, fou d'inquiétude à l'idée qu'il avait pu renverser sa fille.

Mais il vit Amy dans l'allée et éprouva à la voir indemne un immense soulagement, qui se mua en horreur quand il entendit ce qu'elle lui hurlait :

— Tu l'as tué ! Tu as tué Riley !

Ed vit la masse noire du labrador sous la voiture et, en un instant, il revécut son rêve, quand il se tenait dans le tribunal, regardant par la fenêtre le corps ensanglanté de Riley gisant sur le trottoir.

Mais cette fois, il ne s'agissait pas d'un rêve.

Et Amy, à genoux à côté de son chien, était secouée de sanglots.

— Non ! s'écria Ed. Je n'ai pas...

Ses paroles moururent sur ses lèvres quand il vit la patte du chien agitée de spasmes.

Bonnie, alertée par les cris d'Amy, se précipita hors de la cuisine.

— Aide-moi ! lui dit Ed. Il n'est pas mort ! Si nous pouvons l'emmener chez le véto...

Il se pencha pour tirer doucement le chien de sous la voiture. Un gémissement s'échappa de la gueule ensanglantée de Riley qui, comme pour s'excuser des ennuis qu'il causait, essaya de lécher la main d'Ed.

— Bon Dieu, Riley, murmura Ed d'une voix brisée, je suis désolé. Je ne voulais pas...

— Dans la voiture, Ed, le pressa Bonnie. Mets-le dans la voiture, ne perdons pas de temps.

Elle ouvrit la portière arrière et Ed allongea Riley sur la banquette, ignorant le sang répandu sur le capitonnage.

— Je monte derrière pour lui tenir la tête, dit Bonnie. Monte devant avec ton père, Amy. Et mets ta ceinture de sécurité !

Puis, à la vue de la pâleur qui avait envahi le visage de son mari, elle lui proposa de prendre le volant.

— Non, ça ira, répondit Ed.

Moins de cinq minutes plus tard, il s'arrêtait devant le bâtiment où Cassie Winslow exerçait et habitait à la fois. De derrière la maison leur parvenaient les aboiements d'une demi-douzaine de chiens et des cris d'oiseaux. Avant même qu'Ed descende de voiture, Cassie apparaissait sous le porche.

— C'est Riley, docteur ! s'écria Amy en s'extirpant de la Buick. Papa l'a écrasé ! S'il vous plaît, ne le laissez pas mourir !

Cassie Winslow ouvrit la portière arrière. Les yeux vitreux, le chien respirait avec difficulté.

— Nous allons le porter à l'intérieur, dit-elle. Ed, passez devant et ouvrez-moi la porte. Je le prends.

— Il est lourd, protesta Ed. Je peux le...

— Laissez, j'ai l'habitude, l'interrompit Cassie qui tenait déjà Riley dans ses bras avec une aisance étonnante pour une femme à l'apparence fragile.

Elle suivit Ed qu'elle guida jusqu'à son cabinet, où elle

installa Riley sur la table d'opération ; elle entreprit aussitôt de l'ausculter.

— Que s'est-il passé ? demanda-t-elle tout en poursuivant son examen.

Ed lui raconta le stupide accident.

— Vous pensez qu'il va s'en tirer ? deman-da-t-il.

— Je ne sais pas, répondit Cassie Winslow. Il a une épaule brisée et au moins trois côtes enfoncées, mais j'ignore encore s'il y a des hémorragies internes. Je vais lui faire une radio...

Elle se tut, car le corps de Riley fut secoué d'un spasme puis cessa soudain de trembler. Cassie lui prit aussitôt le pouls, examina les yeux, et puis les referma doucement. Elle secoua la tête.

— Je suis désolée, dit-elle à Ed.

Ed tendit une main tremblante vers le chien.

— Pauvre bête, murmura-t-il. Pauvre bête.

Il resta ainsi un moment, la main sur le corps de l'animal, comme si ce contact pouvait ramener celui-ci à la vie. Puis il se détourna pour regagner la salle d'attente.

A peine avait-il poussé la porte de la petite pièce qu'il vit sa fille qui le regardait, et le souvenir de son rêve lui revint brutalement. Amy, lisant la vérité sur le visage de son père, lui lançait maintenant la même accusation :

— Tu l'as tué ! Tu as tué Riley ! Tu as tué mon chien !

Ed alla s'agenouiller devant sa fille pour essayer de la réconforter mais elle le repoussa et enfouit son visage en pleurs dans le giron de sa mère.

— C'était un accident, ma chérie, lui murmura doucement Bonnie en lui caressant la tête. Ton père ne l'a pas fait exprès. C'est un accident. Il ne voulait pas...

Ses paroles moururent sur ses lèvres quand, levant les yeux, elle vit le visage d'Ed. Il avait pâli au point qu'il paraissait près de s'évanouir.

Il se laissa choir sur la chaise la plus proche et dit d'une voix blanche :

— Je l'ai rêvé, Bonnie. La nuit dernière, j'ai rêvé que je tuais Riley.

— Non... commença Bonnie.

— Je te le dis, l'interrompit Ed, je l'ai rêvé. Et maintenant le cauchemar est devenu réalité.

Et sans un mot, essayant désespérément de se convaincre lui-même qu'il n'existait pas de lien entre son rêve et l'insupportable réalité de cet accident, Ed vint s'agenouiller aux côtés de sa femme et de sa fille, et fit de son mieux pour réconforter l'enfant dont il avait tué l'animal tant aimé.

Mais il ne pouvait y avoir de réconfort. Ni pour Amy ni pour Ed Becker.

6

Le silence qui régnait dans la maison des Becker n'exprimait pas la quiétude sereine d'une habitation dont les occupants vivaient heureux et sans crainte du lendemain. C'était un silence de veille, tendu et inquiet, où chacun attendait nerveusement le prochain malheur qui les accablerait.

Bonnie avait finalement réussi à mettre Amy au lit. Longtemps l'enfant avait refusé de monter se coucher, prétendant qu'elle ne pourrait dormir sans son chien. Elle avait refusé de dire bonsoir à son père, auquel elle n'avait pas adressé la parole de la journée. Bonnie avait dû s'asseoir au bord du petit lit pendant près d'une heure, jusqu'à ce que la fillette, brisée par la fatigue et le chagrin, finisse par sombrer dans un profond sommeil.

Quand la jeune femme redescendit de l'étage, elle trouva Ed prostré sur le canapé du salon, les pieds posés sur la table basse. La télévision était allumée, mais il avait beau fixer l'écran et donner l'impression de suivre l'émission, Bonnie savait qu'il ne voyait ni n'entendait rien.

Elle s'assit à côté de lui et, lui prenant la main, lui dit doucement :

— C'était un accident, ça aurait pu m'arriver comme à toi. Amy finira par le comprendre, elle te pardonnera et nous lui achèterons un autre chien.

Pendant un moment, Bonnie ne fut pas sûre que son mari l'eût entendue, puis il lui serra la main en soupirant tristement.

— Je sais, dit-il. Mais ce qui me terrifie dans cette histoire, c'est que la veille j'ai rêvé que je tuais Riley.

— Allons, Ed, dans ton rêve, tu n'écrasais pas Riley avec la voiture. Il est arrivé un accident, une chose stupide et banale à la fois. On n'y peut rien. Et ce n'est pas la peine de chercher ailleurs une explication.

Pour la première fois de cette funeste journée, Ed parvint à sourire, tout au moins à esquisser une grimace qui se voulait un sourire.

— En t'écoutant, j'ai l'impression de m'entendre défendre l'une de ces causes perdues que j'affectionnais tant autrefois, dit-il. J'arrivais à faire passer un criminel qui méritait d'être emprisonné à vie sans jugement pour la victime pathétique d'un destin cruel.

— Après tout, c'était ton rôle de défenseur, fit Bonnie sans conviction.

Après dix ans de mariage, elle était encore amoureuse de son mari, mais il y avait certains aspects en lui qu'elle ne comprendrait jamais. Ainsi ne pourrait-elle jamais admettre, comme Ed aimait à le répéter, que l'assassin le plus abject méritait la meilleure défense possible.

« L'accusation n'a de cesse d'enfoncer l'accusé, quitte à dénaturer les faits, lui avait-il dit tant de fois, et la défense fait de même, faussant les données de manière à semer le doute dans l'esprit des jurés et, de ce fait, obtenir un verdict plus juste pour son client. »

Ed s'y entendait particulièrement à fausser les données et à semer le doute, au point qu'il obtenait souvent des acquittements pour des accusés qu'il savait coupables. Un jour il alla trop loin en remportant une victoire qui lui laissa un goût tellement amer qu'il renonça à sa carrière d'avocat pénaliste à Boston pour venir s'installer à Blackstone comme conseiller juridique. Il avait obtenu l'acquittement d'un homme accusé d'avoir violé et tué trois enfants. Ed sut convaincre le jury que la police avait forgé de fausses preuves de culpabilité. Deux jours après sa remise en liberté, l'homme violait et étranglait une quatrième victime.

— Et j'étais un bon plaideur, dit Ed. Trop bon, nous le savons tous deux. N'empêche que, la nuit dernière, j'ai rêvé que je tuais Riley. Et ce matin, j'ai mis mon rêve à exécution. C'est un fait, et on ne change rien aux faits.

— Les rêves n'ont rien à voir avec les faits, argua Bonnie. Ils ne sont que l'expression de désirs inconscients et, si nous rêvons que nous tuons, c'est justement pour échapper à nos fantasmes.

— Tu as peut-être raison, mais ce n'est pas pour me rassurer.

— Ecoute, je ne tiens pas à passer la nuit à tenter de rassurer quelqu'un qui refuse de l'être, rétorqua Bonnie, agacée par l'entêtement de son mari. Je vais me coucher. Tu viens ?

Ed secoua la tête.

— Non, je n'ai pas sommeil, dit-il. Je vais regarder un peu la télé et peut-être même aller travailler sur la commode.

Bonnie se pencha vers lui pour l'embrasser.

— Comme tu voudras, mon chéri. Mais, quoi que tu fasses, arrête de ruminer. Tout finit toujours par s'arranger.

Après le départ de Bonnie, Ed tendit la main vers la télécommande avec l'intention d'éteindre le téléviseur, mais il aperçut le stéréoscope posé sur la table basse, avec sa série de vieux clichés jaunis par le temps. Prenant l'appareil, il s'installa sur le canapé de façon à être sous la lumière de la lampe et se mit à visionner les images.

La première représentait la chambre qui était aujourd'hui celle d'Amy, mais il eut beau en scruter les détails, il ne gardait aucun souvenir de cette pièce quand lui-même était petit et que ses parents habitaient cette maison.

Il y trouvait bien quelque chose de familier, sans pour autant faire resurgir du passé un souvenir précis. Il inséra une autre plaque.

De nouveau, il éprouva ce sentiment de déjà-vu, mais la réminiscence demeurait obstinément aux franges de sa conscience.

Il en alla de même pour les autres photographies, à l'exception de celle du salon, où il se trouvait en ce moment même. Comme il passait en revue les meubles, deux d'entre eux retinrent son attention : un grand canapé et un fauteuil de style victorien. Oui, il se souvenait d'eux. Il lui arrivait de jouer avec les franges des capitonnages.

Il contemplait encore le salon à travers le viseur du stéréoscope quand le sommeil l'emporta doucement.

Il était dans la cave, occupé à la restauration de la commode.

Comme il ouvrait un tiroir, il découvrit un stéréoscope

semblable à celui qui était là-haut. Il n'y avait qu'une seule plaque dans le support, et Ed porta l'instrument à ses yeux.

Cette fois, ce n'était point une pièce d'habitation que la photo représentait mais une scène : un homme se penchait au-dessus d'une femme comme s'il allait lui faire l'amour. Mais il tenait un couteau à la main, et Ed vit la lame se teinter de rouge. Puis il vit que la poitrine de la femme était tailladée et couverte de sang.

Soudain le visage de l'homme lui apparut, et Ed reconnut un criminel qu'il avait défendu des années plus tôt.

Un individu qui avait poignardé plusieurs fois son épouse et l'avait laissée agoniser lentement.

Effrayé, Ed reposa l'instrument dans le tiroir et referma celui-ci. Mais comme il ouvrait un deuxième tiroir, il tomba sur un autre stéréoscope. Cette fois, il hésita à le prendre mais ses mains s'en emparèrent contre sa volonté. L'image était celle d'un restaurant — un fast-food — et il éprouva un soulagement à contempler des familles assises à des tables devant des plateaux de hamburgers et de frites. Puis, comme dans l'image précédente, la scène se transforma : les visages des enfants prirent des expressions terrifiées. Il y eut un éclair aveuglant et, l'instant d'après, tous les clients gisaient par terre, se tordant de douleur dans des mares de sang.

Ed avait défendu six ans plus tôt l'homme qui venait d'apparaître dans l'entrée du restaurant. Un homme qui avait fait feu sur la salle avec un fusil automatique, tuant douze personnes et en blessant grièvement une vingtaine d'autres. Lors des nombreux entretiens qu'Ed eut avec le tueur, celui-ci lui avoua calmement qu'il y avait beaucoup trop de monde dans cet établissement et qu'il en avait eu assez de les voir. L'homme fut déclaré fou, échappant ainsi à la peine de mort.

L'estomac noué, Ed referma le tiroir. Il désirait désespérément se lever et fuir cette commode, mais une force plus grande que sa volonté le contraignait à ouvrir les tiroirs les uns après les autres et à revoir les atrocités commises par tous les tueurs et les maniaques qu'il avait si efficacement défendus au cours de sa carrière.

C'est ainsi qu'il se retrouva face à l'homme qu'il défendait la veille dans son rêve.

Mais, cette fois, son grand-oncle n'était pas au banc des accusés, mais devant lui, et il tenait dans les mains un fusil de chasse. Il le regarda un instant avec ses yeux de dément puis pointa son arme sur Ed. « Tu les as tous fait libérer ! cria-t-il. Tous, sauf moi ! »

Et il appuya sur la détente. Une détonation assourdissante retentit dans la cave, le sang gicla partout. Ed sentait sa tiède viscosité s'échapper en bouillonnant de son ventre déchiqueté par les chevrotines. Mais il réalisa soudain qu'il y avait trop de sang pour que ce fût uniquement le sien et, comme il regardait tout autour de lui, il vit les murs et les poutres du plafond ruisselant du sang de toutes les victimes des assassins qu'il avait défendus.

A présent son grand-oncle retournait l'arme contre lui-même et Ed se précipitait sur lui en criant : « Non ! Je regrette tellement ! Ô Dieu, que je regrette ! »

Ce fut le bruit de sa propre voix qui tira Ed Becker du sommeil et des griffes de son cauchemar. Il se réveilla avec un sursaut qui fit tomber par terre le stéréoscope.

Il regarda un instant l'instrument puis se baissa pour le ramasser. La dernière image qu'il avait insérée dans le support était toujours à sa place et il allait machinalement la visionner quand, soudain, le souvenir de ce qu'il avait rêvé lui revint avec force. Il revit tout ce sang, entendit les cris des victimes. Il reposa vivement le stéréoscope sur la table et se leva. Il ferait bien de dormir, se dit-il.

Mais il ne put chasser les images de son cauchemar et resta longtemps éveillé dans le noir.

Va au lit, se disait Oliver Metcalf. Va au lit et oublie ce que t'a raconté oncle Harvey. Mais il avait beau se répéter cette injonction pour la vingtième fois, il savait qu'il n'y obéirait pas. Durant toute la journée, il avait essayé en vain de chasser de son esprit ce que lui avait dit son oncle.

Ta faute... c'était ta faute.

Mais comment était-ce possible ? Il avait à peine quatre ans à l'époque. Comment aurait-il pu faire quelque chose qui aurait entraîné la mort de sa petite sœur ?

« Tout ce que ton père a dit, c'est que vous jouiez tous les deux avec un couteau ou un rasoir, je ne sais plus, et que l'accident est arrivé : la lame a pénétré dans le cou de ta petite sœur. Tu étais tellement effrayé que tu t'es enfui et que tu as caché le couteau. »

Oliver n'avait cessé de penser à ce que lui avait dit son oncle jusqu'à ce qu'il commence à comprendre ce qui lui était arrivé. Ses absences de mémoire prenaient soudain un sens. Même à présent, des dizaines d'années plus tard, l'image de deux enfants jouant avec un objet aussi tranchant qu'un couteau et, pire encore, un rasoir, le faisait frisonner de terreur. Aussi la pensée que la lame ait pu trancher la gorge de sa sœur était à elle seule tellement insoutenable qu'il ne s'étonnait plus de l'avoir enfouie au plus profond de lui-même.

Quel choc cela avait dû être pour un garçonnet de quatre ans !

Il ne s'étonnait plus maintenant que les gens l'aient toujours considéré avec une réserve mêlée d'un certain malaise. Bien que son oncle lui eût affirmé que Malcolm Metcalf n'avait jamais soufflé mot à quiconque de ce qui s'était réellement passé et que la mort de Mallory avait été officiellement déclarée accidentelle, des rumeurs avaient sans doute couru à l'époque comme elles couraient encore aujourd'hui au sujet de Rebecca Morrison et de ce qui s'était passé dans la maison des femmes Wagner.

L'évocation de Rebecca lui fit oublier son propre malheur. Depuis la mystérieuse disparition de la jeune femme, Oliver éprouvait un grand vide en lui-même, et ce vide augmentait avec chaque jour qui passait, sans que l'on eût de nouvelles de la disparue. Et sa frustration allait de pair avec son sentiment de manque, car il n'y avait rien qu'il pût faire pour aider celle qu'il aimait.

Il n'avait qu'une certitude : quand Rebecca Morrison serait retrouvée — et il ne doutait pas qu'elle le fût —, il la demanderait en mariage.

Oui, il le ferait, mais pas avant d'avoir chassé les démons qui le hantaient, pas avant d'avoir complété les lacunes de sa mémoire. Aujourd'hui, il avait au moins la satisfaction — fût-elle cruelle — d'avoir situé la source de ses hantises.

Et s'il n'était pas encore couché ce soir, c'était aussi parce qu'il était temps d'affronter ses propres démons et de les vaincre.

Après ce qu'il avait appris de l'oncle Harvey, il lui était

apparu que l'« accident » avait certainement pris place à l'asile, ce qui expliquait peut-être la phobie qu'il avait du bâtiment, et les migraines et les malaises qui le foudroyaient sitôt qu'il s'en approchait. Aussi s'était-il dit que, tant qu'il n'aurait pas poussé cette maudite porte de chêne, il ne serait jamais libéré et ne retrouverait pas la sérénité. Mais l'après-midi avait passé et le soir était tombé sans qu'il se sentît le courage de sortir. A l'instant où l'horloge du vestibule sonna les douze coups de minuit, Oliver sut qu'il ne pouvait attendre plus longtemps.

Il devait pénétrer dans l'asile cette nuit ou abandonner à jamais l'espoir d'exorciser ses démons.

Et d'épouser Rebecca Morrison.

Il enfila une veste, se munit d'une lampe électrique, s'assura qu'elle fonctionnait et prit la clé de la porte de l'asile qui était accrochée à un clou derrière la porte. Enfin, il sortit et s'arrêta sur le seuil pour contempler comme il l'avait fait tant de fois la silhouette massive qui se découpait dans le ciel au sommet de la colline.

Puis il se mit en marche, allant sans bruit, comme s'il craignait de réveiller les monstres de ses cauchemars.

Parvenu enfin au pied des marches du perron, il marqua malgré lui une hésitation. Déjà une migraine maraudait aux abords de sa conscience. Et, comme il se décidait à grimper l'escalier et à insérer la clé dans la serrure, la première vague de douleur déferla sur lui. Se raidissant contre l'assaut, Oliver rejeta sa souffrance dans le puits sombre d'où elle était sortie, puis il poussa le lourd battant de chêne et entra.

Allumant sa torche, il en promena le faisceau dans les ténèbres du vaste vestibule.

Où devait-il diriger ses pas ?

Mais alors même que la question se formait dans son esprit, un souvenir depuis longtemps enfoui remonta de son subconscient pour le guider à travers le labyrinthe des pièces jusqu'à ce qu'il se trouve face à une porte.

Celle-ci ne différait guère des autres et, cependant, Oliver savait qu'elle ouvrait sur le bureau de son père. Il la poussa mais, avant d'entrer, éclaira de sa lampe chaque recoin de la pièce, comme pour en débusquer les menaces qui pouvaient s'y tapir.

Elle était vide.

Le cœur battant, les tempes douloureuses, Oliver franchit le seuil en retenant son souffle.

Rien. Il n'y avait rien.

Aucun bruit, nulle présence.

Les murs étaient depuis longtemps dénudés des tableaux qui les avaient décorés. Les étagères n'offraient à voir qu'une épaisse couche de poussière.

Il ne gardait point de souvenir précis de ce lieu ; la pièce, cependant, lui parut plus petite qu'il ne l'avait imaginé. Mais cela n'avait rien d'étonnant, car la dernière fois qu'il s'y était trouvé, il n'était qu'un enfant à qui cet espace avait dû paraître immense.

Une porte donnait sur une pièce adjacente. Oliver fouilla de nouveau dans sa mémoire pour savoir ce qu'il y avait derrière ce battant. Mais là encore ses souvenirs s'étaient depuis longtemps effacés, et il se résigna à avancer de nouveau dans l'inconnu.

La lumière du faisceau révéla une salle de bains.

Une salle de bains à l'ancienne, vaste, les murs carrelés, avec une grande baignoire à pieds, des toilettes avec une chasse d'eau que l'on actionnait à l'aide d'une chaîne, et un lavabo à pied sous une armoire à pharmacie sur la porte de laquelle était fixé un miroir.

Là encore, Oliver balaya la pièce de sa lampe sans rien découvrir de menaçant. Mais, comme il se retournait vers la porte par où il était entré, le faisceau de sa torche éclaira le miroir au-dessus du lavabo. Bien que la poussière en eût depuis longtemps terni la surface, la glace lui renvoya une image de la baignoire derrière lui.

Une baignoire qui n'était plus vide.

Deux silhouettes aux yeux scintillants le regardaient.

S'arrachant à sa stupeur, Oliver se retourna d'un bond en braquant sa lampe sur la vision qu'il venait d'avoir. Au même instant, une douleur fulgurante zébra son cerveau. Il tituba, essaya de se retenir au lavabo derrière lui mais ses jambes le lâchèrent et il tomba lourdement sur le carrelage. La lampe lui échappa des mains et s'éteignit, plongeant la pièce dans des ténèbres aussi noires que l'inconscience dans laquelle venait de sombrer Oliver.

L'asile retrouva son silence de mort.

7

Ed Becker regarda l'heure à la pendulette digitale à côté de son lit : 01:20. Il n'avait pas encore trouvé le sommeil depuis qu'il s'était couché, vingt minutes plus tôt. Vingt minutes qui lui avaient paru durer des heures.

Bonnie dormait paisiblement à côté de lui, la respiration si légère qu'il l'entendait à peine. Il ne pouvait la tenir pour responsable de son incapacité à s'endormir. A la fin, sachant qu'il ne trouverait jamais le sommeil, il se leva sans bruit, enfila une robe de chambre et descendit au rez-de-chaussée. Il gagna la cuisine, dénicha dans le réfrigérateur un reste de dinde et se fit un sandwich qu'il emporta avec un verre de lait dans le salon. Il alluma le téléviseur, réduisit le son mais, incapable de fixer son attention sur les images, il ramassa sur la table l'édition spéciale des *Chroniques de Blackstone* qu'Oliver avait publiée en toute hâte après la mort de Germaine Wagner et la disparition de Rebecca Morrison.

Bien qu'il gardât pour lui son opinion, Ed était enclin à donner raison à ceux qui soupçonnaient Rebecca d'être davantage impliquée dans le drame qui avait frappé les Wagner que Steve Driver ne le pensait. Ed aurait été le premier à admettre que sa propre expérience ne faisait pas de lui un observateur impartial, mais il avait constaté au cours de sa carrière d'avocat pénaliste que des êtres aussi doux et généreux et appréciés de tous, comme l'était indiscutablement Rebecca Morrison, pouvaient, si l'on provoquait leur colère, se transformer en furies dévastatrices.

L'article d'Oliver Metcalf n'en dépeignait pas moins la jeune pensionnaire des Wagner comme l'abnégation incarnée et en faisait littéralement une sainte.

Ed Becker, lui, ne croyait pas aux saintes.

Toutefois, c'était précisément ce genre de pensée pessimiste envers l'espèce humaine et la certitude qu'il avait longtemps gardée que les bonnes âmes pouvaient se révéler diaboliques, qui lui avait fait abandonner le pénal et quitter Boston et sa pègre pour venir à Blackstone. Aussi était-il prêt à accorder à Rebecca le bénéfice du doute et à rejoindre les rangs de ses défenseurs.

Ecartant le journal, il termina son sandwich, vida son verre de lait et rapporta son assiette à la cuisine. Il allait éteindre la lumière quand il renifla soudain une odeur qu'il identifia immédiatement.

Le gaz !

Il se pencha au-dessus de la gazinière, sentit les brûleurs et s'assura qu'ils étaient tous bien fermés. Quant à la flamme du chauffe-eau, elle brûlait normalement.

Perplexe, Ed ouvrit la porte donnant sur la cave. Alors qu'il allait — comme il le faisait toujours — actionner l'interrupteur, il recula d'un bond tant l'odeur était forte. Il s'empressa de refermer la porte et s'essuya le front à la pensée de ce qui se serait passé s'il avait allumé. L'étincelle aurait provoqué l'explosion. Soudain, il se souvint que le congélateur se trouvait au sous-sol et que son thermostat se déclenchait à intervalles réguliers. Son cœur se mit à battre follement.

Bonnie et Amy dormaient là-haut !

Il fallait les faire sortir sur-le-champ, avant que ce fichu thermostat ne lâche sa petite étincelle.

Il se précipita hors de la cuisine, grimpa les marches aussi vite qu'il le pouvait tout en hurlant :

— Bonnie ! Réveille-toi ! Vite !

Il surgit dans la chambre.

— Vite ! Dehors !

Bonnie se redressa en sursaut.

— Mais que se passe...

— Ne pose pas de questions et sors de la maison. Je vais chercher Amy !

Et, comme Bonnie se levait, Ed fonça dans la chambre de sa fille et poussa la porte avec une telle violence qu'il faillit l'arracher de ses gonds. Amy, tirée en sursaut de son sommeil, s'assit dans son lit en se frottant les yeux. Ed la prit dans ses bras, enveloppée dans sa couverture.

— Viens, ma chérie.

Amy se débattit.

— Mais c'est pas l'heure de se lever ! protesta-t-elle. Il fait encore nuit ! Je veux dormir !

Ignorant les protestations de la fillette, Ed se précipita hors de la chambre, au moment où Bonnie apparaissait en chemise de nuit sur le palier.

— Mais que se passe-t-il ? demanda-t-elle.

— Le gaz ! cria Ed en descendant l'escalier. Le sous-sol en est rempli !

Sa main tremblait et la chaîne de la porte d'entrée lui résista, jusqu'à ce que Bonnie, passant devant lui, libère calmement le dispositif. Ils s'empressèrent de traverser la pelouse et Ed attendit d'avoir atteint le trottoir pour reposer Amy à terre.

— Le gaz ? dit Bonnie. Mais de quoi parles-tu ? Comment sais-tu que...

— Je n'arrivais pas à dormir, alors je suis descendu me faire un sandwich et c'est en rapportant mon assiette à la cuisine que j'ai senti l'odeur. J'ai cherché et, quand j'ai ouvert la porte menant à la cave...

Il n'eut pas le temps de terminer sa phrase. Une formidable explosion déchira la nuit et, instinctivement, il se pencha sur Amy pour la protéger des éclats de verre provenant des deux soupiraux du sous-sol, tandis que le souffle arrachait la porte de l'ancienne réserve à charbon et qu'une énorme boule de feu dévalait l'allée.

Amy, hurlant de terreur, enfouit son visage au creux de l'épaule de son père.

— N'aie pas peur, lui dit Ed. C'est fini, maintenant.

Mais le bruit de la déflagration ne cessait de résonner dans sa tête, faisant écho au coup de fusil que son grand-oncle Paul avait tiré sur lui.

Rebecca ne savait pas trop ce qui l'avait réveillée ; en réalité, c'était le lent processus du retour à la conscience qui lui fit penser qu'elle avait fini par s'endormir.

Elle n'avait plus peur, du moins pas comme avant d'être emmenée dans ce lieu sombre et froid qui était devenu son monde. Tout ce qui avait pu l'effrayer — les bruits inconnus de la nuit qui, il y a à peine quelques jours, la faisaient trembler de tout son corps, ou les présences maléfiques qui lui semblaient guetter dans l'ombre quand elle rentrait le soir de son travail à la bibliothèque — lui semblait être à présent de vieux amis qui lui manquaient presque dans le total isolement auquel un monstre l'avait condamnée.

Je suis en train de devenir folle, se dit-elle.

Elle avait perdu toute notion du temps et ne savait plus si c'était le jour ou la nuit, ni combien de jours elle avait passés dans cette pièce obscure. Son esprit confus ne faisait plus la différence entre les minutes et les heures, les heures et les jours, les jours et les semaines.

Elle avait toujours les poignets et les chevilles ligotés, ainsi que son bâillon. Mais son ravisseur lui avait bandé aussi les yeux, afin de la voir sans être vu.

Et, tandis qu'elle sortait du sommeil agité dans lequel elle avait fini par sombrer, elle essaya de deviner ce qui avait bien pu la réveiller.

Etait-ce un bruit ?

Il n'y avait aucun bruit dans cette pièce qui était sa prison et qui était aussi silencieuse que les tombeaux édifiés pour les pharaons.

Mais, désirant s'assurer qu'elle était seule, elle retint un instant sa respiration, ne bougea plus et tendit désespérément l'oreille.

Elle n'eut pas à attendre longtemps : le cliquetis d'une clé introduite dans une serrure, suivi du claquement du pêne, et enfin du léger déplacement d'air provoqué par la porte ouverte avec précaution, avertit Rebecca qu'elle n'était plus seule.

Elle se força à rester immobile et sentit confusément une présence derrière elle.

Puis quelque chose toucha sa joue de manière si légère et si douce qu'elle douta un instant de sa propre sensation.

L'instant d'après, elle eut l'impression qu'on lui déchirait les lèvres, et elle réalisa que son bourreau venait de lui arracher d'un coup sec l'adhésif qui lui scellait la bouche. Elle poussa un gémissement de douleur, aussitôt étouffé par une main gantée de latex.

La main s'attarda, relâcha sa pression et, comme Rebecca ne réagissait pas, s'écarta.

Une seconde plus tard, elle sentit quelque chose toucher ses lèvres et elle réalisa qu'on lui offrait de l'eau.

Elle but avidement.

Et puis elle fut de nouveau bâillonnée, et les doigts lissés par le latex s'attardèrent une fois de plus sur sa joue et sa nuque.

Cette fois encore, elle ne bougea pas, mais quand l'un des doigts traça un trait sur son cou, telle la lame d'un égorgeur, elle ne put réprimer un frisson...

Sans un mot, Ed Becker contemplait sa maison. Bonnie était à côté de lui. Elle aussi était muette, tandis que les voisins, attirés par la déflagration, semblaient tous parler en même temps.

— Que s'est-il passé ? demanda l'un.

— Une explosion, répondit un autre.

— J'ai vu un éclair, dit un troisième. Bon Dieu, ça a illuminé notre chambre. Myra était morte de peur !

— Moi, morte de peur ? s'écria une voix de femme. Si tu t'étais vu dans la glace !

— Mais s'il y a eu une telle déflagration, comment se fait-il que la maison n'ait pas brûlé ? demanda la première voix.

C'était en effet étrange, cette absence d'incendie. Sitôt après l'explosion, Ed s'était attendu que sa maison prît feu et que, le temps pour les pompiers d'arriver, l'incendie fît rage, comme ç'avait été le cas chez Martha Ward, quelques semaines plus tôt. Mais tandis que le hurlement des sirènes se rapprochait et que trois voitures convergeaient vers Amherst Street, la demeure où avaient vécu ses parents et où il avait vu le jour restait sombre et silencieuse, comme si rien ne s'était passé.

A peine leurs véhicules étaient-ils arrêtés sur la chaussée, leurs sirènes se taisant soudainement, les combattants du feu sautèrent à terre et déroulèrent leurs tuyaux. Larry Schulze, chef des pompiers de Blackstone, immobilisa sa Chevy Blazer blanche dans un crissement de freins et courut auprès d'Ed Becker.

— Que s'est-il passé ? demanda-t-il.

— Le gaz, expliqua Ed. Je l'ai senti qui venait du sous-sol, et j'ai fait sortir Bonnie et Amy avant que ça pète. Mais ce que je ne comprends pas, c'est que la maison n'ait pas brûlé.

— Qu'elle n'ait pas encore brûlé, vous voulez dire, dit Schulze. Ce n'est pas parce que vous ne voyez pas de flammes qu'il n'y en a pas.

Envoyant l'un de ses hommes couper l'arrivée du gaz à la borne située à l'entrée de l'allée des Becker, le chef se dirigea vers la maison en faisant signe à deux autres pompiers de le suivre.

— Je vais avec vous, dit Ed.

Schulze se retourna brusquement vers lui et son expression était claire, même dans la faible lueur projetée par les réverbères.

— Non, vous, vous restez ici, déclara-t-il d'un ton de commandement qui n'admettait pas de réplique. Vous attendrez que j'aie inspecté la maison de fond en comble et que je sois certain que vous pouvez entrer sans danger.

Alors qu'Ed considérait ses chances de convaincre le chef de l'emmener avec lui, il sentit la main de Bonnie sur son épaule.

— Ed, laisse Mr. Schulze faire son travail, lui dit-elle.

Ed acquiesça d'un signe de tête et regarda s'éloigner Schulze et ses hommes. En moins de dix minutes, ils eurent fait le tour de l'extérieur de la maison et reparurent devant le porche.

— Jusqu'ici, tout va bien, cria Schulze au reste des pompiers qui attendaient sur la pelouse, leurs puissantes lances d'incendie en batterie. Est-ce que le gaz est coupé ?

— Dès l'instant où vous l'avez ordonné, chef ! répondit le pompier qui s'était acquitté de la besogne.

— Très bien ! On va examiner l'intérieur.

La foule attendit en silence que le chef inspecte la maison et salua d'un murmure de soulagement son retour. Seuls deux petits garçons exprimèrent bruyamment leur mécontentement de ne pas avoir vu les soldats du feu en action.

— Vous avez de la chance, dit Schulze à Ed, pendant que ses hommes enroulaient de nouveau les tuyaux. Mais si vous aviez eu dans votre sous-sol les saloperies que trop de gens entreposent sans en connaître les dangers, votre maison ne serait plus qu'un tas de cendres.

Bonnie n'en revenait pas.

— Vous voulez dire que rien n'a brûlé ?

— Rien, mais ça arrive parfois, lui répondit Schulze. Il

faut savoir ce qui se passe avec le gaz. Quand l'explosion se produit, déclenchée comme dans votre cas par votre congélateur, la boule de feu se consume avec une telle rapidité qu'à moins qu'il n'y ait une matière très inflammable à proximité, elle s'éteint littéralement toute seule. Bien sûr, le souffle est tel qu'il détruit les fenêtres et défonce les portes, mais les dégâts s'arrêtent là. Vous pouvez y aller, maintenant. Mais je vous accompagne.

Ed regardait sa maison en se souvenant qu'il avait bien failli y mourir quelques instants plus tôt. S'il avait eu l'imprudence d'allumer la lumière dans l'escalier menant au sous-sol, quand il avait ouvert la porte...

Il essaya de chasser l'image de la boule de feu le frappant de plein fouet, le tuant sur le coup ou, pire, le laissant si gravement brûlé qu'il aurait passé le restant de ses jours à regretter de ne pas être mort.

Il se dirigea vers la porte d'entrée, Larry Schulze sur les talons.

— Je peux allumer ? demanda-t-il en entrant dans le vestibule.

— Impossible. J'ai pris la précaution de faire couper l'électricité. Prenez ça.

Allumant la puissante torche électrique que lui tendait Larry, Ed en promena le faisceau dans tous les coins en s'étonnant de l'absence de dégâts dans le salon et dans la salle à manger. Ce ne fut qu'en entrant dans la cuisine qu'il eut un hoquet de stupeur.

— Bon Dieu, murmura-t-il, à la vue de la porte menant au sous-sol.

Du moins, de ce qu'il en restait : deux ou trois planches déchiquetées, pendant aux gonds, eux-mêmes descellés du mur auquel ils ne tenaient plus que par quelques vis tordues.

— C'est là que je me tenais moins d'une minute avant que ça explose, articula-t-il d'une voix blanche.

Il se pencha au-dessus de l'escalier dont les marches, offrant probablement peu de résistance au souffle, étaient restées intactes.

La cave non plus n'avait pas souffert, hormis les fenêtres des soupiraux, littéralement pulvérisées. Ed s'était attendu à voir toutes choses noircies, mais la violence de l'explosion n'avait eu d'égale que sa brièveté.

Arrivé au bas de l'escalier, Ed promena le faisceau autour de lui et se figea.

Du sang !

Il y avait du sang partout !

Le souffle coupé, Ed dut s'appuyer au mur tant il avait soudain du mal à tenir sur ses jambes.

Le sang ruisselait du plafond, s'étalait en flaques sur le sol, maculait les parois. Mais ce n'était pas possible, tant de sang ! Et le sang de qui ? Il n'y avait personne dans le sous-sol !

C'était le sang de son rêve.

D'abord il y avait eu l'explosion, comme le coup de fusil que Paul Becker avait tiré sur lui.

Et maintenant le sang.

Le sang des victimes que ses clients avaient assassinées venait à présent maculer sa demeure pour lui reprocher d'avoir défendu l'indéfendable.

C'était impossible ! Cela ne se pouvait pas ! Ce n'était qu'un rêve !

— Ed ? demanda la voix de Larry Schulze derrière lui. Ça va, Ed ? Je sais que c'est une mauvaise surprise de voir toute cette peinture...

Peinture ?

Mais bien sûr !

De la peinture rouge ! Pas du sang !

Et pendant que le chef continuait de lui expliquer que la famille Becker avait eu une sacrée chance, cette nuit, Ed Becker avançait dans le sous-sol avec le même sentiment d'horreur qui l'avait saisi à la mort de Riley.

Ce n'était pas un coup de fusil fantasmatique qui avait ébranlé sa quiétude mais une explosion bien réelle.

Et certes, ce n'était pas du sang sur les murs mais de la peinture rouge, qui en avait toute l'apparence.

De nouveau, il avait rêvé qu'il lui arrivait malheur.

Et son cauchemar, pour la deuxième fois de suite, avait trouvé sa représentation dans la réalité.

8

La foule rassemblée devant la maison des Becker se dispersa si rapidement que Bonnie crut lire de la déception sur les visages de certains, comme s'ils regrettaient de s'être précipités hors de chez eux pour si peu. Quelques minutes après que Larry Schulze et Ed revinrent de leur inspection, il ne restait plus sur la pelouse que Bill McGuire. Bonnie, encore sous le choc, était étonnée et quelque peu vexée qu'aucun de ses voisins ne leur eût offert l'hospitalité pour la nuit. Pensaient-ils qu'Ed, Amy et elle-même allaient regagner leur domicile, même si tout danger était apparemment écarté ?

Bill McGuire comprit sans avoir à le lui demander ce qu'éprouvait Bonnie.

— Ici, les gens ne t'hébergent sous leur toit que si tu es du pays depuis au moins deux générations, dit-il avec le premier sourire que Bonnie lui ait vu depuis la mort de sa femme. C'est le prix que doit payer Ed pour avoir épousé une étrangère à Blackstone. Mais ne te tracasse pas, moi aussi je me suis marié ailleurs. Vous allez tous venir à la maison. Et puis, telle que je connais Mrs. Goodrich, elle est déjà en train de nous préparer un bon thé.

Trop bouleversée par tous ces événements pour formuler la moindre protestation, comme la politesse l'exigeait, Bonnie serra vivement Bill dans ses bras.

— Nous ne resterons pas plus d'une nuit ou deux, je te le promets, Bill, lui dit-elle. Je veux seulement être sûre que nous pouvons nous réinstaller ici sans danger.

Comme Bill l'avait prévu, Mrs. Goodrich avait déjà mis de l'eau à chauffer, et la brave femme s'activait aux fourneaux quand ils entrèrent dans la maison, située juste en face de celle des Becker. Amy, pour qui cette nuit devenait une formidable aventure, grimpa sur une chaise dans la cuisine et demanda un verre de lait.

— On dit « s'il vous plaît », la corrigea Bonnie, mais Mrs. Goodrich posait déjà une grande tasse de lait devant la fillette.

— S'il vous plaît, répéta Amy comme un perroquet tout en s'emparant prestement d'un biscuit dans l'assiette que lui présentait Mrs. Goodrich.

Dix minutes plus tard, Amy n'émit aucune protestation quand il fut temps de se recoucher. Bonnie l'installa sans bruit dans le lit de Megan McGuire, qui dormait profondément, l'air serein et angélique, en tenant dans ses bras la poupée qui était sa compagne inséparable depuis la mort de sa mère.

— Qu'est-ce qu'elle est belle ! chuchota Amy, en montrant la poupée au visage de porcelaine. Est-ce que je pourrais en avoir une comme ça ?

— On verra, dit Bonnie. Je ne suis pas sûre qu'on puisse en trouver une. Mais peut-être que demain Megan te laissera jouer avec. Dors, maintenant.

Elle se pencha vers sa fille pour l'embrasser.

— Et ne réveille pas Megan, ajouta-t-elle. D'accord ?

— D'accord, promit Amy.

Mais sitôt que sa mère fut partie, elle tendit la main vers la jolie poupée.

— Non, dit soudain la voix de Megan.

Amy tressaillit et retira vivement sa main. Elle n'avait même pas eu le temps d'effleurer l'objet convoité. Megan avait les yeux grands ouverts, et Amy comprit que sa compagne de lit avait fait semblant de dormir.

— Elle est à moi, dit Megan. Et elle n'aime pas être touchée par quelqu'un d'autre que moi. Elle n'aime pas ça, mais alors pas du tout.

Megan referma les yeux et n'ajouta rien d'autre, mais Amy resta longtemps éveillée, à contempler la poupée qui, dans la pénombre de la chambre, semblait dormir comme sa propriétaire. Et les paroles de Megan ne cessaient de faire écho dans sa tête. En particulier le ton de sa voix. Un ton qui faisait peur.

Amy ne se hasarda pas une seconde fois à tendre la main vers la poupée.

— C'est encore arrivé.

Ed et Bonnie étaient dans la chambre d'amis des McGuire. Bonnie était déjà au lit, mais Ed se tenait à la fenêtre, contemplant sa maison de l'autre côté de la rue. Sa demeure. Son sanctuaire, destiné à fournir un abri contre les tempêtes de la vie aussi bien que contre les blizzards de l'hiver. Et depuis vingt-quatre heures, son refuge était devenu le lieu où les pires cauchemars devenaient réalité.

— Qu'est-ce qui est arrivé ? demanda Bonnie, inquiète du ton désespéré de son mari.

— Je l'ai rêvé.

Ed se détourna de la fenêtre et vint s'asseoir au bord du lit. Et, dans la pénombre qui régnait dans la pièce, il raconta à Bonnie le dernier rêve qu'il avait eu, et la découverte du sous-sol éclaboussé de rouge quand il était descendu avec Larry Schulze pour constater les dégâts.

— Sauf que ce n'était pas un coup de fusil, et que ce n'était pas non plus du sang, mais de la peinture, Ed, protesta Bonnie. Ce n'était rien qu'un bidon de laque rouge que l'explosion a transformé en aérosol.

— Mais...

— Chéri, tu as fait un rêve, rien qu'un mauvais rêve. Comme moi, tu es sous le choc, et demain tu verras les choses différemment. On ne pourrait pas en reparler quand il fera jour, s'il te plaît ? Je suis épuisée.

Ed hésitait à se coucher mais, comme Bonnie le prenait dans ses bras, il se glissa dans le lit à côté d'elle. Elle avait raison, se dit-il en embrassant sa femme, et ils avaient eu de la chance qu'il y ait, somme toute, si peu de dégâts. Demain, ils iraient chercher un chiot pour Amy. Après cela, il s'occuperait de nettoyer le sous-sol et d'effacer les traces de l'explosion. Quant aux fenêtres, il en profiterait pour en prendre avec un double vitrage, cette fois. Enfin Bill McGuire lui avait déjà promis de lui installer un système de détection automatique pour prévenir tout accident à l'avenir. Tout serait redevenu normal d'ici à quelques jours. Et, tandis que Bonnie s'endormait déjà, Ed Becker ferma les yeux et se laissa à son tour emporter par le sommeil.

Ed Becker se tenait sur le trottoir et regardait sa maison.

Autour de lui, la nuit était étrangement silencieuse, comme si l'explosion avait fait taire toutes les créatures vivantes de Blackstone.

Ed savait qu'il ferait mieux de faire demi-tour, de regagner la maison de Bill, de se remettre au lit avec Bonnie et de s'abandonner au sommeil. Au lieu de cela, il avança, irrésistiblement attiré par la bâtisse.

Entrant dans le salon, il fit une étrange découverte : tous les meubles que Bonnie et lui avaient acquis au fil des ans avaient disparu pour faire place à un lourd mobilier victorien, celui qui datait du temps de sa grand-mère. En vérité, la pièce ressemblait en tout point à l'image qu'on en avait avec le stéréoscope. L'instrument lui-même reposait sur un guéridon en acajou que recouvrait un napperon de satin bordé de dentelle. S'approchant, Ed passa sa main sur le tissu soyeux. Le guéridon comportait un petit tiroir. Ed hésitait à l'ouvrir, car il se rappelait les horribles scènes qu'il lui avait été donné de voir quand il avait ouvert les tiroirs de la commode. Mais ce fut plus fort que lui, et il tira à lui le petit compartiment, qui coulissa parfaitement et offrit à sa vue un pistolet de calibre 38.

Une main, sectionnée au poignet, serrait la crosse. Le sang coulait encore par l'horrible blessure.

Frissonnant de peur et de dégoût, Ed referma le tiroir. Il avait la nausée.

Je n'ai rien vu, se dit-il. C'est mon imagination. Et, résistant à la tentation de regarder de nouveau, il quitta le salon pour la salle à manger.

Une grande table en merisier, entourée de huit chaises à accoudoir, avait pris la place de sa table en teck. Contre l'un des murs, sur une desserte, on découvrait de très belles pièces de porcelaine de Limoges, ainsi que des verres en cristal qui luisaient dans la faible lumière.

Il tendit la main vers un verre, mais à peine s'en était-il emparé que celui-ci se remplissait de sang.

Il le lâcha avec horreur et s'écarta de la desserte. La table, nue la seconde d'avant, était maintenant dressée pour un festin. Deux chandeliers de douze bougies chacun jetaient de chauds éclats sur les couverts précieux et les carafes de cristal.

Et dans chaque assiette, il y avait, baignant dans son sang, la tête coupée de huit des clients d'Ed Becker. Ils le regardaient de leurs yeux morts, leurs lèvres étirées sur leurs dents jaunies en une parodie macabre de sourire.

— Non ! gémit Ed.

Reculant d'effroi, il sortit de la salle à manger mais, au lieu de quitter la maison, il prit la direction de l'escalier, monta à l'étage et gagna sa chambre à coucher.

Arrivé devant la porte close, il hésita à entrer. Il avait envie de fuir mais une force irrésistible le retenait là. Finalement, malgré lui, il tourna la poignée, poussa le battant; et ce qu'il découvrit ne ressemblait en rien à cet espace plein de clarté et de chaleur que Bonnie et lui avaient aménagé. Non, c'était une pièce sombre dominée par un grand lit à baldaquin dont les tentures étaient relevées pour révéler un riche dessus-de-lit de brocart.

Puis il vit la silhouette d'un homme qui se découpait dans le clair de lune baignant la fenêtre. Et il le reconnut aussitôt.

Ed Becker était face à lui-même.

Il était pendu au lustre du plafond, le cou brisé. Soudain les mains du cadavre se tendirent vers Ed pour se saisir de lui et l'entraîner dans la mort.

Ed Becker poussa un cri de terreur qui résonna longtemps dans la nuit.

9

Pendant un instant, Ed ne sut plus où il était. Son esprit encore prisonnier du cauchemar, il s'efforça de se libérer de l'emprise de son rêve. Mais la terrible vision persistait, et il pouvait encore entendre son hurlement d'effroi. Pourtant, Bonnie dormait paisiblement à côté de lui. Comme il se redressait dans le lit pour tenter de calmer les battements de son cœur et de retrouver ses esprits, sa femme eut un soupir et se coula plus profondément sous la couette, mais elle ne se réveilla pas.

L'imagination. Ces images effroyables étaient simplement le produit du stress — tous ces mois d'angoisse et de douleur à voir disparaître des amis, ses inquiétudes quant au destin du centre commercial de Blackstone, et le terrible coup de semonce qui venait d'ébranler sa famille.

Oui, ces images ne traduisaient jamais qu'un délire déclenché par une accumulation d'émotions douloureuses.

Ed sortit du lit et gagna la fenêtre, d'où il pouvait distinguer la silhouette de sa maison découpée sur le fond noir du ciel.

— Ce n'était rien qu'un rêve, murmura-t-il pour se rassurer, répétant les paroles de sa femme comme un mantra. Rien qu'un rêve, rien qu'un mauvais rêve.

Mais en son for intérieur, il n'y croyait pas.

Et il lui fallait découvrir la vérité.

A peine eut-il ouvert la porte qu'il sentit que quelque chose avait changé.

Tout était différent dans la maison.

Son odeur.

Sa nature même.

Il cherchait à tâtons l'interrupteur quand il se rappela

que l'électricité avait été coupée. Ses yeux s'accoutumant à l'obscurité, il traversa le vestibule et gagna la salle à manger. Il s'arrêta sur le seuil et, malgré l'ombre épaisse régnant dans la pièce, il distingua la table et les huit chaises.

Des meubles lourds, totalement différents de leur mobilier moderne en bois de teck que Bonnie et lui avaient rapporté de Boston.

Une hallucination ?

Oui, ce ne pouvait être qu'une hallucination née de l'obscurité et du souvenir de son cauchemar. Mais, comme il lui revenait l'horrible vision des têtes tranchées dans les assiettes, il recula et traversa le couloir pour aller dans le salon.

Il se figea dans l'entrée.

La pièce n'était pas inoccupée.

Il le sentait, une présence était là — quelqu'un ou... quelque chose, qui attendait dans cet espace qui s'ouvrait devant lui. Et, comme dans son rêve, il voulut faire demi-tour et s'enfuir, mais dut obéir à une force obscure qui le poussa à avancer.

Alors, il comprit.

Ils étaient partout, occupant tous les sièges de la vaste pièce ou appuyés aux guéridons, aux commodes et autour de la cheminée.

Ils étaient morts. Des cadavres pâles et figés pour l'éternité, qui dardaient sur lui des regards vitrifiés.

Soudain une plainte s'éleva lentement, puis se mua en une cacophonie de cris d'agonie.

Ed les reconnaissait tous car, durant ces quinze dernières années, il avait étudié les photographies de chacun d'entre eux. Il s'agissait des victimes de ses clients, venues se rassembler chez lui et régler enfin leurs comptes avec l'homme qui avait défendu leurs assassins.

Le cœur battant, Ed recula vers l'entrée puis, comme il se retournait pour fuir le salon, il se trouva face à son grand-oncle Paul.

— Ils sont venus nous chercher, dit son grand-oncle sans que ses lèvres desséchées bougent. Les gens que nous avons tués. Ils nous pourchassent. Cette nuit, c'est pour toi qu'ils sont là.

Poussant un gémissement de terreur, Ed grimpa frénétiquement l'escalier. Il avait la sensation que son cœur allait exploser tant il battait fort. Arrivé sur le palier, il s'immobilisa, cherchant des yeux un endroit où se cacher.

Tandis que le ciel s'éclaircissait lentement et que la première lueur de l'aube filtrait à travers les fenêtres de l'escalier, les portes des chambres s'ouvrirent une à une.

Et les victimes avancèrent en silence, tendant leurs mains griffues vers lui, comme l'avait fait dans le rêve son propre spectre.

Reculant d'instinct, Ed perdit l'équilibre. Pendant un instant il resta suspendu en haut de l'escalier, puis il tomba à la renverse avec un hurlement, abruptement interrompu quand sa tête heurta les marches.

Roulant sur lui-même, Ed Becker dégringola jusque dans le vestibule et ne bougea plus.

Bonnie Becker traversa la pelouse en courant et poussa si violemment la porte d'entrée que l'épais carreau de la lucarne se fendit. Pendant une seconde, elle ne vit rien dans la pénombre, puis elle aperçut la forme gisant au bas de l'escalier.

— Ed ! cria-t-elle.

Elle se précipita auprès de lui, s'agenouilla et elle allait le soulever dans ses bras, quand elle remarqua l'angle anormal que présentait la nuque et comprit qu'il s'était brisé le cou.

Ne le touche pas ! se dit-elle. *Ne le touche pas et appelle une ambulance.*

Elle décrocha le téléphone et composa les trois chiffres sans être sûre d'avoir appuyé sur les bonnes touches. Mais à la deuxième sonnerie, l'opérateur du 911 répondit. Un moment plus tard, alors que la plainte des sirènes déchirait le silence pour la seconde fois de la nuit, Bonnie jeta un regard autour d'elle.

Rien ne semblait avoir bougé dans la maison. Tout était à sa place.

Mais quand elle regagna le vestibule et se pencha sur Ed en attendant l'arrivée des secours, elle comprit — si absurde que cela semblât — qu'Ed avait eu un autre cauchemar, qui était devenu réalité.

10

Le premier exemplaire de la nouvelle édition des *Chroniques de Blackstone* était sur le bureau d'Oliver Metcalf. Lois Martin l'avait posé devant lui depuis une bonne heure, mais Oliver ne l'avait pas encore ouvert. Il s'était jusqu'ici contenté de contempler le titre — qu'il avait composé lui-même — en se demandant s'il devait publier le journal tel quel ou bien s'il ne ferait pas mieux de détruire tous les exemplaires déjà tirés et de tout recommencer. Il n'avait pas encore trouvé la réponse à cette question et le titre — ainsi que l'article qui suivait — continuait de le tourmenter.

ED BECKER FAIT UNE CHUTE GRAVE

Dernier en date de la série noire qui frappe Blackstone, l'avocat Edward Becker a fait une chute dans son escalier samedi matin à l'aube. Sa maison avait été, au cours de la nuit, le théâtre d'une explosion due au gaz, qui n'avait fait fort heureusement aucun blessé. Ed Becker, âgé de quarante ans, et sa femme Bonnie, trente-huit ans, ainsi que leur petite fille de cinq ans, Amy, avaient trouvé refuge chez un voisin, Mr. Bill McGuire.

D'après Mrs. Becker, l'avocat serait retourné chez lui, en dépit du fait que l'électricité était coupée, et il aurait fait une chute dans l'escalier.

« Je ne sais vraiment pas pourquoi Ed n'a pas attendu qu'il fasse jour pour retourner à la maison », a déclaré Mr. Schulze, interviewé par nos soins.

Souffrant d'une fracture des cervicales, Ed Becker...

La suite de l'article se trouvait en page 2, mais cela importait peu à Oliver, qui se souvenait mot pour mot de ce qu'il avait écrit.

Il avait passé deux heures en compagnie de Bonnie le matin où Ed avait eu son accident, et elle lui avait raconté une bien étrange histoire. Ed aurait souffert depuis peu de cauchemars qui, il en était persuadé, se transformaient inéluctablement en réalité. Bonnie s'était réveillée à l'aube. Inquiète de l'absence d'Ed, elle avait couru chez eux et l'avait trouvé gisant dans le vestibule.

Elle lui avait aussi parlé d'un stéréoscope trouvé dans la commode qu'Ed avait découverte à l'asile et achetée à la Fondation.

Le visage blême et les traits tirés, elle avait levé ses yeux rougis vers Oliver.

— Je sais que c'est fou, mais je ne peux m'empêcher de penser à ces cadeaux dont tout le monde parle...

Puis elle avait secoué la tête.

— Non, oubliez ce que je viens de vous dire, Oliver. Ce qui est arrivé à Ed est un accident. Et ça n'a rien à voir avec la commode, le stéréoscope ni rien d'autre.

Mais Oliver avait bien senti que Bonnie ne croyait pas à ses propres paroles. Lui non plus. Pourtant, il s'était mis à écrire avec l'intention d'oublier les « délires » et autres folles hypothèses, ainsi que le lui avait demandé Bonnie. Il n'y avait aucune raison d'apporter de l'eau au moulin des rumeurs.

Et puis, quelle preuve y avait-il ?

Il n'existait pas le moindre indice que les tragédies ayant frappé les McGuire, les Hartwick, Martha Ward et Germaine Wagner et, maintenant, Ed Becker fussent liées.

Il n'y avait pas non plus de rapport entre la disparition de Rebecca et l'accident qui avait failli coûter la vie à Ed, mais Oliver ne s'en interrogeait pas moins. En dépit de ses doutes et d'une douleur ravivée à chaque fois qu'il pensait à la femme de son cœur, il ne pouvait en aucun cas alimenter les spéculations et accroître la terreur qui régnait déjà dans tous les foyers.

Tandis que les ombres les plus noires de la nuit rampaient dans les salles vides de l'ancienne bâtisse, la sombre silhouette se glissa une fois de plus dans la chambre secrète où elle cachait ses trésors. Cette fois, elle ne musarda pas car l'heure était tardive et elle avait encore tant à faire. Prenant un étui oblong sur une étagère, elle en essuya la poussière puis l'ouvrit délicatement.

De ses doigts gantés de latex, elle sortit de son moule de velours rouge un objet au manche en écaille et le souleva à la lueur des rayons de lune filtrant par la fenêtre.

C'était un rasoir dont le temps n'avait pas terni l'éclat de la lame. Une lame maculée de sang séché.

6e épisode

L'asile

Pour Linda, aujourd'hui et demain

Titre original :

THE BLACKSTONE CHRONICLES
PART 6-ASYLUM
 A Fawcett Crest Book.
Published by Ballantine Books, N.Y.

Une silhouette sombre hante les pièces désertes de l'ancien asile de Blackstone et y prend des objets qui lui servent à répandre la terreur en ville.

Ce fut d'abord une poupée de porcelaine, dont le pouvoir maléfique a brisé pour toujours la famille de Bill McGuire. Puis le directeur de la banque, Jules Hartwick, a trouvé un petit paquet dans la voiture de sa femme. Très vite, le médaillon d'argent qu'il contenait a diffusé la haine et la mort autour de lui. Ensuite, Rebecca Morrison a déniché à la braderie un briquet en forme de dragon qu'elle offre à sa cousine Andrea. Malheureuse Andrea ! Les flammes que crache ce dragon sont celles de l'enfer...

Peu de temps après, Oliver trouve dans son grenier, parmi les vieux dossiers de l'asile, un mouchoir finement brodé qu'il donne à Rebecca. Mais Germaine Wagner s'en empare — geste cruel qui signera sa perte.

Les rumeurs vont bon train : une malédiction planet-elle sur Blackstone ? La petite ville compte déjà tellement de tragédies, qui toutes semblent liées à l'asile. Et la liste s'allonge : cette fois, Ed Becker, l'avocat, a vu sa vie basculer dans l'horreur à cause d'un stéréoscope, étrange objet qui transforme les cauchemars en réalité.

A présent, la silhouette qui rôde dans l'asile choisit un dernier objet : un rasoir dont la lame effilée n'a rien perdu de son éclat...

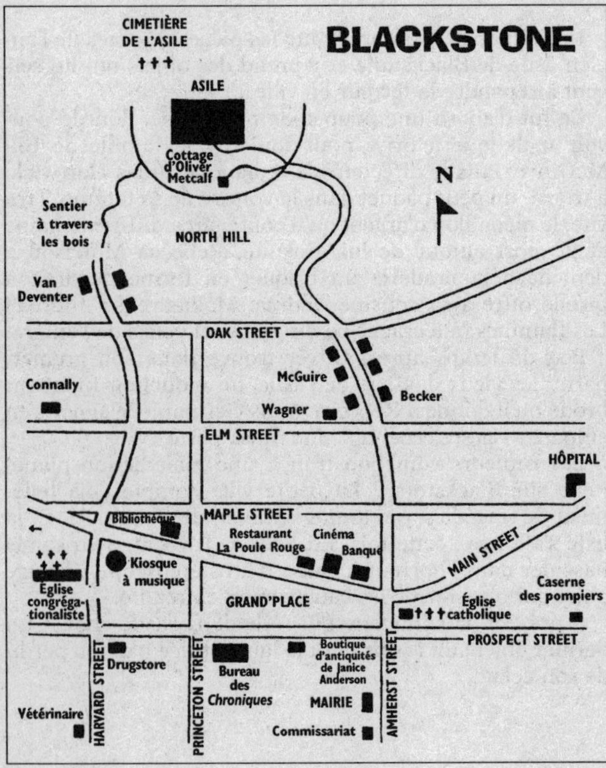

BLACKSTONE
CIMETIÈRE DE L'ASILE
ASILE
Cottage d'Oliver Metcalf
N
Sentier à travers les bois
NORTH HILL
Van Deventer
OAK STREET
Connally
McGuire
Becker
Wagner
ELM STREET
HÔPITAL
MAPLE STREET
Bibliothèque
Restaurant La Poule Rouge
Cinéma
Banque
MAIN STREET
Kiosque à musique
Église congréga-tionaliste
GRAND'PLACE
Église catholique
Caserne des pompiers
PROSPECT STREET
Drugstore
Bureau des *Chroniques*
Boutique d'antiquités de Janice Anderson
MAIRIE
Vétérinaire
Commissariat
HARVARD STREET
PRINCETON STREET
AMHERST STREET

La famille Connally

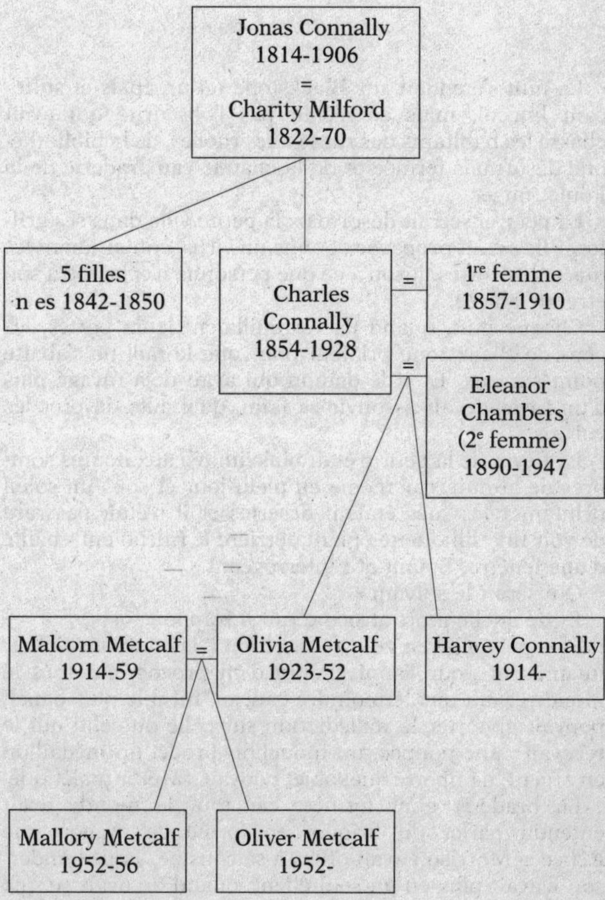

Prélude

La nuit s'étendait sur Blackstone tel un épais et suffocant linceul, mais ce n'était pas l'obscurité qui avait chassé les habitants des rues et des ruelles, de la bibliothèque désormais fermée et de la chaude camaraderie de la Poule rouge.

La peur enserrait désormais la petite ville dans ses griffes. Elle s'était propagée comme un virus, contaminant les uns et les autres, jusqu'à ce que personne n'échappe à son étreinte glacée.

Chaque nuit, quand ils verrouillaient leurs portes, les gens de Blackstone priaient pour que le mal ne s'abatte point sur eux. Et si le démon qui avait déjà ravagé plus d'un foyer devait assouvir sa faim, qu'il aille dévorer les voisins.

La fièvre de la peur n'était plus limitée aux heures sombres de la nuit, car même en plein jour et sous un soleil printanier les rues étaient désertes et il n'était pas rare de voir une silhouette épiant derrière le rideau entrebâillé d'une fenêtre. Epiant et s'interrogeant.

Qui serait le suivant ?

Et de quelle mort atroce serait-il frappé ?

Plus personne en ville ne sacrifiait à la coutume d'offrir un présent pour l'anniversaire d'un proche, car tout le monde savait que le moindre cadeau, fût-il le plus banal, pouvait apporter la malédiction sur celle ou celui qui le recevait ; une poupée, un mouchoir brodé, un médaillon en argent, n'importe quel objet pouvait s'avérer maléfique.

La braderie était fermée, car tout le monde avait entendu parler du briquet en forme de dragon que Rebecca Morrison avait offert à sa cousine. Janice Anderson n'avait plus eu un seul client, quand on avait su que le fameux briquet provenait de sa brocante. La poste renvoyait tous les jours des colis de toutes sortes à leurs expéditeurs, tous marqués de la mention : LIVRAISON REFUSÉE.

La tension montait de jour en jour, et bientôt des familles, qui avaient entretenu pendant des années des relations de bon voisinage, ne tardèrent pas à échanger des regards suspicieux et hostiles.

Mais c'était la nuit que la tension atteignait son paroxysme. La nuit que les cœurs battaient au rythme de l'angoisse, quand chacun, après s'être retiré chez soi, avait barricadé portes et fenêtres, tout en sachant que les systèmes de sécurité les plus infaillibles ne le protégeraient pas de la folie qui pouvait s'emparer de sa famille.

Elle s'insinuerait par les fentes et les lézardes des murs, et au matin...

Mais personne ne voulait penser au matin.

Il leur importait seulement de parvenir aux premières lueurs du jour.

Or, cette nuit-là était la plus noire : une nuit sans lune que le brouillard rendait opaque. Les autres soirs, les habitants terrés chez eux pouvaient au moins surveiller la rue qu'éclairaient de-ci, de-là les réverbères.

Et voilà que la brume masquait la moindre lumière d'une chape grise et rendait aveugles les regards scrutant désespérément les ténèbres.

C'est ainsi que la silhouette, qui s'était glissée un instant plus tôt hors des portes de l'asile, allait invisible par les rues de Blackstone. Elle se déplaçait avec une légèreté spectrale, passant tel un fantôme devant chaque maison.

Et par chaque rideau resté entrebâillé ou chaque volet mal fermé, elle surprenait l'expression de terreur de ceux qui veillaient, faute de trouver le sommeil. Cet observateur silencieux, à la cape flottant sur les épaules, pouvait sentir la peur suintant de chaque foyer, et il en éprouvait des frissons de plaisir. Parfois il se rapprochait d'une ouverture pour mieux savourer l'excitation que la terreur des autres provoquait en lui. Une terreur dont il était le génial architecte.

L'aube pointait quand la silhouette atteignit enfin sa destination. Elle s'arrêta pour contempler la façade de la maison sur le seuil de laquelle elle s'apprêtait à déposer son présent le plus précieux.

Pas une lumière ne filtrait des fenêtres. Pas un bruit

n'émanait de derrière les murs de pierre grise. Il ne s'en dégageait pas non plus cette peur palpable partout ailleurs.

Et comme l'intrus à la cape couleur de nuit faisait le tour de la demeure, il sentit une formidable rage monter en lui jusqu'à ce que, songeant à la vengeance que lui apporterait le présent qu'il allait livrer à l'instant, la fureur le cédât à un délicieux frisson étrangement érotique.

Bientôt, très bientôt, la malédiction frapperait l'unique occupant de ces murs.

Caressant une dernière fois l'objet qu'il tenait dans ses mains, il le déposa délicatement devant la porte d'entrée, puis se fondit sans bruit dans l'obscurité.

1

Rebecca Morrison ne sentait plus son corps, tant il était engourdi. Elle frissonnait d'un froid qu'elle n'avait encore jamais éprouvé. Elle savait pourtant ce qu'était le froid pour avoir grandi dans le New Hampshire, où l'hiver signifiait blizzards, congères et températures au-dessous de zéro.

Comme elle aimait l'hiver quand elle était petite ! Sa mère l'habillait chaudement, lui mettait des moufles et un bonnet de laine, et Rebecca s'en allait courir, folle de joie, dans le blanc paradis qu'était devenu le jardin. Elle se laissait tomber à la renverse, bras écartés dans la neige, pour se relever aussitôt et contempler la silhouette d'ange imprimée dans la poudreuse. Elle sautait parfois dans une congère, enfonçait son visage dans le profond tapis de flocons pour en éprouver la délicieuse fraîcheur et l'enivrante chaleur qui suivait. Mais les plus belles journées étaient les « jours de neige », quand toutes les routes étaient impraticables et que l'école fermait, car c'était le signal de grandes batailles avec les autres enfants du quartier. Tout le monde sait qu'on ne peut pas faire de bonnes boules de neige avec des moufles, aussi revenait-elle à la maison les mains engourdies par le froid, un froid joyeux, excitant, que dissipait rapidement un bon chocolat chaud dans lequel flottaient les marshmallows, qu'elle sirotait devant le feu ronflant dans la cheminée du salon de la grande maison de ses parents dans Maple Street.

Il y avait d'autres froids, cependant, qui n'avaient pas été aussi plaisants.

Celui dont elle avait trop souvent souffert quand elle n'avait pas assez de couvertures et que tante Martha baissait le chauffage par souci d'économie autant que pour sauver l'âme en péril de sa nièce.

Le froid du premier bain dans l'étang au printemps.

Celui qui l'avait fait trembler de tout son corps, le jour où une averse de neige fondue l'avait surprise, à la sortie de l'hiver.

Mais tous ces frissons passaient vite après un verre d'alcool, une bonne friction à la serviette et des vêtements secs.

Même le froid intérieur de la fièvre qui la faisait claquer des dents et suer en même temps n'était rien, comparé à ce qu'elle éprouvait, maintenant, car elle avait toujours su, les autres fois, que ce n'était qu'un moment désagréable à passer, que ça irait mieux dans une heure ou le lendemain, au plus tard.

Le froid qui la tenait à présent dans une étreinte de glace était arrivé si lentement, si progressivement qu'elle ne savait plus quand il avait commencé. Tout son corps était tellement engourdi qu'elle ne sentait plus qu'une douleur sourde, étendue à tous ses muscles et à tous ses os. Elle n'était pas gelée, car elle pouvait encore bouger les jambes et les bras, et fléchir sa nuque, mais le moindre mouvement devenait une véritable torture.

Le froid avait même envahi son cerveau, affaiblissant sa volonté et provoquant une confusion telle qu'elle ne savait plus si elle était réveillée ou si elle dormait, si ses sensations étaient réelles ou bien n'étaient que l'écho des cauchemars qui s'emparaient d'elle dès qu'elle sombrait dans le sommeil.

C'était le froid de la mort.

Rebecca le savait avec une certitude qui avait grandi dans son esprit jusqu'à ce qu'elle abandonne tout espoir de survivre à l'épreuve qui avait commencé quand elle s'était précipitée hors de la maison des Wagner pour chercher de l'aide.

Quand cela s'était-il passé ?

Elle ne le savait plus, car elle avait perdu toute notion du temps.

Elle était désormais incapable de faire la différence entre la nuit et le jour, les minutes et les heures. Quant aux journées, elles se diluaient dans le néant.

Mais que lui importait de savoir si une minute venait de s'écouler, quand son monde s'était réduit à cette sensation de froid, qui excluait toutes les autres et obscurcissait ses pensées !

C'était le froid de la tombe.

Et parfois, quand l'obscurité était totale, elle se demandait si elle n'était pas morte et enterrée. Et puis la douleur la frappait de nouveau comme un éclair zébrant le ciel, l'arrachant un instant à sa somnolence douloureuse.

Elle essaya de mesurer le temps qui passait, mais elle abandonna vite car au bout d'un moment elle perdait le compte des secondes et des minutes.

Son tortionnaire, ainsi qu'elle appelait son ravisseur, était devenu pour elle une abstraction d'être humain, tapie dans le silence, avec sa face masquée par l'obscurité. Le tortionnaire venait et repartait, et Rebecca avait depuis longtemps cessé de manifester une réaction quelconque à chacune de ses visites.

Elle n'éprouvait ni surprise ni terreur, pas même une appréhension.

Au début, elle avait craint sa venue, et son cœur battait quand elle percevait le bruit de ses pas ou sentait sa présence alors qu'aucun son ne la trahissait.

Il lui apportait à manger et à boire, ce dont elle lui était reconnaissante, bien qu'il en profitât pour lui murmurer des mots qui la faisaient bien plus frémir que le contact de ses mains quand il lui ôtait son bandeau et son bâillon.

Mais tandis que le froid resserrait son étreinte, Rebecca avait même cessé de se demander ce qu'il lui voulait et pourquoi il lui faisait subir pareilles misères.

A présent qu'elle émergeait lentement du puits noir de son sommeil et des cauchemars qui le peuplaient, elle sentit qu'il était là une fois de plus. Rien pourtant n'indiquait sa présence, pas même sa respiration.

Puis l'obscurité parut s'éclaircir et, telle la fleur du tournesol s'orientant vers le soleil, elle tourna la tête pour chercher la source de cette lumière qui venait de naître dans son monde de ténèbres.

Alors, elle éprouva une autre sensation.

Des bras la soulevaient du sol où elle gisait, et tout son corps protesta de douleur, au point que dans sa gorge monta un hurlement de souffrance.

Elle essaya bien d'ouvrir la bouche pour libérer son cri mais son bâillon se rappela cruellement à elle. Et elle eut le plus grand mal à contrôler sa respiration pour ne pas étouffer.

Et voilà que l'homme l'emportait dans ses bras hors de la pièce, qui avait été sa prison, et bien que son bandeau l'empêchât de voir, elle sentit des murs de chaque côté d'elle et comprit qu'ils devaient traverser un long couloir. Puis le pas du tortionnaire changea, et Rebecca éprouva la sensation de s'élever.

L'escalier ! Ils montaient un escalier.

Un autre couloir s'ouvrit devant eux, plus large, lui sembla-t-il. Mais qu'en savait-elle ? L'obscurité était la même ici, à l'étage, qu'au rez-de-chaussée.

Et cependant quelque chose avait changé.

Quelque chose allait arriver.

Quelque chose de terrible.

2

Une belle journée de printemps s'annonçait. En d'autres circonstances, Oliver Metcalf aurait chantonné en sirotant sa première tasse de café, feuilleté le *Manchester Guardian*, puis aurait pris le chemin de son bureau en savourant l'air pur du matin. Il se serait peut-être arrêté pour regarder les jeunes merles s'essayer à leurs premiers vols sous les regards vigilants de leurs parents. Il aurait même pu faire une brève halte à la Poule rouge avant de gagner le siège des *Chroniques*. C'est par une de ces matinées radieuses qu'il se serait demandé si Rebecca Morrison accepterait enfin d'aller dîner avec lui.

Mais ce matin, comme tous les matins depuis que Rebecca avait disparu, Oliver ne prêtait guère plus d'attention au bleu du ciel qu'à l'éclosion des bourgeons du vénérable orme dont les branches effleuraient la fenêtre de la cuisine.

Dès l'instant où il avait émergé d'un mauvais sommeil peuplé de cauchemars dont il préférait ne pas se souvenir, il avait été repris d'une terrible inquiétude à la pensée de ce qui avait pu arriver à Rebecca. Il continuait d'espérer que le terrible accident qui avait coûté la vie à Germaine Wagner avait tellement bouleversé la jeune femme qu'elle s'était enfuie.

Mais à mesure que les jours passaient, ses espoirs diminuaient. Chaque fois que le téléphone sonnait, il décrochait, le cœur battant à la pensée que ce pouvait être elle. Chaque fois, la déception lui laissait un goût amer et il lui était de plus en plus difficile de croire que Rebecca reviendrait à Blackstone saine et sauve.

S'il ne lui était rien arrivé de mal, elle l'aurait appelé. A moins que l'horreur dont elle avait été témoin dans la maison des Wagner n'eût provoqué en elle une amnésie. Mais Oliver ne croyait pas trop à la théorie de la perte de mémoire et il était davantage enclin à penser que Rebecca devait être en danger, peut-être même en danger mortel. Et cette pensée le déprimait d'autant plus qu'il était réduit à l'impuissance et à l'attente.

Bien entendu, il ne partageait pas l'opinion de ceux qui pensaient que Rebecca s'était vengée de Germaine. Comme tout le monde, Oliver savait que la fille Wagner avait profité de la gentillesse de Rebecca et l'avait maltraitée. Mais il savait la jeune femme incapable de violence. Il était même sûr que Rebecca avait dû prendre Germaine en pitié.

C'est pourquoi Oliver était persuadé qu'il était arrivé malheur à Rebecca. Cette idée pesait si lourdement sur lui qu'il avait de plus en plus de mal à se lever le matin. Les effets combinés de ses nuits agitées et peuplées de cauchemars prélevaient leur dû. Ce matin, il avait failli appeler Lois pour lui dire qu'il ne viendrait pas travailler aujourd'hui. La perspective de rester seul à la maison l'en avait dissuadé et, triste et déprimé, il avait pris le chemin du bureau.

Cette marche matinale sous un beau soleil ne lui fut pourtant d'aucune aide. Parvenu dans Amherst Street, il aperçut la petite Megan McGuire, assise sur la balançoire accrochée à la branche la plus basse du grand chêne trônant au milieu de la pelouse. Il s'arrêta avec l'intention de lui parler.

— Bonjour !

Elle ne parut pas l'entendre. Il dut l'appeler par son prénom pour qu'elle lève vivement la tête. Elle descendit de la balançoire et vint vers lui, serrant sa poupée dans ses bras... Cette poupée, présent anonyme, destiné à Megan ou au bébé que sa mère attendait...

« Ça me fait mal chaque fois que je vois cette poupée, avait confié Bill McGuire à Oliver quelques semaines plus tôt. Mais je ne peux me résoudre à l'enlever à la petite. Depuis la mort d'Elizabeth, elle ne la quitte plus. Elle l'emporte même à l'école avec elle. J'en ai parlé à Phil Margolis, et il m'a dit que je devais laisser faire, du moins pendant quelque temps... Bien sûr, il m'avait dit la même chose au sujet d'Elizabeth... J'aurais dû veiller sur elle vingt-quatre heures sur vingt-quatre, j'aurais dû...

— Vous n'avez rien à vous reprocher, Bill, lui avait dit

Oliver. Nous sommes responsables de nos propres vies. Et Elizabeth était... »

Il n'acheva pas sa phrase.

« Fragile ? avait dit Bill, amer. N'est-ce pas ce qu'Edna Burnham dit toujours ? Qu'Elizabeth était fragile ? Elle a supporté la dépression de sa sœur aînée, alors qu'elle n'était qu'une gamine. Et ses parents sont morts quelques années plus tard. Là encore, elle a bien supporté le choc. Pour quelqu'un de "fragile", Elizabeth était rudement forte. Peut-être que la perte du bébé a été de trop, et j'aurais dû le comprendre. Je n'aurais pas dû la laisser seule ce matin-là. »

A la différence de son père, qui ne se remettait pas de la perte d'Elizabeth, Megan semblait avoir sublimé son chagrin en reportant tous ses besoins affectifs sur la poupée, qu'elle serrait en ce moment même dans ses bras, alors qu'elle traversait la pelouse. Oliver se dit que Phil Margolis avait peut-être raison et qu'avec le temps Megan finirait par sortir de la coquille dans laquelle elle s'était enfermée avec son jouet.

— Comment vas-tu, aujourd'hui, Megan ? demanda Oliver quand la fillette s'arrêta à quelques pas de lui.

— Ça va bien. Sam et moi, on jouait sur la balançoire.

— Sam ? répéta Oliver. Pourquoi Sam ? C'est donc un garçon ?

Le regard de Megan s'assombrit.

— Sam est une fille, dit-elle. Elle et moi on n'aime pas les garçons.

— Je vois, dit gravement Oliver. Je peux la tenir un peu ?

Megan secoua la tête.

— Non, personne ne peut la tenir. Il n'y a que moi. Elle est mon amie, et je suis son amie, et elle déteste tous les autres gens.

Elle regarda sa poupée avec amour.

— Hein, Sam ? murmura-t-elle.

L'instant d'après, comme si la poupée lui avait parlé, la fillette leva la tête vers Oliver et lui dit :

— Sam veut que vous partiez, maintenant. Elle veut que vous nous laissiez tranquilles.

Oliver resta un instant interdit, puis il vit dans les yeux

de la petite fille une chose qu'il n'avait jamais vue dans le regard d'un enfant.

Le *mal.*

Le mot, venu spontanément à son esprit, le frappa de stupeur. Mais Megan continuait de fixer sur lui un regard de glace et il ne douta plus d'avoir vu juste. En d'autres temps, on aurait dit de cette enfant qu'elle était possédée par le démon.

— Je suis désolé... je ne voulais pas te...

Il se tut. Quoi, il allait s'excuser d'avoir dérangé cette petite peste et sa poupée, alors qu'il était venu plein de bonnes intentions ? En outre, cette manière qu'elle avait de le regarder le mettait mal à l'aise. Il en eut assez. Il se détourna et reprit son chemin dans Amherst Street.

Une minute plus tard, il parvenait devant la maison des Becker, aujourd'hui déserte. Bonnie et Amy avaient emménagé à Boston où Ed était toujours hospitalisé. Il s'était brisé trois vertèbres cervicales en tombant dans l'escalier la nuit où une explosion due au gaz avait ravagé le sous-sol de la maison. Il était sorti du coma mais restait dépendant d'un poumon artificiel et n'avait pas encore pu articuler un mot. Les médecins avaient assuré à Bonnie que son mari finirait par retrouver l'usage de la parole. Telle n'avait pas été l'impression d'Oliver quand il s'était rendu à l'hôpital, et il s'était demandé si l'on n'avait pas caché la vérité à Bonnie. Pendant la demi-heure qu'Oliver avait passée au chevet de son ami, il avait douté que ce dernier eût seulement conscience de ce qui l'entourait. Il avait un regard fixe, absent, et semblait être entré dans un autre monde d'où il ne ressortirait probablement jamais.

Quand Oliver avait quitté la chambre d'Ed, Bonnie lui avait parlé des rêves qu'Ed avait faits — des rêves dont il était persuadé qu'ils se réalisaient. Elle lui avait aussi raconté qu'ils avaient trouvé un stéréoscope dans la commode qu'Ed avait rapportée de l'asile.

— Je ne peux pas m'empêcher de faire la relation entre ce stéréoscope et les présents qu'ont reçus certains d'entre nous, dit Bonnie, une expression hagarde dans les yeux. Sauf que ce damné instrument ne nous a pas été offert. C'est Ed qui l'a découvert dans l'un des tiroirs de cette vieille commode.

Bonnie lui avait aussi parlé des images, et quand il

revint à Blackstone, Oliver s'était rendu dans la maison des Becker dont Bonnie lui avait confié les clés. Il était curieux de visionner lui-même ces photos anciennes.

Mais il n'avait pas trouvé le stéréoscope ni les images que Bonnie et Amy lui avaient décrites. Bonnie lui avait pourtant assuré qu'elles étaient sur la table basse dans le salon, le soir où Ed avait fait sa chute. Oliver les avait cherchés partout en vain. La maison elle-même avait pris une atmosphère d'abandon, comme si elle savait que Bonnie avait décidé de ne plus y revenir.

« Ce n'est pas seulement à cause de ce qui est arrivé à Ed, avait-elle dit à Oliver. Je crois que je ne m'y sentirai plus jamais en sécurité. Pas après l'explosion. Non, je ne pourrai plus jamais m'endormir en paix, et puis je m'inquiéterai sans cesse pour Amy. »

Mais c'étaient là autant de prétextes, se disait Oliver. En réalité, Bonnie, comme beaucoup d'autres gens de Blackstone, était convaincue qu'une malédiction pesait sur la ville.

Et ce n'était pas uniquement sa maison que Bonnie fuyait, mais Blackstone.

« Ma famille est à Boston, ainsi que tous mes amis, lui avait-elle dit. Aussi je n'ai aucune raison de revenir m'installer à Blackstone. »

Elle avait marqué une hésitation avant d'ajouter :

« A vrai dire, je ne comprends pas pourquoi les gens restent ici, après tout ce qui s'est passé. Cette ville est littéralement possédée par une force maléfique. Je ne voulais pas le croire, mais les événements m'ont hélas persuadée du contraire. »

Malgré la douceur de cette matinée de printemps, Oliver Metcalf frissonna légèrement. Il se refusait encore à admettre que des forces obscures eussent été lâchées sur la petite communauté où il était né. Mais comment expliquer la série de tragédies qui avaient frappé ses amis ?

Le suicide de Jules Hartwick, suicide dont il avait été le témoin.

L'incendie de la maison de Martha Ward, qui avait péri dans les flammes, Rebecca n'en ayant réchappé que par miracle.

L'horrible mort de Germaine Wagner, écrasée par la

cabine de l'ascenseur, dans laquelle sa mère paralysée était restée coincée.

La disparition de Rebecca.

Oliver savait que Bonnie n'était pas la seule à croire à une malédiction. Tout Blackstone le pensait, et ses habitants se terraient chez eux à la nuit tombée.

Il devait y avoir une explication rationnelle, se dit Oliver, refusant de céder à la paranoïa collective. Et il ferait tout son possible pour découvrir la raison de cette série tragique.

Non, la malédiction n'existait pas.

Comme il continuait de descendre vers le centre-ville, il se retourna pour regarder en direction de l'asile sur la colline. Et il repensa une fois de plus à tous ces malheureux qu'on avait enfermés derrière ces murs gris et à qui l'on avait fait subir de véritables tortures. Voilà où s'était embusqué le mal, là-haut... un mal perpétré au nom d'une prétendue science médicale.

Si certains avaient pu transformer le serment d'Hippocrate en actes d'une cruauté indicible, alors peut-être le mal absolu existait-il, et peut-être pouvait-il prendre d'autres aspects.

Se détournant de la sinistre silhouette coiffant la colline, comme du regard de Megan McGuire un instant plus tôt, Oliver essaya de chasser ces idées de son esprit.

Mais il n'y parvint pas. Une graine était plantée et, déjà, elle commençait à germer.

3

Le temps que Harvey Connally entre dans sa quatre-vingt-dixième année, il avait compris que la sagesse, que d'aucuns associaient à la vieillesse, n'était en fait que la découverte qu'il fallait se hâter lentement, donner du temps au temps et laisser mûrir les fruits et le reste. Cette première vérité en avait entraîné une seconde : il fallait toujours réfléchir avant d'agir.

C'est fort de ces deux principes que, découvrant ce matin-là devant sa porte un paquet à côté du *Manchester Guardian* — qu'il considérait comme inférieur aux *Chroniques de Blackstone* de son neveu mais qui avait la vertu d'être un quotidien —, il ramassa le journal, mais pas le colis grossièrement emballé. Puis il s'en fut dans la cuisine se préparer la première des deux tasses de café qu'il buvait chaque matin, la seule ration de caféine que lui autorisait Phil Margolis. Il commença de parcourir le *Guardian* en évitant l'éditorial qui avait le don de le mettre en rage, ce qui était mauvais pour son cœur fatigué. Ce ne fut qu'après sa deuxième tasse de café qu'il replia le quotidien et pensa au paquet qui attendait devant sa porte. Il avait remarqué qu'il ne portait ni timbre ni adresse, ce qui signifiait qu'on l'avait déposé pendant la nuit ou au petit matin.

Harvey Connally n'appréciait pas les gens maraudant dans le noir et déposant des colis anonymes sous le porche de leurs semblables. Pourtant, dès l'instant où il avait vu l'emballage grossier, il avait pensé à ce qu'avait raconté Rebecca Morrison, après la tragédie qui avait frappé les Hartwick : elle avait aperçu une silhouette dans l'allée la nuit où Jules Hartwick s'était donné la mort.

Harvey n'avait pas non plus oublié l'envoi anonyme parvenu aux McGuire, quelques jours avant la mort d'Elizabeth. Des « présents » dont Edna Burnham affirmait qu'ils étaient autant de présages de malheur.

Harvey n'avait pas plus de sympathie pour les présages funestes que pour les rôdeurs. A ses yeux, ce qui était arrivé à certaines familles du pays n'était rien d'autre que l'aboutissement tragique de leurs propres faiblesses.

« Ça n'a rien à voir avec une prétendue malédiction », se dit-il.

Sur cette réflexion, il se prépara — pour la première fois depuis bien longtemps — une troisième tasse de café. Et, tandis qu'il en savourait chaque gorgée défendue, il songea à l'idée du châtiment divin. C'était un concept auquel il n'avait guère prêté foi durant sa vie, mais les tragédies qui touchaient depuis quelque temps certaines des familles les plus anciennes de Blackstone lui avaient donné matière à de longues réflexions.

Chaque foyer auquel un mystérieux présent avait été adressé avait entretenu à divers degrés des liens avec l'ancien asile psychiatrique. Et chacune des tragédies avait présenté de troublantes analogies avec des événements survenus dans le passé.

Harvey avait ainsi noté une étrange similitude quand Jules Hartwick s'était ouvert le ventre sur les marches de l'asile. Tout le monde pensa alors que Jules avait « craqué » sous le poids des difficultés traversées par sa banque, mais Harvey, lui, avait été frappé par la jalousie maladive dont Jules avait fait preuve envers sa femme, les deux jours précédant son suicide.

Harvey s'était souvenu de la jalousie du père de Jules qui, cinquante ans auparavant, avait soupçonné sa femme d'avoir une liaison avec Malcolm Metcalf. Mais le père de Jules ne s'était pas donné la mort. Il s'était contenté d'avertir sa femme que si cette liaison coupable devait se poursuivre, il divorcerait et rendrait public le motif de cette séparation. Il s'était empressé d'exiler dans le grenier le portrait que Louisa avait commandé à un portraitiste de Boston, car il la soupçonnait de vouloir l'offrir à son amant. Et les choses en étaient restées là. Louisa ne s'était plus jamais approchée de l'asile. A la mort de Malcolm Metcalf, le père de Jules avait mis un point d'honneur à être absent aux obsèques.

Après cela, Harvey avait écouté tout ce qui se racontait

sur les morts récentes survenues à Blackstone. Et il avait lentement reconstitué le puzzle. Il se souvenait de l'enfant que la grand-tante de Bill McGuire avait eu, un enfant qui avait un jour disparu dans l'asile et qu'on n'avait plus jamais revu. Ce fut un peu plus tard que Laurette, accablée par la disparition de son petit, se noya à Cape Cod où elle était partie en vacances avec sa famille. Sa mort avait été attribuée à un accident, mais Harvey avait conclu que si Laurette ne s'était pas donné la mort, elle n'avait pas lutté pour y échapper. Aussi Harvey avait-il été troublé par la coïncidence entre cet événement ancien et la mort d'Elizabeth McGuire après la perte de son propre enfant.

Au fil du temps, chaque nouvelle tragédie avait rappelé à Harvey de vieux souvenirs. Il avait fini par être convaincu que les malheurs frappant Blackstone avaient un rapport avec l'asile. On aurait dit que Dieu punissait les enfants à la place des aînés dont les crimes étaient restés impunis derrière les murs de l'asile.

Le châtiment divin.

Mais Harvey Connally était un rationaliste, et il avait le plus grand mal à concevoir l'idée d'une vengeance céleste. Et, tandis que Blackstone bourdonnait de rumeurs, il poursuivait son enquête, écoutait tout ce qui se disait sans jamais contribuer à un seul ragot, analysait les « théories » des uns et des autres, écartant les plus saugrenues et reconstituant pièce par pièce le puzzle qui, achevé, fournirait la réponse que tous attendaient.

Mais la solution semblait encore loin. Harvey avait beau disposer ses éléments dans tous les sens, une seule figure se dessinait, se superposant à l'image du passé de Blackstone : celle de Malcolm Metcalf, un homme mort plus de quarante ans auparavant.

Or, Harvey ne croyait pas plus aux fantômes qu'à la justice divine.

Quand il eut terminé sa troisième tasse de café, il retourna à pas lents à la porte d'entrée et, se baissant péniblement, ramassa le paquet et l'emporta dans son bureau où il l'examina sous tous les angles. Ne décelant pas le moindre indice pouvant révéler son origine, il pensa un instant à appeler le jeune Steve Driver, mais y renonça car il y avait de grandes chances que le suppléant du shérif confisque l'objet sous le prétexte de protéger son destinataire. Cette décision prise, Harvey Connally ouvrit méticuleusement le paquet en endommageant le moins possible le papier dans lequel il était emballé et il découvrit un objet, comme il n'en avait pas vu depuis des années, mais qu'il reconnut immédiatement.

C'était un étui à rasoir, très semblable à celui que son père avait possédé, quand Harvey était enfant. Sans réfléchir, il passa sa main sur le boîtier, se rappelant que son père lui avait permis de toucher l'étui à condition de ne jamais l'ouvrir.

Et tandis que le vieil homme caressait du bout des doigts le dessin d'ivoire et d'ébène gravé dans le bois d'acajou de l'étui, une profusion de souvenirs lui revint. Il se revoyait dans la salle de bains de leur maison dans Amherst Street où il avait grandi, après le refus de sa mère de vivre dans la grande demeure que son père avait fait bâtir pour sa première épouse tout en haut de la colline. Et soixante-quinze ans plus tard lui revenait cette odeur de savon à barbe, et il se rappelait la buée qui montait du lavabo quand, chaque matin, son père se livrait avec un évident plaisir au rituel du rasage.

Cet étui avait-il appartenu à son père ?

Non. Celui de Charles Connally avait son couvercle décoré d'un médaillon en or gravé à ses initiales, deux *C* entremêlés, des initiales que l'on retrouvait sur ses boutons de manchette, ses chemises, le linge de maison et la vaisselle.

Un simple médaillon d'ivoire décorait cet étui, et cependant Harvey était certain de l'avoir déjà vu.

Il ouvrit le couvercle et contempla longuement le rasoir en manche d'écaille dans son écrin de velours. Enfin il prit l'instrument et ouvrit la lame.

Pendant une seconde il ne comprit pas ce qu'étaient ces taches brunes qui maculaient l'acier étincelant. Et puis, découvrant les deux *M* gravés dans l'écaille, il sut à qui appartenait le rasoir et en conçut un grand émoi.

L'objet avait été offert à son beau-frère, Malcolm Metcalf, par sa propre sœur, Olivia Connally. En cadeau de mariage, se rappelait Harvey. C'était même lui qui avait aidé Olivia à choisir le rasoir.

Le sang.

Le sang de sa petite nièce, Mallory Metcalf ?

Etait-il possible qu'il tînt en main, après toutes ces années, l'instrument qui avait tranché la gorge de la sœur d'Oliver ?

Et pourquoi lui en faisait-on présent ?

Quelle était la signification de ce « cadeau » ?

Et qui avait bien pu détenir cette chose et la déposer devant sa porte ?

Harvey Connally resta longtemps à sa table de travail, le rasoir prisonnier de ses mains devenues de marbre, tandis qu'il passait en revue toutes les pièces du puzzle qu'il s'était efforcé de recomposer durant ces dernières semaines. Et plus il y réfléchissait, plus un visage se détachait des brumes du passé : celui de Malcolm Metcalf.

Il connaissait le terrain sur lequel il s'avançait mais il ne pouvait toujours pas conclure avec certitude car, le jour de la mort de Mallory, une tierce personne était présente.

Une personne pour qui cet instrument — ce présent du passé — devait avoir une signification plus grande qu'il n'en avait pour lui.

Reposant doucement le rasoir dans son lit de velours, il referma le couvercle d'un coup sec, puis tendit la main vers le téléphone.

4

C'était un jour de mars, et le temps n'était pas des plus beaux. Les vents glacés de l'hiver, qui avaient enfin cessé depuis quelques jours, étaient reparus avec l'aube, soufflant un air sibérien qui menaçait de geler les bourgeons sur les branches nues des arbres. Les quelques jonquilles qui avaient osé éclore précocement semblaient vouloir regagner la sécurité de la terre encore durcie par le froid.

Harvey Connally, qui s'apprêtait à partir en voiture à Manchester, où l'attendait une réunion de son conseil d'administration, était tenté de prétexter un refroidissement et, devant un bon feu de cheminée dans la bibliothèque, de reprendre son exemplaire écorné de Billy Bud, *un roman qu'il considérait infiniment supérieur au plus célèbre mais presque illisible* Moby Dick. *Mais Harvey avait été élevé dans le sens du devoir et il savait qu'il n'écouterait pas le chant des sirènes.*

Billy Bud *devrait attendre, peut-être jusqu'à l'hiver prochain.*

Il était sur le point de quitter la maison, quand sonna le téléphone qu'il avait fait installer dans la cuisine. Harvey décrocha à la deuxième sonnerie en éprouvant soudain un mauvais pressentiment.

— C'est toi, Harvey ?

Harvey Connally reconnut aussitôt la voix, qui lui parvenait plus sonore que d'habitude. Elle tremblait aussi beaucoup, autant en vérité que quatre ans plus tôt quand, par une méchante nuit, il avait appris la mort de sa sœur, qui avait épousé l'homme qui l'appelait en ce moment même.

— Oui, Malcolm, c'est moi, répondit-il, sans que sa voix trahisse les craintes qui, déjà, lui nouaient le ventre.

— J'ai besoin de toi, Harvey. Il faut que tu viennes tout de suite à mon bureau.

Harvey Connally ne demanda pas pourquoi Malcolm Metcalf avait besoin de le voir sur-le-champ. Le bouleversement que trahissait la voix de son beau-frère impliquait qu'il s'agissait d'une de ces affaires dont on ne parle pas au téléphone.

— Je serai là-bas dans cinq minutes, répondit-il.

Et, sans rien ajouter, il pressa de son index le crochet du récepteur tout en jetant un coup d'œil à sa montre. Il appela le standard, demanda un numéro à Manchester, expliqua qu'il était retenu à Blackstone et promit de faire son possible pour assister à la réunion. L'homme à qui il parla — son ancien compagnon de chambre au campus de Dartmouth — ne lui posa pas de questions, sachant que seules de bonnes raisons pouvaient empêcher son vieil ami Harvey de manquer un rendez-vous.

Après quoi, Harvey sortit par la porte de derrière, s'installa au volant de la DeSoto qu'il avait achetée trois semaines plus tôt et démarra pour prendre la direction de l'asile.

Harvey Connally détestait l'asile.

Il le détestait violemment, et depuis toujours.

Il en haïssait la bâtisse elle-même, bien qu'elle eût été construite par son propre père.

Il était hostile à ce qui s'y pratiquait, convaincu qu'il y avait d'autres méthodes pour traiter les malades mentaux que ces prétendues thérapies pratiquées derrière les murs de cette demeure devenue le domaine de son beau-frère.

Enfin Harvey Connally ressentait une profonde aversion pour ce beau-frère, une aversion qu'il s'était toujours gardé de manifester. Il n'avait exprimé qu'une seule fois ses sentiments lors d'un entretien avec sa sœur, peu de temps avant qu'elle n'épouse Malcolm Metcalf.

— Je veux seulement être sûr que tu as bien réfléchi et que tu es certaine de vouloir cet homme pour mari, avait-il dit à Olivia, quand elle lui avait annoncé son mariage.

Olivia lui avait répondu qu'elle avait écouté son cœur et qu'elle était amoureuse de Malcolm Metcalf. Harvey avait alors considéré le sujet comme clos. Il n'avait pas démissionné de sa place au conseil d'administration de l'asile — un geste qui aurait pu trahir ses sentiments — mais, en tant qu'administrateur, il s'était désormais abstenu d'intervenir dans toute discussion impliquant le directeur de l'asile car, apparenté à ce dernier, il ne pouvait être juge et partie.

Même après la mort tragique d'Olivia, Harvey avait continué de dissimuler son aversion, et Malcolm Metcalf, en dépit des dons de perception que d'aucuns lui prêtaient, n'avait jamais soupçonné la méfiance et le profond mépris qu'il inspirait à Harvey.

Une ignorance qui satisfaisait parfaitement ce dernier.

Tout en garant la DeSoto devant l'asile, Harvey considéra la sinistre façade et essaya une fois de plus de comprendre pourquoi son père avait fait construire cette immense bâtisse. Jamais Blackstone n'avait connu d'acte plus ostentatoire et, par ailleurs, inattendu de la part de l'homme discret qu'était Charles Connally. Plus étrange encore parut sa décision, quelques années plus tard, de faire de cette demeure une institution psychiatrique. Harvey avait toujours cherché à savoir ce qui avait motivé son père, mais il n'avait jamais trouvé les réponses à ses questions.

Se raidissant inconsciemment en poussant la lourde porte d'entrée, Harvey entra dans le vestibule mal éclairé et se demanda une nouvelle fois comment on pouvait s'attendre qu'un individu en mauvaise santé, mentale ou physique, sorte guéri de ces murs gris et froids. Il traversa la salle d'attente, évitant de tourner la tête vers un petit groupe de trois personnes, assises là, le regard bas et la mine honteuse. Harvey comprit sans mal que ces trois-là étaient venus confier l'un des leurs aux soins de son beau-frère.

Sitôt qu'il arriva à la porte du bureau de Malcolm, la dernière en date des secrétaires — qui changeaient si souvent que Harvey n'essayait même plus de retenir leur nom — lui fit signe d'entrer.

Son beau-frère arpentait la pièce, le visage blême.

— Que se passe-t-il, Malcolm ? demanda Harvey Connally.

— Mal... Mallory... et Oliver... bredouilla-t-il avec difficulté.

Harvey jeta un bref regard autour de lui mais ne vit ni sa nièce ni son neveu. Puis il surprit le signe de tête de Metcalf en direction de la salle de bains qui jouxtait le bureau. Fronçant les sourcils, Harvey traversa la pièce et poussa la porte.

Du sang.

Il y avait du sang partout. Sur le carrelage et sur les murs.

Une serviette gorgée de sang gisait sur la tablette à côté du lavabo.

Un faible mouvement attira l'attention de Harvey. Il tourna la tête et vit son neveu de quatre ans, recroquevillé dans un coin, le visage blanc et ruisselant de larmes, les bras serrés autour de ses genoux.

Il était nu, et couvert de sang.

Puis, pour la première fois, Harvey vit la baignoire.

Grande, reposant sur quatre pieds, elle était remplie jusqu'au bord d'une eau rougie.

Dans laquelle le corps d'une fillette flottait sur le ventre.

Mallory, la sœur jumelle d'Oliver.

D'instinct, Harvey se précipita vers la baignoire et, plongeant les bras dans l'eau sanglante, souleva le corps de la fillette et l'allongea doucement sur le carrelage. Puis, comme il la retournait sur le dos avec le fol espoir de la ranimer, il fut frappé d'effroi.

L'entaille, qui allait d'une oreille à l'autre, était si profonde qu'elle avait failli séparer la tête du torse.

Il manqua étouffer sous le flot de bile envahissant sa gorge, tandis qu'il contemplait le visage de sa petite nièce.

Une vision éclata soudain dans son esprit. Sur le visage de Mallory se dessinaient d'autres traits : le doux ovale du visage encadré de boucles blondes d'Olivia. Mais au lieu de rire comme elle le faisait si souvent, elle ouvrait la bouche pour laisser échapper un terrible cri, tandis que ses yeux s'agrandissaient de terreur.

Et, tandis que son cœur pompait ses derniers instants de vie, de la blessure béante de sa gorge, jaillissait par à-coups un flot de sang, aspergeant les murs et le sol, et rougissant l'eau de son bain.

Heureusement, cette vision disparut aussi vite qu'elle était venue, et Harvey Connally, sachant qu'il arrivait bien trop tard pour sa nièce, s'en fut recueillir dans ses bras son petit neveu de quatre ans. Oliver tremblant et sanglotant contre lui, Harvey regagna le bureau où son beau-frère était toujours appuyé contre le mur.

— Que s'est-il passé ? demanda Harvey d'une voix sourde. Dis-moi ce qui s'est passé !

— Un accident... c'était un accident...

— Pour l'amour du Ciel, Malcolm, un accident ? s'écria Harvey, hors de lui. Comment as-tu pu...

— Oliver, dit soudain Malcolm. Ce n'est pas moi, Harvey. C'est Oliver.

Harvey Connally regarda son beau-frère, les yeux plissés.

— Comment est-ce arrivé ? Comment ?

Serrant toujours dans ses bras son neveu frissonnant et en pleurs, Harvey écouta Malcolm Metcalf lui décrire ce qui s'était passé.

— Ils prenaient leur bain. Ils adoraient se baigner ensemble. Et puis j'étais là, dans le bureau. Soudain, j'ai entendu un cri... un cri horrible.

Il demeura silencieux un instant et reprit :

— Je suis allé voir à la porte, et... oh, Harvey... elle est morte sous mes yeux. Elle était dans l'eau, et le sang coulait à flots de sa gorge.

Sa voix se brisa et il fut secoué d'un sanglot, et ce fut d'une voix hachée qu'il poursuivit :

— Elle s'accrochait inconsciemment au rebord. J'ai essayé de presser la blessure avec une serviette pour arrêter le sang. Mais il n'y avait rien à faire. La gorge était tranchée, et elle était en train de mourir...

— Et Oliver ? demanda Harvey. Où était-il ?

Malcolm hésita, comme si le sujet lui était douloureux.

— Disparu, murmura-t-il enfin. Quand je l'ai cherché des yeux, il n'était plus là. Enfui par l'escalier de service. Mais je l'ai retrouvé.

— Où était-il ? demanda Harvey, resserrant d'un geste protecteur son neveu contre lui.

Il y eut un nouveau silence avant que Malcolm réponde :

— Il se cachait. Dans l'une des salles de traitement au sous-sol. Mon rasoir aussi a disparu, ajouta-t-il après une pause. Je suppose qu'Oliver et Mallory ont dû jouer avec et peut-être qu'ils se le sont disputé...

Il se tut, les yeux emplis de larmes.

— C'était un accident, dit-il en secouant la tête. Je ne peux rien imaginer d'autre. Mais Oliver a eu si peur qu'il s'est enfui et a caché le rasoir. On ne peut pas lui en vouloir. Après tout, ce n'est qu'un enfant. C'était un accident, Harvey.

Harvey Connally regarda longtemps son beau-frère dans les yeux. Puis il posa doucement son neveu par terre et s'ac-

croupit pour pouvoir regarder le petit garçon en face.

— C'est vrai, Oliver ? demanda-t-il. C'est vrai ce que raconte ton père ?

Pour toute réponse, Oliver Metcalf, les yeux écarquillés de terreur et le corps parcouru de frissons, regarda sans le voir le visage de son oncle.

5

Oliver poussa la grille devant la maison de son oncle, froissant au passage les branches des thuyas qui ne tarderaient pas à obstruer complètement l'entrée, une chose dont son oncle pourrait fort bien se réjouir, songea Oliver. Le vieil homme vivait de plus en plus reclus chez lui, avec ses souvenirs pour unique compagnie. Ce retrait de la communauté était particulièrement évident depuis quelques mois, et Oliver se demandait si l'isolement volontaire du vieil homme était dû à son grand âge ou bien à la série de tragédies qui avait frappé Blackstone. La vérité, se dit-il en grimpant les marches du perron, devait se situer entre les deux.

Oliver ne se donna pas la peine de sonner. Il savait que la porte d'entrée n'était jamais fermée à clé.

« Les serrures ont été inventées pour empêcher les honnêtes gens d'entrer, aimait-il à dire. Elles n'ont jamais découragé les cambrioleurs. »

C'était là une maxime que peu de gens suivaient, à présent ; et dans Blackstone, à la suite des derniers événements, il n'y avait plus une seule porte qui ne fût fermée à double tour, en dépit du caractère intime des malheurs ayant touché certaines familles. Mais ce qui n'était que l'opinion provocante d'un vieil original prenait tout son sens, aujourd'hui : aucune serrure ni aucun blindage n'offrait de protection à un ennemi né à l'intérieur.

— Oncle Harvey ? appela Oliver en refermant la porte derrière lui.

Il allait de nouveau appeler son oncle, quand il éprouva une soudaine appréhension. Il y avait dans la maison un étrange silence, différent de la quiétude sereine qui se dégageait d'ordinaire des lieux. Il se dirigea vers la cuisine où son oncle prenait son café chaque matin, mais il n'avait pas fait deux pas que l'horloge du vestibule sonna dix coups. A cette heure, le vieil homme était dans son bureau, où il s'occupait de sa correspondance et de ses actions en Bourse.

La porte de la petite pièce était ouverte. Harvey Connally était assis immobile dans son fauteuil de cuir devant sa table de travail. Son visage présentait une teinte cireuse et un rictus de douleur pinçait ses lèvres.

— Oncle Harvey ! s'écria Oliver, alarmé. Qu'est-ce que tu as ?

En deux enjambées il fut auprès du vieillard et, instinctivement, il tendit la main vers le téléphone pour appeler Phil Margolis. Mais avant qu'il décroche, son oncle posa sa main droite sur l'appareil.

— Pas encore, dit-il d'une voix faible, tandis que la main qu'il continuait d'appuyer sur le combiné était parcourue d'un tremblement.

Harvey Connally souffrait et avait manifestement besoin de secours, mais quelque chose dans la voix de son oncle retint Oliver de dégager le téléphone de force.

— J'ai reçu un paquet, ce matin, dit soudain Harvey avec un semblant de sourire en fixant sur son neveu un regard perçant. Je ne sais pas exactement dans quel but la chose a été déposée devant ma porte, mais j'ai le sentiment que ce n'est pas à moi qu'il est destiné. Non, ce serait plutôt à toi.

Sa main se déplaça du téléphone à l'étui d'acajou posé sur sa table. Et comme Oliver faisait un geste vers l'objet, Harvey Connally secoua doucement la tête.

— Pas encore, répéta-t-il doucement.

Et, désignant le siège en face de lui, il invita son neveu à s'asseoir.

Mais Oliver n'en fit rien.

— Oncle Harvey, laisse-moi appeler le Dr Margolis. On dirait que tu vas...

Il se tut brusquement, et son oncle esquissa un sourire.

— Que je vais mourir ? dit-il, le regard aigu. C'est en effet ce que je vais faire, et si tu entreprends quoi que ce soit pour m'en empêcher, je m'efforcerai de te rendre la vie très malheureuse pendant le peu de temps que toi et ton Dr Margolis aurez réussi à me faire gagner. Je suis vieux et fatigué ; ça m'est égal de mourir. Mais avant de m'en aller, je dois te dire quelque chose.

Lentement, à contrecœur, Oliver s'assit en face de son oncle. Celui-ci le regardait avec une telle intensité qu'Oliver avait l'impression d'être scruté jusqu'au plus profond de lui-même.

— J'ai toujours essayé de faire de mon mieux pour toi, Oliver, dit Harvey. Je crains de n'avoir pas toujours réussi, mais je veux que tu saches que j'ai toujours été de ton côté et que je n'ai jamais cru un seul mot de ce que m'a raconté ton père. Jamais.

Il demeura silencieux pendant un moment, la tête penchée de côté comme s'il tendait l'oreille à une voix venue de très loin dans le passé. Puis il reprit :

— Tu n'as jamais été un méchant garçon, Oliver. Au contraire, tu as toujours été depuis ton plus jeune âge un enfant doux et affectueux et tu n'as jamais fait le moindre mal à quiconque en grandissant.

Il marqua une nouvelle pause et son regard dériva vers le petit coffret d'acajou.

— Quand je ne serai plus là, il te faudra affronter l'objet qu'il y a dans cet étui. Je ne dirai pas comment. Tu auras le choix : tu pourras le jeter quelque part sans l'ouvrir, mais je te conseille alors de faire en sorte qu'on ne puisse jamais le découvrir. Si tu choisis de l'ouvrir, alors je veux que tu gardes présent à l'esprit ce que je vais te dire maintenant.

Le regard que Harvey posait sur son neveu se fit plus intense encore.

— Je t'ai élevé pour être un Connally, Oliver, dit le vieil homme. Après la mort de ton père, c'est moi qui me suis chargé de ton éducation, comme si tu étais mon propre fils.

Il se tut de nouveau, et Oliver vit que le vieil homme cherchait les mots qui exprimeraient le plus fortement sa pensée.

— Le nom que tu portes n'a aucune importance, Oliver. Aucune. C'est ce que tu as en toi qui compte. Et au plus profond de toi, Oliver, je sais que tu n'es pas un Metcalf. Tu es un Connally. Tu portes peut-être son nom, mais tu n'es pas le fils de ton père !

Soudain, Harvey Connally renversa la tête en arrière et ouvrit grands les yeux en une expression de stupeur. Puis, portant les mains à sa poitrine, il s'affaissa dans son fauteuil, tandis qu'Oliver se précipitait pour le relever et le serrer dans ses bras.

— Non, oncle Harvey, ne meurs pas. Je t'en prie, tu vas t'en sortir. Je vais...

La main du vieil homme se referma sur le bras d'Oliver.

— Souviens-toi, Oliver. Un Connally ! N'oublie jamais que je t'ai élevé pour être un Connally !

Ses doigts se resserrèrent autour du bras d'Oliver, s'enfonçant profondément dans sa chair, puis il eut un hoquet et sa tête tomba sur sa poitrine en même temps qu'il rendait son dernier soupir.

Oliver demeura sans bouger pendant un long moment, à contempler le visage du vieil homme.

Un visage qui, même dans la mort, exprimait une force de caractère peu commune. Un visage qui avait été celui de son seul parent et de sa seule source d'affection depuis l'âge de sept ans.

N'oublie jamais que je t'ai élevé comme un Connally !

Oliver referma doucement les yeux de son oncle puis, comme il se redressait, il vit l'étui sur la table. Son premier réflexe fut de vouloir l'ouvrir pour voir ce qu'il contenait, mais alors qu'il tendait la main vers l'objet, il se rappela les paroles de son oncle.

Tu pourras le jeter quelque part sans l'ouvrir, mais je te conseille alors de faire en sorte qu'on ne puisse jamais le découvrir...

La main d'Oliver hésita un bref instant au-dessus de l'étui. Puis il décrocha le téléphone et appela Philip Margolis. Le médecin répondit à la troisième sonnerie.

— Phil, c'est Oliver. Mon oncle vient de mourir. J'aimerais que vous veniez. Je suis chez lui.

6

Le silence régnait enfin dans la maison de Harvey Connally. Phil Margolis était arrivé le premier, suivi de près par Steve Driver. Le médecin avait procédé à un examen préliminaire du corps, puis la dépouille du vieux Connally avait été transportée non pas au funérarium de Mr. Broder mais à l'hôpital de Blackstone, où une autopsie serait pratiquée.

— Ce n'est pas vraiment une obligation, avait expliqué le Dr Margolis à Oliver, mais compte tenu des événements, je pense que vous devriez me laisser faire. Si je suis en mesure d'affirmer que j'ai pratiqué une autopsie complète et que votre oncle est mort d'une crise cardiaque, comme c'est manifestement le cas, cela devrait mettre fin aux bavardages. Ou, du moins, les réduire à des chuchotements, car rien ne pourra jamais faire taire Edna Burnham, ajouta-t-il avec un sourire.

— Oui, même une injonction du tribunal n'empêcherait pas Edna de parler, dit Oliver en haussant les épaules.

Il savait que, de toute façon, avec ou sans l'aide de la première commère de la ville, la disparition brutale, bien que naturelle, de Harvey Connally délierait plus d'une langue. Il suffisait pour s'en convaincre d'aller voir la petite foule qui s'était rassemblée devant la grille de la maison quelques instants après l'arrivée de Steve Driver. L'épaisseur de la haie de lauriers empêchait de les voir, mais Mr. Broder, venu discuter de l'enterrement avec Oliver, rapporta aux trois hommes qu'ils étaient bien une douzaine à battre la semelle sur le trottoir. Et, pendant que le directeur des pompes funèbres, dont la famille avait enterré les morts de Blackstone depuis trois générations, discutait avec Oliver des dispositions prises par le défunt lui-même des années plus tôt, Steve Driver s'en fut prier les curieux de rentrer chez eux.

Il n'eut aucun succès.

Mais, à présent que le corps de son oncle n'était plus là, Oliver avait l'impression que la maison n'exerçait plus la même attraction. Après le départ du Dr Margolis et de Steve Driver, les badauds se dispersèrent.

Quand Oliver eut raccompagné Jeff Broder à la porte, il se mit à déambuler dans la grande maison silencieuse, le cœur étreint d'un atroce sentiment de solitude.

A la mort de son père, cette demeure avait été la sienne, du moins quand il n'était pas en pension ou en camp de vacances, et ensuite à l'université. Chaque pièce recelait des souvenirs.

La cuisine où, assis sur un tabouret, il observait la vieille cuisinière de son oncle, Mrs. Perry, qui s'affairait devant ses marmites d'où montaient de magiques arômes.

La salle à manger où son oncle et lui se régalaient des préparations de Mrs. Perry et discutaient de toutes sortes de choses, car sa curiosité d'adolescent puis de jeune homme n'avait d'égal que le plaisir que prenait Harvey Connally à transmettre son propre savoir à son neveu.

Le salon semblait encore résonner des morceaux joués par son oncle sur le grand piano à queue et, là-haut, dans sa chambre, il eut l'impression de sentir les lourds parfums de l'été entrant par la fenêtre grande ouverte.

Bien entendu, ce n'étaient là que des souvenirs : la maison sentait en réalité le moisi et l'abandon car, après la mort de Mrs. Perry, son oncle avait décidé de rester seul, prétextant qu'il était trop âgé pour s'habituer à une présence étrangère dans sa maison.

Enfin, quand Oliver eut déambulé sans but à travers la demeure, il revint au bureau, où l'étui d'acajou était toujours là où il l'avait posé après avoir appelé Phil Margolis : sur une étagère de la bibliothèque.

Il n'en avait parlé ni au médecin ni à Steve Driver. L'annonce qu'un paquet avait été déposé devant la porte de Harvey Connally, la veille de sa mort, risquait cette fois de provoquer la panique dans tout Blackstone.

Mais, comme il s'approchait de l'étui et passait ses doigts sur le bois poli, il éprouva comme un choc électrique.

Avait-il ressenti la même chose quand il l'avait pris de la table pour le poser sur l'étagère ? Il n'en avait pas le souvenir. Il se rappelait seulement les paroles de son oncle.

Je n'ai jamais cru un seul mot de ce que m'a raconté ton père. Jamais.

Mais l'étrange sensation cessa aussi brusquement qu'elle s'était produite et, prenant l'étui, il alla le poser sur le bureau de son oncle.

L'objet lui semblait vaguement familier. Et, comme il examinait de plus près le couvercle incrusté d'un médaillon, il comprit pourquoi cet étui ne lui était pas inconnu.

Il avait appartenu à son père.

Mais que pouvait-il contenir ?

Il tendit de nouveau la main, cette fois pour l'ouvrir, mais à peine effleura-t-il le fermoir que quelque chose l'arrêta.

Pas ici !

La voix était si distincte qu'instinctivement Oliver se surprit à jeter un coup d'œil autour de lui pour voir qui avait parlé. Mais il n'y avait que lui dans la pièce.

Emporte-le chez toi.

De nouveau la clarté de la voix fut telle qu'Oliver eut du mal à croire que ces mots aient pu se former dans son esprit. Il n'en obéit pas moins et, prenant la boîte, il quitta la maison de son oncle. Mais au lieu de passer par-devant, il sortit par la cuisine, descendit l'allée et tourna dans Harvard Street. L'étui, qu'il avait glissé sans raison apparente sous sa veste, dégageait une chaleur qui, pour être illusoire, n'en était pas moins pénétrante. Il allait d'un pas rapide mais, parvenu à hauteur de la maison de Martha Ward, ou du moins de ce qu'il en restait, il s'arrêta malgré lui.

Et de nouveau, il éprouva cette étrange sensation d'électricité dans tout son corps.

Immobile sur le trottoir, Oliver contemplait les restes calcinés de la maison d'où Rebecca Morrison s'était échappée quelques semaines plus tôt. Il avait l'impression de revoir les flammes consumant l'habitation.

Soudain un rire pénétra ses pensées.

Il se retourna pour voir qui en était l'auteur.

Mais la rue était déserte.

Le cœur battant, Oliver reprit sa marche en direction de la colline, passa sans s'arrêter devant la maison des

Hartwick. Il quitta le trottoir pour prendre le sentier menant à travers bois jusqu'à l'asile et, comme il s'éloignait de l'ancienne demeure de Jules et de Madeline, son pouls ralentit et la sensation électrique disparut si soudainement qu'il douta de sa réalité et se demanda si ce n'était pas plutôt une réaction physiologique liée au choc qu'était pour lui la mort de son oncle.

Mais, tandis qu'il sortait du sous-bois et pénétrait sur le terrain envahi de mauvaises herbes qui entourait la silhouette massive de l'asile, la vibration se manifesta de nouveau.

Et l'étui sous sa veste se mit à dégager une chaleur plus intense.

« Jette-le », se dit-il.

« Jette-le dans un fourré, et oublie-le. »

« Ou, mieux encore, écrase-le en morceaux et disperse-les sur ce terrain que les bulldozers retourneront quand les travaux de construction du futur centre commercial commenceront. »

« La chose sera enterrée sous un mètre de béton. Fais-la disparaître là où elle ne pourra jamais être retrouvée. »

Mais loin de jeter la boîte, Oliver la pressa plus fort contre lui, comme si elle menaçait de lui échapper.

Il se remit en marche mais, au lieu de prendre la direction de sa maison, ce fut vers l'asile que ses pas le guidèrent. Et plus il s'en rapprochait, plus son cœur battait vite.

Il parvint enfin au bas des marches du perron et marqua une pause, guettant le premier élancement de ces migraines qui le faisaient se précipiter chez lui. Cette fois, cependant, il n'éprouva aucune douleur. Il gravit les marches et tendit la main vers la poignée de la porte.

La main sur le lourd loquet de bronze, il jeta un regard dans la direction de sa maison, comme s'il devait ne jamais la revoir. C'était là qu'il avait passé les sept premières années de sa vie et les vingt-cinq dernières.

Un instant, rien qu'un instant, il crut apercevoir un visage à l'une des fenêtres, mais il comprit que ce n'était qu'un effet de la lumière.

Puis, du coin de l'œil, il pensa déceler un mouvement. Et, comme il tournait la tête, il vit une petite silhouette disparaître dans les bois.

Une fillette. Une fillette qui ressemblait à...

Mallory ?

Impossible. Une illusion. Ce devait être une illusion de plus, comme ce visage à la fenêtre qu'un instant il avait pris pour celui de Rebecca.

Mais il lui sembla percevoir une voix lointaine, une voix d'enfant, la voix de sa sœur, qui l'appelait.

Qui l'appelait pour qu'il la rejoigne ? Ou qui l'appelait pour le mettre en garde, pour lui recommander de ne pas approcher ?

Après le jeu de lumière, un artifice du vent ?

Sa main se resserra sur la poignée, la tourna et poussa le lourd battant de chêne.

Des particules de poussière tourbillonnèrent dans l'air glacial du vestibule.

Il avança dans la pénombre, sans savoir où il allait. Ses pas résonnaient dans le silence mais il ne les entendait pas, car d'autres sons les couvraient.

Des bruits venus du passé.

Des murmures incohérents.

Des cris de terreur, provenant des étages.

Des gémissements de douleur qui semblaient monter du sol.

Oliver traversa des salles vides jusqu'à ce qu'il parvienne dans l'ancien bureau de son père. Et ce fut là qu'il sortit l'étui de sous sa veste, et, s'agenouillant, il le posa doucement par terre.

Avec des doigts tremblants, il ouvrit le couvercle.

Et comme il contemplait le rasoir dans son écrin de velours rouge, une image interdite, une image du passé surgit du tréfonds de son subconscient.

La lame du rasoir décrivant dans l'air un arc étincelant, presque aveuglant, et tranchant la gorge de sa sœur.

Oliver prit le rasoir, l'ouvrit... et entendit le cri d'agonie de sa sœur frappée à mort.

Rebecca gisait sous une chape de brume mais, étrangement, elle n'avait pas peur, car de ce brouillard émergeait une image qui avait toujours été présente dans ses rêveries : celle d'un chevalier à l'armure étincelante, monté sur un grand cheval. Un cheval noir comme la nuit, à la longue crinière et à la queue en panache, emportant de son puissant galop le chevalier, dont la bannière de soie rouge claquait au vent.

Il lui sembla soudain percevoir un martèlement de sabots et elle frissonna d'impatience à la pensée que son sauveur allait arriver, et qu'elle verrait enfin son noble visage et ses yeux tendres.

Oliver.

Ce devait être Oliver, accourant à son secours, fonçant à travers la brume pour la soulever et la prendre en croupe ; alors elle glisserait ses bras autour de son sauveur et s'accrocherait à lui, tandis que le fougueux étalon poursuivrait sa course.

Mais, alors que le bruit de sabots se rapprochait, elle éprouva soudain une appréhension.

Le brouillard se fit plus épais, et elle sentit le danger se refermer sur elle, une invisible menace tapie aux limites de sa vision, attendant que la nuit soit totale pour bondir et frapper.

Des silhouettes fantomatiques apparurent.

Des yeux scintillant dans le noir.

Des crocs dégoulinant de bave.

Et encore des yeux au fond d'orbites sombres, qui la fixaient avec haine.

Des démons en quête d'âmes à dévorer.

Elle voulut crier, mais sa gorge ne laissa échapper aucun son. Des rires de déments venaient cogner maintenant à ses tympans, comme si une bande d'hyènes s'apprêtait à lui sauter dessus et à la déchirer.

Rebecca tenta de fuir, mais elle était encerclée.

Sa terreur se mua en panique. Elle se jeta sur le côté, et une douleur aiguë éclata dans son épaule. Le cri qu'elle poussa faillit l'étouffer et son corps fut agité de violents soubresauts qui l'arrachèrent à son cauchemar.

Elle se réveilla, bouleversée par la peur. Elle avait toujours les yeux bandés et le bâillon qui lui écrasait la bouche étouffait cruellement sa voix.

Puis, alors qu'elle reprenait pleinement conscience, elle éprouva de nouveau le froid qui avait envahi chaque cellule de son corps et, pendant un moment, elle souhaita retourner dans le brouillard de son rêve. Mais elle se souvint des démons grimaçants qui peuplaient ses cauchemars, et elle tenta une fois de plus de reprendre le contrôle de son corps.

Peu à peu sa respiration se fit plus régulière ; seule son épaule, qu'elle avait cognée contre la paroi à côté d'elle, quand elle s'était débattue, lui faisait encore mal, mais elle savait que cette douleur aussi finirait par disparaître.

A moins que la mort ne survienne avant.

Elle savait qu'elle allait mourir. Tôt ou tard, son corps finirait par succomber sous les tortures qu'on lui infligeait. Elle souhaitait même que cela arrive vite, car elle ne pouvait plus endurer ces démons peuplant des cauchemars qui se confondaient avec la réalité.

Mais à peine venait-elle de penser cela que le souvenir d'Oliver lui revint. Il devait la chercher et, tôt ou tard, il la retrouverait...

Elle perçut soudain un bruit.

Un bruit de pas.

Son bourreau était de retour.

Pour la nourrir ?

Etancher la soif qui la dévorait ?

Ou pour lui infliger un tourment inédit, plus cruel encore que les précédents ?

Elle entendit le cliquetis d'une clé dans la serrure, puis le léger grincement des gonds.

Un tapement de semelles de cuir sur le sol dallé.

Elle le sentit qui se tenait debout devant elle.

Savait-il qui elle était ?

S'en souciait-il seulement ?

Elle se gardait de bouger et d'émettre le moindre son, déterminée à dissimuler sa peur et sa souffrance.

Car elle savait qu'il la tuerait, si elle faisait preuve de faiblesse.

La silhouette considérait sa victime. Tout était presque parfait.

Presque.

Il se pencha et ouvrit un robinet.

La baignoire dans laquelle gisait sa prisonnière commença à se remplir lentement.

Puis il s'éloigna, n'ayant nul besoin d'attendre que tous

les éléments soient en place pour qu'arrive enfin le moment qu'il attendait depuis si longtemps.

Et pour cela, la baignoire devait être pleine.

Alors, le festin du souvenir pourrait commencer.

Un instant, le bruit de l'eau la trompa : elle crut qu'il était venu lui donner à boire.

Et puis elle réalisa qu'il s'agissait de bien autre chose.

Quand l'eau glacée lécha ses jambes, elle sut quel serait son destin.

Elle prit conscience pour la première fois qu'elle se trouvait dans une baignoire qui devait être de grande dimension, et que son bourreau avait entrepris de la remplir d'eau.

Il allait donc la noyer.

A moins que le froid ne la tue avant.

Le courage et la détermination qu'elle avait manifestés un instant plus tôt se diluèrent dans l'eau qui resserrait lentement, très lentement, son étreinte de glace.

7

Oliver contemplait le rasoir dans sa main. Il était fasciné par la lame maculée de sang. Et ce sang prenait vie sous ses yeux ; il rougissait, frais et épais, et semblait couler sur l'acier étincelant jusqu'aux doigts refermés sur la poignée d'écaille.

Ses doigts.

Qui, étrangement, n'étaient pas les siens.

Puis il entendit une voix : « Papa ? Papa, je ne veux pas. Laisse-moi aller dehors ! »

La voix résonnait dans la tête d'Oliver. Une petite voix chevrotante de peur. Une voix étrangère et, cependant, familière.

Puis une autre voix s'éleva, dont le timbre était dur, autoritaire, et qu'il reconnut immédiatement, bien qu'il ne l'eût plus entendue depuis près de quarante ans.

« Tu es un méchant garçon, disait cette voix. Un très méchant garçon, et tu feras ce que je te dis ! »

La peur d'Oliver se mua soudain en une terreur qui émergeait de son subconscient comme un démon de l'enfer, tendant vers lui ses mains griffues.

« Dis-moi ce que tu as fait, Oliver. »

Oliver essaya d'échapper à ce fantôme du passé, qui étendait son emprise sur lui, annihilant sa force et menaçant de détruire sa raison. Mais il ne pouvait pas plus échapper à cette voix qu'à l'effroi qui le paralysait.

« Dis-le-moi, Oliver, ordonna de nouveau son père. Dis-moi ce que tu es. Dis-moi ce que tu as fait.

— Je suis un méchant garçon », dit la voix qu'Oliver identifia sans peine, car c'était la sienne.

« Je suis un méchant garçon, répéta-t-il.

— C'est vrai, répondit son père. Tu es un très, très méchant garçon. »

L'obscurité qui s'était formée autour d'Oliver prit lentement la teinte grisâtre de l'aube, et le rasoir et ses marques de sang se fondirent sous une lumière qui devint rapidement si intense qu'il dut fermer les yeux. Puis, comme il percevait de nouveau la voix de son père, il sut qu'il avait perdu tout pouvoir de résister et de désobéir.

« Ouvre tes yeux, Oliver, ordonna Malcolm Metcalf. Ouvre-les ! »

Oliver est dans l'entrée de l'asile. Son père le tient par la main avec une force qui fait mal et dissuade toute tentative de fuite.

Il grimace en entendant la lourde porte se refermer derrière eux avec un bruit qui se répercute dans toute la bâtisse.

Mais personne ne semble s'en préoccuper.

Son père l'entraîne maintenant avec lui, et il marche si vite qu'Oliver doit courir pour ne pas tomber.

Il y a des gens autour d'eux.

Il en reconnaît certains. Des femmes et des hommes en blouse blanche. Des infirmières et des médecins. Il y en a d'autres, vêtus du même uniforme, mais le petit garçon sait qu'ils ne sont pas médecins.

Cela ne fait pas longtemps qu'Oliver sait quelle est la tâche de ces derniers et, quand l'un d'eux lui dit bonjour, il ne répond pas.

Il y a là d'autres gens aussi, vêtus de pyjamas et de robes de chambre, bien que ce ne soit pas l'heure d'aller au lit.

Finalement, ils arrivent en haut d'un escalier qui s'enfonce dans le sous-sol obscur, et le cœur d'Oliver se met à battre si fort qu'il a du mal à respirer.

Ils descendent les marches et prennent un long couloir. Il y a des portes de chaque côté ; certaines sont ouvertes, mais Oliver ne tourne pas une seule fois la tête, de peur de découvrir ce qu'il y a à l'intérieur des pièces.

Son père s'arrête enfin.

« Non, papa, gémit le garçonnet. Je t'en prie, papa, ne me fais pas... »

Mais il est trop tard. Son père le traîne dans la pièce et referme la porte derrière lui.

Son père lui lâche la main, et Oliver est tellement terrifié que ses jambes cèdent sous lui, et c'est à quatre pattes qu'il se réfugie dans un coin. Gémissant de terreur, il voit son père ouvrir une armoire et en sortir un long tube de métal.

« Non, papa, non... »

Et, tandis que l'enfant se recroqueville contre le mur, son père presse l'extrémité du tube contre la jambe nue d'Oliver.

« Ne réponds pas, Oliver, dit la voix dure de Malcolm Metcalf. Ne me réponds jamais ! »

Une décharge électrique traverse la jambe d'Oliver. Il hurle sous la douleur qui lui contracte les muscles de la cuisse, et son pied heurte la cheville de son père.

« Pas de coups de pied ! crie Malcolm. Pas de coups de pied, sinon... »

Le métal s'enfonce dans la chair de l'autre jambe, et un deuxième choc le fait tressaillir violemment. Son pied cogne contre le mur carrelé et un cri de douleur s'échappe de sa gorge.

« Ne crie pas ! Résiste ! » gronde son père au-dessus de lui.

Oliver tente d'échapper au tube qui s'abaisse de nouveau vers lui. Mais son père ne le lâche pas, et les brûlures se succèdent, ponctuées de cris.

« Silence, Oliver ! exige le père. Tu vas apprendre à m'obéir ! »

L'enfant tente en vain de fuir les chocs électriques qui continuent.

Il tombe sur le ventre.

Encaisse une nouvelle brûlure.

Roule sur le côté et se met en boule.

De nouveau le tube le mord férocement dans le creux de l'épaule.

Il sent une chaude humidité s'étendre dans son pantalon et éclate en sanglots.

« Arrête de pleurer ! »

Nouvelle décharge.

« Arrête ! »

Encore, et encore, et encore ce feu partout sur son corps.

Et soudain son ventre est pris d'un spasme, ses sphincters se relâchent et une terrible odeur l'assaille.

Sanglotant, assis dans ses excréments, les bras entourant ses genoux, il ferme les yeux. Tout son corps tremble dans l'attente du prochain choc. Celui-ci ne vient pas. La voix de son père gronde de nouveau :

« Qu'est-ce que tu es ? demande Malcolm Metcalf.

— Un méchant garçon, murmure Oliver. Je suis un très méchant garçon. »

Sans un autre mot, son père rouvre la porte et quitte la pièce. Oliver a un moment d'espoir, mais il entend le cliquetis du verrou.

Pleurant doucement, le petit garçon reste longtemps assis par terre, attendant que la douleur s'estompe. Puis, sachant ce qu'il doit faire avant que la porte ne s'ouvre de nouveau, il entreprend de nettoyer le sol en se servant de sa chemise comme serpillière, la rinçant au petit lavabo scellé dans l'un des murs.

Il sait qu'il est un très méchant garçon.

Si méchant que ni son père ni personne ne l'aimera plus jamais.

L'obscurité se referma autour de lui, et une fois de plus Oliver put voir la lame du rasoir étinceler.

La lame, et le sang de sa petite sœur.

8

Tout avait changé.

Oliver éprouvait la sensation d'être suspendu dans quelque monde parfaitement étranger à Blackstone ou à la vie qu'il y avait menée.

Il avait l'impression d'être sourd, car il ne percevait ni bruit ni vibration.

Il semblait aussi avoir perdu tout sens tactile, et il ne savait même pas s'il était en mouvement ou parfaitement immobile.

Ainsi ignorait-il s'il était assis ou couché ou encore recroquevillé sur lui-même, enserrant ses genoux de ses bras, comme il le faisait quand il était enfant.

Enfant...

Cette pensée resta suspendue dans ce vide sensoriel.

Et c'est bien ce qu'il était : un enfant. Un petit garçon. Il n'était plus Oliver Metcalf, un homme âgé de quarante-cinq ans, éditeur des *Chroniques de Blackstone*. Il ne savait comment, mais il avait été transporté dans un autre monde, celui de son enfance, sur lequel il avait depuis longtemps tiré un rideau plus épais que la plus noire des nuits.

A présent, le rideau s'écartait, laissant filtrer une lueur.

Il avait peur.

Peur d'avoir fait quelque chose de mal.

Méchant ! Il était un méchant garçon ! Un très méchant garçon !

Et son père allait le punir.

Il méritait d'être puni.

Oliver attendait dans la pénombre. C'était la seule chose à faire, il le savait. Parfois, son père ne revenait pas avant longtemps, parfois il reparaissait tout de suite après le... traitement.

Mais Oliver savait surtout qu'il devait se tenir tranquille, être sage et obéissant, sinon il se passerait de nouveau de terribles choses.

Des images passèrent fugitivement dans son esprit.

L'image d'une petite fille.

Elle a une jolie tête encadrée de boucles blondes et tient une poupée dans ses mains. Une très belle poupée au visage en porcelaine et aux cheveux dorés.

Soudain, surgissant de la lumière crépusculaire, la voix de son père s'éleva. Mais c'était à la petite fille qu'il s'adressait. « Tu ne peux plus la garder, disait-il. Les petits garçons ne jouent pas à la poupée. Ils jouent avec des ballons et des battes de base-ball ! »

A présent, Oliver entendait sangloter la fillette. Il voyait son visage se transformer, les boucles blondes tomber sous les coups de ciseaux. Les pleurs atteignaient un crescendo puis s'estompaient lentement, le silence revenait et le visage de l'enfant prenait cette teinte grisâtre commune à tous ceux et celles qui arpentaient le monde clos de l'asile.

Un gris de cadavre.

Le petit garçon qui voulait être une petite fille était mort.

Mort, comme la sœur jumelle d'Oliver.

Et dans la demi-obscurité, le père d'Oliver murmurait : « Comprends-tu ? Comprends-tu pourquoi il est mort ? »

Oliver ne comprenait pas mais il hochait quand même la tête.

« Nous allons cacher cette poupée, disait encore son père. Nous allons la cacher dans notre lieu secret. Mais tu dois te souvenir de ce qui s'est passé, Oliver. Tu le dois ! »

Et la voix de son père se dissipait de nouveau, laissant Oliver suspendu dans un monde dénué de sensations.

Un monde dans lequel la nuit ne différait pas du jour, où le bruit était semblable au silence.

Où la vie et la mort étaient identiques.

« Observe la lumière, Oliver », ordonnait la voix du père, pénétrant le silence tel un écho répercuté par les flancs rocheux d'une vallée profonde.

« Observe bien la lumière et vois ce qu'elle fait. »

Une vive lumière apparaissait, une flamme en vérité, dansant devant les yeux d'Oliver.

Puis la flamme bougeait, et Oliver voyait maintenant autre chose.

Un bras.

Un bras à la peau douce, lisse et pâle. Une peau de femme.

Et la flamme se rapprochait de cette peau.

Oliver avait envie de crier, d'écarter le feu dansant du bras de cette femme, mais la lumière le tenait prisonnier dans son filet scintillant.

La flamme léchait la peau, et du silence jaillissait soudain un hurlement.

Le hurlement du dragon de feu.

Oliver voyait le dragon se dresser dans le crépuscule, ses yeux brillant comme des rubis, ses écailles dorées luisant dans l'étrange lumière grise. Il ouvrait grande la gueule pour cracher sa flamme, un horrible cri résonnait de nouveau, et puis le dragon disparaissait.

De cette vision infernale, il ne restait plus que le bras de la femme, la peau boursouflée, craquelée, noircie, révélant la chair rougie en dessous.

« Comprends-tu, Oliver ? demandait soudain la voix de son père.

— Je comprends, répondait l'enfant.

— Tu t'en souviendras ? »

Oliver savait que ce n'était pas une question mais un ordre auquel il devait obéir, sinon il subirait de nouveau les terribles morsures de ce tube de métal.

« Je m'en souviendrai.

— Nous allons ranger le dragon avec la poupée, murmurait la voix de son père. Et le jour où tu le reverras, tu sauras à qui le donner. »

De nouveau le temps et l'espace se mêlaient.

Oliver était suspendu dans le silence gris.

D'autres images défilaient.

Un carré de tissu, délicatement ouvragé, portant dans le coin une initiale finement brodée.

Un visage apparut, entouré de serpents ondulants, et de nouveau il entendit la voix de son père :

« Tu te souviendras de tout ce que je t'ai montré, Oliver. Et tu te souviendras de tout ce que je t'ai dit. Si tu oublies, tu sais ce qu'il t'arrivera. »

Oliver savait qu'il n'oublierait pas.

Quand son père eut ainsi parlé et qu'il eut caché le mouchoir avec la poupée et le dragon, ces images se diluèrent de nouveau dans la grisaille.

« Quand le temps sera venu, tu te souviendras de tout cela, dit encore la voix de Malcolm Metcalf.

— Je m'en souviendrai, je te le promets, papa.

— Tu sauras quoi faire, mon garçon, quand le temps viendra. Tu le feras aussi bien que si tu étais ma réincarnation. Tu es tout ce qui me reste, et tu le feras. Longtemps après qu'ils m'auront renvoyé et qu'ils auront détruit mon œuvre, tu seras encore là. Tu seras le glaive de ma vengeance et tu feras exactement ce que j'aurai dit, et ce sera comme si j'étais revenu moi-même pour détruire ceux qui m'auront détruit. Mais sais-tu pourquoi tu accompliras tout cela, Oliver ?

— Oui, parce que j'ai fait du mal, beaucoup de mal, et que, pour me racheter, je dois obéir à ta volonté.

— Exactement, Oliver. Tu as fait du mal, tu as été très méchant. Tu les as tous tués ! Ta mère ! Ta sœur ! Ce petit garçon ! Enfant diabolique que tu es ! »

Oliver essayait désespérément de fuir ces accusations, mais la voix de son père résonnait dans sa tête aussi sûrement que le regard de Dieu avait hanté Caïn. Les terribles paroles étaient enfoncées au plus profond de sa chair.

« Je comprends, papa, répondit-il. Je comprends. »

Puis l'obscurité se refermait sur lui, et il se laissait couler dans le néant, où il était enfin à l'abri de ces images torturantes et de la voix de ce père cruel.

Mais ce n'était là qu'un répit. Tôt ou tard, la conscience lui reviendrait et, avec elle, la rançon de morts qu'exigeait son père.

Il faisait nuit quand Oliver se réveilla.

Mais ce n'était pas la familière obscurité de ses réveils en pleine nuit, quand il pouvait se nicher un peu plus profondément dans son lit, tirant la couverture jusqu'à son menton et laissant son imagination l'emporter.

Cette fois, l'obscurité était différente.

Elle était vide, inquiétante.

Le genre d'obscurité qu'on imaginait peuplée de créatures qui vous épiaient sans qu'on puisse les voir.

Le genre d'obscurité qui vous arrachait des frissons, alors que vous étiez au chaud dans votre lit.

— Papa ? appela-t-il en baissant la voix pour ne pas se faire entendre des menaces guettant dans l'ombre.

Pas de réponse. Et comme il était à présent bien réveillé, il réalisa qu'il n'était pas dans son lit.

Il n'était même pas dans sa chambre.

Et il avait mal dans tout le corps.

Les ténèbres prirent soudain une couleur grise qui explosa l'instant d'après en un blanc aveuglant, tandis que s'allumait au-dessus de lui une grosse ampoule nue.

Le sol et les murs étaient carrelés de blanc.

Le plafond était peint d'une laque blanche brillante.

Et son père se dressait devant lui, flanqué de deux hommes en blanc.

« Tu es un très méchant garçon, Oliver, disait son père. Très méchant. Tu as tué ta petite sœur.

— Non, c'est pas vrai ! s'écria Oliver. Je... »

Son père ne le laissa pas finir sa phrase ; il pressa un bouton sur un tableau de commande en bois. Oliver se convulsa sous le choc électrique. Puis, comme son corps se détendait de nouveau, il cria :

« Non ! »

Son père pressa encore le bouton. Cette fois le choc le fit vomir.

« Nettoyez-le », ordonna son père aux deux aides.

Les hommes s'approchèrent de la table sur laquelle Oliver était attaché et essuyèrent les déjections avec une serviette.

Son père lâcha une nouvelle décharge. Oliver tressauta en sanglotant sous la morsure du courant.

Et puis, d'une petite voix qui semblait venir de nulle part, Oliver s'entendit dire :

« Je suis méchant, très méchant.

— C'est vrai, approuva son père. Un très méchant garçon, et maintenant je vais te raconter pourquoi tu es méchant, et ce que tu as fait. »

Oliver écouta son père lui expliquer comment lui, le méchant petit garçon, avait pris le rasoir et ce qu'il en avait fait. La voix de son père, sourde et lancinante, le pénétrait douloureusement, et Oliver pleurait des larmes de honte et de chagrin.

Enfin, quand ce fut fini, qu'il eut compris tout ce que son père lui avait dit et qu'on le détacha, il quitta la pièce carrelée et referma la porte derrière lui. Le couloir résonnait toujours des cris et des gémissements provenant des diverses salles de traitements, mais Oliver n'entendait plus que la voix de son père lui répétant sans cesse combien il était un méchant garçon et ce qu'il devait faire pour se racheter de tout le mal dont il était coupable.

9

Rebecca Morrison contemplait le visage de la Mort.

Elle ne savait pas quand était apparu l'horrible spectre. Il était là, flottant devant elle dans l'obscurité.

Le visage était pâle, presque masqué par les plis d'une grande capuche noire qui se fondait dans les ténèbres environnantes. Bien que nulle lumière ne vînt l'éclairer, il restait cependant assez distinct pour qu'elle pût en mesurer toute l'horreur.

Des lambeaux de peau pendaient à son cou, la mâchoire inférieure tombait, exposant des dents noircies et ébréchées. La langue, couverte de pustules, baignait dans une matière visqueuse qui formait comme une toile d'araignée dans la cavité buccale. Une créature arachnéenne, au corps épais, d'un brun foncé, était tapie à l'entrée de la gorge du spectre. Ses pattes velues, ses yeux noirs et ses longs crochets suintants de venin faisaient frissonner Rebecca de terreur.

Au-dessus des mâchoires un nez crochu comme un bec de rapace était criblé de trous par lesquels s'écoulait un pus épais. Plus haut, les yeux étaient sans vie mais, quelque part au fond de leurs prunelles vitreuses une flamme brillait, une lumière froide, diabolique, s'agitant comme la langue d'un serpent.

« Le briquet, pensa Rebecca. Le cadeau qu'Oliver et moi nous avons trouvé pour Andrea. » C'était comme si la langue du dragon habitait les yeux de la Mort.

Elle tenta en vain de se détourner, de ne pas regarder l'horrible masque. Il y avait une terrible faim dans cette face de cauchemar, un désir fou dans ce regard sans vie.

Elle est venue pour moi, pensa Rebecca. La Mort me réclame et elle a envoyé son spectre.

Tous ses sens lui jouaient des tours, à présent.

Elle ne savait pas combien de temps s'était écoulé

depuis que son bourreau l'avait transportée à l'étage et déposée dans une baignoire.

Un peu plus tard, il était revenu et avait ouvert le robinet.

Juste assez pour que l'eau monte lentement, très lentement.

Depuis, elle s'efforçait de se préparer à l'épreuve finale qui l'attendait.

Oliver !

Elle penserait à Oliver et, quoi que lui fît son bourreau, l'image d'Oliver la protégerait.

Tandis que l'eau continuait de remplir la baignoire, elle se rappela le visage d'Oliver, son sourire, ses yeux tendres, ses mains douces.

Elle écouta la voix de celui qu'elle aimait, une voix qui l'encourageait, lui donnait de la force.

L'eau submergeait maintenant ses pieds, ses jambes, et montait vers son ventre, une eau porteuse de toutes les rigueurs de l'hiver.

Elle nia le froid comme elle avait nié la présence de son bourreau, se réfugiant au plus profond d'elle-même, là où se tenaient encore ses derniers rêves, ses ultimes désirs de vie.

Là où Oliver était avec elle.

Et il en fut ainsi jusqu'à ce qu'il soit chassé par l'horreur de ce spectre, dont elle pouvait sentir la puanteur de mort.

Etait-ce cela qu'avait éprouvé sa tante Martha quand elle était morte ?

Rebecca vit la gueule béante du spectre esquisser un sourire cruel.

Puis elle perçut un bruit.

Une porte venait de s'ouvrir.

Des pas approchaient.

Son bourreau était de retour.

Oliver entra dans la grande pièce qui servait de bureau à son père et avança, les yeux baissés, vers la grande table de chêne et son large fauteuil de cuir.

« Oliver ! »

Le ton de commandement le fit tressaillir et il leva les yeux.

Le fauteuil était vide.

Il jeta un regard autour de lui, certain de la présence de son père, mais il n'y avait personne d'autre que lui. Puis ses yeux tombèrent sur le portrait de sa mère accroché au mur derrière le bureau.

Un crêpe noir barrait l'un des coins du cadre.

Il contemplait encore le tableau quand il perçut de nouveau la voix de son père.

« Viens dans la salle de bains, Oliver, pour voir ce que tu as fait. »

La peur le forçant à obéir, Oliver gagna la porte à sa droite, tourna la poignée et poussa le battant.

Mais la salle de bains était vide.

« Regarde dans le miroir, et tu verras ce que tu as fait », dit la voix de son père.

Oliver se porta jusqu'au lavabo et leva les yeux vers la glace. Mais au lieu de rencontrer son propre visage, ce fut celui de son père qu'il découvrit.

Malcolm Metcalf avait une joue encore couverte de savon à barbe, et l'autre rasée.

Soudain des rires d'enfants éclatèrent derrière Oliver.

Il se retourna et se trouva face à lui-même, quand il avait quatre ans.

Il prenait un bain dans la grande baignoire, et sa sœur était avec lui. Ils étaient assis l'un en face de l'autre et s'éclaboussaient d'eau en riant.

« Arrêtez ! ordonna leur père. »

Oliver et Mallory continuèrent de s'amuser.

« J'ai dit, arrêtez ! » répéta leur père avec colère.

Mais, pris par le jeu, les enfants ignorèrent l'avertissement.

Puis Mallory, riant de plus belle, se leva dans la baignoire et, se servant de ses deux mains, aspergea son père d'eau savonneuse.

Le petit Oliver se tut, stupéfié par l'audace de sa sœur.

Et Oliver Metcalf qui, depuis le lavabo, revivait cette scène du passé, leva son bras droit. Dans sa main, scintilla la lame du rasoir qu'il avait apporté moins de deux heures plus tôt.

La rage saisit Oliver en entendant une fois de plus la voix vibrante de colère de son père jetant un regard noir à sa fillette.

« Comment oses-tu rire, petite sotte ? gronda-t-il. Comment oses-tu rire après ce que tu as fait ? »

Mais Mallory, prise par son jeu, continua de lui lancer de l'eau en hoquetant de rire.

Soudain le bras d'Oliver fendit l'air et...

Une violente douleur dans le crâne effaça d'un coup la vision qu'il venait d'avoir et le plongea dans ce puits de ténèbres qui lui était si familier. Mais tandis qu'il se laissait glisser dans l'inconscience, il perçut la voix de son père :

« Non, Oliver ! Ouvre les yeux ! Et vois ce que tu viens de faire ! »

Lentement, l'obscurité se dissipa et, avec elle, la douleur crânienne. Il rouvrit les yeux.

Et découvrit le corps de sa sœur flottant dans l'eau sur le ventre.

Oliver était sorti de la baignoire, et son père lui mettait le rasoir dans la main.

« Regarde ce que tu as fait, Oliver, lui disait son père. Ce n'est pas moi, c'est toi ! Tout est ta faute ! C'est à cause de toi que ta mère est morte, Oliver ! Elle n'est pas morte en donnant le jour à Mallory, mais à toi ! Et maintenant, tu as aussi tué Mallory ; tu l'as tuée. Tu as tué ta propre sœur !

— Non, gémit Oliver. Non, papa, c'est pas moi qui...

— Assassin ! rugit Malcolm Metcalf. Tu es un assassin ! Un assassin ! Tu as tué, et tu tueras, tu tueras... »

La voix se fit incantation, et Oliver, fou de peur, se précipita vers sa petite sœur, la retourna dans l'eau pour voir son visage.

La voix de son père résonnait toujours dans sa tête :

« Tu tueras, tu tueras ! »

Oliver leva le rasoir, prêt à obéir à l'ordre de son père.

Rebecca se raidit au contact de ces mains qui la touchaient. Un contact différent, cette fois : la douceur du latex avait disparu. Elle se sentit soulevée hors de l'eau et, une seconde plus tard, elle était libérée de son bâillon et de son bandeau. Dans la lumière revenue, elle reconnut le visage qui se penchait au-dessus d'elle.

— Oliver ! s'écria-t-elle. Oliver !

Puis elle vit le rasoir qu'il tenait à la main et, comme la lame étincelante s'abattait, elle cria de nouveau :

— Oliver !

Le cri de Rebecca eut l'effet d'un coup de tonnerre dans l'esprit d'Oliver. La voix de son père se tut. Le visage de sa sœur disparut, remplacé par les doux traits de Rebecca Morrison. Mais la lame poursuivait son arc de cercle vers la gorge offerte de la jeune femme, ainsi que l'avait voulu son père.

Au dernier moment, la lame changea sa trajectoire et, au lieu de tailler dans la chair, trancha les liens de Rebecca.

Le rasoir tomba par terre. Et comme la stupeur figeait Oliver à la pensée de ce qu'il avait failli commettre, Rebecca le prit par le cou et enfouit son visage au creux de son épaule.

Soulevant la jeune femme dans ses bras, Oliver la transporta hors de la salle de bains. Une minute plus tard, il repoussait du pied la porte d'entrée de l'asile et émergeait dans la chaude lumière de l'après-midi.

10

Oliver transporta Rebecca dans la chambre d'ami, l'allongea sur le lit et la couvrit d'un édredon.

— Je vais te chercher des serviettes de toilette et une robe de chambre, lui dit-il.

Quand il revint, les vêtements que Rebecca avait portés depuis qu'elle avait quitté la maison des Wagner pour chercher du secours gisaient en tas au pied du lit, et la jeune femme frissonnait de froid et claquait des dents. Sa peau était si pâle qu'elle avait pris une couleur bleutée, et ses cheveux trempés collaient à son visage creusé.

« C'est moi l'auteur de cette souffrance, pensa Oliver. Moi qui ai fait cela à Rebecca. » Tombant à genoux, il lui prit la main et la serra fébrilement dans les siennes.

— Si tu savais combien je suis désolé, murmura-t-il. Si tu savais ! Je n'ai jamais...

— Mais désolé de quoi ? s'écria Rebecca. Tu m'as sauvé la vie, Oliver. Tu m'as libérée de cet homme horrible qui...

Un tressaillement dans tout son corps l'interrompit au souvenir des terribles épreuves qu'elle venait de traverser. Puis, comme Oliver allait de nouveau lui dire quelque chose, elle posa ses doigts sur les lèvres de son sauveur.

— Pas maintenant, dit-elle. J'ai froid, je suis épuisée et je meurs de faim.

Oliver refoula les larmes qui lui montaient aux yeux.

— Pourrais-tu me faire un peu de soupe ? demanda Rebecca. En attendant, je vais prendre une douche bien chaude, et puis tu me raconteras comment tu m'as trouvée.

Oliver ressentit une douleur atroce à la poitrine et il se surprit à souhaiter que son cœur lâche, lui épargnant des aveux insoutenables. « Elle n'a donc pas compris ce qui s'est passé ? » se demanda-t-il avec effroi.

— Mais s'il te plaît, pas maintenant, d'accord ? murmura Rebecca.

Oliver hésitait. Il voulait faire comprendre à la jeune femme ce qu'il avait commis, tout en espérant trouver le moyen d'éviter un tel aveu. Il décida qu'il pouvait au moins attendre qu'elle se remette de son épreuve avant de lui faire sa terrible confession.

— Bien sûr, dit-il. Je vais te préparer quelque chose à manger.

Il trouva une boîte de soupe au poulet dans la cuisine, qu'il fit chauffer au micro-ondes, puis il appela Phil Margolis.

— C'est Oliver, dit-il. J'ai retrouvé Rebecca. Elle était dans l'asile. Je ne pense pas que ses jours soient en danger, mais si vous pouviez venir...

— Je serai chez vous dans dix minutes, promit le médecin.

Oliver appela ensuite Steve Driver.

— Steve ? dit-il après avoir expliqué que Rebecca était chez lui. Edna Burnham avait raison. Tous les drames qui ont frappé le village sont liés. Et je sais qui a servi de lien.

Un silence passa, et le suppléant du shérif demanda :

— Et puis-je savoir qui... a joué ce rôle ?

— Moi, Steve. C'était moi.

Il y eut un nouveau silence qui parut si long à Oliver qu'il se demanda si le policier était toujours en ligne. Et puis la voix de Steve se fit entendre :

— Bon, je crois que je ferais mieux de passer chez vous.

— Je vous attends, dit Oliver.

Il raccrocha, régla le micro-ondes pour garder au chaud le bol de soupe jusqu'à ce que Rebecca descende puis disposa un couvert sur la table de la cuisine.

Il mettait un muffin dans le toaster quand deux voitures s'arrêtèrent presque en même temps devant la maison. Après qu'il eut indiqué à Phil Margolis la chambre où se reposait Rebecca, il fit signe à Steve de le suivre dans la cuisine.

— Vous voulez une tasse de café ? demanda-t-il d'une voix lasse et profondément triste.

— J'aimerais que vous me disiez ce qui s'est passé, répondit le policier.

Choqué par les épreuves qu'il venait de traverser et

encore ébranlé par le souvenir des terribles scènes de sa propre enfance, Oliver ne savait par où débuter.

— Je crois que tout a commencé à la mort de ma sœur, Mallory, dit-il enfin.

Steve Driver fronça les sourcils.

— Mais ça fait bien quarante ans de ça, fit-il remarquer.

Oliver approuva d'un signe de tête.

— Oncle Harvey m'a remis un objet ce matin, juste avant de mourir. Un rasoir dans un étui en acajou. Il l'a trouvé devant sa porte en allant chercher son journal.

Oliver marqua une pause et regarda Steve dans les yeux.

— Ce rasoir appartenait à mon père, et c'est... c'est avec ce même rasoir qu'il a tranché la gorge de Mallory. Et puis, par toutes sortes de pressions tant physiques que mentales, il m'a convaincu que c'était moi, le coupable.

S'efforçant de garder une voix calme et ferme, Oliver raconta ce qu'il venait de vivre là-haut, dans l'asile. Philip Margolis avait maintenant rejoint Steve autour de la table de la cuisine. Les deux hommes écoutaient en silence, et Steve prenait des notes dans son calepin.

— C'était ça, l'origine de mes migraines et de mes évanouissements, expliqua Oliver à Margolis. Cela n'avait rien de physique. Ces souvenirs étaient trop traumatisants pour que je les affronte. Chaque fois que je m'approchais de l'asile, ils remontaient à la surface, et je les fuyais. J'étais pris de migraines si violentes que je perdais connaissance. Je réagissais ainsi inconsciemment pour ne pas me souvenir. Et c'est exactement ce que mon père avait voulu.

Il secoua la tête au rappel des scènes qu'il venait de revivre, quand le voile s'était enfin déchiré.

— Tous ces objets qui ont commencé d'apparaître pendant ces derniers mois ? dit-il. La poupée au visage de porcelaine appartenait à la tante de Bill McGuire. Le briquet en forme de dragon ? C'était celui de la sœur de Martha Ward. Mon père me montrait toutes ces choses quand j'étais petit. Et il les plantait dans mon esprit en recourant à de véritables séances de torture à l'électricité.

Oliver eut un sourire amer.

— J'ai été la vengeance de mon père. Je serais sa réincarnation, me disait-il sans cesse. Il a fait de moi son instrument, et j'ai agi inconsciemment sur son ordre. C'est ainsi que j'ai donné à chaque famille l'objet qui lui revenait. C'est ainsi que j'ai enlevé Rebecca, ajouta-t-il après une pause. Je l'ai enlevée, je l'ai attachée et je l'aurais...

— Non !

Le mot avait été prononcé avec une telle force que les trois hommes tressaillirent. Rebecca se tenait sur le seuil de la cuisine. Le peignoir en tissu-éponge d'Oliver qu'elle avait enfilé était deux fois trop grand pour elle et ses cheveux lavés et séchés cascadaient avec légèreté autour de son beau et fin visage.

Elle fixait Oliver d'un regard intense.

— Tu ne m'as fait aucun mal, Oliver, dit-elle doucement. Au contraire, tu m'as sauvé la vie.

Oliver se leva et fit un pas vers elle en secouant la tête.

— Rebecca, tu ne comprends pas. Je...

Rebecca s'approcha d'Oliver et lui posa sa main sur la bouche pour le faire taire.

— Je sais ce que tu as fait, dit-elle. Un homme horrible m'a enlevée alors que j'étais sortie chercher du secours, et il m'a enfermée dans l'asile. Et puis tu es arrivé et tu m'as libérée. Tu m'as sauvé la vie, Oliver.

— Mais ne comprends-tu pas que...

Rebecca lui prit les mains.

— Je comprends très bien, dit-elle. Je comprends que tu m'aimes, et je sais que je t'aime. Il n'y a rien d'autre à comprendre.

Et, comme Oliver allait protester, elle répéta :

— Rien d'autre.

Oliver regarda longuement la jeune femme puis se tourna vers les deux hommes. Eux savaient.

Mais Steve Driver arracha une à une les pages qu'il avait noircies de notes, les déchira, et rangea son calepin dans la poche de sa chemise. Ce fut Phil Margolis qui prit la parole pour exprimer ce que Steve et lui-même pensaient de tout cela.

— C'est la parole de Rebecca contre la tienne, Oliver, dit-il. Et nous savons tous que Rebecca ne ment pas. Elle ne l'a jamais fait.

Finalement, Oliver prit Rebecca par la taille et l'attira contre lui. Puis, comme il lui baisait le front, il vit par la fenêtre la silhouette de l'asile qui se découpait dans le crépuscule naissant en haut de la colline. Son expression se durcit et il s'écarta de Rebecca.

— J'ai quelque chose à faire, annonça-t-il. Je reviens dans quelques minutes.

Quittant la maison, il grimpa à grands pas la colline jusqu'à l'endroit où la grue démolisseuse attendait l'ouverture du chantier. Oliver s'installa aux commandes, mit le moteur en marche et entreprit de manœuvrer l'énorme boulet suspendu au bout de son câble.

Le boulet commença de se balancer, tandis qu'Oliver rapprochait l'engin de la façade de l'asile.

Une minute plus tard, la pesante boule d'acier frappa pour la première fois la pierre grise. Une fenêtre et plusieurs moellons volèrent en éclats.

Et la boule frappa encore et encore. A chaque coup, Oliver se libérait un peu plus des souffrances que lui avait infligées son père.

Il manœuvra ainsi la démolisseuse jusqu'à ce qu'une grande partie du mur s'effondre et qu'il ressente pour la première fois de sa vie un enivrant sentiment de liberté.

Épilogue

L'église congrégationaliste, avec son haut clocher et son bourdon de bronze, veillait sur Blackstone depuis plus de deux cents ans. Répondant à l'appel lancinant du glas funèbre, les citoyens de Blackstone quittèrent leurs maisons pour prendre la direction du cimetière. Venus des quatre coins de l'agglomération, ils se rassemblèrent d'abord, ainsi que la coutume l'exigeait, sur la grand-place, où voisins et amis se saluèrent et échangèrent quelques mots avant de poursuivre en groupes vers l'ouest, vers la clôture qui entourait le cimetière.

Cela faisait trois jours que Harvey Connally était mort et qu'Oliver Metcalf avait retrouvé Rebecca Morrison dans l'asile.

Trois jours que le même Oliver, aux commandes de la démolisseuse, avait éventré la façade de l'asile.

Trois jours qu'un certain bruit avait couru dans les rues de Blackstone, passant de maison en maison en de furtifs chuchotements.

Nul ne savait qui avait parlé le premier, car il était toujours impossible de remonter à la source d'une rumeur. Mais en cet après-midi nuageux, alors que la ville s'apprêtait à mettre en terre Harvey Connally, il n'y avait pas une seule âme qui n'eût entendu l'histoire. Une légende prenait naissance.

La légende d'un homme qui, durant toute sa vie, avait été tenu en grande estime par tous ses concitoyens.

Un homme qui, dans la mort, endossait un nouveau rôle, un rôle qu'il continuerait de jouer longtemps encore.

C'était Harvey Connally, prétendait la rumeur, qui avait délivré les cadeaux ayant ravagé six des plus anciennes familles de Blackstone, y compris la sienne.

— C'est complètement fou, commenta Bill McGuire, quand quelqu'un — il ne se rappelait plus qui exactement

— lui avait rapporté le ragot. Harvey n'aurait jamais pu faire une chose pareille.

Mais, à la fin de la journée, il s'était surpris à trouver une ressemblance frappante entre le portrait de sa tante, accroché dans son bureau, et la poupée de porcelaine dont sa fille avait fait son inséparable compagne. Bill savait très peu de choses sur cette tante, hormis le fait qu'elle était morte noyée il y avait longtemps — avant même qu'il naisse —, peu après qu'elle eut perdu son propre enfant.

Il n'avait jamais pu en savoir plus sur cette tragédie.

Mais Harvey Connally, lui, avait certainement connu cette tante. Il avait peut-être même su si cette poupée avait appartenu à l'enfant de cette femme.

Evidemment, Bill restait persuadé que la mort de sa femme n'avait rien à voir avec cette foutue poupée, mais il ne pouvait s'empêcher d'avoir un doute. Et s'il refusait de croire ce qu'on racontait aujourd'hui sur Harvey Connally, il ne pouvait non plus dénier tout fondement à la rumeur. Et, comme il se dirigeait vers le cimetière, il ne pouvait qu'espérer qu'avec la mise en terre de Harvey s'achèverait cette série noire qui avait frappé tant de familles, dont la sienne.

Madeline Hartwick n'avait pas encore eu l'occasion de parler à Bill McGuire, mais elle se rendait avec sa fille Celeste à l'enterrement avec le même espoir que l'entrepreneur. Elle n'avait eu vent de la rumeur concernant Harvey Connally que la veille au soir, à son arrivée de Boston, où elle résidait désormais avec Celeste dans le petit appartement qu'elles avaient loué. Incapable de dormir, elle avait arpenté les pièces glacées de la grande demeure en haut de Harvard Street, revenant à plusieurs reprises devant le portrait de la mère de Jules qu'elle avait accroché dans la bibliothèque lors de la funeste soirée des fiançailles de sa fille.

Tout en contemplant une fois de plus le portrait de Louisa Hartwick, elle serrait dans sa main le médaillon que Celeste avait retrouvé dans le jardin, quand la neige avait fondu, quelques semaines après la mort de Jules.

Madeline avait ouvert le médaillon et découvert qu'il

était gravé de deux initiales jumelles, si petites qu'il avait fallu une loupe pour les lire : *LH* et *MM*.

Il n'avait pas fallu longtemps à Celeste pour deviner les noms : Louisa Hartwick et Malcolm Metcalf. Il n'avait pas été difficile non plus de comprendre pourquoi le portrait de la mère de son mari, portant le tablier des bénévoles travaillant à l'asile, avait été dissimulé dans le grenier : Louisa avait certainement eu une liaison coupable avec le père d'Oliver Metcalf.

Un adultère dont Harvey Connally, beau-frère de Malcolm Metcalf, avait sans aucun doute été informé.

Etait-ce lui qui, ayant retrouvé le médaillon après toutes ces années, l'avait déposé dans la voiture, sachant qu'il déclencherait chez Jules une rage paranoïaque ?

Mais comment aurait-il pu prévoir une telle réaction ? Jusqu'à cette nuit fatale, Jules n'avait jamais montré le moindre signe de dérangement mental. Harvey Connally avait-il détenu quelque secret concernant la famille de Jules ? Etait-il possible que, pour une raison inconnue d'elle, Harvey eût gardé une rancune à l'égard des Hartwick et que, sentant sa fin proche, il eût décidé de mettre sa vengeance à exécution ?

Madeline Hartwick, comme Bill McGuire, n'avait pas plus été capable d'accorder foi à la rumeur courant sur Harvey Connally que de la rejeter avec mépris.

Et elle aussi venait à l'enterrement non seulement parce que Harvey Connally avait fait partie de sa vie pendant tant d'années mais aussi parce qu'elle espérait quelque signe qui annoncerait la fin des malheurs survenus dans Blackstone.

Et tandis que les questions et les bruits allaient bon train, chacun se souvenait de quelque détail et apportait sa contribution à la légende.

Les uns et les autres se rappelaient qu'il y avait peu de secrets dans Blackstone que Harvey Connally ne connût. Peu de familles avec lesquelles il n'eût un lien, voire une parenté.

Et n'avait-il pas été administrateur de l'asile et, à ce titre, informé de tout ce qui s'y passait ?

N'était-ce pas son père qui avait fait construire la

bâtisse elle-même ? Harvey devait certainement en connaître le moindre recoin.

Et à propos d'Ed Becker ? La rumeur se nourrissant de tous les souvenirs déterrés çà et là, chacun savait maintenant que le grand-oncle d'Ed avait fini ses jours à l'asile. C'était ça ou la prison à vie. Il aurait tué sa propre sœur, n'est-ce pas ?

Et cette sœur de Martha Ward, morte elle aussi à l'asile ? Elle se serait brûlée si gravement avec un briquet qu'on n'aurait pas pu la sauver !

Et n'était-ce pas ce même briquet que Rebecca avait acheté à Janice Anderson ?

Il y eut bientôt au moins trois personnes pour se souvenir d'avoir vu Harvey Connally près de la brocante de Janice, le jour où Oliver et Rebecca achetèrent le briquet que Rebecca offrit à sa cousine Andrea. Curieusement, ces trois pionniers furent suivis d'autres, au point que plus personne ne douta que Harvey Connally ait rôdé à la braderie ce jour-là.

Quant au mouchoir qu'Oliver avait offert à Rebecca, il allait de soi que Harvey Connally l'avait déposé dans le grenier de son neveu, à qui il rendait souvent visite. Et il avait également dû se douter qu'Oliver en ferait présent à Rebecca, puisque le mouchoir portait l'initiale de la jeune femme.

C'est ainsi qu'au troisième jour, quand le temps vint de déposer la dépouille de Harvey Connally dans le mausolée que son père avait fait bâtir, la légende s'était répandue dans Blackstone, enserrant chaque citoyen tel un lierre le tronc d'un arbre.

La plus convaincue était Edna Burnham.

Cet après-midi-là, elle fut la dernière à arriver dans le cimetière situé derrière l'église et, comme elle gagnait à pas lents le caveau dans lequel des générations de Connally reposaient, la foule se fit silencieuse. Edna avançait, la tête haute, et chacun s'écartait devant elle.

La petite Megan McGuire, étreignant sa poupée de son bras gauche, se blottit contre son père quand la vieille femme s'arrêta devant elle et, fixant l'enfant d'un regard pénétrant, tendit la main vers la poupée.

— Ne la touchez pas, dit la fillette entre ses dents. Sam n'aime pas ça.

Edna Burnham retira vivement sa main comme si elle l'avait approchée trop près d'un bouquet d'épines et poursuivit son chemin, passant sans un mot devant Bill McGuire et Mrs. Goodrich.

Elle parvint à hauteur de Madeline Hartwick, entourée de sa fille Celeste et de Andrew Sterling. La plupart des employés de la banque étaient réunis derrière Andrew et les deux Hartwick. De nouveau Edna s'arrêta, scrutant les visages avec l'attention d'un faucon survolant son territoire de chasse. Elle prit la main gantée que lui tendait Madeline, mais les deux femmes n'échangèrent aucune parole.

Edna Burnham observait la foule muette d'un regard à la fois hautain et accusateur. Et tous ceux qui étaient présents avaient le sentiment qu'elle cherchait des yeux ceux qui n'étaient plus là, car il n'y avait plus personne de la famille Ward, hormis Rebecca, et Clara Wagner, qui mourait lentement dans sa maison de repos et ne reviendrait jamais à Blackstone.

Edna jeta à peine un regard à Bonnie et à Amy Becker en passant devant elles. Enfin, elle parvint devant le tombeau en marbre dans lequel Charles et Eleanor Connally, ainsi que leur fille et leur petite-fille, étaient depuis longtemps enterrés.

Le cercueil de Harvey Connally attendait, sans la moindre couronne de fleurs, devant l'entrée de la crypte, à l'intérieur de laquelle il serait bientôt glissé pour l'éternité, auprès de sa sœur Olivia.

D'un côté du cercueil se trouvait Lucas Iverson, le pasteur, tenant une bible ouverte devant lui. De l'autre, Oliver donnait la main à Rebecca Morrison.

La foule attendit en silence qu'Edna se rapproche et s'arrête devant Oliver.

Elle le regarda longuement dans les yeux, et chacun retint son souffle, impatient d'entendre ce qu'elle allait bien pouvoir dire à l'éditeur des *Chroniques de Blackstone*, qui n'avait cessé dans ses éditoriaux de combattre les rumeurs qu'Edna avait largement colportées.

Oliver, le visage impassible, soutint le regard de la commère, sachant que ce qu'elle dirait se propagerait une fois de plus comme une traînée de poudre.

Mais Edna ne prononça pas un mot, et elle se tourna vers Rebecca.

Rebecca Morrison lui opposa l'innocence de son visage et la luminosité de son regard. Dans sa main libre, elle serrait le mouchoir brodé qu'Oliver lui avait offert.

Edna Burnham ne laissa rien paraître de sa déception, mais elle comprit qu'elle ne saurait jamais ce qui s'était passé exactement à l'asile, trois jours plus tôt. En tout cas, ce n'était ni par Oliver ni par Rebecca qu'elle l'apprendrait.

La seule personne capable de la renseigner gisait dans le cercueil qui était devant elle. Puis, alors que Lucas Iverson se raclait la gorge et s'apprêtait à commencer son oraison, Edna Burnham l'en dissuada d'un regard. Elle considéra de nouveau Oliver, puis Rebecca. Un grand silence régnait. Enfin, comme si elle parvenait à la conclusion d'une longue réflexion, Edna hocha gravement la tête.

— C'est fini, dit-elle en posant sa main sur le cercueil de Harvey Connally.

Elle leva les yeux en direction de l'asile, dont la silhouette se découpait sur la colline.

— Il est temps d'enterrer le passé, ajouta-t-elle.

Et, reculant d'un pas, elle baissa la tête, tandis que s'élevait la voix de Lucas Iverson :

— Poussière, tu retourneras à la poussière...

Et, tandis que se poursuivait la prière des morts, les regards se détournèrent l'un après l'autre du cercueil pour se porter vers la sombre silhouette de l'asile.

Sa façade éventrée à coups de boulet de démolition par Oliver, la bâtisse avait perdu de sa superbe. Elle ne dominait plus Blackstone. Edna Burnham avait pour une fois dit la vérité et parlé en sage : le passé était enterré.

Il n'y eut qu'Oliver pour remarquer la date gravée sur la porte de la crypte qui accueillerait son oncle.

24 avril 1997.

Jusqu'à cet instant, il avait oublié quel jour était mort son oncle.

Sa mère était morte un 24 avril.

Lui-même était né un 24 avril.

Trois jours plus tôt, il avait eu quarante-cinq ans.

Et c'était le 24 avril qu'il avait été enfin libéré de son passé.

C'était l'ultime présent que lui avait fait son oncle.

Et comme il coulait un regard de côté, il vit qu'il n'était pas le seul à avoir remarqué la date sur la porte de la crypte.

Rebecca et Edna Burnham la contemplaient également.

Postface

Cher lecteur,

Une année durant, j'ai vécu à Blackstone, New Hampshire. Jamais auparavant une ville et ses habitants ne m'ont paru plus réels. Bien plus que des personnages de roman, les gens de Blackstone sont devenus des amis, et ce n'est pas sans un pincement au cœur que j'écris ces lignes. Je ne veux pas prendre congé de Rebecca et d'Oliver. Je ne veux pas voir s'éloigner dans mon rétroviseur la grand'-place. La bibliothèque, le bureau des *Chroniques* et, oui, même l'asile me manqueront. Comme me manqueront les pauses à la Poule rouge pour y déguster une délicieuse tarte (aux noix de pecan, bien sûr) et une bonne dose de cancans. Pour tout vous avouer, je ne suis pas sûr d'avoir envie de partir. Mais l'histoire est terminée. En tout cas, cette partie de l'histoire.

Ecrire *Les Chroniques de Blackstone* a été pour moi une gageure et une passionnante expérience. J'ai été ravi de pouvoir créer chaque fois un récit en une centaine de pages. Ce fut un défi permanent que de soutenir l'intrigue pendant plus de six mois, en même temps que j'apprenais à connaître de mieux en mieux mes personnages. Nombre d'entre eux révélèrent des traits de caractère dont je ne savais rien au début. Et je me suis énormément amusé en intégrant des références et des protagonistes tirés de précédents romans : j'avais l'impression de retrouver de vieilles connaissances.

Mais je n'ai pas vécu cette expérience sans inquiétude. Qu'adviendrait-il si je tombais malade et me trouvais dans l'incapacité de terminer la série ? Que pourrais-je faire d'une situation créée dans un épisode et que je ne pourrais résoudre dans les suivants ? Il est arrivé qu'un épisode soit en cours de publication pendant que je corrigeais le suivant tout en écrivant celui d'après. Mon modem fut mis à rude épreuve ! Il fallait sans cesse revoir les maquettes, tracer des plans, rétablir les chronologies et les généalogies. Je suis persuadé que certains lecteurs doivent encore se demander pourquoi c'est Charles Connally et non pas Jonas Connally qui a fait construire la demeure sur la colline. Aurais-je donc commis une erreur dans le premier épisode en disant que c'est le père de Harvey qui la fit bâtir, au lieu de son grand-père ? A la réflexion, je pense que non, car la construction de cette bâtisse, qui deviendra plus tard l'asile, a fait partie de la rupture survenue entre Jonas et ses enfants. Mais ceci est une autre histoire (bien que je ne sache pas encore laquelle)...

Je remercie ma bonne étoile de m'avoir permis de disposer d'une équipe formidable pour m'assister dans mon travail. Mon éditrice, Linda Gray, à qui j'ai dédié la série, m'a soutenu d'un bout à l'autre. Mon agent, Jane Rotrosen Berkey, a constamment veillé à ce que les épisodes s'articulent parfaitement entre eux. Mon ami, Mike Sack, présent dans ma carrière depuis le début, n'a cessé de m'aider à garder le bon cap. En outre, ses connaissances en psychologie m'ont permis de camper avec réalisme les hôtes de l'asile. Mes assistants, Robb Miller et Lori Dickenson, ont passé des heures à tenir des fiches détaillées qui gardaient trace des caractéristiques des personnages et des lieux.

La publication d'un roman-feuilleton est une entreprise majeure pour un éditeur. Elle s'est avérée en tout cas plus importante que nous ne le pensions voilà un an. De gros moyens doivent être alloués au projet pendant une longue période. Ballantine/Fawcett et Random House ont soutenu le projet sans faillir. Alberto Vitale, le président de Random House, s'est montré enthousiaste dès le début, alors qu'il était le seul avec Linda Gray à savoir ce que nous voulions entreprendre. En l'espace de quelques mois, le groupe impliqué dans *Blackstone* s'est considérablement élargi. Le secrétaire d'édition, Peter Weissman, s'est fait un devoir d'enregistrer le moindre détail concernant *Blackstone*, épisode après épisode, ce qu'a fait également de son côté Mark Rifkin, le directeur éditorial. Les services de publicité se sont démenés pour annoncer la sortie de *Blackstone* et les responsables de marketing ont fait en sorte que les épisodes soient présents dans tous les points de vente du pays en même temps.

Les vendeurs eux-mêmes — que ce soit en librairie ou en grande surface — ont accompli des prouesses en s'assurant que le public puisse disposer de chaque numéro dès sa publication, ce qui n'est pas une tâche facile quand on songe que des milliers d'exemplaires arrivent dans leurs magasins et leurs entrepôts chaque mois.

Un grand merci à Ellen Key Harris et Phebe Kirkham. Certains d'entre vous ont dû remarquer que notre serveuse préférée de la Poule rouge, Velma Perkins, n'apparaît pas dans les premiers épisodes. C'est parce que Velma est l'invention d'Ellen Harris ; j'aurai donc fait sa connaissance en même temps que vous. Le temps de m'arrêter deux ou trois fois à la Poule rouge, Velma m'était devenue réelle et elle ne tarda pas à apparaître dans le récit. (Désolé si je t'ai volé ton personnage, Ellen !) Il y en a d'autres que j'ai rencontrés dans ce restaurant, des nouveaux venus à Blackstone, qui travaillent maintenant à la banque ou au journal avec Oliver (vous ne figurez pas dans le livre mais vous savez qui vous êtes et combien j'ai eu plaisir à faire votre connaissance).

Stephen King, non content de m'avoir ouvert la voie d'un roman à épisodes, s'est montré un ardent supporter. Quand je me suis senti écrasé par la difficulté de l'entreprise, il m'a assuré que je m'en sortirais et que tout se passerait bien. Je ne saurais exprimer ici tout ce que son soutien a signifié pour moi. Encore merci, Steve.

Je sais que deux ou trois erreurs mineures émaillent le roman, des erreurs que je n'ai pu rattraper car elles ne me sont apparues qu'une fois les *Chroniques* publiées. Nous n'avons pu intervenir qu'à une seule occasion auprès de l'imprimeur, pour qu'il change un mot, alors que l'épisode allait être imprimé. Mais c'est là un risque inévitable quand on publie un roman dont la fin n'a pas encore été écrite. Ou peut-être le renouveau de ce genre de fiction est-il encore trop récent pour que nous ayons trouvé le moyen de remédier à ce genre de faute.

Vous êtes nombreux à m'avoir demandé si je comptais écrire une nouvelle série. La réponse est oui, à condition que le sujet puisse s'inscrire dans le format. D'autres aimeraient savoir si *Les Chroniques de Blackstone* auront une suite. Tout ce que je puis dire, c'est que j'ai adoré les écrire et, si pour le moment je suis incapable de répondre à cette question, je ne serais toutefois pas surpris que vous aperceviez de nouveau dans la vitrine d'un libraire une couverture sur laquelle se découpent le toit et les tourelles d'une antique demeure.

Merci de vous être promené avec moi dans Blackstone pendant six mois. J'espère que vous avez apprécié autant que moi la balade.

John SAUL

5409

Composition Nord Compo
Achevé d'imprimer en Europe (France)
par Maury-Eurolivres - 45300 Manchecourt
le 13 décembre 1999.
Dépôt légal décembre 1999. ISBN 2-290-30029-2
1er dépôt légal dans la collection : janvier 1998

Éditions J'ai lu
84, rue de Grenelle, 75007 Paris
Diffusion France et étranger : Flammarion